NERMİN BEZMEN, gelenekselden naife ve klâsiğe, minyatürden özgün baskıya ve restorasyona uzanan sanat yelpazesini, yoga felsefesi ve müzikle beslediği uzun senelerden sonra, ilk kez 1991'de okurla buluştu.

TRT'de canlı yayın sunuculuğu, çeşitli dergilerde köşe yazarlığı, röportaj dizileri ile panel organizasyon-yönetimi ve halkla ilişkiler, yoga eğitmenliği yapan Nermin Bezmen, 20 yıldır atölyesinde yetişkinlere ve çocuklara resim dersi vermekte, yazılarını *Chronicle* dergisi ile *Akşam* gazetesi "Pazar" ekindeki köşesinde sürdürmektedir.

Uzun süren araştırmaları ışığında nakış gibi işlediği detayları, tarihin sessiz kalmış gerçeklerini, titizlikle uyarladığı karakter tahlillerini, gerçekçiliğin vuruculuğuyla roman ve öykülerine aktardı. Okurlar da bu satırlarda, kendilerini, düşlediklerini, hüzünlerini, endişelerini veya çok yakınlarından bir esintiyi yakaladılar.

2002'de, Haliç Rotary Kulubü'nün verdiği "Meslek Ödülleri"nin edebiyat dalındaki ödülünü almış olan yazar, evli ve iki çocuk annesidir.

Nermin Bezmen'in diğer eserleri:

Uyandıran Aşk (Şiir,1991), *Kurt Seyt & Shura* (Roman, 1992), *Kurt Seyt & Shura* (İngilizce), *Kurt Seyt & Murka* (Roman, 1993) *Mengene Göçmenleri* (Roman, 1994), *Zihnimin Kanatları* (Denemeler, 1995), *Türkuaz'a Dönüş* (Derleme-Roman, 1996), *Kırk Kırık Küp* (Öykü, 1999), *Bir Gece Yolculuğu* (Fantastik roman, 1999), *Bir Duayen'in Hatıratı* (Derleme-Anı, 2002).

NERMİN BEZMEN

SIR

5. Basım

Remzi Kitabevi

SIR / Nermin Bezmen

Kapak: PMR / VCS
Editör: Neclâ Feroğlu

ISBN 975-14-1088-6

BİRİNCİ BASIM: Ocak, 2006
BEŞİNCİ BASIM: Şubat, 2006

Kitabın her basımı 5000 adet olarak yapılmıştır.

Remzi Kitabevi A.Ş., Selvili Mescit Sok. 3, Cağaloğlu 34440, İstanbul
Tel (212) 520 0052 Faks (212) 522 9055
www.remzi.com.tr post@remzi.com.tr

Remzi Kitabevi A.Ş. tesislerinde basılmıştır.

İthaf

Bu kitabımı, 2005 içinde bizleri bırakıp ebediyete uçan, benim için çok özel iki değerli insana adıyorum: Attila İlhan ve Jak Deleon'a.

Yıllar önce, ilk romanım *Kurt Seyt & Shura*'yı, basımından evvel, ürkerek sunmuştum kendisine; hikâyeme güvenmediğimden değil, ustanın ustaca kullandığı zamanından çalacağımdan ürkerek. Bir hafta sürmemişti bana geri dönmesi. "... Eline sağlık. Yolun açık olsun Nermin kardeş." demişti, "Gerçek bir klâsik yazmışsın. Cesaret ister..."

Yazılarının, sohbetlerinin sıcaklığında, samimiyetinde, kendisinden bir işaret bekleyen kalemime güven ve cesaret vermişti, büyük usta.

Sevgili Attila İlhan, aramızdan ayrıldığınız gün, sadece aydınlık Türkiye'yi değil, tüm roman kahramanlarımı da, ışığınızdan mahrum ve öksüz bıraktınız. Onlar, verdiğiniz cesaretle ruh bulmaya devam ediyorlar.

...Ve bir tarih ve kültür arkeoloğu, İstanbul âşığı, unutulmuş adreslerin, mekânların şiirsel haritacısı, nostaljinin sihirli öykücüsü sevgili Jak, ilk romanımın kahramanlarından Shura'yı, senin sayende bulmuştum. Hiç esirgemeden, kıskanmadan bildiklerini, tanıdıklarını paylaşmıştın benimle. Ne güzel insandın.

Sevgili usta, sevgili dost, kahramanlarım ve ben, her ikinizi de şükranla anıyor ve selâmlıyoruz.

Nermin

Teşekkür

SIR'ın basılması için el sıkıştığımız günden itibaren, son derece yapıcı, uyumlu ve ilgili bir tutumla yaklaşan Sayın Erol Erduran'ın şahsında, Remzi Kitabevi'ne,

Romanımın yayına hazırlanmasında gösterdiği alâka, işbirliği ve bir an evvel okuruma ulaşma telaşımı anladığı için, sevgili Ömer Erduran'a,

Defalarca tekrarlanan yüzlerce sayfadaki emeği, benimle paylaştığı coşkusu ve inatçı inceltme işaretlerime sabrı için, editörüm sevgili Neclâ Feroğlu'na,

Editörümle defalarca paslaştığım sayfaların dizgi emektarı sevgili Hatice Taş'a,

Romanımın girift, sır dolu dünyasının ruhunu, çektiği fotograf ve tasarımıyla kapağına taşıyan canım oğlum Pamir Cazım'a teşekkürler!

Yeniköy

7 Mayıs, 1991

Hüma'nın oğulları, gelinleri, kızı, damadı, yedi torunu, onların eşleri, hepsi odadaydı. Her biri, ayrı ayrı, sanki kendisi dokunursa onu uyandırabilecekmiş gibi ellerini, yüzünü, saçlarını okşuyor, eğilip artık olmayan nefesini duymayı bekliyordu. Erkekler gözleri, kadınlar hıçkırıklarıyla ağlıyorlardı. Ama hiçbiri, kendisini ölüme isyankâr, çığırtkan bir mateme kaptırmamıştı. Hüma'nın bunu sevmediğini ve istemediğini bilirlerdi. Aslında, hepsinde, biraz da inanamazlık vardı. Daha iki saat önce o kadar dinç, o kadar keyifli ve harika görünüyordu ki...

Soru dolu gözlerle, annelerinin doktoruna baktılar. O da, ailenin bireyleriyle aynı üzüntüdeydi. Orada, o kalabalığın içinde, ölüme çare bulabilecek biri varsa kendisi olmalıydı. Ama şu an acizdi. Kendisini, hepsine karşı sorumlu hissediyordu.

"Çok, çok üzgünüm. Ama inanın, yapılacak hiçbir şey yoktu, olamazdı."

"Annemin bildiğimiz hiçbir hastalığı yoktu." dedi kızı, ölüme isyanla, "Yoksa... yoksa vardı da, biz mi bilmiyorduk?"

"Hayır, hayır canım. Kesinlikle içiniz rahat etsin. Sizden gizlediği hiçbir şeyi yoktu. Çünkü rahatsızlığı yoktu, gerçekten. Daha bir ay evvel kontrolden geçirdim kendisini."

"O zaman?"

"Doksan beş seneden bahsediyoruz. Kalbin özel bir araz göstermesi gerekmez. Yaşından mütevellit, ani bir heyecan dahi fazla gelebilir. Kaldı ki, son günlerini oldukça yoğun bir heyecan içinde geçiriyordu. Biraz ara verip dinlenmesini önermiştim. Vitaminlerinin yanı sıra Pasiflora vermiştim. Ama sanırım o, heyecanlarıyla yaşamayı ve heyecanlarıyla ölmeyi yeğledi."

"Ne yapıyordu son günlerde? Ne olabilir, onu o kadar yorup heyecanlandıracak?"

Doktor, üzüntüsünün ağırlığına rağmen, gülümsedi:

"Onu, sanırım, az sonra öğreneceksiniz."

"Ne kadar mutlu bakıyor." dedi kızı, onun yüzüne eğilip gözlerinden yaşlar bırakırken.

"Evet... canım... Sanki çok istediği bir yolculuğa çıkmış gibi..." diye mırıldandı, saçlarını okşayan büyük gelini.

Torunlar, yaşlarının her döneminde en büyük arkadaşları olan, onları her zaman herkesten iyi anlayan harika ninelerinin yatağının iki yanında dizilmiş, hayatlarında yeri dolmayacak bu mükemmel kadının yokluğuna ağlıyorlardı. Aile bireyleri, bir zaman dilimini, kucaklaşıp birbirlerinin omuzlarında ağlayıp, acı kayıplarını kabullenme çabasıyla geçirdiler.

Sonunda kızı, duruma el koyma ihtiyacını hissetti:

"Peki, şimdi ne yapacağız? Bir yerlere haber vermek, bir şeyler yapmak lâzım."

"Ben hâllederim her şeyi, merak etmeyin." dedi doktoru.

"O kadar huzurlu ve tatlı uyuyor ki, öldüğüne hâlâ inanamıyorum." dedi küçük gelin.

O esnada kızı, annesinin diğer elini de göğsünün altına yerleştirmek için, bedenini örten pikeyi kaldırmaktaydı.

Aynı anda, geniş yatağın etrafını çevirmiş yirmi aile ferdinin yaşları göz pınarlarında dondu kaldı ve nefesleri tutuldu.

Hüma'nın, pikenin altında bıraktığı kolunun devamında, geceliğinin biyeler ve dantellerle uzandığı bileğinde bir kelepçe ve ona küçük kilidindeki zincirle bağlı, kadife kaplı, kalın bir defter vardı.

❖

"Bu da ne?"

"Neler oluyor?" nidaları, âdeta, gırtlakla dişler arasında yok olan bir solukluk sorulardı. Bir an için hiç kimse kıpırdayamadı. Hüma, uzun ipek geceliği, gümüş renkli topuz saçları, yüzünde huzurlu bir gülümseme ve bileğinde kelepçelenmiş defteriyle sanki, "İşte size bilmece, çözün." der gibiydi.

Hepsi birden, gözlerini doktora çevirdi. O da aynı şaşkınlıktaydı.

"İnanın, bu kadar dramatik bir plânı olduğunu ben de bilmiyordum. Sadece okumanız için bir şeyler yazdığını anlatmıştı."

Ölüme bu kadar plânlı hazırlanmak... Öleceğini anlamış mıydı? Böyle özel bir günde ölümü davet etmek nedendi? Öğleden sonraki armağan seremonisi... Ölümle ilgili söyledikleri... Ya yüzündeki muzip ifade... Hüma, hayatının her döneminde olduğu gibi, ölüme giderken de, geriye teatral bir sahne bırakmıştı. Başoyuncusu yine kendisi ve bileğine kelepçeli defteriydi. Dudaklarındaki muzip gülümseme, yaratacağı efekti bildiğine işaret ediyordu.

Şaşkınlıklarını atmaları bir müddet aldı. Öylesine etkilenmişlerdi ki, ağlaşmayı kesmişlerdi.

"Tipik annem." dedi küçük oğlu, "Ölüm anını bile gözyaşından uzak tutmayı, bir tek o becerebilirdi."

"Şimdi ne yapacağız?" diye sordu, onun, gözleri ağlamaktan kızarmış karısı.

Küçük oğul, bir ağabeyine, bir de annesinin bileğindeki kilitli ve kelepçeli deftere baktı. Sonra, aniden, o ana kadar fark etmedikleri bir şeyi gördü. Defterin sayfaları arasına, ucu ancak birkaç milimetre kadar dışarıda bırakılmış bir zarf yerleştirilmişti.

"Bu, bize bir işaret verebilir."

Ancak, elini uzatırken bir tereddüt geçirdi. Herkes, yatağın etrafında, nefesini tutmuş onu bekliyordu. Küçük oğul, kilitli defterin içindeki zarfı çekerken, annesinin mahremiyetine el uzatıyor gibi hissetti kendini. Ama onun, ölümle buluşmadan önce bu bilmeceyi yaratırken, kendilerine nasıl çözüleceğine dair bir ipucu da bırakmış olduğuna inanıyordu. Ve bu ipucu, bu zarfın içinde olmalıydı. Sanki annesini uyandırmaktan korkar gibi, usulca zarfı çekti. Yatağın etrafındaki kalabalık, söz birliği etmişçesine, biraz daha sıkışarak yaklaştı. Kimi, yatağın kolonlarını; kimi, bir yanındakinin elini sıkı sıkıya tutmuş, gözyaşları şimdilik durmuş, heyecanla bekliyordu. Kızı ve büyük oğlundan olan en sevdiği kız torunu, yan yana, Hüma'nın sağ yanında, yatağın kenarına oturmuş, onun kâh elini, kâh yüzünü okşuyorlardı.

Küçük oğul, dolmakalemle "Sevgili çocuklarıma" ibaresi yazılmış zarfı diğerlerine gösterip içindeki kâğıdı çıkardı. Son derece süslü, dinamik bir yazıyla yazılmış not, çok uzun değildi. Ancak, annesinin son mektubu olduğunu bilmek fikri, yüreğini sıkıştırmıştı. Çok değil, belki de sadece yarım saat önce, hayat dolu, canlı bedeninden yükselen enerjiyle yazdığı satırlar, onu ölüm perdesinin arkasında bırakıp zamanı aşmışlardı. Gözleri satırlara bakarken buğulandı ve okumak istediği kelimeler boğazında düğümlendi.

"İstersen ben okuyayım." dedi, kız kardeşi elini uzatarak.

Yutkunup kısa bir öksürükle kendini toparlamaya çalıştı küçük oğul ve "Hallederim." gibi bir göz ve baş işareti yaptı. Sonra, derin bir nefes alıp okumaya başladı. Ama garipti... Kimse, okuduklarını onun sesinden dinlemiyordu. Ölü bedenine rağmen, hepsinden daha canlı ve hepsinin ruhuna hâkim, yatağında yatan Hüma'nın sesi vardı kulaklarında. Kiminin annesi, kiminin kayınvalidesi, kiminin babaannesi, anneannesi, ninesi... Her biri, o güne dek, Hüma kendilerine nasıl hitap ettiyse, o sesi duyarak dinlemeye başladı.

Sevgili çocuklarım, gözbebeği torunlarım,

Biliyorum, şu anda çok şaşkınsınız ama ağlamaktan, yas tutmaktan iyidir. Ağlamanızı istemiyorum. Zira size, yapacak daha iyi bir iş bırakıyorum. Biraz sizleri oyalayacağını tahmin ediyorum. Sonra da, oldukça uzun bir zaman, inanmak için çaba harcatacak, düşündürecek. Şimdiden aranızda nasıl tartışıp neler diyebileceğinizi tahmin etmekteyim.

Bu defteri size nasıl teslim edeceğimi çok düşündüm. Kusura bakmayın, sunuşum biraz dramatik olacak ama fikir beni çok eğlendirdi. Sizin de her şey olup bittikten sonra, geriye dönüp baktığınızda, gülümsemeyle anacağınızı ümit ediyorum. Tabii, öncelikle, bıraktıklarımı içinize sindirmeniz gerekecek.

Bu mektubumun başlığında küçük torunlarımı anmadım, dikkat ederseniz. Onları sizlerden daha az sevdiğim veya önemsemediğim için değil, şimdilik bu defterin muhtevasından korunmaları gerektiğinden. Sonra, zamanı gelip yaşları bunları anlayacak olgunluğa eriştiğinde, sizler teker teker aktarırsınız.

Bu defteri sembolik olarak kendime bağladım. Çünkü, onu benimle beraber gömmenizi istiyorum. Biliyorum, bileğimdeki kelepçeyle beni tabuta koymazlar ama defteri açıp okuduktan sonra, bu mesajımı hatırlamanızda işaret olsun diye kullanıyorum bu sembolü.

Ölümün çok uzakta olmadığını biliyorum ve ona, artık hazır olduğumu söyledim. Ölmek için daha güzel bir gün olamaz. Hepinizin sevgisiyle çevrili, doksan altı yaşıma girmeye kaç saat kala... bilmiyorum... Ben bu düşünceyle şimdi uykuya gidiyorum. Tesadüf yine uyanırsam uykumdan, bunları okumanız bir başka zamana kalacak. Ama şayet uykuya takılıp kalırsam diğer tarafta; işte burada, elinizin altında her şey. Ve hepiniz bir aradasınız. Bu geceyi benimle, yatağımın etrafında geçirmenizi ve yoruldukça bir diğerine devrederek okumanızı istiyorum. Bir defada okuyacak ve sonra defteri saklamaya kalkmayacaksınız. Kelepçenin ve defterimin anahtarları, boynumdaki zincirde asılı. Toprağım atılırken, defteri yine bana vermenizi istiyorum.

Okurken, beni hiç tanımadığınız yanlarımla tanıyacak, tanırken bazen şaşıracak, bazen de kızacaksınız belki. Ama sevgili çocuklarım, doksan beş sene de öyle kolay geçmiyor, bilesiniz.

Hepiniz beni çok mutlu ettiniz. Hayat iksirim oldunuz. Hepinizden birer parça alıp gidiyorum. Sizlere de, benden bir şeyler bırakıyorum. Bu evi ve sevginizi yaşatın. O zaman, beni de yaşatmış olacaksınız.

Hoşça kalın canlarım...

Hüma

Not: Benim başımda takılıp miniklerin yemek saatini atlamayın. Onlar, hiçbir şey olmamış gibi, bu gece eğlensinler. Bir bahane uydurursunuz, bu kadar akıllı insan bir araya gelip.

İçkilerinizi alıp oturun çevreme. Henüz yaş günümü kutlamadık. İçemesem de, sizinle olurum. Kavdaki buzdolabında, size yirmi dört saat yetecek Cordon Rouge bıraktım. Bu geceyi uyumadan, içerek ve defterimi okuyarak geçireceğiz. Hazır mısınız sevgililerim benim?

Geniş odada, ne bir nefes ne bir mırıltı duyuluyordu. Hepsinin dudakları mühürlenmiş, solukları kesilmişti sanki. Âdeta tek vücut olmuşlardı yatağın etrafında. Hüma'nın dudakları sanki daha da muzip gülümsüyordu şimdi. Ya da onlara öyle gelmişti...

Az önce, babaannesini öğlen uykusundan uyandırmak için odasına girip ilk şoku yaşayan torunu, gözyaşları içinde, yaşlı kadının henüz sıcak bedenine sarıldı. Onun teninden yükselen ve yıllardır bütünleşmiş olduğu Coty parfümünü içine çekerken, ince, mevzun parmaklarıyla yanaklarını okşadı. Artık, hıçkırıklarını tutamıyordu. Ne kadar güzel, ne kadar bakımlı ve ne kadar sıcaktı. Nefes almaması dışında, öldüğüne dair en ufak bir işaret vermiyordu.

Dantelli Fransız keteninden çarşaf takımı ve yastıkları arasında öylesine huzurlu uyuyor gibiydi ki... Başının üzerinde kemik bir tokayla topuz yapılmış gümüşi saçları, ince biyelerle süslü ipek geceliğiyle uykuya yatmış değil de, sanki bir davete hazırlanmış gibi görünüyordu. Pikenin üzerinde, göğsüne doğru yerleştirdiği sağ elinin parmakları, aynen torunununkiler gibi narin, mevzundular. Ancak, torununun sahip olduğu gençliğin nefesinden oldukça uzaklaşmışlardı. Doksan beş senedir hayata sıkı sıkıya tutunan bu eller, incecik derinin koruduğu masmavi damarlarla çizilmiş gibiydi. Genç kadın, çocukluğundan beri hayranlıkla izlediği bu zarif ellerin damarlarında artık hayatın durduğuna inanamıyordu. Daha iki saat önce, öpüp odasından ayrıldığı babaannesinin artık hayatlarında olmayacağı fikri, birden hıçkırıklarını kontrolsüz hâle getirdi. Onun hayata veda edeceğini bilseydi, ayrılır mıydı yanından? Sımsıkı sarılır, sonuna kadar elini tutup otururdu yatağının kenarında. Ama ne kadar dinç ve keyifliydi. Çocuklarını, torunlarını hepsini öpüp her zamanki alışkanlığıyla siestasına çekilmişti. "Altıda uyandırın beni, kalkmamışsam." demişti. Bütün aile aşağıda toplanmış, çoktan birer kadeh içkilerini içmişlerdi. O gece, Hüma'nın doksan altıncı yaşı kutlanacaktı. Ama o... bedenini bırakıp ruhunu alıp gitmişti bile.

* * *

Onun bu özel gününü kutlamak için, iki oğlu, kızı, gelinleri, damadı, yedi torunu, eşleri ve onlardan olan son nesil sekiz torunu, hepsi, bu sabahtan itibaren Hüma'nın evinde toplanmışlardı. Yirmi yetişkin ve muhtelif yaşta sekiz çocuktular. Bir de, neredeyse ailenin ferdi olmuş doktoru aralarındaydı. Hüma'nın o güne dek, soğuk algınlığı, arı sokması gibi, her yaştan herkesin başına gelebilecek şeyler dışında, hiç büyük bir problemi olmamıştı, kısa bir müddet evvel tatlı bir dille yaptığı şikâyet dışında:

"Doktorcuğum, hatıralarımı tazelerken, kalbim eskisinden daha fazla çarpar oldu bu aralar. Neler oluyor kuzum?" diye sormuştu.

Kontrolü yapıldığında, olağandışı bir şey çıkmamış, o da, hastasına takılmıştı:

"Hüma Teyze'ciğim, ne mutlu, kalbinizi hâlâ daha çarptıracak hatıralarınız var. Yeni nesil galiba en çok bunun eksikliğini çekecek."

Büyük yemek salonundaki muhteşem masa, başköşesine oturacak muhteşem kadın için çok özel olarak hazırlanmıştı. Yemek salonuna açılan müzik odasında da, küçükler için ayrı bir masa kurulmuştu. Böylece, hem kutlamanın parçası olacaklar, hem de kendi aralarında, büyüklerinin baskılarından uzak, keyifle yemek yiyeceklerdi. Bütün bu hazırlıklara, Hüma bizzat nezaret etmişti. Hepsinin, o gün sabahtan gelmelerini özellikle rica etmişti. Tüm günü beraber geçirmiş, yiyip içmişler, gülmüşler, hasret gidermişlerdi. Ama bütün heveslerine rağmen, hiçbirisine, kutlamayla ilgili yapacak bir iş bırakılmamıştı. Odaları beş yıldızlı otel odaları gibi hazırlanmış, evin iki mutfağındaki dolaplar tıka basa mezeler, yemekler, tatlılarla doldurulmuştu.

Hüma, o sabah bahçeye bakan geniş verandadaki hazeran kanepesinde karşılamıştı onları. İncecik bedenini saran, belinde kalın, örgü bir deri kemerle süslenmiş, askılı, bileklerine kadar uzun, dar keten elbisesi, ayaklarında kahverengi espadrilleri, boynunda, bileklerinde ve kulaklarında mercan takılarıyla en gençlerden bile hayranlık iltifatları almıştı. Doksan beş yaşını doldurduğuna dair ne bedeninde ne ruhunda fazla bir iz vardı. Hâlâ daha bir gazel kadar çevik ve zarifti. Kahkahası, çok genç kadını kıskandırırdı. İçtendi, huzurluydu, muzipti. Zekâsı pırıldı. Daha şimdiye kadar, hiçbirinden, hiçbir konuda yardım istememişti. Kendi hayatını son derece sağlıklı idame ettirdiği gibi, çoğunun derdine, kararsızlığına çare getiren o olurdu. Ruhunun, yüreğinin yaşlanmasına geçit vermemişti. Önce torunları, sonra da küçük torunlarıyla son derece yakın ilişkiler kurup en son neslin dünyasını çözerek ve onlara ayak uydurarak yaşamıştı. Onun için, kendisine olan sevgi hep çoğalmış, hiçbir zaman sıkıcı, mecburiyetten aranan bir yaşlı olmamıştı. Bazen, onun anlattığı fıkraları, yaptığı esprileri, gençler bile cesur bulurlardı. Etrafına huzur ve rahatlık verirken, hiç kelimelere dökülmeyen, munis gülümsemenin ardında gizli bir saygıya da davet ederdi.

Hüma'nın çok şey yaşadığını, anlatacak çok hikâyesi olduğunu tahmin ederlerdi ama çocukları da, torunları da, onun anlattığından fazlasını sormaya hiçbir zaman cesaret edememişlerdi. Kaldı ki Hüma, beraber olduklarında, kendisinden çok onları konu edinir, onların hayatlarını, problemlerini, mutluluklarını irdelerdi.

Daha az önce barda toplanmış Hüma'yı beklerlerken, çocukları, hatıralarını yazması için annelerini ikna etmekten bahsetmişlerdi. Üç koca, üç çocuk, yedi torun, sekiz küçük torunla süslenmiş doksan beş dolu senenin bilinmeyenlerini hepsi merak etmekteydi.

Bütün kadınların ve genç kızların boyunlarında benzer inci kolyeler dikkat çekiyordu. Hüma, kendi başına şölene dönüşen öğle yemeğinden sonra, en minikler hariç, ailenin bütün kadın fertlerini yatak odasına çağırmış ve büyük sedef işli bir kutudan çıkardığı incilerini, birer birer onların boyunlarına takmış, akşam yemeğine bu armağanlarıyla gelmelerini istemişti.

"Babaanneciğim, bu, senin hediye alacağın gün, dağıtacağın değil." demişti, gözlerindeki iri mavi pırıltılar ve bal rengi saçlarıyla kendisine en çok benzeyen büyük kız torunu.

"Vermek de almak kadar mutluluk getirir." diye cevaplamıştı Hüma, onun kolyesinin klipsini takarken. Sonra onu alnından öpüp gülümsemişti.

"Hele sevdiklerine veriyorsan... canlarına..."

Diğer kadınlardan da, aldıkları hediyelerden duydukları memnuniyetle beraber, bu kadar cömertlik karşısında mahcubiyetlerini belirten mırıltılar yükselmişti aynı anda. Hüma, ince uzun parmaklarını dudaklarına götürüp, "Şşşşşt"la susturmuştu onları. Sonra da, sözde bir tatlı kızgınlıkla, "Aşk olsun çocuklar. Size mi soracağım malımı dağıtırken?" demişti. Ardından, sıradaki torununu çağırıp, kutusundan onun için seçtiği bir diğer parçayı boynuna takarken devam etmişti:

"Hem Allah aşkınıza, her birini bir gün takacak olsam, birkaç hafta daha yaşamam gerek."

Anında, itiraz mırıltıları yükselmişti ailesinin kadınlarından:

"Allah gecinden versin anneciğim, neler söylüyorsun?"

"Aşk olsun babaanneciğim, hepimize taş çıkartırsın."

"Daha çok yaş gününü kutlayacağız anneanne. Bütün takılarını daha defalarla takmaya zamanın olacak."

Daha da uzun yaşamasının bu kadar arzu edilmesinin memnuniyetiyle, dudaklarına geniş bir gülümseme yayılmıştı. Küçük, keyifli bir kahkahacık atmıştı, başını arkaya savurup. Ne kadar genç, ne kadar hoş, ne kadar hayat doluydu. Doksan beş yaşını doldurduğunu düşünmek fikri bile onun üzerinde eğreti bir elbise gibi duruyordu.

"İlâhi çocuklar, âlemsiniz. Daha ne yaşayacağım? Benim kadar yaşayan başka tanıdığınız var mı? Neyim ben? Tanrı'nın dünyaya kazık çakmak için seçilmiş kulu mu?"

Gözleri ve eliyle işaret ederek, torunlarından birini daha yanına çağırmıştı, koltuğuna otururken.

"Hem sonra, çok önemli bir şeyi unutuyorsunuz. Çocuklarım bile artık yaşlanmaya başladı. Bugüne kadar ailemin sıhhat içinde büyüdüğünü gördüm. Torunlarımın torunlarını gördüm. Elden ayaktan düşmedim. Daha ne olsun? Tanrı sizlere uzun ömür versin, benim gibi güzel, sıhhatli yaşlanın. Ben hakkımı kullandım."

Dudaklarına yine o muzip gülümsemesi yayılmıştı.

"Hem de tepe tepe, doya doya. Her şeyi zamanında bırakmasını bilmeli insan. Bundan sonrası artık acılar getirir, inanın."

Koltuğunun kenarına çökmüş olan son torununu da yanaklarından öpmüştü.

"Ve ben acıyı zamanında yaşadım. Bundan sonra kaldırmaz ruhum."

Sonra, çevik bir hareketle koltuğundan kalkıp karşısındaki manzaraya keyifle bakmıştı. Diğerlerinin yüz ifadeleri hüzünlenmişti. Kızı, iki gelini, beş kız torunu, iki erkek torununun karıları; yaşları, renkleri farklı, ama hepsi birbirine benzer güzellikte, onun söylediklerinden ifadeleri puslanmış, karşısında sessiz kalmışlardı. Hepsi, boynundaki muhtelif tasarımda inci kolyelerle çok hoştu. Onları seyrederken kıkırdamıştı. Büyük kız torunu ise neredeyse ağlamaklıydı:

"Hiç de komik değil babaanne. Böyle günde konuşulacak şeyler mi bunlar? Hem bomba gibisin."

"Hem ölme vaktim geldi diye ölür mü insan hiç?"

Küçük torunun gencecik karısının dudakları titremişti konuşurken. Sevgisinde hem anneyi, hem anneanneyi, hem güvenilir bir arkadaşı bulduğu bu harika kadını, mutlu evliliğinde en büyük pay sahibi olarak görüyordu, diğer birçoğu gibi. Hiçbiri, onsuz bir hayat düşünmemişti bugüne dek. Zira, Hüma'nın ölümü çağrıştıracak hiçbir duruşu, bedensel zafiyeti olmamıştı. Ama onun hayatı boyunca anlatmadığı, paylaşmadığı acıları olduğunu tahmin ediyorlardı. Belki de, onu böyle konuşturan, maziden gelen seslerdi şimdi.

Ellerini çırparak, yüzünün en keyifli ifadesiyle izlemişti onları ve gülmeye başlamıştı. Hepsi, neyin bu kadar komik olduğunu anlayamadan birbirlerine bakmışlardı, şaşkınlıkla. Kahkahası devam eden Hüma, onlara, odanın köşesindeki büyük ayaklı İngiliz aynasını göstermişti.

"Kendinize bir bakın Allah aşkına. Aynı klânın kadınları gibisiniz. Çok hoşsunuz..."

Onlar aynaya doğru gözlerini çevirirken, o gülmeye devam etmişti. Gerçekten de, birbirlerine o veya bu şekilde muhakkak benzerlikleri olan muhtelif yaştaki on kadın, boyunlarındaki incilerle, yan yana dizilmiş, sanki ikinci bir kolye yaratmışlardı. Büyük bir tesadüf müydü, yoksa bilinçli seçimler miydi bilinmez ama erkeklerin hepsi, ailenin kadınlarına benzeyen kızlarla, kızlar da babalarına veya erkek kardeşlerine benzeyen erkeklerle evlenmişlerdi. Onun için, bütün nesillerin bütün gelinleri, çocukları, torunları birbirlerinin az farklı kopyaları gibiydi. Aynadaki görüntü, gerçekten özellikle aranje edilmiş bir görüntünün yansımasıydı âdeta. Birden, hüzün bulutları dağılıp gitmişti. Şimdi hepsi kahkahalarla gülüyordu.

Hüma, onların arasına gelip, iki yanındaki torunlarına bellerinden sarılıp iftiharla aynaya bakmıştı.

"Gerçekten de, anneanneciğim, aynı klâna ait kadınlar gibi görünüyoruz."

Hüma, göz kırpmıştı aynaya doğru.

"Tabii, hem de benim klânım. Botticelli olsa, şu anda sizi tuvale geçirmek isterdi."

Sonra, birden unuttuğu bir şeyi hatırlamış gibi dönmüştü:

"Sahi çocuklar, böyle, hepinizin bir arada olduğu bir tablo yaptırmalısınız."

"Sensiz olmaz büyükanne."

"Tabii canım, beni de araya yerleştirirsiniz."

Sonra, söylediğinin yeniden sorulara dönüşeceğini hissedip kısa kesmişti.

"Haydi kabilem, artık beni yalnız bırakın lütfen. Biraz istirahat etmem lâzım. Harika bir gün yaşattınız bana."

"Daha gecemiz var anneciğim. Şimdi dinlen biraz. Armağanların için çok teşekkür canım."

Hepsi teşekkürle odadan ayrılmak üzereydi ki, Hüma onları durdurmuştu.

"Öyle kaçmak yok. Herkes öpecek."

Hepsiyle sarılıp öpüştükten sonra kapısını kapamıştı onların ardından. Hayat dolu, canlı bakışları, dimdik duruşuyla, sadece kendisine değil, diğerlerinin de hayatlarına hâkim tavrıyla...

Hüma'yla ilgili en son görüntüler ve sözler süratle hafızalardan geçerken, onun yataktaki bedeninin cansız olduğu daha da inanılmaz geliyordu.

Genç kadınlardan bazıları, verandada oynayan çocukları toparlayıp akşam yemeklerini ayarlamak için aşağıya indiler. Yüzlerinde, acılarını ezen bir şaşkınlık ifadesi vardı. Bunun sebebini, büyükannelerinin biraz rahatsız olduğu, onunla ilgilenmeleri gerektiği yalanıyla idare etmeye çalıştılar. En büyüğü henüz on yaşında olan küçük torunlar, dadı Teravet Hanım'ın eşliğinde sofralarına otururken, onlar da, Hüma'nın talimatını evin emektarına iletip yukarı kata çıktılar. Hep birlikte, şimdilik, personele hiçbir şey söylememe kararı almışlardı. Çünkü yıllardır Hüma'ya hayranlık derecesinde bir sevgi ve saygıyla bağlı çalışan ekibin, onun öldüğünü duydukları an vaveylayı koparacaklarını, bu durumda küçükleri de olayın dışında tutamayacaklarını düşünmüşlerdi.

Odada tekrar bir araya geldiklerinde, herkes az önceki yerindeydi. Hüma'nın yatak odasında zaman durmuş gibiydi. Az sonra kapı çalınıp, iki yardımcı, tepside soğuk kadehleri ve buzlu kova içindeki şampanyaları getirdiğinde, büyük oğul kapıyı açtı ve teşekkür etti. Sonra izah gereğini hissederek, kâhyaya programı belirtti:

"Annem biraz yorgun, aşağıya inemeyecek. Biz de yaş gününü, onunla burada geçireceğiz. Ayaküzeri atıştıracak bir şeyler hazırlatabilirsen iyi olur. Sofraya ineceğimizi sanmıyorum."

Kâhya, saygılı bir ifadeyle başını eğdi.

"Çok üzüldüm. Hanımefendiye geçmiş olsun dileklerimi iletin lütfen."

Beş dakika olmamıştı ki, kapı tekrar vuruldu. Kâhya, yanında genç bir hizmetkârla beraber, iki tepsi dolusu ordövr getirdi. O arada, sessiz ve gergin bir bekleyiş olmuştu. Hüma'nın, yapmalarını istediği işe başladıkları andan itibaren, dış dünyayla ilişkilerinin kesileceğinin farkındaydılar. Onlara, bütün gece, belki de ertesi gün boyunca sürecek bir ritüel talimatı bırakmıştı ve bu ritüelin herhangi bir şekilde kesilmemesi gerekti. Tepsiler de, içki servisinin yanında, antika marküteri orta masasının üzerine, Galle vazoların önüne yerleştirildi.

Hayatlarını az sonra esir alacak olan defterin anahtarını henüz ortaya çıkarmamışlardı. Ayinlerinin parçası olan bu gizemli süreci de hep beraber yaşamaları gerektiğine inanarak, hepsinin odada bulunduğu ve artık rahatsız edilmeyeceklerinden emin oldukları anı beklemişlerdi.

Küçük oğul, annesinin mektubundaki son satırları tekrar okuyarak, onların darmadağın, sorularla dolu düşüncelerini bir araya toparladı:

"Hazır mısınız sevgililerim benim?"

Kimi, olduğu yerde küçük bir kıpırtıyla, kimi, ağırlıklarını verdikleri bacaklarını değiştirerek, sanki zihinlerini değilse bile bedenlerini bu maceraya hazırlamış görüntüsü verdiler. Hüma'nın boynunda asılı altın zincirin ucundaki anahtarları kimin çıkaracağına dair en ufak bir konuşma olmadı. Herkesin bakışı aynı anda, kendiliğinden, bunun en tabii cevabı olacak kişinin, kızının üzerinde toplanmıştı. Annesinin altmış altı yaşının bir kopyası olan, ancak onun gözbebeklerinde taşıdığı mağrur, meydan okuyan, sırlarını keyifli ışıltılarla saklayan ifadeden nasibini almamış kızı, gözündeki yaşlara engel olamayarak, annesinin geceliğinin yakasından elini uzattı ve zinciri dışarıya çekti.

Kelepçenin kaba metal anahtarı ve defterin minicik kırmızı bir püskülle süslenmiş zarif pirinç anahtarı yan yana, âdeta iki ayrı hayatın kapılarını açacak iki ayrı zamanın kapısına aitti. Ancak, bir de, daha büyük, tırtıklı bir anahtar onlara eşlik ediyordu. Annesinin tenine değen elleri, içine bir titreme getirmişti. Onun artık soğumaya başlayan vücudu, şimdi daha hassas, daha kırılgan göründü gözüne. Yaşlarına hâkim olmaya çalışarak, gözlerini dolduran buğunun ardından, zincirin klipsini açmaya çalıştı. Onun, daha çok değil, iki buçuk saat önce, boynuna kolye takan narin, sevecen dokunuşlarını düşündü. Hıçkırmaya başladı. Yeğeni yanı başında, elini onun omuzuna koyarak, sakinleştirmeye çalıştı ama artık herkes yaşlarını bırakmıştı. Bu, onun istediği gibi sessiz, tevekkül içinde bir acı çekişti. Kimse haykırmıyor, bağırmıyor; hepsi, onun kaybının acısını, ruhunda, zihninde, yüreğinde, aynı anda çalan oratoryoya kulak verir gibi, tüm benliklerinde hissederek yaşıyordu.

Hüma'nın kızı, zincirden avucuna kayan anahtarları, yatağın diğer tarafında duran ağabeyine uzattı. Küçük oğul, öncelikle, annesinin narin bileğini kelepçeden kurtarmak üzere anahtarı çevirirken, gülümsemeden edemedi:

"Ah anneciğim ah! Şu yaptığına bak."

"Nereden bulmuş bu kelepçeleri?"

Aslında hepsinin merak ettiği bir soruyu soruyordu, torunlardan birinin eşi. Sadece birkaç sene önce tanıdığı, ama onu hayatında herkesten çok etkileyen bu enteresan kadına saygıyla bakarak.

"Annem hep sürprizlerin kadını olmuştur. Babam, onun için, hayâl gücünün sınırları olmayan kadın, derdi." diye cevapladı küçük oğul, bir taraftan kırmızı kadife kaplı defteri zincirinden kurtarırken.

Bu meçhul hazineyi, ondan iki anahtarla ayırmak zorunda kalmaları, hepsinde sanki kendisinden mahremiyetini çalıyor hissi yaratmıştı. Aklından geçenler, diğerleriyle aynı olan büyük oğul, "Sadece onun arzusunu yerine getiriyoruz." dedi. Kimse bir şey dememişti ama bu, söylenmeyen bir tereddüde cevap gibi olmuştu.

Küçük oğul, defter elinde, kız kardeşinin doldurduğu şampanya kadehlerinden birini alarak, pencere önündeki berjer koltuğu yatağa doğru çevirip oturdu. Herkes, elinde içkisi, odadaki muhtelif koltuklara, kanepeye, yatağın sağ yanına oturdu. Kendiliğinden öylesine yerleşmişlerdi ki, Hüma, çocuklarının ve torunlarının arasında, önceden düzenlediği ayinin tam ortasında uzanmış yatıyordu. Büyük oğul, kadehini annesine doğru kaldırdı:

"Anneme! Dünyanın en muhteşem kadınına!"

Hüma, sanki uyuyor gibi yapıp onları gözlüyor ve sanki görünmeyen bir kadehten o da içiyordu yaş günü şampanyasını.

Şimdi gözler, defterin kadife ciltli kapağını aralayan küçük oğuldaydı.

İç cebinden çıkardığı gözlüğünü takıp önüne açılan ilk sayfaya baktı. Yeni bir şaşkınlıkla gülümsemeden edemedi ve okumaya başladı.

❖

Nasıl gidiyor, sevgili çocuklarım? Şaşkınlığınızı biraz olsun atabildiniz mi? Şu an, soğuk şampanyalarınızı içmeye başlamış olmalısınız. İlk yudumu benim şerefime içtiğinizi tahmin ediyorum...

❖

Küçük oğulun okudukları üzerine, hepsinin çehresinde bir gülümseme dolaştı. Ölümünden sonra bile, hazırladığı oyunun baş aktristi olmaya devam ediyordu Hüma. Onun, kendileri için daha neler hazırladığını düşünerek, çok iyi bildikleri muzipliğinin bir kez daha kurbanı olacaklarının farkında, birbirlerine baktılar. Bu, hiç de alışılmış bir cenaze evi değildi, olmayacaktı, bu kesindi. Yas tutmaktan ziyade, anneleriyle yeniden tanışacakları bir döneme giriyorlardı. Bunun farkındaydılar. Hüma böyle istemişti.

Oğlu devam ediyordu.

❖

Eminim, kelepçeleri merak ediyorsunuz. Onların hikâyesini de bu defterin sayfaları arasında bulacaksınız.

Yaşadıkları şokun, acının ve olayın inanılmaz gelişmesi karşısında, son yarım saattir gerilmiş olan aile bireyleri, artık gülmekten utanmayıp sinirli kahkahalarını serbest bıraktılar.

"İnanılmaz... Gerçekten inanılmaz. Babaannemin bizi izlediğine inanmaya başlayacağım neredeyse." dedi, gözünde acı ve muzipliğin yaşları bir arada dans eden Hüma'nın sevgilisi, en sevdiği torunu.

"Hiç şaşmam." dedi amcası, elindeki defteri okumaya devam etmeden önce.

Bu arada, gayri ihtiyari, hepsinin bakışları Hüma'nın üzerinde birleşmişti.

Çocuklarım, şimdi, gerçek beni tanımaya hazırsanız, kendinizi şaşırmaya, kızmaya, sevinmeye, acımaya, tiksinmeye, her türlü duyguya hazırlayın ama en mühimi affetmeye... Çünkü ben hep affettim. Hem diğerlerini hem kendimi. Affederek yaşamanın huzurunu bilemezsiniz. Bu özelliğimden, sizler de biraz da olsun nasibinizi almışsınızdır diye tahmin ediyorum. Anlattıklarımı okuduktan sonra, ne demek istediğimi daha iyi anlayacaksınız.

Torunlarımın yaşları, bunları okuyacak ve anlayacak kadar büyük artık. Ancak, hep bir arada dinlemek, sizleri rahatsız edebilir. Buna dayanacaksınız. Çünkü ben dayandım. Dayandım ve affettim. Şimdi sıra sizde... Sizi çıkaracağım yolculuğun sonunda, bedenim çoktan soğumuş olacak. O zaman, o soğuk bedenin bir zamanlar ne ateşlerden geçtiğini, ne ateşler yaktığını düşünürsünüz. Anlatacaklarım, gerçek hayatta olup da bilmediğiniz şeyler değil. Burada sizi tek rahatsız edecek olan, annenizin bunları anlatması olacak. Ama şöyle düşünün, ben de doksan beş senelik hayatımda sadece anne değildim. Çocuktum, genç kızdım, kadındım, defalarla eştim, sevgiliydim. Çok yolculuk yaptım. Hem fiziksel hem ruhsal... Kimi arzuyla, kimi gönülsüz, kimi mutlulukla, kimi ıstırapla...

Unutmayın, defterim bu gecelik size emanet. Onu bana geri verin, sevgililerim benim.

Küçük oğul, duraklayıp derin bir nefes, içkisinden de bir yudum aldı. Annesinin bedenine bakarken düşünceliydi. Bu fırsattan istifade, kadehi boşalanlar, şampanyalarını yenilediler. Kimsenin, tepsilerdeki ordövrlere iltifat edeceği yoktu anlaşılan. Duyacaklarının ne olduğunu tahmin edememenin verdiği şüpheci bir korkuyla tıkanmışlardı. Şu an açlık duydukları tek şey, kalın hatıra defterinin içinde yazılanlardı. Defter okunduktan sonra, belki de artık hiçbiri aynı insan olmayacak, hayatları değişecekti. Bugüne dek inandıkları, bildikleri, güvenip sevdikleri her şey başka bir zaman diliminde kalacaktı. Ama Hüma böyle olsun istemişti. O, bu riski alabildiyse, onlar da almalıydı.

Küçük oğul, odadaki herkesin bakışlarının pür dikkat üzerine topladığını fark ettiği anda, defterin sayfasını çevirdi. Artık söz Hüma'nındı.

Mazim, son zamanlarda, her gün daha berrak renklerle, daha yakına geliyor ve her geçen gün daha büyük bir mutluluk yaratıyor, hatırladığımda. Ne gariptir, en kötü yaşananları bile mutlulukla hatırlar oldum. Bu, kendimi affetmemden kaynaklanan bir mutluluk. Yaşadığım her şeyin, gerekli olduğu için yaşandığına dair kabullenişimin getirdiği iç huzuru...

Doksan beşimdeki şu günlerimde, kendileri de çoktan yaşlanmış çocuklarım, yetişkin torunlarım, gerçekten ne düşünürler bilemem ama ben ruhumdaki yaşam ateşinin henüz sönmediğini biliyorum. Ancak, sadece, yüreğimin en ücra noktasına çekilmiş bir köze dönüştü, hâlâ daha ateş böceği pırıltıları saklayan; maziyi andıkça, hafiften çıtırtıları duyulan...

Bazen, gözlerimdeki menevişli pırıltıların, geçmişimin gizli kalmış bütün küçük oyunlarının ipuçlarını vereceğinden çekiniyorum. Gözlerimin önünden o kadar net görüntülerle geçiyorlar ki, başkalarının da göreceği hissine kapılıyorum âdeta. Anılarım sadece bir çağırmaya bakıyor, hemen koşarak geliyorlar, yeniden yüreğimi çarptırmaya, bedenime en arzulu temasla dokunmaya... Yaşlılığın en güzel taraflarından biri de bu işte... Beden ve ruh, hatıralarla tatmin bulur hâle geliyor, kalp de bundan nasibini alıyor. Üstelik bu tatmin, gerçeğinden kat be kat zengin. Hatırlama serüveni istendiği kadar uzatılabiliyor, tekrarlanabiliyor ve hâtta her defasında o eski zaman odalarından yeni yeni ilâveler çıkageliyor. Böylece, başlangıçta neredeyse zor hatırlananlar bile, kartopu gibi büyüyor, çoğalıyor. Hâtta, kartopu gibi de değil bu büyüme; daha ziyade, sahilde kumsala yayılan minik, beyaz, sakin köpüklerin, açık denizdeki büyük dalgaya doğru geri çekilme hareketine benziyor. Evet, aynen böyle işte. Maziyi hatırlamak, zaten, beyinde gerçekleşen, bir filmin geriye sarılması gibi değil mi? İşte, kumları öpen o minicik köpük de, kendisini yaratan büyük ana dalgaya doğru tekrar geriye doğru yol alsa, beyinde yaşananın fotografı olurdu. Her kendi etrafında dönüp, bir sonraki dalgaya katılışında, her katmerde biraz daha şahlanması, köpürmesi, çılgın, hoyrat seslere ve temaslara ulaşması... İşte, hatıraların yolculuğu aynen böyle bir şey ve işte öyle anlar ki, böyle anlarda yüreğim çırpınmaya başlıyor, gözlerim ışıldıyor, yaşlanmış görüntümün altında tüm bedenim geriliyor, kanım ateş almış gibi akıyor, istirahate çekilip durulmuş tüm heyecanlarım, telâşlarım hayat buluyor. Gençliğimin tüm güneşlerini, mehtaplarını, renklerini, gündüzlerini, gecelerini, mevsimlerini kucaklıyor, yeniden âşık oluyor, yeniden aşk sunuyor, yeniden aşk sonrası rehaveti yaşıyorum.

Hayatımda hiç pişman olmadım. Tuhaftır ama hatırladıklarım bende hep memnuniyet yaratıyor. Çok nadiren, hâlen daha yüzümü kızartan anılar resmigeçit yapsa da, hayatımın her hoş anında olduğu gibi, nahoş anları için de kendimi ikna edici sebepler buluyorum; hem yaşarken hem anarken... Hiçbir şeyi boşuna yapmadım. Ayıplarımı, yasakları, kaçamakları bile. Hepsi gerekliydi ve iyi ki de yaptım. Ne büyük fırtınalar, ne şiddette depremler yaşamış dahi olsam...

Doksan beş yaşında, beni, hâlâ daha duygu seli içinde yaşatan bunlar. Geçmişimden, hatalarımdan, yanlışlarımdan utanarak, hayatı yaşarken kendine cehennem edenlerden olmadım hiçbir zaman. Zamanında, ister şartların getirdiği mecburiyetten, ister arsızca bir şehvet tutkusundan yapmış olayım, her neyi yapmayı seçmişsem, kendimi affetmeyi ve kendimi sevmeyi bildim.

Her şeyi hakkıyla yaşadım; heyecanlarımı, aşklarımı, hayâl kırıklıklarımı, acılarımı, endişe ve hüzünlerimi... Keyiflerim, heyecanlarım beni coşturdu, ıstıraplarım, korkularım kimi zaman yüreğimde, kimi zaman ruhumda bıçak yaraları bıraktı. Ama zihnimi, yüreğimi, ruhumu etkileyen tüm yaşadıklarıma karşı eşit davranmayı, onları sevmeyi ve affetmeyi, aynı bedende kaynaştırmayı tercih ettim.

Hele şimdi, bu yaşımda düşündükçe, kendimi, zamanı için rastlanmayacak derecede cesur buluyor, bundan da çok haz duyuyorum. Zaman zaman, minik torunumla bakışırken, onun, bu yaşlı büyükannenin neler yaşadığını hiçbir zaman tahmin edemeyeceğini, şayet bir gün öğrense neler düşüneceğini aklımdan geçiriyor, böyle anlarda, dudaklarımda müstehzi bir gülümseme dolaşıyor. Hele sevgili çocuklarımın ve torunlarımın, aşk meşk konuları açıldıkça, sempati dolu bir sesle: "Zavallı annem, gençliğini yaşamadan evlenmiş.", "Zavallı büyükanne, hiç kendi için yaşamamış ki." sözlerini duydukça, bu tebessüm daha da yayılıyor. Bir bilseler, diye düşünüyorum, bir bilseler...

Küçük oğul, burada durup bir soluk aldı. Diğerlerinin yüz ifadelerini izledi. Eğer bakışlar bu sayfa başlamadan evvel şaşkın ve şüpheci idiyse, şimdi, simalarda kocaman birer soru işareti ve ünlem bir aradaydı. Birkaçı, gergin tavırla, kadehlerini fondip yapıp tekrar içki aldılar. Şampanya şişesinin, içine gömülmüş olduğu buzların yumuşak karlı hışırtısı duyuldu. Gözler tekrar deftere odaklandı. Hüma'nın oğlu, yumuşak, tok sesiyle, annesinin yazdıklarını okumaya devam ediyordu.

Her şey çok uzun zaman önce başladı; benden başka hiç kimsenin hatırlamayacağı bir zamanda. Aldığım yolun uzunca bir bölümünü bilen, gören kimse kalmadı yaşayan. Kendime şahit bir kendim kaldım. Ne fark eder? Kimseye bir şey ispat etmek zorunda değilim ki...

Başucumdaki lâmbanın loş ışığında, nefti ışıltılarla pırıldayan sürahiyi izliyorum da, işte o, çok eskilere şahit olanlardan biri, ille de isterseniz. Tuvalet masamın üzerindeki parfüm şişelerim, için- deki beyaz lâleleri sinesine almış Tiffany vazo, onlar da şahitlik yapabilir bazı anlattıklarıma... İncilerim, kavdaki yıllanmış şarap şişeleri, yatağım, valizlerim, şamdanlar... daha sayabilirim sessiz şahitlerimi... bir de kelepçeler...

Gece yarısı yazıyorum bu satırları. Bir müddettir yağmur yağıyor... Damlaların pervazlara inen sakin, yumuşak dokunuşlarını duyuyorum. Biraz önce, pufun arkasında asılı kadife sabahlığımı üzerime geçirip pencereye ilerledim. Perdeyi açıp, dışarı bakarken, gökyüzü şimşekle aydınlandı. Gök gürültüsünün duyulması ile beraber, yağmur aniden hızını arttırdı. Başlangıçta, dokunduğunu okşamak istercesine yağarken, artık hırçın, hoyrat âşıklar gibi sabırsız iniyor dallara, camlara, sokak lâmbalarına. Sağanağın ardında, karşı kıyının ışıkları gittikçe daha hızlı göz kırpıyor. Göğü neredeyse yarıp, bilinmeyen bir başka dünyanın aydınlık penceresini aralayan bir şimşek daha... ardından, görünmeyen bir gücün gazabı gibi, camları titreten bir gök gürültüsü... ve çıldıran yağmur... ve çıldırtan anılar...

Gözlerimi yağmurdan ayırmadan, pencerenin kenarındaki koltuğa çöktüğümde, çoktan, 1912'nin durgun, sıcak yaz gecesinde, böylesine fırtınalı bir maceraya doğru yola çıkmıştım. İlk heyecanıma, dudaklarımda ilk yabancı teması duyduğum akşamın saatlerine, Suadiye'de, köşkümüzün bahçesine varmıştı anılarım çoktan.

Benim İçin Hep Aşk Vardı

Henüz on altıma girmiştim. Bal rengi, belime kadar uzun saçlarım, mavi gözlerim, bembeyaz tenim vardı. Sizler, her biriniz, beni tanıdığınızda, bu özelliklerimden kimi kalmış, kimi güneş görmüş renkler gibi solmuş, kimi de yok olup gitmişti.

Eski bir İstanbul ailesinin tek çocuğu ve gözbebeğiydim. Pek kardeş aradığım söylenemezdi. Zira, anne ve babamın yanı sıra, dedeler, nineler, evlenip de çocuğu olmamış halalar ve müzmin bekâr dayı kalabalığı içinde, tek başına şımartılan olmaktan son derece memnundum. Ama on üç yaşından beri, bu sevgi bana artık yetmez olmuştu. Hâtta fırsat buldukça, o eskiden çok sevdiğim, ailemin bir arada oturduğu, keyif yaptığı saatlerden kaçmak için bahaneler yaratır olmuştum. Yemeğimi yer yemez, bir sebeple odama çıkıyor, komşu köşkün bahçesinde tenis oynayan delikanlıyı, tüllerin ardından, iç çekerek, kalp çarpıntılarıyla izliyor, onu göremediğim zamanlar da, yatağıma uzanıp hayâllere dalıyordum.

Benden yaşça büyüktü. Ailece görüşmemize rağmen, onunla son yüz yüze geldiğimizden beri bir koca sene geçmişti.

Her yaz, ağustosun ortasında, Suadiye'deki evi kapatıp Fransız Riviera'sına tatile çıkardık. Dönüşümüzde, Maçka'daki konak hazırlanmış olur, doğru oraya giderdik. Yetişkinler, yaz kadar sık olmasa da, görüşmelerini devam ettirirlerdi.

Akif Bey ile Rüveyda Hanım'ın oğulları Nesim, İngiltere'de, üniversitede okuyor, yazdan yaza geldiğinde de, yetişkin bir grup arkadaşıyla İstanbul'un tadını çıkarıyordu. Beni yıllardır, komşularının şirin çocuğu olarak görmekteydi, daha fazla değil. Ben ise, çocukluğumdan beri hayranlıkla izliyordum onu. Ne var ki ilk kez, on üç yaşımın yazında, onun, kalbimde başka türlü çırpıntılar yarattığını fark ettiğimde, hissettiklerimden utanmış, o günden sonra ona karşı çekingenleşmiştim. İşte, o ilk kalp çarpıntısından sonra da, kışlar bitmek bilmemiş, her yazlığa geçiş, yüreğimde delicesine heyecanlar yaratmıştı.

Ama kararlıydım; o yaz her şey farklı olacaktı. Artık on altısında, çocukluktan çıkmış, genç kız olmanın vücuduma ve hayatıma yüklediği sorumlulukları anlamış, heyecanlarım ve çocukluk aşkım, yerini yeni beklentilere, gerçekleşmesi daha yakın görünen hayâllere bırakmıştı.

Ailemin verdiği yaza merhaba davetinde, ailesi ve kuzenleriyle evimize gelen Nesim, beni ilk gördüğünde, senelerin alışkanlığıyla kucaklamış, ama tam havaya kaldırmak üzereyken vazgeçmiş, arkaya doğru çekilip, menevişlerle yanan benimkinden daha mavi gözlerini, yüzümde gezdirmişti.

"İnanamıyorum! Küçük Hüma! Artık seni havaya kaldıramayacağım. Kocaman bir genç kız olmuşsun." demişti. Sonra, iki parmağıyla çeneme nazikçe dokunarak devam etmişti:

"Hem de çok, çok güzel bir genç kız."

Ama bunlar, bir ağabeyin, uzun bir aradan sonra küçük kız kardeşini gördüğünde belirteceği şaşkınlık ve memnuniyet ifadesinden hiç farklı değildi. Nitekim, Nesim'in tüm ailesi de, aynı iltifatla hayranlıklarını dile getirmişlerdi.

Bütün kış, akşamları hayâliyle yatıp, derslerde düşüncelerimi kendisinden zor ayırdığım erkeğin, beni kucakladığı an duyduğum nefes kesici heyecanın bedenimde yarattığı farklı his, hem içimi gıcıklamış, ama aynı zamanda büyük bir korku vermişti. Bu, onu görmeyi sabırsızlıkla bekleyip düşlerken, onun hayâlini kurarken duyduğum hislere hiç benzemiyordu. Çok farklıydı. Artık, sadece zihnim ve yüreğim değildi, bir şeyler duyan, özleyen. Sadece birkaç saniyelik ani kucaklaşma esnasında, Nesim'in göğsüne gömülen boynumdan aşağıya yayılan bu tatlı ürperti, yeni gelişmeye başlamış göğüslerimi avuçlayıp göz açıp kapayana kadar, vücudumun değişimini tamamlayan tüm sır kutularının kapağını açmıştı. İçimdeki ürperti yüzümü kızartmış ve bakışlarıma mahcubiyet getirmişti.

O günden sonra da, Nesim'le, yalnızken hiç karşılaşmadım. Aslında, buna özel gayret gösteriyordum. Yetişkinlerin hislerimi ne kadar fark ettiklerini bilemiyordum. Ancak, artık, her nedense, elinde kitabım bahçede oturduğumda, yanımda ya evin büyüklerinden biri ya da mürebbiyem oluyordu.

Günün sıcaklığı çekilmeye yüz tutarken, bütün aile, bahçenin ağaçları altında bir araya gelmeye başlardı. Akşam yemeklerimiz, çoğunlukla, misafirler eşliğinde, keyifli saatlerin yaşandığı beraberliklerdi. O meşhur yaza kadar büyük keyif alırdım bu toplantılardan. Çünkü genellikle odak noktası bendim. Bütün ailem, âdeta söz birliği etmişçesine, ya benim ilerleyen piyano etütlerimden, ya ne kadar güzel Fransızca şiirler okuduğumdan bahseder durur, ya bir şeyler çalmamı ya da şiir okumamı isterdi. Bazen annem, yanımda oturup bana piyanoda eşlik ederdi. Sonra, elbisemin eteklerini tutarak reveransla alkışlara cevap verirdim.

Ama şimdi bu ilgi, hayranlık beni hiç mi hiç tatmin etmiyordu. Aklım fikrim, komşunun oğlundaydı. Tüm düşüncelerimde hayâllerimde o vardı.

Bütün bir yaz geçmiş, ailelerimiz defalarca bir araya gelmiş olmasına rağmen, Nesim bu toplantılardan hiçbirinde yer almamıştı. Ara sıra, benim duymadığımı zannettikleri zamanlarda, ev halkının, onun hakkında fısıldaştıklarına kulak misafiri oluyordum.

"Yakışıklı, güzel çocuk ama senelerdir dışarıda yalnız. Hayatı nasıldır bilinmez." diyordu annem.

"Hiç annesine, babasına çekmemiş. Hayata aldırmaz, alaycı bir hâli var," demişti babam.

Bütün bu gizli konuşmaları tesadüfen mi duyuyordum, yoksa ruhumda kopan aşk fırtınasını sezmişlerdi de, uzaktan uzağa kulağımı bükmek için mi bilhassa ayarlıyorlardı, bunu anlamak mümkün olmuyordu. Ama her nasıl duymuş olursam olayım, son derece rahatsızdım. Delicesine âşık olduğum erkek hakkında söylenen en ufak söz bile kalbimi deliyor, midemi buruyor; derhal yatak odama kaçıyor, orada kendime ait, her şeyin mükemmel olduğu, aşk ve sevgi dolu hayâllerime sarılıyordum.

Önceleri, uykusuzluk, baş ve mide ağrısı gibi değişik bahanelerle atlattığım durumu, bir müddettir idare etmesi zorlaşmıştı. Çağrılan doktor, muayenelerinde hiçbir sebep bulamıyordu. Durumum, ailede herkesin merak konusu olmaya başlamıştı. Mürebbiyem, annemden özel bir talimat almış olmalıydı ki, yüzündeki gülümsemeyle, o en tatlı bakışıyla, hemen her adımımda yanımda oluyordu, odasına çekildiği saatler dışında. Ancak, belli ki henüz kimin bunun müsebbibi olduğunu anlamış değillerdi. Annemin verdiği haber bunu gösteriyordu:

"Bugün öğleden sonra dinlen Hüma'cığım. Akşama yemekte misafirlerimiz var. Yine başın falan ağrıyıp masadan kalkman ayıp olur. Akif Beyler geliyorlar. "

Birden, yüreğimin ağzıma geldiğini hissettim. Annem, kızardığımı fark eder, nefesimin daraldığını hissederse, bugüne kadar duyduğu merakın cevabını almış olacaktı. Ve bu her şeyi mahvedebilirdi. Yüzümde aldırmaz görünen ifade zorlamasına inat, pırıltılarla daha da irileşen mavi gözlerim, eminim, kaçamak duygularımı ortaya koyuyordu ama annem, çoktan, aşçımıza talimatlarını vermek üzere, mutfağa inen merdivenlere yönelmişti bile.

İkinci kattaki odama, basamakları koşarak çıktım. Kapıyı kapayıp içeri girer girmez, heyecan ve terden sırılsıklam olmuş avuçlarımı birbirine kenetleyerek, kendimi yatağın üzerine attım. Bacaklarımı, heyecanla, olduğu yerde birkaç kez üst üste salladım. Titreyen ellerimle, yanaklarımı avuçlayıp fısıltılarla Allahıma şükürler ettim. Sonra, aniden yerimden fırladım, tülü açmadan, komşularımızın bahçesine baktım. Akasya ağaçlarının arasından, kavurucu yaz sıcağında akşam serinliğini bekleyen gül tarhları ve boş tenis sahası gözüküyordu. Güneşe bakan tüm pencere kepenkleri kapalıydı. Mühim değildi. Nasılsa akşama görecektim onu. Hem de burada, bizim evimizde, aynı masada oturacaktık. Belki de yan yana... Yok yok, karşı karşıya olursak daha iyiydi. Yanımda olmasına dayanamazdım. Bayılabilirdim. Ama ya karşımda otururken... o zaman da gözlerine nasıl bakacaktım? Ya bakışlarımdan her şey anlaşılırsa? Ya annem, babam, ya diğerleri anlarlarsa?

Midem bulanmaya başlamıştı. Bir ateş basıp terliyor, bir buz gibi olup titriyordum. Demek aşk böyle bir şeydi.

"Daha düşüncesiyle bu hâle getirirse aşk..." diye düşündüm, "Ya bir de bana dokunursa, o zaman neler olacak?"

Hayır, bunu tahayyül etmeye bile gücüm yetmiyordu. Banyoma koşup yüzümü, musluktan avuç avuç aldığım soğuk suyla rahatlatmaya çalıştım. Sonra, yaşamış olduğum bu aşk sarhoşluğundan yorgun, kendimi yastığa bıraktım.

Annem kapıyı vurup odaya girdiğinde, tülün ardından, odaya süzülen haziran akşamının erken saatlerine gözlerimi açtım. Henüz güneş batmamıştı.

"İyi misin?" diye sordu annem, yatağıma oturup.

İki saatlik uykuya rağmen, hâlâ daha kendime gelememiştim. Ama gözlerim pırıltıyla gülümsedi:

"İyiyim anneciğim."

Annem, alnıma, enseme yapışmış saçlarımı okşayarak düzeltti. Sonra, merakla, avucunu alnıma koyup ateşimi anlamaya çalıştı:

"Sen sıcaksın Hüma, ateşin var galiba."

Haftalardır hasta numarası yaparken, şimdi ilk kez, hastalanıyor olmaktan çok korkmuştum. Aceleyle yerimde doğruldum. Canlı hareketlerle örgülerimi açmaya başladım. Bir yandan da, annemin endişesini gidermeye çalışıyordum:

"Çok sıcaktı anneciğim. Ondan olmalı. Yoksa gayet iyiyim."

Annem rahatlamıştı.

"İyi o zaman. Banyonu yapınca eminim kendini daha iyi hissedersin."

Alnıma bir öpücük kondurup odadan çıkmak üzereyken, dönüp kapı aralığından bakarak seslendi:

"Yalnız, çok vaktimiz yok. Biraz çabuk hazırlan. İki saat sonra buradalar."

Annem, çoktan elbisemi seçip kanepenin üzerine bırakmıştı. En yeni ve en sevdiğim elbiseydi. Artık çocukluktan çıkmış bedenimi, vücudumdaki ani ve hızlı gelişmelerden utandırmayacak kadar kapatıyor ama büyükannemin aynen tarifiyle, boyumu, zarif endamımı, ince ayak bileklerimi, on beş yaşımın tüm saf tazeliğiyle sarılmış ender güzelliğimi de gözlerden kaçırmıyordu. Evet, bu elbiseyi ilk giydiğimde, babaannemin saymakla bitiremediği iltifatları bu minval üzereydi. Sırf, sevgili torunu olduğum için biraz mübalâğa ediyor olabilirdi ama yine de hoşuma gitmişti. Annem, yaş günüm için, baharda gittikleri Paris'ten getirmişti; aynı uçuk pembe organza kumaştan ayakkabılarıyla beraber.

Banyomu yaparken, uykuya yatmadan önce başıma üşüşmüş olan tüm düşüncelerden uzak durmaya çalışıyordum. Aşağıya inene kadar, kendime tamamen hâkim olmam lâzımdı. Eğer biraz tiyatro biliyorsam, işte tüm marifetimi göstermem gereken zaman, bu akşamdı.

Ben kurulanırken, mürebbiyem odaya girmiş olmalıydı. Sesini duydum matmazelin:

"Çıktın mı banyodan küçüğüm? Saçlarını kurutmak için yardımcı olmaya geldim. Haydi, geç kalacaksın."

Matmazel Celeste, "Küçüğüm" diye çağırırdı beni. Doğduğum günden beri benimleydi. Anneannem, annem doğum yapmadan dört ay önce, Nice'te bulunduğu sırada, oradaki dostlarının tavsiyesiyle onu tanımıştı. Uluslararası tütün ticareti yapan babasının yerleşmiş olduğu Viyana'da dünyaya gelen ve yetişen anneannem, önce Avusturyalı bir *'schwester'* tutmayı düşünmüş ama daha ilk görüşmelerinde, bu zarif, sessiz ve kültürlü genç kıza kanı kaynamış ve biricik torunu için ideal bir mürebbiye olacağına inanarak, dönüşte onu da yanlarında getirmişti. İyi bir aileden gelen, iyi tahsilli, üç lisan bilen, mükemmel yetişmiş bir genç kadındı Celeste d'Lerraine. Ayrılan anne ve babasının yeni aile düzenleri, sayısını takip edemediği üvey kardeşler karmaşasından bir an evvel kurtulmak için, daha Sorbonne'da felsefe okurken, dostları olan varlıklı ailelerin yanlarında, çocuk bakımı ve eğitimi görevleri üstlenip kendine ait, kendinden sorumlu, huzurlu bir hayat kurmuştu. Mezuniyetinden sonra da, çocuklarla olan diyaloğundan, onların üzerinde yarattığı olumlu gelişmelerden duyduğu tatminle, başka bir işi düşünmemişti bile. Hep merak ettiği, uzaktan uzağa masal ülkesi bellediği İstanbul'da bir iş imkânı çıktığında da, gözü kapalı kabul etmişti. Ailenin büyükannesi ve büyükbabasının zarafetlerine, şıklıklarına hayran olmuş, başka bir şey sorgulamamıştı. Gerçi, ilk kez, yeni doğmuş bir bebeğin dadılığını üstlenecekti ama bu egzotik ülkenin masal şehrine gitme fikrinden o kadar heyecanlanmıştı ki, dadılığın da altından kalkacağına emindi. Daha ziyade, yeni, kalp kırıklığıyla neticelenmiş aşk hikâyesi de bu kararında etken olmuştu.

Babam, dadının, bebek doğmadan dört ay önce eve yerleşmesini gereksiz bulsa da, kayınvalidesinin kesin tavrı karşısında, her zamanki centilmen tavrıyla bu gibi işlerle zaten erkeklerin meşguliyetinin gereksiz olduğunu hatırlayarak, fikrini ikinci bir kez beyan etmemişti bile.

"Çocukla aynı anda eve giren yabancının hâlini düşünebiliyor musun Ragıp'cığım?" demiş anneannem, "Zavallı kadın, yeni bir memlekete, bilmediği âdetlere, tanımadığı aileye mi alışsın, yoksa bebeğe konsantre olup ona mı baksın? Biz, Nefise doğduğunda da aynı şeyi yapmıştık. Bebek de rahat etti, biz de, dadı da."

Nitekim, ben doğana kadar, Matmazel Celeste, yanında çalışacağı aileyi, evin düzenini, âdetleri öğrenmişti. Benden yirmi üç yaş büyük, kumral, vasat güzellikte ama sıcak ve nazik bir genç kadındı. Benim için fiziksel güzelliğinin çok ötesinde, derinliği olan bir insandı. Doğduğum günden itibaren, bana hayranlıkla bağlanmıştı. Evlenip çocuk sahibi olmayı artık kendisi için geç bulduğundan olmalı, beni evlâdı gibi görüyor, üzerime titriyordu. Âdeta ikinci annemdi. Sır paylaşmaya gelince de, annemden bile daha yakındı bana. O da, kimseye söylemediklerini bana anlatırdı. Bunu, yaşıma uygun bir lisanla ve bilgim sınırları içinde yapardı. Birkaç kez, Fransa'daki yakınlarından, kendisiyle evlenmeyi isteyen dul veya bekâr adamlarla ilgili mesajlar gelmiş, ama o, hiçbiriyle ilgilenmemişti. Hâtta, her sene izni olmasına rağmen, memleketine yalnız başına gitmemişti bile. Ağustos ayında Riviera'ya gittiğimiz tatillerde bize katılır ve yolculuk boyunca, yakın akrabalarına yaptığı birkaç günübirlik misafirliğin dışında, bizden ayrılmazdı. İstanbul'da iken, aile fertleriyle çok sık yazışmasına rağmen, her nedense, nezaket ziyaretleri hariç, uzun beraberlikler istemiyordu. Annem ve babam, onun, ailemizle daha mutlu olduğunu hissettiklerinden, özel ilişkilerini hiç kurcalamıyorlardı. Üstelik benim adıma içleri son derece rahat, çok keyifli tatil geçiriyorlardı.

Celeste, benim hem koruyucum hem en yakın arkadaşım, sırdaşım olmuştu. Bu arada, benim Fransızcamdan ve genel kültürümden sorumlu olmakla birlikte, baş başa kaldığımız anlarda o da Türkçesini geliştirmeyi başarmıştı.

Piyano hocam Sinyor Feretti ile sanki sözsüz anlaşmayla yaşadıkları, plâtonik bir ilişkileri vardı. Bundan emindim. Özellikle kendim aşkı hissedeli, onların kaçamak, tutkulu bakışlarını, iç çekişlerini daha iyi anlıyordum. Ten temasından uzak, âdeta bir ortaçağ romantizmini yaşayıp, kendilerine tatlı, buruk bir acı çektirmekteydiler. Bu sırra bir tek ben vâkıftım. Bu, önseziden ibaret, yine sözsüz bir anlaşmayla kabullenilmiş bir sırdı.

Haftada üç gün, akşamüstleri ders vermeye gelen Sinyor Feretti, uzun boyu, ince bıyığı, Van Dycke tabir edilen küçük sakalı, her zaman ölçülü, nazik tavırlarıyla evin en renkli ve sevilen ziyaretçilerindendi. Çaresiz aşka tutulmuş da, bastırılmış duygularını, melânkoli perdesi ardında saklamak isteyen zeytin siyahı gözleriyle esrarengiz bir hâli vardı.

Sinyor Giacomo Feretti'yi, aynı derece değilse bile, neredeyse matmazelim kadar severdim. Onun kişiliğinde, hep çözmek istediğim, merak ettiğim bir hayat hikâyesi bulurdum. Piyano dersleri esnasında anlattıklarını dinlerken, gözlerimi arada sırada, elimde olmadan tuşlardan kaçırır ve Sinyor Feretti'nin melânkolik gözlerinin sırrını çözmeye çalışırdım. Bu arada, pencere önündeki koltukta, elinde bir kitapla oturan Celeste'in, sahifeleri nasıl boş boş ve uzun fasılalarla çevirdiğini farkına varırdım. Matmazel Celeste, kitabını gerçekten okuyorsa, bu, muhakkak ki Sinyor Feretti'nin etrafta olmadığı zamanlardı.

Hayatımın renklerini, bilgilerini yönlendiren bu iki insanın arasındaki duygusal bağdan büyük keyif alıyor, plâtonik de olsa, bu aşktan kendime pay çıkarıyordum. Sanki, dünyanın iki ayrı ülkesine ait bu iki harika insan, benim sayemde bir araya gelmişlerdi. Ama neydi onları tutan? Neden hiç baş başa kalmazlardı?

Celeste'in konak dışına yalnız çıktığı vâki olmazdı. Kimsenin ona engel olduğundan değildi bu. Sanki yalnız olmaktan korkar gibiydi. İzin günlerinde bile, ya beni yanına alır ya anneme bir alışverişinde eşlik eder ya da anneannemin yapacağı dost ziyaretlerinden birinde, kendisine yardımcı olmak bahanesiyle onunla giderdi.

Celeste'le olmaktan hiç bıkmazdım. Havalar güzelleşip dersler hafiflediği zaman, koçulardan birini alıp dolaşmaya çıkardık. Aynı zamanda bahçıvanlığımızı da yapan Arnavut Sefer, bizi saatlerce dolaştırır, mürebbiyemle benim onun anlamadığı bir lisanda konuşmamızı, şarkılarımızı, bilmediği bir dünyanın güzelliklerini keşfeder gibi, keyifle dinlerdi. Benim en sevdiğim, aynalı koçuydu. Dedem bunu, anneannem için Torino'daki, Osmanlı sarayına koçu imal eden ustalara özel yaptırmış vaktiyle. İç tarafında, kapı kenarlarında, en açık pembeden bordoya farklı tonlarda, kristâl gibi kesilmiş camlarla oluşturulmuş süslemeler, oturma yerlerinin sırtında da bronz, altın varak ve pastel renklerle resmedilmiş vazo içinde güller vardı. Döşemesi ve yastıkları, gülkurusu renkte ipek kumaştandı. Dışı da içi kadar romantik, zevkli desenlerle süslüydü. Çocukluğumdan beri aynalı koçuya ne zaman binsem, kendimi bir masal prensesi zannederdim. Hele, güneş battıktan sonraki bir saate kalmışsa yolculuğumuz, keyfime diyecek olmazdı. Arabanın dört köşesindeki fenerler yakılır, ben başımı cama dayayıp fenerlerden yayılan hüzünlü ışığa odaklanırdım.

Kışları en büyük heyecanım, Celeste'in Pera'da, Fransız Sefareti'nde çalışan arkadaşlarını ziyaretlerimizdi. Nadine ve Yvonne da, aşağı yukarı Celeste'in yaşındaydılar. Onların sefarette ne görevleri olduğunu tam bilmezdim ama mühim de değildi. Galiba biri öğretmen, diğeri de tercümandı. Çok şık, çok eğlenceli kadınlardı. Benim yanımda, bir genç kıza uygun seçtikleri belli konular üzerinde sohbet ederler, özel hayatlarıyla ilgili pek bir şey ortaya koymazlardı ama yine de Yvonne'un, Pera Palas'taki çay saatlerinden sonra, oradan hep beraber ayrıldığı yabancı adamla bir ilişkisi olduğunu tahmin ediyordum. Bunu Celeste'e hiçbir zaman sormadım. Belki de kafamda yarattığım romantik ilişkinin sihrinin kaybolmasından korkuyordum.

Nesim'le yaşadığım son kucaklaşmadan beri, artık, bir erkek ve bir kadının bir arada olmalarının nasıl farklı bir yönü olabileceğini biliyordum. Kaldı ki, bu insanlar benden yaşça büyüklerdi ve kimbilir nasıl çılgın yaşamaktaydılar bu heyecanı.

Mürebbiyemin arkadaşlarıyla buluşmaları, bazen de Yvonne'un, Büyük Hendek Sokak'taki apartman dairesinde olurdu. Çok katlı, dar, kâgir binaların yükseldiği bu sokağın sakinleri gayrimüslimlerdi. Pencerelerinde kafes yoktu. Ama, benim bildiğim kadarıyla, İstanbul'un tüm sokaklarında olduğu gibi, başıboş sokak köpekleri orada da mevcuttu. Havalar soğumadan önce arnavutkaldırımında, taş yolda, kimseye aldırmaksızın yayılıp miskin miskin yatan hayvanlar, kışla beraber hırçınlaşır, sokaktan geçenden haraç istercesine havlayıp ürkütücü olurlardı. Şayet babamın koçularından biriyle gelmemişsek, Galata Kulesi'nden aşağı inip Müslüman mezarlığının karşısındaki binaya, Yvonne'un evine varana kadar, Celeste'in şemsiyesini savura savura ilerlerdik.

Bu ziyaretlerimizden birinde de, biraz erken gelmiş ve Yvonne'u, dairesinin kapısında, genç bir adamı geçirirken bulmuştuk. Erkek, nazik bir selâmla, şapkası ve bastonu elinde, merdivenlerden koşar adımlarla inip yok olmuştu. Hülyalı bakışları, alaycı gülümsemesi, kendinden emin şımarık tavırları ve şık kıyafetleriyle, Nesim'in bir benzeriydi.

On altı yaşında olduğum o yaz, yetişkinlerin duyabileceği heyecanları düşünerek, kendimi sınırsız kabullenmelere yola çıkmış zannetmiştim. Hâlbuki o saf yaşın kısır bilgileri içindeki tahminimin aksine, onun daha ne kadar fevkinde heyecanlar duyulduğunu ve hayâl kırıklıkları yaşandığını, arzuların hangi doruklarda şekillendiğini ve rehavete erdiğini sonradan çok iyi öğrendim. Evet, bu doksan beşlik beden, hepsinin hakkını verdi sonunda.

Şimdi, hemen, şu anda, bu satırları yazarken, her anını hakkıyla soluduğum bir gece geliyor aklıma... Beni, uykuya gitmekten alıkoyacak kadar canlı ve ateşli bir gece... Öyle güzel, sıcak zamanlara yola çıkarıyor ki anılarım beni, bu kadar taze hatırlamışken yazmak istiyorum...

Az önce kalemimi, defterimi bırakıp kalktım yataktan. Bir fincan çay almak üzere, yatak odasından çıkıp alt kata, mutfağa indim. Yürüdüğüm her adımda, elime, gözüme değen her obje, benimle yaşıt ya da benden daha yaşlıydı. Yeni olan çok az şey vardı. Onlar da, sevgili çocuklarım sizin, torunlarımın ve küçük torunlarımın fotoğraflarıyla süslenmiş köşelerdi. İnce, damarlı parmaklarımla, çerçevelerin camlarının üzerinden tek tek yüzlerinizi okşadım, sevgiyle. Dört yaşındaki minik torunumun resmini elime alıp baktım. Lüle sarı saçları, kocaman, akı görünmeyen mavi gözleriyle aynı benim çocukluğumdu. Canım benim, canım, dedim dudaklarımı onun fotoğrafına değdirirken, bir bilsen, babaannenin ne yaramazlıklar yaptığını, ne çılgınlıklar yaşadığını...

Mutfakta, küçük tepsi içindeki porselen çay fincanım, kahverengi şeker hazır duruyordu. Bir müddettir, geceleri uyanıp sabahı karşılamayı âdet hâline getirdiğimi biliyor yardımcılarım. Porselen çaydanlığa bir poşet çay, biraz da kaynar su koyup tepsiyle odama götürüyor, çayımı yudumlarken, her yudumda, manzarayla beraber anılarımı da içiyorum.

Yalnız ne olduysa, çıkamadım mutfaktan. Işığını kapamak üzereyken durdum. Birkaç saniye içinde, ikinci kocamı, babanızı, kiminiz için de dedenizi, karşımda görür gibi oldum. Mutlulukla gülümsedim. Yukarı çıkmaktan vazgeçtim. Tepsiyi mutfak masasına bırakıp, tonet iskemlelerden birine otururken, gözlerim sanki karşımda hareket hâlinde birilerini izlemeye başladı.

Henüz otuz yaşındaydım. Yıllar önce, sebebini sonra anlatacağım, mecburiyetten kestirmiş olduğum buğday sarısı saçlarım, artık, 1926'nın modasında şekillendirilmişti. Geçmiş yıllarda, uzunca bir zaman puslanan iri mavi gözlerim, son beş yıldır yeniden pırıltılarla aydınlanmıştı. Âşıktım kocama. Hem de öylesine âşıktım ki; sevişirken yüreğim dolar, bir gün onu kaybedebileceğim duygusunun verdiği korku ve yaşadığım anın mutluluğu birbirine karışır ve sessiz sessiz ağlardım. O gece de öyle olmuştu.

Pera Palas'ın barında başlayan gecemiz, mum ışığında, harika bir akşam yemeğiyle devam etmişti. Dans pistine her kalkışımızda, içtiğimiz şampanya biraz daha başımızı döndürmeye başlamış, birbiriyle temas eden gözlerimiz, ellerimiz, zaman zaman bedenlerimiz, danstaki yakınlığımızdan tatmin olmamaya başlamıştı.

Anılar o kadar yakınımdaydı ki, 1926'nın gecesi, sanki mutfağın içine dolmuştu. Pera Palas'ın romantik ışıltılarla süslü balo salonu, kristâl avizeleri, antika mobilyaları, ferforje kapılı asansörü, kırmızı halı kaplı mermer merdivenleri... Beyaz muslin tuvaletinin etekleri uçuşarak, yakışıklı erkeğinin kollarında dans eden genç kadın, kocasının arzu dolu gözlerine teslimiyetle bakan iri mavi gözleri... hepsi oradaydı. Çayımdan bir yudum alıp seyre devam ettim. Hatırladıklarımın vücudumda yarattığı tatlı ürpertiyi, hayret irkilmesi takip etti. O kadar huzurlu bir aşk, nasıl kendini sonra o hüzün çukuruna bıraktı, diye düşündüm. Hâlâ anlayamıyorum, bunca sene geçmesine rağmen. İlk aşkımı ve evliliğimi trajediyle bitiren kaderin artık beni rahat bırakacağını sanmıştım, ama yanılmışım. Babanızla olan evliliğim, yaşadığım onca ıstıraptan sonra, tam anlamıyla anlayışın, güvenli bir sevginin ve huzurun kucağına gömülmek demekti. Nasıl olmuş da trajediye dönüşmüştü? Ama, artık kısalan zamanımı, gerekmedikçe, trajedilerle doldurmak, böyle oyalanmak istemiyorum. Çayımdan bir yudum alırken, gözlerimle, dans salonundan çıkan çifti takip ettim. Kocamın avucundaki elimin sıcaklığını hissedebiliyordum. Geçmiş zaman perdesindeki kadın gibi, ben de çakırkeyif olmuştum bile. Heyecanın verdiği tutuk bir yutkunmayla, kocamın gözlerinin içine baktım.

"Odamıza çıkalım mı?" dedi, arzulu bir tonlamayla.

"Odamıza mı?" diye sordum, sürprizden memnun olduğum belli bir ses ve ifadeyle.

"Evet, odamıza. Bu gece için ayırtmıştım."

"Ama ya çocuklar?"

"Celeste'le ayarladım her şeyi. Merak etme. Dönmeyeceğimizi biliyor. Çocuklara göz kulak olacak."

Gözlerimde, aşk saatlerinin sözünü veren ifade, gülümseyerek fısıldadım:

"Ne duruyoruz öyleyse?"

Ferforje kapılı, gül ağacından asansörün yukarıya çıkışı, sanki bir ömür sürmüştü.

Kocamın kolu belimde, beni, sımsıkı kendisine çekmiş koridorda yürürken, kendimi, o an, orada teslim etmemek için zor tutuyordum. Odaya girdiğimizde, ikimizin de kelimelerle zaman harcamaya sabrı kalmamıştı. Beni, elimden tutup içeri çektikten sonra, sırtımı kapıya dayayıp alnımı, göz kapaklarımı, dudaklarımı, boynumu öpücüklere boğdu. Gece çantamı, etolümü yere bırakıp aynı hararetli öpüşlerle, kollarımı aşkımın boynuna dolayarak, onun bedenini kendime çektim. Pencerenin ardından, Haliç'in ışıkları suda yakamozlarla göz kırpıyor, olgunlaşmış, turuncu mehtap neredeyse odadan içeri girmeyi bekliyordu. Hiç konuşmadan, nefes nefese, birbirlerimizin tenlerine ulaşmaya çalışarak, sarmaş dolaş, yatağa kadar ilerledik.

İkimiz de bir diğerinin ilki değildi. Olgun yaşlarımızda ve nice maceradan sonra rastlaşmıştık. Ama, beş sene önce tanıştığımızda, daha ilk anda birbirimize duyduğumuz arzuyu bakışlarımızda hapsetmiştik. Yatağa gitmemiz çok uzun zaman almamıştı ve ilk sevişmemizin ardından, bedenlerimizin beraberliğinde, bir başkasında yakalayamayacağımız tatmini keşfetmiştik.

Ben, yıllardır, çeşitli şartlarda ülke dışında yaşamış olmanın ve hayatın bana sunduğu maceralara cevap vermenin getirdiği tecrübelerden olsa gerek, çevremin erdemli kadın portrelerinden farklı bir çizgide, farklı bir yaşam sürüyordum. Sevilmediği zaman küsüp bekleyeceğine, yeni bir sevgi aramayı, sevgiyi bulduğu zaman da karşılık vererek onu katlamayı öğrenmiştim. Belki de hepsi sevgi değildi, aşk değildi... Belki kimisi sadece ihtirastı, biraz inat, biraz şehvetti... belki çaresizlik... Ne fark ederdi? Sonunda bana ait değiller miydi?

İşte, aynen bu duygularla, Server'le karşılaştığım anda da, bu yakışıklı kazanovanın bana duyduğu arzuyu hissetmiş ve iri mavi gözlerimdeki aşk menevişlerini yakıp ona bakmaktan çekinmemiştim. İşte, beşinci yılını kutladığımız o gece, bu mutlu ve ihtiraslı evlilik, birbirinden güzel üç çocuk... hepsi ama hepsi o bakışlardan doğmuştu.

Evlendiğimizde yirmi beşimdeydim, Server ise benden on yaş büyüktü. İkimiz de yaşlarımıza göre çok yaşamış, çok görmüştük. Hele ben, o devrin bir kadını olarak, sizlerin bugün bile yaşamadıklarınızı görmüştüm. İleri satırlarda hepsini öğreneceksiniz. Her ikimiz de, bir diğerini, sırf beraber olundu diye, gerçek anlamda sahiplenemeyeceğimizi biliyorduk. Gezgin ruhlarımıza gem vuramayacağımız bir günün gelebileceğini bilerek beraberdik. Bu, bizi, birbirimize karşı hassas, nazik, anlayışlı, şefkatli ve demokrat kılıyordu. Ve de hep âşık. İlişkilerimizde, sadece aşk olmaktan maada, ihtiras, şehvet vardı. Belki de gelip hayatlarımızı değiştirebileceğinden şüphe ettiğimiz bilinmeyen o güne nispet, birlikte ve içinde olduğumuz zamanın hakkını verme telâşıydı yaşadıklarımız. Daha önce gerçek büyük kayıplar yaşayan bir kadın olarak, bunun ne demek olduğunu biliyordum.

Beş senelik aşk hayatımızda, bir kez dahi olmamıştı ki; birimiz, diğerini herhangi bir şekilde refüze etsin. Çok kadının, kocalarıyla sevişmek istemedikleri zaman, popüler bahaneleri baş ağrısıydı. Benim başım ağrımazdı. Diğer kadınlar menstrüasyon görürlerdi. Bu, benim için engel değildi. Çocuklar ağlardı; bu, kadınların sevişmeden kurtulmak için en büyük kozlarındandı. Ben çocuklarımı uyutur, erkeğimin yanına, yine aynı istekle geri dönerdim. Uykusuz, yorgun olurdu kadınlar, sevişemeyecek kadar. Ben ne kadar yorgun olursam olayım, Server'le sevişmek, geçmiş yorgunluklarıma, acılarıma, kayıplarıma, hayatta aldığım darbelere ilâç sürmek gibiydi. Çok kadın, kocasının kendisini anlamadığından şikâyet eder, ona, sevişmeyerek ders verirdi. Benim böyle bir şikâyetim de yoktu. Çünkü her isteğimiz, her oyunumuz, her beklentimiz aynıydı.

Babanızdan önce bir evliliğim daha olmuştu, onu biliyorsunuz. Ama bilmediğiniz, çok da maceram olduğu. Hiç şaşırmayın. Evet, çok maceram oldu. Ama en büyük mutluluğu, anne olmanın mutluluğunu, sizlerle tattım.

Hayatımın en güzel yaş ve senelerinin, bedbin ve çaresiz olduğum bir zamanda; geride kalıp gittiğini sandığım bir devirde karşıma çıkan ve evlendiğim erkeğin, babanızın, yeniden sevgiyi, aşkı, heyecanı ve mutluluğu paylaşmak üzere kalbimi çarptırdığı gün, hiç vakit geçirmeden, çocuk özlemini doyurmak istediğimi fark etmiştim. Nefesim kesilircesine sevdiğim bu insandan dünyaya iz bırakmak, annelik duygularını tatmak öylesine ağır basmıştı ki, yirmi beş yaşına kadar bundan mahrum kalmanın getirdiği telâşla, arka arkaya üç çocuk doğurdum.

Sevgili Celeste, hızla büyüyen ailenin yükünü o kadar azaltmıştı ki, anlatamam. Nitekim, o akşam, Pera Palas'ın yatağında kocamla aşk saatleri geçirebiliyorsam, aklımın evde kalmaması, her şeyin, müşfik Celeste'in kontrolünde olduğunu bilmemdendi.

Vücudumun, kocamla beraber çıktığı arzu yüklü yolculuğa kendimi bırakırken, sevgili Celeste'in, benim uğruma hayatı boyunca yaptığı fedakârlığı, hüzünle hatırlamadan edemedim. Gençliğinin en güzel zamanlarını bana vakfetmiş, şimdi de çocuklarımı sahiplenmişti. Kendisine ne bir aşk saklamıştı geçen zamandan, ne bir sevgili. Özeline en ait zamanlardan bile çalmamıştı, bir yudum da olsa, yanına alacak.

Gözlerim, sevgili mürebbiyem için yaşlanmaya başlamıştı ki, bedenimi saran sıcaklığa, yüzümde, göğüslerimde dolaşan inatçı, arzulu, âdeta içinde bulunduğu anı içen dudakların tenimde yarattığı titremelere bıraktım kendimi. Zavallı Celeste'in benimle paylaştığı onca zorluktan, maceradan sonra, şehvetim düşüncelerime galebe çalmış, hafızamda onunla ilgili vicdan azabı derinlere gömülüvermişti bile. Realitem o andı, yaşadığım zamandı ve aşk dolu o zaman, bir tek şeyle, bedenlerimizin arzu diliyle konuşmaktaydı. Başka bir şey hatırlamak, başkasının hayatını yaşamak istemiyordum, içinde benden büyük paylar olsa bile.

Hüma'nın küçük oğlu burada durdu ve tekrar soluklandı. Herkes, bir bilinmeyene gidenlerin bakışına sahipti. Boğazını temizleyerek sordu:

"Devam edecek miyiz, ne diyorsunuz?"

Gözlerini genç nesilden yana çevirerek cevap bekledi. Hüma'nın, onları alıştıra alıştıra, bir müddet sonra nelere esir edeceğini tahmin etmeye çalışıyorlardı. Hem hayret hem heyecan içindelerdi.

"Gelin, realist olalım." dedi, büyük oğul, "Eğer annem bilmemizi istiyorsa, o bunun ayıbını çoktan aşmış demektir. Kural koymak bize düşmez. Devam edelim."

Sonra, dönüp ilâve etti:

"Ancak, rahatsız olan varsa, kalmak zorunda değil tabii..."

Ama kimse yerinden kıpırdamıyordu. Damatlardan biri, yüzünde asılı kalmış şaşkın ifadeyle gülümseyerek konuştu, birkaç boş kadehi doldururken:

"Bence, bu defter bittiğinde, hiçbirimiz artık hatıratını yazmaya cesaret edemeyecek. Bir şey sakladığından değil, anlatmaya değer bir şey bulamayacak da ondan."

Hepsi gülümsedi. İlk baştaki çekingenlikleri kalmamıştı. Bundan sonra dinleyeceklerine de, her ne ise, hazırlamışlardı kendilerini. Hüma, o kadar güzel çizmişti ki plânını. Hayatının yolculuğunu paylaşırken, onları tatlı şoklarla sarsıp, sonra biraz romantizmle besleyip alıştırıyordu. Sayfaların sayısına bakılırsa, bu sadece girizgâhtı. Aslında, annelerinin, babalarıyla olan cinsel beraberliğinin detaylarını neden anlattığını tam çıkaramamışlardı. Onları zaten son derece uyumlu ve sevişen bir çift olarak izlemişti çocukları. Bir sebebi olmalıydı. Zira, Hüma, yaşadığı zaman zarfında, özel hayatını kendisine saklamıştı hep.

Küçük oğul, defteri kız kardeşine uzatıp yerinden kalktı.

"Sen devam et istersen."

Boşalan kadehler doldu, herkes tekrar yerini aldı. Yan koridorlardan, Teravet Hanım'ın yönetiminde yatak odalarına dağılan çocukların neşe içindeki sesleri geliyordu. Ne garip bir histi. Evde bir ölü olmasına rağmen, onun hâlâ daha neşesi, enerjisi hissediliyor, bununla birlikte inanılmaz gizemde bir tiyatro oyunu devam ediyordu. Ve hepsinin ortasında Hüma, dudaklarındaki o dalga geçer ifadeyle, hücrelerinin derinliklerinde kalan son hayatın tükenmesini bekliyordu.

Kızı, kadehini annesine doğru kaldırdıktan sonra, ağabeyinin kaldığı yerden devam etti:

Bıkmadan, usanmadan, saatlerce seviştik o gece; diğer birçok gece gibi. Her boşalış, bitiş olacakken, bizim için yeni heyecanların, yeni tensel tanışıklıkların başlangıcı olurdu. Her defasında, sanki uzun zamandır ilk kez yaklaşıyormuş gibi, heyecanla, arzuyla sarılır, bedenlerimizi ilk defa keşfediyor gibi izlerdik birbirimizi.

Ne kendimin, ne erkeğimin çıplaklığından utanırdım. Seyredilmekten mutlu olurdum. Bahsettiğim yılda artık otuz yaşındaydım. Kadınlığımın belki de en güzel zamanlarını yaşamaktaydım. Üç çocuk emziren göğüslerim, genç kızlık görüntüsünü kaybetmişti ama bundan utanmıyor, tam aksine garip bir gurur duyuyordum. Sevdiğim adamın, birbirinden güzel üç bebeğini sütüyle beslemişti göğüslerim. Bu maceranın bir izi olmalıydı elbette. Hem daha otuz yaşındayken göğüslerimden utanıp saklamaya başlasam, ondan on sene, yirmi sene sonra daha iyi mi olacaktı ki görüntüleri? Elbette hayır. Dolayısıyla, olduğu hâllerini sevip, yer çekimine tam esir olmadan önce tadını çıkarmalıydım. Onun dışında, vücudum hâlen bir genç kızınki gibiydi. Kocam, sevişmelerimiz arasında, dirseği üzerinde doğrulup, beni, uzun uzun, hayranlıkla izler, iltifatlar yağdırırdı. Çok iyi bilirdim, bu iltifatların ardından, çoktan iştahı kabarmış olup yeniden sevişmek isteyeceğini. Gülümseyerek kollarımı açar ve boynundan sarılarak kendime doğru çekerdim.

O gecenin, neredeyse sabahla buluşan saatlerine kadar, defalarca, vücutlarımızı ilk kez keşfetmiş ve son kez buluşmuş gibi, arzuyla, âdeta arsızca çoğalan bir tutkuyla seviştik. Sonunda rehavetle, birbirimizin kolları arasında uykuya dalmak üzereydik ki, onun kulağına doğru fısıldadım:

"Sevgilim... uyuma... haydi, gel, evimize dönelim."

Saatlerin aşk yorgunluğunun etkisinde, gözlerini mahmur bir süzüşle, inanamayarak baktı.

"Evimize mi gidelim?"

Onun çok sevdiği çapkın gülümsememle başımı salladım. Gece lâmbasının ışığında, bal rengi saçlarım, yanaklarımda, omuzlarımda dalgalandı.

"İnanılmazsın Hüma. Daha sabah olmadı. Yorgunluktan bitiyorum. Bırak, bir nefeslik uyuyalım..." dedi.

Ama kararlıydım. Sözünü bitirmesine fırsat bırakmadan, kulak memesini dudaklarıma alıp dilim ve dişlerimin arasında nazikçe hapsettim. Sonra, başımı onun boynuna doğru kaydırıp bedenimi bedenine sıkıca bastırdım. Saçlarımdaki, tenimdeki Coty, bedenimden yükselen kadınlık kokusuyla birleşip Server'in yüzünü alev gibi yaladı.

"Ne olur..." diye, bir kedi munisliğinde mırıldandım, kocamın göğsüne kapanmış dudaklarımın arasından, "Haydi gidelim, bu çok özel bir gün benim için. Evimizde sevişerek kutlamak istiyorum, gün doğmadan."

Onun, koynundaki sıcak arzunun, buğulu sesin dayanılmazlığı karşısında çoktan tahrik olduğunu hissediyordum. Beni saran kolunu kımıldattı, parmaklarını nazikçe saçlarımın arasından geçirip başımı kendisine doğru kaldırdı. Gözleri, alev almış gibi bakıyordu. Dudaklarıma uzun bir öpüş verdikten sonra fısıldadı:

"Ne duruyoruz o zaman... Evimize gidelim."

Ve... gökyüzü henüz sabahın ilk ışıklarına gebeyken eve geldik. Yol boyunca sıkı sıkıya avuçladığımız ellerimiz, bir diğerinin parmaklarını, bileğini ateşte tutmaya yetmişti. Kapıyı kapadığımızda, sanki uzun yol ayrılığından sonra ilk kez buluşmuş âşıklar gibiydik. Kısa nefeslerle öpüşmeler arasında, geniş antreyi iki taraflı saran merdivenlere doğru ilerledik. Bir ara, dudaklarını ellerimle yumuşak bir tavırla kapayarak, yukarıya doğru kulak kabarttım. Küçük bir gülüşle uyardım:

"Keşke döneceğimizi söyleseydik. Celeste hırsız var zannedecek."

Server, dudaklarındaki elimi avuçlayıp içine sıcak bir buse kondurdu. Muzip bir bakışla, kulağıma eğilip fısıldadı:

"O zaman hiç yukarıya çıkmayalım."

Basamakların dibine gelmiştik ki, vazgeçip beni elimden tutup sol tarafa doğru sürükledi. Evin bu bölümü, diğer yarısından tamamen bağımsız düşünülmüştü. Siz, bu bölümün daha ziyade kalabalık ağırlamalarda, önemli kutlamalarda kullanıldığını zannedersiniz. Ancak, o büyük yemek salonu, ona açılan müzik odası, misafir yatak odaları, banyoları ve ziyafetlerde devreye giren tam teçhizatlı mutfak, ev halkından gizlenmek için sığındığımız kaçamak mekânlarımızdı.

Kendimizi, gizli buluşmuş liseli âşıklar gibi hissediyorduk. Ne var ki, sessiz olma sebebimiz, anne babalarımız değil, üç küçük çocuğumuz, bir emektar mürebbiye ve evin personeliydi. Aşk oyununun heyecanına, çocuksu duyguların muzipliği karışmıştı. Bir elim kocamın elinde, diğeriyle ayağımdan çıkardığım yüksek topuklu ayakkabılarımın saten bantlarından işaret ve orta parmağımı geçirip onu takip ettim. Aradaki yüksek kapıyı sessizce açan Server'in, gece izinsiz çıkmış kız arkadaşını evine sokmaya çalışan yeniyetme delikanlı hâlinden çok eğleniyordum. Başımı, omuzuna gömüp, kısık sesle güldüm.

Kapıyı kapadığımızda, kendimizi daha rahat hissettik.

Server, sırtını duvara dayayıp beni kendisine doğru çekti. Karanlıktaydık. Ama birbirimizi ışıkta görüyor kadar yakın tanıyorduk. Onun sabırsız okşamalarına karşılık, ellerini tutup öptüm ve fısıldadım:

"Geceyi bitirmek üzere mi sevişmek istersin, yoksa başlamak üzere mi?"

Kendini tutamadı. Nasılsa artık yukarı kattan duyulmayacağından emin, keyifli, kısa bir kahkaha savurdu:

"Tanrım! Seninle nasıl başa çıkacağım ben? İtiraf etmek zor geliyor ama artık gücümün sonundayım, haberin olsun."

Papyonu çoktan çıkarılmış ve üst düğmeleri açılmış smokin gömleğinin yakasından ellerimi uzatıp boynunu okşadım.

"Bir kadeh şampanya gücünü alır mı? Hiç sanmam."

Ve cevap beklemeden, bu kez ben onu mutfağa doğru yönlendirdim. Kadife perdelerin ardından içeri süzülen bahçe ışıkları ve yavaştan ağaran gökyüzünün puslu rengi, üzerinde yürüdüğümüz parke ile onu yer yer örten parça halıları, gecenin hem başını hem sonunu işaretler gibi, farklı gölge oyunlarıyla canlandırıyordu. Bir an için, kocamla yapayalnız ve sessizce yürüdüğümüz müzik odasında, sanki yüzlerce göz, nefeslerini tutmuş da bizi izliyormuş gibi geldi. Sanki, evin yaşamaya başladığı tarihten bu yana, bu salona kimler girmişse, hepsi oradaydı. Perdelerin arkasında, antika Steinway piyanonun, altın süslemeli harpın yanında, kanepelerde, ceviz kapıların açıldığı yemek salonundaki masanın etrafında, iskemlelerde, hepsinin gözleri, ışık ve gölgelerin işaretinde, bizi takip ediyordu. Bu histen hem biraz rahatsızlık duyuyordum hem de heyecan. Loşlukla sarılmış ilerlerken, ışık oyunları içindeki hayâli misafirlerimize, gülümseyerek baktım. Kafamın içinden geçenler beni yüksek sesle güldürmüştü. Server, çıplak ayaklı adımlarımı takip ederken sormadan edemedi:

"Yine neler geçiyor aklından?"

"Hiç... sadece kendi evimizde bu kaçamak... hoşuma gidiyor."

"Benim de." dedi belime sarılırken.

Dudaklarımız birleşti. Birbirimizin etrafında dönerek, sarmaş dolaş mutfağa girdik...

...Bir ara verdim, hatıralarıma eşlik edecek bir şeyler almak için. Boğaz'ın ışıklarında seyrettiğim çifti daha da yakına getirme ihtiyacını hissettim... Son görüntüyü gözbebeklerime nakşetmiş olarak, yatak odasının koridorundaki küçük buzdolabına gittim az önce. Buzdolabının yanı başındaki marküteri sehpada, Lalique'ten vücut bulmuş iki güzel genç kadın, çıplaklıklarını umursamadan, masumiyetle birbirlerine sarılmış, gece lâmbasına sütun olmuşlar duruyorlar. Hepiniz bilirsiniz, aynı yerde duruyor o lâmba. Bu kadar çıplak olup, bu kadar masumiyet... Bu, ancak, heykellere ve tablolara mahsus olmalı. Belki de insan çıplaklığını ilk kez bronza, mermere dökenler, renklerle resmedenler, dinler tarihindeki inanışa göre "pagan" olarak anılsalar bile, Tanrı'ya daha yakındılar. Onlar, insan çıplaklığını, Tanrı'nın mükemmelliğinin yeryüzündeki yansıması olarak algılamışlardı. Çıplaklık seksi, çiftleşmeyi, şehveti işaret etmiyordu; bronz da, mermer de kendisini seyre hazırladığında. Tanrılar çıplaktı, tanrıçalar da... Onun için, insanoğlu da çıplaklığı tanrısallığın ve onun izlerinin bir parçası olarak görüyordu ve dünyevi zevklerinin fırsatçılığı olarak anmıyordu. Ne farkı var ki, bir defne ağacının çıplaklığından, bir istiridyenin okyanustan fırlamış da dile gelmiş güzelliğinden, insan vücudunun? Antik Girit'te de kadınların göğüsleri hep açıktaydı. İlkellikten ne kadar uzak, ne büyük bir zarafetle taşıyorlarmış çıplaklıklarını. Giyinmeyi bilmemekten değil, çıplaklıklarından gurur duymaktan gelen bir zarafetle.

Aman, bu yaşlılık ne hoş! Ne kadar kısa zaman içinde, ne kadar farklı zamanları ve ne kadar büyük bir süratle düşünebiliyor insan. Beynimi etkileyen bir hastalığım olmadığına şükrediyorum. Hafıza, kendi başına kalabalık bir arkadaş grubu, yaşlı insan için. Yaşamayanların bile hâlâ daha içinde canlı olarak yer aldığı bir arkadaş grubu. Sevdikleri, sevmedikleri, hiç mühim değil. Değil mi ki benimle beraberler. Kısacık zaman diliminde tarihin kaç yılında, ne kadar hızla dolaşabiliyorum. Yaşadıklarım, okuduklarım, şahit olduklarım, hepsi artık benim malım, kendi tarihim. İyi ki hayatımı, sonradan hatırladığım süratte yaşamadım. Yoksa, ömrüm bir kelebek kadar kısa olacaktı.

Şimdi, o, geçmiş zamanın gecesinde, kocasına buzdolabından şampanyayı çıkarıp ikram eden şehvetli, aşk dolu genç kadına dönersek, az evvel, buzlukta, her zaman kara batmış gibi bekleyen Smirnoff'tan, ince tijli, antika kadehlerden birini doldurup geldim, onu daha iyi anlatmak için. Smirnoff'un ağır, ağdalı bir aşkla kadehe doluşunu izledim de, içine girdiği şişe ve dolacağı kadehle daha mükemmel şiir yazan bir içki olamaz. Nasıl ağır, temkinli, sahiplenircesine doluyor buzlu votka. Sanki, kadeh kadını, o da özlem dolu erkeği. İkisi de buzlu bile olsa, birleşmeleri ateşli.

Yemek salonundan aldığım gümüş şamdanı mutfak masasına bırakırken, Server'in dudakları boynumda, ensemde, omuzlarımda, elleri bütün vücudumda dolaşmaya başlamıştı.

"Açabilecek misin?" diye sordum.

"Neyi?" diye sordu, alaylı bir gülümsemeyle.

Aynı anda, kendi cevabını verircesine, dolaptan şampanya şişesini çıkardı. Çok önceden soğumaya bıraktığım kadehleri tezgâhın üzerine yerleştirdim.

Antika, Çekoslovak kesme kristâlin bal rengi, mumların ışığında, eve ilk geldikleri gün kutularından çıktıkları an yaşadıkları heyecanı hatırlamış da, fısıldar gibiydi.

Sessiz, iddiasız bir mantar sesi... kadehlere temas edince köpürerek aşka gelen şampanyanın sesi... Kadehlerin değip bakışların sarmaş dolaş olduğu an... Her şey yeniden başlıyordu. Gözlerimizi bir diğerinin gözlerinden ayırmadan, içkimizi yudumladık. Sonra o, elimdeki kadehe uzanıp nazikçe aldı ve masaya bıraktı. Birkaç saat önce, Haliç'ten Pera'ya uzanan mehtap ışığında soyduğu elbisenin askılarını bir kez daha indirirken, yüz ifadesi hayranlık doluydu.

Üç çocuk emzirmeme rağmen, hâlâ daha kocamın iştahını çekiyor olmam beni gururlandırıyordu. Ayrıca, o sihirli anda, güzelliğimin ve çekiciliğimin lehine kullanabileceğim birkaç imkân vardı. Gece elbisesiyle birlikte aşağıya sıyrılan kombinezonum göğüslerimi, alttan sıkıştırdığından, olduklarından daha dik gösteriyordu. Az ötede ışıklarla titreşen mumlar, yüzüm, boynum, omuzlarım ve göğüslerim üzerinde çapkın renk gölgeleri yayıyor, kol çukurluğumda, göğüs uçlarımda tekrar toplanarak hareler çiziyordu. Başımı, davetkâr bir tavırla yana doğru eğerken, mumdan ışıklar çalan bal rengi saçlarım omuzlarımda dalgalandı. Kirpiklerimin, olduğundan daha uzun gözüktüğünü, gözlerimin rengini esrarengiz kılan ok gölgeler çizdiğini biliyordum. Bunu, bir başka benzer gecemizde kocam söylemişti.

Onun elleri göğüslerime doğru uzanırken, bir elimle onu boynundan tutup kendime çektim, diğeriyle de, az önce kocamın masanın üzerine bıraktığı kadehi aldım. İncecik kristâlden büyük bir yudum içtim ve anında dudaklarımı onunkilere bastırıp, ağzımdaki şampanyadan ağzına bıraktım. Duyduğum ses, şehvetin yutkunmasıydı... veya yutkunmanın şehvete ermesi... bir küçük yudum daha... dudaklarımdan onun damağına süzüldü ve vücudumun bir çocuk hafifliğinde kaldırıldığını hissettim. Masanın üzerine oturan bedenim, belime kadar inmiş ipek elbisemin kıvrımları, dağınık dalgalı saçlarım ve açılmış eteğimden uzanan çıplak bacaklarımla, mum ışığına ve beni delicesine seven erkeğin arzu dolu bakışlarına teslim olmuştum. Kocamın, göğüslerimi avuçlayan ellerinin temasıyla başımı arkaya attığımda, ağzımda kalan son yudum şampanya, keyifle boğazımdan kayıp gitti. Ve... Server'le o ilk seviştiğim günden beri hissettiğim, mutlulukla karışık, ayrılığa yelken açacak olanların ıstırabı bir arada yüreğime çöreklendi. Avucundaki mutluluğu son kez kucaklama şansını elde edenlerin sınır tanımaz sahiplik hissiyle, boynuna sarılıp kendime doğru çektim. O an, sadece ve sadece bir kadındım... Erkeğini isteyen, onun tarafından istendiğini bilen ve bu mükemmel hissin Tanrı vergisi olduğuna inanan bir kadındım. Üç bebeğim yukarı katta uyuyordu. Sevdiğim adam, kocam, beni arzuluyordu ve ben onu delicesine seviyordum. Ruhumun ve vücudumun daha önceleri yaşadıklarını çoktan unutmuştum o an. Onları istediğime sunuyordum. Şimdi kocam olan erkeğe. Geçmişimi zorlamayan, beni hatıralarımın soğuk bedenleriyle karşılaşmak zorunda bırakmayan bu muhteşem adama...

Celeste hariç, kimsenin bilmediği geçmişime inat, kendimi ilelebet teslim etmek istediğim erkeğe, kendime ait olanın en güzelini vermek istiyordum. Bu, geçici bir his değildi. Geçmişe yönelik hatıram o kadar dizginlenemez fırtınalar yaratıyordu ki ruhumda, bu hissi kavgamı, ancak, beni huzura kavuşturan erkeğe teslim olmanın çılgınlığıyla telâfi ediyordum.

Server, daha önceki hayatımın detaylarını hiç sormamıştı. Bilhassa sormaktan kaçındığı da belliydi. Sanki incinmemden, unutmak istediğim bir şeyi veya şeyleri hatırlatmaktan korkuyor gibiydi. Bu kadar sene, bir tek soru yöneltmemişti geçmişime dair; kendimce, gönlüm olup anlattıklarımın dışında. Ona olan aşkım, onu mutlu etme arzusu ve şehveti, sadece yakışıklı ve sevgi dolu bir erkek olmasından ötürü değildi. Server'in bende yarattığı aşk, geçmişimle ilgili detaylarla, samimiyetle ilgilenmeyerek verdiği huzur, beni hem kendi hâlime bırakıp hem koruma altında olduğum hissini veren sakin, kendinden emin tavrın neticesiydi.

İlk seviştiğimiz geceden beri onu izlemekteydim. Çünkü, her ikimizin de unutamadığı o meşhur geceden sonra, Server'in ortaya koyabileceği klâsik Türk erkeği tavırlarını kollayarak yaşadım. Hani, vardır ya, sevişirken makbul, sonra karın olunca bütün geçmişi günah... Beş senelik evlilik, üç çocuk... Ama biz hep sevgili kalmıştık. Hiç, bir başka ilişkiye arzu duymamıştık. Ama bu arada, her ikimiz de kendine aitliğini korumuştu. Özellikle ben... Ve bu seneler zarfında da, onun oyun oynamadığından, anlattığım ve anlatmadığım kadarıyla benim geçmişime gerçekten saygı duyduğundan emin olmuştum. Ve geçmişi anlatmak zorunda bırakılmayacak olduğumu hissetmek bende öylesine huzur yaratıyordu ki, bu, erkeğime ve hayatıma getirdiği huzura şükran hissiyle birleşip, beni iflâh olmaz bir âşık yapıyordu.

Zaten, aşka bahane arayan bir kadın oldum her zaman. Hep seven... sevince sevişen... sevdiklerini yitirince sevişmeleri uzakta kalan... sonra yine sevip yine sevilen bir kadın... Diğer yandan, hep Tanrı'nın verdiklerine razı oldum, onun aldıklarına isyan etmedim, bitmek üzere olan hayatlara, ölüme varmadan önce biraz can vermeye çalıştım...

Şimdi, o mutfak sahnesindeki çifti düşünüyorum; hayâllerimde, sarmaş dolaş uykuya dalan...

Kızı, Hüma'nın satırlarından başını kaldırdığında, hayretle bir şeyin farkına vardı: Kendi de dahil üç kardeş, eşleri, çocukları, onların eşleriyle beraber, annelerinin cinselliğini, sanki bir başkasının kurgu romanını, kendi özel anlarında okuyor gibi sakin, olağan bir tavırla okuyor ve dinliyorlardı. İlk baştaki şaşkınlıklarının yerini, doksan beş yaşına kadar iç dünyasını, sırlarını bilmedikleri annelerinin bir başka yönünü, kendilerine tamamen yabancı hayatını, mahrem hislerini öğreniyor olmanın garip, tarifsiz duygusu almıştı. Huzur kaçıran, ama tamamlanmayı bekleyen bir büyük bilmece gibiydi yaşadıkları.

Kızı, ailesinin sessiz bekleyişi üzerine, sayfayı çevirip devam etti.

Hayatımdaki erkeklerin ölümlerini düşünüyorum da, ölüm sadece bedensel değil... Sevginin ruhu kaybolursa, beden de kendiliğinden anlamsız kalıyor. Aynı yatakta yatıp sadece bedeni doyurmak için buluşan ruhlar gibi... Veya enerjisi boşaldıktan sonra, bir diğeriyle ne yapacağını bilemeyen bedenler gibi... Hepsini yaşadım ben... Hem de torunlarımın yaşadığı modern devirden çok ama çok önce... Onun için, her şeyi anlatmak istiyorum. Mühim olan, böyle bir hayatın yaşanmış olması ve anlatılması. Toprak sadece ve sadece kemikleri bırakıyor geriye. Anılar, nefesle beraber uçup gidiyor. Onun için yazarak anlatmam gerek sevgili çocuklarım. Bedenimi toprağa bırakırken, sanmayın ki durgun sularda yelken açıp geldim buraya kadar... Keşke, yüreğimi de bozulmadan saklayabilseniz de, yazdıklarımı okurken, onun çırpıntılarını da dinleyebilseniz...

Önce ikinci evliliğimi anarak başladım hayatımı anlatmaya. Sanırım bu, bilinçaltında, sizleri anlatacaklarıma hazırlamak için, bildiğiniz, sevdiğiniz babanızı anarak başlama ihtiyacından. Ancak babanız bana hayatımın ne kadar özel ve mutlu zamanlarını yaşatmış olursa olsun, bu, hayatımın tamamı değildi. Hem uzun hem de çalkantılı yaşamımın cilvesi olsa gerek. Ondan öncesi, ondan sonrası da oldu ve tabii, bir de onunlayken tamamen kendime ait nişleri... Umarım hepsini aynı sabır ve anlayışla okursunuz.

Toprağın elle tutulur yakınlığı ve sonsuzluğun erişilemez uzaklığı arasında parçalanma zamanlarına yakınlaşmakta olduğum duygusuyla bu defteri yazmaya başladım.

Hatıralar, her zaman çok hassas bir çizginin üzerinde yolculuk eder. Erken yazılırlarsa ham kalabilir, geç kalınırsa bazı gri noktalar belirebilir. Anlatacaklarınızı seçerken, sadece hâlihazırda yaşadıklarınızdan tercihler yapmak zorunda kalırsınız. Henüz yaşamamış olduklarınızı ise, değerlendirmeye almanız mümkün değildir. Hâlbuki, belki birkaç sene daha beklesenız, çok daha heyecan verici, çok daha mânâlı bir hayat hikâyesi sunabilirsiniz. Belki de, hiçbir farklılık getirmez yeni yaşlarınız, öylesine yeknesak, kendinden bihaber geçip gidebilir. Ya da, o yaşlara ulaşamayabilirsiniz belki. O zaman, "Henüz çok erken" dediğiniz yaşlar, birdenbire tüm hayatınız, anlatabileceğiniz tüm hikâye oluverir... ve siz çok geç kalmışsınızdır.

Ben, çok şanslıyım ki, hem doya doya yaşadım hem unutmadım, unutamadım. Ama, doksan beşimi dolduracağım zamanlara gelip dayanınca, şansımı daha fazla zorlamak istemedim. Kaldı ki, bundan sonra ne yaşasam, anlatacaklarıma fazladan hiçbir renk eklemesi mümkün olamaz.

Şimdi, yazarken, yanak alan çapkın âşıklar gibi Boğaziçi'ne dokunup kayan ışıkların ara gölgelerinde, tekrar Suadiye'deki bahçe sahneye çıkıyor.

Manolya Kokulu Gece

O meşhur gece. Yazlıkta verilen muhteşem davet... İlk öpüş... ve... sürükleniş... Gençliğimi, aslında çocukluğumu teslim ettiğim erkeği düşünüyorum... Onunla olan aşkımın beni nasıl hızlı büyüttüğünü, olgunlaştırdığını, bir başkasıyla öğrenemeyeceğim, tabuların sakladığı ne muhteşem duyguları tattırdığını hafızamda hep canlı tuttum, bunca sene.

Manolya kokusu ile sarhoş gecenin gizli buluşması... O buluşma "aşk" demekti benim için. Pembe organza elbisemin içinde, başımda bahar dalları, erguvan ağacının gölgesinde, Nesim kollarına aldığında, hayat benim için yeniden şekil bulmuştu. Hayat bu olmalı, aşk, sevmek bu olmalı, diye düşünmüştüm. Kalp çırpıntısı, bahar dalları, erguvanlar demekti; manolyaların, hanımelilerin, salkımsöğütlerin iç bayıltan kokusunun dudaklarda iz bırakması, ısınan bedenlerin, titreyen dalların rüzgârıyla serinlemesiydi aşk. On altı yaşımda yol alırken, aşk anlayışım buydu işte. Yetip artacak kadar zengindi hissi. Ne kadar korunmasız, savunmasız olduğunu nereden bilebilirdim ki aşkın?

O akşam, misafirlerimizi nasıl karşıladığımızı, sofrada neler konuşulduğunu hiç hatırlamıyorum. Sadece, çırpınan yüreğim, yanaklarıma basan ateş, boğazımda düğümlenme... şu an bile en net hatırladığım detaylar.

Oldukça kalabalıktık. Yemek masası, kendi ailemizin dokuz ferdini, üç misafirimizi ve Matmazel Celeste'le Sinyor Feretti'yi oturtacak şekilde büyütülmüştü. Annemin sofra süslemekteki becerisi, her zamanki gibi, yemek salonunu masal sahnesine döndürmüştü. Bunları hatırlıyorum. Bu masalsı hâl, benim içinde bulunduğum ruh hâline çok iyi uyuyor, hâtta kendimi daha iyi hissetmeme yardımcı oluyordu. Çocukluğumdan bu yana, özellikle akşamların romantik loşluğunda, hep ümitsiz aşkları düşünür, hüzünlenirdim. Bu hüzünler, önceleri, masal kahramanları olan sevgililer içindi. Sonra Celeste'in, tamamıyla değilse bile, benimle paylaştığı kalbinin kırılmasına neden olan aşk hikâyesi, beni hüzünlendirse de, ilham perim olmuştu. Hele davet akşamları, yemekten sonra, mum ışığında, Sinyor Feretti ile yan yana oturup piyano çalmalarını izlerken, gözlerim dolar, onları hayâlimde konuştururdum. Bu konuşmalar acı yüklü olurdu. Piyanonun tuşlarında, kâh birbirine değen, kâh bir diğer uca kaçan parmaklarını seyrederken, onların her nedense plâtonik kalan aşklarını, birbirlerine duydukları özleme rağmen, acıyı tercih edişlerinin sembolik anlatımını izlerdim. Özellikle Çaykovski'nin barkarolünü çalarlarken, çoğu kez kendimi tutamaz, yavaş adımlarla müzik salonundan çıkıp odama kaçardım. Aynanın karşısında, kendimi Celeste'in yerine koyar ve hayâli sevgilimle konuşup, bir arada olamayan biz âşıkların çaresizliğine ağlardım.

Ne var ki, son iki senedir, Celeste'in yerine kendimi yerleştirmiş, bu hüzün oyununda yardımcı oyuncu olarak da Nesim'in hayâline rol vermiştim. Her nedense, hiç mutluluk kurgulamıyordum oynarken. Hep ayrılık, hep hüzün oluyordu. Konuşturduğum sevgililerin umutsuz, çaresiz aşkları, bende mazoşistçe bir keyif yaratıyor, duyduğum hüzün, bana huzur veriyordu... Sanki hüzündü beni tahrik eden, duygularımı harekete geçiren.

Çok düşünmüşümdür, çocukluğumdan gelen bu ruh hâli mi hayatımı yönlendirdi, yoksa onca zorlu seçim, macera, dibe vuruşlar, boşluğa uçuşların hepsi tesadüf eseri mi girdi hayatıma, diye.

Akşam yemeğinde, küçük eniştem ile dayım arasındaydı masadaki yerim. Nesim, tam karşımda oturan Matmazel Celeste'in yanındaydı. Onunla direkt göz göze gelmek zorunda kalmamış olmak beni rahatlatmıştı. Annemin de, masadaki yerleşimi plânlarken, ne derece titiz olduğunu, en ince detayları düşündüğünü biliyordum. Küçük kızını, komşunun, "hayatı meçhul" oğluyla yan yana veya karşı karşıya oturtma fikrinin ona da cazip gelmediğini tahmin ediyordum.

Ne var ki bu yerleşim plânı, olacakları engelleyemedi. Yüreğim, âşık olduğum erkeğin beni fark etmesi için öylesine arzulu çarpıyordu ki, daha sofrada ilk kadehler kalktığında, bakışlarım onunkilerle birleşti. Prusya mavisi gözleri, akşam ışıklarıyla daha da koyulmuş, uzun kirpiklerinin arasında âdeta gece laciverdi korlar yaratmıştı. Beyaz keten elbisesinin içinde, kendinden emin, dudaklarında hafif bir tebessümle bana baktığı an, kendimi artık hiç çocuk gibi hissetmediğimi fark ettim. Bu kadar sene aynı gülümsemeyle bakan dudaklardan, şimdi çok farklı anlamlar çıkarıyordum.

O ise, benim bakışlarımdaki değişimi ilk kez fark ediyordu. Gördüğüne inanamamış gibi, başını diğer kadeh kaldıranlara çevireceği yerde, bana bakmaya devam etti ve gözlerindeki korlar biraz daha parıldadı.

"Bir şeyler mi söylemek istiyorsun?" der gibiydi ifadesi. Babamın, özel akşamlar için müsaade ettiği sulu şarabım boğazımda kalmıştı. Yutkunamıyordum. Saçlarımı süsleyen tacımdaki bahar çiçekleri bile kızarmıştı sanki. Bütün vücudumu ateş basmıştı. Başımı önüme eğip yemeğimle ilgilenmeye çalıştım. Kendimi bu kadar açığa çıkaracak şekilde zaaf gösterdiğimden dolayı hiddetleniyordum. Bakışmamızı kimlerin yakaladığını anlamak için, herkesi izleme ihtiyacı içindeydim. Bu arada duygularımı ele verecek ve duyulan şüpheleri onaylayacak yüz ifademin anlaşılmasından korkuyordum. Bir ara, peçeteme ağzımı silmek bahanesiyle, gözlerimi kaldırdım. Celeste'e bir şeyler anlatmakta olan Nesim'in bakışları üzerimdeydi. Konuşmasını kesmeden, bir taraftan da dudaklarında o meşhur gülümsemesi, bana ayrı bir şeyler söyler gibiydi.

Yaşanıp kırılmış, yaşanamamış aşklardan haberdar mürebbiyemin, durumu sezmesi fazla zaman almamıştı. Nesim'le sohbetini kibarca devam ettirirken, bana da, zarif, uyarıcı bir bakışla, yerimi hatırlatmaktan geri durmadı. Göz ucuyla anneme, babama baktım. Onlar ve diğer büyüklerim, hepsi, yanlarındaki misafirleriyle meşguldü. Kaldı ki, bana verdikleri terbiye, bu kadar pervasızlık yapabileceğimi akıllarının ucuna bile getirmeye engeldi.

Üstelik büyüklerin sohbeti, Balkanlar'daki karışıklık ve en son mayısta başlayan Arnavut isyanı etrafında şekillenmişti bile. İlkbahardan bu yana zaten başka bir konu konuşulmuyordu. Gittikçe daralan İmparatorluğu, bizleri, hepimizi son derece yakından ilgilendiren hayati bir konuydu. Ailem, nesillerdir Avrupa'yla olan iş, tahsil ilişkileri dolayısıyla, Batı'nın Osmanlı'ya yaklaşımı hakkında oldukça derin bilgi sahibiydi. Eğitim ve yetişme kültürlerine rağmen, Batı ülkelerinin, Osmanlı'ya bakış zaviyesini ve baskısını katiyen tasvip etmezler, bundan büyük rahatsızlık duyarlardı.

"Berlin Anlaşması, güya, o topraklar üzerindeki paylaşım mücadelesine son verecekti. Mümkün mü? Sen, Bulgaristan'ı, Yunanistan'ı, Sırbistan'ı ayır, ondan sonra Makedonya, Trakya, Tesalya, Arnavutluk'ta huzur bekle. Yunanistan'ın Makedonya'dan toprak isteyeceği, Sırbistan'ın genişleme hayâlleri bilinmiyor muydu? Hele Rusya'nın, Balkan Slavları'nı kışkırtmaktaki ustalığı ve telâşını düşünürsek..." diyordu babam.

Daha evvel, aile sohbetlerinde defalarca dinlediğim, Rusya'nın Balkanlar'daki gücünü kırmak için Avusturya-Macaristan İmparatorluğu'nun, Bosna-Hersek'i topraklarına katmasının nasıl dönüm noktası olduğu, Balkanlar'daki gücünün azalacağından korkan Rusya'nın da, kendine taraf yaratmak üzere Balkan ülkelerini birleştirme çabaları, hararetle tartışılıyordu.

1878'deki Berlin Antlaşması'nı takiben yaşanan bu hızlı gelişmenin neticesinde, önce Sırbistan-Bulgaristan-Yunanistan, Karadağ-Bulgaristan ve Karadağ-Sırbistan arasında dayanışma antlaşmaları yapılmıştı. Böylece, Balkan devletleri arasında, Osmanlılara karşı bir birlik oluşmuştu. Bulgaristan ile Sırbistan'ın imzaladıkları antlaşmanın gizli ekinde, iki ülke, koşullar uygun olursa, Osmanlılara saldırmayı ve Makedonya'yı aralarında uygun biçimde paylaşmayı kararlaştırmışlardı.

1912 İlkbaharı'nda bu gelişmeler olurken, Osmanlılar zaten Trablusgarp'a saldıran İtalyanlarla savaşmaktaydı. Ülke içindeki siyasi çekişmeler, subaylar arasındaki siyasal görüş ayrılıklarına da yansımıştı.

Mayıs 1912'de, Arnavutlar bağımsızlık isteğiyle ayaklandığında, Osmanlı'nın, bu ayaklanmayı bastıracak gücü çok zayıflamıştı. Zaten 27 Eylül 1911'de, İtalyanlar, Bingazi ve Trablusgarp üzerinde hak iddia etmelerinin ardından, 3 Ekim'de Trablusgarp limanını bombalamış ve kısa zamanda şehrin tamamını ele geçirmişlerdi. O tarihte, Trablus'ta sadece bir Türk tümeni vardı. Çünkü bir kısım Türk birlikleri, Yemen isyanını bastırmak üzere oradan ayrılmışlardı.

Trablus'taki bir avuç fedakâr askerimiz 23 Ekim'de karşı savunmaya geçmiş ama İtalyanlar dört gün içinde kanlı bir katliam gerçekleştirmişlerdi. İtalyanlara karşı en muvaffak direnişi, 9 Ocak 1912'de Tobruk savaşından galip çıkan Binbaşı Mustafa Kemal gerçekleştirmişti. Babam, Mustafa Kemal'i, ülkenin yükselen yıldızı olarak görüyordu.

Trablusgarp katliamı üzerine bir yazı yazan Reuters ajansı muhabiri M. E. Ashmead Bartlett'in, *L'illustration*'daki 11 Kasım 1911 tarihli makalesinin evimizde uzun süre konuşulduğunu hatırlıyorum. Nitekim babam, o akşam da, gidip kütüphanesinde sakladığı yazıyı getirdi ve kendince en önemli bulduğu bir kısmını tercüme ederek okumaya başladı:

"... Türk askeri şu sırada Avrupa'nın en fena teçhiz edilmiş, en fena beslenen ve en az para alan askeri, ama bir savaş sırasında Türk askerine daima güvenilebilir. Kahramandır, dayanıklıdır, her türlü mahrumiyete göğüs germesini bilir. Düşmanın sayıca üstün olması, onun maneviyatını asla bozmaz, kahramanlığını eksiltmez. Öte yandan, bu savaşta Türklerle beraber savaşan Libyalı Araplar da iyi savaşçı. Onlar için savaş, bir çocuğun elindeki yeni bir oyuncağa benziyor. Âdeta keyifle harbediyorlar.

"İnsan, Türk askeriyle beraber olduğunda, daima sadık ve değerli savaşçılarla beraber olduğunu hissediyor. Ama, Arap'la beraber olunca iş başka. O zaman her an bir sürprizle karşılaşmak mümkün. Öte yandan, Türk ve Arap işbirliği de tehlike yaratıyor. Çünkü Türkler, onlar için teşkilât ve zekâ demek. Arapların da cüretkâr savaşı buna eklenince ortaya korkulacak bir kuvvet çıkıyor. Araplar, eğer tek başlarına kalsalar, asla bir savaşta sebat gösteremezler.

"Eğer Türkler olmasaydı, yerli Trabluslular herhalde pek az bir mukavemet gösterirlerdi. İtalyanlar bunu bildikleri için, bütün gayretlerini nizami Türk ordusunu yenmek üzere toplamışlardır. Bir defa buna muvaffak olunursa, başsız kalan Arapların, İtalyanlara derhal boyun eğeceği tahmin ve rivayet ediliyor."

Bartlett'in makalesi, Pierre Loti'nin Fransız basınında Osmanlı lehine olan yazıları, İttihat Terakki'nin düştüğü zaaf ve iç çekişmeleri, 1 Haziran 1912'de neşredilen "Halaskâr Zabitan Grubu"nun yayınladığı beyanname, İttihat ve Terakki otoritesinin çöküşü...

Sofrada süregiden koyu sohbeti, çok uzaklardan, belli belirsiz, uğultu hâlinde duymaya başlamıştım. Artık, iç dünyamın sesleri hâkim olmaya başlamıştı. Aslında, yaşıtım herhangi bir genç kızdan, hâtta erkekten çok daha bilgiliydim; dünyada olup bitenleri biliyordum. Çünkü ailem öyleydi ve sohbetleri arasında, ister istemez, dağarcığım onların bilgileriyle doluyordu. Ancak şimdi, bunlar beni hiç ilgilendirmiyordu. Yüreğimin atışı kulaklarıma basınç yapıyor, gözlerim yanıyor, bedenim huzursuzluk içinde, iskemlemden sanki taşacak hissini veriyordu.

Büyüklerin konuşacak lâfı, annemin de ikramı sanki hiç bitmeyecek gibi gelmişti. Bir an evvel kalkma, müsaade isteyip odamın gizliliğine saklanma ihtiyacındaydım. Nihayet, meşhur parfe ikramından sonra, masada sunulacak bir şey kalmamıştı. Babam, peçetesini katlayıp masaya koyarken, bir sonraki programı duyurdu:

"Kahve, konyak için müzik salonuna geçelim mi?"

İkrama ve sofranın şıklığına övgülerle yerinden kalkan misafirlerimiz ve ev halkı, küçük gruplar hâlinde, sohbet ederek, bir yandaki salona ilerlediler. Ben, geride kalıp diğer taraftan odama sıyrılmak niyetindeydim. Nesim'in, yemek salonundan çıkmayı bilhassa geciktirdiğini fark ettim. Yanından geçenlere yol veriyor, gözleri benim üzerimde, kapının yanında bekliyordu. Masada ona nasıl bakmışsam, bu geceye kadar komşunun küçük kızı olarak gördüğü beni, birden fark etmişti. Utancımdan yanaklarıma ateş basmış, hareketlerim beceriksizleşmişti. Onun yanından geçip kapıdan süzülmek veya inatla, olduğum yerde kalıp onu çaresiz bırakmak arasında tereddüt içindeydim. Çoktan diğer salona ilerlemiş olan Celeste imdadıma yetişmişti. Geri dönmüş, kapının yanından bana sesleniyordu:

"Haydi küçüğüm..."

O nazik uyarı bakışlarından birini de Nesim'e atıp bana elini uzattı:

"Haydi, gel canım."

Rahatlamıştım. Küçük bir öksürükle, genzimi temizleyip gülümsedim. Başımı dikleştirip onun elini tutmak üzere ilerledim. Nesim, gözlerinde korlar, dudaklarında, "Bir başka sefere" ifadesi, hâlâ daha kapının yanında bekliyordu. Önünden geçerken, teatral bir reveransla mırıldandı:

"Matmazel..."

Dudaklarını sanki saçlarımda hissettim. Nefesi yanağımı yaladı. Başımdaki bahar çiçekleri yeniden kızarmış olmalıydı. Celeste'in elini, denizde kurtarıcısına sarılmış kazazede gibi yakaladım ve küçük bale adımlarıyla onu takip ettim. Ve belki de hiç yapmamam gereken bir şey yaptım. Bir anlık, başımı çevirip, geriye kaçamak bir bakış attım. Nesim, arkamızdan ağır ağır ilerlemekteydi. Sağ elinin işaretparmağını dudaklarına götürüp göz kırpma eşliğinde bana bir buse gönderdi. Daha fazla dayanabileceğimi sanmıyordum. Tökezledim. Celeste, gayet atik bir tavırla, avucu içindeki elimi daha sıkı kavrayıp düşmemi engelledi.

"İyi misin küçüğüm?"

Sonra, farklı bir ses tonunda ekledi:

"Dikkatli olmalısın."

Beni ne konuda uyardığını fark ediyordum. O da, verdiği mesajı aldığımı biliyordu. Alnıma bir öpücük koyup devam etti:

"Hem de çok dikkatli."

Demek, bu kadar uyarılmayı gerektirecek derecede belli etmiştim her şeyi. Ama geri dönüşü yoktu. Olan olmuştu ve artık âşık olduğum erkek de benim farkımdaydı. Birden, utancımın ve kendimle hesaplaşma duygumun yerini, memnuniyet, cesaretime hayranlık duyguları aldı. İstediğim şeyi gerçekleştirmiş, rüyalarımı süsleyen erkeğin dikkatini çekmiştim. Hem de hiçbir şey söylemeden, konuşmadan... Çok mutluydum. Ayıbımı affetmiştim bile.

Kendi lehime bitirdiğim bu iç hesaplaşmasından sonra, odama kaçma fikrinden vazgeçmiş, müsaadem olduğunca, ki, bu genellikle piyanoda birkaç parça seslendirilmesi kadar bir zaman olurdu, oturma kararı almıştım.

"Sinyor Feretti," dedi babam, beylere konyak, hanımlara sheri servisi yaparken, "umarız, bizi o muhteşem yeteneğinizden mahrum etmezsiniz bu akşam da."

"Evet." diye gülümsedi annem, personelin getirdiği tepsiden kahve servisini yaparken, "dünyanın bütün sıkıntılarını unutturun bize, lütfen."

Porseleni dantel gibi işlenmiş Dulevo fincanlar mı, yoksa annemin balmumundan dökülmüş gibi duru, ince elleri mi daha zarif, diye düşündüm, onu izlerken. Aldığı Avrupa terbiyesini ve Türk olmanın inceliklerini o kadar güzel birleştirip taşırdı ki, kendi hayatı da Avrupa'da geçmiş paşazâde babamın, niye onu eş seçtiğini çok iyi anlayabiliyordum.

Feretti, "Hay hay" bakışıyla başını eğip, "Şeref olur mösyö." dedi ve herkesi selâmlayarak piyanoya doğru ilerledi.

Ne kadar narin görünüyordu... Gözlerindeki melânkoliyi taşıyamayacak kadar kırılgandı sanki.

Celeste, göz ucuyla, beni ve Nesim'i kontrol etmeyi bırakmış, bakışlarını ve duygularını Feretti üzerinde yoğunlaştırmıştı. Gözlerindeki ifade, âdeta, herkesin hayran olduğu yetenekli çocuğunu iftiharla izleyen bir anne şefkatindeydi. Bu bakışı çok iyi bilirdim. Annem de, ben piyano çalarken öyle bakardı.

Feretti, piyano taburesine yerleşti, elleri ceketinin iki yakasında, dimdik oturdu. Gırtlağını yumuşak bir öksürüşle temizledi. Sonra, parmaklarını açıp iki elini dizlerinin üzerine bıraktı. Yukarılardan bir yerden işaret beklermiş gibi, gözlerini yüksek tavanda gezdirdikten sonra, ince, uzun, muhteşem parmaklarını tuşlara yerleştirirken başını döndürüp, çalacağı parçayı duyurdu. Ama gözleri Celeste'in gözlerindeydi.

"Çaykovski'den barkarol."

Salonda bir alkış koptu. Herkes, kadehleri, fincanlarıyla bir köşeye yerleşmiş bekliyordu.

"Bana eşlik etme lütfunda bulunur musunuz Matmazel Celeste? Bu mükemmel eseri, daha mükemmel yapıyor eşliğiniz."

Mürebbiyemin yüz ifadesi, benim Nesim'e bakarken yakalandığım andakinden daha rahat değildi. Ama, sevdiği adamla yan yana olabildiği tek fırsatı kaçırmak istemediği belliydi.

Mahcup bir ifadeyle mırıldandı:

"Teşekkür ederim, çok naziksiniz."

İlerleyip, Feretti'nin pufta kendisine actığı yere yerleşti.

Az önce sofrada yaşadıklarımı çoktan unutmuştum. Şimdi, yetişkinlerin ıstıraplı aşklarını izlemek üzere, gözlerimi onların bedenlerine dikmiştim. Omuzları, kolları birbirine değiyordu. Kısa bir an için birbirine kenetlenmiş bakışları, Feretti'nin verdiği küçük bir baş işaretiyle tuşlara yöneldi. İşte, benim o çok sevdiğim sahne bir kez daha yaşanıyordu. Ruhlarında kopan fırtınayı, yalnızlığı, yakın olduğu kadar uzakta kalan sevgiyi, memleketlerinde

bıraktıkları ve özledikleri her ne ve kim varsa, tüm duyguları, parmaklarının ucundan tuşlara haykırıyor, çığlıklarını, zaman zaman birbirine değen ellerinin temasında söndürüyorlardı. Celeste'in yarı kapalı göz kapakları, başını sağa doğru yatırdığı zaman, sanki sevdiği adamın omuzlarında uykuya gitmiş görüntüsü veriyordu. Bunlar saniyelik görüntülerdi. Ama benim hayâl gücüm sahneleri yakalıyor ve uzun müddet bırakmıyordu.

Hâlbuki, annem ile babamı izlerken hiç bu kadar çalışmıyordu hayâl gücüm. Onların bir diğerine olan ilgisi, sevgisi hiç melodramatik değildi. Tam aksine, onları seyrederken, gözlerindeki ifadede, birbirlerine gülümsemelerinde, babamın fırsat buldukça annemin yanağına, saçına, eline sevgi temasında, annemin kravatını, ceketini düzeltmek bahanesiyle şefkatle onun bedenine dokunmasında, fırtınasız, rüzgârsız, sakin bir limanda korunmaya alınmış, kesinlikle bir diğeri için yaratıldığından emin sevgilerini görmemek mümkün değildi. Kesin mutluluk için gereken her şey onların beraberliğinde vardı. Ama, Celeste'in dramatik öyküsü daha cazip, daha kışkırtıcı geliyordu bana.

Piyano hocamın ve mürebbiyemin, bunca paylaştıkları şey varken, neden bu ıstırabı yaşadıklarını tekrar tekrar düşünmekten kendimi alamıyordum. Parça bittiğinde, salonda herkes ayağa kalkmış, "Bravo!" nidalarıyla onları alkışlıyordu. Feretti, nazikçe, hafif bir dokunuşla, Celeste'in elini avucuna aldı ve dudaklarına doğru götürdü. Heyecan içinde, dudaklarının, onun eline değmesini bekledim. Ama o, kibarlık gereği reveransını tamamladı ve Celeste'i az önce oturduğu kanepeye kadar getirip bıraktı.

Kendimi sevgili mürebbiyemin yerine koymadan edemedim. Birden, salondaki herkesin yok olmasını, onların yalnız kalmasını arzuladım. Celeste, belki de bırakmayacaktı o zaman, sevdiği erkeğin elini, izin vermeyecekti kendisinden ayrılmasına. Feretti diz çökecek, başını onun eteklerine gömecekti. Celeste, zarif parmaklarını onun saçları arasında gezindirecek, yanaklarını okşayacaktı. Sonra başını eğip onun başına yaslayacaktı. Feretti, ıstırabına ortak bulmanın getirdiği mutlulukla kaldıracaktı yüzünü eteklerinden, onun gözlerinin içine bakacaktı ve dudakları buluşacaktı. Sarmaş dolaş olacaklardı kanepede. Yıllardır çektikleri yalnızlığı, kalp kırıklıklarını unutacaklardı, bedenlerinin sıcaklığında.

Hayâlimde yazdığım oyundan o kadar etkilenmiştim ki, zaten bütün gün ve akşam, kendi aşkım adına taşıdığım yorgunluktan sonra, düşündüğüm dramatik sahne, gözlerimden yaş getirmeye yetmişti. Tanrım, yaz bitiyordu. Tam her şey yeni başlamışken...

Kendimi daha fazla tutamayacaktım. Feretti, Rahmaninov'un, C minör 2 numaralı piyano konçertosunu seslendirmeye başlamıştı ve kimsenin beni fark edecek hâli yoktu. Yavaşça, iskemlemden kalkıp yemek salonuna, oradan antreye geçtim ve üst kata bağlanan merdivenlerin arka tarafından bahçeye çıktım. Bahçenin en dibinde, manolya ağacının altındaki salıncak, evin en sevdiğim köşesiydi. Pencerelerden yayılan ışıkla Rahmaninov'un nağmeleri, bahar çiçekleri, akasya, hanımeli, manolyaların üzerinde dans ediyor, çiçeklerin birbirine karışan kokuları insanın başını döndürüyordu. Her şey o kadar romantik ve o kadar sahiplenilmezdi ki... Bütün bu güzellikler etrafımızdaydı ama hiçbir zaman tamamen bize ait olmayacaktı. Aynen aşklarımız, sevgilerimiz gibi... sevgililerimiz gibi...

Hıçkıra hıçkıra ağlamaya başladım. Başımı arkaya yaslamış, ayağımın ucuyla hareketlendirdiğim salıncağın tatlı ritmiyle sallanıyordum. Hem ağlıyor hem puslanan gözlerimle manolya ağacının yaprakları ve çiçekleri arasından gökyüzünü seçmeye çalışıyordum. Yeni şekillenmeye başlayan mehtap, yıldızlar, kâh koyu yeşillerin, beyaz çiçeklerin arasında kayboluyor, kâh salıncağın aldığı yeni açıya göre ortaya çıkıyorlardı. Hayat böyle bir şey olmalıydı. Hem orada olan, ama göremediğimiz, hem gördüğümüz ama aslında bizden uzak, ulaşılmaz...

Gözlerimi kapatmıştım. Hangimiz için daha çok ağlıyordum bilmiyorum; Celeste'e mi, kendime mi?

Ağaçların arasında bahçenin dört bir yanına uzanan parke taşlı yoldan gelen ayak seslerini fark ettiğimde, anlamak için gözlerimi açmadım. Korkusuzluğuma hayret etmiştim. Evin pencerelerinden gelen ve havagazı lâmbalarından yayılan ışıkla gayet loş aydınlanmış, yer yer, ağaç altlarında, arkalarında ise zifiri karanlığa gömülmüş bahçenin bu ücra köşesinde yapayalnızdım. Ve öylesine hüzünlüydüm ki, bedenim de, ruhum gibi, hayâl ettiği aşkların ümitsizliğiyle ezilmiş, yorgun, salınıyor ve ağlıyordu.

Ayak seslerinin yanı başımda durması üzerine, hıçkırıklarıma hâkim olup sustum. Kim olduğunu bilmiyordum. Ama kim olmasını istediğimi biliyordum. Ayakkabımın burnuyla çimenli toprağa dokunup, salıncağı yine o tatlı, hafif ritmine bıraktım. Karanlığın içinden gelen misafirin, ne ailemden ne yardımcılarımızdan biri olmadığı muhakkaktı. Celeste hiç değildi. O olsaydı, çoktan yanıma oturup, "Neler oluyor küçüğüm? Anlat bana." diye sarılmıştı.

Öylesine ne yapacağımı bilemez durumdaydım ki, salıncağım durduğu zaman, tekrar kendimi itmek için bile hareket edemedim. Sadece, yoğun ağlayışımın ardından, yüreğimde kalan kısa, kesik iç çekişlere engel olamıyor ve gözlerim kapalı, neler yaşayacağımı bekliyordum.

Birden, saçlarımdaki el temasını hissettim. Son bir uzun iç çekişle, nefesim kesildi. Bahar dallarından tacımın arasına dalan parmakların, hafifçe çekilen saç tellerimin köklerinde yarattığı ürpertici duyguya kendimi teslim ettim. Parmak uçları, alnımda, yanaklarımda gezinmeye başladığında, bu kez de gördüğüm rüyadan uyanmamak için, gözlerimi sıkı sıkıya yummaya devam ettim. Tanrım, ne zamandır hayâllerimi süsleyen, arzuladığım şey gerçekten oluyor muydu? Onun teninden, burun kanatlarıma gelen tıraş losyonunu tanıyordum. Başımın arkasından eğilmiş olmalıydı. Dudakları, ıslak göz kapaklarımda dolaşıyordu. Yüreğimde sıkışmış bir şeyler patlayıp dağılmaya başlamıştı sanki. Ufak bir iniltiyle, ellerimi, ne yapacağımı bilemez hâlde, kucağımda birbirine kavuşturdum. Onun elleri ise, şimdi, boynumu, gerdanımı okşuyordu. Ben, hem onun bedenim üzerinde kurmaya başladığı hâkimiyete ses çıkarmamama şaşıyor, hem ürküyor, hem de her an yakalanabilecek olmanın verdiği korkuya rağmen gösterdiğim cesarete hayret ederek kontrol edemediğim, etmek de istemediğim bir girdaptaymışım gibi hissediyordum. Tenimdeki temaslardan aldığım haz, öylesine uzun zamandır ne olduğu tam bilinmeden, özlenmiş ve istenmiş duygulardı ki, o kuyudan çıkmak değil, daha da derinlere dalmak, karanlığında yok olmak istiyordum.

Mücadelem sadece kafamdaki düşüncelerdeydi. Vücudum üzerindeki dokunuşları istemediğime veya yaşadıklarımdan ürktüğüme dair en ufak fiziksel bir işaret veremiyordum. Ve bir anda, avuçları göğüslerimi, dudakları dudaklarımı örttü. Aniden, ayaklarım yeri, bedenim salıncağı hissetmez oldu. Damağımın içine doğru tatlı, uyuşturucu bir lezzet akmış, yükseklere, çok yükseklere kanat açmıştım. Hiç bitmesin istediğim bir lezzetti bu ve beni bilmediğim, tanımadığım bir yerlere uçurmak üzereydi. İşte o an, kaçınılmaz bir telâşla, ellerimle kollarını yakalayıp onu durdurmaya ve başımı yana çevirmeye çalıştım. Bu hareketim, olanlardan korktuğumdan değil, tam aksine, bana verdiği heyecana dayanamayacak kadar güçsüz olduğumdandı. O da bunun farkındaydı muhakkak. Kollarını omuzlarımın etrafından sararak bastırdı. Âdeta kendi kapanımda hapsolmuştum. O müddet zarfında öpüşe karşılık vermeyen, sadece öpülen dudaklarımı diliyle ayırıp dilimi bulduğu an, tüm vücudumu saran titremeyle, tamamen içgüdüsel olarak, kollarımı onun baskısından kurtarıp, arkaya doğru götürdüm ve onu boynundan tutup kendime doğru çektim. Hayret etmiş olmalıydı. Bir an için, geriye çekilip beni izledi. Gözlerimi ilk defa açıp bahçenin gölgeleri arasından onun yüzüne baktım. Bakışım kararlı, ısrarlı ve cesurdu. Karanlığa rağmen, gözlerindeki lacivert korları görebiliyordum.

"Oh! Küçük sevgilim benim..." diye mırıldandı.

Sevgili? Sevgili mi? Tanrım, bana "Sevgilim" diye hitap etmişti. Başım dumanlanmıştı. Elimi bırakmadan, salıncakta yanıma oturdu. O kısa andan istifade, çoktan yitirmiş olduğum aklımı, yeniden başıma devşirmeye çalıştım. Bahçede bizden başka kimseler yoktu. Evden, Chopin'in piyano ve orkestra için bestelediği, iki numaralı, opus 21, F minör konçertosu yayılıyordu. Sinyor Feretti, bu parçayı da, hep matmazelimle beraber çalmayı tercih ederdi. Şu an çok emindim ki, yine omuzları, kolları birbirine yapışık, ellerini kaçamak buluşturmalarla, tuşlarda gezinmekteydiler. Bir an için, bu bahçede, karanlıkta, baş başa kalmış olduklarını düşündüm. Onları o kadar uzun zamandır hayâllerimde birleştirip duruyordum ki, kendimi Celeste'in yerine koydum ve boşa geçen zamana isyanla, Nesim'in kollarının arasına sokuldum. Parmak uçlarıyla çenemi tutup başımı kendisine doğru çekti. Artık ne yapacağımı biliyordum. Gözlerimi kapadım ve onun yeni hamlelerini hissetmek üzere dudaklarımı araladım. Beni bedenine doğru çekmesine ses çıkarmadan, kollarımı boynuna doladım. Nefesi, teması, içime hiçbir şeyden duymadığım kadar sıcaklık ve emniyet hissi veriyordu. Onun kollarında, böyle öpüşüp yıllarla kalabilirdim.

Hayatımdaki erkek oydu ve ne pahasına olursa olsun, onu kaybetmeyecektim.

Elleri, elbisemin yakasından ağır hareketlerle göğüslerime doğru inmeye uğraşırken, kafamdan geçenler bunlardı. O anda, hafif bir kız gibi görünmüş olmaktan, yaşdaşlarımın değil, çok daha büyüklerimin bile yapmaya cesaret edemeyecekleri bir şeyi yapmış olmaktan katiyen utanç duymuyordum. Çünkü çok arzuladığım, hep parçası olmak istediğim bir rüya gerçekleşmişti. Kimse benden çalamazdı.

Adım adım, öğrendiğim öpüşlerine karşılık vermeye çalışırken, bir taraftan da kafamdan bunlar geçiyordu ama düşünceler sanki bulutlar arkasındaydı. Gerçek olan ise, fiziksel temasımızdı. Onun kollarında, her şey çok romantik ve düşlediklerimden daha fevkalâde idi. Ancak, aniden sıklaşan nefesi, başını boynum, bedenim arasında gömerek iniltilerle dolaşması, beni ürkütmeye başladı. Omuzlarından tutup kendimi geriye çekmeye çalıştım. Gözlerini gözlerime dikip, vücuduma iyice abandı.

"Ne oluyor küçük sevgilim? Merak etme, benden sana zarar gelmez." diye mırıldandı. Sesi, o kadar derinden, hırıltılı ve boğuk geliyordu ki, şu ana kadar yaşadığım hayâl dünyasından sıyrılıp birden, bahçenin karanlığını yeni keşfetmişim gibi korkuya kapıldım. Titrek bir sesle fısıldadım:

"Gitmem lâzım. Beni ararlar."

"Birazdan gidersin." dedi, beni geri çekmeye çalışarak.

Paniğe kapıldım. Onu olanca gücümle iteleyip kalktım salıncaktan. Kravatı yakasından kaymış, gür, dalgalı saçları dağılmıştı. Kollarını başının altında çapraz yaparak, salıncağın sırtına doğru yaslandı. Bacaklarını gererek ileri uzattı.

"Nasıl istersen küçük sevgilim." dedi. "Nasıl istersen... Haydi, git o zaman."

Ben, kontrolsüzce girdabına girdiğim bir bilinmezden kendimi kurtarabildiğime hem şaşkın, hem memnun, birden aradan ne kadar zaman geçmiş olabileceğini düşündüm. Başımdaki bahar dallarını, saçlarımı yokladım. Tacım parçalanmış, örgülü topuzum darmadağın olmuştu. Ezilmiş bahar çiçeklerini temizledim, saç tellerimin arasından. Karanlıkta görememememe rağmen, elbisemin buruştuğundan emindim.

"Aman Tanrım!" diye mırıldandım, kendime çeki düzen vermeye çalışırken.

"Bunun Tanrı'yla bir ilgisi yok." dedi alaylı bir gülüşle. "Bunun bizimle ilgisi var."

Sonra, özür diler tonda bir sesle devam etti, oturduğu yerde öne doğru eğilerek:

"Haydi, git artık, kimse görmeden. Yalnız, bana son bir öpücük ver."

Bu inanılmaz tehlikeli oyundan bir öpücükle kurtulacağıma şükrederek, itirazı bile düşünmedim. Yanına yaklaşıp, dudaklarına çabuk bir buse kondurmak üzere başımı eğdiğimde, aniden, elbisemin eteklerinin altından bacaklarıma uzanan elinin temasıyla alev almış gibi oldum. Ve koşarak eve doğru kaçtım. Müzik ziyafeti devam ediyordu. Geniş mermer hole, başımı uzatıp baktım. Kimseye görünmeyeceğimden emin olunca, koşarak merdivenlerden yukarı kata, odama çıktım. Merdivenlerin dibinde, antredeki saat, bahçeye çıktığımdan bu yana, sadece on beş dakika geçmiş olduğunu gösteriyordu. Tevekkeli değil, henüz kimse beni aramamıştı. Hâlbuki benim için bir ömürlük zaman geçmiş gibiydi. Bir an evvel, elbisemden, dağınık örgülerimden kurtulup yatağa girmek istiyordum. Vücudum ateşler içindeydi. Nesim'in dokunduğu, öptüğü, ellerinin, parmak uçlarının, dudaklarının değdiği her parçam yanıyordu. Hele, ebeveynlerimin beni yakalaması hâlinde başıma neler gelebileceğini düşündükçe, yaşadığım aptalca cesaretin, geç gelen korkusu da yangını körüklüyordu.

Soğuk bir duş alma ihtiyacıyla banyoma geçtiğimde, aynadaki görüntümü izlemeye başladım. Bu akşam hiç oyun oynayacak hâlim kalmamıştı. Çünkü, hayâllerimin ötesinde gerçek bir gece yaşamıştım. Yüzümün ifadesinde, saklı, yasak bir şey yaptığım ne kadar belliydi. İyi ki kimseye rastlamamıştım. Dudaklarım kızarıp şişmiş, boynumda izler oluşmuştu. Benim dudaklarım, bir akşam, birkaç öpüşle bu hâle geliyordu da, büyüklerin, meselâ annemin nasıl hiç belli olmuyordu. Belki de babamla hiç öpüşmüyorlardı. Ya da, babam Nesim'in öptüğü gibi öpmüyordu.

Acele soğuk bir duş alıp keten geceliğimi giydim. Başucumdaki lâmbayı kapatıp yatağa girdim. Yaşadığım heyecan ve maceranın ağırlığı üzerime büyük bir yük getirmiş, şimdi, odamda, kendi başıma olmak, bana emniyet hissi vermişti. Nasıl cesaret etmiştim, nasıl müsaade etmiştim bütün bu olanlara? Ama artık, sessiz, huzurlu, serin, güvenli odadaydım. Birden, pikemi atıp fırladım. Kepenklerin arasından komşu eve baktım. Bahçede, beyaz elbiseli siluetin elinde yanan sönen sigara pırıltısını gördüğümde, yüreğim tekrar ağzıma geldi. Dudaklarımda kocaman bir gülümsemeyle yatağıma geri döndüm. Karanlıkta yatarken, parmaklarımı, Nesim'in bana dokunduğu sırayla alnımda, göz kapaklarımda, yanaklarımda, boynumda, göğüslerimde gezdirdim. Ellerinin bacaklarıma uzanışında hissettiğim alev yeniden vücudumu sardı.

Tecrübesiz ve aptalca bir cesaretle yaşadığım heyecan, beni çok şeyi sorgulamaktan alıkoymuştu. Meselâ Nesim, yanıma gelirken benim ağladığımı duymasına, görmesine rağmen, nedenini hiç sormamış, benimle konuşmayı hiç denememişti. Belki de, masada bakışlarımı yakaladıktan sonra, gözyaşlarımın sebebini tahmin etmişti. Yine de sormalıydı, diye düşündüm.

Kapımın vurulup açılmasıyla düşüncelerimden sıyrıldım. Ancak gözlerimi açmadım. Yalanım ortaya çıkmadan sorulara cevap verecek gücüm yoktu. Celeste'in, elini şefkatle alnıma koyup ateşime bakmasını ve pikemin kenarlarını düzeltip odadan sessizce ayrılmasını bekledim. Acaba, bu gece olanları ona anlatmalı mıydım? Ama, hayır. Ailemin, "hayatı meçhul" diye damgaladığı bir erkeği, Celeste'in de kabul etmesini, hele, bana yakıştıramayacağı kaçamağımı mâkul görmesini bekleyemezdim. Onun görevi beni korumaktı. Beni anlasa bile, aileme rağmen bir tavır alamazdı.

Yattığım yerde, sabaha kadar döndüm durdum. Bundan sonra neler olacağını, Nesim'i tekrar görürsem yüzüne nasıl bakacağımı, onunla bir daha yalnız kalıp kalamayacağımı, onun benim hakkımda neler hissediyor olduğunu, kısa bir süre sonra ayrılıp onu aylarca göremeyeceğim gerçeğini defalarla düşündüm. Nasıl olacaktı bilemiyordum ama Nesim'in hayatına girmek istiyordum. Onu bir başka kızla beraber düşündüğüm an, sanki bir sözü varmış da beni aldatmış gibi hiddetlendim. Hayatında birçok kadının olduğundan emindim. Belki de, onun için sadece bir yaz akşamı oyunuydu yaşadıklarımız. Öpüşmenin, erkekleri ne kadar bağlayacağını, genç bir kızın tecrübesiz aşkının onlara ne derece cazip geleceğini bilemiyordum. Birdenbire, Nesim'in benimle sadece eğlendiğini, bana asla bağlanamayacağını düşünmek fikri öylesine gurur kırıcı geldi ki, ailemin korkusu, yaptığım işin verdiği endişe, yerini kararlılığa bıraktı. Her ne niyetle yaklaşmış olursa olsun, Nesim'in beni ciddiye almasını sağlamam lâzımdı. Bunun da bir tek çaresi vardı: Onunla baş başa kalacağım bir fırsat yaratacaktım.

Verdiğim bu kararın, hayatımı nasıl değiştireceğini, bana nelere mâl olacağını bilmiyordum. Aslında bunu düşünmek de istemiyordum. Gözü kara cesaretimin neticelerini düşünmek, muhasebesini yapmak işime gelmiyordu. Tek bildiğim, ailemin benim için tasarladığı gelecekle hiç alâkası olmayan bir yola girdiğimdi. Bu yolda da nereye kadar gidebileceğimi, ancak yaşadıkça görecektim.

Devrin birçok ailesinin aksine, ailemin, kızlarını bir an önce evlendirmek gibi telâşı yoktu. St. Benoit'yı bitirdikten sonra, Paris'te tutulacak bir evde Celeste'le beraber oturacak, üniversiteye gidecektim. Büyüklerim, benim sanata olan merakım üzerine, kendimi en iyi nerede geliştirebileceğimi düşünüp Paris'te karar kılmışlardı. Babamın işi dolayısıyla zaten sık sık gittikleri bu şehre yerleşmem, fazla hasret çekmeden buluşmamıza da imkân verecekti.

"Oğlum olsaydı nasıl okutacaksam, kızıma da aynı seviyede tahsil düşünüyorum." demişti babam, yıllar önce. Benim tek yapmam gereken, ne okumak istediğimi belirtmekti. İşte, böyle bir programımız olduğu için de, son sene birdenbire türeyen görücü adaylarının hepsi kibarca geri çevrilmişti. Zaten, kızına üniversite tahsili yaptıracak, üstelik de sanat okutacak bir aileyle ilişki içinde olmayacaklarına da sevinmiş olmalılardı.

Ailemin benimle ilgili ümitlerini yıkacak olmak fikri kalbimi buruyordu ama ona da kendimce çare bulmuştum. Ben de Londra'da üniversiteye gidebilirdim. Nesim'le aynı hayatı paylaşıyor olmanın hayâli bile nefesimi kesmeye yetiyordu. Yakalanmaktan korkmadan, huzur içinde, onun kollarının arasında, nefesini, tenini hissederek, saatlerce oturabilmek için, alıştığım, tanıdığım, bildiğim, güvenli, korumalı hayatı bırakabilirdim.

Ertesi gün,"İyi geceler" dilemeden aralarından ayrıldığım için, annemden ufak bir uyarı aldım. Başka zaman olsa, kendimi kötü hissederdim ama, yaptığım şeye kıyasla, hele yakalanma ihtimâlini göz önünde bulundurunca, bu kadarıyla kurtulduğuma şükrediyordum. İşin garibi, bir taraftan maceramı yakayı ele vermeden atlattığıma sevinirken, diğer taraftan da Nesim'le nasıl baş başa kalabileceğimi düşünüp, daha da tehlikeli bir maceraya kendimi hazırlamaktaydım. Çünkü bu kez, beraberliğimizi sağlayacak bir aile toplantısı yoktu. Tamamen benim ayarlayacağım, sorumlusunun sadece ve sadece kendim olduğu bir rastlaşma olacaktı. Daha gerçekleştirmeden bile, heyecanını hissedebiliyordum.

Aslında, tam da macerama fırsat bulabileceğim bir gündeydim. Babamın ipek kozası ticaretindeki ortağı Edouard Piron'un, Moda'daki konağında davet vardı. Birkaç göbektir İstanbul'u memleket edinmiş Levantenlerden olan Piron ailesiyle tanışıklığımız dedem zamanında başlamış olduğundan, geceye bütün büyükler çağrılıydı. Akif Bey ve Rüveyda Hanım da davet edilmişlerdi. Bu fırsatı değerlendiremezsem, Nesim'i kaybedebilirdim. Ama ya o da akşam bir yere giderse? Bu ihtimâl aklıma geldiği an, odamda, pencerenin önündeki koltuğa yerleştim. Odaya giren biri olursa diye göstermelik, kucağıma bir kitap koyup tülün ardından komşu evin bahçesini izlemeye başladım. Beni kimsenin arayacağını sanmıyordum. Anneannem, alışkanlığı olduğu üzere, öğle yemeğinden sonra istirahate çekilmiş, Celeste'i de kendisine kitap okuması ricasıyla yanına çağırmıştı. Bir müddettir gözleri rahatsız olduğundan, sevgili mürebbiyem büyük bir samimiyetle bu işi üstlenmişti. Kendi ailesiyle bu kadar mesafeli bir ilişkisi olan Celeste'in, bizim ailemizin her ferdi için beslediği sevgi ve ilgi çok enteresandı. Annem, yatak odasında, saçlarını Madam Mavroyanni'nin usta ellerine teslim etmiş, halalarım da Madam Fengara'nın, pelür kâğıtlara sarmalayıp askılarda getirdiği yeni elbiselerini denemekle meşguldüler.

Köşk, aslında insanların, isterlerse bir diğerini görmeden yaşayabileceği gibi plânlanmıştı. Genel kullanılan misafir, yemek ve müzik salonları dışında, üst katta, yatak, oturma odaları ve banyolarıyla birbirinden bağımsız dört ayrı bölüm vardı. Sahanlığın etrafına dizilmiş dört büyük maun kapıyla geçilirdi bu bölümlere. Anneannem, annemler ve halalarımın özel daireleri bunlardı. Bir üst katta da, benim ve Celeste'in yatak odalarımız, banyolarımız ve okuma odası vardı. Derslerimi çalıştığım veya mürebbiyemle baş başa sohbet ettiğimiz sıcacık, keyifli bir mekândı. Çatı içindeki en üst kat da dayımın gizli mabediydi. Sık sık çıktığı uzak diyar yolculuklarından getirdiği bin bir çeşit antika, enteresan otantik objeyle doldurduğu bu dairede dolaşıp, hikâyelerini dinlemeye bayılırdım. Her bir parça, sanki başka bir ülkenin ruhu gibiydi. Dayımın seyahatlerden dönmesini, gelince anlatacaklarını dört gözle beklerdim, hep. Yokluğunda da çok özlerdim. Neşesinin, kahkahasının eksikliği hissedilirdi, o uzaktayken. Annemden yaşça oldukça küçüktü ve bana dayıdan ziyade ağabey gibiydi. Dayım bilse maceramı, diye düşündüm. İnanır mıydı acaba? Kendisinin çok macerası olduğundan emindim. Annem ile anneannem, onun müzmin bekâr kalmasını, evli bir hatunla yasak aşk yaşamasına bağlıyorlardı; bir keresinde kulak misafiri olmuştum. Halalarımın aksine, dayımla yaz kış beraber oturmamıza rağmen, bir arada olduğumuz zaman dilimi, yılın dört-beş ayını geçmezdi.

Maçka'daki konağımız, babamın ailesinden kalmaydı. İkiz olan halalarım da, Vişnezâde'de, büyük babamın onlar için ikiz olarak yaptırdığı yan yana konaklarda otururlardı. Birbirine bağlı, sevgi dolu, harika bir aileydik. Her şey çok güvenli, huzurluydu. Yeni yetişen bir genç kız için daha mükemmel bir aile, daha güvenli ve rahat bir sığınak olamazdı. Ve ben şimdi, bilinmezi, sonu görülmezi arzuluyor, gözbebekleri olduğum kocaman ailemin durgun limanından, bir yabancı fırtınaya yelken açmak istiyordum. Deli miydim ben!

Düşüncelerim, arada bir beni mantığa çağırmıyor değildi. Ama yapmayı plânladığım şeyin heyecanı galip geliyordu. Bir an, bir önseziyle, sanki sesli çağrılmışım gibi, ayağa kalkıp dışarıya baktım. Ve nefesim kesildi. Nesim, gül tarhlarının arkasında, elinde sigarası, pencereme bakıyordu. Bir alt kattan, onun durduğu yerin görünmesi, dolayısıyla anneme yakalanması mümkün değildi. Çok çabuk karar vermeliydim. Yürüyüp gitmek üzereydi ki, ani bir kararla tülü açtım. Dudaklarına, o alaycı gülümsemesi yayılmıştı. Sigarasından uzun bir nefes çekerken gözleri bendeydi. Sonra, sol elinin işaretparmağını dudaklarına kondurup bana öpücük gönderdi. Bir şeyler yapmalıydım. Bir akşam önce öpülüp sonra terk edilen küçük kız olmak istemiyordum. Onu kaçırmamalıydım. Hafifçe gülümsedim. Aynen işaretparmağımı dudaklarıma götürdüm ve kapının vurulup açılmasıyla beraber tülü bırakıp geriye döndüm. Elim dudaklarımda kalmıştı. Kalbim ağzıma gelmiş, yüzümdeki yakalanmış ifadesine anlam vermeye çalışan annemin karşısında kalakalmıştım.

"İyi misin Hüma? Ne oldu bir tanem?"

Pek de inandırıcı olmayan bir sesle konuştum:

"Yok, bir şey anneciğim. Hiçbir şey yok."

Annem, bana inanmadığını söylemeyecek kadar nazikti. Ama, pencereye kadar gidip duruma göz atmak isteyecek kadar da sezgileri kuvvetliydi. O anda tek duam, Nesim'in oradan uzaklaşmış olmasıydı. Annemin bakışlarının bana dönüşünü, yüreğim ağzımda bekledim. Yine kurtarmıştım. Gülümseyerek koltuğun üzerindeki kitabın kapağına baktı.

"Bıkmıyorsun değil mi, *Odysseia*'yı defalarca okumaktan."

Belli ki Nesim'i görmemişti. Bir kez daha, ucu ucuna atlatmıştım tehlikeyi. Yanağımı okşayarak, konuyu değiştirdi annem:

"Olga, bu akşam senin için kievski hazırlıyor."

Birden, âşık olduğu erkekle nasıl yalnız kalacağını plânlayan çılgın kız gitmiş, yeniden küçük bir çocuk oluvermiştim. Ellerimi çırptım sevinçle.

"Harika! Parfe de yapıyor mu?"

Saçlarımı okşadı annem, gülerek.

"Sanırım." dedi.

Olga Karamanoff, kocasının Rus Denizcilik Şirketi'ndeki memuriyeti dolayısıyla İstanbul'a gelmişti. Aslında, başlangıçta, kendisine bir restoran açmak niyetinde, geçici olarak bizde işe girmişti ama memnun kalmış olmalıydı ki, birkaç senedir hâlen yanımızdaydı. Kışları, akşam misafirimiz olmadığı zamanlarda, Beyoğlu'ndaki evine döner, ancak yazları devamlı bizimle kalırdı. Ayda bir, üç-dört günlük izinle kocasının yanına giderdi. Uzun boylu, beyaz tenli, açık mavi gözlü, sarışın, neşeli bir kadındı. Mutfakta, zeytinyağı, sirke şişelerinin arasında duran votka şişesini annem çoktan fark etmiş ama sesini çıkarmamıştı. Zira, Olga'nın, değil sarhoş olmak, bir gün işini eksik veya yanlış yaptığı, geç kaldığı, bir söyleneni unuttuğu görülmemişti. Müthiş bir ustalıkla yaptığı Rus ve Fransız yemeklerini hazırlarken, bazen hüzünlü, yanık ezgiler söylerdi, kendi lisanında. Sözcükleri, çok uzaklarda kalmış birine gönderir gibi gelirdi bana. Kimbilir, belki de sadece hayâl ediyordum. Seviyordum ya melodramı. Belki de hiç alâkası yoktu, Olga'nın hayatının benim onun için düşündüklerimle. Âşık olduğu delikanlıdan uzaklaştırılıp, meslek sahibi, düzgün geliri olan bir adamla evlendirildiğini, şimdi memleketinden uzakta, steplerde kalan sevgiliyi özlediğini düşünür, ona bu hikâyeyi çok yakıştırırdım.

"İsterseniz, bahçeye hazırlasınlar sofrayı bu akşam." dedi annem, odadan çıkarken.

"Harika." dedim gülümseyerek.

Kapıyı kapamak üzereydi ki tekrar döndü.

"Gerçekten her şey yolunda mı Hüma'cığım?"

"Gerçekten anneciğim. İnanın, bir şeyim yok."

"Halin bir garip görünüyor son günlerde. Akşam da öyle, erkenden uykuya çıktın."

"Merak edecek bir şey yok anneciğim, hakikaten. Sadece, çok uykum gelmişti ve herkes de hayran hayran Sinyor Feretti'yi dinlerken kesmek istemedim."

Annem, artık mevzuyu kapamak üzere olduğunu belli eden bir işaretle konuştu:

"Yine de, birkaç dakika daha bekleyip iyi geceler dilemeliydin."

"Haklısınız, özür dilerim." diye mırıldandım.

"Haydi canım, seni bırakayım da yine *Odysseia*'yla yolculuğuna devam et." derken, yüzünü süsleyen gülümsemesiyle, sanki, "Akşamki kabalığına kızdım ama seni çok seviyorum." diyordu annem. Bilirdim beni ne kadar sevdiklerini. Çok arkadaşımın ailesinin aksine, sevgilerini göstermekten korkmazlardı. Her fırsatta öper, koklar, sevgilerini dile getirirlerdi.

Akşam, tüm aile Mösyö Pironlar'a gitmek üzere koçulara doluştuklarında, biz de Celeste'le birlikte, hanımelilerin kapladığı kameriyenin altındaki mermer masada sofraya oturmuştuk. Her zamanki konuşkanlığıma alışkın mürebbiyem merak etmişti.

"Hayrola küçüğüm, durgun görüyorum seni." dedi.

Gülümseyip, "Okuduğum kitap... sanırım beni çok etkiliyor." diye cevapladım. Aklıma daha iyi bir yalan gelmemişti.

"Yeni bir kitaba mı başladın?"

"Hayır. *Odysseia*'yı tekrar okuyorum."

Kievskisinden bir parça keserken, gözleriyle bir yandan beni takip ediyordu.

"Daha önce okuduğunda etkilememiş miydi?"

Biraz düşündüm.

"Hayır... sanırım hayır... Bu kadar değil..."

"Onun için, klâsikleri hayatın değişik dönemlerinde bir defa daha okumak gerekir. İnsan yaşıyla, tecrübesi, görüp geçirdikleriyle, okuduklarını daha farklı hisseder, daha değişik yorumlar. Bu kez, diğer defadan farklı olarak neler hissettiriyor sana?"

"İlk okuduğumda, sadece bir başkasının ıstıraplı serüveni olarak okumuştum. Şimdi ise..."

"Şimdi ise?"

"Kendimi Penelopeia'nın yerine koyuyorum. Onca uzun zaman, sevdiği erkeğin yolunu gözlerken çektiği acıyı düşünüyorum da, ben dayanamazdım gibi geliyor. Tabii Calypso'yla seviştiğini öğrendiğim zaman da dayanamazdım."

Celeste, çatal bıçağını bırakıp, başını geriye savurup bir kahkaha attı.

"İlâhi küçüğüm. Neler düşünüyorsun böyle?"

"Elimde değil Celeste. Sen, sevdiğin erkeğin bir başka kadınla seviştiğini bilsen, ne hissederdin?"

Bunu sorduğum an pişman olmuştum ama iş işten geçmişti. Mürebbiyemin kahkahası dudaklarında dondu kaldı ve gözleri buğulandı. Eline aldığı çatalla, tabağının içinde anlamsız işaretler çizmeye başladı. Demek, bana üzeri örtülü bahsettiği, kalbinin kırılmasının sebebi buydu. Bir an için, sırrını anlatacak gibi geldi. Ama o, hemen kendini toparlayıp, kaldığı yerden devam etmeyi tercih etti:

"Sevdiğim adamı, Antik Yunan'ın, tanrılar ailesinden bir büyücü kadın zorla yanında tutuyorsa, ona kızmaya hakkım olur mu ki?"

"Kendisinin orda kalmak istemediğinden nasıl emin olabilirsin?"

"Emin olamam. Ama seviyorsam inanmak zorundayım. Eğer güven yoksa sevgi de yok olur."

Sonra, tatlı bir gülümsemeyle göz kırparak ekledi:

"İnan bana... Küçüğüm, kendin farkında mısın bilmem, sen bu yaz birdenbire büyüdün sanki. Şu konuştuğumuz konulara bakar mısın? Ama bence, daha kafanı böyle şeylerle yorman için çok erken. Şimdi, yaşının, gençliğinin tadını çıkarmaya bak. İleride, emin ol, bunları düşünmeye bol bol sebebin olacak."

Celeste, büyüdüğümü fark etmişti ama fark edemediği şey, benim daha da hızlı büyümek isteğimdi.

Yemekten sonra, o kahvesini, ben kakaomu içerek sohbete devam ettik. Paris'te müşterek kuracağımız düzeni, hafta sonları neler yapacağımızı, kimbilir kaçıncı kez, bıkmadan yine konuştuk. Celeste'le ilişkimizin ömür boyu sürecek olması, hiç konu olmamasına rağmen, sanki sessiz yapılmış bir anlaşmayla garanti altına alınmış gibiydi. Onsuz bir hayat düşünemiyordum. Acaba Londra'ya gitsem benimle gelir miydi? Bunu hiç düşünmemiştim. Birden, çılgınlığımın, hayatımı ne kadar derinden etkileyeceğini düşündüm. Sadece ailemden değil, Celeste'den de ayrılmak zorunda kalabilirdim. Buna dayanamazdım. Onun yanı başımda olmasına, her ihtiyacımda elimi tutmasına o kadar alışmıştım ki, onsuzluk fikri huzurumu kaçırdı. Ama, birbirimize iyi geceler dileyip odalarımıza çekildiğimizde, penceremden yan evin ışıklarını görür görmez, yüreğim yine deli gibi çarpmaya başladı.

Geceliğimi giyip karanlıkta yatağıma oturdum. Bu macerayı yaşanmadan bırakmak, belki de en doğrusuydu. Ama kalbime söz dinletemiyordum. Birkaç kez kalktım, odanın içinde dolanıp tekrar yatmayı denedim. Sonunda kararımı verdim. Bahçeye çıkacaktım. Terliklerimi elime alıp, yavaşça kapımı açtım. Sahanlığın karşı tarafındaki kapının ardında, Celeste'in henüz uyuyup uyumadığını düşündüm. O tarafa doğru gidip, kulak kabarttım. Hiçbir şey duymayınca, merdivenlere doğru yöneldim. Merdivenlerin, kışlık evimizdeki gibi ahşap olmadığına şükrettim. Basamaklar halı kaplı olmasına rağmen, sessiz inmek mümkün olmazdı. Mermer merdivenlerin bir alt kata inişinde karşıma gelen büyük duvar aynasındaki aksim, titreşen hafifletilmiş lâmbaların ışığında hayâl gibi göründü gözüme. Beyaz, uzun, farbalalı keten geceliğim, açık saçlarım ve çıplak ayaklarımla, aynanın içindeki bir zaman perdesinden bu tarafa geliyor gibiydim.

Ana kapılardan birini kullanmaya cesaret edemedim. Giriş katının arka tarafındaki koridordan birkaç basamakla inilen mutfağa girdiğimde, durup etrafı dinledim. Personelin kaldığı bölüm hemen yan taraftaydı. Onlara yakalanmam da, annemin beni görmesinden farklı olmazdı. Zira anneme bağlılıkları hiç şüphe götürmezdi. Yaramaz kızının ne yaptığını, daha sabah olmadan söylerlerdi.

Mutfaktan bahçeye açılan kapının sürgüsünü çekip, tekrar kulak kabarttım. Çıkan cılız, metalik sesi kimse duymamış olmalıydı. Terliklerimi ayağıma geçirip dışarıya ilk adımı attığımda, akşamın rutubetli sıcağına rağmen, elimde olmadan, içim titredi. Âdeta, uyurgezer gibi, hiç düşünmeden, doğruca manolyaların altındaki salıncağa doğru ilerledim. Birden, gül tarhlarının arasında yanan sigara ışığını ve silueti fark ettim. Biliyordum, biliyordum, beni beklediğini, onun da beni tekrar görmek istediğini biliyordum. Yüreğim, göğüs kafesimden dışarı çıkacak gibi çırpınıyordu. Ağır adımlarla yürümeye devam ettim. O da bana doğru gelmeye başlamıştı. Manolya ağacının altına aynı anda varmıştık. Dalların arasından yükselen mehtap, yüzünde garip pırıltılar yapıyordu. Sanki onun, hiç bilmediğim bir başka yüzünü açığa çıkarmıştı. Ellerini uzatıp kavradığında, belime ateşten bir kemer takmış gibi oldum. Başını yüzüme yaklaştırdığında, bu defa ne yapmam gerektiğini biliyordum. Kollarımı ona sarıp, dudaklarımı araladım ve gözlerimi kapadım. Az önce içtiği sigaranın tadı ağzımın içini doldurdu. Tütünün buruk, keskin, acı lezzeti, dilinin ıslaklığı ve hararetiyle birleşip bütün diğer tad duyularımı esir almıştı. Sırtımı ağaca dayayıp, kollarımı iki eliyle, bileklerimden tutarak yukarıya kaldırdı. Vücudunu, bedenime dayayarak, yarı karanlığın içinden gözlerime baktı.

"Küçük sevgilim." dedi.

Benim diyecek hiçbir kelimem yoktu. Dudaklarındaki meşhur gülümsemesini hissedebiliyordum.

"Söyle... benim küçük sevgilim misin?"

Ne diyeceğimi bilemedim. Sevgili olunca, daha nereye kadar gidilmesi gerektiğini, kendimi ne kadar, nasıl koruyacağımı bilemiyordum. Tekrarladı:

"Haydi söyle. Senin küçük sevgilinim, de."

"Öyle." diyebildim sadece.

Kafamdaki maceraperest kız söyleniyordu:

"Aptal, akılsız, kendini komik duruma düşürüyorsun Haydi, söyle ona istediğini. Senin de istediğin zaten bu değil miydi? Ne bekliyorsun?"

Cevabım onu güldürmüştü.

"Nedir öyle olan?" diye sordu.

Nefesimi tuttum ve bir çırpıda bıraktım yasak kelimeleri, döküldüler:

"Evet, senin küçük sevgilinim."

Söylemiştim işte. Dudaklarını yüzümde, boynumda gezdirmeye başlamıştı. Kollarımı hâlâ daha, yukarıda, ağaca dayalı tutuyordu. Kendimi esir alınmış gibi hissediyordum. Ama ellerinin bileklerimdeki teması o kadar sıcak, o kadar güzeldi ki, pozumdan, aşağılanmak değil, aksine vücuduma tapılıyormuş duygusu alıyordum. Öpüşlerini boynumdan kol altıma indirdiğinde, ağzımdan çıkan kısa iniltiyi engelleyemedim. Başını geri çektiğinde, araladığım gözlerimden, beni seyrettiğini gördüm.

"Seni götüreceğim buradan." dedi, çok ciddi bir sesle.

"Nereye?" diye fısıldadım.

İşte oluyordu... Aynen hayâl ettiğim gibi oluyordu.

Kollarıma birer öpücük kondurarak yanıma indirdi.

"Londra'ya."

"Nasıl olacak o?" dedim, sanki günlerdir nasıl olacağını düşünen ben değilmişim gibi.

"Evleneceğiz."

Ayaklarım yerden kesilmişti. Hem hissen, hem de fiziki olarak. Beni kucaklayıp kaldırmıştı. Belimden sımsıkı sardığı kollarının emniyeti içinde, göğsüm başının hizasında, ellerimi, ne yapacağımı bilemeden, onun boynuna doladım. Dudaklarını göğüslerime değdirdiği an, yavaş yavaş kolları arasından yere bırakmaya başladı. Tüm bedenim, onun arzuyla yay gibi olmuş vücudunun üzerinden kayarken, sevgili olmanın bir hazzını daha keşfediyordum.

"İstersin, değil mi?" dedi.

"Neyi?"

"Benimle evlenmeyi?"

Deliriyorum seninle evlenmek için, diyemedim. Sadece, "İsterim." diye cevapladım.

Sanki, şekerleme isteyip istemediği sorulmuş bir çocuk gibi hissettim kendimi.

Salıncağa oturup beni dizlerine doğru çekti.

"Seni istediğim kadar hiç kimseyi istemedim hayatımda. Benim küçük sevgilim olacaksın. Küçük karım olacaksın."

Kulaklarım çınlamaya başlamıştı. Eliyle elimi tutup bacağının arasına yerleştirdi.

"Bak, onu ne hâle getirdin." dedi.

Elimin, yüzümün al al yandığını hissettim, utançtan. Bütün romantik hislerim zedelenmişti. Kimdi bu erkek? Ben ne yapıyordum onunla, burada? Kendinde ne hak buluyordu benimle böyle konuşmak için? Elimi, ateşten çekercesine geri çektim. Kısa bir kahkaha attı.

"Canım benim. Sana öğretecek çok şey var. Çok eğleneceğiz seninle, göreceksin."

Yavaşça, onun dizlerinden kalktım.

"Artık gitmeliyim." diye mırıldandım.

Elimi bırakmadan, o da ayağa kalktı.

"Keşke, aynı eve, aynı yatağa gidiyor olsaydık. Beni perişan bir şekilde bırakıyorsun."

Az önce duymuş olduğum rahatsızlık, yatak kelimesiyle bir kez daha canlanmıştı. Ama âşık olduğum erkeğin beni bu kadar arzulaması, karşımda kontrolünü kaybetmesi, bende, gizliden gizliye memnuniyet yaratmıştı. Bütün tecrübesizliğime, bilgisizliğime rağmen, Nesim'i kendime bağladığıma inanıyordum. Amacım da zaten bu değil miydi? Ama nasıl bu kadar hızlı olmuştu? Parmaklarımın ucuna kalkıp, Nesim'in dudaklarına çabuk bir öpücük kondurdum.

"İyi geceler!" deyip mutfak kapısına doğru hızla ilerledim. Yaklaşınca yavaşladım ve terliklerimi çıkarıp kapıyı sessizce açtım. İçeride her şey sakindi. Mutfaktan geçerken, el yordamıyla, raftaki teneke kutuda duran kurabiyelerden birkaç tane alıp peçeteye sardım. Bir gören olursa, en azından mutfağa inmiş olmak için bir sebebim olacaktı. Gerçi, kievski ve parfeden sonra aç olduğuma inandırmak zordu ama...

Odama girip kapıyı kapadığım zaman, yaşadıklarıma hâlâ inanamıyordum. Tanrım, iki gün içinde neler olmuştu hayatımda? Ne kadar süratli değişiyordu her şey. Durup düşünmeye, aklımı kullanmaya, mantıklı düşünmeye zaman tanımıyordu. Nesim'in ellerinin, bedeninin temasındaki sıcaklık, ağzımdaki tütün tadı, tıraş losyonunun kokusu, hâlen benimleydi. Onun, benim için duyduğu arzunun kontrol edilemezliğini düşünüp gülümsedim yatağımda. Kendisini hissetmemi istemesinden, o ilk anki kadar rahatsızlık duymuyordum şimdi. Madem evlenmeyi isteyecek kadar arzuluyordu beni, o zaman affedebilirdim onu. Ne de olsa karısı olacaktım.

İnadım, Aşkımın Zaferiydi

Sonraki günler bir kaostu. Daha doğrusu ben, on altı yaşımın tecrübesizliğiyle, kaosu o zannettim. Nesim, gerçekten de ailesiyle hemen konuşmuş, onlar da bizimkilerden, "Hayırlı bir iş için", bir akşam yemeğinden sonrasına randevu istemişlerdi. "Hayırlı iş"in ne anlama geldiğini herkes biliyordu ama ailem, benimle ilgili böyle bir karara hazır değildi. Kaldı ki Nesim'i aday olarak kabul eden hiç kimse yoktu evde, ben hariç tabii ki...

"Hüma, baban seni çalışma odasına bekliyor, bir şey konuşmak için."

Annem bu haberi verirken, gözlerindeki bakıştan ve ses tonundan, olanlardan beni de sorumlu tuttuğuna dair bir şey hissetmemek mümkün değildi. Çalışma odasına gittiğim zaman, babamın yüz ifadesinden de aynı şeyi hissettim. Zira daha önce beni istemek için ziyaret talebinde bulunanlar olduğunda, tavırları çok farklıydı. O zaman, biz ailece bir ekiptik ve beni isteyen yabancılara karşı müşterek bir tavrımız vardı. Ama şimdi, benim, onların koruyuculuğundan ayrı durduğuma ve gelen yabancı isteğe karşı tavrımın, aileminkinden çok farklı olduğuna dair bilgileri veya hisleri vardı ki, her ikisi de bana tasvip etmeyen bakışlarla bakıyorlardı. Olanlara sebep benmişim gibiydi ifadeleri. Pek de yanılıyor sayılmazlardı.

Nesim'in babasına, ne kadar, ne anlattığını ve babama ne aktarıldığını bilmiyordum. Ama kendimi sonuna kadar savunmaya hazırdım.

Kapıyı vurup içeri girdiğimde, babam, çalışma masasının arkasındaki büyük berjer koltuğunda oturmuş, dalgın bir tavırla piposunu içiyordu. Babamı, pipo içerken seyretmeyi hep sevmişimdir. Tiril tiril kolalı gömleği, ipek yeleği, kısa, itinayla şekillendirilmiş sakalı ve bıyığı, briyantinli saçları, kalın kaşlarının altında şimdi huzursuzlukla parlayan elâ gözleriyle, piposunu içişi öylesine bütünleşirdi ki, Servet-i Fünun mecmuasındaki pipo tütünü reklâmlarına babamın çıkması gerektiğini düşünürdüm hep.

"Gel Hüma, gel yavrum." dedi, sanki kalbi kırık bir sesle.

Ah Tanrım! Her şeyi biliyor olmalılardı. Vücudumu utanç ateşi basmıştı. Yerinden kalktı, piposunu sigara tablasına vurup içindeki külleri döktü. Son derece düşünceli olduğu belliydi. Zira, piposu tamamen boşaldığında, o hâlâ daha tablanın kenarına vurmaktaydı. Sonra, aniden, düşüncelerinden uyanmış gibi, elindekini bırakıp masasının arkasından çıktı. Yanıma gelip, elini uzatarak şefkatle saçlarımı okşadı ve kolunu omuzuma koyarak beni, pencere önüne karşılıklı yerleştirilmiş iki Victorian koltuğa doğru yürüttü. O an, babamın kolu omuzumdayken, hayatta, güvende olduğum yerin, bu ev ve ailemin yanı olduğunu bir kez daha düşündüm. Sorgusuz, sualsiz, garantili bir mutluluğu ve büyük bir güveni bana sunan insanlar onlardı ve burada, hemen yanı başımdalardı. Şimdi, hiç tanımadığım, bilmediğim, benden daha önce karşılaşmadığım beklentileri olacak, mücadelemde yalnız kalacağım bir ilişkiye girerek, bu müthiş güveni, huzuru karşıma almak üzereydim. Birden, babama sarılıp ağlamak, "Beni bırakmayın. Beni bir yere göndermeyin." diye haykırmak geçti içimden. Bedenimde, ruhumda iki ayrı Hüma çarpışmaktaydı âdeta. Biri, ailesinin kanatları arasında, huzurla, kendisi için yıllardır plânlanan mükemmeli yaşamak; diğeri de, hepsinden, alıştığı ve emin olduğu bütün huzurdan kaçmak ve macera kadını olmak istiyordu. Aslında, iki Hüma da ağlama ihtiyacındaydı. Biri, kaybedecek olduklarının ve bilinmezin korkusundan; diğeri, macera yaşama inadının engelleneceği endişesinden...

Babam, tırnağın üzerindeki gümüş tepsi içinde duran şişelerden birini açıp, kendisine bir kadeh konyak doldurdu. Sanki, benimle konuşacaklarını geciktirmek için sebep arıyordu. Hiç ses etmeden onu izliyordum. Karşımdaki koltuğa yerleştiği zaman, bir müddet, elindeki kadehle ne yapacağını bilemedi. Arka arkaya birkaç yudum aldıktan sonra, konyağını aramızdaki yuvarlak maun masaya bıraktı. Annemin İtalya'dan aldığı kadın heykeli, elini ileriye doğru uzatmış, sanki kadehi avuçlamak üzere duruyordu. Bir an için, heykelin canlandığını, benim de öyle sessiz, hareketsiz mermerleştiğimi düşündüm. Ne çok dertten kurtulurdum o zaman. Kendimi koruyabilirdim, bütün olacaklara karşı. Macera arzumu taşa gömer, hep bakire kalırdım hayata karşı, bir bütün olarak, ta ki, biri beni kırana kadar.

Babam, içkisinden bir yudum aldıktan sonra, gözlerimin içine bakarak konuştu:

"Hüma'cığım, seninle ne konuşacağım hakkında bir tahminin var mı?"

Aldığım sıkıntı sonsuzdu. Bir yaramazlık yapıp yakalanmamak başkaydı. Babamın gözlerinin içine bakarak yalan söylemek başka. O esnada, sessizce kapı açıldı. Annem, hafif adımlarla gelip yanımızdaki pufa yerleşti. Ona yerimi vermek üzere ayağa kalkıyordum ki baş işaretiyle beni durdurup, babamın söylediklerine konsantre olmam üzere yönlendirdi. Annem ve babam, ancak, çok önemli konularda, muhakkak bir arada olup benimle konuşmayı tercih ederlerdi. Ve şu anda çok önemli bir şey konuşulacağı aşikârdı.

Ben, annemin aramıza katılışından dolayı babamın sorusunun unutulduğunu ümit ediyordum ama onlar ısrarla yüzüme bakıyorlardı.

"Evet?" dedi babam, "bir fikrin var mı?"

"Hayır."

Kendi yalanıma inanamıyordum.

"Akif Bey'den bir mesaj geldi bu öğle üzeri, hayırlı bir ziyarette bulunmak istediklerine dair. Bunun ne anlama geldiğini hepimiz biliyoruz, değil mi?"

"Evet." dedim yutkunarak.

"Sana pek sürpriz olmamış gibi." derken, annem, benim bakışlarımı, mimiklerimi okumaktaki kabiliyetini bir kez daha ispat etmişti.

"Sürpriz mi? Tabii ki sürpriz oldu." diye ağzımda geveledim.

Babam, yüzündeki ifadeye pek uyan bir ses tonuyla tekrar devreye girdi:

"Bizim için öyle oldu."

"Hem de çok." sözleri ile onayladı annem.

Zaten, daha bugüne kadar birbirlerini onaylamadıkları tek konu olmamıştı bu evde. Bu dayanışmayı, tavırlarının yanı sıra, sözlü olarak da devamlı birbirlerini destekleyerek gösterirlerdi. Kendimi, kuvvetli, kocaman bir ordu karşısında, yalnız, silahsız bir nefer olarak görmeye başlamıştım. Huzursuz bir kıpırdanmadan başka bir hareketim olmadı.

"Nesim'i ne kadar tanıyorsun?"

Babamın sorusuna, kendimi korumak istiyorsam, hemen, "Hiç." diye cevap vermem gerekirdi. Ama yapamadım. İsminin anılması bile, dudaklarımda, bedenimde bıraktığı yangını canlandırmaya yetmişti. Yüzümün kızarması, anlık şaşkınlığım, kâfi derecede suçlu görünmemi sağlamıştı sanırım.

"Çocukluğumdan beri tanıdığım kadar tanıyorum." dedim, ne demekse.

Kaldı ki doğruydu. Küçücük yaşlarımdan bu yana, komşumuzun benden birkaç yaş büyük oğluydu benim için. İki sene evvel, ona âşık olana kadar. Ama, bu uzaktan aşk, onun hakkında gördüğümden daha fazlasını bana öğretmiş değildi. Yani, aslında, hakkında hiçbir şey bilmiyordum.

"Gerçekten nasıl biri olduğu, kimlerle arkadaşlık ettiği, nerelerde gezdiği, nasıl bir hayatı olduğu hakkında hiç bilgin var mı?"

"Hayır." dedim anında.

Bu cevabımın doğru olduğundan herkes emindi. Annem ile babam birbirlerine bakıp, sonra gözlerini yine bana çevirdiler. Annem, oturduğu yerde, ellerini ovuşturarak, genzini temizledi ve daha evvel paylaşmış oldukları rolünün repliklerini söylemeye başladı:

"Hüma'cığım, durum şu ki Akif Beylere ne diyeceğimizi bilemiyoruz. Zira, senin istikbâlinle ilgili plânlarımız var, biliyorsun. Senin kalitelerini, yeteneklerini geliştirecek, daha mükemmel olmanı sağlayacak plânlar. Ve buna, hep beraber karar vermiş, senin arzun doğrultusunda yönlendirmiştik. Senin de bizimle aynı fikirde olduğunu zannediyorduk."

"Aynı fikirdeyim." dedim, bir solukta.

"Ne var ki..." dedi babam, "bugüne dek, Nesim'in seni beğendiğine dair, ne kendisinden, ne ailesinden bir şey sezdik. Aramızda en ufak bir konu geçmemişti. Birdenbire ne oldu da böyle heveslendiler, onu merak etmekteyiz."

"Evet, bir akşamdan bir sabaha." diye mırıldandı annem.

Ah, bir bilseler, bir akşamdan bir sabaha neler olabildiğini. Birden, arzu ettiğim şey uğruna, aldığım tavırla kazanmış olduğum muvaffakiyeti düşündüm ve dudaklarıma hafif bir gülümseme yayılmasını engelleyemedim. Şaşkın, bana baktılar. Hemen öksürüp kendimi toparladım.

"Komik olan neydi?"

Babam, böyle ciddi bir konuda gösterdiğim gayri ciddi tavırdan duydukları şaşkınlıklarının sözcüsü gibiydi.

"Yok bir şey... sadece..."

"Sadece ne?"

Annemin meraklı bakışına akıllı bir cevap bulmam gerekti.

"Sadece, benimle evlenmek isteyecek kadar ilgili olduğunu bilmiyordum."

"Ama, hoşuna gitmiş gibi görünüyor." diye mırıldandı annem.

Ellerimi kucağımda birleştirmiş, parmaklarımı ovuşturuyordum. İkisi de, bu sıkıntılı tavrımı izlemekteydi.

"Bu çocuğun ümitlenmesi için herhangi bir işaret vermiş olabilir misin?"

Annemin çoktan, benim olur olmaz tutan baş ağrılarımı, ateşlenip ter basmalarımı, erkenden uykuya gitmelerimi toplayıp çıkarmış ve bir neticeye varmış olduğundan emindim. Telâş içinde cevapladım:

"Hayır, hayır... Katiyen."

Babamın ses tonu yumuşak ama düşünceliydi:

"Hüma'cığım, bazen safiyane tavırlar, çok plânlıdan daha etkili olabilir. Düşün, bu delikanlıya nasıl bir ümit vermiş olabilirsin?"

Artık yalanımı korumak zorundaydım.

"İnanın babacığım, hiçbir ümit vermedim."

Yalanlarımdan, cehennemde nasıl bir ateşe düşeceğimi düşündüm, bir an için.

"Bir tek şey söyle bana Hüma," dedi babam, "tahsiline devam etmek mi daha mühim senin için, evlenmek mi? Biz her zaman, senin, yaşıtın diğer kızlardan daha ileri görüşte olduğunu düşünürdük."

Hemen atıldım:

"Öyleyim de babacığım. Tabii ki üniversiteye gitmek istiyorum."

Lâfımı burada bitirmek, gidişatı ne kadar değiştirebilirdi, bilemiyorum ama, o hain dilim kendini tutamadı ve cümlemin sonuna bir de "Ama..." ilâve etti.

İkisi birden, zaten tahmin ettikleri, ama bana söyletmek istedikleri bilgiyi nihayet itiraf ettirmiş gibi, bir ağızdan, "Ama?" dedi.

Artık devamını getirmek zorundaydım:

"Hem tahsilimi yapıp hem evlenemez miyim?"

"Tahmin ettiğimiz gibi." dedi annem babama dönerek, "Bizden bir işaret gitmiş o tarafa galiba."

"Hayır, işaret göndermedim ama mümkün olamaz mı?"

"Nasıl olacak o iş?"

Annem bu soruyu sorarken, zaten olmayacağına baştan inandığı bir şeyi lâf olsun diye sorar gibiydi. Sonra devam etti:

"Hem sonra, Nesim'i sana eş olarak uygun bulacağımızı nereden biliyorsun?"

"Bulmuyor musunuz?" gibilerinden baktım, gözlerimi açıp. Onlar konuşurlarken, defalarca kulak misafiri olduğumu hissettirmek ve duyduklarımı kabullenmek istemiyordum.

"Canım kızım..."

Babam böyle başlayıp duraklayınca, bu, beni üzmeden, bir şeylerden vazgeçirme telâşında olduğu anlamına gelirdi; bu ses tonunu iyi bilirdim.

"Birincisi, biz daha seni evlendirmeye hazır değiliz. Çünkü, sen daha evlenmeye hazır değilsin. Eğitimini tamamlayıp kendini mükemmel kılmanı istiyoruz. Oğlumuz olsaydı nasıl on altı yaşında evlendirmeyecektiysek, senin de henüz çocukluktan çıktığın bir yaşta (Belli belirsiz bir gülümsemeyi zor engelledim. Bir de beni bahçede görselerdi dün gece, diye düşündüm.), gençliğini yaşamadan, kendini bulmadan, evlenmeni ve kendini ezdirmeni istemiyoruz."

"Ezdirmem ben." diye araya girdim.

Babam, işaretparmağı ve göz işaretiyle sözünü kesmememi belirtip devam etti:

"İkincisi, her ne kadar anne ve babasıyla yakın dost da olsak,

Nesim'i biz de fazla tanımıyoruz. Hakkında, sana eş olmasını tasvip edebileceğimiz bir malûmatımız yok."

"Ne zarar gelebilir ki?" diye sordum, gerçek bir merakla.

"Yaşam tarzı seni ezer. Kendini koruyamazsın. Kaldı ki o da daha talebe ve yıllardır yurtdışında. Orada ne gibi bağlantıları olmuştur, sana karşı ne kadar dürüst olacaktır, hiç bilemeyiz."

"Daha çok küçüksün yavrum." diye, şefkatle araya girdi annem. "Hayat çok acımasız olabilir. Onun için, senin öncelikle kuvvetli bir genç kadın olmanı istiyoruz. Sen, koca ailenin tek çocuğusun. Bir gün, istemesek de, hepimiz bu dünyadan çekileceğiz. Sana destek olacak ne ağabeyin, ne kardeşin, ne kuzenin, ne yeğenin var. Ailemizin bu nesilden tek devamı sensin. Çok kuvvetli kalman, çok mükemmel bir eş seçip kendi güvenli dünyanı kurman lâzım. Ve bizler, yaşadığımız müddetçe senin bu tarz bir dünya kurabilmen için elimizden geleni yapmak istiyoruz. Bak, ben, baban gibi bir insanla evli olmasaydım, babamın vefatından sonra bu aile dağılabilirdi. Onun olgunluğu, korumacılığı sayesinde, herkes bir arada kalabildi. İnan, sen bu huzurun içine doğduğun için, belki de bunu çok tabii zannediyorsun ama inan, hayat öyle değil."

"Biliyorum anneciğim," dedim, "mektepteki bazı arkadaşlarımdan biliyorum."

"O zaman ne demek istediğimi daha iyi anlıyorsun."

Başımı salladım. Ama bu konuda hemfikir olmak, problemimizi hâlletmiyordu. Babam, kadehi dudaklarına götürdü, konyağından bir yudum daha aldı, annemin sözünü bitirdiğinden emin olduktan sonra konuştu:

"Şimdi Akif Beylere, kibarca, diğerlerine verdiğimiz cevabı vermenin bir yolunu düşüneceğiz annenle ve özür dileyeceğiz. Kaldı ki ortalık karışık. İmparatorluk isyanlarla, savaşlarla kaynamakta. Her gün, bir sınır ucunda şehitler verip geri çekiliyoruz. Önümüzde daha da zor günler bizleri bekliyor. Böyle bir zamanda, aile birliğimizi ne kadar korursak o kadar isabetli olur. Bunu herkes anlayabilir."

Birden, yaşamaya hazırlandığım maceranın kapıları yüzüme kapanmış gibi hissettim. Uzak denizlere açılacak gemiye binmeme izin vermiyorlardı.

"Hüma'cığım, senin ne yurtdışında okumak ne cemiyette söz sahibi olmak için bir eşe ihtiyacın var. Bu imkânlara zaten sahipsin. Ancak, bu seçimin bir macera olur."

Ne güzel bilmişti annem. Macera olurdu tabii ki ve ben de bu macerayı istiyordum. Ama onlara nasıl anlatacaktım. Yüzüm asılmış, gözlerime yaşlar gelmişti. Şimdi, çaresizlikle, parmaklarımı iki misli fazla ovuşturuyordum.

"Şimdi git, biraz bu konuştuklarımızı düşün. Sen de bize hak vereceksin. Zaten, daha düne kadar hemfikirdik. Eminim, mantığın galebe çalacaktır evlâdım." dedi babam.

"Müsaadenizle." deyip ayağa kalktığımda, ağlamamak için kendimi zor tutuyordum. İkisinin de yüzüne bakmamaya çalışarak, koşarak odadan çıktım ve daha kapıyı ardımdan kapayamadan hıçkırıklara boğuldum. Sanki, çok uzaktan, annemin "Eyvah! Eyvah!"larını duyar gibi oldum.

Hem ağlayıp hem koşarak merdivenlerden çıktım. Celeste, kat holünün ucundaki okuma odasından telâş içinde çıkmıştı.

"Neler oluyor küçüğüm?" diye bana doğru ilerledi. Ama benim tek kelime edecek hâlim yoktu. O kadar mutsuz, o kadar ümitsizdim ki, kendimi odamdaki yatağın üzerine atıp başımı yastıklarıma gömdüm ve dünyayı umursamaz bir şekilde ağlamaya devam ettim. Celeste, yanıma oturup hiç ses çıkarmadan, saçlarımı okşayarak sakinleşmemi bekledi. Sonra beni, bir bebek gibi kolları arasına alıp alnımı öptü. Hıçkırıklarla sarsılıyordum.

"Şimdi daha iyi misin? Anlatmak ister misin canım?" dedi.

Hıçkırıklarımın arasından, kesik kesik konuşmaya çalıştım:

"İzin vermiyorlar..."

"Neye izin vermiyorlar?"

Doğumumdan beri bizle olan mürebbiyem, bugüne dek, beni böylesine ağlatacak, bedbaht edecek bir yasağın olmadığını bildiğinden, çözmeye çalışıyordu.

"Evlenmemize."

Gözleri faltaşı gibi açılmıştı. Başını meraklı bakışlarla yana eğerek sordu:

"Nasıl? Kimle evlenmenize? Kim evlenecekti ki?"

Yine ağlamaya başlamıştım.

"Nesim... Nesim'le... benim..."

Celeste, sadece bir kez, bakışmalarımızı yakalamıştı ve benim, Nesim'e karşı ilgimi muhakkak sezmişti ama, Fransız olmasına rağmen, bir bakıştan sonra evlilik için bu kadar patırtı koparılabileceğine ihtimâl vermekte zorlanıyordu herhalde.

"Siz ne zaman evlenmeye karar verdiniz küçüğüm? Ne zaman?"

Çok emindim, bir taraftan da, kendisinin yanımda olmadığı anları hatırlayıp bazı zamanlama hesapları yapıyordu. Şaşkındı, hem de çok. Şişmiş, yarı kapalı, yaşlarla dolu gözlerimin ardından bile görebiliyordum şaşkınlığını.

"Şşşşt! Şşşşt!" diye susturmaya çalıştı.

"Kendini bu kadar mahvetmene izin veremem küçüğüm. Haydi, biraz sakinleş de, şunu oturup konuşalım istersen. Haydi küçüğüm."

Aslında, ne anlatacak ne savunacak bir durumu vardı hikâyemin. Ama yine de Celeste'i kendime acındırıp, en azından bir taraftarım olmasını da istemiyor değildim. Çünkü, kesinlikle biliyordum ki ne dayım ne halalarım ne de eniştelerim, bu konuda beni alkışlayacaklardı.

"Haydi gel, önce yüzünü yıkayalım."

İtaatkâr bir tavırla dediğini yaptım. Aynaya baktığımda, görüntümden korktum. Kendimi, hayatımda hiç bu kadar perişan edecek boyutta ağlamamıştım, babaanne ve dedelerimin ölümleri dışında.

Celeste'e, kütüphanedeki konuşmayı anlattığımda, o da aynı soruyu yöneltti:

"Peki, sen gerçekten istiyor musun bu delikanlıyla evlenmeyi?"

Burnumu çekerken gözlerimi kırpıp başımı salladım.

"Küçüğüm benim, onu tanımıyorsun bile."

"Neden herkes tanımaktan bahsediyor? Tanımak nedir ki? Ne kadar tanıyınca evlenilir?"

Celeste gülümsedi.

"Tanımak, karşındaki insanın gördüğün yönlerinden başka, bir bakışta göremediğin taraflarını, iç dünyasını, sevdiklerini, kızgınlıklarını, beğendiklerini, hayâllerini keşfetmektir."

"O da beni tanımıyor o zaman."

"İşte, mesele de bu ya. Aslına bakarsan, tanımadan, tanınmadan o kadar çok genç kız evlendiriliyor ki... Senin şansın, bundan farklı düşünen bir ailen olması."

"Şanslı mıyım?"

"Hem de çok. Erkekler dünyasında yaşıyoruz Hüma, küçüğüm. O dünyada ne kadar kuvvetli olursan, o kadar az üzülürsün ve annenle baban seni buna hazırlamak istiyorlar. Onları anlamalısın."

"Ama çok seviyor beni."

"Nereden biliyorsun? Nasıl emin olabilirsin? Birkaç kaçamak bakıştan bahsediyorsan, inan, erkekler bunu hep yapar. Hele karşılık alırlarsa daha da ısrarcı olurlar."

"Sadece o değil." dediğim an pişman oldum.

Celeste, ani bir uyarı almış gibi, yerinde doğrulmuştu.

"Başka? Başka ne sebep olabilir ki senin duygularına? Onunla, geçen yazdan beri, ilk kez geçen akşam davetinde karşı karşıya geldiniz."

Birden, başından beri yaptığı zaman hesapları ile son cümlemi bir araya getirmiş olmalıydı:

"Yoksa? Yoksa, sen ayrıca onunla beraber olmuş olamazsın değil mi? Yok, yok, saçmalıyorum, böyle bir şey olamaz."

Benim cevabımı beklemeden ilâve etti:

"Şayet, benim ihmalim senin böyle bir şey yapmana fırsat verdiyse, burada suçlanacak olan benim. Seni gözümün önünden ayırmamam lâzımdı."

Onun, böyle bir durumda, beni ve sorumluluğumu sahiplenişi içimi rahatlatmıştı. Hem ona duyduğum güven artmış hem de ona karşı haksızlık da olsa, suç ortağı bulmaktan memnun olmuştum. Ancak, gönülden iyi niyetine karşı kendimi borçlu hissetmiştim. Sırrımı ifşa etmeye karar verdim.

"Kapımın önünde nöbet tutamazdın ya, sevgili Celeste."

Dudaklarıma yayılan gülümsemeyle, birden ne kadar rahatladığımı fark ettim.

"Aman Tanrım! Aman Tanrım! Aman Tanrım!"

Durdurmasam, sevgili mürebbiyem daha Tanrı'ya seslenmeye devam edecekti.

"Ama inan bir şey olmadı."

"Nasıl yapabildin bunu küçüğüm? Ne cesaret! Ne kara gözlülük! Sen kendin anlatmasan, inanmayacağım."

Benden kaç yaş büyük mürebbiyemi bile cesaretimle şaşırtmış olmak hoşuma gitmişti.

"Peki, bir şey olmadı derken, hiç yakınlaşmadınız mı? Hiçbir erkek, gecenin o saatinde, yatağından kendisi için ayrılıp gizlice bahçeye çıkan bir kıza sadece uzaktan bakmaz küçüğüm."

Biraz utanmıştım. Yaptıklarımın, Fransız Celeste'i bile aştığının farkındaydım. Mahcup, gülümsedim, dudaklarımı ısırıp.

Ellerimi tutup, gözlerimin içine baktı:

"Söyle bana lütfen. Nereye kadar gittiniz?"

"Hiçbir yere kadar gitmedik, inan."

"Öpmedi mi?"

Zaten aksine inanmayacak gibi bakıyordu.

"Evet, öptü."

"Peki ya sen? Sen de karşılık verdin mi?"

"Öpüştük işte."

"Küçüğüm, yirmi dört saatte yaşanan aşk için çok hızlı gitmişsin. Çok tehlikeli olabilirdi..."

Sonra, uyarısını kâfi bulmamış olmalı ki, sordu:

"Bir erkekle beraberken neler olabileceğini biliyor musun sevgili Hüma?"

"Sanırım, okulda kızlar anlatıyorlar bir şeyler."

"Küçüğüm, kızların büyük bir çoğunluğu, o iş bittikten sonra büyük pişmanlık duyar, erkeklerden tiksinir, kendilerinden nefret eder. Çünkü göz göze bakmaya benzemez cinsellik. Birinde, bütün heyecanını, arzunu göz temasında yaşarsın. Hiç kimseye zarar gelmez, en fazla biraz kalp ağrısı çekersin. Ama, vücudunu bir erkeğe teslim ettikten sonra, sevgi, şefkat boşluğuna düşersen, kendini affedemezsin."

Celeste öyle içten, yavaş yavaş, kelimelerini yeni düşünüp seçmiş gibi değil de, daha evvelden hafızasında depoladığını çekip çıkarıyor gibi akıcı kullanıyordu.

"Senin de öyle mi oldu?" diye sordum, cesaretle.

Gülümseyerek, yanaklarıma, şakaklarıma yapışmış saçlarımı düzeltti. Gözleri, saç tellerimin hareketinde gezindi.

"Belki ben, belki bir başka kadın... mühim olan, senin aynı şeyi yaşamaman."

"Yaşamayacağım."

"Ben de onu ümit ederim küçüğüm, ben de. Peki, şimdi ne olacak?"

Tekrar, kendi mutsuzluğuma dönmüştüm.

"Bilmiyorum. Annem de, babam da kesin tavırlılar. Ama şayet izin vermezlerse, çok bedbaht olacağım. Ben onsuz yaşayamam."

"İlâhi küçüğüm, onunla hiç yaşamadın ki, onsuz yaşamanın farkını bilesin."

"Yaşamadım ama onunla beraber yaşamanın nasıl bir duygu olduğunu tahmin edebiliyorum."

"Ah küçüğüm, çok kararlı görünüyorsun ama ne yapabilirsin ki?"

"Ağlarım." dedim, "Ölene kadar ağlarım."

Gerçekten de kararlıydım. İki gün boyunca, odamdan çıkmadan ağladım, ağladım. Yüzüm, gözlerim şişti, sümkürmekten burnumun kenarları kızardı ve tahriş oldu, boğazım ağrıdı. Çekmecemde mendil kalmadı. Bu müddet zarfında, annem, anneannem, halalarım, dayım, sıra sıra odama gelip, beni makul düşünmem konusunda, şefkatli, ilgili tavırlarıyla yönlendirmeye çalıştılar, reddettiğim yemeğimi hiç değilse biraz tatmam için yalvardılar. Ama fayda etmedi. Kimseyle konuşmuyor, sadece ağlıyordum.

Yanımdan hiç ayrılmayan Celeste, işin vahametinin, başlangıçta sandığından daha büyük olduğu kanısında; her yanıma gelişinde kendini suçluyor, "Hepsi benim hatam, hepsi benim hatam." deyip duruyordu. Annemlere sırrımı açıklamadığından emindim ama, odamı hiç terk etmeyerek, benim bir çılgınlık daha yapmamı engelleme telâşında olduğunun farkındaydım. Beni sakinleştirmek için uğraşıyor, ağlamaktan yorgun uyuyakaldığım zaman da, elinde kitabı oturuyordu. Onu, arada bir, tülün arkasından dışarıya bakarken yakalamıştım.

İkinci günün akşamı, o ana kadar hiç yanıma gelmeyen babam, odama girdi. Hâlimi görünce, içinin parçalandığını tahmin ediyordum. Ama, onun gözlerindeki kırgınlığı, hayâl kırıklığını okumamak da mümkün değildi. Sebebinin kendim olduğunu çok iyi bildiğim bu üzüntüyü yarattığım için, kısa bir anlık pişmanlık duydum. Ancak, kendi mutsuzluğum galebe çaldı. Koltuktan ayağa kalkan Celeste'e dönüp kibarca konuştu:

"Bizi yalnız bırakabilir misiniz Matmazel?"

Celeste, kitabını alıp odadan ayrıldı. Ben, çalışma odasından fırladığımdan beri yarattığım kaosun, ailemin üzerindeki etkisini, şaşkınlıklarını tahmin edebildiğim için, biraz da ne yapacağını bilmez bir tavırla, elimdeki mendilime burnumu sildim. Babam, sessizce, oyalanma taktiğime son vermemi bekledi. Ne var ki, onun gözlerine bakamıyordum. Kucağıma koyduğum mendilimle oynamaya devam ettim.

"Bu yaptığının ne kadar çocukça olduğunu biliyor musun?" dedi.

Hâlâ ayakta duruyordu, ama yanıma gelip beni kucaklamamak, bağrına basmamak için kendisini zor tuttuğunu biliyordum. Ben babamın gözbebeğiydim ve çok kırmıştım onu, yaptığımla. Ama inadım inattı.

"Çocukça değil." dedim.

"Ya ne sence?"

"Büyümek bu."

"Hiç sanmam. Büyümek, aldığın kararların hayatına ne sorumluluklar getireceğini anlamaktan geçer. Sen daha hiç böyle bir karar vermek zorunda kalmadın Hüma. İlk önemli kararın, kendini korumasız, uçsuz bucaksız bir serüvene atmak oluyor. Hem de bundan sonraki tüm hayatına yön verecek bir karar. Bu hiç doğru değil. Bize güvenmelisin. İki gündür evde yarattığın üzüntüyü biliyor musun? Bu, hiç tanıdığımız Hüma'nın, bizim bebeğimizin tavrı değil."

Buna bir cevabım yoktu. Onlara tabii ki güveniyordum. Ama niye ikisi arasında seçim yapmak zorundaydım? Hem aileme güvenip hem Nesim'le evlenemez miydim? Düşündükçe, kendime inandırıcı gelen bu fikrimi babama da söylemeye karar verdim:

"Affedin beni babacığım. Ama elimde değil. Çok mutsuzum."

Babam, yatağımın kenarına oturup, mendilimi saran elimi iki avucu arasına aldı.

"Daha birkaç gün evvel mutlu, neşeli, sıhhatli bir genç kızdın. Bu kadar kısa zamanda hayatını bu kadar etkileyecek ne olabilir?"

Sonra, çenemi tutup başımı kaldırdı. Gözlerime bakarak, üzüntülü, gülümsedi.

"Yüzünün aldığı şekil de cabası."

Ona sorar gözlerle bakınca tamamladı, bu kez kahkahayla:

"Japon balığına benzemişsin."

Benzetme hoşuma gitmişti. Ben de güldüm.

"Şaşkın bir Japon balığı." diye ekledi.

"Âşık oldum, ondandır." dedim.

Ağzımdan çıkana kendim de inanamıyordum, ama dürüst olursam, babamı ikna edebileceğimi biliyordum. Kâfi yalan söylemiştim, o ana kadar.

"Aşk mı? Ah bir tanem benim... On altı yaşın uzaktan hayran olmalarını aşk zannetmeni anlayabiliyorum. Ama inan, bu aşk olamaz."

"Peki, ne o zaman?"

"Beğenme, beğenilmekten hoşlanma, çektiğin ilgiden heyecan duyma... ne dersen de, ama aşk değil. Biz, zaten bu sebepten senin, bu tuzaklara düşmemen için kendini geliştirmeni, kuvvetli olmanı istiyoruz. Aşk zaman alır, emek ister ki; sevgiyle buluşsun, şefkati içine alsın."

Babamı kandıramayacağım belliydi. Gözlerim yeniden yaşlanmaya başlamıştı.

"Söyle bakalım, hem bizi terk edecek hem de istikbâlinle ilgili bütün seçim haklarını bırakıp, onunla gidecek kadar mı bu hayranlığın?"

Ben cevabımı veremeden hemen ekledi:

"Bu arada, tekrar hatırlatmak isterim ki, bizler için henüz damat adayı değil, bu delikanlı. Bu konuda fikrimiz değişmedi."

"Ben düşünmüştüm ki, Paris yerine Londra'da üniversiteye gidebilirim."

"Daha St. Benoit'da bir senen var, unutma."

"Olsun. Bitince..."

"İngilizcen üniversite tahsili yapmaya kâfi gelecek mi?"

"Ders alırım. Lisan okuluna giderim."

"O güne kadar Nesim seni bekler mi?"

Bundan hiç emin değildim ama o an mühim olan babamı inandırmaktı.

"Bekler." dedim.

"Ya sen?"

"Başka kimse yok ki zaten. Beklerim tabii."

Babamın gözlerinde, "Keşke başkası olsaydı." bakışını yakalar gibi oldum. Ayağa kalkıp, pencere kenarındaki koltuğu yatağa doğru yanaştırdı. Mühim bir şeyler söyleyecek gibiydi. Babamın, ailemizin bütün fertlerinden sonra yanıma gelişinden tahmin etmeliydim, onun bir kural koyup bir karar bildireceğini. Aile meclisi, iki gündür, kendi aralarında bunu çok konuşmuş olmalılardı. Babamın yaptığı, benim kararlığımı, şartları idrak edip etmediğimi tartmaktı.

"Başka hiç kimseyle evlenmek istemiyorum babacığım. Ne olur, müsaade verin. Beni mutsuz etmeyin. Yemin ederim, tahsilime de devam edeceğim."

Babam, koltukta bacak bacak üstüne atarken, sakalını sıvazlayıp düşünceli bir tavırla bekledi. Sonra, zaten söylemeyi çok önceden plânladığından emin olduğum sözleri sıraladı:

"Bak ne diyeceğim Hüma."

Nefesimi tutmuş bekliyordum.

"Daha evvel bu kadar inatla, bize rağmen sahiplendiğin bir hadise olmamıştı. Annenle, anneannenle, uzun uzun konuştuk. Seni, bize isyankâr yapacak kadar (Burada, babamın ses tonu onları ne kadar kırdığımı belli ediyordu.) etkilendiğin bir insanla, belki de gerçekten mutlu olabileceğini de düşündük. Seni mutlu, gülümserken görmek istiyoruz. Ve sonunda karar verdik ki, şayet seçimin yanlışsa ve bir gün geri dönmen gerekirse, bizi burada, yanında bulacağından emin olmalısın. Eğer seçimin doğruysa, zaten dönmene gerek kalmayacak. O zaman da, yanılmış olsak bile, biz de daha mutlu olacağız."

Burada derin bir nefes alıp, arkasına yaslandı. İşaretparmağını kaldırarak devam etti:

"Yalnız... bazı şartlarımız var."

Heyecandan yutkunamıyordum. Yüreğim, iki gündür kendisini ezen ağırlıktan kurtulmuş, yeniden çırpınmak üzere hazırlanıyordu. İznim çıkmak üzereydi.

"Birincisi, hem sen söz vereceksin, tahsilini devam ettirmek üzere. Hem de Nesim'den söz isteyeceğim, sana engel olmayacağına dair. Masraflarını ben karşılayacağım, tabii ki. Önümüzdeki yaza kadar da, fikrini değiştirirsen, hiç kimse seni sorumlu tutmayacak, merak etme. Çünkü, demin dediğim gibi, bu çocuk bizim gözümüzde en makbul damat adayı değil. Bunu unutma. Evlenseniz bile, bizim şüphelerimizi gidermesi zaman ve çaba gerektirecek. O buna ne kadar hazır bilmiyorum. Bir tesellimiz, anne ve babasının mükemmel insanlar oluşu.

"Ayrıca, şayet bu evlilik gerçekleşirse, onun seni kırdığı, üzdüğü zaman, katiyen taviz vermeden, baba evine geri dönmeyi taahhüt edeceksin. Yaptığın seçimin, hayatın boyunca taşıyacağın bir boyunduruk olmasını istemiyoruz."

Bütün enerjim geri gelmişti. Sevinç içinde, yatağımdan fırlayıp babamın kollarına atıldım. Şimdi de mutluluktan gözlerim dolmuştu.

"Ah! Teşekkürler babacığım, çok teşekkürler!"

Bana sarılırken ikaz etti, babam:

"Artık ağlamak yok ama. İki gündür bu kadar üzülmemizin, kararlar vermemizin bir anlamı kalmayacak yoksa."

"Affedersiniz babacığım. Sizi de çok üzdüm. Ama, inanın elimde değildi."

"Yani bunun sadece bir inat olmadığını mı söylüyorsun?"

Başımı onun omuzuna dayayıp mutlulukla mırıldandım:

"Kesinlikle değildi. Yemin ederim."

Sırtımı sıvazladı.

"Haydi, şimdi git kendine çeki düzen ver de, hiç değilse bu akşam yemeğini adabıyla sofrada beraber yiyelim."

"Hakikaten, Japon balığına mı benzemişim?"

Kapıya doğru ilerlerken gülümsedi:

"Evet, çok güzel bir Japon balığı..."

İki gün sonra, Akif Bey, karısı ve oğlu bizdeydi. Malûm, bizim ailemiz kalabalık, herkes oradaydı. Anne ve babası, babamın şartlarına saygıyla yaklaşırken, Nesim'in bu uzatmadan pek hoşlanmadığını sezebiliyordum. Bakışlarımız karşılaştığında kızarıyor, onunla bahçede yaşadıklarımızı düşünürken, salondaki herkesin, aklımı okuduğu hissine kapılıyordum. Babamın, önümüzdeki yaza kadar hiçbir resmi bağlantı istememesine rağmen, Akif Beyler, en azından nişan yapmakta ısrarcı davrandılar. Annem, nişanın, benim aşka düşüşüm kadar aceleye getirilmesini istemediğinden olacak, ağustos ayında gerçekleştirilmesinin uygun olacağını söyledi.

O gece Nesim'le sözlenmiş olduk. Ama, yaşadıklarımdan o kadar yorgun düşmüş, kendimi öylesine harap etmiştim ki, birkaç gün, aşk ve zafer sarhoşluğundan bitkin dolaştım. Onunla tekrar yalnız kalmamız için de fırsat yoktu zaten. Onu, ya gündüzleri tenis oynarken ya da geceleri bahçelerinde sigara içip dolaşırken görüyordum. Birkaç kez, beni fark edip pencereye gönderdiği öpücüklere kaçamak karşılık verdim. Birkaç defa da, Celeste veya annemler yanımdayken, bahçede çay saatinde bize katıldı. Bu ziyaretleri, hep daha evvelden müsaade isteyerek gerçekleşiyordu. Nesim, ideal bir damat adayı olmak için uğraşıyordu.

Bir müddet sonra, onun yüzüne, gözlerine bakarken artık titremiyordum. Kalbim yine hızla çarpıyor ama mahcubiyet hissetmiyordum. Bir sene sonra karı-koca olacağımız fikri, beni ona karşı daha rahat, kendimden daha emin kılmıştı sanki. Beni tek düşündüren, aramıza girecek olan koca bir yıldı. Ya o arada vazgeçerse? Ya başka birine âşık olursa?

Ailem, o yaz sonu programını tamamen değiştirmişti. Annem, bütün zamanını nişan hazırlıklarına ayırıyordu. Evde, aslında hiç de gerekli olmamasına rağmen, hummalı bir bakım başlatmıştı. Hâlbuki her şey, yazlığı açmadan önce elden geçirilmişti zaten. Yine de, annemin, nişan akşamına kadar köşkü mükemmelleştirmek üzere yarattığı projenin uygulanması için, parkeci ustası Louis Mazzolini, mermerci Nichan Takvorian, marangoz Luigi Leone, döşemeci Leon Rosental ve Sava Portnicoff, işlemeci Kirkor Mesdjian, elektrikçi Georges Carneri, gaz ve su tesisatçısı Samuel Zacum, bir başka marangoz Mösyö Doberzberger ve tabii evin hanımlarının kıyafetleri için Madam Fengara ve yardımcısı, bazen ikişer-üçer, bazen de hepsi bir arada evin içindelerdi. Âdeta, küçük Pera yaşanıyordu evimizde. Olga Karamanoff, mutfakta, her gün neredeyse küçük bir orduyu besleyecek kadar yemek hazırlıyor, diğer yardımcılarımız, emektarlar, işi biten ustanın arkasından temizleyip koşuşuyorlardı. Olga, birdenbire, hüzünlü step şarkılarından vazgeçmiş, işveli bir sesle, son derece keyifli Rus halk şarkıları söylemeye başlamıştı. Özellikle, döşemeci Sava Protnicoff'un geldiği günler, sesindeki oyunculuk daha da artıyordu. Aslında, aşkı yaşayan bir tek ben değildim. Yalnız, benimki biraz bana uygun, hem çok gizli, ardından da çok patırtılı olmuştu. Ancak, şikâyetçi değildim.

Çılgın bir inatla, çılgın bir maceraya gönüllü olmuş, birkaç günlüğüne ailemin hayatını karartmıştım ama neticeden çok memnundum. Bütün bu canlılık, değişik kültürlerin lisanları, aksanlarının getirdiği çeşninin kalabalığı, evde ayrı bir soluk estirmişti. Gerçi, Maçka'daki evimizde de, bize servis veren aynı ustalardı ama hiç, bu kadar çoğu bir arada olmamıştı. Görmüş geçirmiş anneannem bile, merdivenlerin üzerinde, yanından koşuşan mermerciler, ahşap cilacılar arasında kaldığı bir gün, beni yanağımdan öpüp, "İlâhi güzel prensesim benim. Şu evi ne hâle getirdin, görüyor musun? Umarım bütün hayatın böyle telâşeli olmaz." dedi. Ama bunu, şikâyet babında değil, durumdan eğlendiği çok belli bir ifadeyle söylemişti.

Bahçeye yeni kameriyeler, masaların yerleştirileceği bölüme, toprağın üzerine parça mermerlerden düzenlemeler yapıldı. Mevcut ferforje bahçe iskemlelerimizin benzerleri ve yastıkları ısmarlandı. Üsküdar'dan gelen bahçıvan Anastas, yenilik izlerini yok edecek çiçeklendirmelerle maharetini gösterdi. Annem, her şeyin pırıl temiz olmasını sevdiği hâlde, özellikle bir okazyon için yeni yapıldığı izlenimi vermesinden hiç haz etmezdi. Evin içindeki parkeler, mermerler yeniden cilalandı. Keten masa örtüleri ve peçeteleri işlemeciye teslim edildi. Benim aşk salıncağımın kumaşı değiştirildi.

Bana, turkuvaz rengi ipek şifondan bir elbise dikildi. Başıma da aynı renk organzadan çiçeklerle süslü bir taç yapıldı ve Bedrossian'a da ayakkabılar sipariş edildi.

Bu arada, Nesim, sigarası elinde geceleri bahçede dolaşmaya devam ediyor ama ben yerimden kıpırdayamıyordum. Birdenbire akşam gezmeleri durmuş, tenis oynamaya gelen arkadaşları da sırra kadem basmıştı. Dayım bile, bir ara, "Hüma'cığım, Nesim'i bile uslandırdın ya, inanamıyorum." demişti. Onunla her nerelerde karşılaşıyorsa, demek ki artık görmüyordu.

Bahçenin arka tarafında yıllardır boş duran hizmetkâr odaları dahi dolmuştu. Evin, gizlilik sağlayacak hiçbir köşesi kalmamıştı. Annemler dışarı gitseler bile, artık anneannem, Celeste veya bir başka aile ferdi benimle kalıyordu. Hiç yüzüme vurulmamıştı ama zaman zaman, kaçamaklarımı bildiklerinden veya en azından tahmin ettiklerinden şüpheleniyordum. Sanırım, benim kendimi affettiğim gibi, onlar da affetmişti, belli ki...

* * *

Nihayet, ağustosun on beşi geldi, çattı. Ustalarımız, neredeyse son güne kadar evin içindelerdi ve birdenbire hepsi, alet çantalarını, yaygılarını, yardımcılarını toplayıp ayrıldılar. O andan itibaren, annemin süsleme becerisi devreye girdi. Kolalanmış örtüler, çiçek aranjmanları, mumlar, ailemizin kaç nesil el değiştiren porselen, gümüş ve kristâlleri masalara yerleştirildi.

Olga, mutfakta bir yandan şarkılarını söylüyor, bir taraftan da kırık Türkçesi ile yardımcılarına talimatlar veriyordu. Mönü, soğuk, kremalı kuşkonmaz çorbası, ıstakoz termidor, portakallı ördek ve Olga'nın dillere destan parfesi ile yanında çikolata sufleydi.

Olympie Fengara bir gün önceden gelmiş, hepimizin elbiselerini giydirmiş, bazılarının üzerlerinde, gerekli görülen ufak tefek rötuşları yapmıştı. Benim elbisem rüya gibi, hiç kusursuzdu. İşi biten elbiseyi yardımcısına teslim ediyor, ütüsü istediği gibi olana kadar da zavallı kızcağızın burnundan getiriyordu. Eleni Satiriu, benim yaşlarımda olmalıydı. Benim gibi uzun boylu, ama daha zayıf ve utangaç bir kızdı. Onunla birkaç kez dostluk kurmaya çalışmıştım. Ancak, Madam Fengara, iş ve dostluk münasebetlerinin bir arada yürüyeceğine inanmıyordu herhalde ki, bakışlarıyla ürkütmüştü onu. Eleni'yi içinde gördüğüm elbiselere bakınca, onun, dükkânlarına gelen kumaşlara, evlerine gittikleri insanların gardıroplarına ne kadar gıptayla baktığını düşünür, içim acırdı. Eğer gelin olursam, Londra'ya giderken, birkaç güzel kıyafetimi ona hediye etmeye karar vermiştim. Şimdi de veremeyeceğimden değil, ama patronunu kızdırmamak için beklemeyi tercih ediyordum.

Öğleyin Madam Mavroyanni de, berber çantasıyla eve vasıl oldu ve hanımların dairelerini ziyarete başladı. Anneannemin, malûm, siesta saatiydi ve annem henüz ortalıkta koşuşturuyor, hazırlıklara nezaret ediyordu. Celeste ona yardımcıydı. Her şeyin tatlıya bağlandığından memnun, benim hatamdan dolayı kendisini suçlamaktan vazgeçmişti.

Davette servis için, Olga'nın, Üsküdar ve Salacak'ta yalılarda çalışan Rus arkadaşları yardıma geleceklerdi. Henüz, Beyaz Rusların, İstanbul'a yerleştiği meşhur devrim sonrası kalabalığı olmamasına rağmen, özellikle deniz taşımacılığı şirketlerinde ve sefarette memurluk yapan çok sayıda Rus'un eşi de İstanbul'da kendilerine, marifetlerine göre iş bulmuşlardı.

Babam, yemek sonrası ikram edilecek puro ve konyağı ayarlamakla meşguldü. Ben ise, artık saatlerin son süratle geçmesini dileyerek, akşamı iple çekiyordum.

Nişana çok kalabalık çağrılmamıştı. Büyüklerimiz, Balkan Harbi'nin ortasında, şölene dönüşen bir kutlamanın hoş olmayacağını düşünmüşlerdi. Aile fertleri, her iki tarafın çok yakın dostları ve iş ortakları davetliydi. Toplam 40 kişi kadardık.

Müstakbel nişanlım ve ailesi ilk gelenlerdi. Onu, bahçe kapısından girerken gördüğüm an, nefesim kesildi, bir kez daha. O kadar yakışıklı ve çekiciydi ki. Onun da bana bakarken, kararından pişman olmadığını hissedebiliyordum. Ama, her nedense, dudaklarındaki alaycı tebessüm beni çok rahatlamaktan alıkoyuyordu. Sanki bana, hep bir sürprizi varmış gibi bakıyordu. Gözleri ne kadar ciddi, pırıldayarak bakarsa baksın, o gülümseme bende temkinli olma içgüdüsü uyandırıyordu. Ama bu saatten sonra yapabileceğim fazla bir şey yoktu. Tek çare, zaman içinde, o müstehzi ifadenin sırrını çözmekti.

Yüzükleri anneannem taktı. Herkesin alâkası üzerimizde olduğu için, tören esnasında, Nesim'den bakışlarımı kaçırmaya çalıştım. Gözlerimdeki zafer ifadesi ve arzunun, diğerlerince fark edilmesinden korkuyordum. Onların fikrinde, olabildiğince masum, dünyadan bihaber, saf, henüz on altısına girmiş Hüma olarak kalmayı tercih ediyordum. İç dünyamı, derinlerden fırlayıp âdeta hortlayan yeni şahsiyetimi fark etmelerini istemiyordum. Kurdeleyi keserken, "Allah yolunuzu açık etsin." dedi anneannem. Âdetten miydi bu sözler, yoksa denizaşırı maceralara doğru yol alacağımı o günden tahmin mi etmişti, bilemiyorum. Sonra, kendisine annesinden kalan, Viyana işi pırlanta broşunu taktı yakama. Nesim'in annesi, alyansımın yanına çiçek şeklinde safirlerin sardığı pırlanta yüzüğü yerleştirdi, yanaklarımdan sevgiyle öpüp. Komşu kızını gelin alıyor olmaktan çok memnun görünüyorlardı. Bu arada, Nesim de cebinden bir kutu çıkarmıştı. İçindeki baget kesilmiş büyük bir parça safir yüzüğü, sol elimi eline alıp parmağıma taktı. Ve aynı elimi hafifçe dudaklarına götürüp tam dokunmadan tuttu birkaç saniye için. Nefesinin sıcaklığı, parmak uçlarımdan vücuduma dalga

dalga yayıldı. Başını kaldırırken, yarattığı etkiyi görmek için, gözlerimi delen bakışlarını bana dikti. Dalgalı, gür saçları briyantinle arkaya taranmıştı. Onları, o akşamki gibi öpüşmekten yorgun, arzudan terlemiş, dağınık düşledim. Beni okuduğundan emindim. Gözlerindeki lacivert korlar, sevişmenin aynası gibiydi.

Ailelerimiz, nişan hediyelerini daha önceden birbirlerine göndermişlerdi aslında. Bizimkilerin Nesim için hazırladıkları kutunun içinde, Vacheron Konstantin bir saat, Rus yapımı, antika, mineli altın kol düğmeleri ve onunla takım kravat iğnesi ile Lazarides'e diktirilen bir düzine, ceplerinde inisyalleri işli, ipek gömlek de vardı. Bana da, sedef ve bağa işli muhteşem bir çeyiz sandığında, çeşitli nadide kumaşlar, şallar, aileden yadigâr takılar gelmişti.

Yemekte, bütün masalarda, söz, dönüp dolaşıp politikaya geliyordu. Her gruptan hararetli konuşmalar yükseliyordu. Her ne kadar, memleket meseleleri benim ve ailemin istikbâlini etkileyecekse de, ben bu akşamın bana ait olmasını istiyordum. Onun için, tatlıdan sonra nişan pastası ve şampanya ikramı başlayıp da, Sinyor Feretti bahçe çıkışına, mermer kolonlu sundurmaya yerleştirilen piyanoya oturunca, rahatladım. Feretti, kadehini kaldırıp, "Sevgili gençlere!" dedi ve bir vals çalmaya başladı. Anneannemin gözlerindeki yaşı fark etmiştim. İnce, kemikli parmaklarıyla, önündeki kadehin tijini döndürürken, sanki dedemin koluna girmiş de, Viyana'da bir salonda vals yapıyor gibi geldi. Onun, öyle bir günü düşündüğünden emindim. Yanına eğilip yanağından öptüm.

"Teşekkürler anneanneciğim."

Rüyasından uyandı bir anda.

"Ne için prensesim?"

Şimdi sayamayacaktım tek tek. Sadece, "Her şey için." diye cevapladım. Onun, babam ve annem üzerinde ne kadar tesirli olduğunu bilirdim. Şayet, direnmem şu an yaşadığım mutlulukla neticelendiyse bunda, anneannemin, sesi duyulmayan ama hissedilen otoritesinin büyük dahli vardı, emindim.

Anneannem, çevremde tanıdığım diğer yaşlılarla kıyasladığım zaman, o kadar farklı bir tablo çiziyordu ki... Giyimi, saç stili, lisan bilgisi, kültürü, sohbetiyle, çağımızın birçok yeni nesil kadınından bile ilerideydi. Her zaman, dedemle beraber, onun yanında, yaşamı müşterek götürmenin getirdiği, nevi şahsına münhasır güveni ve hayata karşı duruşu vardı. Onunla, erkekler dahi, siyaset, politika, edebiyat konuşmaktan keyif alırlardı. Anlatacak çok hikâyesi, söyleyecek akıllı lâfı her zaman vardı. Gerçi annem de öyleydi ama anneannemin, devrinin Avrupalı kadınından bile daha münevver ve cesur kimliği beni her zaman çok etkilemişti. Onun 1851 doğumlu olduğunu düşündüğüm zaman, bana çok uzak ve imkânsız gelen o devirden nasıl böyle kendine hâkim, güvenli, hür fikirli bir kadın çıktığını merak etmekten alıkoyamıyordum kendimi. Levanten ve azınlıklar dahil, arkadaşlarımın nineleri ve hele St. Benoit'daki sörlerimizle kıyasladığım zaman, anneannem bütün zamanların ana kraliçesi gibi görünüyordu gözüme. Onun bu inkişafında, ailesinin olduğu kadar, dedemin de büyük rolü olduğunu bilirdim. Bunu kendisi anlatırdı. Aslında, daha o kadar çok hikâyesi vardı ki dinlemek istediğim. Bir sene sonra uzaklara gittiğimde, onun masal gibi anlattığı eski zamanları kaçıracağım için üzüleceğimi biliyordum. Ve bir şey daha biliyordum: Şayet dedem o kadar erken ölmeseydi, anneannem bugün, olduğundan da dinç ve keyifli olabilirdi. Zaten, dedemi kaybettikten sonra anneannemi, babamın yalnız seyahatlere çıkmak zorunda kaldığı zamanlar da annemi izlerken anlamıştım ki, onlar gibi, birbirini kendi kadar, hâtta kendinden çok seven çiftler, yalnızlığı çok daha zor yaşıyorlardı. Çünkü, sadece bir eşi, kocayı değil, uzuvlarından, ruhlarından bir parçayı özlüyorlardı.

Hasret duygusunu düşündüğüm zaman, gözlerim Nesim'i aradı. Birkaç gün sonra Londra'ya dönecekti ve onu önümüzdeki yaza kadar göremeyecektim. Birden, içim sızladı. Aynı anda, sanki telepatik bir çağrıya cevap vermiş gibi, sesini duydum kulağımın dibinde:

"Küçük nişanlım benim, nasılsın?"

Nişanlım kelimesine alışmam zaman alacaktı herhalde. Yüzüne bakıp gülümsedim.

"Teşekkür ederim. İyiyim." dedim, sanki resmi bir hatır sormaya cevap verir gibi. Sebep, hem anneannemin bizi duyabilecek olması, hem de Nesim'le daha önce sohbet etrafında arkadaşlık kurmamış olduğumuzdandı. Onunla aramızda geçen tek tük konuşma, sadece, bahçede kaçamak yaşadığımız dakikalarda, bedensel heyecanın ve arzuların ortaya çıkardığı, mantıktan uzak, cinsellik çağrıştıran sözcüklerdi ve kelimeleri de telâffuz eden daha ziyade o olmuş, ben arada bir, onun beni söylemek için zorladığı ifadeleri tekrarlamıştım. Celeste ve ailemle beraber olduğumuz, ziyaretimize geldiği zaman da, ben yine dinleyici, seyirci konumunda kalmayı tercih etmiştim; konuşurken ses tonumun ve yüz ifademin beni ortaya çıkaracağından korkuyla. Bundan sonra, onunla yalnız kalışımızda neler olacaktı, bilmiyordum.

"Sadece iyi misin?" dedi, yine kulağıma doğru fısıldayarak, "Hâlbuki ben, çok çok iyiyim."

Macera kokan bir gülümsemeyle şekillenmiş dudaklarını, bir an, tenimde hisseder gibi oldum. İçim titredi. Onun, ısrarlı bakışı üzerine gülümsedim.

"Ben de."

"Şimdi oldu." dedi, eliyle hafifçe dirseğime değerek. Ancak, bu arada, çakmak çakmak parıldayan gözlerini bir başka köşeye kaydırdığını da fark ettim. Mösyö Eduard Piron'un yanında getirdiği yeğeni bize bakıp gülümsüyordu. Otuz yaşlarında, alımlı, son derece çekici ve rahat tavırlı bir duldu Nathalie. Bir İngiliz subayıyla evlenmiş ve eşini, Hindistan'daki görevi esnasında, humma salgınında kaybetmişti. Genç dul, bizim evimizi ilk kez, bir sene evvel, kocasının ölümünden hemen sonra, amcasıyla birlikte İstanbul'a geldiğinde ziyaret etmişti. Henüz acısının çok taze olması lâzımdı ama ne yüzünde, ne tavırlarında yastaki bir kadının işaretlerini görmüştük. Hâtta, acılı bir genç dulu ağırlayacağımız için ev halkı, en baştan kendisini, onunla beraber hüzünlenmeye programlamıştı. Ne var ki, bu dulun, bir kalkıp dans etmediği kalmıştı o akşam. Biz de boşu boşuna üzüldüğümüzle kalmıştık. Aslında, benim ayna karşısında oynamam için ideal bir hikâyeydi. Ama, kocasının trajik ölümünden hiç etkilenmeyen bu kadın bana o kadar itici gelmişti ki, ona bir oyun yazmaya bile gerek görmemiştim.

İşte aynı kadın, şimdi de, bahçenin karşı köşesinden bize, aslında Nesim'e, çapkın gülücükler gönderiyordu. Nişanlım ise ona bakmaya devam ederken, benim elimi avucuna alıp dudaklarına götürdü. Bunu nasıl yorumlayacağımı bilemedim. Ama rahatsız da olmadım değil. Bu konuda, ilk fırsatta tavrımı koymalıydım. Hemen dirseğimi avucundan çekip onun yanından uzaklaştım. Yüzümdeki gülümsemeyi mümkün olduğunca bozmadan, manolya ağacının dibinde Celeste ve küçük halamla sohbet eden Jacques Copello'nun yanına gittim. Mösyo Copello, tütün fabrikalarında denetleyiciydi. Dedemden kalan işlerden biri de tütün ticareti olduğundan, kendisiyle uzun zamandır tanışıyorduk. Ailemizin yakın dostlarındandı.

Manolya ağacının dibinde, yüzümü Nesim'e çevirerek durdum. Ona, beni son bıraktığı yeri, o akşam yaşadıklarımızı hatırlatmak iyi olacaktı. Nitekim, benimle kucaklaştığı anlarda gözlerine yerleşen ifadeyle bakması çok uzun sürmedi. Bize doğru yürümeye başlamıştı ki, ben bu defa Akif Bey, dayım ve Selânik Bankası tahsilât bölümü müdürü Mösyö Jaeche ile Wiener Bank Verein İstanbul şubesi müdürü Isaac Botton'la konuşmakta olan babamın yanına gittim. Konu, geçtiğimiz ay, 9 Temmuz'da İttihat ve Terakki'yi temsil eden Said Paşa Kabinesinin düşüşü üzerineydi. Babam, Gazi Ahmed Muhtar Paşa'nın başkanlığında, tecrübeli devlet adamlarını bir araya toplayan ve 'Büyük Kabine' adını taşıyan yeni hükümetten ümitli olduğunu, İttihat ve Terakki'nin, kendisini kaptırmış olduğu istibdat benzeri yönetimden sıyrılmasının zamanının çoktan gelmiş olduğunu anlatıyordu.

Daha çok genç yaşlarında, 1877-1878 Rus Harbi'nde, Kafkas Cephesi'nin başkumandanlığını yapan, Abdülhamid devrinde Mısır Fevkalâde Komiseri olarak Kahire'de görev alan ve hiçbir yanlışlığı bilinmeyen Gazi Muhtar Paşa'ya herkesin güveni ve sevgisi vardı. Babamın söylediğine göre, bütün vatanseverlerin, bütün partilerin, artık etrafında toplanacakları ve yıkıcı tesirlere karşı hep beraber cephe alacakları bir hükümet kurulmuştu.

Babam, benim sessiz sessiz yanında durduğumu fark edince, nefes almadan anlattığı heyecanlı sohbetine ara verdi.

"Gözbebeğime!" deyip kadehini kaldırdı.

Yanındaki diğer beyler, onu tekrarladılar. Babam, alnıma sevgi dolu bir öpücük kondurdu.

Nesim'in yaklaşmakta olduğunu sezince, bu defa, piyano hocamla sanat üzerine derin konuşmaya dalmış olan, ailemizin büyük hayranlık duyduğu ve bütün evlerimizin bahçelerinde eserleri bulunan heykeltıraş Joseph Driesseu'nun yanında aldım soluğu. Sinyor Feretti, son zamanlarda, konu müzik bile olsa, muhakkak ne yapıp edip bir İtalyan olarak, İtalyanların Trablus'ta yaptığından ne kadar utanç duyduğunu söylemek için fırsat kolluyordu. Üzüntüsünde samimi olduğundan çok emindik hepimiz.

Özel günlerde ailemizin fotoğrafçısı olan Sebah ve Joallier'den gelen Caloust Calfayan, körüklü makinesiyle bahçeyi dört dönüp, kendisine göre "şiirsel" bulduğu fotoğraf karelerini yakalamak için uğraşıyordu. Bir ara, evin giriş merdivenlerine dizilip hep beraber poz verdik. Defalarla tekrarlanan bu işlem esnasında Nesim, yan yana durmamızdan istifade, elimi tutup sıktı. Avucunun içindeki parmaklarım birbirine geçmişti. Biraz ürkmüştüm ama dikkatini benim üzerimde toplamasını sağlamıştım.

Sonra, birkaç kare de yeni nişanlıları çekmek istedi Calfayan ve uygun olduğu düşünülen muhtelif köşelerde, en fazla, el ele veya kol kola pozlar verdik. Tam bitmişti ki, Nesim beni nazikçe elimden çekip fotoğrafçımıza seslendi:

"Bir resim de şu köşede alabilir miyiz lütfen?"

Doğru manolya ağacının arkasına, salıncağımıza doğru ilerledi.

"Burayı hatırladıkça tahrik oluyorum." diye fısıldadı.

"Korkarım, seni birçok şey tahrik ediyor." dedim, umursamaz bir cesaretle, şuh Nathalie'nin bakışlarını hatırlayıp.

"Vay vay vay!" diye gülüşünün arasından fısıldamaya devam etti. Bir taraftan da makineye bakıp poz veriyorduk.

Onunla ilişkimizi hangi yönde, nasıl geliştireceğimizi bilemiyordum. Kesinlikle, annem ve babamınkine benzemeyecekti. Nişanlımın alaycı, hâtta küstah denilebilecek bir tarzı vardı. Cinselliği yaşama fırsatı olmadığı anlarda, sarılıp kucakladığı zamandan çok farklı bir kişiliğe bürünüyor, ama sonra ilk karşılıklı konuşma şansımız olduğunda, derhal aklına gelen kelimeler tensel zevkleri çağrıştıracak şeyler oluyor ve hemen gözlerindeki lacivert alevler yanmaya başlıyordu. O an kararımı verdim. Eğer Nesim'i, bir tek cinsellikle elde tutabileceksem, ben de onun istediği gibi bir kadın olmak için ne gerekirse yapacak, beni bırakmasına fırsat vermeyecektim.

Saatler epey ilerlemişti, misafirlerimiz dağıldığında. Nesim ayrılırken, büyüklerimizin geceyle ilgili karşılıklı yorumları, iltifatları ve bundan sonrası için iyilik, mutluluk dilekleri arasında seslerin karıştığı bir anda, kulağıma eğildi.

"Gece, manolya ağacı..." dedi.

Ve sonra, ciddi bir damat adayı gibi, aile bireylerimi, beni, usulüyle öperek, anne ve babası ile geceyi onlarda geçirecek, karşı taraftan ve adadan gelmiş akrabalarıyla birlikte ayrıldı.

Herkes gidince, anneme, babama ve yaş sırasıyla diğer aile bireylerime tekrar teşekkür ettim.

"Artık yorgun olmalısın." dedi, annem, yanağımı okşayarak, "İstersen çık yat artık. Yorucu bir gündü."

"Evet, öyle." dedim, içimde bir boşluk hissederek. Bu, şimdiden sonra ne yapacağımı, Nesim'le nasıl buluşacağımı bilemediğim için hissettiğim bir duyguydu. Ertesi gün, İstanbul'da son günüydü. Şansımı son geceye bırakmak istemiyordum.

Hepsini ayrı ayrı öptüm. Babam, elimi avuçları içinde tutarak, sordu:

"Mutlu musun?"

"Evet." dedim, "Hem de çok."

"İnşallah biz yanılırız." derken, müstakbel damadına hâlâ daha güvenmediklerini ima etti ve yanağımı okşarken elimi bıraktı.

Celeste'le birlikte yukarı çıktık. Ona sarılıp, "İyi geceler" dilerken gözlerindeki yaşları fark ettim.

"Tanrı seninle olsun küçüğüm. Dualarım seninle. Umarım çok mutlu olursun." dedi.

Bu arada, Londra'ya giderken, sevgili mürebbiyemin de benimle gelmesi kararlaştırılmıştı. Daha doğrusu kendisi, biraz da bu beraberliğe sebep olan hatayı fark edip durduramadığı için duyduğu sorumluluk hissiyle, aileme bu teklifi yapmış, babamla annem, dünden razı, hemen kabul etmişlerdi. Celeste'ten daha güvenilir biri olabilir miydi, beni uzaklara ve yabancı bir erkekle gönderirlerken beraberinde gidecek...

Odama girdiğimde, doğru aynaya gittim ve titreşen lâmbanın ışığında aksime baktım. Gördüğümden memnundum. Sanki, son iki aydır, iki yaş büyümüştüm. Elbisemi çıkarıp astıktan sonra, en güzel geceliğimi aradım çekmecemde. Bilinçaltımdaki bir ses, gece bahçeye çıkmak üzere hazırlık yaptığımı söylüyordu. Doğruydu da... Kendi kendime itiraf etmesem bile, bu son yaramazlığı da yapacağımı biliyordum. İnşallah her şeyi berbat etmezdim.

Yatağımda uzanıp bekledim. Bahçedeki sesler bir türlü bitmiyordu. Bir ara kalkıp tülümü açtım ve yan bahçeye baktım. Kimseler görünmüyordu. Tekrar yatıp lâmbamı söndürdüm. Karanlık olunca, sanki zaman daha çabuk geçecekti. Masaların toplanması, mutfağın temizlenmesi uzun sürdü. Yardımcı personeli, kaldıkları mekânlara götürüp gelen arabaların tekerlek sesleri ve atların kişnemeleri duyuluyordu evin diğer tarafından. Nihayet, merdivenlerde, bizimkilerin ayak seslerini ve aralarındaki sohbeti duydum. Alt kattaki sahanlıkta bir müddet konuşup iyi uykular dilekleriyle ayrıldılar. Kapıları çekildi. Ve merdivenlerden çıkan dayımın üst kattaki kapısı da kapandı. Şimdi bana, herkesin uykuya dalmasını beklemek kalıyordu.

Yerdeki ahşapların ses çıkaracağından korka korka, parmak uçlarımda pencereye gittim tekrar. Nesim'in sigarasının yanıp söndüğünü gördüğüm an, kendime hâkim olamayıp tülü açtım. Mehtap, tüm haşmetiyle üzerimizdeydi. Öylece durup, gecenin ışığında birbirimizin siluetini izledik. Ben tülü kaparken, o da arka bahçeye doğru, güllerin arasında ilerlemeye başladı. Beni beklemeye gidiyordu.

Odamın kapısına temkinli adımlarla ilerledim. Elimden geldiğince itinayla kapıyı araladım ve bir müddet içeride kalıp herhangi bir ses olup olmadığını dinledim. Yüreğim sanki ağzımda atıyor, tüm sessizliğe rağmen kulaklarım uğulduyor, nefesim daralıyordu. Bir taraftan da, Nesim'in beni göremeyince evine döneceği korkusuyla, telâşlanıyordum. Yine de sabırlı davranıp emin olana kadar bekledim ve arkası kapalı terliklerim elimde, odadan dışarı süzüldüm.

Duvardaki lâmbaların ışığı, yolumu gösterdiği kadar, beni de açığa çıkarıyordu. Anne ve babamın katına indiğimde, nefes dahi alamıyordum. Oradan da kimseyi uyandırmadan geçtiğimden emin, aşağı kata inince doğru mutfağa süzüldüm. Sürgüyü kısa fasılalarla azar azar ittim. Gıcırtıyla geriye açıldı. Karanlığı dinledim ve duvara asılı mutfak bezlerinden birini araya sıkıştırıp kapıyı çektim ve kendimi dışarıya attım.

Terliklerimi ayağıma geçirip yumuşacık toprak üzerinde manolya ağacına doğru ilerledim. Ay o kadar parlaktı ki, bembeyaz geceliğimle, pencereden bakanın beni fark etmemesi mümkün değildi. Bir an önce, hanımelileriyle sarılmış ferforje kameriyenin altına girip oradan yürümeye başladım. Yolun diğer ucunda, karanlığın içinde, onu hayâl meyâl seçebiliyordum. Manolya ağacının, mehtabı kamufle eden gür dallarının altında bekliyordu.

Hayretle, bu akşam ona doğru yürürken, daha rahat olduğumu fark ettim. Yaklaştığımda, o da bana doğru gelip, kollarını bedenime sardı. Başını saçlarıma gömüp kokladı.

"Ah! Küçük sevgilim benim." dedi ve beni kucağına aldı.

Geçen defadan o çok iyi hatırladığım muhteşem heyecan, yine bedenimi sarmıştı bile. Ceket ve yelek giymemiş, ipek gömleğinin yakasını açık bırakmıştı... Salıncağa yerleştiğimiz zaman, onun düzgün taranmış saçlarını dağıtmak geldi içimden. Aklımdan geçene gülümsedim. Parmak uçlarını, nazikçe, dudaklarımın kenarlarında dolaştırdı.

"Ne oldu benim küçük sevgilim? Neye gülüyorsun?"

"Saçlarını dağıtmak geldi içimden."

Gülerek gövdesini arkaya doğru dayarken, beni de hiç bırakmadan, sıkı sıkı kucağında iyice kendisine doğru çekti.

"Ne duruyorsun o zaman?"

Bu çocukça arzumu kabullendiğini duymak beni daha da güldürdü. Ama, ellerimi gür saçlarının arasında daldırdığım zaman, içimden bir ses, beni düşündüğümü yapmaktan vazgeçirdi. Aksine, parmaklarımla saç tellerini tarar gibi, nazik ama istekli bir temasla okşamaya başladım. Başını çevirip sol bileğimin içini öptü. Sonra avucumu yanağına dayadı ve parmaklarımı teker teker dudakları arasından geçirdi. Ben, diğer elimle saçlarını okşamaya devam ederken, onun bileğimi tutan eline bir öpücük kondurdum. Birden, beni kollarımın altından kavrayarak yüzükoyun kendisine doğru çevirdi. İnce, narin gövdem, bir bez bebekmiş gibi, dönüp onun bedenine gömüldü. Kollarıyla belimden kavrayıp beni biraz daha yukarıya çekti ve dudaklarımı, arzuyla açılan ağzının içinde hapsetti. Ayak bileklerime kadar uzanan muslin geceliğimin eteği sıyrılmış, bacaklarım açıkta kalmıştı. Bir koluyla beni sımsıkı sarmaya devam ederken, diğer eliyle, etek ucunun tenime temas ettiği noktadan bacağımı kavradı. Yumuşak, nazik ama tutkulu bu temas, birden vücudumun, o güne kadar kimsenin elinin değmediği en mahrem köşelerine titreme verdi. Bu, onu tahrik etmiş olmalıydı. Elini daha yukarılara, kalçama doğru kaydırdı ve avucunun içinde tuttuğu yer, âdeta ateşe değmiş gibi yandı. Onun yüzü üzerine dağılan saçlarımın arasından dudakları, dudaklarımda, boynumda, sakin, sabırlı, uzun süren temaslarla, nefesler ve iç çekişlerle dolaşıyordu. Kendimi, ruhumu alması için şeytana teslim etmiş gibi hissediyordum. Birden durdu. Saçlarımı yüzünden, yüzümden kaldırdı iki eliyle. Yine, karanlıkta bile görülen o gece mavisi yanan gözlerle baktı. Biraz öne eğildi ve bacaklarımı iki yana açıp bedenimi kendi bacakları üzerine oturttu. Sonra, beni biraz daha kendine doğru çekip ellerini geceliğimin fistolu ince askılarına götürdü. Kendimi hem çok adi hissediyor, bu pozisyonumdan utanıyor hem de aşkımdan ve aşkımı sahiplenmek adına gösterdiğim bu cesaretten de memnuniyet duyuyordum. Bir an için, öylece durup birbirimize baktık. Karanlığa alışan gözlerimiz, birbirimizin ruh ve beden dillerini anlayacak kadar yakındı. Uyluklarımda kendini hissettiren arzusunun üzerinde otururken, ne hissettiğimi, ne kadar korktuğumu anlamak ister gibi, beni uzun uzun seyretti. Ben de, aklımdan geçen, kendimden utanmak ile kendimi affetmek arasında gidip gelen bin bir duyguyla gerilmiştim. Ama yine de, şeye rağmen, yaptığıma sahip çıkmak gerektiğine inanarak, inatçı bir cesaretle onun yüzüne bakıyordum.

"Senin gibisini görmedim." dedi, elleri geceliğimin askılarında.

"Nasıl biriyim ki ben?"

Bunun cevabını gerçekten bir de onun ağzından duymak istiyordum.

Yavaşça, işaretparmaklarıyla askılarımı yana düşürüp omuzlarımı okşarken cevapladı:

"Sanki, daha evvel çok şey yaşamışsın da, yeniden doğup büyümeye başlamışsın gibi."

Cevap hoşuma gitmişti. Rahatlamıştım. Gülümsedim.

"Ama ne zaman bu kadar büyüdün, anlayamadım. Ben mi bu kadar aptaldım, seni göremedim?"

"Belki de kötü kız olmaya karar verdiğim için fark ettin." dedim, yumuşacık bir fısıltıyla.

Kısa, temkinli bir kahkaha attı. Eliyle çenemin altından tutup yüzlerimizi yaklaştırdı.

"Şayet bu kötü kız olmaksa, demek tam bana göresin."

Geceliğimin önündeki ilk düğmeyi açıp elini içeriye doğru uzattı. Yay gibi gerilmiş vücudumu, kalçamdan sarılarak kendine bastırdı.

"Hem," dedi, "artık istediğin kadar kötü olabilirsin, nasılsa karım olacaksın... karım... küçük karım... küçük sevgilim benim..." Bu saniyelerin, onu durdurabilip, evime kaçabileceğim son anlar olduğunun farkındaydım. Artık, bedenini bedenimde, ellerini en mahrem köşelerimde istediği ve kendi kendine duramayacağı bir noktaya gelmişti. Az önceye kadar nazik dokunuşlarla tenime değen elleri, kement gibi kavramıştı kalçalarımı. Erkekliğini bütün gücüyle hissettirmek için, vücudumu kendine âdeta yapıştırmıştı. Artık kaçmak, evime gitmek istiyordum. Bundan sonra olabilecekleri yaşamak istemiyordum. Ailemin korkusu olmasa bile, henüz istemiyordum. Ben, o nazik öpüşmeleri, küçük kaçamak dokunuşları, bedenlerimizin sımsıkı sarılıp kaldığı anları seviyordum. Onun, hırçınlaşıp arzusunu kontrol edemediği, vücutlarımızın daha da birbirine mâl olmasını bekleyen tavrı beni korkutuyordu.

Onun mengene parmaklarından kurtulmak için, yerimde kıpırdandım ve ellerimle, bileklerini bedenimden ayırmaya çalıştım.

"Ne yapıyorsun?" dedi, gırtlaktan gelen boğuk bir sesle.

Telâşla cevapladım:

"Artık gitmeliyim."

Ama beni bırakmıyordu. Ürküntüyle, biraz daha debelendim.

"Bırak beni." diye fısıldadım.

Kollarını tam çözmedi ama gevşetti. Nefesi sıklaşmış, gözleri kısılmıştı. Fısıldadı:

"Harikasın. Bu işin bu kadar zevkli olacağını hiç bilmezdim."

Birden ona karşı bir nefret duydum. Benim ona vermeyi istemediğim bir zevki almaya hakkı yoktu. Olanca gücümle, kollarımı onun hâkimiyetinden kurtarıp kendimi kenara attım. Geceliğimin düğmesini ilikleyip eteklerimi, saçlarımı düzelttim. Başka zaman olsa, doğru eve koşar, onu kabarmış arzusuyla baş başa bırakırdım. Ancak, yarından sonra onu göremeyeceğim bir seneyi düşününce, oradan ayrılamadım. Yanında oturdum. Fakat, dimdik, salıncağın hemen ucunda, her an fırlamaya hazır bir pozisyondaydım.

"Haydi, git o zaman." dedi.

Sesi, sanki o tutkulu, kontrolsüz, küstah erkeğin değildi; kırgın, incinmiş çıkıyordu. İnanamayarak baktım. Ama hoşuma gitmişti. Demek benim de onu incitebileceğim kozlarım vardı. Bunu hissetmek bile bana üstünlük vermeye yetmişti. Bacaklarımı açıp oturduğum pozu daha kabullenemiyordum ama, en nihayet, bunu kocam olacak erkekle yapmıştım.

"Beni zorlamaya hakkın yok." dedim, kendimi anlatmaya çalışarak.

Elini uzattığında, elimi çekmedim.

"Haklısın küçük sevgilim... haklısın... ancak, o kadar çocuk gibi değilsin ki... ve hem de çocuk."

Tekrar konuşabildiğimize sevinmiştim.

"Hangisi daha iyi? Çocuk gibi olmam mı, olmamam mı?"

Elimi sıkıp güldü.

"Ah, işte seni mükemmel yapan bu. Her ikisi de var ruhunda. Seninle, ebedi bir bakire olduğunu düşünerek, aynı zamanda çılgınlar gibi aşk yapabilmek muhteşem olacak. Aşkın bütün sürprizlerini çok iyi kaldıracaksın sen, eminim."

"Sürprizleri?"

"Evet, küçük sevgilim, sürprizleri. Evlendiğimizde sana tek tek tanıştıracağım o sürprizleri."

Şu an, bilmediğim hiçbir şeyi merak etmiyordum. Zaman mevhumunu yitirdiğim için, evden çıktığımdan beri ne kadar olmuştu, bilemiyordum. Ve artık geriye dönmek istiyordum.

Ayağa kalktım.

"Seninle bir daha baş başa kalamayabiliriz." dedim. "Vedalaşalım mı?"

O da ayağa kalktı ve beni omuzlarımdan tutup dudaklarını uzattı. Parmak uçlarıma kalkıp dudaklarımı onunkilere değdirdim. Yeniden, o sıcacık, güvenli, nazik erkek olmuştu.

"İşte," dedim, "işte böyle, saatlerle kalabilirim."

"Ama, küçük sevgilim, o çok zor, hele erkekler için." diye mırıldandı.

Sonra, yanaklarımı avuçlayıp, gözlerimin içine baktı.

"Seni çok özleyeceğim... Seni hep bu akşam, şu salıncakta, kucağımdaki hâlinle düşüneceğim."

Utanmıştım. Başımı öne eğdim. Alnımı ve saçlarımı öptü. Yazışma sözü verip bir kez daha dudak dudağa temastan sonra ayrılmak üzereydik ki; bileğimi bırakmadan sordu:

"Hüma'nın anlamı neymiş?"

Gülümseyerek cevap verdim:

"Cennetkuşu..."

Güldü.

"Cennetkuşu... Harika. Sana bu kadar yakışan bir isim olabilir."

"Aynı zamanda, saadet, uğur, iyi talih demekmiş."

Beni tekrar kendisine çekip, ilk defa, şefkatle sarıldı.

"Ve sen benimsin. Benim cennetkuşumsun, talihim, uğurumsun."

Birkaç dakika evvelin hâkim olunamaz, küstah, beni utandıran erkeği, şimdi, romantik, nazik, başka bir erkeğin kimliğinde yok olmuştu. Nesim'i hep böyle hatırlamak, onun hep bu hâlini özlemek istiyordum.

Mutfak kapısı bıraktığım gibi duruyordu. Bezin ucundan tutup kapıyı azıcık iteledim ve içeri adımımı atar atmaz, terliklerimi elime alıp sürgüyü çektim. Geçen defaki gibi, aynı temkinli adımlarla, odama çıktım. Girişteki çalar saat, bu kez yarım saatten fazla dışarıda kaldığımı gösteriyordu.

"Sanki daha evvel çok şey yaşamışsın da, yeniden doğup büyümeye başlamışsın gibi." demişti Nesim. Hoşuma gitmişti. Gülümseyerek, sırtüstü uzandım yatağımda. Yalnız, garip bir duygu vardı içimde. Nişanlımın gitmesine sadece bir gün kaldığı hâlde, geçen haftalarda taşıdığım yürek yorgunluğum yoktu. Belki, artık geceleri kaçamak yapmama gerek kalmayacağı için rahatlamıştım. Belki de, zaman zaman beni ürküten küstahlığı ve vücudum üzerinde kurmaya çalıştığı hâkimiyetten kurtulduğum için.

Nesim, ertesi gün akşamüzeri, çay saatinde kısa bir vedaya geldi. Ailem, mürebbiyem, hep beraber bahçedeydik. Bizlerle bir fincan çay içtikten sonra, ayrıldı. Elimi sıkarken, kimsenin göremeyeceği şekilde, parmaklarını avucumun içine bastırdı, karşılıklı aldığımız elektrikle gözlerimiz parladı. Sonra, yanağıma, ailemin kabul edebileceği tarzda, nazik bir öpücük kondurup, çakıllı yoldan bahçe kapısına doğru yürüdü.

Kapıya varana kadar birkaç kez arkasına dönüp baktı. Birden, onu çok özleyeceğimi fark ettim. İçimde kocaman bir boşluk oluştu. Etrafımdaki hava puslanmış, bahçenin rengi solmuştu. Gözlerimdeki yaşlara engel olamadım. Celeste, elini omuzuma koyup, şefkatle okşadı.

"Allah kavuştursun küçüğüm."

Anneannemin, çok şey yaşadığı belli bir ses tonuyla söylediği, "Zaman tahmininden çabuk geçer evlâdım, göreceksin." sözlerini, annemin, "Hayırlısıyla, inşallah." dileği takip etti. "Hayırlısıyla" kelimesi, diğerine nazaran daha vurgulu söylenmişti. Babam ise realistti:

"Hüma'cığım, istediğin oldu. Biz sana verdiğimiz sözü tuttuk. Şimdi sıra sende. Artık derslerine konsantre olacaksın. Başarılı bir yıl geçirmeni istiyorum. Nişanlandığını anlamamaları gerek. Okul idaresiyle başımız derde girmesin."

Parmak uçlarımla gözlerimi silip gülümsedim.

"Merak etmeyin babacığım. Her şey çok iyi olacak."

Gerçekten de ümidim oydu. Her şeyin çok iyi olacağına inanıyordum. Ama, "her şey" ne kadar geniş anlamlı bir kavram. On altı yaşımın aşk sarhoşluğu içinde, sadece ve sadece aşkımı elimde tutmanın "her şey" olduğunu düşünmekteydim. Ancak, benim hayâl ile karışık gerçeklerim, hayatın kendi realitesi içinde o kadar istisna kalıyorlardı ki...

Günlerimi, mektepteki sörlerimi memnun edip iyi notlar almakla geçirirken; geceleri, sevdiğim erkeğe kavuşacağım güne bir gün daha yaklaşıyor olmanın verdiği heyecanla, hülyalar ve onların müsaade ettiği kadar ders çalışmaya çalışmakla geçiriyordum. Celeste, her zaman olduğu gibi, en büyük yardımcımdı. Kafamın hâlihazırdakinden daha fazla dağılmasını önlüyor, ev ödevlerimi tamamlamamda elinden geleni yapıyordu. Ama, dediğim gibi, hayat sadece ben ve benim arzularımdan ibaret değildi...

Evimizin, nişan telâşımla biraz olsun yön değiştiren konuşmaları, yine son zamanlardaki ciddiyetine bürünmüştü. Bir yandan benim geleceğim, evlendikten sonra yaşamımın, tahsilimin nasıl organize edileceği konuşulurken, bir taraftan da çeyizim hazırlanıyordu. Ama esas konu, Osmanlı'nın durumuydu.

Maçka'daki konağa geçtiğimizden beri, sanki birdenbire, yazla beraber bir yaşam tarzı da bitmiş, sanatın, müziğin, edebiyatın ağırlıklı olduğu keyifli ve romantik sohbetlerin yerini, daha ziyade babamın gazeteci, politikacı, İttihatçı dostlarıyla yaptığı hararetli, bol tartışmalı akşam toplantıları almıştı. Yaşımın ve kendi hayâllerimin dünyasında, benim yanımda anlatılan, konuşulan her şeye kulak misafiri olmama rağmen, beni bu konuların esas ilgilendiren tarafı, hayatıma ne kadar ve nasıl tesir edeceğiydi. Sanki tüm kâinat benim etrafımda kurulmuştu. Tabii ki, imparatorluğun dağılıyor olması, parçalanışı, ailemin çok güvenip ümit beslediği İttihat ve Terakki'nin icraatından hayâl kırıklığı duyulması ve memleketimizin müşevveşe doğru gidiyor olması, her gün, hiç değilse birkaç kez, hafızama kazınıyordu. Bunun, alıştığım, tanıdığım bir huzurun, güvenin yok olacağı anlamına geldiğini bilmeme rağmen, dediğim gibi beni esas ilgilendiren, bütün bu yaşanacakların, sevdiğim erkeğe kavuşmama ve yurtdışına gitmeme mani olup olmayacağıydı. Tipik, sadece kendinden sorumlu olan, yok, hayır, kendinden bile henüz sorumlu olmayan bir çocuğun düşünceleri işte... Bir tek kör aşkına engel olmayacak gelişmelerin neticeleneceğini umursayan çocukluk ruhu...

Düşünüyorum da, aslında tüm hayatım boyunca, hep aşklarım önde geldi. Tercihlerim, telâşlarım, endişelerim, ümitlerim, hep aşktan yana oldu. Yalnızca bir tek şey bu hislerimin önüne geçti; o da çocuklarımı himaye duygum. Onlar mevzubahis olunca, ne aşkımın, ne âşığımın önemi kaldı gözümde. Aşkıma en büyük ihaneti çocuklarım için yaptım. Hiç de pişman değilim. Sizler buna değerdiniz. Ama beni affeder misiniz, bilemem. Ben kendimi, daha günahlarımı yaşarken affettiğim için, işim kolaydı. Ama, sizlerin zamanını alabilir, anlarım. Gerçi, bunu anlayacak vaktim olmayacak. Bu satırları benim ardımdan okuyor olacaksınız. Yine de, tahmin ederim, gittiğim yerden hislerinizi fark edebilirim. Onun için, lütfen, beni yargılamakta acele etmeyin.

İşte, o herkesten ve her şeyden çok, kendi küçük oyun dünyamı düşündüğüm günlerde, dünyamız, oyunları çok daha kuvvetli olanların hâkimiyetinde vücut değiştiriyordu. Babam, İngiliz gizli teşkilâtının, Osmanlı Hükümeti üzerindeki baskısını konuşurken, o güne dek görmediğim derecede hiddetliydi.

"Sahte teminatlarla hükümeti uyutuyorlar. En tecrübeli asker sınıflarımızın dağıtılması için uğraşıyorlar. Balkanlar'da bir harp patladı patlayacak, elimiz kolumuz bağlanıyor." diyordu.

Trablusgarp'tan bu yana, İtalyan tanıdıklarımla resmileştirdiği ilişkiler zincirine bir müddettir de İngilizleri eklemişti ailem. Kaç nesildir İngiltere ve Avrupa'nın diğer bazı ülkeleriyle olan yakın ticari bağlantılarını tekrar sorgulamaya başlamışlardı. Akşamları, yemekten sonra ben odama çekilirken, masada aile büyüklerini, iş hayatlarında bundan sonra nasıl bir strateji uygulayacaklarına dair konuşmalar arasında bırakıyordum. Babam, ticaret yolunu Belçika ve İsviçre üzerinden Amerika'ya yoğunlaştırmaktan yanaydı. Dayımın ve büyük eniştemin, bağlantıları sağlamak ve ön görüşmeleri yapmak üzere derhal seyahate çıkmasına karar verilmişti.

Onların ayrılmasından birkaç gün sonra, 8 Kasım 1912'de, Balkan Harbi patlak verdi. Babam, ne zamandır, arkadaşlarıyla korkarak bekledikleri neticenin kapıya dayanmasından son derecede üzgündü. Sanki, o kehanette bulunduğu için gerçekleşmiş de, sorumlusu kendisiymiş gibi gergindi. O güzel, munis yüz ifadesi sertleşmiş, mutsuz, düşünceli bir hâl almıştı. Annem ise, dengeleri kurmak adına, eskisinden daha sakindi. Benimle ilgili de oldukça yoğun tartışmaları, sohbetleri olduğundan emindim. Ama sanırım, okul düzenimi bozmamak ve o çılgın aşk nöbetlerimden birine daha girmemem için, yanımda konuşmamaya özen gösteriyorlardı.

Gazi Ahmed Muhtar Paşa'nın 'Büyük Kabine'si işbaşına geldiğinde duyulan ümitler de suya düşmüştü, babamın dediğine göre.

"Hani, milli koalisyona gidilecekti? Hani herkesi etraflarında toplayıp dışarıya tavır koyacaklardı? Hepsi boşa çıktı, yazıklar olsun." diye hayıflanıyordu.

Nitekim harbin patlamasıyla, Büyük Kabine düştü. İngilizlere olan yakınlığından ve kurduğu dostluktan medetle, daha büyük tehlikeler önlenebilir düşüncesiyle, Kâmil Paşa'nın idaresinde bir muhalefet kabinesi iktidara geldi. Eve alınan onca yerli ve yabancı gazete elden ele dolaşarak okunuyor, her aile bireyi bir okuduğunu, öğrendiğini diğerine aktarıyordu. Evimiz âdeta, harbi ve siyaseti izleme merkezi hâline gelmişti. Ne kadar benim dünyamdan uzak gibi görünse de, ister istemez ben de tam ortasında kalmıştım. Konuşulanlar, beni de etkisi altına almaya başlamıştı. Balkan bozgunu ve tüm Rumeli'nin elden gidişi, yaşlı gözlerle ve isyankâr tartışmalarla evimizi mateme boğmuştu.

Matmazel Celeste ve Sinyor Feretti, en içten duygularıyla ailemin üzüntüsünü paylaşmaktaydı.

"Ah, Avrupa bizim kadar tanıyabilseydi siz Türkleri." diyordu

Feretti, o her zamanki melânkolik bakışları daha da ağırlaşmış olarak.

"Gerçekten, ne kadar büyük haksızlık yapılıyor. Nasıl bu kadar arkadan vurabilirler?" diye mahzun sesle eşlik ediyordu Celeste. Birbirlerine olan sınırlı, plâtonik aşklarının ıstırabı şimdilerde daha da artmış gibiydi. Sanki yaşamayı seçtikleri, sevdikleri ve birbirlerini tanıdıkları bu ülkenin huzursuzluğu ve yıpranmışlığı, onların yaralarını deşiyordu. Ne var ki, ikisinin de İstanbul'u terk edip vatanlarına dönmek gibi bir telâşı, kaygısı yoktu. Daha da zor günlerin gelebileceğini bile bile, kalmayı tercih etmişlerdi.

"Ben burada, Fransa'da kendi evimde sevildiğimden fazla sevildim." diyordu, mürebbiyem.

"Ben de daha az sevilmedim herhalde." diye gülümsüyordu piyano hocam.

Ateşli siyaset tartışmalarının arasında, onlar yine, gönüllerin, ruhların sükûnetini sağlamanın yolunu buluyor, arada bir fırsat yaratıp Çaykovski'nin, G Minör barkarolünü seslendiriyorlardı. Ben ise, Chopin'i her zamankinden fazla seviyordum. Onun, 'Vals op. 69/1' - '69/2' ve 'Etüd op. 10/3' besteleri favorim olmuştu. Sanırım, içinde bulunduğum ruh hâline en yakın hissettiğim parçalardı bunlar.

Babam, dış seyahatlerini, tamamen, zaten yurtdışında olan dayım ve eniştеme havale etmiş, kendisi, böyle bir devirde ailesinin başında kalmayı tercih etmişti.

O sene, yeni yıl yemeğimiz, olağan, geniş aile yemeklerimizden biri gibi hazırlandı. 1913'ten, mutluluk ve huzur yerine, endişe ve felâket beklentisi herkesi sarmıştı. Bu sıkıntı sadece aileme ve Türk tebaasında olanlara mahsus değildi. St. Benoit'daki azınlıktan arkadaşlarımdan edindiğim izlenime göre, onların evlerinde de aynı sıkıntı hâli vardı. Babamın dediğine bakılırsa, ne de olsa bazıları, ülkemizin kaderi üzerine oyunlar oynayan ülkelerin vatandaşlarıydılar. Burada, bizlerle yaşarken, elbette tedirgin olmaları normaldi.

Eleni'den İlk Aşk Derslerim

Aslında, teneffüslerde ve boş anlarda kızlar, memleket meselelerinden ziyade, benim nişanlım ve düğün hazırlıklarım üzerine meraklarını giderme hevesindeydiler. Ben, zaten dünden anlatmaya teşneydim. Sörlerin kulağına gitmesinden korkarak, fısıltıyla konuşurduk. Birden, sınıfın en popüler kızı olmuştum. Kışın Tatavla, yazın Makriköy'de delikanlıları peşinden koşturan, cinsellik üzerine anlattıklarıyla en bilgilimiz olan Eleni Mavromati bile, biraz kıskançlıkla dahi olsa, popülerlik sırasındaki yerini bana bırakmayı kabullenmişti.

"Hiç korkma şekerim," demişti bir keresinde, "erkekler kızların canını bir kere acıtabilirler. O da çabucak olup bitiveriyor zaten. Ondan sonra sıra bize gelir. İstersek, bütün hayatları boyunca onlara istemedikleri kadar acı verebiliriz."

Kaşlarını örten, iri siyah kirpiklerine kadar inen kuzguni siyah kâküllerini sallayarak, bilmiş bir pozda anlatırdı tecrübelerini, Eleni. Kurallara göre saçlarımızın, gergin ve toplu olması gerekirdi ama o, alnındaki bir yarayı bahane ederek, sörlere bir şekilde, kuraldışı kesilmiş saçlarını kabul ettirmişti. Daha o zamandan, onun, hayatın kurallarına teslim olanlardan değil de, hayata kurallarını dayatanlardan olduğunu anlamıştım. Mektepte yatılı kalırdı. Nasıl cesaret ettiyse, sevgililerinden birkaçının, muhtelif defalar, aileden biri kimliğinde, mektebe ziyarete gelmelerini bile ayarlamıştı. Büyüklerinin imzasını taklit ettiğine şahit olmuştum kaç defa. Ama nasıl beceriyorsa, dersleri o kadar iyiydi ve sörlerle ilişkisi gerçeğin fevkinde abartılı bir saygı ve şirinlikle bezenmişti ki, onun gerçek karakterini hiç sorgulama ihtiyacı duymazlardı. Eleni'yi bu seneye kadar, içten içe yargılar, benim aile terbiyeme ve görgüme uymayan tarzından dolayı hafiften küçümserdim. Ama geçtiğimiz yaz, kendi yaptığım çılgınlıklardan sonra, aslında, onunla ne kadar iyi arkadaş olabileceğimizi düşünmeden edemiyordum. Belki de, bunu son sene keşfetmiş olmamda fayda vardı. Yoksa, ikimizin bir diğerine verdiği cesaretle, neler yapabileceğimizi düşünmek bile tüylerimi ürpertiyordu.

Öğle teneffüsünde, kantinde kafa kafaya verdiğimizde, Eleni, bekâretini nasıl kaybettiğini, kimbilir kaçıncı defa anlatırdı. Ama bizler dinlemekten hiç bıkmazdık. Her defasında daha mı renklendirdiğini, yoksa unuttuklarını hatırlayıp ilâve mi ettiğini bilemezdik ama hiç mühim değildi. Zira, hepsi bizim henüz yaşamadığımız maceralardı.

Bekâretini, henüz on dört yaşındayken, ailece İtalya'ya kuzenlerini ziyarete giderken, gemide karşılaştığı evli bir erkeğe teslim etmişti Eleni. Yemek salonunda karşılıklı masalarda göz göze geldikten sonra, yüreğinde duyduğu çırpıntıya hâkim olamamış ve masasını terk eden erkeği, bir bahaneyle ailesinden ayrılıp takip etmişti. Hiç tanımadığı adamın ardından üst güverteye çıktığında, onun uzattığı elini tutmuş ve tahlisiye sandallarından birine girmişlerdi.

"Etrafta kimseler yoktu." diye başlardı, dramatik bir ses tonuyla. Hepimiz yutkunup gözlerimizi onun gözlerine diker, bir türlü duymaya doyamadığımız "bekâretini kaybetme" tecrübesini dinlerdik. Anlatırken gözlerinin, dudaklarının aldığı şekli izlemek, onun olanları yaşarken ne kadar haz duyduğunu anlamak için kâfiydi. Dinleyici konsantrasyonunun tamam olduğuna inanınca da devam ederdi:

"Tek kelime konuşmadık. Elimi tutan elleri ateş gibiydi, gözleri pırıldıyordu. Benimle ne yapmak istediğini hemen anlamıştım."

"Hiç korkmadın mı?" diye hep bir ağızdan sormuştuk ilk keresinde.

Umursamaz bir dudak hareketiyle elini sallamıştı o zaman.

"Yoo... niye korkacaktım? Eninde, sonunda bütün kızların başına gelecek bir şey değil mi? Kim, bekâretini kaybettiği için ölmüş ki? Hem, pansiyoncu Sophie Abla kaç kez anlatmıştı daha evvel, bu işin ne kadar güzel olabileceğini."

Kızlardan bazıları, her dinleyişlerinde, hem heveskâr, hem de tiksinti duyan bir ifade takınırlardı.

"Ööö..." derlerdi, "nasıl güzel bir şey olabilir, erkeğin kocaman şeyinin kızın orasına girmesi?"

Kâküllerini sallayarak şuh bir kahkaha atardı Eleni.

"Ah bir bilseniz, ne kadar güzel olabildiğini..."

Sonra, ciddiyetle bakardı tekrar, teker teker gözlerimizin içine.

"İnanın bana. Kendinizi bırakınca, o kadar rahat bir şey ki. İlk defadan sonra zaten artık erkekle aynı zevki almaya başlıyorsunuz. Hâtta daha bile çok."

Eleni'nin anlattığına inanmaktan başka çaremiz yoktu. Tek tecrübelimiz oydu. Tartışacak durumda değildik.

"Sonra... sonra neler oldu?" diye sabırsız sesler, yine gemideki hikâyesine döndürürdü Eleni'yi.

"Ne diyordum? Evet, benimle ne yapmak istediğini hemen anlamıştım. Benden büyüktü. Belki on yaş, belki daha da fazla. İtalyan'dı. Benimki kadar siyah saçları vardı. Ama gözleri yeşildi. Uzun boylu, geniş omuzluydu. Çok şık giyinmişti. Karısı, kendisinden büyük, iskelet kadar zayıf bir kadındı. Ama, daha gemideki ikinci günümüzde bile, kadının çok zengin olduğu lâfı herkesin dilindeydi. Her neyse, bunlar beni hiç ilgilendirmiyordu zaten.

"Hani romanlarda olur ya, erkek günlerle, haftalarla, hâtta aylarla dil döker kadını elde etmek için. Yok şekerim, hiç öyle bir şey olmasına gerek yok. Biz, tek kelime etmedik bile.

"Herkes, yemek salonunda olduğundan, üst güverte bomboştu. Mayıs sonuydu, ama açık denizde, gece hava buz gibi olmuştu. Ona rağmen, içimi bir alev sarmıştı. Tahlisiye sandallarından birinin tentesini açtı ve içine girdikten sonra bana tekrar elini uzattı. Her nedense, hiç itiraz görmeyeceğinden çok emindi."

"Tabii, ona da şu anda baktığın ifadeyle baktıysan..." demiştim, gülerek.

Elime vurmuş, "Bakmak başka, ama yapmak başka." demişti, şirinlikle.

O gün yine Eleni'yi dinlerken bu noktada sustum. "Bilirim." diyemedim. Zira, Nesim'le bahçede yaşadıklarımı hiçbirine anlatmamıştım. Sırrımın bana ait kalmasını tercih etmiştim. Kızların çenelerinin, ne zaman, kiminle konuşurken düşeceği belli olmazdı. Hemcinslerimi tanıyordum ve temkinli olmayı tercih etmiştim. Gerçi anlatsam, beni daha da mühimseyeceklerinden şüphem yoktu. Ama yine de risk alamazdım. Onun hikâyesi devam ediyordu:

"Harika bir histi. Bir daha öyle bir heyecan yaşamadım. O bambaşka bir geceydi. Ayakkabılarımı çıkarıp sandalın içine bıraktım. Sonra bir elimle eteklerimi tutup, diğerini yine onun avucuna yerleştirdim. Bir an sonra tahtaların üzerinde diz çökmüştük. Tenteyi üzerimizden kapattı, beni nazikçe, sandalın içinde yere yatırdı. Daha üzerime uzandığı anda erkekliğini hissettim. Tecrübesiz ve aptal görünmek istemiyordum. Sophie Abla'nın anlattıkları geldi aklıma. Kalçalarımı kaldırarak, onun uzvuna doğru bastırdım. İnleyerek dudaklarımı dudakları arasına aldı. Bir eliyle pantalonunun düğmelerini açarken, diğer taraftan da, beni kendisine yakın tutuyordu. Boğuk, gırtlaktan bir sesle, İtalyanca, kısa, kesik aşk sözcükleri mırıldanıyordu. Söylediklerinin benimle hiçbir ilgisi olmadığını biliyordum. O an, o ihtiyacına cevap veren hangi kadın olsa, ona söylenmiş sözlerdi mırıldadıkları. Eteklerimi sıyırıp iç çamaşırımı indirdiğinde, vücutlarımızın teması harikaydı. Bacaklarımı arzuyla iki yana açtığımda, o çoktan içime girmeye hazırdı."

Bu noktada Eleni hep durup bir kahkaha atardı. İtalyan'ın o an yaşadığı şaşkınlıktan hâlâ daha büyük bir keyif alıyor olmalıydı. Kendisinden o kadar yaş büyük, kadın avcısı bir erkeğe, tüm tecrübesizliğine rağmen, şok yaşatmış olmaktan büyük gurur duyardı. O kadar fütursuz anlatırdı ki, Nesim'le ilk cinselliğimi yaşayacak olduğum anı sabırsızlıkla beklememe rağmen, Eleni'nin basit lisanı ve anlatım şeklinden tiksinirdim. Sevişmek daha romantik, daha şiirsel olmalıydı bana göre. İnsanın kulağında müzik duyması, birbirinin yüreğini kendi göğüs kafesinde hissetmesi lâzımdı. Mutluluktan ağlamalıydım, bedenlerimiz birbirine dolandığında, tekrar ayrılmayı istemeyerek. Bir şeyler konuşmalıydık sevişmeden önce, birbirimizin yüreğini okşayacak sözcükler fısıldamalıydık kulaklarımıza. Nesim'le kaçamak gecelerimizdeki sözsüz, bedensel buluşmalarımızı hatırlayınca da rahatsızlık duyuyordum ama emindim ki evlenip kendimize ait, korkusuz zamanlarımız olduğunda, aşkı, tam benim hayâl ettiğim gibi yaşayacaktık; Eleni'ninkine benzemeyecekti benim cinselliğim.

Hikâyesinin geri kalanını, vücutların hareketi, ıslaklığı, kayganlığı üzerine detaylarla anlatırken neredeyse kendinden geçerdi. İtalyan'ın, arzudan kabarmış uzvunu kasıkları arasına yerleştirdikten sonra, ilk hamlesinde nasıl takılıp kaldığını, şaşkınlıkla, başını onun göğüslerinden kaldırıp, dehşetle, "O mamma mia!" deyişini aktarırken, âdeta tiyatro oynar gibi eğlenirdi.

Eleni, gemi Napoli'ye varana kadar, defalarla, kazanovasını şaşırtmaya devam etmişti. Her defasında değişik bir cankurtaran sandalını, bir kez de, büyük cesaret örneği olarak İtalyan'ın kamarasını seçmişti sevişmek için. İlk duyduğumuzda dehşetle sormuştuk:

"Ya karısı gelseydi odaya?" diye.

Başını arkaya atıp kahkahalarla gülmüştü.

"Ne olurdu? Beni boşayacak hâli yoktu ya."

İşte, her şey bu kadar basitti Eleni için. Ve ne garipti ki, evlenmeden önce, cinsellik dersimi ondan alıyordum.

Bu arada, evde de, günü gününe, Osmanlı İmparatorluğu'nu ve dünyayı takip eden ailem sayesinde, hayatın daha önemli diğer kavramlarını ve olaylarını öğreniyordum.

Ocak 1913'te, Enver Bey'in başkanlığındaki İttihat ve Terakki üyelerinden bir grubun yaptığı Babıâli Baskını esnasında, muhalefet cephesinin kuvvetli ismi Nazım Paşa'nın vurulmasıyla hükümet darmadağın olduğunda, Harekât Ordusu Komutanı Mahmud Şevket Paşa yönetiminde yeni bir kabine kuruldu. İttihat ve Terakki iktidarı ele almıştı.

Babam, Nâzım Paşa'nın vurulmasında, İngilizlerin parmağı olduğundan emindi. 1912'nin son döneminde, Osmanlı'nın pes edip bıraktığı Rumeli topraklarında, şimdi hükümran olan Balkan Harbi müttefiklerinin kendi aralarındaki sürtüşmelerin, bir nebze de olsa, Osmanlı'nın hayrına olduğunu söylüyordu. Bu arada, Mahmud Şevket Paşa, disiplini ve saygınlığıyla ülke için yeni fırsatlar yaratabilirdi. Bütün bunların bize nasıl hayrı olacağını, gerçekleşmezse ne derece zarar göreceğimizi anlayamıyordum ama İngiltere ve İngilizler ile ilgili her konuşmada, kulaklarımı iyice açıyordum. Altı ay sonra evlenip gideceğim ülkenin, yüksek sesle söylemeseler bile, düşmanımız olması fikrinden, babamın anlattıklarından sonra, son derece tedirgin oluyordum. Kaldı ki bu gidişat, babamın, gönderilmemle ilgili kararından vazgeçmesi için sebep olmaya kâfiydi. O takdirde, Nesim'in sırf benimle evlenebilmek için, Londra'da yaşamaktan vazgeçip geçmeyeceğini bilemiyordum. Mektuplarımızda böyle bir olasılıkla ilgili en ufak soru veya yorum yer almıyordu. Karşılıklı, ailemin okuması ihtimâline karşı temkinli, sevecen ama nazik, klâsik nişanlı mektupları gönderiyorduk.

Geceleri odama çekildiğimde, lâmbanın loş ışığında, uzaktaki sevgilimin mektuplarını kucağıma alır, kulağımda Chopin'in hüzünlü notaları, defalarla okurdum. Bıkmadan, usanmadan, yine en baştan okur, her okuyuşumda, yeni anlamlar çıkarmaya çalışır, onu bana daha yakın hissederdim. O kadar yakın hissederdim ki, sonunda ışığı söndürüp, Marmara'nın ışıltılı sularına doğru baktığımda, gecenin laciverdinde sanki Nesim'in, içinde ateşböcekleri pırıltılarıyla yanıp sönen gözlerini görürdüm. Birden, bunun gerçek olacağı anı düşünerek boğazım kurur, gözlerim yanar, dudaklarım ve göğüslerim sızlardı.

O sene, sömestr tatilinde de, her zaman programımızda olan şeyleri yapmadık. Ailem, mümkün olduğunca daha sade yaşamamız konusunda karar birliğine varmıştı. Ama benim çeyizimin hazırlanışında, annem ve anneannem yine eski alışkanlıklarını bırakamamışlardı. Her şeyin en iyisi, en kalitelisi alınıyordu. Terzimiz Olympie Fengara, neredeyse sırf bana çalışıyordu. Konfeksiyoncu Marie Boudori'nin işlemecilerinden Anastasia Hergowitz de haftanın bir-iki günü bizdeydi. İç çamaşırlarıma, geceliklerime, terliklerime, elbiselerime, şallarıma, yatak takımlarıma, havlularıma, şase ve hurçlara yapılacak işlemelerin desenleri belirleniyor, sonra örnekler geliyor ve beğeniye sunuluyordu. Benim deneyeceğim kıyafetler veya seçiminde söz sahibi olduğum parçalar için, hafta sonları seçiliyordu ki, hafta içinde derslerimden zaman çalınmasın. Bana bıraksalar, ders kitaplarımı bir tarafa atıp Aynalıçeşme'de Jacques Pervitich'in sahibi olduğu Modiste Parisienne mağazasından alınan Avrupa moda mecmuaları içinde kendimi kaybedebilirdim. Mecmualardaki modeller benden yaşça büyük olmalarına rağmen, evli kadın statüsüne gireceğimden, haziran ayından itibaren, biraz yumuşatılmış çizgilerle de olsa, artık onlar gibi giyinmeye hak kazanacaktım. Anneannem annesinden gördüğünü, annem de kendisine gelin olurken yapılanı takip ettiğinden, bana da dört mevsimlik dört ayrı gardırop hazırlanıyordu. Babam, ya abartıyı durdurmak zorunda kalmamak için ya da gerçekten kabullendiğinden, bilemiyorum, bu masraflı hazırlıkla hiç ilgilenmiyordu. Her şeyi anneme bırakmıştı.

Hafta sonlarını iple çeker olmuştum. İpekler, şifonlar, muslin ve organzalar, vizon ve Rus ermin kürklerden oluşan kıyafetlerimin ve hepsiyle uyumlu seçilen ayakkabılarımın, şapkalarımın provalarıyla geçen hafta tatili, bana Cinderella masalı yaşatıyordu. Evliliği şimdiden sevmiştim. Artık, çocuksu genç kız kıyafetlerinden kurtulacak, kadın olacaktım.

Ancak, provalar esnasında, her ne kadar bana daha evvel hiçbir şey söylememiş dahi olsalar, annemin bir-iki cümlesinden, İngiltere'ye gitmemi kabul edemeyecekleri bir noktaya gelebileceğimizi anlamıştım. Her şeyin iyi niyetle hazırlandığını, ama şartların ne getireceğini bilemediğimiz günlerde yaşadığımızı söylerken, beni de bir şekilde olumsuzluğa hazırlar gibiydi. Ben ise, bunun tartışmaya dahi açılmasını kabul edemediğimden, hiç sesimi çıkarmamıştım. En kötü ihtimâl, o gün geldiğinde, yine kendimi odama kapar, aç kalır ve devamlı ağlardım. Bunu yaparken hiç de zorlanmazdım üstelik. Bir defa muvaffak olduğum bu tarzımın yine tutacağından emin, annemin söylediklerinden hiçbir rahatsızlık duymadım.

İmtihanlarım, dönem ödevlerim, sonu gelmeyen ezberler, piyano ve sonradan hayatıma ilâve edilen İngilizce dersleriyle koca bir sene, bana uzun gelse de, geçti. Babam, İngiltere'de ilk bir sene lisan konusunda ciddi bir eğitim almam konusunda okulumu ayarlamıştı ama yine de, Fransızcayı anadilim gibi öğrendiğim bir tahsilden sonra, bu yeni lisanda zorluk çekmemi istemediğinden, mümkün olduğunca, Londra'daki okuluma hazırlanmamı istemişti. Beyoğlu'ndaki English High School for Girls mektebinden Mrs. Monroe, haftada iki gün, ikişer saat, pratik yapmam için eve geliyordu. Çok az gülümseyen, dersleri iç açıcı hâle getirmeyi pek de beceremeyen bir öğretmendi. Ama, benim yakında Londra'ya gidecek olduğumu öğrendiğinde tavrı tamamen değişti. Sanki, her dersimizde, yolculuğa beraber çıkacakmışız gibi garip bir heyecanla masaya oturuyor, beni mümkün olduğunca ilgili kılmaya uğraşıyordu. Bu da işe yaramadı değil. En azından, onu biraz da olsa memnun etmem gerektiği hissine kapıldığımdan, elimden geleni yapmaya başladım. Yıllardır sörlerin hocalığında aldığım Fransızca eğitimin İngilizceme yansıyan ağır aksanını kolay düzeltecek gibi değildim. Ancak, başlangıçta rahatsızlık duyduğum bu farklılık, yavaş yavaş hoşuma gitmeye başlamıştı. Kelimeleri, önce Mrs. Monroe'nun arzu ettiği kıvamda telâffuz edene kadar çalışıyor, bu becerimle onu da mutlu ediyor ama sonra, yalnız kalınca, bütün bir bölümü o çok hoşuma giden aksanla okuyup kendi kendime eğleniyordum. Çok keyfim yerindeyse, Celeste'i de yanıma çağırıyor, ona bu marifetimi tiyatro oynar gibi sunuyordum. Londra'da hangisi daha sempatik olursa onu kullanırım, diyordum. Bunu ciddiyetle düşündüğümü gören mürebbiyem uyarmıştı bir kez:

"Hiçbir ülkede, oranın yabancısı olmak avantaj getirmez küçüğüm. İnan, ben Türkçeyi, sizler gibi konuşamadığım için ne kadar zorlanıyorum. Burayı ne kadar sevsem, burada ne kadar yaşasam hiç fark etmeyecek. Hep yabancı kalacağım. Kendimi öyle hissetmesem bile, başkaları öyle görecekler ve bana da hissettirecekler."

Celeste'in bu söylediklerini dinledikten sonra, Brown ailesinin Londra'da Westminister Abbey ve Trafalgar Square turlarını anlatan yazıyı, koyu bir Fransız aksanıyla okumaya devam ederdim. Sevgili mürebbiyem, dayanamaz, gülerdi. Etrafımdaki bütün ciddiyet ve sorumluluk bekleyen hayata inat, kendime eğlenceler bulma peşindeydim.

Ve kış geçti, bahar geldi. Maçka'daki konağın bahçesindeki pembe şeftali, beyaz elma bahar dalları, Boğaz tepelerini saran erguvanlarla rekabete girdi. Ihlamur ağaçlarının kokusu tüm Nişantaşı'nı sardı.

Evde, hâlen daha babamın İttihat Terakki'den beklentileri, İngilizlerin Osmanlı üzerindeki oyunları konuları devam ediyordu. Eniştem epey önce, dayım ise nisan ortalarında Avrupa'daki seyahatlerinden dönmüşlerdi. Ailenin erkekleri, babamın başkanlığında, uzun süren toplantılar yapıyorlardı. Ben ise, artık sadece ve sadece Nesim'in döneceği ve evleneceğimiz günü beklemekteydim.

* * *

Düğünümüzün, ramazana girmeden, temmuz sonu yapılmasına ve ağustos başında da İngiltere'ye yola çıkmamıza karar verilmişti. İngilizlere olan güvensizliğine ve gittikçe artan isyanına rağmen, babam şimdilik benimle ilgili plânlarını değiştirmemiş görünüyordu. Evde, uzun müddet, yazlığın açılıp açılmayacağı tartışıldı. Zira, annemin ve anneannemin bitmek tükenmek bilmeyen çeyiz derleme heyecanından dolayı sonu gelmeyen işler, yazlık telâşını ertelemiş gibiydi. Bu arada, düğünümüzün Cercle d'Orient'ta mı yoksa Tarabya'da Summer Palace'ta mı yapılacağına bir türlü karar verilemiyordu. Park Otel ve Pera Palas da diğer alternatiflerdi.

Büyüklerin, bunlara neye göre karar verdiğini tam anlayamamıştım ama, galiba hem düğünümüzü en iyi yapabileceğimiz, aynı zamanda düğün gecesi biz yeni evlilerin ve dışarıdan davetli gelenlerin kalabilecekleri bir mekân olması göz önünde bulundurulmuştu. Tabii, Suadiye'ye taşınılmıyorsa, Cercle d'Orient zaten ihtimâl dışıydı. Sonunda, iki ailenin büyükleri, uzun konuşmalar ve fikir alışverişleri sonunda, Summer Palace'ta karar kıldılar. Gerçi, bana soran olmamıştı ama, her nedense, ben çok memnundum bu seçimden. Hayatımda ilk defa, yazlığa taşınma telâşı yaşamayacağımız için çok mutluydum. Hâlbuki bir sene evvel, aynı tarihlerde, bir an evvel Suadiye'ye gitmek için gün sayıyordum.

Aslında, Nesim'in ailesinin bu işi niye bu kadar büyüttüğünü pek anlayamamıştım. Oysa annem ve babam, zaten, düğün törenimizin mümkün olduğunca yakın akraba ve dostlarla sınırlandırılıp gürültüsüz, sade bir şekilde yapılmasını arzu ediyorlardı. Sanırım, Akif Bey ile Rüveyda Hanım, tek oğullarını, ülkenin daha huzurlu olduğu günlerde hayâlini kurdukları şekilde evlendirmekte ısrarlıydılar. Annem ve babam ellerinden geldiğince, onları geri çekmeye çalıştı ve sonunda yüz kişilik bir düğün yemeğinde karar kılındı.

"Yüz kişi nedir ki? Onar kişilik on masa eder." demiş Rüveyda Hanım anneme. Annem de biraz içerlemişti bu söze.

"Sanki bizim akrabamız, ahbabımız yok da, ondan istemiyoruz kalabalık düğünü. Anlatamadık bir türlü." diye söylendiğini duydum anneanneme, duyduğumu belli etmeden. Düğün konusu güncellik kazandığından beri, ailelerimizin pek aynı kararlarda olmadığını hissediyordum. Ama annemler, büyük bir ustalıkla, beni müstakbel kayınlarımla aralarında geçen fikir ayrılıklarından uzak tutuyorlardı. Bir keresinde, anneannemin, annemi uyardığını duymuştum:

"Hüma'nın yanında bahsetmeyin bunlardan. Çocuğu soğutmayın kayınvalidesinden, kayınpederinden, daha şimdiden."

Konu neydi, hiç merak etmemiştim. Bilmek de istemiyordum. Huzurumu bozacak hiçbir şeyi bilmek istemiyordum.

Çeyizim tamamlanmış, sandıklarım hazırlanmıştı. Gelinliğimin son provası henüz yapılmamıştı. Dayım, Fransa'dan beklenen danteli getirince, Madam Fengara son sürat işe sarılmıştı. Benden daha heyecanlı görünüyordu.

"Ah, küçük hanım, siz bugüne kadar gelmiş geçmiş en güzel gelin olacaksınız. Ben böylesi ipek, böylesi dantelle çalışmadım hiç. Elimden su gibi akıp gidiyorlar. Ah, peri kızı gibi olacaksınız içinde."

Küçük yardımcısı Eleni Satiriu ise, patronuna toplu iğneleri, makası uzatmak için yanı başımızda beklerken, sessiz ve hüzünlü olurdu. Nişan elbisem dikilirken ona duyduğum acıma hissi, gelinliğimle beraber katmerlenmişti. Bir keresinde, yüreğinden geçenleri anlamak arzusuyla yüzüne bakarken, gözlerimiz karşılaştı. O puslu, kederli bakışları, yanlış anlaşılma korkusuyla, hemen nazik bir gülümsemeyle yere yöneldi.

"Madamım çok haklı. Dünyanın en güzel gelini olacaksınız." dedi.

"Teşekkür ederim Eleni. Senin de bir gün çok güzel bir gelin olacağından eminim."

Dudaklarına, dediğime inanmamış, ama kibarlıktan kabullenmiş bir gülümseme yayıldı. Omuzlarını silkti. Kaderinin ona bugününden daha parlak bir gün göstermeyeceğini biliyormuş da, umursamaktan yorulmuştu sanki. O gün, Eleni'ye, geride bırakacağım güzel kıyafetlerimi hediye etmek için çok iyi bir gün olduğuna karar verdim. Ancak, kendisinin de patronunun da nasıl reaksiyon vereceklerini bilemiyordum. Konuyu anneme açtığımda, hassasiyetimi tebrik edip hemen, "Ben Madam Fengara'yla konuşurum." dedi.

Eleni'nin, diğer yardımcılarımızla birlikte personel bölümünde çay içmeye indiği dakikalarda, annem durumu, gayet nazik bir dille terzimize açtı.

"Madam Fengara, umarım yanlış anlamazsınız. Hüma'nın uzun zamandır bir arzusu var."

"Hay hay, emriniz olur"

"Estağfurullah, rica ederim. Hüma'ya yolculuğu için bu koca gardırop hazırlandı ama geride de bir yığın kıyafet bırakacak. Onları, sizce bir mahzuru yoksa, Eleni'ye hediye etmek istiyor."

Madam Fengara'nın yüzündeki sevecen, güleç ifade, yerini ciddiyete bırakmıştı. Hemen omuzlarını dikleştirip, kaşlarını kaldırdı. Tahmin ettiğim gibi, bunu prensip konusu yapacaktı.

"Ah, Nefise Hanım'cığım, ne kadar âlicenapsınız ve siz de Hüma Hanım'cığım. Ama, par prensip buna müsaade edemem. Üstelik, küçük hanımın elbiselerini Eleni'nin giymesi hiç yakışık almaz. Böyle bir ikrama alışmasını istemem."

"Sizi anlıyorum ama, bir defalık istisna yapamaz mısınız?" diye üsteledi annem.

Ama, Madam Fengara, Nuh diyor, peygamber demiyordu.

"Hem, asla edinemeyeceği kadar kıymetli kıyafeti sahiplenmesinin bir anlamı yok. Boşuna geçici bir heves tatmini olur onun için. Sonra, benzerlerine sahip olamayınca daha da mutsuz olacaktır."

Terzimizin anlattığı gibi bir problemi anlamakta güçlük çekiyordum ama elbiselerimi Eleni'ye vermeye kararlıydım. Bütün şirinliğimle araya girdim:

"Lütfen, benim için evet deyin."

Birden, yardımcısının bir suçunu yakalamış gibi, irkilerek sordu:

"Yoksa, Eleni size bir imada mı bulundu Hüma Hanım'cığım?"

"Hayır, hayır, mevzubahis değil. Sadece, aynı yaştayız ve ölçülerimiz aynı gibi. Kıyafetlerimi onun değerlendirmesini istiyorum. Hem, vereceklerimin, onun kadar kıymetini anlayacak kimse olamaz."

Madam Fengara yeniden gülümsedi ama cevap değişmemişti.

"Beni affedin küçük hanımcığım ama kurallar bir kere bozulur. Ben de onu istemem."

Birden, içimde bir hırs oluştu. İpekler, muslinler, satenler, danteller içinde ömrü geçip de, hepsine ancak dikildikleri müddetçe dokunabilen zavallı Eleni'yi, sadece üç-dört parça değil, geride kalan tüm gardırobumla donatma arzusuna kapıldım. Ve o hanımefendi, iyi yetişmiş genç kız kimliğimden sıyrılıp, öbür yüzümü gösterme kararını verdim. Anneme dönüp konuştum:

"Anneciğim, çok üzüldüm... hem de çok. Bunu aylardır plânlıyordum ve beni çok mutlu edecekti. Lütfen, bu kadar üzüldüğüm zaman neler olduğunu Madam Fengara'ya anlatır mısınız?"

Annem, birdenbire takındığım teatral ifadeyi sorgulayan gözlerle baktı ve hemen durumu kavradı. Oyunuma katılmaya karar vermişti. Yüzü asıldı ve mutsuz bir bakışla konuştu:

"Ah, evet ..."

"Nedir?" diye sordu terzimiz, merakla.

"Hüma bazı konularda çok hassas. Çok üzüldüğü zamanlar, günlerle odasına kapanıyor, yemekten, içmekten kesiliyor ve doktorluk hâle geliyor. Bir yudum yemek yediremiyoruz. Kimselerle konuşmuyor, sadece ağlıyor, ağlıyor. Kendisini mahvediyor, hepimiz de perişan oluyoruz."

Annem bunları anlatırken üzüntüsünde ve anlatımının ciddiyetinde samimiydi. Zira, daha geçen yaz, Nesim'le evlenmek için onlara yaşattıklarım, dün gibi aklındaydı.

Madam Fengara duyduklarından ürkmüştü.

"Yok, böyle bir şey için sanmam."

"Ah, sanın sanın Madam Fengara. Hâlledemediği en ufak üzüntüsünde bunları yaşarız hep."

İçimdeki Hüma, kahkahalar atıyordu. Annem, kendini rolüne kaptırmış gidiyordu. Duyduklarından ürkmüş zavallı kadın, ellerini ovuşturdu.

"Eh, böylesi özel bir durumda yapacak bir şey kalmıyor. Pekâlâ, bir defaya mahsus, sadece Hüma Hanım'dan hediye kabul etmesine izin verebilirim."

Sevinçten çıldırmıştım. Aileme Nesim'le evlenmeyi kabul ettirdiğimden beri, benim için en büyük ikinci zafer olmuştu. Biri aşk, diğeri yardımseverlik adına iki büyük mücadele... kendimle iftihar etmiştim. Yüzümdeki en tatlı gülümsemeyle, terzimizin elini sıktım.

"Oh! Teşekkürler Madam Fengara, teşekkürler."

Odadan yıldırım gibi fırlayıp, doğru Eleni'yi bulmaya gittim. Genç kız, mutfağa bağlı personel yemek odasında, diğer yardımcılarımızla birlikte, Olga Karamanoff'un kurabiyeleri, kekleri eşliğinde çay içiyordu. Ona vereceklerim karşısında duyacağı mutluluğu, bir an önce yaşamak konusunda o kadar sabırsızdım ki, onun, tabağındakileri bitirmesini beklemeden, elinden tuttuğum gibi koşarak odama çıkardım. Zavallı kızcağız, ne olduğunu anlamamış, şaşkın, ardımdan sürüklenir gibi geliyordu.

Yatak odama girdiğimiz an, kapıyı kapatıp onu pencere önündeki koltuğa oturttum. Sonra, bitişikteki giyinme odama girip, askılardan elbiselerimi toplamaya başladım. Gerçi içinde hâlâ daha sevdiklerim ve yanıma almak istediklerim vardı. Ama ben ne zaman olsa onları yerine koyabilirdim. Hâlbuki zavallı Eleni için patronundan bir kere izin alınmıştı ve ben ona ne kadar kıyafet verebilirsem, hayatı boyunca görebileceği hediye o olacaktı. Birden, elbiselerimi yatak odasına taşımaktan vazgeçtim. Heyecandan yerimde duramıyordum. Kapının eşiğinden bakıp seslendim:

"Eleni, gelebilir misin lütfen?"

Genç kız, ürkek adımlarla yanıma geldiğinde, sorar gözlerle bakıyordu.

"Bu odadaki kıyafetleri görüyor musun?" dedim.

Benim özel hayatıma girmiş olmanın utangaçlığı içinde mırıldandı:

"Evet, Hüma Hanım."

"Bana, Hüma de lütfen. Ben senin hanımın falan değilim. Hem aynı yaştayız seninle."

Sonra, onu elinden tutup giyinme odamın ortasına kadar götürdüm.

"Şimdi, bu kıyafetlerden en sevdiğini seçer misin bana lütfen?"

Giyeceğim kıyafeti kendisine seçtirdiğimi zannederek, hayretle gözlerini açtı.

"Ben mi? Ben mi seçeceğim?"

"Evet, sen olsaydın, hangisini seçerdin?"

Yasaklı bir şeye bakıyormuş gibi, korkarak, askıdakileri gözden geçirdi.

"Şu." diye, gülkurusu organza elbisemi gösterdi.

"Harika." diyerek elbisemi askıdan alıp içeriye, yatağımın üzerine bıraktım ve geri döndüm.

"Evet, devam et. İkinci hangisini seçerdin?"

Üçüncü vs. derken, bir müddet sonra, yatağın üzeri dolmuştu. Eleni, kısa bir süre için de olsa, kendisiyle bu kadar özel bir şeyi ve odamın mahremiyetini paylaştığım için o kadar mutluydu ki... Ancak, bu geçici mutluluğunun anlaşılmasından korktuğu da belliydi. Gözlerini, yatağı doldurmuş, renk kuşağı elbiselerde gezdirirken, uyanmak istemediği rüyasını son kez izler gibiydi.

Nihayet, onu iki elinden tutup haberimi verdim:

"Şimdi, sevgili Eleni... bu kıyafetlerin hepsi senin."

Elleri buz kesmişti. Birden çekip ne yapacağını bilemez hareketlerle, ince, yorgun parmaklarını ovuşturmaya başladı.

"Benim mi?"

"Evet, hepsi senin artık."

Gözlerine yaş gelmişti. Bu, sadece yaşadığı heyecandan değildi, tahmin edebiliyordum. Hayâllerine bu kadar yakın gelmişken, patronunun buna nasılsa müsaade etmeyeceğini bildiğinden, ağlamaklı olmuştu. Acıklı bir gülümsemeyle, gözlerini renk kuşağı yığından ayırmadan mırıldandı:

"Çok teşekkür ederim... ama... kabul edemem... mümkün değil."

"Sevgili Eleni, farkındaysan, sana kabul edip etmeyeceğini sormadım. Bunlar artık senin, dedim."

"Ama, anlamıyorsunuz... kabul edemem."

"Evet, kabul ediyorsun. Ben her şeyi hâllettim."

"Her şeyi?"

"Evet. Madam Fengara ile konuştum. Müsaadesini aldım, merak etme."

Bu kez ürküntüyle gözleri açıldı.

"Madamım? Sakın ki yanlış anlamış olmasın?"

Gülümsedim ve güven vermek arzusuyla tekrar ellerini tuttum.

"Hiç merak etme. Bu konuda en ufak bir üzüntü yaşamayacaksın. Söz veriyorum."

Derin bir nefes aldı. Bu defa da, benim cömertliğimin miktarından pek rahat olmadığı belliydi.

“Ama küçük hanım, bu kadar çok güzel elbiseyi bana vermeniz yazık olacak.”

“Hayır, hiç de yazık olmayacak. Çünkü bunların değerini senden iyi bilecek hiç kimseyi tanımıyorum Eleni.”

Gururlanmıştı. Gülümseyerek, dağılmış perçemlerini düzeltti. Sanki bu elbiselere sahip olduğunu bilmek fikri bile ona özgüven getirmişti. Omuzlarını arkaya atarak duruşuna şekil verdi.

“Değerlerini bilmek derseniz... tamam dersiniz ama ne var ki...”

Gülmeye başlamıştı.

“Ne oldu? Komik olan ne?”

“Küçük Hanımcığım, benim bunları asacak dolabım bile yok.”

Bu hiç aklıma gelmemişti.

“Sana bir de dolap yaptırırız.”

Gülmesi daha da arttı.

“Nereye? Ah küçük hanım, ah! Çok şekersiniz. Ama ben, madamın atölyesinin üst katındaki küçücük bir odada yatıyorum. Öyle bir yerim yok ki...”

Gardırobumu Eleni'ye vermeye kararlıydım. Hiçbir şey beni caydıramayacaktı.

“Pekâlâ o zaman. Sana, iki büyük sandık veririz. Yazlıkları birine, kışlıkları diğerine koyarsın. Sandıkların üstlerine de minder atarsın, olur sana sedir.”

Gülüşleri gözyaşlarına döndü. Ağlamaya başlamıştı. İçim titredi üzüntüyle. Ona sarıldım.

“Hepsi sana çok yakışacak. Güle güle giy. Beni hatırlarsın.” dedim.

Önce çekingenlikle, sonra hiç tanımadığı bir sevgiyi bulmuşçasına, sımsıkı, boynuma sarıldı. Gözyaşları arasından mırıldandı:

“Ah küçük hanım!... Sizi nasıl unutabilirim ki?”

O akşamüzeri Sefer Efendi, iki büyük ceviz sandığı yüklediği arabayla, Madam Fengara ve Eleni'yi götürürken, arkalarından büyük bir mutlulukla baktım. Zavallı Eleni, belki hayatı boyunca Beyoğlu'ndaki İki Kuyulu Sokak, 4 numaradaki küçük odasından başka bir yere gidemeyecekti ama ona verdiğim iki sandığın içindeki elbiseler, şapkalar, ayakkabılarla, hayâl dünyasında, istediği yolculukları yapabilirdi artık. Kimbilir, hiç belli olmaz, belki o da bir gün, benim gibi sandıklarını alır, uzak diyarlara yolculuğa çıkardı. Belki de karşılaşırdık limanların, istasyonların birinde.

Arabada arkasını dönüp elini sallayan Eleni'ye karşılık verirken, annem yanı başımda durup, saçlarımı okşadı.

"Yaptığın çok güzel bir şeydi Hüma'cığım. Seninle iftihar ediyorum."

Alnımdan şefkatle öptükten sonra ekledi:

"Yalnız Madam Fengara'yı ikna şekline baktım da, bize de aynı tiyatroyu mu oynadın diye düşünmedim değil."

Annemle, renkleri, biçimleri aynı olan gözlerimiz karşılaştı. İkimizinkilerde de muzip pırıltılar dolaşıyordu.

"Anneciğim, siz de hiç fena oynamadınız rolünüzü." dedim.

Gülüşerek, kol kola eve girdik.

Nihayet biten mektebe, salonunda yapılan bir diploma töreniyle veda etmiştik. Azınlıkların ve yurtdışından görevle gelen yabancıların çocuklarından oluşan arkadaşlarımın aslında pek çoğu, ya yurtdışında devam edecek tahsilleri sebebiyle ya da ailelerinin görev süresi bittiği için ülkemizden ayrılacaktı. Kimi de, benim gibi, evlilik hazırlıkları içindeydi ama burada kalacaklardı. Her nedense, benim, hem evlenip hem evim olan İstanbul'u terk ediyor olmam, durumumu onların gözünde ayrıcalıklı kılıyordu. Özellikle benle vedalaşırken hepsi gözyaşı döktüler. Hâtta bir an için, neredeyse benim göremediğim bir felâketi görüyorlar da ona ağlıyorlar gibi geldi. Aslında, dram beni hep motive ettiği ve gizliden gizliye bana zevk verdiği için, en mutlu olmam gereken günlerden birinde, bunca gözyaşına karışmaktan da keyif almıştım. Tam bana yakışan bir mektep vedası idi. Öpüşüp ayrılırken, Eleni Mavromati, her zamanki pervasızlığıyla kulağıma fısıldamadan edemedi:

"Unutma, canın bir kere acıyacak. Sonra hayat boyu erkekleri acıtırsın."

Bir yandan da, kıs kıs gülüyordu. Eleni'nin anlayışında, hayatı, duyulan acıyı, muhakkak ve defalarca ödeterek yaşamak vardı. Ben ise, acı bana ait oldukça ondan zevk almaktan yanaydım. O, aşkı değil, sevişmeyi tanıyordu. Ben, aşksız hiçbir beraberlik olmayacağına, aşk olunca da insanın, uğruna her şeyi yapabileceğine inanıyordum. Eleni'ye göre bir ilişki, sevişmeleri ne kadar vahşi, ne kadar ıslaksa o kadar kuvvetliydi. Ben, önce sözcüklerin doyum verdiği ve sonunda yetersiz kaldığı kuvvetteki duyguların cinselliği körüklediği bir aşkı yaşamayı bekliyordum. Garip olanı, bütün farklılığımıza rağmen, sınıf arkadaşlarım içinde, en çok Eleni'yi özleyecektim. O, benim kendime ait saklı duygularımı ortaya çıkarmamda, cinselliği, farklı bir biçimde de olsa çözmemde yol göstericim, *chaperon*'um olmuştu.

Şimdi artık, Nesim'in geleceği günü dört gözle bekliyordum. Bu arada babam, birkaç kez, benimle baş başa konuşmak istediğini ima etmiş, ama henüz öyle bir fırsat yakalayamamıştık. Sanırım, istikbâlimle ilgili programları üzerine söyleyecekleri vardı. Ancak, mayıs sonunda, aile dostlarımızdan birinin Fransa'dan gönderdiği, büyük Türk dostu Pierre Loti'nin, "La Turquie Agonisante" *(Can Çekişen Türkiye)* adlı kitabı, evin son sohbet konusu oluvermişti. Pierre Loti'yi, Rochefort'da bizzat ziyaret eden bir başka Türk âşığı ve babamın ortağı Mösyö Piron, kendisiyle uzun bir sohbetten sonra, babam için de imzalı bir kitabını alıp getirmişti. O akşam, yemekten sonra, müzik odasında hararetli bir sohbet vardı. Babam, benim de bilhassa orada bulunmamı istemişti.

"Hüma'cığım gel, sen de dinle, bak Mösyö Piron neler anlatacak. Mösyö Loti'yle baş başa konuşma şansı bulmuş ve bize imzalı bir kitabını getirmiş."

Fransız Akademisi üyesi Pierre Loti'nin, Türklere duyduğu hayranlık kadar, ailemin de ona hayranlığı sonsuzdu. Kendisinin, Fransız elçiliği maiyetinde görevli *Vatour* gemisinin kumandanı sıfatıyla İstanbul'da bulunduğu seneler zarfında, Türklere, onları yakından görüp tanıması neticesinde oluşan sevgisi karşılıksız kalmamıştı. Balkan Harbi esnasında, bizlerden yana, Avrupa'ya karşı takındığı tavrı, isyan dolu makaleleri, evimizde çok yakından ve minnet duygularıyla izlenmişti.

Mösyö Piron, onunla yaptığı görüşmeyi anlatırken son derece heyecanlıydı:

"Mösyö Loti, Fransız efkâr-ı umumiyesinin, bin bir türlü yalanla aldatıldığından ne kadar müteessir olduğunu anlata anlata bitiremiyor. Avrupa'nın şimdi de, güya Osmanlı'dan kurtardığı kardeş milletlerin, Bulgar ve Rumların birbirini yemelerini seyrettiğini söylüyor. Abdülmecid Efendi ile devamlı yazışmaktaymış. Ona göndereceği imzalı bir kitabına eşlik etmek üzere mektup yazmaktaydı ben uğradığımda. Abdülmecid Efendi de, kendisine iki muazzam tablosunu hediye etmiş. Bir tanesi kışı hatırlatan, bulutlu bir gök altındaki Sarayburnu tablosu. Mösyö Loti özellikle buna bayılıyormuş. Zira, aynı manzarayı, idare ettiği geminin köşkünden tam on iki sene boyunca seyrettiğini söylüyor. Dedi ki, "Ben *Vatour*'un köşkünden, Zat-ı necâbetpenâhileri de, mahpus bulundukları saraydan aynı manzarayı seyretmiştik. Dolayısıyla, bu resmin paha biçilmez bir değeri var, benim için. Sadece, gerçek sanatkâr ruhu taşıyan bir insanın eseri olduğu için değil, büyük bir tarihi değeri olduğu için de değil... Öylesine tatlı bir hüznü var ki... Bunu kelimelerle ifade etmeme imkân yok."

Mösyö Piron ve babamın, Pierre Loti, Fransa ve İngiliz oyunları üzerine izlenim ve fikir teatilerinin bütün gece devam edeceği belliydi. Babam, benim artık istirahate çekilebileceğimi söylediğinde, kafam, Abdülmecid Efendi'nin Sarayburnu tablosundaki hüzne takılmış vaziyette, iyi geceler dileyip odama çıktım.

Nişanlımın gelmesine bir gün kalmıştı ki, 3 Haziran 1913 günü, İstanbul yeni bir suikastla çalkalandı. Sahte bir cenaze alayının, sadrazamın otomobilini yoldan alıkoyduğu bir esnada, suikastçılar Mahmud Şevket Paşa'yı vurmuşlardı. Babamın ve arkadaşlarının, Türkiye'nin geleceği açısından, mükemmel yöneticiliğine, sistemli, dürüst çalışmasına büyük bel bağladıkları Mahmud Şevket Paşa'nın katli, bomba tesiri yaratmıştı.

"İşte, tahmin ettiğim gibi." diyordu babam, "İngiliz parmağı gizliden gizliye tetiği çekmeye devam ediyor. Bununla da yetinmeyecekler. Arkası gelecek. Huzur bulmamız, düzen sağlamamız katiyen işlerine gelmeyecek. Mahmud Şevket Paşa işlerine tabii ki gelmezdi. Birinci sınıf bir teşkilâtçıydı. Kâmil Paşa gibi İngiliz âşıkları varken, onu yaşatırlar mıydı? Bakın görün, bundan sonra daha nasıl karışacak ortalık...".

Ve sonunda, bütün sene boyunca, her İngiltere, İngiliz lâfı duyduğumda korktuğum başıma geldi.

Aynı gece babam, yemekten sonra beni çalışma odasına çağırdı.

Benimle ilgili plânlarda bir değişiklik olacağını sezmiştim. Bütün bu konuşulanlar, ülkemizin, milletimizin, ailemin geleceğiyle ilgili bende büyük bir huzursuzluk yaratmaya başlasa da, yaşım ve aşkımın heyecanı, yine de beni, öncelikli olarak kendimi ve Nesim'le olacak beraberliğimi düşünmeye yönlendiriyordu.

Odasına girdiğimde, babam piposunu yakmış, konyak kadehi elinde, penceresinin önünde ayakta duruyor, Maçka sırtlarından Marmara'yı seyrediyordu. Dönüp, yanıma kadar geldi ve kolunu omuzuma atarak, oturacağımız köşeye benimle birlikte yürüdü. Omuzumdaki avucundan, babamın bana olan sevgisini, şefkatini ve korumacılığını o kadar iyi hissedebiliyordum ki, birden gözlerim yaşardı. Bu duygudan hep emin olmama rağmen bunu, o anki kadar kuvvetli hiç hissetmemiştim. Evlenip buradan ayrıldığım gün, bu huzurlu ve şartsız sunulan güvenden, sevgiden uzaklaşacağımı düşünerek, tarifsiz bir hüzne kapıldım. O an, başımı babamın göğsüne gömüp, "Beni bırakmayın babacığım, ne olur. Ağlasam da, yalvarsam da beni bırakmayın. Burada, yanınızda kalayım." demek geçti içimden. Sevginin, insanı bu kadar tezat duygular içinde bırakabileceğini yeni öğreniyordum. Ama kelimeler beynim ile dudaklarım arasında bir yerlerde hapis kaldı. Sadece, sağ elimle, onun omuzumu kavramış elini tutup, yüzüne bakıp gülümsedim. Gözlerimdeki yaşlı pırıltılar, babamın da bana olan hislerini ve uzun zamandır söylemek için fırsat beklediği endişelerini ortaya dökmesini kolaylaştırmış olmalıydı. Beni alnımdan öpüp yerimde döndürdü. Sağ eliyle çenemin altından tutup gözlerimin içine, yüzüme uzun uzun baktı.

"Ne kadar çabuk ve birdenbire büyüdün Hüma'cığım. Şu an, seni ilk kucağıma aldığım günü hatırlıyorum da, sanki dündü. O kocaman mavi gözlerinle bana ilk baktığında, dünyamın anlamını değiştirmiştin. Şimdi ise, evlenmek üzeresin... ve..."

Birden sesi kısıldı, kelimeleri dudaklarında takılmış gibiydi. O kadar güçlü, hayata, işine ve ailesine hâkim bildiğim babamın, bu kadar duygusallaşması ve bunun benim yüzümden olması içimi acıtmıştı. Ona karşı tarifi imkânsız bir şefkat duydum. Söyleyemediklerini söylemek ister gibi, alçak bir sesle konuştum:

"... Ve yine hayatınızın anlamını değiştirmek üzereyim..."

Yanağımı okşayarak gülümsedi:

“Hayır, hayır, benim gözbebeğim. Ama endişelerimi arttıracağın kesin.”

Elimden tutup pencerenin önünde, karşılıklı duran koltuklara yürüdü. Nesim'le evliliğimizi konuştuğumuz aynı yerde, şimdi o evlilikle ilgili başka endişeler konuşulacaktı. Onu, kendimce rahatlatmak istiyordum.

“Benim için endişelenmenize hiç gerek yok.” dedim.

Piposundan aldığı derin nefesi üfledikten sonra sordu:

“Sahi mi?”

Aslında bunu, “Nasıl olacak o dediğin?” der gibi sormuştu.

“Gerçekten. Ben her şeyin çok iyi olacağından eminim.”

“Senin dediğin emin olmak değil, arzu etmektir evlâdım. Evet, bu konuda seninle hemfikirim. Hepimiz öyleyiz. Her şeyin çok iyi olmasını arzu ediyoruz. Ama inan, arzuların ve hayâllerin gerçeklerle hiç ilgisi yok. Hele içinde olduğumuz şu günlerde.”

Piposunu, yanındaki marküteri sehpanın üzerindeki kırmızı Bohemya kristâli kül tablasının kenarına vururken düşünceliydi.

“Seninle açık konuşacağım Hüma.”

Sesi, az önce, bana bütün samimiyetiyle, hiç baba otoritesinin ardına saklanmadan sunduğu şefkatli ve kırılgan tavrının üzerine, bütün bu sonsuz sevgiye rağmen koyması gereken bazı tavırlar olduğunu gösterir bir tondaydı.

“Evlenmen konusunda zaten ne kadar muhalif olduğumu biliyordun. Ama diğer taraftan, annen de ben de, âşık olmanın ne olduğunu da unutacak kadar yaşlanmadık.”

Gülümseyerek ekledi:

“Kaldı ki, anneannen bile bu duyguyu çok iyi hatırlıyor belli ki. Az uğraşmadı beni ikna etmeye.”

Bir an için zihnimden, süratle, aile bireylerimin hep âşık olup evlenmelerinin, benim için ne kadar büyük bir avantaj olduğu fikri geçti. Anneannemi düşünüp gülümsedim.

“Yine de, çok hazırlıksız yakaladın bizi. Hele, evlenince daha da uzağa gidecek olman... çok rahatsız etti bizi. Şartlar gün geçtikçe kötüleşiyor ve zorlaşıyor. Balkanlar'da yeni bir savaş patlak vereceğe benziyor, hem de çok yakında. Diğer taraftan, gideceğin ülkeye hiç güvenmiyorum. Kaldı ki, şu anda hiçbir Avrupa ülkesine de güvenmiyorum, bazı sebeplerden. Hatırlar mısın, 1911 Mayısı'nda,

İtalyan Hükümeti gönderdiği lüks bir vapurla mebus, asker, gazeteci ve işadamlarından oluşan yüz elli kişilik bir grubu İtalya'ya davet etmişti. Aman Tanrım, o ne izzet ü ikram, ne tantanaydı. Her gittiğimiz yerde, "Viva Giovani Turchia!" nidalarıyla karşılanıyorduk. Ama ne oldu, hemen ardından Trablusgarp katliamı geldi. Roma sefirimiz Hakkı Bey'i de zaten aynı tantanalarla uyutmuşlar ne zamandır. Sadrazam olduğunda, orada bulunan en kuvvetli, eğitimli taburumuzu Yemen'e göndermekte ve Trablus'u korumasız bırakmakta tereddüt etmemişti..."

Babam, her zaman olduğu gibi, siyaset konuşurken kendini kaptırdığını fark edip başını salladı.

"Her neyse, amacım sana siyaset dersi vermek değildi ama hırsımdan kendimi alamıyorum. Demek istediğim, Avrupa'nın Türkiye üzerindeki oyun kartları yavaş yavaş açılıyor ve ne gün neyle karşılaşacağımız meçhul. Bu durumda, ailemizin mümkün olduğunca bir arada olmasını ve çok gerekmedikçe ülke dışına çıkmamasını arzu ediyorum."

Birden, bakışlarım dumanlanmıştı.

"Lütfen..." dedi, babam, "lütfen Hüma, sözümü bitirmeme müsaade et. Akif Beylerle de aylardır bu konuları konuşup duruyoruz. Benim için birinci derecede önemli olan mesele, senin emniyet içinde yüksek tahsil yapman, biliyorsun. Ve bu değişmedi. Dolayısıyla, her hâlükârda, seni, özlemeyi göze alıp dışarıya göndereceğiz. Şayet evleniyor olmasaydın, bu çok daha kolay olacaktı. Ama şimdi, bir de Nesim'in şartlarını dikkate almamız gerekiyor. İngiltere'de çok uzun müddet kalabileceğinize ihtimâl vermiyorum. Bu durumda, Amerika'nın en iyi çözüm olacağına inanıyorum."

Gözlerim irileşerek, yerimde kımıldadım.

"Amerika? Ama çok uzak değil mi babacığım?"

"Evet, hem de çok. Ama bazı durumlarda, uzaklık koruyucu olabilir. Harbi körükleyen yakın bir Avrupa ülkesinde olmandansa, sulh olan uzak bir yerde kalmanı tercih ederiz."

Konyağından bir yudum almasını beklerken, koltuğun ön tarafında, gayet rahatsız bir şekilde yerimde kıpırdandım. İstanbul'dan ve ailemden ayrılmama neredeyse bir buçuk ay kalmışken, tüm programımız değişiyordu.

"Siz... siz beni ziyarete gelebilecek misiniz o zaman?"

"İnan Hüma, seni görebilmek için, elimizden gelen her fırsatı değerlendireceğiz."

"Peki ya Celeste?"

"Celeste, sen nereye gidersen, seninle gelmekte kararlı."

Demek, benim sevgili, fedakâr mürebbiyem çoktan bu konuyu biliyordu ve beni bırakmayacaktı.

"Zaten," diye devam etti babam, "Celeste'in seninle olması, bu zor kararlarda bize çok yardımcı oluyor.

"Düğünden sonra, ilk programda olduğu gibi, yine Londra'ya gideceksiniz. Ama çok kısa bir süre için. Akif Bey'le beraber, orada yaşamanız için yapmış olduğumuz düzenlemeleri, mümkün olduğunca elverişli şartlarda Amerika'ya yönlendirmeye çalışıyoruz. Onlar neticelendiği an, New York'a yola çıkacaksınız."

Babamın konuşması, kararlı olmaktan ziyade, ezberlenmiş bir tiradın tekrarı gibiydi. Aniden, içimi bir yalnızlık ürpertisi kapladı. Yerimden kalkıp, onun ayakları dibine çöküverdim. Kollarımı dizlerine koyup eline sarıldım.

"Babacığım... isterseniz burada kalırım. Hem, yüksek tahsil yapmam şart değil ki... Sınıfımda, ecnebilerden bile üniversite okuyacak sadece iki kız var. Hem, okula gitmeden de eğitimime devam edebilirim."

Bunları bir nefeste söyleyivermiştim. Babam, gülümseyerek saçlarımı okşadı.

"Başkalarının, kızlarına nasıl bir hayat çizdikleri umurumda değil. Benim kızım üniversite bitirecek. Bizim için ne kadar zor olursa olsun, bağrımıza taş basıp bu hasrete katlanacağız. Sen, yeni devrin modern, akıllı, tahsilli, kuvvetli bir genç kadını olacaksın. Sen, sırf benim değil, bütün ailemizin gözbebeği, en değerlisi, tek vârisisin. Senin, bilgiyle, tecrübeyle ve kendine güvenle beslenmeni istiyorum. Hep dediğim gibi, erkek çocuğum olsaydı ona ne plânlayacaksam, senin için de hayâllerim aynı."

Eğilip saçlarımdan öptü.

"Haydi," dedi, "detayları daha sonra konuşuruz. Şimdi git, uykunu al. Yarın senin için heyecanlı bir gün olacak."

Babamın sürpriz konuşması, bana, aylardır dört gözle beklediğim buluşmayı unutturmuştu. Nesim'in, ertesi gün öğleüzeri gelmesi bekleniyordu.

Kalkıp babamı yanaklarından öptüm.

"Her şey için teşekkürler babacığım." dedim.

Ben, çalışma odasının kapısından çıkarken, annem de içeri girmek üzereydi. Bu kez, babamla beni yalnız bırakmayı tercih etmişti, her nedense. Ama alınan kararın ardında fikir birliğinde olduklarını biliyordum. Aksi olamazdı zaten.

"İyi geceler anneciğim." diyerek onu da yanaklarından öpmek üzere uzandığımda, aniden bana sımsıkı sarıldı. Sanki o an yola çıkıyordum. Beni, kolları arasında, âdeta bebek uyutuyormuş gibi, iki yana doğru salladı.

"Ah, benim minik kızım. Nasıl çabuk büyüdün böyle?" dedi.

Gülümsedim.

"Ben hep sizin küçük kızınız olarak kalacağım anneciğim." dedim.

Parmak uçlarıyla, yanağıma üst üste üç kere dokunarak güldü ve "Sen öyle san." dedi. Sonra ciddi bir ifadeyle, "Hayatın seni çok çabuk çocukluktan çıkaracağına dair bir his var içimde." diye devam etti. "Hayâl gücün ve cesaretin beni ürkütüyor bazen. Gereksiz maceralara atılacakmışsın gibi geliyor."

Odanın diğer ucundan babamın sesi duyuldu:

"Hayrola hanımlar? Sanki son akşamınız gibi vedalaşmayı bırakın haydi. Şimdiden hüzün kapladı evi."

"Haydi," dedi, annem, yanağımı bir kez daha öperek, "haydi, şimdi git yat artık. Güzel rüyalar canım."

"İyi geceler anneciğim."

Sonra, bir kez daha kapıdan içeriye doğru seslendim:

"İyi geceler babacığım."

"İyi geceler gözbebeğim."

Ben, eteklerimi tutup merdivenlerden çıkmaya başladığımda, bütün akşam yıldırım hızıyla aklımdan geçiyordu. Mahmud Şevket Paşa'nın katlinden, benim Amerika'ya gidişime uzanan bir gece olmuştu. Geniş basamakların ikinci kata doğru kıvrıldığı düzlükte, dönüp geriye baktığımda, annem hâlâ, çalışma odasının kapısında beni izliyordu. Göz göze gelince, hemen içeri girip kapıyı kapadı. Ağlıyordu. Ben de ağlamaya başladım. Söyle deseler, neden ağladığımı söyleyemezdim. Her şeye ağlıyordum. Aylardır, evde konuşulanlar, okunanlar, babamın arkadaşlarıyla toplantılarından, aile meclisinin sohbetlerinden aklımda kalan, dağarcığıma yerleşen ne varsa her şey; bütün felâketler, mutsuzluklar, korkular aynı anda ortaya çıkmış, beni farklı bir realiteyle sarmalamışlardı. Mahmud Şevket Paşa'nın ölümüne, imparatorluğumuzun parçalanışına, Trablus katliamına, Balkanlar'ı kaybedişimize, imparatorluğun dört bir yanında şehit olan askerlerimize, Abdülmecid Efendi'nin hüzünlü sonbahar renklerindeki Sarayburnu tablosuna, Pierre Loti'nin Türkleri anlatmak için verdiği çabanın neticesiz kalışına, ben gittikten sonra, ailemin ardımdan çekecekleri özlemin büyüklüğüne, benim ayak seslerimden ve merdivenlerdeki çılgın koşuşmalarıma hasret kalacak evimizin çocuksuzluğuna, sevgili Celeste'in beni yalnız bırakmamak adına Mösyö Feretti'sinden ayrılacak olmasına... hepsine birden ağlıyordum.

Odama girip yatağıma kapandığımda, ailemin beni bu kadar çok sevmemiş olmasını diledim. O zaman, ayrılık ne kadar kolay olacaktı. Az önce, babamın "gözbebeğim" deyişini, annemin kolları arasında beni bebek gibi sallayışını ve gözlerindeki yaşı ve seslerindeki hüznü tekrar düşünüp hıçkırıklara boğuldum. Karşılıksız sevgilerinin sıcaklığı hâlâ daha yanağımda, alnımda, saçlarımda kalan öpücüklerdeydi.

Yağmur gibi akan gözyaşlarım arasında burnumu silerken, birden aklıma, babamın, anneannemin bile âşık olmanın nasıl olduğunu unutmadığından bahsettiği an geldi. Anneannemi, bembeyaz topuz saçları, incili zümrüt broşu ve küpeleri, dantel şalı ve ince ağızlığıyla sigarası elinde, Dante'nin *İlâhî Komedya*'sını tartışırken düşünüp bunu "âşık" kavramıyla birleştirdim ve gülmeye başladım. Keşke, diye düşündüm, vaktim olsaydı da, anneanneme bir şeyler anlattırabilseydim.

İşte yine becermiştim. Aylardır heyecanla beklediğim, sevdiğim erkek yarın geliyordu ve ben bu geceyi bile, trajediye dönüştürmeyi bilmiştim. Ama enteresan olan mutluydum. Ailemin sevgisinden ve bana verdikleri huzurdan emin olmak, bana güvendiklerini bilmek, güvenlerinin sembolü bir izinle herkese nasip olmayan bir maceraya yelken açmak... işte, bunlar da mutluluk sebebimdi ama mutluluklarımın bile beni hüzne sürüklediği bir açmazdaydım. Bu nedenle herkese ve her şeye karşı duygusallaşıyordum. Ve bu huyum hayatım boyunca da benimle kaldı.

Sizlerle en mutlu olduğum anda, sevgili çocuklarım benim, neden durup dururken gözlerimin bulutlandığını, neden hüzünlendiğimi merak etmişsinizdir. Defalarca da sormuşsunuzdur bana sebebini. Sevginizle sarılıp sevgimle hepinizi kucakladığım o en güzel anlarda, özellikle o anlarda, sizleri, herhangi birinizi kaybedebileceğimi, sadece fiziksel olarak değil, manevi anlamda sevginizi kaybedebileceğimi düşünmek dahi beni kahreder, ağlamaklı kılardı da ondan...

Gecenin karanlığında, ayaklarım çıplak, parmaklarımın ucunda merdivenlerden aşağı iniyordum. Dışarıda uğultulu bir rüzgâr eşliğinde sağanak yağıyor, gök gürültüleri camları sarsıyordu. Evin açık kalmış muhtelif pencereleri, veranda kapıları aralıklarla çarpıyor, pervazlardaki menteşelerin gıcırtısı merdiven boşluğuna kadar uzanıyordu. Sahanlığın yüksek vitray camlarındaki desenler, şimşekle bir an için aydınlanıyor, sonra tekrar karanlığa gömülüyordu. İçim titreyerek annemlerin katından geçerken, tüm odaların kapılarının açık olduğunu fark ettim. İçerideki camları da açık olmalıydı. Müthiş bir uğultuyla koridora yayılan rüzgâr, geceliğimin eteklerini, çıplak ayaklarımı yalarken tenim buz kesti. Alt kata inip geniş mermer holde evin sesini dinlemeye çalıştım. Çevredeki tüm salonlara giden kapılar da açıktı ama hiçbirinde ışık veya ailemden herhangi biri yoktu. Sadece dışarıda, çıldırmış olan tabiatın sesleri hâkimdi.

Müzik odasındaki harpın tellerinden, sinirli bir dokunuş geçercesine bir tını geldi. Hem korkuyla hem de önüne geçilemez bir merakla, oraya doğru yürüdüm. Aniden, bedenimi aydınlatan bir şimşek ve ardından patlayan bir gök gürültüsüyle, saçlarımın kökünden enseme doğru inen teri hissettim. Bir an, ürpererek durdum. Harpın telleri, bir kez daha aynı sabırsız, telâşlı dokunuşla inledi. Bu kez, kararlılıkla müzik odasının kapısına kadar ilerledim.

İçerisi zifiri karanlıktı ama üst kattaki odalardan dışarı yayılan rüzgâr burada da hissediliyordu. Piyanonun arkasında, bahçeye çıkan kapı aralıktı. Yüksek tavandan sarkan tüller dışarıya, sağanak yağmura doğru uçuşuyor, sonra döne döne, gerisin geri içeriye yöneliyordu. Uzun süreli bir şimşekle, oda bir an için aydınlandı. Ama bu, gündüz güneşinin verdiği huzurlu bir aydınlık değildi. Yer yer, odadaki her objenin yanında, ardında devasa gölgeler bıraktığı, yüzlerce karanlık kuyusu olan bir aydınlıktı. Odada biri varsa dahi, o anlık ürpertici ışıkta fark etmem mümkün değildi. Sadece, harpın önünde kimsenin olmadığından emindim. Buz kesmiştim. Anneme, babama, Celeste'e seslenmek istedim. Ama sesim boğazımda bir yerde düğümlenip kalmıştı. Konuşamıyor, kımıldayamıyordum. Görünmeyen parmaklar, harpın tellerinde en tizden en pese bir gam yaptı tekrar. Göremediğim biri burada, benimle, bu odadaydı. Ve biri daha... piyanonun tuşlarından da, yeni öğrenen birinin etüdü olabilecek vuruşlar yayıldı. Çocukluğumdan beri, evin nedense bu bölümünde, bizler yattıktan sonra, görünmez birilerinin oturduğunu, şömineyi yakıp enstrümanlarımızı çaldıklarını, babamın içki dolabından konyak ve sheri alıp içtiklerini düşler, bunu hayâl etmekten çok büyük keyif alırdım. Ama şimdi, dağarcığımda böyle bir düşünce olduğunu bilmek bile, beni ürkütmeye kâfi geliyordu. Kurduklarım gerçek oluyor gibiydi ve birazdan saydam, rüyamsı insanlar, tül hafifliğinde adımlarla köşelerden, perdelerin, kanepelerin ardından ortaya çıkacaklardı.

"Kim var orada?" dedim. Ama sesimi kendim bile duyamadım. Geriye dönüp annemlerin odasına kaçmak istedim. Ancak, yerime mıhlanmış gibiydim. Bütün korkuma rağmen, içimdeki bir ses beni odada ilerlemeye davet ediyordu.

Birden, şöminenin yanında, parlayıp sönen bir ışık... tütün kokusu... şimşekle beraber aydınlanan siluet... Bembeyaz takım elbiseleri içinde, bir eli cebinde, diğerinde sigara... Yaşadığım korkuyu unutmuştum.

"Nesim!" diye haykırarak ona doğru koştum. O ise kıpırdamadı. Yanına geldiğimde, tıraş losyonunun kokusunu alabiliyordum.

"Nesim..." dedim tekrar. Şimşek, açık pencereden zikzaklar çizerek olduğumuz yere ışıklarını yaydı. Nesim'in yüzü kireçle boyanmış gibi beyazdı... ve elleri de. O kadar yakın olmamıza rağmen, o kadar uzak bir his. Sigarasını şömineye atıp elimi avuçları arasına aldığında, iliklerime kadar ürperdim. Parmakları kemikli ve buz gibiydi.

"Merhaba benim cennetkuşum." dedi, kireç rengi dudaklarından çıkan tok, uzaktan gelen bir sesle, "Beni özledin mi?"

"Özledim." dedim ürkerek.

“Ben de seni... Haydi gel, salıncağımıza gidelim. Göster bana, beni ne kadar özlediğini.”

Elimi saran parmaklarındaki kemikleri sanki derime işliyordu. Canım acımıştı. Birden ondan korktum ve elimi geri çektim.

“Ne oldu cennetkuşum? Severdin salıncağımızı.”

“Olmaz.” dedim geri adım atarak, “Şimdi olmaz. Annem... babam...”

Boğazından kaba, histerik bir kahkaha yükseldi. Şöminenin üzerindeki çerçeveleri gösterdi.

“Annen? Baban? Onlardan korkmana gerek yok artık benim küçük sevgilim. Onlar yok artık. Hiçbiri yok.”

Sonra parmaklarıyla, uçan bir kuşu tarif edercesine işaretler yaptı.

“Onlar pırrr... uçtu gittiler. Yoklar.”

Uzun bir şimşek, Nesim’i, beni ve şöminenin üzerini aydınlattı. Geniş Victorian ahşap konsolun üzerindeki çerçeveleri dehşetle fark ettim. Ailemizin tüm fotoğrafları silinmiş, yok olmuştu. Gümüş, oyma ahşap, porselen, onlarca çerçevenin içi bomboştu. Nesim, hâlâ kahkahalarla gülüyordu.

“Haydi cennetkuşum, gel, artık gerçek bir kuş kadar hürsün. Seni durduracak kimse kalmadı. Gel benimle.”

Çığlık atarak, gerisin geriye odadan kaçmaya başladım. Harpın telleri ve piyanonun tuşları anlamsız notalarla çıldırmış, ardımdan çalıyorlardı. Sağanağın sesi ve gök gürültüsü, âdeta çatı üzerimizden kalkmış, evin içiyle gökyüzü birleşmiş kadar yakındı. Ağlayarak, merdivenlere doğru koştum.

“Anne! Baba!” diye sesleniyordum ama sesim çıkmıyor, çıkamıyordu. Koştuğumu zannediyordum ama bacaklarım o kadar ağırlaşmıştı ki yerinden zor kaldırıp bir adım atabiliyordum. Nesim’in nefesi ensemde, kahkahaları kulağımın dibindeydi:

“Haydi minik sevgilim, nazlanma, haydi gel... gel minik cennetkuşum, haydi, artık sen benim kafesimdesin.”

Omuzumda elini hissettiğim an, tüm gücümü kullanarak, hançeremden çıkabilecek en büyük çığlığı attım ve o an, geceliğimin eteklerine takılarak merdivene kapaklandım.

Alnımın acısıyla gözlerimi açtığımda, bedenim, geceliğim, yastığım, çarşafım sırılsıklamdı. Boğazımda, duyulmayan çığlığımım bıraktığı yanma, ellerimde acı veren kemikli ellerin teması, daha benimleydi. Ürpererek, derin nefeslerle, sadece bir kâbus gördüğümü, aslında odamda, güvende olduğumu kendime hatırlatmaya uğraştım. Her şey o kadar gerçek gibiydi ki, odamdan çıktığım an evimizi, ailemi gece yatarken bıraktığım gibi bulabileceğimden şüphe duyuyordum. Dışarıya kulak kabarttım. Her şey çok sakindi. Sabaha karşı bir saat olmalıydı. Zaman zaman, yuvasından uçan bir kuşun kanat çırpışı duyuluyordu. Yürek atışım normale dönünce, yatağımdan kalkıp geceliğimi değiştirdim. Kapıyı hafifçe aralayıp evimizi dinledim. Her şey, her zamanki asude rehaveti içindeydi. Hayret ki, bu kadar sessizlikle sarılıyken, beynim, ne inanılmaz, ne korkunç sesler yaratmıştı.

Yüzümü yıkayıp, ıslak saçlarımı başımın üzerinde topladım ve tekrar yatağıma döndüm. Sevgilimin gelmesine yarım gün kalmıştı. Acaba gerçekten vücudu kireç rengi, elleri de iskelet gibi kemikli mi olacaktı? Onun, içinde korlar yanan lacivert gözlerini ve ince uzun, sıcacık ellerini, yumuşak, dolgun, ateş gibi dudaklarını düşünüp kâbusumdaki kireç renkli Nesim'i rafa kaldırdım. Gerçeğine kavuşacak olmanın keyfiyle, dudaklarımda gülümseme, bedenimi tekrar uykuya bıraktığımda, uzaktan uzağa ezan sesleri duyuluyordu.

Gördüğüm korkunç rüyanın verdiği yorgunlukla olsa gerek, sabahın geç saatlerine kadar uyumuşum. Yanağımdaki şefkatli öpüşle gözümü açtığımda, annemi yatağımın kenarına oturmuş, gözlerinde gizliden gizliye üzüntü taşıyan, gülümseyen gözlerle bana bakarken gördüm.

"Günaydın güzel kızım." dedi, saçlarımı okşayarak, "Herhalde, akşam konuşulanlar seni uykusuz bıraktı dün gece. Yoksa bu saatlere kadar kalmazdın sen."

Gözlerimi ovuşturarak sordum:

"Günaydın anneciğim. Saat kaç oldu?"

"On bir." diye cevapladı gülerek. "Ama o kadar derin ve yorgun uyuyordun ki, uyandırmaya kıyamadım. Kahvaltıyı kaçırdın. Bari yıkanıp öğle yemeğine hazırlan."

Sonra, şakacı bir tonla, "Bütün günü yatakta geçiremezsin. Bugünü aylardır bekliyorsun ne de olsa."

Annem haklıydı. Yorulmuştum. Ama babamla olan konuşmamızdan değil, dehşet dolu rüyamdan. Ancak, anneme rüyamla ilgili hiçbir şey anlatmadım. Ailemin batıl itikatları yoktu gerçi, ama herkesin çok hassas olduğu şu dönemde, aptal bir kâbusun ciddiye alınmasını istemiyordum. Tanıdığım kadarıyla annem, hemen ruhiyat profesörü aile dostlarımızdan birine, rüyam ile benim ruh hâlim arasındaki bağlantıyı sormak isteyecekti, bundan emindim. Ve büyük bir ihtimâlle, benim, görünüşteki tavrımın aksine, aslında, onlardan ayrılmaktan korktuğum fikri ortaya konulacaktı. Buna hiç gerek yoktu.

O saatten sonra her anımı, hep kulağım bahçe kapısında, her an girebilecek bir arabanın sesini duyma telâşıyla geçirdim. Saatler geçtikçe sabırsızlanmaya başladım. Celeste hâlimi sezmişti.

"Sakin olun, küçüğüm," dedi, "çocukcağız önce evine gidecek. Onun da bir annesi babası var, değil mi? Bunca yoldan sonra, belki de istirahat etmesi gerekecektir bugün."

Hiç cevap vermedim. Elimde kitabım, sayfalarına okumadan bakarak, vakit öldürmeye çalıştım. Allahtan, anneannem hemen imdadıma yetişti. Celeste'le haber gönderip beni odasına çağırtmıştı. Kitabımı bırakıp bir koşu onun dairesine gittim. Kapısını vurduğumda, içeriden, her zamanki, otoriteyi içinde barındıran yumuşak sesiyle, "Girin." dedi. Arka bahçeye bakan odasının ortasındaki yuvarlak İngiliz maun masanın üzerinde çay servisi hazırdı. Olga Karamanoff'un o çok sevdiğim, fırından henüz çıkmış ponçiklerinin sıcak kokusu odayı sarmıştı. Anneannemin büyükannesinden kalan antika, gümüş Rus semaveri, üzerindeki Gzhel porselen çaydanlıkla muhteşem bir görüntü oluşturuyordu. Bulunmaktan hep çok keyif aldığım bir yerdi anneannemin odası. Her köşesinde masalsı bir hava vardı, beni cezbeden. Aslında, sanırım anneannemin ta kendisiydi odada ve benim üzerimde bu etkiyi yaratan.

Uzun ağızlığı elinde, fincanına çay doldurmaktaydı. Beni görünce, yüzü, kocaman bir gülümsemeyle aydınlandı. Annemle aralarında yirmi iki yaş olmasına rağmen, abla kardeş gibi dururlardı. Tarzı ve kişiliğiyle de anneannem, zaten bütün arkadaşlarımın ninelerinden çok farklıydı. Başının üzerinde özenle topuz yapılmış saçları, kulaklarında, kendisine çok yakışan incili zümrüt küpeleri ve uzun, ince boynunu saran hardal rengi dantel elbisesinin göğsünü süsleyen birkaç boy inci kolyesiyle, masallardaki kraliçeler gibiydi.

"Ah! Hüma'cığım, gel prensesim benim." dedi, elindeki fincanı masaya bırakırken.

Sevgi ve hayranlık dolu bakışlarla ona doğru ilerledim. Sarılıp öpüştük. Ama bu defaki, her günkü öpüşünden farklıydı. Sarılışı da, aynen dün annemin yaptığı gibi, sanki şu an uzun bir yola çıkıyormuşum hissi veren bir sarılıştı. Henüz, gitmeme iki ay olmasına rağmen, beni buralardan götürecek olan insanın, Nesim'in gelmesi bile ailemi, hemen gidecekmişim tedirginliğine itmişti belli ki.

"Çay ister misin?" diye sordu.

"Teşekkür ederim. Evet."

"Ponçikleri senin için yaptırdım. İstediğin kadar al tabağına." dedi, bana fincanımı uzatırken.

"Teşekkür ederim, anneanneciğim."

"Haydi gel, şöyle baş başa oturalım biraz seninle."

"Ne iyi yaptınız, beni çağırdınız." dedim, gerçekten memnuniyetimi hissettirerek.

Benimkilerden daha açık olan mavi, iri gözleri menevişli pırıltılarla yanıp söndü. Dudaklarındaki tatlı gülümseme iyice yayılmıştı.

"Zaman geçmek bilmiyor, değil mi?" dedi, göz kırparak.

Biraz kızararak, onun beni anlamaktaki zekâsına da hayranlıkla, gülümsedim. Ancak, o zaten benden bir cevap beklemiyordu. Bildiği bir şeyi yüksek sesle söylemişti, o kadar. Çayından bir yudum aldıktan sonra, fincanını bir eline, ağızlığını diğerine alarak pencere önündeki goblen kanepeye yöneldi. Onu takip ettim ve yanına oturdum. Önümüzdeki, pirinçten aslan ayaklı, marküteri sehpanın üzerine fincanlarımızı ve tabaklarımızı yerleştirdik. Uzun bir nefes aldığı sigarasını sol eline geçirdikten sonra, sağ elini uzatıp saçlarımın dalgalarını okşadı.

"Ne kadar güzelsin... ve ne kadar genç."

Gülümsedim, onun aydınlık mavi gözlerine bakarak.

"Bunun kıymetini bil. Zira, bu iki mükemmelliğin bir arada olduğu zaman dilimi çok kısadır."

"Ama siz hâlâ çok güzel ve gençsiniz."

"Sen iyi bir yalancısın, prensesim." derken, iltifatımdan hoşnut olduğu belli, kıs kıs gülüyordu.

Sonra, birden, ciddi bir yüz ifadesine bürünerek, elimi elinin içine aldı.

"Seni çok ama çok özleyeceğiz." diye mırıldandı.

Sesi o kadar hüzünlüydü ki, ağlayacak zannettim. Ve o an birden, hayatım boyunca, ailemizin kadınlarından hiçbirini sesli ağlarken veya hayıflanırken görmediğimi düşündüm. Gerçekten, hiç mi ağlamazlardı acaba, yoksa ağlarlardı da kimseye göstermezler miydi? Bunun cevabı her ne ise, öğreneceğim şeyler vardı.

Aynı çabuk değişimle tekrar yüzünde gülücükler belirdi anneannemin.

"Sana söyleyecek çok şeyim var. Ama onlar bekleyebilir. Bugün, seni daha eğlenceli bir şeyler için çağırdım. Epeydir düşünmekteydim, bu işi ne zaman yapsam diye. Sanırım, iyi bir gün seçtim seni oyalayacak, ne dersin?"

"Anneanneciğim, sizin sürprizlerinize hep bayılmışımdır. Ama bana bir ipucu verecek misiniz ne olduğuna dair?"

"İpucu mu? Gerek yok. Hepsi, şu arkadaki komodinin içinde."

"Hepsi?" diye merakla sordum.

"Evet. Aile yadigârı mücevherlerimden sana ayırdıklarım vardı. Artık evleniyorsun. Ve onları devretme zamanı geldi. "

"Anneanneciğim, beni mahcup ediyorsunuz. Nişanımda zaten harika bir parça takmıştınız."

"O nişanın içindi. Şimdi, evli bir genç kadın olacaksın. Taşıman gereken mücevher de ona göre olmalı."

Yerinden kalkıp odanın arka tarafındaki duvara dayalı duran XVI. Louis stili, Claude-Charles Saunier imzalı, kapakları Japon vernikli komodine doğru yürüdü. Kilidi üzerinde duran, ipek kordona bağlı anahtarı çevirip içinden, renk ve desen olarak komodinin kopyası büyük bir kutu çıkardı.

"Hüma'cığım, gelip taşır mısın şunu lütfen." dedi, elindekini konsolun damarlı mermeri üzerine bırakırken.

Heyecan içinde, yerimden fırladım.

"Al canım, kanepeye götür lütfen bunu."

Ben, ağır lâke kutuyu kucaklarken, o, komodini kilitledi. Tekrar kanepeye döndük. Kutunun kapağını anneanneme doğru çevirip aramıza yerleştirdim. Küllükte bitmekte olan sigarasını, son bir nefes alıp söndürdü. Çayını da yudumladıktan sonra, kilitteki minik anahtarı çevirdi. Kutuyu döndürdü, ardına kadar açtığı kapağını, kanepenin sırtına dayadı. Nefesim tutulmuş, kırmızı kadife kaplı bölmelerdeki muhteşem pırıltı gözlerimi almıştı.

"Beğendin mi?" dedi gülümseyerek.

"Beğenmek mi? Anneanneciğim, bu peri padişahının hazinesi gibi bir kutu. Bunları hiç görmemiştim daha evvel. Neden kullanmadınız?"

"Çünkü, daha doğduğun gün, bunları senin için ayırmıştım. İnsanın, ağırlığını taşıyamadığı zenginliğe ihtiyacı olmaz. Benim de, annenin de, gerektiği kadar mücevherimiz var."

"Ama yine de kullanabilirdiniz."

"Ama kullanmadık. Seni beklediler bu kutuda."

Küçük bölmelerden birinden, aşağı yukarı on beş santim uzunluğunda, zarif bir portbuket çıkardı. Elinde, ışığa doğru tutup, üzerindeki muhtelif yansımaları izletti.

"Bu, Hüma'cığım, benim anneannemden kalmadır. Büyükbabam, 1840 yılında Paris'ten almış ona. Vazo kısmı gravürlü ve baskılı altın kaplama gümüş, taşları turkuvaz, tutulacak kısmı ise opalin ve altın kaplama metaldir."

Anneannemin sık sık kullandığı birkaç portbuketi olduğundan, ne işe yaradığını biliyordum. Bu nadide objeler, içlerine nadide çiçekler yerleştirilerek, zarif hanımların, ya broş gibi korsajlarına iliştirilir ya da zincirinin ucundaki halkayla parmağa takılıp elde taşınırmış. Anneannemin bana uzattığı parçayı, 'Ya düşürürsem?' diye korka korka aldım. Kendi etrafında helezon yaparak ince beyaz opalin sapın üzerinde sarılıp ilerleyen altın kaplama minik yapraklar, gümüşün ve turkuvaz taşların süslediği altın yaprakları yeni açılmaya başlamış bir lâleye uzanıyordu. Hem broş olarak takılmak, hem de elde taşımak için gerekli olan parçaları, sapın dibinden çıkan ince, altın bir zincire bağlanmıştı.

"Buna, en çok beyaz gonca lâle yakışır." dedi büyükannem, portbuketi elbisemin göğsüne doğru tutarken. "Bunu, çok kıymetli bir mavi orkideyle beraber hediye etmiş büyükbabam, sırf üzerindeki turkuvaz taşlara uysun diye. Düşünebiliyor musun romantikliğini?"

Gözlerim dolmuştu. Ben, ailemizin en yaşlısı olarak anneannemi bilirken, şimdi onun büyükannesini konuşuyorduk. Ve ne kadar güzel bir ilişkileri olmalıydı, bana çok uzak gelen o tarihlerde.

Ben bunları düşünürken, anneannem ikinci bir portbuket çıkardı kutusundan.

"Bu da," dedi, "dedeciğinin bana hediyelerinden biriydi, Rusya'dayken aldığı."

Dedeme, babasından kalan işlerinden biri de, Rusya'dan Avrupa'ya kürk ticaretiymiş bir zamanlar. Dolayısıyla hem gençliğinde hem daha sonraları, uzun zamanlar Rusya'da bulunmuş. Anneannemle evliliklerinden sonra, St. Petersburg ve Moskova'da beraber oturdukları bir devre de olmuş. Evimizdeki nadide Rus objeleri, bu dönemlerden kalmaydı. Anneannem, valsin beşiği Viyana'daki genç kızlığından sonra, St. Petersburg'da, muhteşem bir Rus masalının içine düştüğünü söylerdi hep. Ah! keşke zamanında davranıp, onun bütün anılarını dinlemeye fırsat yaratsaydım, diye düşündüm.

Bana uzattığı, pırlanta ve yakut taşlarla bezenmiş altın objenin boyu diğerinden biraz daha kısaydı. Açılıp kapanan ince altın ayaklarla tamamlanmıştı.

"Bunu korsajına takamazsın ama oturduğun zaman masaya bırakabiliyorsun. Pek fazla örneği yoktur. Rus yapımı ne de olsa."

Burada tatlı bir kahkaha atıp devam etti:

"Herhalde hanımların ellerinde, votka kadehlerine yer kalsın diye düşünülmüş. Nereden baksan 1871'den daha eski bir tarihte imâl edilmiş olmalı. Zira, bunu o sene, düğünümüzden sonra dedenle St. Petersburg'a gittiğimizde almıştı."

O an gözlerindeki mavi pırıltılarda, sadece söylediklerinin değil, düşündüklerinin de kahkahasını görebiliyordum.

"Onu çok seviyordunuz değil mi, anneanneciğim?" diye sordum.

Kimden bahsettiğimi sormadı bile. Çok belliydi. Elimi tutup okşadı.

"Hem de çok." dedi, "Hem de çok."

Derin bir iç çekişle devam etti:

"Ama yine de, onun beni sevdiği dereceye hiçbir zaman ulaşamadım. Ne zaman aşkımı ona en iyi anlatmanın yolunu bulduğumu zannetsem, o beni geride bırakacak bir şey daha yapardı. Sanki yarıştaydık, sevgimizi birbirimize söylemek için."

"Ne güzel." diye mırıldandım, hayâllerimdeki aşkın, aslında ta yanı başımda, kendi ailemde yaşandığını görmekten hem şaşkın, hem mutlu.

"Merak etme, bu bizim ailenin genlerinde var. Yani âşık olmak, âşık yaşamak, âşık etmek. Annenle babanın da sevgileri daha farklı değildir bizimkinden."

Birden içime, geleceğimle alâkalı müthiş bir güven duygusu doğmuştu.

"Bizden uzağa bile gitsen, aslında hepimizden bir şeyler götürüyorsun içinde prensesim ve o götürdüklerin seni kuvvetli kılacak hayat boyunca, göreceksin. O zaman dediklerimi hatırlarsın."

Bu arada, kutunun içindeki kadife bölmeyi, kenarındaki bir şeritten çekip kaldırdı. Altındaki ikinci bölmede, muazzam bir gerdanlık duruyordu. Elimi dudaklarıma götürmüş ve nefesimi tutmuştum. Beni hayrete düşüren, ne anneannemin ne annemin, bu güzel şeyleri hiç takmadan, benim sahip olacağım günü beklemeleriydi.

"Bunu, kayınvalidem, anneni doğurduğum gün bana hediye etmişti, Hüma'cığım. Bu da Rus yapımıdır. Yirmi beş büyük, yastık kesim pırlanta var üzerinde. Çar Petro devrinden olduğunu söylemişti, kayınvalidem. Petro'ya da deli diye bir tek biz Türkler hitap ederiz nedense. Hâlbuki, bütün dünya onu 'Peter the Great' yani Büyük Peter diye tanımlar."

Gerdanlığı avucuma koyarken, sanki anılarını da beraberinde bana teslim ediyordu.

"Ama... bütün bunlar çok kıymetli. Bana vermeniz için henüz çok erken değil mi anneanneciğim?"

"Sen bunlardan da kıymetlisin." dedi gülümseyerek, "Ama seni de veriyoruz değil mi? Hem de bir yabancıya. Eğer, evlenecek zamanın geldiyse, bunlara sahip olma zamanın da gelmiş demektir."

Yerimden kalkıp boynuna sarıldım. İki eliyle yanaklarımı avuçlayıp alnımdan öptü.

"Dur bakalım, henüz bitmedi." dedi.

Kutunun yanındaki ince çekmecelerden birini çekip çıkardı. Takım küpelerini gerdanlığın yanına bıraktı.

"Şimdi vereceğim parçanın ise, dünyanın bir başka köşesinden hikâyesi var. Sen seversin böyle şeyleri."

Bir sonraki bölmeden çıkardığı üç sıra inci kolyeyi, ayağa kalkıp boynuma taktı. Sonra beni elimden tutup, köşedeki büyük ayaklı aynanın önüne götürdü. Aynadaki görüntüme hayranlıkla bakakalmıştım. Üç sıra South Sea inciden oluşan kolyenin birinci dizisi boynumu neredeyse tam sarıyor ve ucundan sarkan iri, armudi bir inciyle sonlanıyordu. İkincisi, tam göğüs çukurluğumda, sonuncusu da ondan bir karış aşağıda bitmek üzere, aynı şekilde bezenmiş, aynı büyüklükte armudi incilerle bitirilmişti.

Kendimi hayranlıkla seyrederken, anneannem, kutusundan getirdiği bir çift küpeyi de kulaklarıma taktı. Bundan ne kadar büyük bir zevk aldığını görebiliyordum. Boynumu, göğsümü ve karnımı süsleyen iri armudi incilerin eşleri şimdi kulaklarımda ışıldıyordu.

"Ne kadar parlaklar." dedim, parmak uçlarımı korkarak üzerlerinde dolaştırırken.

"Öyle olmaları lâzım. Ne de olsa bir mihracenin hediyeleriydi."

Şaşkınlıkla, ona doğru döndüm.

"Ne? Bir mihrace size hediye mi verdi?"

Gülmeye başladı.

"Yok canım, ilâhi çocuk. Sadece, bir mihracenin hediyesi, dedim. Gizli sevgilisine hediyesi."

Gözlerim, hemen, romantik ve mutsuz bir aşk hikâyesinin beklentisiyle pırıldamıştı.

"İşte, biliyordum. Onun için demin, sen seversin, dedim. Tam sana göre bir hikâye."

Aynanın yanındaki yatağın kenarına oturduk beraber. Bir taraftan, incileri elbisemin üzerinde yerleştiriyor, bir taraftan da konuşuyordu:

"Bunu, Londra'da bir açık arttırmada almıştı deden. Satıştan önce vitrinleri gezdiğimizde, her nedense beni kendine çeken bu parçanın önünden uzun süre ayrılamamıştım. Hiçbir şey söylemememe rağmen, bunu hemen not etmiş olmalı, bir-iki tablo almak için girdiğimizde, bir de baktım ki, bu kolyeye de pey verdi. Hiç unutmam, sonunda bir İngiliz lorduyla inatlaşmaya girdiklerinde, birkaç kez elini tutup durdurmaya çalışmıştım. Ama o, "Bu senin olmalı." dedi, başka bir şey demedi. Vitrinin önünde kendimi kaybedip, o kadar uzun süre seyrettiğim için kendimden utanmıştım hâtta. Kolyeyi teslim alırken anlatılanlar ise beni çok hüzünlendirdi ve neredeyse sahip olmaktan vazgeçirecekti."

Meraktan yerimde duramıyordum. Oturduğum yerde heyecanla yaylandım:

"Neymiş bu kadar hüzünlü hikâyesi anneanneciğim, ne olur hemen anlatın."

"Hüznü seviyorsun, değil mi benim küçük prensesim? İşte anlatıyorum:

Bir zamanlar, Hindistan'ın kuzeyindeki racalıklardan birinin genç bir mihracesi varmış. Hareminde onlarca kadın olmasına rağmen, İngiltere'ye seyahatlerinden birinde, şerefine verilen bir davette, soylu ev sahibinin on beş yaşındaki kızına âşık olmuş. Küçük İngiliz leydisi de, Doğu'dan gelip, ipekler içinde uçuşan kıyafetleri, kömür gibi parlak simsiyah gözleriyle malikânelerini masalsı bir dünyaya çeviren bu genç yakışıklı adama gönlünü kaptırmış. Ve sevgili olmuşlar."

Nefesimi tutmuş, gözlerimi açmış, dinliyordum.

"Ama ne var ki, her gizli aşk gibi, bu da hayâl kırıklıklarıyla doluymuş. Kısa bir müddet sonra genç mihrace, Hindistan'a, memleketine dönmek üzere ayrılmış. Giderken de, bu, en kısa birinci dizi kolyeyi hediye etmiş küçük sevgilisine. Genç kız, ailesinin korkusundan hiçbir zaman kullanamamış bunu tabii ki. Sadece geceleri, odasında yalnız kaldığında boynuna takar ve özlemle ağlarmış. İsmi Aurora imiş bu soylu, zarif genç kızın. Söylenenlere göre, benden sadece birkaç yaş büyük olması gerek.

"Kendisiyle evlenmek isteyen nice İngiliz asilzâdesini, ailesinin tüm ısrarlarına rağmen geri çevirmiş Aurora. O, hayatının erkeğini bulduğuna ve bir gün kavuşacaklarına inanıyormuş çünkü."

Anneannem, anlatacaklarının ağırlığını üzerinden silkelemek ister gibi, derin bir nefes alırken, sol elini kalbine bastırdı. Parmağındaki baget kesimli zümrüt yüzük, pırıltılarla göz kırptı boynumdaki incilere doğru. Sonra, ellerimi ellerinin içine alıp devam etti. Bir taraftan da, ince, narin parmaklarıyla benimkileri okşuyordu dalgın hareketlerle.

"Bir sene sonra, mihrace tekrar Londra'ya gelmiş bir bahaneyle. Daha büyük bir iştiyakla, daha bağlanarak yaşamışlar gizli aşklarını. Sevgilisinden ikinci ayrılmasında, şu ikinci sırayı hediye etmiş bu defa da. Şimdi Aurora geceleri odasına çekildiğinde, ikisini birden takıp ağlıyormuş, çok uzaklardaki sevdiği adamı düşünüp. Bir müddet sonra hastalanmış, yemekten, içmekten kesilmiş. Kendisi hasretten bu hâle geldiğini zannederken, ailesinin getirdiği doktor herkesi dehşete düşüren teşhisini söylemiş: 'Aurora hamile.' Annesi düşmüş bayılmış, babası küplere binmiş. Ne baskı yaptılarsa, söyletememişler çocuğun babasının kim olduğunu. Hiç yalnız bırakılmayan, sadece dadısıyla akraba ziyaretlerine gidebilen kızlarının nasıl olup da böyle bir macera yaşamış olabildiğine akıl erdiremiyorlarmış."

"Nasıl?" diye sormadan edemedim, kendi bahçe kaçamaklarımı düşünüp, biraz da rengim kızararak.

Gülümsedi anneannem.

"En güzel kamuflâjla," dedi, "dadısının yardımıyla."

Ben de gülümsedim. Gerçi, Celeste benim elimden tutmamış, şahit olmamıştı yaramazlığıma, ama belki de merdivenlerden inerken kapısının aralığından beni görmüş, nereye gittiğimi tahmin edip görmezlikten gelmişti, kimbilir.

"Sonra? Sonra?" diye üsteledim.

"Tabii ki, aile için son derece utanç verici bu tabloyu bir an önce, haberi yayılmadan ve kızlarının karnı burnuna gelmeden önce hâlletmek isteyen ailesi, Aurora'yı istemiş olan yaşlı aristokratlardan biriyle hemen işi bağlayıvermiş. Genç kızın, başından beri bu aşkı koruyan ve sırrını saklayan dadısı, hemen, Hindistan'a ulaşacak ilk postayla haberi mihraceye ulaştırmış.

Londra'da, Aurora'nın bitip tükenmeyen gözyaşları arasında düğün hazırlıkları yapılırken, bir gece yarısı, genç kızı uyandıran dadısı, onu, sessiz olmasını söyleyerek giydirmiş ve gizlice malikâneden dışarı çıkarmış. Ahırda kendilerini bekleyen arabayla Londra'nın şehir merkezinden uzaklaşmışlar. Ormanlık bir bölgede, arabacı atları durdurmuş ve dadı, Aurora'yı ağaçlar altında bekleyen başka bir arabaya götürmüş. Günlerden beri bizzat hazırladığı valizleri arabacıya teslim edip bebekliğinden beri baktığı ve canı gibi sevdiği genç kızı bağrına basmış. Sonra, hızlı adımlarla dönüp geldikleri arabaya binmiş.

Şaşkınlık içinde, yabancı kupa arabasının yanında kalan

Aurora'yı, açılan kapıdan bir el içeri çekmiş. Onun, son ana kadar bir şey bilmemesinin daha emniyetli olacağını düşünen dadı, oturduğu arabadan olacakları izlemiş. Bir müddet beklemiş. Zira Aurora'nın çok küçük bir ihtimâl de olsa, bu sürpriz maceraya yola çıkmak istemeyebileceğini düşünerek, kararını anlayana kadar, orada kalmak istemiş. Ne zaman ki komşu arabacı, içeriden aldığı bir işaretle atlarını mahmuzlamış, dadı, içinde bir huzur, dudaklarında gülümseme, malikâneye geri dönmüş.

Aurora'nın, açılan kapıdan uzanan el kendisini içeri çektiğinde, kafası hâlâ soru işaretleriyle doluydu muhakkak. Dadısının ne olduğunu söylemekten çekindiği ama ailesinden gizli yapılan bu gece yarısı yolculuğunu çözmekte zorlanmış olmalıydı, ama bebekliğinden beri en büyük sırdaşı olan bu genç kadına büyük bir güveni varmış. Kupanın içine girdiği an, içindeki yolcu onu kollarına çekmiş. Bu, genç mihraceden başkası değilmiş. Ve mihrace, küçük sevgilisini kendi memleketine kaçırmış."

Sevinçle ellerimi kavuşturdum.

"Mutlu son!" dedim.

"Pek o kadar değil." dedi anneannem. "Gider gitmez, oranın törelerine göre bir düğün yapmış mihrace. Aurora'ya, hareminden ayrı, çok özel bir pavyon inşa ettirmiş. Başka bir kadını da gözü görmemiş, bütün zamanını onunla geçirmiş. Birkaç ay sonra, ona bir oğlan çocuğu vermiş genç karısı. Ama doğum çok zor geçmiş. Mihrace, bu defa da oğlu şerefine, üçüncü ve en uzun dizi inci kolyeyi takmış boynuna, deli gibi sevdiği kadının. Ama ne yazık ki Aurora, oğluna ilk sütünü verdikten sonra ateşlenmiş, tekrar kan kaybetmeye başlamış ve bir-iki gün içinde mihracesinin kollarında hayata veda etmiş. Öldüğünde, bu üç dizi kolye de boynundaymış."

Ağladığımı fark etmemiştim. Ne zaman ki, dudaklarıma tuzlu yaşlar indi, içimi çektim.

"Çok hüzünlü."

"Evet, hem de çok." dedi anneannem. "İşte, bu hikâyeyi duyunca, sahip olmak istemedim bu kolyelere. Ama deden ısrar etti. Dedi ki, 'Senin, bunların önünde bu kadar takılıp kalmanda bir sebep olmalı. Belki de kolye kendisi, daha evvelki mutsuzluğunu atmak istiyor üzerinden. Belki de senin gibi mutlu bir kadınla yeni bir hayat yaşamak istiyor, hüzünden uzak.' O kadar inandırıcı ve tatlı söylemişti ki, ben de o duyguyla sahiplendim bunları. Çok da keyifle kullandım. Ve inan bana, dedenin dediği gibi, her takışımda da, Aurora'nın yarım kalmış gençliğini, aşkını ve tamamlanamamış mutluluğunu ona yaşattığımı hissettim."

Sonra, hüznünden silkinip kolyeye bir kez daha dokundu ve omuzumu okşadı.

"İşte, şimdi de artık senin mutluluklarınla beslenecek."

"Pekiyi anneanneciğim, Aurora Hindistan'da öldüğüne göre, bu hikâyeyi kim anlatmış?"

"Ah! İşte bu da enteresandır. Aurora, Hindistan'a vardıktan bir müddet sonra, dadısını yanına aldırmış. Genç kadın, son anına kadar hep onun yanındaymış. Öldüğü zaman, kolyelerin üçünün de boynunda olduğunu biliyordu. Mihrace, sevdiği kızla kendisini birleştiren dadıya, orada kalıp Aurora'nın bebeğine de bakmasını rica etmiş ama Miss Perdue, hiç alışık olmadığı, tanımadığı bir ülkede ve kendisine tamamen yabancı olan bir kültürde yaşamayı göze alamamış ve Londra'ya geri dönmüş."

"Peki, Miss Perdue ile nasıl karşılaştınız?"

"Girdiğimiz açık arttırma gazetede daha evvelden haber olmuş ve bu parça da, hikâyesinin cazibesinden dolayı, oldukça önemli bir yer tutmuştu. Mezat bitip de, kolye dedende kaldığında, kalabalığın arasından, sade ama şık, hanımefendi bir kadın yanımıza geldi ve bizimle konuşmayı arzu ettiği bir konu olduğunu söyledi. Ritz'de bir içki içerek bu hikâyeyi dinledik. Benim de aynen senin gibi nefesim tutulmuş ve ağlamaya başlamıştım. Kolyelerin ne zaman birleştirildiğini ve nasıl Londra'ya geldiğini o da bilemiyordu. Ama bildiği kadarıyla, genç mihrace hiçbir zaman, delicesine sevdiği kadına özel yaptırdığı bu nadide parçaları satışa çıkarmaz veya bir başkasına vermezdi. İşte, o kısmı bir sır."

"Miss Perdue Londra'da mıdır hâlâ?"

"Hiç bilemem. Bahsettiğim olayın üzerinden yıllar geçti. Yaşıyorsa bile şimdi seksenlerinde falan olmalıdır. Yerini, yurdunu da hiç bilemem. Ama soyadını bir yerlere not ettiğimi hatırlıyorum. Ne o? Londra'da onu mu arayacaksın? Bu kadar hüzün kâfi gelmedi herhalde, olayı kurcalayıp hüznünü katlamak mı niyetin?"

Kapı vurulup annem içeri girdiğinde, ben hâlen daha Aurora'nın ölüm döşeğini seyrediyordum, hayâlimde. Ne kadar melodramatik, ne kadar uzak zamanların masalı gibiydi ama bir o kadar da yakındı. Ne demişti anneannem Miss Perdue için:

"Benden birkaç yaş büyük olmalı."

Yani, daha yaşıyor olabilirdi. Çocuğuna ne olmuştu acaba Aurora'nın?

"Nesim geldi Hüma'cığım." dedi annem. "Müzik odasında, seni bekliyor."

Ancak, verdiği haberden çok farklı bir dünyada olduğumuzu fark etmişti.

"Neler oluyor burada Allah aşkına?" dedi anneannem ile benim yüzümüze bakarak.

Anneannem, boynumdaki kolyeyi gösterdi.

"Bir tahmin et bakalım."

"Ah!" dedi annem, "Aurora ile mihrace. Tam sana göre bir hikâye, değil mi Hüma'cığım?"

Hâlen yatakta oturmaktaydım. Annem tekrarladı:

"Nesim'in geldiğini duymuş muydun acaba?"

Birden, bir senedir iple çektiğim mutlu anın, bir kat aşağıda beni beklediğini, ama Aurora'nın öyküsünden sonra beni çok da heyecanlandırmadığını fark ettim. Gözlerimi silip ayağa kalktım. Boynumdakini çıkarmaya uğraştım.

"Bırak kalsın, elbisenle de çok yakıştı." dedi anneannem.

"Yok," diye fısıldadım, "gece yatmadan önce takarım biraz."

Annem gülmeye başlamıştı.

"Aman Tanrım! Hüma'cığım, her acıyı kendine bu kadar adapte etmen şart mı? Sen iflâh olmaz bir tragedya kurbanısın."

Anneannem, uzattığım kolyeyi elimden alıp kutuya doğru yürüdü.

"Bunları, sana, bu kutuyla beraber veriyorum, küçük prensesim. Ben öldükten sonra, komodin de senin olacak. Tekrar bir araya getirirsin. "

Boynuna sarılıp yanağına uzun, sımsıcak bir öpücük kondurdum.

"Sen hiç ölmeyeceksin... Harikasın anneanneciğim. Sana nasıl teşekkür edeceğimi bilemiyorum."

"Sadece mutlu ol, yeter."

* * *

Nesim'le buluşmadan önce, kendime çeki düzen vermek üzere, odama çıktım. Şimdi, geçmiş zaman hikâyelerinden kurtulup kendi gerçeğimi yaşama zamanıydı. Aurora'nın hüznüyle ezilmiş kalbimin, yine olağan coşkulu çırpıntılarına kavuşması için biraz bekledim. Nesim'i, tarihte kalmış bir ıstırabın yüzümdeki yansımasıyla karşılamak istemiyordum; o acıyı artık çok bana ait hissetsem bile...

Kıyafetimi değiştirmedim. Zira daha öğlenden, nişanlımın her an gelebileceğini düşünerek kıyafet seçmiştim.

Krem rengi dantelden bluzun ve kemerin altında, aynı renk ipek kumaştan eteğim ve ayaklarımda küçük topuklu, burnu organza çiçeklerle süslü ayakkabılarım ile aynadaki görüntümden memnun, dalgalı saçlarıma da ipek bir kurdele taktım. Sonra, kendimi nişanlımı karşılamaya hazır hissettiğim an, kararlılıkla odamdan çıktım ve koşarak merdivenlerden indim. Hole vardığımda, durdum ve bu sefer ağır adımlarla müzik odasına doğru ilerledim. Birden, aynen gece rüyamda duyduğum gibi, en tizden en pese, ama bu kez piyanonun tuşlarında bir gam duyuldu. Dejavü olmalı dedim kendi kendime. Sanki kâbusumla gerçeğim birbirine karışmıştı bir an için. İçeri girdiğimde, Nesim'i rengi kireç gibi ve iskelet elli görürsem şaşmamam lâzım, diye düşündüm. Aklımdan geçenlerin saçmalığına gülümseyerek kapıyı açtım. Kemik rengi keten elbisesi, yeleği, kolalı gömleği, alnından geriye taranmış briyantinli simsiyah saçları ve içinde korlar yanan lacivert gözleriyle âşık olduğum erkek karşımda duruyordu. Ayakta, piyanonun kapağını kaldırmış, sol eli cebinde, sağ eli tuşlarda, zaman öldürüyordu. Beni görünce, yavaşça piyanoyu kapadı ve gözlerindeki pırıltılar artarak bana hayretle baktı:

"Tanrım! Benim cennetkuşum! Ne kadar büyümüşsün."

Annemlerin, bilhassa bu buluşmada bulunmadığını hissetmiştim. Ne de olsa, aşkı bilen insanlardı. Kapıyı kapayıp sırtımı dayadım. Onunla olduğum zaman nefesimin nasıl kesildiğini unutmuştum. Yüreğim ağzıma gelecek gibiydi. Aurora'yı, mihracesini çoktan üst katta bırakmıştım. Şimdi, kendi sevdiğim adamın gözlerinin hapsindeydim. Bu anı, bir senedir her gece düşlemiş ve hep kendimi onun kollarına doğru koşmaya hazırlamıştım. Ama ne var ki, ayaklarım yerinden kıpırdamıyor, yürek çarpıntım göğüs kafesimi ağrıtıyordu. O ise, ağır adımlarla bana doğru yürümekteydi. Dudaklarına, alışsam da bir türlü bana güven vermeyen o müstehzi gülüşü yayılmıştı. Tam karşımda durduğu an, çok iyi bildiğim losyonunun kokusu genzimi doldurdu. Gözbebeklerindeki korlar, gündüz daha da belirgin, içimi deliyordu âdeta. Aramızda bir elin yatay geçeceği kadar mesafe kalmıştı. Sıcaklığını hissedebiliyor, gözlerim yanıyor, dudaklarım onun alaycı dudaklarını öpmek için sabırsızlanıyor, boğazımı tıkayan şeyi yok etmek için devamlı yutkunma ihtiyacı hissediyordum. Şu an, ona ağlayarak sarılmak, bedeninin sıcaklığına gömülmek, öpüşünü hissetmek arzusuyla yanıyordum. Ama bir şey beni durduruyordu. Bunun ne olduğunu da pekâlâ biliyordum. Üzerimdeki kuvvetinden emin olduğunu ve sahiplenme arzusunu hissettiğimden, her şeyin onun istediğince olamayacağını ispatlamak istiyordum. Sanki bu dilemma beni bu ilişkiye bağlıyordu. Zira, onunla ne kadar inatlaşırsam, onu o kadar arzuluyordum. Ama benim tecrübesiz, saf kimliğimin varlığından emin, beni yönlendirebileceği duygusuna da kapılmasını katiyen istemiyordum. O beni ne kadar şaşırtıyorsa, ben de aynı şaşkınlığı, bir başka türlü, ona yaşatmaya kararlıydım. Madem o, on altı yaşımın kendi hâlinde, her şeyden habersiz hayatına hâkim olmuş, yönümü değiştirmişti, ben de onun hayatını etkileyecek iz bırakacaktım.

Bütün bunlar, o kadar kısacık bir zaman içinde kafamdan geçti ki, kollarını başımın üzerinden kapıya dayayıp bedenini bedenime bastırdığı an, gözlerim, bu hislerimin ifadesini taşıyor olmalıydı.

"Ne oldu cennetkuşum? Beni gördüğüne sevinmedin mi?"

O kadar yakınımda, o kadar benimleydi ki... Ona kollarımı sarmamak için kendimi zor tuttum. Ama hayır, benim onu deliler gibi özlediğimi, beklediğimi şu an bilmesi gerekmezdi. Belki yıllar sonra, evliliğimiz, anneannem ile dedemin, annem ile babamın evliliği gibi yürürse, bunu o zaman, iç rahatlığıyla söylerim. Şu an daha ona güvenemiyordum. Ben, düşüncelerimde kaybolmuş, ama geçen yaz gecelerinin yarım kalmış bakışlarıyla ona bakarken, tekrarladı. Ses tonu, meraklandığını ifade ediyordu:

"Ne oldu? Sende bir şeyler var."

Birden, kafamdaki ucu bucağı olmayan düşüncelerden kurtulmaya çalıştım. Aurora'nın, tam mutluluğa yol alırken yarım kalmış aşkını düşündüm ve sağ elimi uzatıp onun saçlarını okşamak istedi canım ve aynen canımın çektiğini yaptım. Mutlu olmuştu.

"Oh, canım benim, cennetkuşum..."

Elimi eline alıp avucumun içini öptü. Damarlarımdan bir şeylerin çekildiğini hissettim. Sonra, bana biraz daha yaslandı ve gözlerimin içine bakarak dudakları arasına aldığı parmaklarımı âdeta emerek, tek tek dudakları arasından geçirdi. Her temasında, bedenimden bir parça açığa çıkıyor ve ona doğru koşmak istiyordu. Gövdem yay gibi gerilmiş, ona sımsıkı sarılmamak için kendimi zor tutuyordum. Fakat bir taraftan da, onun o alaycı gülüşüyle, Londra'da daha kaç kızı, kadını kolları arasına aldığını düşünüp kendimi, en azından bu aldırmaz, sert tavırla, aramızda muhtemel yaşanacaklardan korumak istiyordum.

O anki beraberliğimizden hiçbir korkum yoktu. Ailemin, nişanlımla buluşmama müsaade ettiği bir ortamdaydım ve her kim gelirse gelsin, beni utandırıcı bir pozda yakalayamayacaklardı. Büyük bir ihtimâlle de, kimse müzik odasına gelmeyecekti uzun müddet. Ailemin beni, bir sene aradan sonra, kararlılığımı kendi başıma ölçmem için, âşık olduğuma inandığım erkekle baş başa bırakmak istediklerini tahmin ediyordum.

Nesim, gözleri gözlerimde geri çekildi, soru dolu bir ifadeyle:

"Neler oluyor küçük sevgilim?" dedi.

Ona, zihnimden bütün geçenleri ve yaşadığım karmaşayı anlatmam mümkün değildi. Koyduğum çekingen tavır işe yaramış, onu meraklandırmıştım; bu bana yeterdi. Şimdi ise, ona bir cevap bulmam gerekti. Birden, en anlamsız ama en anlatılabilir olanı döküldü dudaklarımdan:

"Hiç... hiç... sadece dün gece seni rüyamda gördüm ve çok farklıydın..." diyebildim.

Söyleyeceklerimin bir önemi olmayacağından emin, "Nasıl farklıydım, anlat bana." dedi alnımdan, gözlerimden öperek.

Onun, bu aldırmaz tavrına bir sınır koymam gerektiğini düşünerek, hemen olanca ciddiyetimi takındım:

"Korkunçtu..." dedim, birden kâbusumun aynı odada, bir gece karanlığında, fırtına, şimşek ve gök gürültüleri arasında geçtiğini hatırlayarak. Sonra, onun kireç rengi yüzünü, kemik ellerini yanıma çağırdı hafızam ve ürperdim. Ürpertim o kadar gerçekti ki, Nesim beni ciddiye alma gereğini hissetti ve bir kolunu omuzumdan sararken, diğer eliyle çenemi tutup sordu:

"Seni bu kadar korkuttuğuma göre, neye benzediğimi anlatman lâzım." dedi.

Sesinde, tavrında öyle bir eda vardı ki, en şefkatli olduğuna inanmak istediğim anda bile, gözleri ile dudaklarındaki ifade, beni, onun duygusallığına inanmaktan vazgeçiriyor, hemen ona karşı koruyucu bir tavır almam gerektiği işaretini veriyordu. Ve ben o kadar ona sahip olmak istiyordum ki... Duygularımın karmaşası içinde, rüyamın aslında ona da bir uyarıcı olabileceğini düşünerek anlatmaya karar verdim:

"Dün gece... daha dün gece sen buradaydın..." dedim, kâbusumun sıkıntısını yaşayarak. Kollarını belime sardı, alnımdan şefkatle öptü.

"Beni sadece dün gece mi gördün, cennetkuşum? Ben ise, gittiğimden beri, her gece seni görüyorum."

Anlatacaklarımı kesmesini istemediğimden, başımı iki yana sallayarak devam ettim:

"Ama çok farklıydın. Sanki ölü gibiydin."

Yine araya girdi, o alaycı ses tonuyla.

"Doğru görmüşsün canım, sensiz hep ölü gibiydim."

Durdum. Anlatmaktan vazgeçmiştim.

"Sonra?" diye sordu, sözde bir merakla.

"O kadar!" dedim hiddetle.

"Rüyaları bırak cennetkuşum, gel, gerçekleri yaşayalım. Bak, koca bir sene geçti ve seni almaya geldim. Seni küçük bir kız olarak salıncakta bıraktığımdan bu yana, bir koca sene geçti ve şimdi karım olacaksın."

Konuşurken nefesi yüzümde dolaşıyordu. Losyonu, sıcaklığı, nefesinde kalan tütün kokusu, hepsi, bedenimi esir almak üzere beni sarmıştı.

Kendine olan bütün güveni ve tecrübesine rağmen, benim kırılganlığım ve sebebini anlayamadığı gergin tavrım onu rahatsız etmiş olmalıydı. Son derece samimi bir merakla sordu:

"Gerçekten bebeğim, söyle bana. Geçen yazdan beri değişen bir şey olmadı, değil mi?"

Onu ilk defa, sanki yalvarır gibi bakarken görüyordum. Gözlerindeki ateşli pırıltılar, yerini, neredeyse Mösyö Feretti'nin melânkolik bakışlarına bıraktı bırakacaktı. Onu kuvvetli zannederken, aslında bu kadar zayıf olabilmesi hoşuma gitmişti. Bu, benim muvaffakiyetim demekti.

Onun üzerindeki kuvvetimden güç alarak silkindim ve az önce kapı ile onun kolları arasına sıkışmış, tecrübesiz, küçük kız kimliğimden kurtuldum. Omuz başlarımı silkerek, bedenimi hür kıldıktan sonra, hiç konuşmadan, sağ elimi yüzüne uzattım ve gözlerim gözlerinde, defalarca, parmak uçlarımla dudaklarının dış çizgileri üzerinden geçtim. Eliyle elimi tuttu ve işaretparmağımı ağzına aldı. Gözlerini kapamıştı. Durumdan istifade etmek, bir sonraki adıma hâkim olmak istedim. Parmağımı çeker çekmez, dudaklarımı onun ağzına dayadım. Birbirimizin nefesi içinde kaybolduk. Holde duyduğumuz, bilhassa gürültülü ayak sesleri üzerine ayrıldık.

"Biliyordum," dedi, "beni beklediğini biliyordum. Cennetkuşum benim."

Ve piyanoya doğru yürüdü.

"Bana, gelişim şerefine bir şeyler çalar mısın?"

Ayak seslerinin her an müzik odasından içeri girebileceğini düşünerek, kendimi piyanonun pufuna doğru attım ve kapağı kaldırdım. Ne çalacağımı düşünürken, parmaklarımı tuşlar üzerinde, havada, sinirli bir tavırla dolaştırdım. Birden, Aurora karşımda belirdi ve Mösyö Feretti ile yaptığım etütler dışında hiç çalmamış olduğum, aslında orkestral bütünlük gerektiren, Puccini'nin "O mio babbino caro"sunu çalmaya başladım. Piyano, yalnız başına bu besteyi seslendirmeye her ne kadar yetersizdiyse de, Aurora'nın yarım kalmış aşkıyla o kadar bütünleşiyordu ki, bana tamam geldi. Çalarken, ne ben ne Nesim ne ailem; hiç kimse yoktu düşüncemde. On beşindeki güzel Aurora ve yakışıklı mihracesi vardı. Hayâli orkestram da bana eşlik ediyordu. Ve Puccini'nin son notasında gözlerimden yaşlar akıyordu.

Bir ara, sanki odanın kapısı açıldı gibi geldi. Ama eminim, küçük bir kontrol bakışıydı. Zira kimse içeri girmedi. Tipik bir Rönesans nişanlıları buluşması yaşıyorduk. Birbirimizden uzak, ben piyano çalıyordum, nişanlım da dinliyordu.

Kapı kapandıktan sonra, Nesim yanıma yaklaşıp kollarını

omuzlarımdan sardı ve eliyle çenemi kaldırıp alnımı öptü. Gözlerim, gözlerinin içine düşmüş gibiydi. Eğilip, yanaklarımdaki yaşları emdi.

"Benim hassas küçük sevgilim. Hiç konuşmana gerek yok. Her şeyi o kadar güzel anlatıyorsun ki..." dedi.

"Gözyaşlarımın seninle ilgisi yok." diyemedim. Zira Aurora'nın hikâyesinden yüreğim o kadar ezilmişti ki, tekrarlayacak hâlim kalmamıştı. Büyük büyük babamın, anneannemin anneannesine aldığı portbuketi, sırf üstündeki turkuvaz taşlara uyuyor diye nadide bir mavi orkideyle vermesinden ne kadar etkilediğimi izah etmem de mümkün değildi, bu kısa zaman diliminde. Ayrıca, bütün bunlar o kadar ruhuma hitap etmişti ki, bana ait olmuşlardı. Henüz, Nesim'le paylaşmak istemiyordum.

O akşamüzeri, nişanlımla hiç de hasretle beklediğim gibi bir buluşma yaşamamıştım. Ama sebebi bendim. İlişkimizde, belki de tedirginlik diyebileceğim bir şey hissediyordum ve ben de, kendime göre yaratabileceğim farklılıklarla onu tedirgin etmek istiyordum. Nesim'le olan beraberliğimizin, ne annemin ne de anneannemin evliliğine hiç benzemeyeceğini şimdiden biliyordum. Ama tabii, yaşayacaklarımın ne derece farklı olacağını da o günden göremezdim.

Düğünümüze kadar, Nesim'le, ailelerimizle beraber yediğimiz akşam yemekleri, pazar gündüz toplantıları dışında bir araya gelmedik. Zira kışlık evimizin bahçesi, Suadiye'deki kadar büyük değildi ve orada olduğu gibi, gözden, kulaktan uzak köşeleri yoktu. Evin en uzak, ortancaların kapladığı bölümünde, personelin yaşadığı müştemilât bulunuyordu. Kaldı ki, Nesim'in yazlıkta yaptığı gibi, sigarasıyla bana işaret verirken görüldüğü takdirde, sadece evinin gül tarhında dolaştığı izahını yapması da mümkün değildi. Bir gece yarısı, Topağacı'ndan kalkıp Maçka'ya, bizim bahçemize gelmesini kimseye açıklayamazdık. Hele ben de, geceliğimle yanındaysam. Üstelik, tam onlardan ayrılmak üzereyken, aileme üzüntü olacak bir şey yapmak istemiyordum.

Haziran sonu geldiğinde, babamın ne zamandır telâşlandığı şey oldu. Osmanlıların bırakıp çekildiği toprakların paylaşılma gerginliği, Makedonya konusunda çıkan son anlaşmazlıkla daha artmıştı. 29 Haziran'ı 30'a bağlayan gece, Bulgaristan'ın, Sırbistan ve Yunanistan'a saldırmasıyla, İkinci Balkan Savaşı başladı. Babama ve eniştelerime göre Türkiye bu durumdan akıllıca istifade edebilirse, Birinci Balkan Harbi sonunda, 17 Aralık 1912'de Londra Konferansı'yla Bulgaristan'a bıraktığı Edirne de içinde olmak üzere, Midye-Enez çizgisinin batısında kalan yerlerin; Yunanistan'a terk ettiği Selânik, Güney Makedonya ve Girit'in; Romanya'ya teslim ettiği Silistre'nin hepsini değilse bile, en azından şu anki sınırlarımıza yakın bazı toprakları geri alabileceğimizi düşünüyorlardı.

İşte düğünüm, bu karmaşa içinde plânlanmaya devam ediyordu.

Temmuz, son hazırlıkların telâşıyla geçti. Kışlık kıyafetlerimin provaları ve rötuşları için Madam Fengara, yine sık sık bizdeydi. Bu arada Eleni Satiriu da gömlekçi Lazarides'in ustası bir gençle, Todori'yle sözlenmişti. Genç kızın mutluluğuna diyecek yoktu.

"Sizin verdiğiniz kıyafetler sayesinde oldu, küçük hanım." deyip duruyordu, her görüşmemizde. Bana bir de sır verdi. Todori'yle paralarını biriktirip bir gün kendi dükkânlarını açmayı plânlıyorlardı. Ama tabii ki, daha Madam Fengara emekli olana kadar beklemesi lâzımdı, çünkü onu yüzüstü bırakmak istemezdi.

"Bende çok emeği var, hiç kimsem yokken benim ailem oldu, başımı sokacak yer verdi, iş buldu, yetiştirdi." diyordu. Onun, kadirşinaslığını takdir etmemek mümkün değildi.

Madam Fengara, annemle müşterek kararlaştırdığımız kıyafet modellerinin üzerinde, büyük bir heyecanla, bütün marifetini döktürüyordu. Özellikle birkaçını, mevsim uygun olsa, nerdeyse üzerimden çıkarmayacaktım. İncecik dokunmuş beyaz kaşmirden paltomun içi, tamamıyla beyaz erminle kaplanmıştı. Geniş şal yakası ile yukardan aşağıya ilik patı ve eteği de çepeçevre aynı kürktendi. Tersine çevirilip iki yönlü de giyilebilir olmasına rağmen, annem, şimdilik kumaşın yaşıma daha uygun olduğunu, kürk tarafını ileri yaşlarda kullanabileceğimi söyledi. Erminden kalpağı ve manşonu kıyafeti tamamlıyordu. Bir de aldığı ışığa göre ördekbaşı yeşil, ultramarin ve Prusya mavisi renklerle şanjanlar yapan, ipek kumaştan pardösü dikilmişti. Kapanınca boynumu olduğu gibi saran dik yakası ve geniş kol ağızları, kahverengi minkle süslenmiş, içi aynı renk ipek astarla kaplanmıştı. Kendi kumaşından geniş şapkasının, siperliği ile üst kısmı arasındaki ince kürk bandın yana gelen dikiş yerine, yine pardösünün kumaşından bir fiyonk yerleştirilmişti. Bedrossian, bütün kıyafetlerime uyan, ya kendi kumaşlarından veya süet, deri, muhtelif malzemelerden ayakkabılar, botlar, çizmeler hazırlıyordu.

Gelinliğim, ekru rengi ipek satendendi. Göğsün hemen altından dönen kuşağın üst kısmını, dirseklere kadar kollarını ve ikinci bir etek gibi sateni örten Chantilly dantelinin, birbirini dallar üzerinde takip eden çiçek demetleri deseni üzerine "Fresh-water" inciler işlenmişti. Anneannemin Rusya'dan almış olduğu, 1810 yılında yapılmış yağlıboya tablolardan birindeki St. Petersburglu bir Rus soylusu hanımın giydiği ve gelinliğime model aldığım bu elbise, çocukluğumdan beri hayâlimi süslerdi. Başıma da, yine bir Rus gravüründe gördüğüm ve son derece romantik bulduğum *kokoşnik* giymek istemiştim ama annem bu kadar abartmaya, hele bu yaz gününde, gerek olmadığını söyleyince, bu harika başlığın, en azından taç gibi saçıma oturtabileceğim bir biçimde şekillendirilmesine karar verildi. Anneannem, dudaklarında o tatlı gülümsemeyle benim arzularımdan yana tavır koyuyordu:

"Bırakın benim küçük prensesimi, istediğini taksın, giysin. Sever o teatral şeyleri. Bu kendi düğünü, onun oyunu. İstediği gibi sahnelesin."

Ama *kokoşnik*'im, yine annemin anlattığı tarzda dikildi. Vaktiyle annemin gelinliğinin işlenmesi için dedemin Tula'dan getirmiş olduğu gümüş tel ve plâketlerden kalan parçalar ve incilerle işlenen *kokoşnik*'e tutturulan duvağım, yerde uzanan kuyruklu sateni örten danteldendi ve daha kısa tutulmuştu. Gelinliğimin bütününde kullanılan malzemelerle yapılan ayakkabılarım da, benim 1810 yılı St. Petersburg şıklığımı tamamlıyordu. Her şeyin eksiksiz olduğu son provamda aynadaki aksimi izlerken, senelerdir hayâlini kurduğum gibi, bir masal kostümünün içinde olmaktan o kadar mutluydum ki... Madam Fengara ve Eleni Satiriu, ellerini çırparak heyecanlarını belirttiler. Anneannem, "Tanrı nazardan saklasın." duaları, annem ise sessiz iftihar bakışlarıyla, ayna karşısında ileri geri adımlar atıp duvağımı ve eteğimi düzeltip salınmamı izlediler. Son anda içeri gelen Celeste ise, ellerini dudaklarına götürdü. Çok heyecanlandığında, kendi lisanında konuşmayı tercih ederdi mürebbiyem.

Celeste, "Oh! Mon Dieu! Quelle beauté... Quelle pureté avec grande charme!" nidalarıyla etrafımda dönerken, gözleri sevgi dolu yaşlarla ıslanmıştı. Zaten artık evin tüm kadınları, personelimiz dahil, ağlamak için bahane arar olmuştu.

Düğün telâşı, Balkan Harbi patırtısı arasında, törenden birkaç gün sonra benim ayrılıp uzaklara gideceğim gerçeği, kısa bir süre için sanki unutulmuş, gelinlik provamın bitmesiyle birlikte, yeniden hatırlanmış gibiydi. Ben ise, daha evvel ailemden hiç ayrılmadığım için ve belki biraz da yaşım gereği, yaşayacağım bu tecrübe hâlen uzak bir hayâl gibi görünüyordu bana. Kendimi nasıl hissetmem gerektiğini bilemiyordum. Ama bir müddettir iştahım kesilmiş, içimdeki heyecana sebepsiz bir huzursuzluk eşlik etmeye başlamıştı.

Düğünüm ve Antinous'umla Aşk

Summer Palace'a, 29 Temmuz Salı gününden gitmemize karar verilmişti. Böylece yol telâşı, düğün hazırlığıyla karışmayacaktı. Anneannem ve Celeste bizimle gelecek, diğer yakın akrabalar ertesi gün bize katılacaklardı. Her iki ailenin yakın dostlarının da düğün gecesi kalabilmeleri için odalar ayrılmış, Yeniköy, Tarabya, Sarıyer, Büyükdere'deki akraba yazlıklarında da, bazı misafirlerimiz için odalar hazırlanmıştı.

Konaktan çıkıp arabalara yerleşirken, âdeta denizaşırı yolculuğa gider gibiydik. O gün ve akşam, ertesi gündüz ve düğün gecesi ve bir sonraki gün giyeceklerimiz, banyo, tuvalet malzemeleri, Nesim'le benim kalacağım odanın yatak takımları; kimi valizde, kimi askılı patiska hurçlarda, kimi yolculuk sandığında sırayla arabaya yüklendiler. Annem, gerdek yatağımın, ne kadar şık olursa olsun, otel takımlarıyla döşeli olmasına rıza göstermemiş, örtüsü ve kırlenti dahil olmak üzere, sırf o akşam için özel bir set hazırlatmıştı.

Yüklerimizi taşıyan Sefer Efendi ve iki yardımcısıyla birlikte, Beşiktaş'tan, yandan çarklı şirket vapuruna bindiğimizde, temmuz sonunun öğlen sıcağı bastırmıştı. Bebek koyundaki iskeleye yanaşırken, koydaki dalyanın direkleri üzerinde, ahşap kulelerine tünemiş dalyancıların bağırtılarıyla karşılandık. Dalyan tayfaları, oturdukları yerden, hem balık akınlarını kontrol eder, hem de ağlara takılmamaları için deniz trafiğini uyarırlardı. Çocukluğumdan beri, dalyanları çok enteresan bulur, tayfaların barındığı minik koğuş, minicik ahşap kuleler, kuleler arasında bağlı salapurya ve akıntıya karşı ağları tutan, zaman içinde sağa sola eğilmiş ahşap kolonlarıyla suyun içinde, direkler üzerinde kurulmuş denize ait bu küçük dünyalar bana masallar yazdırırdı.

Tarabya iskelesine yanaşırken, bembeyaz yelkenlerin sarıldığı direkleri, filikaları, zarif bakımlı gövdeleriyle koyda sıralanmış, *stationere* denilen, yabancı elçiliklere ait muhtelif yatlar göz alıyordu. Koyun girişinde, sol tarafta bir fidanlık, koy içinde, sahil boyunca ahşap yalılar ve ahşap iskele, verandalarını suya doğru uzatmış lokantalar vardı.

İlk akşam, ikinci katta, koya bakan odalardan birini Celeste'le paylaşacak ve düğünüm için o odada giyinecektim. Balayı odası ise, bir üst katta ve Boğaz'a bakan taraftaydı. Annem, yerleşir yerleşmez, otel personelinden iki kat görevlisiyle beraber, o odanın hazırlanması için fırladı. O akşam, otelin geniş terasında yemeklerimizi beklerken, babam, otel müdürü ve şefle ayrı ayrı konuşarak, verdiği listeler üzerinden getirtilen içkileri, neyle neyin servis yapılacağını kontrol etti. Annem ise, yemek mönüsü ve terasın dekorasyonuyla ilgiliydi. Zaten, o akşam da, ertesi gece servis edileceklerin bir provası olarak aynı mönüyü istemişti. Her zamanki nezaketi, güler yüzü ve yumuşak ses tonuyla tüm akşam, gelen yemeklere ilişkin lüzumlu ikazlarını yaptı, düğünde bu detayların atlanmaması için direktifler verdi. Dinlemeleri kâfi gelmedi, notlar aldırdı. Onları izlerken, Celeste'le göz göze gelip gülümsedik. Her şey kontrol altındaydı ve davetin mükemmel olması için her konu ele alınmıştı; kocamla odamızda yalnız kaldığımda ne yapacağımdan başka.

Eleni Mavromati'den öğrendiklerimle gerdeğe girecek olmaktan biraz rahatsızlık duymuyor değildim. Sonunda yapılan şey aynı olsa bile, emindim ki, her kadının ve erkeğin kendine göre bir sevişme kültürü olmalıydı. Meselâ, ne aile büyüklerimin, ne Celeste'le Mösyö Feretti'nin, Eleni'nin anlattığı biçimde sevişebileceklerini hayâl edemiyordum. Zira arkadaşımın anlatımı kadar yaşadıklarında da hiçbir incelik, hassasiyet, romantizm yoktu. Evet, belki ben de, yaşarken kendi tarzımı öğrenecektim.

Ertesi akşamı düşündükçe, içim ılınıyor, Nesim'in o çılgın bakışlarını üzerimde, dokunuşlarını tenimde hatırlayınca başım dönmeye başlıyordu. Gelinliğimi giymek, *kokoşnik*'imi ve Aurora'nın incilerini takmak için sabırsızlanıyordum.

O gece odalarımıza çekildiğimizde, pencerenin önünde uzun müddet Tarabya koyunu seyrettim. Birkaç gün sonra, limandan kalkacak bir yolcu gemisiyle bu şehirden ayrılıyor olacaktım. Ve az önce sarılıp öptüğüm annem, babam, anneannem, hepsi benden yavaş yavaş uzaklaşacaklardı. Yanımda sadece, kaçamak bahçe buluşmalarında heyecanını, tutkusunu tanıdığım yabancı bir erkekle yalnız kalacaktım. Aslında, yabancı da olsa âşık olduğum erkekle yalnız kalmaktan mı çekiniyordum, yoksa ona ve beraberliğimize ait esas gerçekleri anlamaya, öğrenmeye başlayacak olmaktan mı, bilemiyordum. Belki de, kendimi, ruhumun başka sahnelerinde perdesi kapalı kalmış oyunlarımı ortaya çıkarabileceğim ve bunların ne olduğunu henüz bilmemenin endişesiydi.

Geceliğini giymiş, banyodan çıkan Celeste, yanıma gelip elini omuzuma attı. Ben de kolumu onun beline dolayıp, başımı başına yasladım. Karanlıkta, hiç konuşmadan, bir müddet, Tarabya koyunu, titreyen ışıklarını, Büyükdere'den gelen son vapurun iskeleden ayrılışını izledik. Mürebbiyem, hiç duruşunu bozmadan sordu:

"İyi misin küçüğüm?"

"Evet." dedim, "Evet, iyiyim."

"Yarın için endişeleniyor olmalısın."

Hemen cevap veremedim. Çünkü daha kısa bir zaman önce aynı konuyu düşünüyordum.

"Pek değil." diye cevapladım.

"Pek değil ne demek? Demek, biraz da olsun, endişelisin."

"Bilemiyorum sevgili Celeste. Her şey o kadar ani değişecek ki... Bir ara, sadece bir masal, güzel bir rüya olarak düşünüyordum yaşadıklarımı. Şimdi, yolculuğumuz yaklaştıkça, duygularım karmakarışık olmaya, huzursuzluğum artmaya başladı."

"Erken bir karar verdiğini mi düşünüyorsun?"

"Hayır hayır... o değil. Karar verdiğime göre, zamanıydı. Ama sanki gecikmiş de, bir başka zamana ait aşkı şimdi yaşıyorum gibi hissediyorum zaman zaman."

Celeste, başını çevirerek merakla sordu:

"O ne demek oluyor şimdi?

"Sanki çok uzun yıllardır ve kendi kendime hayâl ettiğim bir aşkı yaşıyorum gibi geliyor. Sanki biri çimdiklese uyanacağım ve her şeyi kaybedeceğim. Aynı, aile fotoğraflarımız gibi..."

"Aile fotoğraflarınız?..."

"Ah, evet, rüyamda görmüştüm. Bütün çerçeveler boştu. Odalar boştu... Evimiz bomboştu... ve korkunçtu."

Celeste, beni aniden içine girdiğim melânkoliden kurtarma gereğini hissetmiş olmalıydı. Küçük bir kahkaha atıp saçlarımı öptü.

"Canım küçüğüm benim. Bu, evlilik öncesi çok kişinin yaşadığı bir tedirginliktir. Hislerin rüyanı etkilemiş olmalı."

Koluma, küçük, nazik bir çimdik attı.

"Gördün mü? Çimdikledim seni ama değişen hiçbir şey olmadı. Her şey ve herkes yerinde. Gelinliğin askıda. Ve yarın gece düğünün olacak. Hepsi gerçek ve hepsi senin arzu ettiğin gibi gidiyor. Değil mi?"

"Evet." dedim gülerek, "Evet, her şey benim istediğim gibi oldu. Haklısın."

"Ve üstelik ben de seninle geliyorum. Ben yanındayken, hayatında hiçbir şeyin yanlış gitmesine izin vermem. Bunu biliyorsun, değil mi küçüğüm?"

Birden, hayatında benim için yaptığı bu seçimden dolayı, ona hakkıyla teşekkür etmediğimi hatırladım. Dönüp ellerini avuçladım.

"Yaptığın fedakârlıktan dolayı sana şükran borçluyum sevgili Celeste. Benim için ne kadar önemli olduğunu bilemezsin."

"Birinin küçük prensesimizi kollaması lâzım, değil mi? Hele o birisi, onu gözlerden uzak bir yere kaçırıp macera yaşamasına sebep olduysa..."

Mürebbiyem, en baştan beri tahmin ettiğim gibi, herkes için sürpriz gelişen aşk hadisemde, kontrolsüz kalışımdan dolayı, kendini sorumlu hissediyordu.

"Kocanla yalnız kalacak olmaktan korkmuyorsun, değil mi?" diye sorarken, bana bunca yakınlığına rağmen, bu kadar özel bir konuya girmekten rahatsız gibiydi.

"Hayır." dedim.

Bunu o kadar emin söylemiştim ki, Celeste'in bir an için şaşkınlık geçirdiğinden eminim.

"Nasılsa değiştirebileceğim bir şey yok, değil mi?" derken, olacakları tabii kabul ettiğimi göstermek istedim.

"Bebeğim, bir şeyi değiştirememek ile korkmamak farklı şeylerdir."

"Benim için değil. Hem sonra, bir benim başıma gelmiyor ki. Herhalde anneannem, annem, halalarım ve diğer binlerce başka kadın için ne kadar zor olduysa, benim için de ancak o kadar zor olabilir, daha fazla değil."

"Biliyor musun, az önce, olacakları değiştirememek ile ondan korkmamak konusunda söylediklerin..."

"Evet, şayet olacak bir şeyler varsa, korkmadan kabullenmek gerekir, diye düşünüyorum."

"Biliyor musun bu, senin yaşındaki bir genç kız için oldukça büyük bir lâf."

Sonra beni tekrar öperek mırıldandı:

"Umarım Tanrı, sana hep severek kabulleneceğin bir hayat yaşatır küçüğüm. Haydi artık, biraz istirahat edelim. Yarın çok uzun ve senin için yepyeni bir hayatın ilk günü olacak."

30 Temmuz Çarşamba sabahı, uyandığımda diyemeyeceğim, zira bütün gece gözüme bir damla uyku girmemişti, yataktan kalktığımda, henüz ailece kahvaltı için buluşacağımız saat gelmemişti. Zaten, daha sonra toplandığımızda, pek bir şey yiyemedim. Öğle yemeğini de aynı şekilde, sırf annemin söylenmesini engelleyecek kadar, birkaç lokma atıştırır gözüküp, es geçtim.

Akşamüzeri saat beş gibiydi. Madam Mavroyanni saçlarımı yapmak, Madam Fengara da elbisemi giydirmek üzere odamıza geldiler. Madam Fengara, son dakika olabilecek herhangi bir aksiliğe karşı, gelinliğimde kullanılmış ne kadar malzeme varsa, hepsinin yedeğinden bir kutuya yedek parçalar doldurmuş, dikiş takımlarını da beraber getirmişti.

"Neler olur son anda, şaşarsınız. Hep lâzımdır hazırlıklı olmak." diyordu, diktiği gelinliğin dantellerini, duvağını okşar gibi yatağın üzerine yayarken.

Nesim ile ailesinin ve diğer misafirlerimizin de otele geldiği saatlerdi. Summer Palace, âdeta bizim evimiz gibi olmuştu. Babam ve annem, akşam hazırlıkları için koşuştururken, arada bir, benim olduğum odaya da uğruyorlardı. Onların telâş ve şaşkınlıklarını izlerken, kendi çocuksu heyecanlarımı unutuyordum. Annem, neredeyse, her odaya girişinde, aynı şeyi tekrar ediyordu:

"Sanki düğünü bizim evlerden birinde yapamazmışız gibi... Ne demeye buraya geldik ki? Zaten bu kadar koşturacaksam, kendi evimizde koştururdum..."

Ama bütün bunlar, dudaklarının arasında kaybolup giden sözcüklerdi. Aslında, ne benim duymamı ne de başkasının problem etmesini istediğinden değildi söyledikleri. Sadece, yıllardır hâkim olmaya alışık düzeni değiştiği için şikâyetçiydi. Üstelik, odası çok önceden ayırtılan akrabalar, muhtelif fasılalarla otele gelen vapur ve faytonlardan indikçe, resepsiyonda meydana gelen karmaşa ailemi delirtiyordu. Anneannem de, geçmişinde kalmış bir adresten hâlâ daha medet umar gibi konuşuyordu:

"Hotel du Bosphore açık olsaydı, bu karışıklık olmazdı. Tabii ki, bütün bu kalabalığı bu sezonda nasıl hâllederler de yerleştirirler, bir tek Summer Palace'ta?"

Çoktan yıkılmış olan, bir zamanların Büyükdere sahilinde, hemen iskelenin çıkışında, demir parmaklıkların ardındaki çocukluk ve gençlik yıllarından hatırladığı oteli anarak, aslında duruma çare olmayan bir nostalji yaşamaktaydı. Her, "Hotel du Bosphore" deyişinde, sanki dedemle ilgili gizli bir hikâyeyi yâd ediyor gibiydi anneannem. Belki de her şeyden bir senaryo yazmak isteyen hayâl gücümdü, bana böyle düşündüren.

Yalnız, anneannemle ilgili zihnimden geçenlerin, aslında benim hayâl gücüm olmadığını, o akşamüzeri bir kez daha anladım ve hayatım boyunca da unutamadım.

Ben, banyomu yapmış, sabahlığımla aynanın karşısına oturmuş, mükemmel bir gelin olmak için giydirilmeyi ve süslenmeyi bekliyordum. Anneannem içeri girdi. Kibar bir işareti, odada olan herkesi dışarıya çıkarmaya yetmişti. Onun ardından hemen kapı çaldı ve anneannem, zaten geleni bekliyormuş gibi, "Buyurun!" dedi. Garson, gümüş tepside iki kadeh ve bir küçük karaf içkiyle içeri girdi. Anneannem kadehleri, kendisinin çok sevdiği sheriyle doldurup birini bana uzattı:

"Artık evli bir kadın oluyorsun prensesim. İlk kutlamanı, lütfedip bu yaşlı anneannenle yapar mısın?"

Onu kendime her zaman çok yakın hissetmiştim ama bu, hiçbir zaman, o an olduğu gibi, arkadaşça bir yakınlıkla sarmalanmamış, aramızda hep saygıya dayalı bir anlaşma unsuru, sınır olarak kalmıştı.

Anneannem, küçük kristâl kadehini fondip yaptıktan sonra beni bekledi. Ben de onu kendime model olarak aldığımdan, kadehimi bir dikişte değilse bile, onun ardından ikinci hamlede bitirdim. Boş kadehlerle birbirimize bakarken, güldü.

"Ne kadar önceydi... ne kadar gelecek oldu..." dedi.

"Nedir o?" diye sorduğumda, beni gösterdi.

"Sen... çocukluğun ve kadınlığın."

Zaten kaç öğündür yemek yüzü görmeyen midem, sherinin tatlı temasıyla ürpermişti. İki gündür başımı döndüren düğün telâşıma ilâveten, şimdi bir de elimin ayağımın gevşediğini hissediyordum. Bedenimin ifadesi yüzüme de yansımış olmalı, küçük, keyifli bir kahkaha attı anneannem.

"Rahatladın mı biraz, prenses?"

Yüzüme yayılan kocaman gülümsemeyle cevapladım:

"Evet... Hem de çok. Ama nereden anladınız?"

"Nereden mi? İlâhi çocuk! Ben de bir zamanlar genç kızdım, değil mi? Allah bilir, sen bana bakıp, 'Bu ihtiyar kadın nasıl benim yaşayacaklarımı yaşamış olur?' diyorsundur. Ama işte, gerçek olan o ki, ben de bugünkü gibi altmış iki yaşında doğmadım. Üstelik, arada bir de annen var tabii. Onu da gerdeğe ben yolcu ettim."

Anneannemin, gerdeğe girmekten, seyahate çıkılıyor gibi bahsetmesi ilgimi çekmişti.

"Yolcu mu ettiniz?" diye meraklandım.

Kendi kadehini tam, benimkini çeyrek doldururken gülümsedi.

"Evet, benim küçük, tatlı prensesim. Şayet, sevdiğin ve seni seven bir insanla beraber, aşkla, sabırla ve karşısındakinin hislerini önemseyerek çıktığın bir serüvense, harika bir yolculuk hâline gelir bu ve hiç bitmez. Ta ki, Tanrı ayırana dek... Her yeni günde yenilenen, tazelenen yeni yolculuklara çıkmaya devam edersin."

O konuşurken, sanki dedemi, yanı başında, Aurora'nın incilerini ona sunarken görür gibi oldum.

“Siz ve dedem gibi mi?” dedim.

Elini uzatıp yanağımı okşadı.

“Evet, ben ve deden gibi. Annen ve baban gibi. Halaların ve enişteleri de güzel misâllerdir. Kaldı ki, öldüklerinde sen daha küçüktün, ama babaannen ile büyükbaban da, böyle uzun ve mesut bir serüvenin seyyahlarıydı.”

Birden, evliliğe, cinselliğe bakışım yön değiştirmişti. Anneannemin anlattıklarının, Eleni Mavromati'nin bahsettikleriyle uzaktan, yakından ilgisi yoktu.

Benim düşünceli tavrımı farklı yorumlamış olmalıydı.

“Herhalde, seninle bu konuyu kimsenin konuşmayacağını sanıyordun, değil mi?”

Eleni'nin filikadaki cinsel deneyimini zihnimden silmeye çalışarak atıldım:

“Hayır... yani evet... Bilmiyordum.”

“Bu görevi ben üstlenmek istedim. Onun için, annen devreye girmedi. Daha eski bir nesilden dinlersen, aslında yaşayacaklarının yeni bir şey olmadığını, insanlık tarihi kadar eski olduğunu daha iyi anlarsın, diye düşündüm.

Onun, kendi yaşını, insanlık tarihine benzetmesine gülmeden edemedim.

“Siz daha çok gençsiniz anneanneciğim,” dedim.

“Daha genç olabilirdim.” diye mırıldandı, gözlerinde hafif bir pusla, “Şayet dedeciğin yaşıyor olsaydı.”

Sonra, kadehinden bir yudum daha alıp, başını koltuğun arkasına dayadı. Pencereden dışarı bakarken, hatıraları, Tarabya Koyu'ndan çok uzaklara yola çıkmış olmalıydı.

“Ne kadar güzeldi onunla yaşamak ve beraber yaşlanmak. Ne kadar lezzet alırdık hayattan. Her günümü dolu dolu, Tanrı'ya şükrederek yaşardım. Bir gün değil, bir an kırmadı beni. Gözlerimin içine bakarak yaşadı... ta ki, bakamadığı güne dek...”

Birden, beni etkisi altına almasına izin vermeden, hüznüne perde çekerek gülümsedi.

“Her yere yanında götürürdü beni, ayrı kalamazdık hiç. Her yolculuğumuz, ayrı bir balayı olurdu bizim için.”

Bir tam, bir çeyrek kadeh sheri cesaretlendirmişti. Araya girdim sorumla:

"Peki, hiç korkmadınız mı anneanneciğim? Yani ilk başta?"

"Korkmak mı? Hayır. Belki biraz çekingendim, tabiatıyla. Ama korkmak, asla... Beni incitmekten imtina ettiğini, beni esirgediğini o kadar iyi ihsas etmişti ki, korkmak bir yana, onun benim adıma duyduğu korkusunu paylaşmayı seçmiştim."

"Yani?"

"Yani, dediğim gibi, birbirimizin hislerini dinleyerek, adım adım, sabırla çıktık yolculuğumuza. Sanki ibadet eder gibiydik. Kutsal bir şeyi paylaştığımızı hissederek yaşadık ilk beraberliğimizi... Onun verdiği güven ve duygusallıkla, hep mutlulukla, şefkatle bir arada olmaya devam ettik."

Tanrım! Anneannem o kadar şiirsel anlatıyordu ki, hemen, ruhumun iflâh olmaz romantik oyunculuğuyla kendi zifaf gecemin romansını yazmaya başlamıştım. Benimki, kesinlikle, Eleni Mavromati'ninkine değil, anneanneminkine benzeyecekti. Ya da, en azından yaşayacağım ana kadar... Âşık olup kendime eş seçtiğim erkeğin, ruh hâlinin ne kadar karmaşık olabileceğini o günden tahmin edemezdim.

Anneannem, bana, sevgi üzerine kurulan hiçbir ilişkiden korkmamak gereğini tekrarlayarak sarılıp öptü ve odadan çıktı. Onun, ardında bıraktığı mutlu, huzurlu, güvenli hava beni sarmış, bedenimi esir alan heyecanıma ek olarak, sevdiğim bir erkekle hayatı paylaşacak olmanın sürpriz güzelliklerinin beklentisi içinde, birden rahatlamıştım.

O çıkar çıkmaz, hazırlanmamdan sorumlu ekip geri geldi. Bu defa başlarını annem çekiyordu. Terastaki dekorasyon ve masaların düzenine nezaret ettikten sonra, şimdi de benim, eksiksiz ve yanlışsız hazırlanmam için, eleştiriye hazır tavrını takınarak, köşedeki koltuğa oturdu.

Önce saçlarım, yine benim teatral seçimlerimden biri olarak, Helenistik devrin topuzuna benzetilerek tarandı. Madam Mavroyanni, tuvalet masasına koyduğum resimli arkeoloji kitabındaki hayâli çizilmiş Truvalı Helen resmine baka baka saçlarımı şekillendirirken, bir taraftan da, yatağın üzerinde duran *kokoşnik* tacıma bakıp duruyordu. Kadıncağızın aklının karıştığı belliydi. Onun, çılgın bir kızın, Rus başlığı ile antik Yunan saçını bir arada gelin başı olarak istediğinden, aynı zamanda bu zor işi nasıl maharetle becerdiği gururunu da hissettirerek, bahsedeceğini düşünüp gülümsemeden edemiyordum.

Madam Fengara, elbisemi giydirmek için sırada bekliyordu. Eleni Satiriu, kendi düğününde aynı gelinliği giyemeyecek dahi olsa, artık beni, eskisi gibi hüzünlü gözlerle seyretmiyordu.

Korsajı ve etekleri tamamen dantel olan, ipekten, dümdüz ayak bileklerime inen kombinezonumu giydirirken, neşeli bir tavırla konuştu terzimiz:

"Ne kadar cesur ve de eksepsiyonel bir tarzınız var küçük hanımcığım. Bu aralar kime gelinlik diksem, inanın hepsi birbirine benziyor. Bir de kronolin merakı olanlar var ki, sormayın. Hani gelinlik giyince, sanki ille de kabarmak lâzımdır."

Kollarını, omuzlarını kabartarak bunu anlatırken, odadaki herkesi güldürmüştü. Oturduğu koltukta, her an şikâyet edebileceği bir şeyi bulacakmış gibi bekleyen annemi bile.

Nihayet hazırdım. En son olarak, başımın üstünde, saçlarıma oturtulan taç şeklindeki *kokoşnik*'in ucundan arkaya doğru inen Chantilly dantel duvak yerleştirildi. Annem de, anneannem de, peçeli duvak istememişlerdi. Benim seçtiğim Rus başlığıyla da, zaten yüzümün örtülmesi mümkün değildi.

Annem, gördüğünün memnuniyetiyle ellerini çırptı.

"Baban seni görmek için haberimizi bekliyor. Gidip onu getirmeliyim." dedi ve gözünde yaşlarla odadan ayrıldı. Az sonra beraber geldiklerinde, anneannem, Aurora'nın incilerini boynuma takmakla meşguldü. Daha önce, provalarımı hiç izlemeyen babam, kapıda kalakalmıştı.

"Aman Allahım!" dedi, "Benim küçük kızım mı bu?"

Kollarını açarak bana doğru ilerledi. Gözleri buğuluydu. Kolyemin klipsini takan anneannemden ayrılıp babama sokuldum. Saçlarımı, gelinliğimi bozmaktan ürkerek, nazikçe beni bağrına bastı.

"Biblo gibi oldu, değil mi?" diye iftiharla sordu, anneannem.

Başımı kaldırıp, çenemin altından tuttu babam, gözlerimin içine bakarak.

"İnşallah, kimseler kırmaz." dedi.

Sonra, elimden tutup beni pencerenin önüne doğru yürüttü ve tekrar yüzünü bana dönerek, kararlı fakat alçak bir sesle konuştu:

"Bak Hüma'cığım. Hiçbir evlilik, bozulmak üzere başlamaz.

Daha önce de söylemiştim, şayet, bir gün, evliliğinle ilgili herhangi bir sorun veya sorunun olursa, unutma, yalnız değilsin. Sen bizim..."

Ne diyeceğini biliyordum, gülümseyerek tamamladım:

"Biliyorum babacığım, ben sizlerin gözbebeğiyim."

Kokoşnik'ten şakaklarıma doğru dökülmüş perçemlerini parmağıyla düzelterek sordu:

"Bana söz veriyor musun? En ufak bir problemin olduğunda bana haber vereceksin."

"Söz babacığım."

"Tamam o zaman. Ben şimdi anneni alıp çıkıyorum. Erken gelenler olabilir. Ayıp olmasın. Yerimizde bulunalım. Sonra gelip seni koluma takacağım güzel kızım ve buradan beraber çıkacağız."

Odadan ayrılırlarken, çoktan, davette verilecek şampanyanın ve şarabın listesine dalmışlardı. Hemen girişte, tepside hazırlanmış kadehlerde Veuve Cliquot ile karşılanacaktı misafirler. Yemekle, beyaz şarap olarak Craves, kırmızı olarak da Medoc Superior servis edilecekti. Pastayla da, Mumm Cordon Vert açılacaktı.

"Her şeyi hazırladılar, daha kendileri hazır değil." diye güldü arkalarından anneannem.

O arada, Nesim'in anne ve babası ile yakınlarımızdan bazı kişiler, ziyaretime gelmeye başlamıştı. Hepsi, sırayla hayranlıklarını belirtti, hediye takılarını verip ayrıldı. Kayınvalidem beni yeryüzüne inmiş bir meleğe, kayınpederim de mitolojik bir su perisine benzettiğini söylediklerinde, kıyafetimi seçerken düşündüklerimin amacına ulaştığını fark ettim. Kendim bile, zaman zaman, aynadaki aksimi kaçamak bakışlarla izlemekten geri duramıyordum. Bedenimden su gibi akan ipek saten, dantel ve incecik dallar üzerinde çiçekler işlenmiş incilerin, ben hareket ettikçe beyazdan ekruya, krem rengine dönen ışıltıları, bal rengi saçlarım, mavi gözlerim ve pudralanmış duru beyaz tenimle öylesine bütünleşmişti ki, sanki bu kıyafetin içinde doğmuş gibi, doğal ve rahattım. Nesim'in beni görünce ne yapacağını merak ediyor, onu şaşırtacağım anı heyecanla bekliyordum.

Zaman geçmek bilmiyordu. Bütün misafirlerimizin toplanmasını ve babamın gelip beni almasını iple çekerken, yanımda bir tek mürebbiyem kalmıştı.

"Gelinliğin ne kadar yakıştı sana küçüğüm, bilmem farkında mısın?" dedi, samimi bir hayranlıkla.

"Ben de çok beğendim sevgili Celeste. Hiç üzerimden çıkarmak istemiyorum."

Gülümsedi.

"Ama elbette çıkaracaksın... eninde sonunda."

"Niye? Belki Nesim de çıkarmamı istemez, hoşuna gider de..."

"Hiçbir erkeğin, evlendiği gece, karısının gelinliğiyle yatacağını tahmin edemiyorum küçüğüm. Şayet öyle bir şey olursa, bir gariplik var demektir."

"Ama sadece gelinliğimle yatmayacak ki, ben de içinde olacağım."

Bunu dediğim an, mürebbiyemin gösterdiği samimiyeti suiistimal etmişim düşüncesiyle sustum. O ise, gözleri çekilene kadar güldü. Kahkahalarına ben de katıldım. Sonra, gerçekten aklımdan geçenleri, ona da döktüm;

"Gerçekten Celeste'ciğim, sadece birbirimize sarılıp yatamaz mıyız?"

"İlâhi küçüğüm, sen tabiat kanunlarıyla pazarlık yapıyorsun. Diyorum ya, kocan eğer sana sadece sarılıp yatıyorsa, başka şeylerden şüphelenmen gerekir."

Beni ürkütmekten korkmuş olmalı, daha temkinli bir ifadeyle ilâve etti:

"Ama tabii, şayet sen öyle istiyorsan ve o da sana değer veriyorsa, birkaç gün idare edebilir, ta ki sen de kabul edene kadar."

Ve hemen az önceki kahkahası geri geldi:

"Ancak, çok bıktırmaman şartıyla."

Kapının vurulup babamın içeri girmesiyle nefesim kesildi âdeta. Tanrım, daha konuşulacak, öğrenilecek ne kadar çok şey vardı ve ben artık bu odadan çıkıyordum. Birkaç saat sonra da, bir üst katta, kocamla beraber paylaşacağım odaya girecektim. Anneannemin anlattıklarını düşünüp kendimi rahatlattım. O an, bir kadeh daha sheri ne kadar iyi gelirdi, aslında.

"Gel bakalım, gözbebeğim, herkes seni bekliyor." dedi babam.

Celeste, güvenimi tazelemek için, tuttuğu elimi sıktı ve gelinliğimin uzun olan kuyruğunu yerden alarak, eteğin içinde dikili yüzük şeklindeki gümüşten halkayı sağ elimin orta parmağına geçirdi ve aynı elime, saten ve dantelle fiyonklanmış beyaz gül demetini verdi. Gelinliğimin eteğini kimsenin taşımasını istemediğimden, anneannemin, vals tuvaletlerinde muhakkak olduğunu söylediği bu pratik usulü kullanmıştık.

Babam, redingotu içinde çok şıktı. Aynada kol kola görüntümüze bakarken, gözleri ışıl ışıldı.

"Seni çok seviyorum gözbebeğim ve iftihar ediyorum seninle. Şu an, annenin, evlendiğimiz günkü hâline ne kadar benziyorsun, biliyor musun? Ama o senin kadar aceleci değildi. İkna etmem daha çok zaman almıştı. Anneannenin de, biliyorsun, daha eski kuşak olmasına rağmen, daha uzun sürmüş evlenmesi. Sen hepimizi şaşırttın."

Sonra, kendini, yine her zaman olduğu gibi, konusunda kaybettiğini fark ederek durdu. Ve kolundaki elimi diğer eliyle okşadı.

"Ne yapıyorum ben? Herkes seni yukarıda beklerken... Haydi bakalım, seni kocana teslim etme zamanı geldi, gözbebeğim."

Babamın sesi, dokunsam ağlayacak gibiydi. Çok arzu etmeme rağmen, ona sarılıp öpemedim. Sadece, gözlerinin içine bakıp, sevgimin büyüklüğünü belli eden samimi bir ifadeyle, yüreğimden geçenleri söyledim:

"Sizi çok seviyorum babacığım."

"Ben de seni gözbebeğim... ben de seni."

Asansörün gül ağacından ferforje kapılarını açıp bizi yukarı çıkaran asansörcü genç, teras katına vardığımızda, nazikçe tebrik ederek uğurladı bizi. O noktadan itibaren, annemin mahareti kendini göstermeye başlamıştı. Beyaz tüller ve güllerle süslenmiş kameriyenin altından yürümeye başladığımızda, terastaki misafirlerin uğultusu kesildi. Herkesin gözü, babamla benim üzerime döndü.

Mösyö Feretti'nin çaldığını çok iyi bildiğim piyano, Beethoven' in 'Au clair de lune', Ay Işığı Sonatı'nı seslendirirken, çiçeklerin, tüllerin arasından süzülen yüzlerce mum ışığının aydınlattığı bedenlerimiz, kameriyenin altında, kol kola ilerledi. Birden, içkisiz [illegible] lmuş gibiydim. O kadar sihirli bir gecenin içine girmiş-
[illegible] eyecanıma tahammül edemeyip olduğum yere yığılmak-
[illegible] ıyordum. Babam, kolumu, hem dirseği hem de diğer eliy-
[illegible] miş, destek vererek yürüyordu. Kalabalığın arasından iç

çekişleri, hayranlık fısıltılarını duyabiliyordum ama âdeta bu seslerin hepsi, uzak bir âlemden geliyordu. Ay ışığına ulaşan notalar, her adımda bedenimi sarmalayıp dönen ipek kumaş ve dantel parçaları, Aurora'nın boynumu, göğsümü aydınlatan incileri, beni ayrı bir dünyaya sürüklemişti. Babamın, kolumu sıkı sıkı tutan temasını hissetmesem ve çevremi sarmış tanıdık simaları görmesem, başka bir âlemde olduğumu sanabilirdim. Sanki çocukken okuduğum masalların sayfaları arasına girmiş, oradaki dokunulmaz, konuşulmaz kahramanlardan biri olmuştum.

Altından geçtiğimiz kameriyenin bittiğini ve durduğumuzu fark etmemiştim bile. Ne zaman ki sisli hayâl perdesinin arasından netleşen bir yüzü, Nesim'i karşımda gördüm, birden, uykudan uyandırılmış Pamuk Prenses gibi hissettim kendimi. O sersemlemiş hâlimde bile, gördüğünden duyduğu şaşkınlığı ve mutluluğu anlamamak mümkün değildi. Bir şeyler söylemek istiyor da, cesaret edemiyor gibiydi. Babam, nazikçe, onunkine sıkı sıkı asılmış kolumu alıp, alnımdan öptükten sonra, sağ elimi, Nesim'in bana uzattığı sol avucu içine yerleştirdi. Hıçkırıklar arasında kopan alkış, bir an için, çalmakta olan Beethoven'in 'Adagio Sostenuto'sunu perdeledi. Nesim, babamın yanımızdan ayrılmasıyla, hiç beklemediğim bir şey yaptı ve beni, nazikçe belimden tuttu. İpek kumaşın üzerinden hissettiğim elin sıcaklığı, sanki, Mösyö Feretti'nin, piyanonun tuşlarında, en yumuşak dokunuşlarla, notaların konuştuğundan daha fazlasını seslendirme tutkusu arasındaki sancılı teması taşıyordu. Beni, hafif vals adımlarıyla, mermer zeminin üzerinde döndürmeye başlarken, kulağıma eğilip fısıldadı:

"Tanrıçam benim. Sana tapıyorum."

Bedenimi onun adımlarına teslim etmiştim. Dönerken, tacımdan uzanan dantel açılıyor, sonra tekrar bedenime sarılıp kapanıyordu. Bakışlarını benden hiç ayırmadan beni döndürüyor, dö-
dürüyordu. Gözlerinin laciverdinde, mumların yansımala
her zamanki kor pırıltısını izlerken, içimin titreme
mın terlemesine engel olamıyordum.

Ay Işığı Sonatı'nın son notalarını, Fere
eşliği ve Jacques Offenbach'ın barkarolü, 'Bel
d'amour'u takip etti. Çaykovski'nin 'La belle a
valsiyle babam, elimi Nesim'den aldı ve bütün

üzerinde toplayan küçük kızından duyduğu gururla, o dansı benimle yaptı.

Ondan sonra Feretti de piyanodaki yerini orkestra elemanına bırakarak, Celeste'i kollarına aldı ve hatırladığım kadarıyla, bütün gece pek de başkalarıyla dans etmedi; anneannemle yaptıkları Johan Strauss Jr.'un 'Tausendundeine Nacht' valsi dışında. Anneannem, gümüş rengi ipek ve tülden elbisesiyle, piyano hocamla dans pistinde dönerken, âdeta ileri yaşlarımdaki kendime bakıyordum. Tevekkeli değil, herkes çok benzediğimizi söylüyordu. Onu, Viyana'daki düğününde, dedemle dans ederken düşündüm. Herhalde, ancak şu an olduğu kadar dinç ve zarifti. Sadece saçları, böyle beyaz değil, benimki gibi bal rengiydi.

Davetin geri kalan kısmını, tebrikleri, yemeği hayâl meyâl ancak hatırlıyorum. Yalnız, Feretti'nin, "Vous etes une symphonie magnifique." diyerek, kendisine çok yakışan bir iltifatla, benim fevkalâde bir senfoniye benzediğimi söylemesi, her zaman hatırlayacağım övgüler arasındaydı.

Benim yerimde olsa, birçok kadın, "Ah, keşke zaman dursaydı, her şey o kadar mükemmelken..." diyebilir. Ama ben, nasıl gerçekleşeceği mühim değil, olacakları yaşamak için sabırsızlanıyordum. Yeni bir hayata yola çıkmaya hazırdım... zihnimde hayâllerim, bestelerim ve her şarta adapte edebileceğim tiyatro oyunlarımla... Henüz daha, kader denilen müthiş ustanın, bana ne replikler, ne yardımcı aktörler, dünyanın nerelerinde ne sahneler hazırladığını bilmeden...

Ve o gece, yeni hayatımın ilk aktörünü tanıyacaktım; kocamı. Hepimizin, kaderin çizdiği oyunu oynadığımızı kabullenirsek, belki o da, sadece kendisine düşen rolü yaşıyordu.

Gecenin ilerleyen saatlerinde, kocamın kolunda, alkışlar arasında davetten ayrılırken, annem, babam, anneannem, halalarım, dayım, eniştelerim, Celeste, Feretti, hepsi, dudaklarında gülümseme, gözlerinde yaş, benim artık yuvadan uçtuğuma hâlâ inanamayarak bakıyorlardı.

"Yürüyerek inmek istiyorum." dedim Nesim'e, usulca.

Hem odaya giden yolu uzatma, hem de olacakları bir an evvel
na arzusu arasında sıkışmıştım
ısıl istersen cennetkuşum." dedi.

Kameriyenin gerisinde, terasta kalan kalabalığa, son kez dönüp el salladık ve kol kola merdivenlere doğru ilerledik. Basamakların başında durdu Nesim ve koluna dolanmış elimi alıp avucumun içine uzun bir öpücük kondurdu. İçimin çekildiğini hissettim. Sonra, sol koluyla duvak dantelimin altından belime sarılıp, diğeriyle de sağ elimi kavradı ve neredeyse beni taşıyormuş gibi, merdivenlerden inmeye başladık. Bir ara durdu ve ara katın duvarında, merdivenlere bakan büyük varaklı aynadaki aksimizi izlerken konuştu:

"Ah, benim küçük sevgilim, nasıl bu kadar güzel ve baş döndürücü olabiliyorsun? Aklımı başımdan aldın. Ve sanki bütün bunların farkında değil gibisin."

Gülümsedim. Zira farkındaydım, hem de çok. Tabii ki Nesim, gelinliğim, tacım için ne inatlarla, yıllardır aklıma koyduğum kostümleri kabul ettirdiğimi, Mösyö Feretti'yle, hayâlimdeki gecenin sihrini pekiştirecek müzikleri seçtiğimi nereden bilebilirdi? Buraya kadar her şey benim plânladığım gibi gitmişti. Ta geçen yazdan beri, her istediğim olmuştu. Bundan sonrasını bilemiyordum ama aynada, Nesim'le yan yana aksimizi izlerken, neticeden çok mutluydum. Sanırım, dünyanın en şık ve en güzel çiftiydik. Bütün bu his doygunluğuma rağmen, içimde bastırılan, konuşamayan bir Hüma vardı sanki. Sebebini bilemediği endişeleriyle huzursuzdu.

Son basamaklar bitip katımıza geldiğimiz zaman, bir tüy gibi kaldırıp kucağına aldı beni. Kollarımı boynuna doladığımda, yanağım çenesine değdi. Yüzümü, boynuna doğru yaslayıp kokusunu genzime doldurdum. Başım dönmeye başlamıştı yine. Aynen, geçen yaz, Suadiye'deki salıncakta hissettiğim gibi, midem burulmuş, yüreğim kafesinde çırpınmaya başlamıştı. Bütün ruhumla, bedenimle, onun tarafından sevilmek, sarılmak, şefkatle kucaklanmak ve korunmak istiyordum. Kollarımı biraz daha sıkı sarıp, kolalı gömleğinin kenarından boynuna munis bir öpücük kondurdum.

"Canım." diye mırıldandığını duydum, kendi iç sarhoşluğum arasında. Balayı süitimize geldiğimizde, beni kollarından bırakmadan, kilidi açtı ve tekrar kucaklayıp içeri soktu. Ayağıyla ittirdiği kapıya sırtını dayadı ve hareketsiz durdu. Cesaretimi toplayıp yüzüne baktığımda, onunla bu gece, sadece sarılıp yatamayacağımı görebiliyordum.

"Beni çıldırtıyorsun. Kendimi zor tutuyorum, sana şu anda, burada sahip olmamak için." derken, genzinden gelen sesi boğuktu. Onun, bu tutkulu anlarına şahit olmuştum ama hep sınırından kaçabilmiştim. Şimdi artık, kaçıp mutfak kapısından gireceğim bir ev yoktu, bahçenin diğer tarafında. Her ne olursa olsun, artık, evim, yerim onunla, onun olduğu yerdeydi.

Kucağından indirip elimden tuttu ve balkona doğru ilerledik. Zifaf odamızı ilk defa şimdi görüyordum. Gece lâmbaları ve mumlar biz gelmeden yakılmış olmalıydı. Annemin hazırladığı yatak, muare örtüsü ayakucunda katlanmış, kupür dantelle çevrilmiş yastıkları ve eteğiyle, davetkâr bir rehavet vaat ederek, konuklarını bekliyordu. Dantel aplike ipekli geceliğim ve Nesim için hazırlanan ipek pijama takımı, örtünün üzerinde, yan yanaydı. Büyük porselen vazoları dolduran çiçekler odanın her yerindeydi ve iç bayıltan bir koku yayıyorlardı. Ben bunları izlerken, masanın üzerinde buz kovasında duran şampanyayı açmakla meşguldü kocam. Onu, "kocam" diye düşünmek bile garip geliyordu. Kaldı ki, az sonra aynı yatağa yatacak, en gizliliklerimizi paylaşıyor olacaktık.

Dikkatimi, odanın detaylarından, Nesim'e çevirdim. Göz göze geldik. Bana, o hep tavır koyma ihtiyacı hissettiğim, alaycı gelen gülüşlerinden biriyle baktı. Sanki, "Artık elimdesin, bir yere kaçamayacaksın." der gibiydi.

Odamızın üstündeki terasta, otelde kalacak olanlar, hâlâ gecenin tadını çıkarıyor olmalıydılar. Tarabya Koyu'ndan Boğaz'a doğru, âdeta, bizi efsunlu bir geceye hazırlar gibi tatlı, hafif bir müzik sesi yayılıyordu. Orkestra dağılmış, Feretti tekrar piyanonun başına geçmiş olmalıydı. Onun tuşlara dokunuşunu, yüzünü görmesem de tanırdım. Alfredo Catalani'nin 'Notturno'sunu seslendiriyordu. Bu gece, belki de son defa gördüğü Celeste'ine ağlıyordu notaları, hissedebiliyordum. Gözlerim yaşarmıştı.

Nesim, hâlâ elimde tuttuğum, aslında neredeyse orada olduğunu unuttuğum buketi alıp masaya bıraktı. Sonra, orta parmağımdaki gümüş halkayı çıkardı. Saten ve dantel kuyruk, tatlı, kulağı okşayan bir sesle yere döküldü. Sonra, başımdaki tacı, itinayla topuzumun arasından çıkarıp, buketin yanına yerleştirdi. Odanın loşluğunda, masanın üzerindeki gümüş kova, şampanya şişesi, kristâl kadehler, saten ve dantel fiyonguyla beyaz güller, inci işli *kokoşnik* ve elimden akıp halıya dökülen dantel duvak... Ve Feretti,

Catalani'nin 'Reverie'sini çalmaya başlamıştı... Gözlerimden akan yaşlara mani olamıyordum. Nesim, kadehimi uzatırken, bana doğru bir adım yaklaştı. Kendi içkisini de aldıktan sonra, sağ elinin parmak uçlarıyla yanağıma dokundu. Sonra eğilip yaşlarımı öperek kuruladı.

"Her şey yolunda, küçük sevgilim, her şey yolunda benim cennetkuşum."

Kadehini benimkine vurup içmemi bekledi.

Hüzünlenerek onu üzmemin haksızlık olduğunu düşündüm o an. Neden ağladığımı bile bilmiyordu. Onunla, Londra dönüşü ilk karşılaşmamızda da anlatamamıştım yaşlarımın sebebini, şimdi de anlatamazdım. O kadar derinde ve o kadar çok insana aitti ki hüznüm, izahı çok zordu.

Birden, geceyi rahatsız etmekten korkar gibi sâkin, yumuşak bir soprano sesi duyuldu yukarıdan. Feretti, bir kez daha Offenbach'ın 'Belle nuit, ô belle nuit d'amour'unu çalıyordu ve... evet... evet... bu oydu... Nesim'in elini bırakmadan balkona doğru ilerleyip, terasa kulağımı verdim.

"İnanamıyorum... Bu Celeste... Celeste söylüyor."

Mürebbiyemin bu besteyi seslendirdiğini daha önce hiç duymamıştım. Ve birden çok mutlu oldum. En azından şimdi, yan yana olmalıydılar, sevdiği adamla, piyanonun başında.

Nesim, beni kolları arasına alırken, biraz buruktu.

"Bu bizim gecemiz zannediyordum." dedi.

Gülümseyip kadehimi kaldırdım.

"Özür dilerim... Öyle olacak." dedim, aslında ne olacağını hiç bilmediğimi düşündüğümden, beynimin bir yerlerinde kendimle alay ederek. Kadehlerimizi tokuşturduktan sonra, gözlerimizi birbirinden ayırmadan yudumladık içkimizi. Onun, içkisini başına diktiğini görünce, ben de aynı şeyi yaptım. Bu kez, öğleden sonra, anneannemle içtiğim sheriden daha farklı bir hoşluk hissettim başımın içinde.

Nesim, az önceki buruk tavrı gitmiş, yine o kıvılcımlı, aşkı hatırlatan gözlerle bakmaya başlamıştı. Şampanyalarımızı tazeledikten sonra, bir elinde kadehi, balkon pervazına sırtını dayarken, diğeriyle beni kendine doğru çekti. Şimdi, başım, onun çenesinin hizasında, bedenlerimiz bitişik, göz göze duruyorduk. Belime sardığı kolunu iyice sıkıp, beni neredeyse nefes alamayacak kadar vücuduna bağladı. Dudaklarını, saçımın perçemleri, alnım, göz kapaklarım, yanaklarım üzerinde gezdirdi. Dudak çizgimde hararetini hissettiğim an, elimdeki kadehi atıp bedenimi ona sunmamak için kendimi zor tuttum. Çünkü o adımı attıktan sonra ne yapacağımı kestiremiyordum. Sadece, gözlerimi kapayıp dudaklarımı araladım. Onun, geçen yaz, kaçamak buluşmalarımızda bile daha baskıcı olduğunu düşündüm. Şimdi ise, sanki beni korkutmaktan korkuyordu. Aynı anda, aynı şeyleri düşünüyor olmalıydık.

"O kadar dayanılmazsın ki, nasıl tahammül edip beklediğime inanamıyorum." dedi fısıltıyla.

Nefesi, âdeta tutku, arzu, sahiplenme hırsı ve cinselliğin yaktığı sıcak bir alev gibi yüzümü, beynimi, bedenimin tüm hücrelerini yalayıp dolaştı. O an, damarlarımda, uzuvlarımda gezinenin, nefesi değil de, Nesim'in ta kendisi olduğunu düşünüyordum. Onu içime almak, ruhumdaki hüzünleri, neşeleriyle bütün ben'leri anlayana dek hapsetmek istiyordum. Onunla, ancak bedenlerimiz vasıtasıyla konuşabileceğimden, daha şimdiden emindim. Kocama karşı, zaman zaman duyduğum o nedeni belirsiz huzursuzluğa ve onun çok iyi bildiği cinselliğe çok uzak olmaktan gelen endişeme rağmen, bana henüz bilmece olan ruh dünyasını çözmeye başlamaktan gizliden gizliye heyecan duyuyordum.

Truvalı Helen topuzumu tutan firketeleri çıkarırken sabırlı, nazik ve bir o kadar da sevecendi.

"Ne kadar yakışmış bu saç ve taç sana. Bu akşam, babanla o kameriyenin gölgesinde, mumların ışığında karşıma çıktığın an, antik çağlardan fırlamış bir tanrıçayı görüyor gibi oldum. Nefesimi kestin."

Tane tane konuşurken, tokalardan kurtardığı saçlarımı okşayarak omuzlarımdan aşağıya bıraktı. Dokunuşları kadar sözcükleri de, hem bedenimi, hem ruhumu okşuyordu.

"Ve bunlar," diye devam etti, boynumdaki inci dizilerini gösterip, "senin için özel yapılmış olmalılar."

Boynumdaki ilk sıraya elimi götürüp, göğüs kafesimin başladığı noktadaki çukurlukta dinlenen armudi iri inciyi okşadım.

"Onlar... özel yapılmışlar. Ama benim için değil. Aurora için."

"Aurora mı?"

“Uzun hikâye.” dedim gülümseyerek.

Şayet, bu geceden kurtulmak istesem, Nesim'i kaç hikâyeyle oyalayabileceğim geçti zihnimden. Aynen *Binbir Gece Masalları*'ndaki Şehrazat gibi... Kısa, küçük bir gülüş bıraktım. Hem meraklanmış, sanki biraz da alınmıştı. Kollarını gevşeterek, yüzüme baktı. İfadesindeki yalnızlık ve alınganlık, aniden yerlerimizi değiştirmişti sanki. Birden, ona şefkatle sarılmak, kucaklamak geldi içimden. Kadehimi masaya bırakıp, yüzünü avuçlarımla sardım. Tekrarladım:

“Uzun hikâye. Sonra, bir gün anlatırım.”

Ve dudaklarımı aralayıp onunkilere doğru uzattım. O an, birbirine sarılan bedenlerimizin temasında, gerginliğini, sabırsızlığını fark ettiğimde, nasıl bu kadar beklediğine bir kez daha şaşırdım. İçimdeki tüm korkuyu, endişeyi ve huzursuzluğu yenecek kadar kuvvetli bir duyguyla, onu mutlu etme, bu kadar zamandır heyecanla beklediklerini sunma isteğim uyanmıştı. Sarılışlarına, öpüşlerine aynen karşılık veriyordum. Bu gece, iki kez şahit olduğum o küs ve alıngan çocuk bakışı, beni ona karşı anaçlaştırmış olmalıydı. Kocamın da, belki hiçbir zaman anlatmayacağı, belki de bir gün benimle paylaşacağı, gizliden gizliye yüreğini hüzünlendiren ve güven hissini yok eden hikâyeleri olmalıydı. Benimle paylaşmasa dahi, yanında olmalıydım; o, benim kocamdı.

Artık, ona sadece sarılıp uyumak istemiyordum. Şampanya, müzik, şefkatli dokunuşları, tatlı sözcükleri, her şey, beni ona hazırlamıştı. Gevşettiği papyonunu çıkardığında, kolalı yakasının arasında heyecanlı yutkunmalarla oynayan âdem kemiğini okşadım ve dudaklarımı değdirdim. İnleyerek beni kendisine çekti. Sonra, kucaklayıp yatağa götürdü ve arkaüstü yatırdı. Yanı başımda diz çökerek ellerimi öptü, saçlarımı yastığın üzerinde düzeltti. Başucumdaki gece lâmbasının hafif ışığında, gözlerinde okuduklarımın hepsi tanıdık değildi o an. Elimi uzatıp, yanağını okşadım. Ve başını kendime doğru çektim. Nefesi dudaklarımı yalarken sordu:

“Geceliğini giymek ister misin?”

İlk kez beraber oluyorduk ve önünde soyunmaktan çekineceğimi düşünmüş olmalıydı. Herhalde, benim gibi iyi ailelerin kızlarının da öyle yapması gerekti. Ama tanrıça gelinliğimle çok mutluydum ve bu gecemi ondan başka bir kıyafetle paylaşmak istemiyordum.

"Hayır." dedim, kulağına doğru, usulca.

Gülümsedi, beni yattığım yerde doğrulturken.

"Belki bir yudum daha içki istersin."

"Konuşmadan, "Evet" anlamında, başımı salladım. Kadehlerimizi doldurup geldiğinde, başucumdaki lâmbayı söndürüp ayağa kalkmış, onu bekliyordum. İçkimi verdikten sonra, masanın üzerindeki ayaklı şamdanı getirip yanımızdaki komodinin üzerine bıraktı. Sonra kadehini kaldırdı:

"Benim küçük sevgilime, cennetkuşuma... Tanrıçama... Karıma..."

Bir uzun yudumdan sonra kadehimi tekrar alıp, kendisininkiyle birlikte konsola bıraktı. Gelinliğimin, omuz başlarımdan başlayan dantel kollarını aşağıya doğru indirdi. Gözlerini gözlerimden ayırmadan, parmak uçlarıyla dekoltemin kenarından geçti. Göğüslerimin sancıdığını hissettim. Göğüs kafesim inip kalkmaya başladı. Yavaşça, ona sırtımı döndüm. Birbiri ardına kalçama kadar inen düğmeleri açmaya başladı. Gelinliğim her birinden kurtuldukça, ortaya çıkan tenime dudaklarını değdiriyordu. Öpüşleri belime kadar geldiğinde, bedenimin titrediğini sadece ben mi hissediyordum, yoksa teması esnasında o da fark ediyor muydu, bilemiyordum. Ama belli ki, içtiğim şampanya kontrolümü sağlayacak kadar işini görmemişti. Son düğmeyi de açmış olmalıydı, beni omuzlarımdan tutup kendine doğru çevirdi. Geçen yazın Nesim'i olsa, elbisemi çoktan fırlatıp atmış, beni bedeninin kıskacında hapsetmişti. Ama hayır, üzerimden kaymaya hazır gelinliğime dokunmuyordu bile. Bana kadehimi tekrar verdikten sonra, kendi ceketini, boynunda çözük duran papyonunu çıkarıp arkadaki koltuğa bıraktı. Ben, cesaretimi arttırması için şampanyamı yudumlarken o, bakışlarını benden ayırmadan, gömleğinin düğmelerini çözdü. Kol düğmelerini çıkarıp, kadehini bitirdi. Ben, yıldırım hızıyla içtiğim şampanyanın tesirinde, başım bulutlarda, yüreğim ağzımda, onu izliyordum. Aramızdaki mesafeyi bozmadan, sadece kollarını uzattı ve gelinliğimi, yarı inmiş omuzlarından aşağıya doğru sıyırdı. Kumaş yığını hışırtıyla halıya kaydı. Göğüs arasından fiyonklu, saten şeritlerle örülmüş korsajım ve iç eteğimle kalmıştım.

Aurora'nın ikinci sıra incisi, tam göğüslerimin arasındaki derinliği süslüyordu.

"Muhteşemsin," dedi, hayranlık dolu boğuk sesle, "tek kelimeyle muhteşemsin."

Sonra, beni öne doğru çekerek etrafımda döndü. Belime kadar inen saç lülelerini, omuz başlarımı, göğüs çukurluğumu öperek tekrar karşıma geldiğinde, gözlerinde gördüklerim sanki yaştı. Onu benim aşkım mı bu sabırlı âşığa çevirmişti, yoksa geçen yaz olanları ben mi yanlış anlamıştım, yoksa... hiç anlayamadığım bir şeyler mi vardı bu cinsellik denilen girift ve sır dolu âlemde, çözemiyordum.

Yere diz çöküp tek tek ayakkabılarımı çıkardı. Sonra iç eteğimin altına uzanan elleri, ipek çoraplarımın konçlarını buldu. Dokunduğu yerde tenim yanıyordu. Bacaklarımı çoraplarımdan kurtardıktan sonra, yerinden hiç kıpırdamadan, kollarıyla çamaşırımın üzerinden, vücuduma sarıldı ve başını bacaklarıma gömdü. Kadınlığa hazırlanan bedenim, sanki göbeğimin altında, rahmimde ikinci bir kalple atmaya başlamıştı. Ve sanki göğüslerim, kasıklarım genişlemeye, büyümeye; vücudumun geri kalan tüm uzuvları küçülmeye, yok olmaya hazırlanıyordu.

Ağır ağır, dudaklarını ayırmadan, iç eteğimden korsajıma kadar yükseldi gövdesi ve tenimin mahremiyetini örten son parçaların kurdelelerini açıp, üzerimden düşüşlerini izledi. Hayatımda ilk kez, bir erkeğin bakışları karşısında, sadece saçlarım ve üç dizi kolyeyle kalakalmıştım. Heyecan ve utançla, göğsümü ve ağdayla temizlenmiş kadınlığımı kapamak üzereydim ki, ellerimi tuttu.

"Bırak," dedi, neredeyse duyulmayacak, uzaktan gelen bir sesle. "bırak, seyretmek istiyorum seni; böyle, olduğun gibi..."

O an, şişede kalan içkiyi başıma dikmemek için kendimi zor tutuyordum. Hâtta doğrudan, Alâeddin'in cini gibi, şişenin içine girip kaybolsam, belki daha da iyi olacaktı. Görülmesinden utandığım göğüslerim sanki iyice şişip büyümüş, rahmim, bedenimin tüm alt tarafını kaplamış gibiydi. Onların seyredilmesinden utandığım oranda, hayâlimde görüntüleri devleşiyordu.

"Kimin olursa olsun, bu, senin için yapılmış." dedi, anadan doğma kalınca, üçüncü sıradaki damla incisi göbek deliğimin üzerine gelen Aurora'nın kolyesini gösterip. Beni elimden tutup, odanın diğer ucundaki ayaklı aynanın karşısına götürdü. Arkamda durup, "Bak, aynaya, utanmadan bak güzelliğine." derken, elleriyle, sanki kırılmamdan korkar gibi, çıplaklığımı okşuyordu. Göğüs uçlarımın etrafında döndürdüğü parmaklarını, kolyemin inci zincirlerini takip ederek karnıma kadar, halkalar çizerek indirdi. Sonra, orta parmağını hafif bastırarak göbek deliğimin üzerinde dinlendirdi. O an, dudaklarımdan kontrolsüz bir inilti çıktı ve kollarımı, ne yapacağımı bilemez bir hâlde, arkaya doğru onun boynuna sardım. Aynanın iki yanındaki şamdanların yarattığı ışık oyunları, sanki şeffaf kumaşlar sarıyordu vücuduma; oradan oraya atılan, sonra soyulan. Gözlerimi kapayıp onun, beni keşfine bıraktım kendimi. Elleri, her dokunduğu yeni parçamda, yeni bir lezzetin tadını çıkarır gibi uzun uzun dolanıyor, okşuyor, sonra tenimin henüz bakir başka bir köşesini alevlendirmek üzere, aşağıya doğru kayıyordu. Ellerinin nazik temasında dokunarak alamadıklarını, başka türlü içine emmek ister gibi, dudaklarımı ağzının içinde hapsetmişti. Sertleşen ve gerilen vücudunu, çıplak tenimde, o ana kadar hissetmediğimce canlı hissediyordum. Ve o yay gibi gerilmiş gövdede, beni arzulayan, beni bekleyen bir yaşamın olduğunu bilmek beni daha da heyecanlandırıyordu. Bedenimin onun üzerinde yarattığı tesirle, içkinin bende nihayet muvaffak olduğu etki birleşmiş, kendimi itirazsız, munis bir kabulle onun vücuduna dayamış, bana yaşatacaklarını bekliyordum.

Dudaklarını benden ayırmadan, yavaşça beni kendisine doğru çevirdi. Aynada, sırtım, kalçalarım ve bacaklarımın aksine bakarken, bir kat daha tahrik olduğunu fark ettim.

"Sana kıymaktan korkuyorum." dedi, yine o uzaktan gelen sesiyle.

"Neden?" dedim, bu defa kendi sesimi tanıyamadan.

"Çünkü bu gecenin olması gerekenleri var, değil mi cennetkuşum?" dedi.

En hassas bölgemde tazyikini hissettiğim erkekliğini geri çekerken, bir elimi tuttu, öptü ve yavaşça aramıza indirip avucumu kendisine bastırdı. Korkup geri çekilebileceğim endişesiyle olmalı, yüzüme baktı. Dudaklarım kurumuş, yüreğim durmuştu. Avucumun içinde, kılıfından sıyrılıp benim gizliliklerime yolculuğu bekleyen kalp atışını dinledim. Bana tüm anlatılanları ardımda bırakıp kendi aşk gecemi yaratmaya karar verdim. Şimdiye dek, anneannemin anlattığı kutsal tören gerçekleşmişti. Galiba, artık biraz da Eleni Mavromati olma zamanıydı... Yine de kendime yakışacak şekilde tabii ki...

Avucumdaki ateşi hissedebileceği gibi kavradım erkekliğini ve dudaklarımı, açık gömleğinin arasından göğsüne uzattım; tenine tam değdirmeden, uzaktan öpüşlerle, tüm göğsünde dolaştırdım. Bir eliyle başımı göğsüne bastırırken, diğeriyle kasıklarım arasına uzandı.

Açık balkon kapısından gelen tatlı bir serinlikle tüller uçuştu, mumların alevi dalgalandı.

"Artık dayanamıyorum, hazır mısın küçük sevgilim?" diye mırıldandı dudakları, saçlarımın arasında. Ses çıkarmadım. Sadece elinden tutup yanında yürüdüm ve yatağa uzandım. Aurora'nın incileri, birinci dizisi hariç, göğsümün ve karnımın üzerinde, çapraz yönlere yayılıp kaldılar.

Nesim, soyunup yanıma oturduğunda, Avrupa'daki müzelerde izlediğim heykeller dışında, ilk kez nü gördüğüm erkek vücudunun hiç de korkulacak bir şey olmadığını düşündüm. Tam aksine, klâsik çağların heykel kahramanlarını andırıyordu. Elini çenemin altından, göğüslerimin arasından, karnımdan indirip bacaklarımın arasında durdu.

"Ne kadar pürüzsüz, ne kadar masum." dedi.

Kollarımı uzatıp boynuna sarıldım ve onu kendime doğru çektim. Üzerime uzandığında, artık, bedenim onun dokunuşlarına aşinaydı. Ama parmaklarının kadınlığıma giden yolu zorlamasıyla bir anda irkildim. Canım acımıştı.

"Korkma küçük sevgilim," dedi, "korkma, biraz rahatlatmamız lâzım seni. Haydi, sarıl bana, sımsıkı sarıl, demin yaptığın gibi."

Korkaklığımdan utanarak, kollarımı tekrar boynuna doladım. Bu kez, bedenimi bütün ağırlığıyla altına aldı ve bacaklarımı ayırarak elini tekrar kasıklarıma doğru uzattı. Gözlerim açılmış, sinirlerim gerilmiş ve bir adım sonra gerekirse itiraz edebilmek üzere bekliyordum.

"Kendini böyle kasarsan zor olur sevgilim. Haydi, rahat bırak kendini. Bak göreceksin, ne kadar zevk alacaksın."

Eleni'yi, İtalyan gemisinin filikasında tente altında sevişirken düşündüm.

"Bacaklarını açarsın, beline sararsın erkeğin, iş biter." demişti.

Kocamın, cinselliğimi parmaklarıyla keşfetmeye çalışmasına biraz daha sabır göstermeye karar verdim. O ise, bir taraftan, kendini zor tutan erkekliğini bedenime bastırıp zapt etmeye çalışırken, bir taraftan da sağ elinin parmaklarıyla, cinselliğimin ona ne kadar geçit vereceğini anlamaya çalışıyordu. İçime doğru uzanmaya çalıştıkça, anlık acılarla irkiliyordum.

"Tamam canım, tamam." dedi.

Elinin hareketsiz, zorlamasız durduğu an, ona dokunduğumda neler hissettiğini keşfettiğim an oldu. Arzudan sıcak bir elin, kadınlığım üzerinde bekleyişi esnasında, gergin tüm kaslarım gevşemişti.

"Küçük sevgilim, ben artık bekleyemeye..."

Sözünü bitirmesine fırsat vermedim. Elini aramızdan itip bacaklarımı açtım ve beline doladım. Sonra da, kollarımla, omuzlarından kendime doğru çektim. Kısa bir anlık tereddüdü, yaşadığı şaşkınlıktan olmalıydı.

"Ah! Canım benim." iniltisiyle, arzudan tahammülü kalmamış uzvu, kendisine hazır sunulan pürüzsüz yolu açmak üzere abandı. Bir anda nefesim kesildi ve o ana kadar hissettiğim tüm istekler yok oldu. Ama artık çok geçti. Başı boynuma gömülmüş, bedeni olanca ağırlığıyla beni esir almış, yolunu bulmaya çalışan organı, hırs içinde, darbe üstüne darbeyle kadınlığımı keşfetmeye çalışıyordu. İnliyor, adımı, aşk sözcüklerini tekrarlıyor ve benden çıkan itiraz ve acı seslerini duymuyordu bile.

"Bitiyor canım, bitiyor. Sen de zevk alacaksın, bekle." diyordu, her yeni baştan bedenime dayandığında. Bütün romans bitmişti. Babamın gözbebeği, anneannemin küçük prensesi, annemin bir tanesi, küçük sevgili, cennetkuşu, su damlası, melek, en mükemmel beste, tanrıça... Hepsi ağlıyordu şimdi. Kasıklarım çatlıyor, leğen kemiğim kırılıyor gibiydi. Nesim'in kesik haykırışları, yastığımla saçlarım arasında boğulurken, dirseklerine abanarak en son hamlesini yaptığında, beynimde çakan şimşeklerle, gözyaşlarım dondu kaldı.

"Canım benim, cennetkuşum, tanrıçam." mırıltılarıyla, nefes nefese, başı göğsüme indi. Kısa bir andan sonra, kendini içimden çekip yana kaydı. Bacaklarımı, hareket edip edemeyeceğini anlamak için, yavaşça aşağıya doğru uzattım. Kasıklarımda müthiş bir ağrı, rahmimde yanma vardı. Bacaklarımın arasında hissettiğim ıslaklıkla rahatsız, bir müddet daha, şokumu atlatana kadar arkaüstü yatmaya devam ettim. O kadar kendimden uzaktaydım ki, ağlayamıyordum bile. Sönmeye yüz tutan mumların son dem ışıklarının tavana vuran gölgelerini anlamsız bakışlarla seyrederken, kocamın sesini duydum. Elini göğsümün üzerine koydu.

"Özür dilerim küçük sevgilim, çok özür dilerim. Böyle olsun istemezdim."

Dudaklarını göğsümde hissettiğim an, irkilerek titredim. Başımı tutup kendisine çevirdi. Dirseğinin üzerinde yan dönmüş, bana bakıyordu.

"Özür dilerim... Duyuyor musun? Ama başka erkek olsa bu kadar da bekleyemezdi. O kadar dayanılmazsın ki..."

Sesimin hıçkırığa dönmesini zor engelliyordum.

"Ama ben seninle evlendim." dedim.

"Haklısın. Biraz daha beklemem lâzımdı belki de."

Yerinde kalkıp oturdu.

"Biliyor musun? Böyle zamanlarda hemen bir kez daha sevişmek gerekirmiş. Yoksa hayat boyu seksten soğurmuş kadın."

"Soğumak için seninle bir kez sevişmek yeter."

Ağzımdan çıkanlara kendim de inanamıyordum.

"Öyle mi dersin? Çok üzüldüm."

Yüzüne bakmamaya gayret göstermeme rağmen, ses tonundaki kırıklık ilgimi çekmişti. Ama şu an, kendi yaralarımı, yok olan romantik hayâllerimi, benimle paylaşılmayan bir cinsel yolculuğun gurur kırıklığını yıkamam lâzımdı. Yerimde doğrulduğum zaman, annemin meşhur dantelli Mısır pamuklusunda uzanan kan lekeleri midemi bulandırdı. Başım dönüyordu. Ağır ağır yataktan kalkıp yan odadaki banyoya ilerledim.

Ona bakmadan konuştum, hıçkırıklar boğazımda:

"Üzülebilirsin, çünkü senden iğreniyorum."

Kapıyı kapatıp, uyurgezer adımlarla, bronzdan aslan ayaklı, emaye İngiliz küvetinin içine girdim. Musluğu açıp, dizlerimin üstüne çöküp oturdum. Anneannemin, ibadet eder gibi yaptığı yolculuk, benim için yarım kalmıştı. Önce ılık açtığım suyun ısısını yavaş yavaş arttırdım. Oturduğum yerde biriken su, bacaklarımın arasından hâlâ sızan kanla bulanıyordu. Beni zayıf, yaralı kılan zafımın, aslında ruhsal tatminsizliğimden kaynaklandığını biliyordum. Kızgınlığıma, kırgınlığıma tedavi bulamadığı için, kendimden çıkarıyordu acısını ruhum.

Ne kadar zaman geçti, bilmiyorum. Aynı pozda, içimdeki yarayı da temizlemesini bekleyerek, sıcak suyun altında oturdum. İncilerim hâlâ boynumdaydı ve diz çöküp oturunca, son damla inci, şahit olduklarını işaret eder gibi, bacaklarımın birleştiği noktaya doğru sarkmıştı. Gözyaşlarıma, bir müddet sonra hâkim olmuştum. Yaşadıklarımın bir sebebi olmalıydı.

Banyonun kapısı açıldığında hiç kıpırdamadım. Gözlerimi kapadım ve sadece suyun sesini dinlemeye çalıştım. Küvetin yanındaki iskemleyi çekip oturduğunu hissedebiliyordum. Tanrım, teninden, beni o çıldırtan kokusu geliyordu yine. Ağlamamak için dudaklarımı ısırıp, yutkundum. Kendime hâkim olamayacağımı anlayınca, başımı diğer yana çevirdim. Yanıma hiç gelmese daha iyiydi. Böyle, hem onunla, hem onsuz kalma arzusu beni mahvediyordu. Aşkımla nefretim anlaşmış, beni hırpalıyorlardı sanki.

Saçıma dokunduğunda, irkilerek temasından uzaklaştım. Sesini duyduğumda ise inanamayarak, isteksiz de olsa döndüm. Lacivert gözlerindeki korlar ıslanmıştı.

"Gerçekten, benden iğreniyor musun?"

Cevap vermedim. Sadece, suyun vücudumdan geçip birikmesini ve döne döne, delikten aşağıya boşalmasını izlemeye devam ettim.

"Cevap vermedin. İğreniyor musun benden?"

Sesi titriyordu.

Dizlerim üzerine yerleştirdiğim ellerimi dua eder gibi açarak, suyun avuçlarımı doldurup taşmasını seyrettim.

"Yalvarırım konuş benimle."

Aynı durağan pozumu bozmadan mırıldandım:

"Ne dememi istiyorsun?"

"Benden iğrenmediğini."

Başımı, isyanla çevirdim bu defa.

"Doğru olur mu ki?"

"Ben, doğru olmasını diliyorum."

“Ama söyledim bir kere. Ve şimdi aksine doğru dersem, o zaman ilk söylediğim yalan olur.”

“Onun yalan olmasını tercih ederim. Az önce olanların, yani son olanların hepsinin yalan, bir kötü rüya olmasını arzu ederdim. Her şeyi baştan yaşayabilmemizi isterdim.”

“Baştan zaten çok güzel yaşıyorduk her şeyi.”

Sesim suya karışırken, yine ağlama isteği duydum.

“Hani tanrıçandım senin... Hani kıyamıyordun bana...”

Ağlamaya başladım.

“Ağlama ne olur, ağlama...”

Oturduğu yerden kalkıp, küvetin yanında diz çöktü. Uzanıp musluğu kapadı. Yanaklarıma, boynuma yapışmış ıslak saçlarımı elleriyle düzeltip sırtıma yerleştirdi. Sonra, çenemi kaldırıp, yüzüne bakmam için zorladı. Dokunduğu yerde hâlâ daha sıcaklığı içime yayılıyor, beni onun kollarına atmaması için, içimdeki diğer Hüma'ya, yaşadığım kalp kırıklığını, nefreti hatırlatıyordum.

“Beni affetmeni rica ediyorum, küçük sevgilim. Buna lâyık olmadığımı biliyorum ama senin sevgini kaybedersem yaşayamam.”

Sesindeki hüzne kulak vermemeye çalıştım. Ben de onu yaralamak istiyordum.

“Kazanmış mıydın?”

“Öyle zannediyordum.”

“O zaman kazandıklarını kolay harcıyorsun.”

“Ne seni ne de sevgini kaybetmeyi göze alırım Hüma.”

Bana ilk defa ismimle hitap ediyordu

“Gerçek şu ki,” diye devam etti, sıkılgan bir sesle, “hiç... hiç, bir bakireyle beraber olmadım hayatımda. Ve seni o kadar hazır, o kadar istekli görünce, her şey yolunda gidiyor zannettim.”

Şaşırmıştım. Ben kendi tecrübesizliğimle cebelleşirken, demek o kadar uzayan romantik gecenin ve Nesim'in hiç kendisine uymayan sabrının sebebi, benimle ne yapacağını bilmezliğinden kaynaklanıyormuş, bunu fark etmemişim. Ben ilk sevişmeyi nasıl kulaktan duyma hikâyelerle, kendime adapte etmeye uğraştıysam, o da dinlediklerini, belki okuduklarını, benim gösterdiğim yakınlığın ve verdiğim cesaretin etkisiyle, sonuna kadar götürmüştü.

“Lütfen küçük sevgilim, biliyorum yaşadığımızın düzeltilmesi mümkün değil ama bana, kendimi affettirmem için şans ver.”

O an, Mısır pamuklusu çarşaflar ile İngiliz küveti arasında bir yerlerde, bekâretimi çok romantik veya biraz melodramatik kaybetmenin çok da önemli olmadığını düşündüm. Kaldı ki, melodramayı her zaman sevmiştim. Âşık olduğum adam hâlâ aynıydı. Üzgündü, af diliyordu ve beni kaybetmek istemiyordu. Ben onu terk etmek istiyor muydum? Bu soruma cevap bulmak için yüzüne dikkatle baktım. İkimizin de gözlerinde, bir müddet önce ağlamışlığın pusu, farklı sebeplerle karşılıklı verdiğimiz acı ve birbirimize duyduğumuz arzunun yaralanmışlığı, karşılıklı, sessiz konuşuyordu. Onu çoktan affetmiştim. Uzanıp küvetin kenarındaki elini öptüm ve başımı kaldırıp gözlerinin derinliğine bir kere daha baktım. Onu o kadar seviyordum ki... Nefrete bu kadar yakın geldikten sonra, tekrar kazanmak gözümü yaşartıyordu.

"Hayır." dedim.

Cevabımın ne için olduğunu bilmemenin endişesiyle baktı.

"Hayır... Senden iğrenmiyorum. Sadece yaşadığım aczin, bedenimin benim kontrolüm dışında bir şeyler yaşamasının nefretini kusma ihtiyacını hissettim o sözlerle."

Ayağa kalkıp elimden tuttu.

"Haydi, gel. Çık artık sudan."

Elimi onun avucuna uzatıp kalktım. Havluyla bedenimi sarıp kurularken, aynen bir bibloyu kırmaktan korkar gibiydi. Onun gelgitlerini çözmem belli ki zaman alacaktı. Yüzündeki çaresiz, üzüntülü, pişman ifadeyi izledim. O kendinden emin, küstahlığa yakın alaycılığından eser kalmamıştı. İçim titredi. Sanki incinmiş çocuğuma bakıyordum. Kendimi tutamayarak yanağını okşadım. Elimi alıp avucumu öptü. Gözlerinde minnet ifadesi vardı. Bana sabahlığımı giydirdikten sonra, kucağına alıp yatağa yatırdı. Saçlarımı, şefkatle yastığın üzerinde düzeltti.

"Kolyeni çıkarayım mı?" diye sordu.

"Hayır, kalsın." dedim, "Aurora da hep geceleri takarmış."

Tanımadığı bu gizemli kadınla ilgili sorusunu tekrarlamadı. Sadece, "Bir gün anlatırsın." dedi.

"Evet, bir gün."

Aslında, o gece yaşadıklarım ile boynumdaki incilerin dramasını birbirine çok yakışır bulduğumdan, onlardan ayrılmak istememiştim. Elimi sıkıp, alnıma bir öpücük kondurduktan sonra, banyoya doğru gitti. Yattığım yerde, açılan suyun sesini duydum. Çarşaf değiştirilmişti. Bu, belki de gelinin göreviydi, zifaf gecesinde, bilemiyordum. Annemin, gerdek çarşaflarımın yüzde yüz "Virgin Egyptian cotton" olması için ısrar ettiğini hatırlayıp gülümsedim. Keten takımlarım ise, Londra'ya götürülmek üzere hazırlanmıştı.

Banyodan gelen sesi dinlerken, garip bir huzur duydum. Sanki endişe dolu, pürüzsüz vücudumu lekeleyen, içimi acıtan, ruhumu zedeleyen bir rol bitmiş ve artık korkacağım hiçbir şey kalmamıştı. Lâvanta kokulu çarşaflar içinde, yeni yıkanmış bedenim, onu saran ipek sabahlığım, boynumda Aurora'nın incileriyle uzanmış yatıyordum.

Banyodaki ses kesilince, gözümü kapayıp, uyuyor gibi yapmayı düşündüm ama vazgeçtim. Hâtta başımı, onun yatağa geldiği yöne çevirdim. Beni ürkütmekten korkarak, yavaşça kendi tarafına uzandı. Sol dirseğinin üzerinde, bana doğru dönerek, saçlarımı okşadı. Parmakları şakaklarımda, elmacık kemiklerim üzerinde, çenemde, dudaklarımda, sanki şekillerini ezberlemek istercesine, ağır ağır dolaştı. Beni yeniden keşfediyor gibiydi.

"Çok üzgünüm, küçük sevgilim."

"Geçti artık." dedim.

"Biliyorum, geçti. Keşke geçmeseydi de, başka türlü olsaydı her şey. Sanki... Sanki artık aynı bakmıyor gözlerin."

"Nasıl bakıyorlar?" diye sordum, gözlerimi onunkilerden ayırmadan.

"Hüzünlü... Bugüne dek gördüğümden çok daha hüzünlü. Ve buna ben sebep oldum."

Düşündüm, gerçekten o mu sebep olmuştu? Yoksa, hayâli hüzünlerden gizli mutluluklar duyan ruhumu beslemek için, farkında olmadan yarattığım bir oyun muydu her şey?

"Evet... ama bir süre için. Artık geçti."

"Geçti mi?"

"Geçecek." dedim, abartısız bir gülümsemeyle.

Islak, alnından geriye taradığı briyantinsiz saçları, başının üstünde, kulaklarının arkasında, ensesinde gece siyahı dalgalar oluşturmuştu. Umursamaz, şımarık çocuk bakışlarını perdeleyen endişe pırıltılarıyla yanan lacivert gözleri, bornozunun yakasından gelen sabun kokusu ve saçlarından ensesine, boynuna inen su damlaları... O kadar erkeksi, aynı zamanda o kadar kırılgan... Hâtta bazı hatları erkek olmak için fazla bile güzel... Kemersiz düz burnu, çıkık elmacık kemikleri, oval, derin bir çukurla sonlanan çenesi, adaleli omuzlara ve kollara uzanan uzun boynu... Onu seyretmek bile içimi eritmeye kâfi geliyordu. Sanki Apollon göklerin derinliklerinden çıkıp gelmiş, yanıma uzanmıştı.

Olduğum yerde ona doğru döndüm ve sol elimle yanağını tutarken, koynuna sokularak başımı göğsüne yasladım.

Hemen heyecanlanmıştı. Yüreğinin atışı, nefesleri sıklaştı. Kendini hafifçe geri çekmek istedi. Yanağındaki elimi boynundaki ıslak saç dalgalarına uzatarak okşadım ve yüzümü, bornozunun yakasından içeriye, göğsüne dayadım. Başını kaydırıp, yastığına bıraktı. Teninin kokusunu içime çektim. Kolunu omuzuma doğru uzattı ama bana sarılıp sarılmama konusunda tereddütte olduğunun farkındaydım. Onun suçluluk duygusunun, çekingenliğinin tadını çıkarmak istiyordum. Gözlerimi kapayıp, dudaklarımı göğsünde küçük dokunuşlarla dolaştırmaya başladım. Avucunun, omuzumdaki teması biraz daha gerildi ve dudaklarından belli belirsiz bir mırıltı duyuldu. Öpücüklerimi, tenini koklayarak daha aşağılara indirirken, sol elimle kolunu tutup belime sardım ve bedenimi onunkine iyice yaklaştırdım. Bir anda, iki eliyle başımı tutarak, nazikçe kendinden uzaklaştırdı. Gözlerimin içine bakarken, ürküntüsünü görebiliyordum.

"Yine aynı şeyi yapıyorsun küçük sevgilim, yine beni delirtiyorsun. Aynı şeyleri yaşamamızı istemiyorum."

Göstereceğim tepkiden, beni kırıp kaçırmaktan, küstürmekten korkması, ona karşı üstünlük hisleriyle gururumu okşamıştı. Şimdi, onu şaşırtma sırası bir kez daha bendeydi. Kocamla yaşadıklarımız bir oyuna benzetilse, bu herhalde satranç olabilirdi. Bunu düşünmek bile, dudaklarıma garip bir gülümseme yaymıştı. Rollerimiz değişmişti.

Sol elimle bornozunun yakasını omuzlarına doğru indirip uzandım ve dudaklarımı omuz başından aşağıya doğru kaydırdım. Sabahlığımın yakası kaymış, sol göğsüm, onun açık tenine değmişti. Kısa bir süre önce, beynimi dalayan bir acıyla yanan rahmimde, şimdi, tatlı bir ılıklık hissediyordum. Sanki menbaı göbek deliğim olan binlerce minik yataktan akan sıcak sular karnıma, rahmime, vajinama dağılan damarların içine yayılıyor, bu sıcaklıkla genişleyen kadınlığım, kendisini paylaşmak, yeni sularla serinletmek istiyordu.

Elleri hâlâ saçlarımın arasındaydı. Tutuş şeklinden, beni durdurmak ile kendisi bir adım atmak arasında ıstıraplı bir kararsızlık yaşadığını ve şüphe duyduğunu hissediyordum. Bu duyguyu uzatıp tadını çıkarmak hoşuma gitmişti. Bu arada, tamamen açılmış ve onun bedenine değmiş olan sol göğsümü ve bacağımı hafifçe geriye çektim. Hemen, nefeslerine hâkim olmaya çalışarak, kasıldı. Ama bornozunun altından, un ufak bir işaretle tekrar "yolculuğa" çıkmaya hazır erkekliğini fark edebiliyordum. Anneannemin, "ibadet" ve "birbirini dinleyerek, bekleyerek..." sözcükleri süratle zihnimden geçti. Nesim'in, gecenin başında, bedenimi âdeta taparcasına okşamasını, sevişini gözümün önüne getirdim. Ve hayâlimdeki tüm gerdek gecelerini, romantik ve melodramatik tüm aşk sahnelerini, canımın acımışlığını, kocamın bekâretimi bensiz alışını, hepsini kafamdan sildim ve sadece şunları düşündüm: O beni, bir antik zaman tanrıçasına benzetmişti, ben de onu Apollon'a. Zaman, sevişme zamanıydı...

Güzel omuzlarından kaldırıp, gözlerinin lacivert derinliğine daldırdım bakışlarımı. Kâh temas eden, kâh kumaşlarla perdelenen tenlerimizin sıcaklığı bizi sarmış, etrafımızı bulut gibi örtmüştü bile.

Hiç düşünmeden, sebep, mantık aramadan, sadece ve sadece içgüdülerime teslim olup, kendimi ve o anı yargılamadan yaşamak üzere, içimden gelen sese kulak verdim, Sesin, ardı ardına sıraladığı repliklerimi okumaya ve rolümü oynamaya başladım:

"Ben de aynı şeyleri yaşamak istemiyorum." dedim, elimi, ipek kumaşın şimdilik kapadığı kasıklarımın üzerine koyarak ve bu işaretimin ve kinayeli sözcüğün bile her şeyi anlattığından emin, onun, bir kez daha, bana karşı olan çaresiz utancını yaşamasını izleyerek.

Sonra, oturduğum yerde doğruldum. Gözlerimi kapayıp, birer birer ellerini, avuçlarını öptüm. Beynimde üç sözcük yankılanıyordu sadece: "ibadet eder gibi." Kollarını iki yanına yerleştirdikten sonra, bornozunun kemerini çözdüm. Gözlerimi açmadan, ellerimin dış yüzü tenine nefes gibi değecek şekilde, yüzünden başlayarak, boynunu, göğsünü, karnını hayâl dokunuşlarla bezedim. İnlemeye başladığı an, ona ıstırap ve zevki bir arada tattırdığımdan emindim. Bu defa dudaklarım değil, beynim gülümsedi sanki. Kocamla çok benzeyen bir yönümüzü keşfetmek üzereydim ve bu, bana ayrı bir heyecan vermişti. Göz kapaklarımın arasından baktığım zaman, onun, tahakküm etmeye alışık bir erkeğin mecburi bekleyişini yaşamadığını anladım. Şu an karşımda duran, Suadiye'deki bahçede, bir gece yarısı komşunun küçük, saf, âşık kızını sabırsızlıkla sıkıştıran, ona ders veren erkek değildi. Tülsü dokunuşlarla vücudunda yarattığım arzu kadar, benim rolümü önce oynamamı beklerken duyduğu fiziksel ıstırap da ona zevk veriyordu. O hareketsiz, çaresiz uzanıp kaldıkça, benim ona olan arzum artıyordu. Anneannemin anlattığı, "birbirini dinleyerek, bekleyerek yapılan yolculuk" bu olmalıydı, yeni keşfediyordum.

Nesim'in beni, aynanın karşısında, mum ışığında çıplak bırakıp, gizliliklerimi keşfe çıktığı anları hatırladım. Vücudumun, o anki beklenti ve heyecanıyla bir kez daha ona sarılıp kocamın, saçlarından başlayarak, bütün yüzünü öptüm. Boynunu dudaklarımın arasına aldığımda, tüm vücudu titredi. Ellerinden sadece biriyle saçlarımın arasına dalıp başımı kendisine doğru bastırdı ama hemen geri çekti. Bunu bir işaret olarak alıp, tenini dudaklarımın arasına hapsederek, karnının altına kadar indim. Yüzümü yalayan erkeklik kalbini kendi ıstırabıyla baş başa bırakıp yavaşça yataktan ayrıldım. Balkonun önündeki masaya doğru ilerledim.

"Benden intikam mı alıyorsun?"

Dönüp bakmadım. Açık balkon kapısının tülleri, rüzgârdan kenara kaymış; Boğaz tepelerinin seyrek ışıkları, neredeyse doğacak sabahı karşılamaya hazır, yorgun titriyordu. Masanın üzerinde duran tacımı alıp aynanın karşısına gittim. Zamanı hatırlamıyordum, belki bir, belki iki saat önce burada yine çıplak duruyordum. Görünürde her şey aynı gibiydi ama bedenimde ayrı bir dünya oluşmuştu şimdi. Kendimi izlediğim kısa bir andan sonra, tacımı başıma oturtup tülünü sırtıma bıraktım ve yatağa doğru yürüdüm.

Nesim, yatakta doğrulmuş beni izliyordu. Vücudu yay gibi gerilmişti. Gözleri çakmak çakmak, dudakları, hararetten kurumuş da su bekler gibi aralıktı.

Ona doğru yürürken, utanmadan, tüm vücuduna göz atarak, biraz geç de olsa, cevabımı verdim:

"Hayır... Ben değil... Beraber intikam alacağız..."

Onun tarafına yanaşıp yatağa çıktım. Ve kulağımdaki repliği tekrarladım:

"Yanlış yaşanan bir andı ve onu beraber düzelteceğiz."

Sonra, âdeta karşı sahnede gördüğüm bir oyunu tekrarlar gibi, yatakta ayağa kalktım. Sabahlığımın kemerini çözdüm. Ve ağır ağır üzerimden kaymasını bekledim. Sonra, çıplak olarak kendi etrafımda yavaşça dönüp Nesim'in beni seyretmesini sağladım. Olduğu yerde doğruldu ve bana doğru uzanıp bacaklarıma sarıldı. Yavaşça, bedenimi bıraktım, onun kolları arasında kayıp belimi sarana kadar. Göğsüme kapanan başına, saçlarının arasına yüzümü gömdüm ve onu kendime bastırdım.

"Küçük sevgilim benim... canım... canım." mırıltılarıyla kıpırdayan dudakları, göğüslerimde garip sansasyonlar yaratıyordu.

Tacımdaki tülü geriye atıp, bacaklarımı hafifçe açarak kucağına oturdum. Sarıldığım, üzerinde olduğum bu tüm vücudu istiyordum şimdi. Başını göğüslerimin arasından kaldırıp fısıldadı:

"Sana söylemem gereken bir şey var, küçük sevgilim."

İşaretparmağımı dudaklarına koyup susturdum.

"Konuşacak çok zamanımız olacak."

'Hangimiz saf deneyimsiz, hangimiz tecrübeli kadın avcısı? Hangimiz erkek, hangimiz kadın? Kim kırılgan, kim koruyucu? Hangimiz daha romantik?' sorularının birbirine karıştığı bir sevişme yaşamaya başladık.

Onun çoktan hazır bedeni üzerine, bu kez gönüllü, kayıp oturduğumda, bir önce tadamadığım, anlamadığım, yarım kalmış yolculuğumu yaşamaya başlamıştım bile. Beni korkutmaktan korkarak sabırla bekleyen vücuduna, bu defa sahip olan bendim. İçimi, yüreğimi, ruhumu, rahmimdeki yeni fısıltıyı, kadınlığımın sıcak kaygan sesini dinleyerek, bekleyerek, ağır ağır, onların bana müsaade ettiğince, onun vücudunu teslim almaya başladım. Her adımı bana bırakmış, nefesini tutarak, genzinden gelen boğuk iniltilerle, esirim olmuştu. Bacaklarım, sonunda onunkileri iki yandan tamamıyla sardığında, az evvel arzu edip de tamamlayamadığı yolculuğu keşfetmişti. O zaman, elleriyle belimi tutup kendini bana doğru kaldırdı. Artık beraberdik. Kimsenin üstünlüğü kalmamıştı. İçimde, hâlen küçük çizikler atılıyor hissi duymama rağmen, umurumda değildi.

Gözlerimi açıp onun gözlerini yakaladım. Küçük gece lâmbasının ışığında, benim mavi, onun lacivert bakışları birbirine yansıyor ve ikimizin de renkleri değişiyordu. Şimdi birbirimizin ritmini, soluğunu, yüzündeki ifadeyi, gözlerindeki ihtirası izleyerek kımıldıyorduk. Bedenlerimizin ritmiyle, South Sea incileriyle işlenmiş Chantilly tül, kâh sırtımda kâh onun bacakları üzerinde, Aurora'nın incileri gerdanımda, göğüs çukurluğumda ve göbek deliğimde kayıp yer değiştirirken, açık denizlerden gelen tropikal bir esinti ile son minik dalganın ölmeden önce kumsalı yalarken çıkardığı ses birleşip beste yapmış gibiydi. Kendi nefeslerimiz, tahammülü kalmamış küçük iniltilerimizle hırpalanmadan sahip çıktığımız aşkımıza da sarılıyor gibiydik. Onun vücuduna uzanıp başımı boynuna gömdüğümde, onu benim, kendimi de onun içinde hissediyordum.

Zifaf yolculuğumuzu tamamlamış yanında uzanırken, beni kollarına aldı. Saçlarımı, alnımı, gözlerimi öptü.

"Canım... benim küçük sevgilim... Keşke sana yıllar önce rastlasaydım... Tanrım, böyle bir doyum yaşamadım hayatımda. Ne yaptın bana? "

"Ben bir şey yapmadım," diye gülümsedim, "onlar yaptı."

"Onlar mı?"

"Onlar." diye tekrarladım, muzipçe, "Biraz Eleni, biraz St. Petersburglu aristokrat kadın... biraz Aurora ile mihracesi, biraz anneannem ile dedem, hâtta biraz da Celeste ile Mösyö Feretti... ve tabii bir de Truvalı Helen ve Apollon..."

Sonra, dudaklarına uzun bir öpücük kondurup yataktan kalktım. Tacım çoktan başımdan çıkmış, nemli saçlarım göğsüme, omuzlarıma dağılmıştı. Boynumdaki kolyenin klipsini açarak çıkardım ve banyonun yolunu tuttum.

Arkamdan seslendi:

"Bunların ne demek olduğunu anlatacaksın, değil mi?"

Dönüp güldüm. Çıplaklığımdan utanmamanın verdiği rahatlıkla, saçlarımı arkaya doğru atarak, sırtımı dikleştirdim.

"Bir gün." dedim, "Belki bir gün..."

* * *

Boğaziçi'nde gün ağarmak üzereydi. Birbirimize sarılmış yatıyorduk. Hem de, hep hayâl ettiğim gibi, sadece sıkı sıkı sarılıp bedenlerimizin sıcaklığının, aşkımızın tadına vararak, sakin, konuşmadan yatıyorduk. Demek ki onun da bir sırası vardı. Gecemizi, kendi yazdığım bir rolle bitirmiş olmaktan çok mutluydum ve onu da mutlu etmiştim.

Boynumdan ve belimden sarmış olduğu kolları arasında, ona biraz daha yaslandım. Kalçalarımı, onun artık dinlenmekte olan erkekliğine dayayarak, dizlerimi karnıma çektim. Yastığımda, başımın altında uzanan kolunu öptüm ve içim ısındı. Çok mutluydum.

Belimden doladığı eliyle karnımı okşayarak, beni iyice kendi vücudunun şekline yerleştirdi.

"Canım..." dedi, "Canım..."

Dudakları saçlarımın arasında fısıldıyordu:

"Seninle daha önce buluşabilseydik ya da seninle sevişene kadar çılgın maceralarım olmasaydı... Belki her şey çok farklı olurdu..."

Anlayamamıştım. Zaten her şeyi düzeltmemiş miydik? Gecemizi yine bir peri masalı gibi bitirmemiş miydik sonunda?

Onun hâlâ daha, beni kırmaktan duyduğu ezikliği taşıdığını sanarak çok ciddiye almadım.

"Bu mümkün değildi biliyorsun. Ne sen beni bekleyebilirdin, ne ben sana yetişebilirdim. Bence unut ve şu anın tadını çıkar.

Onu ikna etmek için, başımı döndürüp gözlerine baktım.

"Her şeyi düzeltmedik mi zaten? Kendine işkence etmekten vazgeçmelisin." dedim ısrarla.

Huzursuzca kıpırdandı, beni bırakmadan.

"Sana söylemek istediğim bir şey var, küçük sevgilim. Demin söylemek isteyip de, söylemediğim, daha doğrusu söyleyemediğim."

"Benimle mi alâkalı?"

Kolları arasında ona doğru dönmüş, merakla bekliyordum.

"Benimle alâkalı... Ama şu durumda artık ikimizle de..."

Yerinde doğrulup sırtını yastığa dayadı. Beni de yanına çekip sol kolunu omuzuma doladı ve elimi avucuna aldı.

"Şimdi anlatacaklarımı, dikkatle ve beni muhakeme etmeden dinlemeni istiyorum, cennetkuşum. Sana tapıyorum, bunu biliyorsun, değil mi? Seni bir kez daha kırmak, üzmek istemiyorum. Onun için, bunları anlatmalıyım ki henüz İstanbul'dan ayrılmadan kararını verebil."

"Ne kararı? Ben kararımı verdiğim için burada, seninle, aynı yataktayım." dedim.

"Dinle lütfen... Ve beni şimdiden affet. Çünkü bunların, seninle hiçbir ilgisi yok. Hepsi senden çok önce başladı."

Beni bu kadar sevmemiş olmasa, belki de anlatmaktan kolaylıkla vazgeçebileceği kadar zor bir şeyi anlatacağını o an anlamıştım. Onun işini zorlaştırmak istemiyordum. Hiç kesmeden dinlemeye karar verdim. Elini, diğer avucumla da sararak onu rahatlatmaya çalıştım. Başımı, masal dinlemeye hazırlanan bir çocuk gibi, onun omuzuna dayadım. Ne kadar güçlü, ne kadar güven vericiydi.

"Her şey, İngiltere'ye yatılı okula gittiğim sene başladı... Henüz on bir yaşındaydım... Önceleri, yatakhanede, oğlanların arasındaki bir akşam oyunu gibiydi. Kiminin gizli gizli okula getirdiği resimlerle, büyük sınıftaki çocuklardan öğrendiğimiz hikâyelerle heyecanlandığımız oyunlardı ilk önceleri. Sonra, bu konuşulanların üzerimizdeki etkileri artmaya, sadece dinleyip öğrenmekten farklı beklentiler doğurmaya başladı. Merakımızı, birbirimizin bedenleri üzerinde gidermeye başladık. Gece, ışıklar kapandıktan sonra, soğuk yatakhanedeki yatakların bazıları, birbirinin vücudunu yoklayan, uyaran çocukları saklardı battaniyelerin altında. Herkes herkesi bilir ama kimse bir şey bilmezdi."

Güldüm, mektepteyken duyduğum bir dedikoduyu hatırlayarak.

"Yatılı kızlardan, benzer hikâye dinlemiştim bir kere." dedim.

"... Sonra, daha büyük sınıflardan ağabeyler devreye girdi. Korkutur, tehdit eder ve ilişkiye zorlarlardı."

"Devam et." dedim, anlattıklarının benim hayatımı etkileyecek bir şey olmadığını düşünüp.

"Bu çocuklardan kimi, ileri yaşlarda kızlarla sağlıklı ilişkiler kurdu; kimileri, cinsel seçimlerini bir erkekten yana yaptı; kimi de, her iki cinsin çekiciliğine de mahkûm kaldı."

Durup yutkundu.

"Ve onlar, hiçbir zaman, genç bir kızla, sıhhatli bir aşk yaşayamadılar... İşte, ben de onlardan biriyim..."

Bu defa, yüzünü görmüyordum ama sesi öyle yaralı çıkıyordu ki onun, çocuk yaşında, yatakhane köşesinde, jimnastikhanede, kendisinden daha iri, büyük, küstah bir çocuğun kontrolünde, gözünde yaş, küçük bedenini kullandırmak zorunda kaldığını canlandırabiliyordum.

Başım omuzunda, eli avucumda, öylece duruyordum. Beni kaçırmaktan korkar gibi, biraz daha sarılıp kendine çekti. Belki de, isyanla, yataktan fırlayıp bağırmamı, haykırmamı, ağlamamı bekliyordu. Hiç hareket etmedim. Tam aksine, ona sokulup avucumdaki elini dudaklarıma götürdüm. Bana olan bütün aşkına, hayranlığına rağmen, bekâretimi alırken tavrındaki aldırmazlık, kontrolsüzlük, çok yıllar önce yaşanan bir acıya inat, kuvvet göstergesi, bir isyandı. Belki de, sonradan duyduğu ıstırap ve acı, intikamını bu kadar sevdiği bir bedenden almış olmasındandı. Onun, kuvvetli, yakışıklı, çapkın ve küstah bakışlı varlığının ardındaki kırılgan, naif, ruhundaki yarası hiçbir zaman kapanmamış çocuğu keşfetmiştim. Gözlerimde yaşla, dönüp boynundan sarıldım. Hâlâ yanında ve sevgi dolu oluşuma şaşırmıştı.

"Şimdi beni terk etmeyecek misin?" diye sordu.

Tanrım! Onu nasıl terk edebilirdim? O güzelim Apollon başı, şimdi de Antinous'a dönüşmüştü. Evet, aynen... dalgalarla alnına dökülen saçları, mahzun, melânkolik bakışları, kemersiz burnu, bir şeyler söylemek istermiş de, kalbi kırılmış hissiyle bükülmüş etli dudakları, çenesindeki gamze...

Nil'in sularına yürüyüp intihar etmişti melânkolik âşık Antinous. İmparator Hadrianus'un unutamadığı gözdesi...

"Claudiopolisli Antinous." diye mırıldandım.

"???"

Başını çevirişinden, sessiz sorusunu hissettim.

"Onun acıklı hikâyesini ilk okuduğumda, hep hayâl etmiştim. Şayet, ben o günlerde yaşıyor olsaydım ve karşısına çıksaydım, acaba onu ölümden döndürebilir miydim, diye. Çünkü imparator Hadrianus'a olan tutkulu ve sonsuz aşkı götürmüş onu ölüme. Ölüp, aşkını da sonsuzluğa taşımak istemiş. Hadrianus, ilâhlaştırıp rölyefini yaptırmış Tivoli'de."

Sesim, trajik öykünün temposunda yavaş, dokunaklıydı. Birden, dönüp sordum:

“Senin de bir Hadrianus’un var mı?”

Şaşkındı. Ben, ona biraz daha sokulup, bana güvenmesini, orada olduğumu, kaçmadığımı hissetmesini istedim.

“Küçük sevgilim benim, anlattıklarımı anladın mı?”

“Anladım.” dedim, “ Ben, sadece bahçede gördüğün küçük kız değilim. Bildiğim, anladığım çok şey var benim de…”

“O zaman, bu seni…”

Burada biraz durdu, zira benim bir müddet evvel ona söylediklerim aklına gelmiş olmalıydı. Devam etti:

“… seni iğrendirmiyor mu?”

“Hayır!” dedim, kesin bir ifadeyle, “Hayır, iğrendirmiyor. Üstelik bana, hep hayâl ettiğim bir şans veriyor.”

“Şans mı?”

“Ah! Evet! Ama önce soruma cevap vermelisin, senin de bir Hadrianus’un var mı?”

Yutkundu.

“Vardı.” dedi, fısıldar gibi, “Hep oldu. Ya fahişeler ya evli kadınlar ya da diğerleri oldu hep. Hiçbirinden vazgeçemedim.”

“Peki ya şimdi?”

“Ah benim minik sevgilim, şimdi yalnızca sen varsın ve yalnızca sen. Senin varlığın, temiz, saf bedenin, sevgin, dokunuşun, şimdiye kadar tatmadığım bir duygu… Ama…”

“Ama?”

“Böyle bir ilişkiyi ilk kez yaşıyorum ve kendimi denediğim hiçbir tecrübem olmadı daha evvel. İleride, tekrar bir hata yapıp seni üzmekten çok korkuyorum.”

“Korkma.” dedim, “Ben korkmuyorum. Söyledim ya, bana hayâl ettiğim bir şans veriyorsun.”

Dönüp, onun koynuna uzandım. Antinous başını okşayıp çenesindeki gamzeyi öptüm.

“Dedim ya, bu hikâyeyi duyduğumdan beri hep düşünmüşümdür. Şayet ben o devirde yaşayan bir genç kız olsaydım, Antinous’un karşısına çıksaydım, onu Hadrianus’a olan aşkıyla ölüme gitmekten kurtarabilir miydim, diye. Hep, o güzel rölyefini gördüğüm sayfaya girip, onu kendime âşık etmek ve Nil’e doğru yürürken önünü kesmek, dudaklarından öpüp geri getirmek isterdim.”

Kendimi kaptırmış, parmaklarımı onun dalgalı saçlarında dolaştırıp anlatıyordum. Kendimi, bir zamanlar hayâl oyunlarımda yaşattığım imkânsız bir aşk öyküsünün ortasında, canlı yaşarken bulmuştum. Milâttan sonra 130 yılında, gencecik yaşında ölümü seçmiş, âşık olduğum bir erkeği ve öyküsünü kader karşıma çıkarmıştı. O ise, beni dinlerken, söylediklerimden dolayı, hem hayret hem de hayranlık duyan bir ifadeyle bakıyordu.

"Beni şaşırtmaya devam ediyorsun küçük sevgilim. Tevekkeli değil, seni antik çağlardan gelme bir tanrıçaya benzettim dün gece. Sen, gerçekten, o zamanlardan gelmiş olmalısın. Söylediklerin, söylediklerimi kabullenişin, yaşının ve zamanın o kadar ötesinde ki, ne diyeceğimi bilemiyorum."

Boynuna sarılarak kendimi ona daha da yaklaştırdım.

"Sadece beni sevdiğini söyle, yeter."

Gözleri, ıslak ışıltılarla pırıldıyordu. Anılarının ve anlattıklarının verdiği acıyla bükülmüş dudakları aralandı.

"Seni, hayatımda kimseyi sevmediğim ve sevemeyeceğim kadar seviyorum, tanrıçam benim. Sen benim ruhumun, uzaklardan gelmiş diğer yarısısın. Seninle olduğum kadar kimseyle tamam olamam artık."

Sırtüstü uzanırken, boynuna doladığım kollarımla onu üzerime doğru çektim. Bu kez, daha büyük bir arzuyla ve bedenimin kendi sesini dinleyerek bacaklarımı beline doladım. İtiraflarından sonra, ona, yine hâkim erkeklik duygularını yaşatmak istiyordum. Bu kez, beni yönlendirmesi için kendimi ona bıraktım. Nedenini, birbirimize hiçbir zaman sormadık ama ağlayarak seviştik. Belki ayrı, belki aynı sebeplerden... Hayatımızı etkileyen isimler çoğalmaktaydı ve biz henüz birinci gecemizdeydik. Daha yeni tanışıyorduk. Ne o, Aurora'yı ve mihraceyi biliyordu ne de ben onun Hadrianuslarını... Hepsini öğrenmek için uzun bir zamanımız olacaktı.

Dört saattir ilk kez sessizlik hâkim olmuştu. Aile fertleri nefeslerini tutmuş, kimi oturduğu koltukta, kimi ayakta, Hüma'nın yatağının etrafında, gergin bir bekleyiş içine girmişlerdi. Gözlerinde hayret, merak ve endişe vardı. Son elli sayfadır defteri okumakta olan, Hüma'nın büyük oğlunun kızı, onun en sevdiği, gözbebeği torunu, defteri kapayıp kucağına koydu. Gözlerini, diğerleri üzerinde gezdirdi. Kimse konuşmuyordu. Gözlerde yaş vardı. İlk başta, Hüma'nın, özellikle cinsellik üzerine kullandığı rahat, detaylı ifadeleri hep beraber okuyor olmaktan rahatsızlık duymuş, yadırgamışlardı. Ancak, ilerleyen sayfalarda, Hüma anlattıkça, artık annelerini, babaannelerini, anneannelerini dinliyor olmaktan çıkmışlardı. Çünkü hayatını okudukları bu kadın, onların bildiği, tanıdığı kadın değildi. Çok uzak bir devirde yaşamış, bitmiş bir zamanın perdesinde hatırası kalmış çılgın bir genç kızın itiraflarını okumaktaydılar. Şimdi, Hüma, onlar için devrinin, yaşının, cinsiyetinin hassasiyetine rağmen, kara gözlülüğü, cesareti, hayatı bir oyun olarak alıp yaşamın şaşırtıcı sürprizlerine karşı kendi oyunlarını yazıp oynayan, isyan etmek yerine katılarak, yaşamayı kolaylaştıran bir roman kahramanıydı. Ve o kahramanın kullandığı umursamaz rahatlıktaki kelimeler, utanma hissini yoran ifadeler, artık onları rencide etmez olmuştu.

1913 yılında, henüz on yedi yaşındaki bir genç kızın, kadınlığa geçerken sevdiği erkeğin gizli yaşamını kabullenişindeki inanılması zor hoşgörü ve bunun yarattığı girdap, onları içine çekmiş ve nefessiz bırakmıştı. Gümüş tepsilerdeki kanepelere dokunulmamış, içki ise ancak Hüma hatıratında içtiği zamanlar, dinleyenlerin aklına gelmişti.

Elli sayfadır, defteri kimseye bırakmadan okuyan torun, babaannesini tamamen sahiplenmiş görünüyordu. Bal rengi saçları, beyaz teni, iri mavi gözleri, uzun, ince bedeniyle babaannesinin o yaşlardaki kopyası gibiydi. Anıları seslendirirken, herkes, benzer fiziği nedeniyle, karşısında Hüma'nın o yaşlardaki hâlini görür gibiydi.

Büyük oğul öksürerek, aile fertlerini daldıkları şaşkınlıktan çıkardı.

"Evet," dedi, "bu durumda, belki bazılarımız odadan ayrılmak isteyebilir."

"Lütfen, babacığım," dedi kızı, elindeki defteri bırakmadan. "babaannem, burada kalmasını istediklerini açıkça belirtmiş. Bunu hep beraber dinlememizi arzu etmiş."

Herkes, birbirine soru soran gözlerle baktı. Kimsenin bir yere gitmeye niyetli olmadığı belliydi.

Birden, defteri tekrar açmış olan torunun kahkahalarıyla şaşırarak baktılar.

"Buna inanamayacaksınız." dedi genç kadın, "Babaannem, sanki burada ve her şeyi izliyor. Bakın bu yeni sayfada ne yazıyor."

... Şaşkınsınız değil mi sevgili çocuklarım? Oldukça da utanmış olabilirsiniz. Belki de, sizi, bu itirafları bir arada okumak, dinlemek zorunda bıraktığım için bana kızgınsınız.

Birbirlerini süzdüklerinde, Hüma'nın söylediklerini doğrulayan bakışları gördü ve gülmeye başladılar.

"İnanamıyorum," dedi küçük oğlu, "sanki anı anına bizimle."

Hüma, kendi yarattığı ağır, ezici havayı, yine kendi tatlı alaycılığıyla hafifletmişti. Torun devam etti.

... Ama yine de sizleri zorlamaya hakkım olmadığını düşünüyorum. Bu aradan istifade, isteyenler gruptan ayrılabilir. Ne zaman öleceğimi, sizlerin bu defteri ne zaman, hangi tarihte, hangi mevsimde ve saatte okuyacağınızı bilemiyorum. Ama fark etmez, ben defterimin geri kalan kısmını, ilk kız torunum olan küçük Hüma'nın okumasını istiyorum ve...

Genç kadın devam edemedi, ağlamaya başlamıştı. Gülme krizinden gözyaşlarına... Halası yanına gelip onun kaldığı yerden, annesinin cümlesini tamamladı:

... Ve Aurora'nın incilerini de ona bırakıyorum.

Odada yine zaman durmuştu. Hüma, onları bir şaşkınlıktan diğerine sürükleyip duruyordu. Genç kadın, gözlerini silerek, burnunu çekti ve nazikçe, defteri halasının elinden aldı. Rüyada gibiydi.

* * *

... Yine şaşırdınız değil mi? Çünkü şimdiye kadar anlattığım incileri hiçbiriniz görmediniz. Ve eminim, onları ömrümün geçmiş bir döneminde kullandığım ve sonra, bir şekilde hayatımdan çıkmış mücevherler olarak düşündünüz. Ama hayır. O inciler hep bendeydi. Sadece hiç kullanmadım, o yaşadığım acı günden sonra. O acının ne olduğunu mu merak ettiniz? Onu da ömrüm yeterse, ileri sayfalarda, aksi olursa, daha önce yazılmış bir başka defterden öğreneceksiniz, acele etmeyin. Hepsi sırayla.

Hep, hüzünlü hayatlara eşlik eden bu incileri, en sevdiğim torunuma bırakmakla, onu da mutsuzluğun ve acının içine çektiğimi düşünebilirsiniz. Fakat öyle değil. İnanın, uğursuzluk incilerde değil. Onlar sadece, tesadüf eseri, iki kadının hüzünlerine eşlik etti. Denizden çıktıklarından beri, umutsuzluk ve gözyaşına takı olan bu üçlüyü, genç Hüma'nın hayata döndürebileceğini ve onları hüzünden kurtaracağına inanıyorum.

İncilerin nerede olduğunu merak ediyorsanız, onları, artık bir daha kullanmamaya yemin ettiğim yerde saklamıştım. Boynumdaki zincirde bulmuş olduğunuz üçüncü anahtar da onların kasasını açacak. Hüma'nın, kolyeye ulaşması için bir yolculuk yapması gerekecek. Ama nereye? Onu da öğreneceksiniz, daha zamanı var. Şimdi hazırsanız, devam ediyorum.

* * *

Genç Hüma'nın gözleri yaş doluydu. Haykıra haykıra ağlamamak için kendisini zor tutuyordu. Kendini bildiği ilk günden beri, çok özel bir ilişkisi olmuştu babaannesiyle. Hüma, diğerlerinden çekinmeden, açıkça favori torununu ilân etmişti onu, seneler evvel. Onun, kendisine en benzeyen olduğunu söylerdi hep. Ama genç kadın, şimdi babaannesini daha yakından tanıdıkça, onun kadar cesur olmadığını fark ediyordu. Şaşkın aile fertlerinin kadehlerine şampanya doldurmakta olan kocasına bakarken düşündü. Sevişerek evlenmişlerdi ama şu anda, ona olan aşkını sorgulamaya başlamıştı. Yok, hayır, babaannesinin, aşkı için yaptığını kendisi asla kabullenemezdi. Kocası, elinde dolu bir kadehle yanına gelip, keyifli bir gülüşle kulağına doğru eğildi.

"Büyükanne, tayfuna yakalanmışa çevirdi herkesi, değil mi?"

"Evet." dedi Hüma, gülümseyerek kadehini alırken.

"Rahatsız olmuyor musun?" diye sordu genç adam.

"Neden?"

"Neden olacak. Cinsellik dolu onca cümleyi, benimle baş başayken bile telâffuz etmediğin kelimeleri okurken..."

"Bunları ben yazmadım, unutma."

"Ama yadırgamadan okuduğundan, o kadar sana ait gibi geliyor ki kulağa..."

"Belki de onun için babaannem benim okumamı istemiştir."

"Ne demek istiyorsun?"

Sesinin tonunda, perde arkasına saklanmış kıskanç bir erkek oturmaktaydı.

"Onu en iyi benim hissedebileceğimi ve yazdıklarının, yaşadıklarının anlamını verebileceğimi düşünmüş olmalı."

Sonra, onun yakışıklı yüzüne, kollarını kıvırmış olduğu kolalı gömleğinin altındaki adaleli vücuduna baktı. Nesim aklına geldi. Acaba kocasının da bir Hadrianus'u olmuş muydu? Bunu düşünürken kıskançlık değil de, muziplik hissediyor olmasına şaştı. Acaba, gerçekten babaannesine bu kadar mı benziyordu?

"Ne oldu?" diye sordu kocası, dudaklarına yayılan gülüşün ardındaki nedeni merak ederek.

"Hiç," dedi, Hüma, "sadece seni Antinous'a benzettim."

"Saçmalama." dedi kocası, elinde şampanya şişesi, odanın diğer ucuna giderken.

Hüma, onun arkasından gülümsemeye devam etti. Odada, gözlerini gezdirdi. Şu anda, bütün ailenin deli gibi merak ettiği, sorularla, sırlarla dolu bir hayatın anahtarı onun elindeydi. Kendisini, babaannesine her zamankinden yakın hissediyordu. Hâtta sanki saçları, gözleri, yüz ifadesi, oturuşu ve dudaklarına muzipçe yayılan gülümsemesiyle yirmi beş yaşındaki Hüma olmuştu. Defteri açarak, hafifçe öksürüp genzini temizledi. Herkes yerini almıştı. Gonk vurulmuş, yeni perde açılıyordu.

Genç Hüma'nın zihninde bir yerlerde, Feretti, Catalani'nin 'Réverie'sini çalmaya başlamıştı. Sayfayı çevirdi.

Yuvadan Uçuyorum

İstanbul'dan ayrılmamız hüzünlü oldu. Düğünden sonraki kısa zaman aralığında, baş başa kalma fırsatımız olmadığı için, ailem, verdiğim karardan pişmanlık duyup duymadığımı, mutlu olup olmadığımı sorgulayamadığından, endişe içindeydi. Bizi geçirmeye geldiklerinde, bu endişeleri açıkça yüzlerinden okunuyordu. Ama Nesim'le ben o kadar mutlu, o kadar keyifliydik ki, bakışlarındaki sorular kısa zamanda kayboldu. Özellikle, babamın içini rahatlatmam gerektiğini hissettiğimden, ona defalarca sarılıp öpüşlerimden birinde, "Çok teşekkür ederim babacığım. Her şey için." dedim.

"Emin misin?" diye sordu, yine de şüpheyle gözlerimin içine bakarak.

Çocukluğumdan beri, onu her ikna etmem gerektiği zaman yaptığım gibi, yanaklarını avuçlayarak gözlerinin içine baktım:

"Evet, hem de çok."

Gözlerindeki yaş içimi burktu. Her nedense, annemin, anneannemin, halalarımın ağlamasını tabii karşılıyordum ama babamın gözyaşları beni çok üzmüştü.

"Kendine iyi bak, gözbebeğim. Seni çok seviyorum."

"Ben de sizi babacığım."

Annem ise, yaşlarına teslim olmamak için özel bir gayretle, kendini oyalama telâşındaydı. Boyuna, ya şapkamın kenarındaki fiyonga ya saçlarımın lülelerine ya da elbisemin yakasındaki portbuketime dokunup, yanlış oturmuş bir şeyleri düzeltiyormuş gibi yapıyordu. Biricik kızını, en mükemmel görüntüsünde uğurlamak istiyordu. Kucaklaştığımızda sesi titriyordu.

"Hep kuvvetli ol ve unutma, ne kadar uzağa gitsen, biz hep seninleyiz bir tanem benim."

Anneannem, yıllar boyu, sevdiklerini defalarla yolcu etmiş olmasına rağmen, benim gidişimi, sanırım yaşından dolayı, belki de bir daha görüşemeyecekmişiz hissiyle, bir türlü kabullenemiyor gibiydi ama bunu telâffuz dahi etmedi. Ayrılığımızı daha da zorlaştırmamak için, her zamanki metanetli tavrıyla beni kucakladı. Sonra, kollarımı iki yandan sıkı sıkı tutarak, yaşlı gözlerle gözlerimin içine baktı.

"Seni çok özleyeceğim küçük prensesim. Unutma, hayatın, ancak kendin yönetirsen senin hayatın olur. Artık evli bir kadınsın ama hayatına sahip çıkmaktan vazgeçme. Söz ver bana."

"Söz anneanneciğim."

Anneannem, uzaktan uzağa, benim o ana kadar hayatımı istediğim istikamette ayarladığımı fark etmişti. Benim doğal olarak yaptığımı, kelimelere dökerek, onlardan uzakta geçecek hayatım için bana kuvvet veriyordu.

Mösyö Feretti de, uğurlama esnasında, ailenin içinde yerini almıştı. Celeste'ten bakışlarını zor ayırarak yaptığı vedalaşmadan sonra, bana kibarca sarıldı. Beş yaşımdan beri, yaz-kış, haftada iki gün, aile ve dost yemeklerimizde de çoğunlukla yanımda olan piyano hocamın ağlamaklı ifadesine bakınca, bir an onu da yanımıza alma ihtiyacı duydum.

"Evet, dünyanın en güzel bestesi," dedi kırgın bir sesle, "ayrılık vakti geldi."

"Mösyö Feretti, bana bunca yıl sabrettiğiniz için, öğrettikleriniz için çok teşekkür ederim. Ne olur, bizi ziyarete gelin. Sizi de ailem kadar çok özleyeceğim."

"Ben de seni güzel beste, ben de seni."

Bunu söylerken göz ucuyla, Celeste'e kaçamak bir bakış attı. Aslında, "Ben de sizi." demek istediğini çok iyi biliyordum.

"Niye bizimle gelmiyorsunuz?" dedim, telâşlı bir sesle. Sanki henüz vakit varken, onu da yolculuk grubumuza katabiliriz gibi.

"Bu mümkün değil. Benim hayatım burada, İstanbul'da kuruldu. Yeni dünyada, yeni bir hayat kurma gücüm olduğunu hiç sanmıyorum. Ama sizleri ziyarete gelmeye çalışırım."

Sonra, elimi iki avucu arasına alarak, veda sözcüklerini tamamladı:

"... ve sakın piyano çalmayı bırakma. Müzik, insanın en yalnız, en çaresiz anlarında bile en iyi arkadaştır, hâtta sırdaştır. Kendini geliştirmen için, New York'ta mükemmel fırsatlar bulacağından eminim."

"Kimbilir, belki bir gün beste bile yapabilirim."

"Pekâlâ yaparsın. Ama dikkat et. Yanlış çalacak kimseye verme besteni."

Bu son cümlenin, müziksel anlamının dışında, aslında, anneannemin tavsiyesinin daha lirik bir anlatımı olduğunun farkındaydım. Gülümsedim ve onu yanaklarından öptüm.

Sonradan hep düşünmüşümdür, vedalaşırken, en uzun sohbeti aile bireylerimden biriyle değil de, piyano hocamla yapmamın sebebini. Kimbilir, belki de, zor tuttuğumuz ağlama krizine girmemek için, kısa ve öz kesmiştik cümlelerimizi.

10 Ağustos 1913 Pazar günü, İtalya üzerinden Londra'ya vardığımızda, bu ilk kez geldiğim şehirde, ailemle en son bir sene evvel gittiğim Avrupa'dan çok farklı bir şeyler hissettim. Etrafımda gördüğüm herkes, yolculuk yapanlar, uğurlayanlar, hamallar, satıcılar, hepsi, kendi günlük, olağan telâşlarını yaşıyor gibiydiler ama sanki görünmeyen, söylenmeyen bir tedirginlik havayı sarmıştı. Bu duyguyu, en son bir sene evvel ailemle yaptığım Avrupa seyahatinde hiç hissetmemiştim. Sanki muhakkak yaşanacağı bilinen bir facia bekleniyordu da insanlar, tehlikenin hem uzakta kalmasını arzulamak ile nasılsa geleceğinin bilincinde, bir an evvel olup bitmesini beklemek arasında sıkışmışlar ve bu kaotik ruh hâli, havada asılı kalmış gibiydi. Bunun nedenini, bir süre sonra anlayacaktım.

Victoria tren istasyonundan bindiğimiz araba, bir kilometre sonra, kalacağımız, Buckinghamgate'deki St. James Palace'a varmıştı bile. Valizlerimizi ve seyahat sandıklarımızı taşıyan ikinci araba da arkamızdan gelmişti. Nesim'in uzattığı elini tutarak arabadan indiğimde, karşımızda duran otele bir göz attım. Sekiz katlı, haşmetli bina, inşa edildiği 1897 yılındaki şaşaayı yaşatıyordu.

Bahçe yolunu ikiye bölen siyah mermer havuzun ikinci katından akan sular, altta sur çalan *cupid*'leri yer yer ıslatıp gölgelendiriyordu. *Cupid*'ler o kadar güzel yontulmuşlar, o kadar şirin bir ifadeyle süslenmişlerdi ki, elimi uzatıp okşama ihtiyacı hissettim.

Süslemeli, yüksek tavanlı lobinin yerleri, açık meşeden, kızıla, üç renkten oluşan parkeyle desenlendirilmişti. Tavandan sarkan, büyük, kristâl cam fanus avizeler, binbir çeşit çiçekle renklendirilmiş büyük vazolar, resepsiyondaki, neredeyse abartılı nazik karşılama, odalarımızda ne kadar rahat edeceğimizin işaretiydi.

Nesim, kendimiz için bir süit, Celeste için de büyük odalardan birini ayırtmıştı.

Asansörde, daha sonra buluşmak üzere, Celeste'ten ayrılıp, altıncı kattaki odamıza geldik. Görevli kapıyı açtığı anda, bir cennet bahçesiyle karşılaştım. Yüksek tavanı sınırlayan kartonpiyerden aşağıya, duvarlar, gülkurusu üzerine beyaz ve hardal renkleri kullanılarak desenlendirilmiş ipekle kaplanmış, aynı kumaşla pencereler giydirilmişti. Beyaz ipekten kapitone yatak örtüsü, maundan 'four poster' yatağın dört ucundaki zarif ahşap kolonlardan süzülen İrlanda danteliyle gölgelendirilmişti. Kanepe ve koltuklar, gülkurusu, şarap ve hardal renklerinin kombinasyonunda döşenmiş, ceviz ve gül ağacından marküteri, zarif tuvalet masasının üzerine, üç parçalı kristâl ayna yerleştirilmişti. Otele ait bütün bu şıklığın yanı sıra, Nesim'in romantik zevkini gösteren bir şey daha vardı ki, beni esas hayrete düşüren oydu. Bütün sehpaların, konsolların üzerindeki vazolar ve muhtelif köşelerde, oymalı ayaklar üzerine yerleştirilmiş devasa porselenler, sadece ve sadece beyaz çiçek aranjmanlarıyla doldurulmuştu.

O, *belboy*'un bahşişini verip kapıyı kapamıştı ki, mutluluk içinde sordum:

"Onca uzaktan nasıl ayarladın bu harika görüntüyü?"

Yanıma gelip belime sarıldı.

"Unutma küçük sevgilim," dedi, "benim, Londra'da, İstanbul'da olduğundan daha fazla dostum var. Beğendin mi?"

"Beğenmek mi? Hayran oldum. Çok teşekkür ederim."

Şapkamı başımdan çıkarıp kanepenin üzerine attım. Pencereye doğru yürüyüp tülleri açtım, elini bırakmadan. Penceremiz, o muhteşem manzaralı bahçeye bakıyordu. Arkamda durup beni kollarıyla sardı. Başımı onun göğsüne yasladım ve ellerimle ellerini sardım.

"Biliyor musun," dedim, "bana her şey yabancı bu memlekette. Şehrin kendisi, insanlar..."

"Ama ben yanındayım."

"Zaten senin için burada değil miyim?"

Kapı vurulmuştu. Eğilip yanağımı öptü ve açmak üzere benden ayrıldı. İki *belboy*, beraberlerinde tepeleme dolu portbagajlarıyla gelmişlerdi.

Londra'da kaldığımız süre içinde kullanacağımız kıyafetlerin olduğu valizler bırakılıp diğerleri giyinme odasına yerleştirildi. *Belboy*'lar odadan ayrılır ayrılmaz, Nesim, ortadaki masanın üzerine bir tepside yerleştirilmiş şampanyalıktan şişeyi çıkardı ve açmaya başladı.

"Şu yabancılık hissini hemen düzelteceğiz küçük sevgilim. Sana tanıştıracağım insanlar, götüreceğim, gezdireceğim yerler o kadar çok ki, bu şehri sevmeyi öğreteceğim sana. Nereden başlamak istersin?"

Ona bakarken içim ısınıyordu. Bu, bana yabancı şehri ve insanlarını tanıdıktan sonra, belki hiçbir şey aynı olmayacaktı. Nelerle karşılaşacağımı, kimleri tanıyıp neler öğreneceğimi bilmiyordum. Kocamın benden önce, girift bir yaşamı vardı. Bunlar önüme dökülmeden evvel, olduğumuz hâliyle kendimizi hatırlatacak bir şeye ihtiyacım vardı. Bu düşünceler içinde, sorusuna cevap vermem gecikmiş olmalıydı. Kadehleri doldururken tekrarladı:

"Evet, nereden başlamak istersin küçük sevgilim? Müzeler mi, arkadaşlar mı? Yoksa..."

Kadehimi elinden alırken, sözünü kestim.

"Sevişmekten."

Yüzüme, memnuniyet ve hayretle bakarken, ona yaklaşıp kollarının arasına sokuldum. Dudaklarını saçlarımın arasında gezdirdi.

"Hem bu kadar masum, hem bu kadar arzulu nasıl olabiliyorsun, canım benim..."

Onunla sevişme arzumun aslında cinselliğimi doyurmak için olmadığını bilemezdi. Oysa ben, benim için bilinmeyen, paylaşmadığım, öğrendiğim zaman bile ancak dinleyicisi olarak kalacağım hayatının, daha önce kimbilir hangi erkekler, fahişeler, evli histerik kadınlar ve yine vazgeçemediği erkeklerce sahip olunmuş bedeninin, paylaşılmış ruhunun özlemini duyarak, ona ait kaçırdığım her şeyi ona da unutturma isteğiyle onu arzuluyordum. Ve bu o kadar kuvvetli bir duyguydu ki, bana, arzulanan, istenen olmayı bekleme fırsatı vermiyordu. Âşık olduğum erkekle, kaçırdığım zamanları yakalamak, hiç kimseyle olmadığınca benimle bütünleşmesini sağlamak istiyordum.

"Gözlerinin içi yanıyor." dedi, saçlarımı nazikçe kavrayıp başımı tutarken.

"Senin yangının bana sıçramış olmalı." dedim fısıltıyla, lacivert gözlerindeki kıvılcımlara kendimi daldırarak.

Kadehimi elimden alıp beni kucakladığı zaman, geride bıraktığım ailem, İttihat ve Terakki, Osmanlı sınırları, harp, suikastlar, o güne dek dinlediğim, bildiğim tüm realite, gelecek endişesi, hepsi, henüz açılmamış valizlerimizin içine girmiş, yok olmuştu.

O gün tüm öğleden sonrayı ve akşamı, yatakta, birbirimizin kolları arasında geçirdik. Celeste'le randevulaştığımızı hatırladığımızda, gönderdiğimiz bir mesajla, ertesi sabah buluşmak üzere, kendisinden özür diledik. Mürebbiyem hiç evlenmemişti ama hâlimizden anladığından emindim. Gecenin geç bir saatinde odaya istediğimiz yemeği beklerken, eşyalarımızı dolaplara, çekmecelere yerleştirdim. Hayatımda ilk kez, bir erkeğin, kocamın kıyafetlerini elimle düzenliyor, asıyor, çekmecelere sıralıyordum. Hoş bir duyguydu. Ona ait ellediğim her parçada, onu hissediyordu tenim. Gözleri geçiyordu gözümün önünden, kendisi, sadece bir oda ötede, bir koltukta oturuyorken dahi.

Bu yakın mesafedeki ayrılığımızda bile, gazetesini bırakıp, sık sık yanıma geliyor, beni özlediğini söyleyip öpüyordu. Onun, bana karşı bu kadar istekli, bana bu kadar âşık hâline bakıp bütün bunlara rağmen, hâlâ bir erkeği isteyip istemeyeceğini düşünüyordum. Ama garip olanı, aklıma gelen en tehlikeli ihtimâlin bile beni kıskandırmıyor olduğuydu.

Ertesi birkaç gün, Nesim'in rehberliğinde, Londra'nın güzelliklerini keşfe çıktık. Otelimizin hemen çevresinde olan St. James Park, Buckhingham Palace, Trafalgar Square, Leicester Square, Oxford Street, St. James Palace, Hyde Park, Marble Arch, St. Pauls Cathedral, Knightsbridge gezintilerini, mum ışığında yemekler,

Times nehrinde sandalla gezinti, Bond Street'deki sanat galerilerinde yapılan alışverişler süsledi. Celeste, bütün zarifliğiyle, bizleri yalnız bırakmak için, kendine göre bahaneler buluyor, katıldığı zaman da, otele döner dönmez, ya mektup yazmak ya kitap okumak üzere ayrılıp odasına çekiliyordu.

15 Ağustos Cuma sabahı uyandığımda, o günün benim için özellikle yazılmış, çok önceden hazırlanmış günlerden biri daha olduğunu bilemezdim.

O gün Nesim, babasının talimatlarını yerine getirmek için bankaya gidecekti ve Celeste'le ben de, Victoria-Albert Museum'da bir gün geçirecektik. Aynanın karşısında, saçlarımı kurdelenin etrafında sarıp topuzumu yaparken, kocamın banyodan gelen neşeli ıslığını dinliyordum.

"Geç kalmıyor musun? Saat on bire geliyor." diye seslendim.

"Hayır küçük sevgilim. Bankacımla öğle yemeğinde buluşacağız."

Başıma şapkamı yerleştirmek üzereydim ki, aynadan onu gördüm. Banyonun kapısında, belinde havlusu, yüzünde tıraş köpüğü, elinde usturasıyla duruyordu. Gülümseyerek döndüm ve ona doğru yürüdüm.

"Seni özleyeceğim." dedim.

Beni belimden kavrayıp, dudaklarını uzatmak üzereyken geri çekildi.

"Kusura bakma, yüzüm köpük içinde, bunu unuttum birdenbire."

"Mühim değil."

İşaretparmağımla, dudaklarının etrafındaki sabunları temizledim ve kendimi ona yaslayıp gözlerinin içine bakarak tekrarladım:

"Seni özleyeceğim."

Gerçekten de, ondan ayrılmam gereken her an, zaman çizgisi üzerinde, geçmişine doğru geri kayacakmış hissine kapılıyordum. Aslında özleyecek olduğum, içinde bulunduğum an hayatı paylaştığım erkek değildi. Onun, paylaşamayacağım geçmişine ve belki de geleceğine duyduğum özlemdi bu. Ben sözlerimi bitirdiğimde, dudaklarımız, çoktan mis gibi kokan köpüğün içinde yok olmuştu. Şapkam yana düşmüş, onun havlusu yere kaymıştı. Nefes nefese, durdu.

"Bak ne diyeceğim? Şimdi bütün programlarımızı iptâl edelim ve gün bize kalsın."

Bunu, ben de onun kadar istiyordum ama, belki de uzun zamandır ilk defa, kendimi mantıklı düşünmeye zorladım.

"Ben de çok isterdim ancak bence, bugünü yine plânladığımız gibi yaşayalım. Fazla günümüz kalmadı. New York programımız, bankadaki işine bağlı. Ben de, Celeste'i tekrar yalnız bırakmak istemiyorum.

"Haklısın." dedi, saçlarıma, yüzüme yapışmış köpükleri silerken.

"O hâlde sana iyi eğlenceler. Tadını çıkarın müzenin. Harika tablolar izleyeceksin. Raphael'in eskizlerini kaçırma. Hint ve Çin pavyonları da ilgini çekecektir sanırım. Vaktin yetmeyeceğini anlarsan, en azından Hint reyonunu görmeye çalış."

Şapkamı tekrar saçlarımın üzerine yerleştirdim. Onun, havlusunu yerden alıp banyoya yürüyüşünü izlerken mırıldandım:

"Sakın derin sulara yürüme ben yokken, Antinous."

Celeste'le lobide buluşup yola çıktığımızda, ılık, tatlı bir ağustos güneşine karşı *parasol*'lerimizi açtık. Kol kola girip, St. James Park'ın içinden yürümeye başladık. Ne zamandır ilk kez baş başa kalmanın rahatlığında, mürebbiyem sordu:

"Her şey yolunda mı küçüğüm?"

"Harika, canım." diye cevapladım.

Emin olması için de, dönüp en tatlı gülümseyişimle, yüzüne baktım.

"Sevindim." dedi, kolumu okşayarak. "Çok sevindim. Yaşına göre, şaşırtıcı bir adaptasyon gücün var."

"Benim gücüm adaptasyondan gelmiyor Celeste'ciğim, imajinasyondan geliyor."

"Yani?"

"Yani... Önce hayâl ediyorum, sonra yaşıyorum."

"Ya hayâl ettiğin, yaşamda gerçekleşmezse?"

"O zaman, gerçekleşeni hayâl ederim."

"Hep bir el üstte olacaksın, değil mi? İlâhi küçüğüm. Tek duam, kaderin, hayâllerini ve hayâl gücünü kırmaması."

Parktan çıkınca, bekleyen arabalardan birine bindik ve önce Regent Street'deki antikacıya gidip, bir gün önce Nesim'in benim için ayırtmış olduğu ve küçük bir ayarlama gerektiren Victoria devrine ait yüzüğü aldık. Pırlanta ve renkli minelerle, çiçek şeklinde dizayn edilmiş çok zarif bir parçaydı. Oradan çıkıp, doğru Victoria -Albert Museum'a ulaştık.

Müzede gördüklerimden o kadar etkilenmiştim ki, zamanımızın darlığını unutup bazı tabloların önünde dakikalarca oturuyor, kanvasın üzerindeki renklerin ve bedenlerin hikâyesinde kayboluyordum. En son olduğumuz salonda, görevli, kapanmasına on beş dakika kaldığını ve müzeyi artık boşaltmamız gerektiğini söylediğinde, birden telâşlandım:

"Aman Tanrım!" dedim, "Daha Hint reyonu var görmediğimiz."

Celeste, bu ani heyecanımı anlayamamıştı.

"Küçüğüm, onu da başka bir gün görürüz." diye gülümsedi.

"Hayır," dedim, sanki biri elimden bir şey alıyormuş telâşıyla, "hemen şimdi görmem lâzım."

"İyi ama beş-on dakikada ne kadar gezebilirsin?"

"Gezmem şart değil. Bir baksam yeter."

Celeste, "Allah, Allah." der gibi baktı. Ama beni doğduğum günden beri tanıyordu ve aklıma koyduysam sebep aramadığımı bilirdi. Gülümsedi.

"Peki, o zaman küçüğüm. Yalnız beni de beraberinde sürükleme lütfen. Ben çıkıştaki bankta oturacağım ve seni bekliyor olacağım."

Onu bırakıp işaretleri takip ederek, Hint sanat eserlerinin sergilendiği reyonun istikametinde, koşar adımlarla yürümeye başladım. Müzeyi terk etmek üzere salonlardan çıkan ve kapıya doğru yürüyen kalabalığın aksi istikametine doğru giderken, âdeta ilerleyen zamanın tersine, daha önce yaşanmış bir çizgiye doğru uzanır gibiydim. Ancak, geldiğimde, o bölümün kapısı çoktan kapanmış ve görevli de kimseyi içeri almamak üzere orada dikilmişti. Şirin bir gülümsemeyle ilerledim ama fayda etmedi. Tipik İngilizvari, vazifeşinas ve snob bir nezaketle, elini kapıya doğru uzattı.

"Artık kapandık miss." dedi.

"Ama ben fazla kalmayacağım. Sadece bir bakıp çıkacağım."

"Maalesef miss. Yarın sabah tekrar gelebilirsiniz."

Hiddetlenmeye başlıyordum.

“Bana müsaade etmeniz lâzım.” dedim, İngilizcemi, mümkün olduğunca Fransız aksanıyla zorlayarak.

“Ben, dünyanın bir ucundan geldim, bu müzeyi gezmek için ve siz on dakika fark için beni içeri sokmuyorsunuz.”

“Kurallar.” dedi, yine en snob sesiyle, sanki dünyanın başka hiçbir yerinde kural yokmuş gibi.

Beni, o kapıyı açtırmaya zorlayan, bir müze görevlisiyle inatlaşacak kadar hırslandıran neydi bilemiyordum. Ama buraya kadar beni getiren bir sebep muhakkak olmalıydı. Kocamın, “Hint reyonunu gez.” demesinin, anneannemin Aurora’nın incilerini verirken anlattığı acıklı hikâye... Bunların hepsinin bir sebebi, durduğum noktayla bir ilgisi olmalıydı. Bu düşüncelere kendimi fazlasıyla kaptırmış olmalıydım ki, adamı iknaya uğraşırken *parasol*’ümü yere vurduğumu fark etmemiştim bile.

Aniden, kapı açılınca durdum. Görevli, hemen kapının kanadını araladı ve saygılı bir reveransla, çıkana yol verdi. Eşikte, uzun boylu, çok şık giyimli bir erkek duruyordu.

“Özür dilerim.” dedi, bana yol vermek üzere geri çekilerek.

Sesi, yumuşak, tok, derinden gelen bir tondaydı. Sanki çılgın deniz dalgalarının, sakinleşip kıyıya vurdukları son anda çıkan sese benziyordu. Ardında tutkuyu, hırsı, gücü saklayan, kendinden emin, sakin ama etkileyiciydi. Onun, özel bir yetkisi olduğunu hissetmiştim. Teşekkür ederek içeri girdim. Niye oradaydım, ne görecektim, hiç bilmiyordum ama oradaydım işte. Yabancının arkasından çıkan kalabalık belli ki bir protokol grubuydu. Sarileri ve prince ceketleriyle Hintliler, zarif İngiliz hanım ve beyleri, beraberce salonu terk ediyorlardı.

Ben, kararlı adımlarla karşı duvardaki Hint minyatürlerine doğru ilerledim. Yabancı, görevliyle benim hakkımda konuşuyor olmalıydı.

“Bırakın, benim misafirim olarak gezsin, beraber çıkarız.” dediğini duydum.

Hâlâ daha, orada ne aradığımı düşünerek, vitrindeki 16. asır Hint minyatürünün girift, gökkuşağı renklerindeki labirentine dalmış duruyordum. Yabancının sesini yanı başımda duydum:

“Beğendiniz mi?”

Gözlerimi vitrinden kaldırıp baktım. Az önce kapıdaki karşılaşmamızda dikkat etmediğim bir şeyi fark ettim: Simsiyah saçların çevrelediği, esmerliğe ulaşmaktan yarıda vazgeçmiş teninin iyice ortaya çıkardığı yosun yeşili gözleri ve onları çevreleyen simsiyah uzun kirpiklerin derinleştirdiği bakışlar. Fiziğinde, İngilizlikten uzak bir renk karmaşası vardı, ancak, aksanı, İngiliz'den daha İngiliz'di.

Parasol'ümü kavramış eldivenli elimin terlediğini, yüreğimden bir kuş çırpıntısı geçtiğini hissettim. Buraya girmek için aldığım sıkıntıdan olmalı, diye düşündüm. Gülümsedim.

"Ah, evet, harikalar. Size çok teşekkür ederim, yoksa o kapıdan içeri girmem mümkün olmayacaktı."

"Size, daha bol bir zamanda, kendim gezdirmek isterdim bu bölümü. Burada gördüğünüz her parçanın ayrı bir hikâyesi var."

"Eminim." dedim, *parasol*'ümün sapını sinirli bir şekilde elimde döndürerek.

Gözlerine direkt bakamıyordum. Beni içine çeken bir şey vardı sanki derinliğinde. Nesim'in, o hayran olduğum, yüreğimi kabartan, kor parçalarıyla yanıp sönen gözleriyle alâkası yoktu. Çok daha farklı, beni olduğumdan çok daha başka, belki de daha eski bir zamana yolculuğa çıkaran bakışlardı yabancınınkiler. Kendimi oradan kurtarmak ihtiyacını hissettim birden.

"Teşekkür ederim. Kâfi derecede zamanınızı aldım. İyi akşamlar."

Sanki onca koşturma, inatlaşma, bir Hint minyatürünü seyretmek içinmiş de, işim bitmiş gibi, kapıya doğru yürümeye başladım. Benimle beraber geliyordu.

"Lütfen, müsaade edin, size arabanıza kadar eşlik edeyim"

Hiçbir şey söyleyemedim. Adımlarımı hızlandırdım.

"Israrımı mazur görün ama... Şayet müsaitseniz, yarın size bu bölümün rehberliğini yapmak isterim."

Küçük, hızlı adımlarla yürürken, ona bakmadan bir çırpıda konuştum:

"Özür dilerim, bunun mümkün olacağını sanmıyorum."

Bir düşünme payı almış olmalıydı. Lobiye yaklaşmak üzereyken, o, açık denizden gelen ses, bir çırpıda kelimelere döküldü:

"Bunu söylemekteki cesaretimi bağışlamanızı dilerim ama aslında ben, sizi bir kez daha görebilmeyi isterdim."

Yüreğimdeki kuşlar, yine kanat vurdu, arka arkaya.

Lobinin ucundaki bankta, Celeste'i otururken gördüm. Sanki kurtarıcıma ulaşmış gibi hissettim. Yabancının yüzünden çok hızlı geçirdiğim bir bakışla cevapladım:

"Size iyi akşamlar dilerim."

Ve mürebbiyemin olduğu köşeye doğru hızla ilerledim. Kulaklarıma gelen ses, hem çok uzaklarda, hem çok yakınımdaydı:

"Yarın öğlen, saat birde sizi bekliyor olacağım."

Celeste, beni gördüğü an yerinden kalkmıştı.

"Merakını giderdin mi küçüğüm? Ama... senin yanakların kıpkırmızı. İyi misin küçüğüm? Ateşlenmiyorsun inşallah."

Elini alnıma koyduğunda, gözlerimdeki karmaşayı okumasından korkarak gülümsemeye çalıştım.

"Büyütülecek bir şey yok Celeste'ciğim. Sadece, kapıdaki görevliyle biraz didişmek zorunda kaldım, ondandır."

"Değdi mi bari?"

"Sanırım." dedim gülerek.

Değip değmediğini bilmiyordum. Bir kez gördüğüm bir yabancının hayatımda ne yeri olacağını hiç bilemiyordum ama en azından orada bulunmuştum. Muhakkak bir sebebi vardı. Zamanla öğrenirdim nasılsa.

Celeste'le asansörde öpüşüp ayrıldıktan sonra odama giderken, kocama kavuşmak için sabırsızlanıyordum. Onun, girift, gizli hayatını yeni yeni öğreniyor olmama rağmen, varlığının, aşkının, beni başka yabancı sulara açılmaktan koruyacağına inanıyordum. Yosun yeşili gözlerin derinliği beni ürkütmüştü.

Süitin kapısını açtığımda, Nesim'le bir misafiri, ellerinde içki kadehleriyle kanepede yan yana oturmaktaydı. Nesim, hemen ayağa kalkıp yüzünde kocaman bir tebessümle, kadehini bırakmadan, bana doğru geldi.

"İşte benim küçük sevgilim."

İngilizce konuşuyordu.

Parasol'ümü bırakıp şapkamı çıkardım. Kocamın açtığı kolları arasına sokuldum. Alnımdan öpüp elimden tuttu ve ayağa kalkmış olan sarışın yabancının durduğu yere ilerledik.

"Sevgilim, seni çok eski arkadaşım Nigel Herrington ile tanıştırayım."

Gülümseyerek elimi uzattım.

"Nigel, işte benim muhteşem küçük sevgilim, karım, Hüma."

diye devam etti kocam, neşe içinde.

"Ah, evet... *paradisea apoda.*" dedi Lâtince, elimi nazik bir reveransla dudaklarına götürüp.

"İsmimin anlamını öğrenmişsiniz." dedim.

"Madam, ne isminizin anlamı ne de sevgili dostum Nesim'in anlattıkları, güzelliğinizi yeterince tarif etmeye kâfiymiş."

İnce, zarif yüz hatlarına pastel mavi gölgeler düşmüş gibi bakan gözlerinde, sanki kendini saklamak isteyen, puslu bir perde vardı.

"İltifatlarınla karımın aklını çeleceğini sanmıyorsun umarım." dedi Nesim, gülerek.

Bu meyanda, elini arkadaşının omuzuna koymuştu. Nigel'ın, rahatsızlık duyduğunu ama bir tavır alamadığını görebiliyordum. Benim karşımda nasıl daha tabii görünebileceğini henüz kestirememiş olmalıydı.

"Biz birer malt viski içiyoruz sevgilim. Sen ne arzu edersin?"

Nesim'in mutluluğu hoşuma gidiyordu. Onu hep görmek istediğim gibiydi. Parmak uçlarıma kalkıp dudağına bir öpücük kondurdum.

"Teşekkür ederim sevgilim." dedim, "Ben bir banyo yapmak istiyorum. Hem siz, eski arkadaşlar, muhakkak konuşmak istediğiniz çok konu vardır."

Bunu söylerken, Nigel'ın gözlerindeki perdeye asılır gibi hissettim kendimi. Bakışlarımla, gülüşümle ona, kimin nereye ait olduğunu hissettirmek hoşuma gitmişti.

"Müsaadenizle." dedim. "Tanıştığımıza memnun oldum Mr. Herrington."

"Nigel... Lütfen."

"Vedalaşmana gerek yok," dedi kocam, "Nigel bizi akşam yemeğine davet etti. Hep beraber olacağız. Celeste'in odasına da bir mesaj gönderdim."

"Ah, ne hoş. Teşekkürler Nigel." derken, içinde bulunduğum sahneye tamamen hâkim olduğumu hissediyordum.

Yatak odasına geçip kıyafetlerimi çıkardıktan sonra banyoya girdim. Küvetin bronz ve pirinç musluklarını açıp suyu ayarladım ve aynanın önündeki şişeden döktüğüm parfümlü tozla, suyun dolarken köpürmesini izledim. İçine uzanıp bedenimi okşayan kadifemsi temasa teslim olunca, aniden, uzun zamandır olmadığı kadar bir durgunluk, sakinlik hissiyle sarıldım. Fark ettim ki son dönemde kontrol dışı bir hızla yaşamaktaydım. Âşık oluşum, genç kızlıktan kadınlığa geçişim, daha kendi bedenimi tanıyamadan, evlendiğim erkeğin gizli kalmış cinselliğini keşfetmem ve onu kabullenişim, sahiplenişim, Londra yolculuğu; hepsi, baba evimdeki sakin, temkinli hayat tarzından sonra baş döndürücü bir hızla beni sürüklemişti ve birkaç gün sonra da yeni dünyaya, yeni bir yolculuğa çıkacaktık. Sonra? Bilemiyordum ama bir anda, suyun içinde yatarken hareketsizliğimden, sessizliğimden huzur bulduğumu, düşüncelerimi dinleyebildiğimi fark ettim. Parmak uçlarımla, köpüklerin arasında anlamsızca şekiller çizerken, suların renginde birdenbire, müzedeki yabancının gözlerini görür gibi oldum. Yosunlu bir gölün sularından, beyaz bulutlara bakan gözler... Suyun içinde, çıplaklığımla onun gözlerinin bir arada olması fikrinden ürkerek titredim. Yüreğimden yine o kuş çırpıntıları geçti. Ve kendi kendime kararımı tekrarladım:

Hayır, yarın müzeye gitmeyecektim. Yosun gözlü yabancıyla hiçbir işim olamazdı.

O akşam, hep beraber çıktığımız yemekte ve sonra St. James'in barında harika vakit geçirdik. Nesim'in benimle ilişkisinde hiçbir değişiklik olmazken, arkadaşının, zaman zaman kaçamak bakışlarla bizi göz hapsinde tuttuğunu görebiliyordum. Ama mutsuz, huzursuz kimse yoktu aramızda. Celeste bile, İstanbul'daki mürebbiye ciddiyetinden kurtulmuş, şimdiye dek duymadığım kadar çok kahkaha atmaya başlamıştı. Sanırım hepimiz, gerçekleri dışarıda bırakıp kendi küçük mutluluklarımızı yakalamıştık.

O geceden sonraki günler, çevremizi sarmış olan o kaotik ruh hâline inat, son derece güzel geçti. Nesim'in birçok arkadaşını tanıma fırsatım oldu. Hep beraber gidilen piknikler, av partileri, konserler ve Nigel'ın Hampstead'deki aile malikânesinde geçirilen hafta sonu, bana birdenbire Londra'yı ve kocamın arkadaşlarını sevdirmişti. Ne var ki bu grup beraberlikleri, her zaman aldırmaz kahkahalarla geçmiyordu.

Uzun sohbetlerde, Almanların dünya sulhu için ne büyük bir

tehlike teşkil ettiği konuşulurken, İtalyanların Trablus vahşeti ve Osmanlı İmparatorluğu'na karşı arkadan vurma plânları da eleştiriliyordu. Ancak, birkaçı dışında, hepsi, dünyayı ancak İngiliz politikasının kurtaracağına inanırken, Nesim, Nigel ve birkaç arkadaşının dışında kimse, İngilizlerin sömürgecilik politikasını ve Balkanlar üzerinde Osmanlı'ya yönelik perde arkası oyunlarını tartışmak dahi istemiyordu. Onlara göre dünya, İngilizlerin istediği gibi yaşarsa mutlu olacaktı. Bazen bu tartışmalar öyle hâle geliyordu ki, ertesi gün nasıl tekrar birbirlerinin yüzüne bakıp konuştuklarına hayret ediyordum. Sanırım, huzurlu devirlerden gelen uzun senelerin arkadaşlığı, bağlarını koparmalarını engelliyordu. Birkaç keresinde, Nesim'in kulağına eğilip, "Keşke babam burada olsaydı da, bunlara bir çift lâf etseydi." demekten kendimi alamadım. İşte o tartışmalarda, Londra'ya geldiğim zaman hissettiğim ama tarif edemediğim, havadaki o görünmez varlığın nedenini anladım. İngiltere büyük bir harbi bekliyordu. Aynen, İstanbul'da babamın ve arkadaşlarının beklediği gibi. Bu, arzunun getirdiği bir beklenti değildi. Kaçınılmazı bekleyişti.

Hampstead'deki son gecemizde, Nesim'i, böyle bir trajedi yaşadığımız takdirde, bir daha göremeyebileceğim endişesiyle kucakladım. Onu her hâliyle kabul etmekte, onun seçimlerini paylaşmakta bir kez daha kararlıydım. Yeter ki yanımda olsun.

Ağustosun son günüydü. *SS Coronia*'yla New York'a yola çıkmamıza bir gün kalmıştı. Otel odamızda, Celeste'in yardımıyla kıyafetlerimizi valizlere yerleştirmekle meşguldüm. Nesim, New York programımızla ilgili son işlemleri hâlletmeye gittiği bankadan, sevinç içinde döndü.

"Sana bir sürprizim var, küçük sevgilim." dedi.

"Sürpriz mi?"

"Evet. Londra'da iki ay daha kalıyoruz."

"Programı mı değiştirmişler?"

"Hayır, ben biletlerimizi değiştirdim. Yarın, *Coronia*'yla gideceğimize, 1 Kasım'da, *Lusitania*'yla gidiyoruz."

Bu değişikliği bana sormamış olmasına biraz kırılmıştım ve herhalde belli de etmiştim.

"Küçük sevgilim, bana, Londra'yı ve benim buradaki hayatımı tanımak istediğini söylemiştin. Sonra, anladığım kadarıyla arkadaşlarımı da sevdin, şehri de. Ben de, sana iki ay daha fırsat yaratabildiğim için memnun olacağını sanmıştım. İstersen, hemen gider değiştiririm. Hem diğerlerinden iki gün daha hızlı gidiyor *Lusitania*."

Güldüm onun bu çocukça zorlamasına. Ama içerlediğim çok belliydi.

"Yani, denizde iki gün kazanmak için, karada iki ay mı bekleyeceğiz? Ya New York'taki programımız? Benim okulum? Senin işin?"

Masadaki karaftan kendisine konyak doldurmak bahanesiyle gözlerini benden kaçırarak konuşmaya devam etti:

"Her şeyi ayarladım sevgilim. Telgrafları çektim gerekli yerlere. Sen, sadece bir sömestr geç başlayacaksın. Kaydın geçerli. İşe gelince, mektep arkadaşım Ezra Stein, benim adıma gerekli ayarlamayı yapacak, babasıyla."

Huzursuz olmuş, birden yine evinden ayrı, yalnız kalmış küçük bir çocuğun ruh hâline girmiştim. Kafamda Londra macerasını artık geride bırakmaya hazırlanırken, önümüzde uzanan iki koca ay kâbus gibi basmıştı.

Elimdeki kıyafetleri bırakıp yanına geldim.

"Her şeyi plânlamışsın bile. Bana hiçbir şey sormadın."

Bakışları hâlen tedirgindi.

"Seni mutlu edeceğimi sanmıştım. Londra'da o kadar eğleniyordun ki, sürpriz olur diye düşünmüştüm. Ama... İstiyorsan hemen değiştiririm tekrar."

Beraber geçireceğimiz koca bir ömür içinde iki ayı düşünerek, yaptığım kaprisin anlamsızlığına karar verdim. Gülümseyerek onun kolunu okşadım.

"Hayır," dedim, "hayır, *Lusitania*'yla gidiyoruz."

Sonra, Celeste'e döndüm:

"Sevgili Celeste, valizleri boşaltıyoruz tekrar canım."

Nesim rahatlamış, bakışları yeniden parıldamıştı.

"Bayılacaksın sevgilim. Atlantik'in en hızlı ve en zarif gemisi. Herkesin dilinde bu transatlantik. Biliyor musun, Almanların 1897'den beri, Atlantik üzerindeki hegemonyasını silmiş süpürmüş. İşte, bu muhteşem *Lusitania*'yla, ver elini New York. Tarihe geçecek bir gemi. Ve ileride, torunlarına anlatacaksın, bu muazzam kuğuyla yolculuk yaptığımızı."

"Torunların" derken, sadece bana mâl etmesini yadırgamama rağmen, o kadar tatlıydı ki, ona kızdığım o birkaç saniye için bu defa kendime kızdım. Ve tabii, hem *Lusitania*'nın tarihe hangi öyküyle geçeceğini hem de Nesim'in kaderinin *Lusitania*'yla ne şekilde buluşacağını bilemezdim. Ben, sadece ondan doğuracağım lacivert gözlü, siyah dalgalı saçlı çocuklarımı düşünüyordum o an ve onların lacivert gözlü, siyah dalgalı saçlı çocuklarını.

Erteleme kararından sonra, ilk iş olarak, babama, programımızdaki değişikliği haber vermek üzere, uzun bir mektup yazdım. Tabii, Nesim'in yaptığı emrivâkiden hiç bahsetmedim. Onları ne kadar özlediğimi ama çok mutlu olduğumuzu, Londra'yı, bütün müzelerini, galerilerini gezmeden terk etmeye gönlümün razı olmadığını, üniversitem için babamın meraklanmamasını, Nesim'in her işi hâllettiğini ve bizimle iki ay için daha, St. James Palace'ın adresinden haberleşebileceklerini yazdım.

Üç gün sonra, resepsiyonda, İstanbul'dan gelen mektubu verdiklerinde heyecanla açtım. Birden aramızdaki mesafeyi unutmuş, benim son mektubuma cevap geldi zannetmiştim. Hâlbuki bu, babamın ayın 16'sında yazmış olduğu bir mektuptu. Gözlerimde yaşla, uzun uzun, bana olan özlemlerini, evin nasıl sessiz ve boş kaldığını, hiçbir misafirin, kimsenin kahkahasının benim boşluğumu doldurmadığını yazan satırlarını okudum.

"Gözbebeğim," diyordu, "merdivenden koşan ayak seslerini, piyanoda bitmek bilmeyen etütlerini, hayâl gücünle yarattığın melodramları, hâsılı seni özlüyoruz." diyor, sonra İstanbul'dan, ailemizden haberler veriyordu. Pierre Loti İstanbul'a tekrar gelmiş ve kendisi için düğünümün yapıldığı Summer Palace'ın terasında, 15 Ağustos'ta, bir ziyafet tertiplenmişti. Ancak, ramazanın on ikinci gününe denk geldiği için, davet saati iftarla birleştirilip tertiplenmişti.

"Tabii," diyordu babam, "senin düğün akşamınla alâkası yoktu ama enteresandı. Gazeteciler arasında başmuharrirlerden Babanzâde İsmail Hakkı, Süleyman Nazif, Abdullah Cevdet, Ajans Müdürü Tosun Bey, matbuat müdürü Rauf Ahmed, muavini Hikmet Nâzım ve Enis Tahsin Til beyler, Fransız gazetelerinin

İstanbul muharrirleri dâhil birçok da gazeteci vardı. Ancak, iftar saati yaklaşmasına rağmen Mösyö Loti ortalarda görünmediğinden, ortalığı bir telâş sardı. Ancak iftara beş dakika kala, otelin iskelesine dört çifte bir piyade kayığı yanaştı ve kayıktan fesli bir genç atladı. Anlaşıldı ki, bu zat Pierre Loti'nin ta kendisidir. Hepimiz onu karşılamak üzere iskeleye indik. Daha takdim resmi bitmemişti ki top atıldı ve iftar sofrasına geçildi.

"Sofra, anneciğinin kurduklarına benzemese de, güzel tertip edilmişti. Yemekler de annenin mönülerine benzemese de, gelenleri memnun etti. Yabancılar için abartılı sayılabilecek, oldukça ağır bir seçimdi. Sebzeli tavuk çorbası, börek, kuzu dağ kebabı, edip salatası (Türk matbuatı tarafından verilen bir davet için mükemmel bir ad değil mi?), çerkeztavuğu, bamya, amberbu pilavı, kavak yoğurdu, vezirparmağı, dondurma, meyve, şekerleme. Ramazan münasebetiyle içki servisi yapmamışlardı. Şerbet ve ayran ikram edildi. Sofradan kalkıldığında, herkes şişkinlikten şikâyet ediyordu. Tabii, bunu daha yerken düşünmeleri lâzımdı.

"İşin enteresanı, Mösyö Loti'yi fotoğraflarından ve uzaktan gören, hâtta yürüyüşündeki, duruşundaki dinçliği izleyenler, onu çok genç zannedebilir ama o kadar yakından görünce, aslında genç gözükmek için biraz da çabaladığını fark ettik. Yüzünde hafif bir makyaj dahi vardı. Ama Türklere olan sevgisi, inancı, hayranlık derecesine varan bağlılığı gözlerime yaş getirdi, bir kez daha.

"Bu arada, canım gözbebeğim, ben, senin yüksek tahsil yapman için yurtdışında okumanı garantiye almışken, burada da, enteresandır harp ve parçalanma ruh hâlinin hâkim olduğu bu devirde, kadınları umumi hayatın dışında bırakmaya azimli taassuba inat, kızlar adına yeni nefes alacak alanlar yaratılmakta. Gerçi yine de cesur ailelerin istifade edebileceği imkânlar, ama olsun. Her şeyin bir başlangıcı vardır. İstanbul Üniversitesi'nde kız öğrenciler için bazı yüksek kurslar açıldı. Kızların da teknik mekteplerde okuyabilmeleri, yurtdışında eğitilmeleri üzerine tartışmalar sürüyor. Kurucuları ve bütün yazarları kadın olan *Kadınlar Âlemi* dergisindeki ateşli kadın hakları yazıları, eskisi kadar itiraz görmüyor. Hele Belkıs Şevket Hanım'ın askeri uçakla İstanbul üzerinde uçup kadın haklarına dair beyannameler dağıtmasından sonra, taassubun gittikçe kendi kabuğuna çekilmekte olduğunu izliyoruz.

"Enteresandır, Balkan bozgununu, Batı'ya fazla yanaştığımızdan dolayı ceza olarak gören birtakım İslâmi kesimlere nazire gibi, Balkan Harbi'nden itibaren, Türk milliyetçiliği ve kadın hakları savunuculuğu bayrak açtı gidiyor. Döndüğünde, burada çok farklı bir Türkiye bulabilirsin. Bütün bunları memleketinden bihaber yaşama diye anlatıyorum." diye devam ediyordu babam.

Onun, "döndüğünde" ibaresinin pek üzerinde durmadım. Bana hitaben yazdığı mektupta, sadece bana hitap etmiş olduğu içindi herhalde. Nitekim mektubun sonunda Nesim'e ve Celeste'e, sevgilerini, selâmlarını gönderiyordu. Düşüncelerinin, yeni şartların yaratacağı yeni ihtimâllerde sadece beni mi, yoksa üçümüzü birden mi kapsadığını tam anlayamamıştım.

Sonbaharla birlikte, erkenden kararan Londra'nın sisli, puslu ve ıslak havasından haz etmemiştim. Ne kadar keyifli vakit geçirirsem geçireyim, havadaki matem rengi içimi eziyordu. Tek tesellim, Nesim'in benden hiç ayrılmamasıydı. Artık Londra'dan gideceğimiz günü iple çekiyor, o arada yeni bir program değişikliği olmaması için dua ediyordum.

Nigel'la neredeyse her gün beraber oluyorduk. Onu sevmeye ve gözlerindeki hüzünden dolayı acımaya başlamıştım. Aslında, birbirimizden fazla bir farkımız yoktu. İkimiz de, sevdiği erkeğin, biri eski, biri yeni hayatını kabullenip sırf aşkından uzak kalmamak için, diğerinin varlığına tahammül ederek başlamıştık ilişkimize. Burada beni daha iyi konumda tutan, en son seçilen ve farklı cinsten olmamdı. Onun, Nesim'i ne kadar özleyeceğini ve yalnızlık çekeceğini tahmin edebiliyordum. Dolayısıyla, özellikle, ayrılmaya çok yaklaştığımız o günlerimizde, ona karşı sıcak ve dostane yaklaştım.

Nihayet, Londra'da son gecemizdi. Nesim'in kalabalık bir arkadaş grubuyla, çok şık bir akşam yemeği yemiştik. Nigel bizi otele bırakırken, vedalaşmak üzere yanağımı uzattığımda beni öptü ve "Yarın sabah istasyonda görüşürüz *paradisea apoda.*" sözleri kulağımı yaladı.

"Hiç zahmet etme Nigel, çok erken gidiyoruz istasyona."

"Zahmet mi?"

Elimi bırakmadan, kocama döndü:

"Nesim! İnanamıyorum sana. Söylemedin mi?"

Yine bir şeyin dışında bırakılmış olmanın huzursuzluğunu kapamaya çalışan yama bir gülümsemeyle, kocama baktım.

Gözlerini benden kaçırarak ve tabii görünmeye çabalayarak konuştu:

"Nigel da New York'a gidecekti. O da aynı gemide yer bulmuş. Tamamen hoş bir tesadüf."

Hoş bir tesadüf mü, yoksa iyi bir plânlama mı? Bir an için, yüreğim çimdiklenmiş gibi oldu. Zihnimden, bir kez daha, süratle, Nesim'in itiraflarını dinlediğim gece verdiğim karar geçti. Bu anın geleceğini bilerek verdiğim karar... İlk karşılaşmamızda, şüphelendiğim ama emin olamadığım kaçınılmaz...

Nigel'ın gözlerindeki pus bir an için aralandı ve ardındaki tabloyu görmeme müsaade etti. Kendimin yedek role düştüğünü görüyordum. İçimden bir ses, 'İşte, Hadrianus karşında.' dedi.

Karşılaşınca ne yapacağımı hep merak ettiğim sahne gelmişti. Hayretle, kıskançlık yerine, içten içe heyecan ve mutluluk duyduğumu fark ettim. Çünkü ben onun, kimliğini değilse bile, varlığını biliyordum ve beklemekteydim. Buluştuğumuz gün, onunla mücadele etmek üzere kararlı ve hazırlıklıydım. Oysa benim düşüncelerim, Nesim'i ne kadar kabullendiğim ve istediğim, onunla olmak adına neler yapabileceğim, Nigel'a çok yabancıydı. Kendimi, düşmanını tanıyarak savaş alanına çıkan bir komutan gibi hissettim. Gerçi, henüz onun küçük oyunlarını bilmiyordum ama ne olursa olsun, içinden kendime uygun bir karşı oyun çıkarmaya hazırdım. Babamdan satrancı öğrenmiştim. Zihnimden süratle geçen bu düşüncelerle rahatladım ve yüzüme samimi bir gülümseme yayıldı.

"Gerçekten, harika bir tesadüf." dedim.

Elim, hâlen Nigel'ın elindeydi.

"Nigel, senin de bizimle yolculuk yapıyor olmandan ne kadar mutlu olduğumu anlatamam. Harika vakit geçireceğimizden eminim."

Pervasız bir iç rahatlığıyla vedalaşmamın, kocamı, ama özellikle arkadaşını ne kadar şaşırttığını görebiliyordum. Bu, bana daha da keyif veriyordu.

"O zaman, sabaha görüşmek üzere." diyerek, Nigel'ı yanağından bir kez daha öptüm ve muzip bir gülüşle ekledim:

“İyi geceler Hadrianus.”

Yarattığım şaşkınlıktan memnun, lobiye girdim ve beklemekte olan Celeste'e doğru ilerledim.

Nesim, bizimle asansörün kapısında buluşup yukarı çıkarken, kibarca tebessümlerin dışında, aramızda tek kelime edilmedi. Celeste'e “İyi geceler” dileyip kendi katımıza çıktığımız anda, Nesim koluma girerek sordu:

“Neydi o Allah aşkına, Hadrianus vedası?”

Gülmeden edemedim.

“Doğru değil mi?” dedim.

“Esprini izah edemedim Nigel'a.”

“İyi,” dedim, onun koluna daha sıkı sarılarak yürürken, “hem de çok iyi. Zira Nigel aramızdaki her şeyi anlamak zorunda değil. Unutma sevgilim, sen ve ben bir takımız. Nigel ise, senin geçmişinin bir yüzü. Seni o kadar seviyorum ki, sen sevdiğin için Nigel'ı da seviyorum. Ama benim onu neden ve nasıl kabullendiğimi ona anlatmak zorunda değiliz.”

Odamıza girdiğimiz an, Nesim'in huzursuzluğu su yüzüne çıkmıştı.

“Rahat değilim.” dedi.

Topuzumun firketelerini çıkarmaya başlamıştım.

“Neden?” diye sordum.

“Senin, bu yaşta, bu kadar tecrübesiz, deneyimsiz hayatından sonra, bu kadar pervasız bir tavırla, bütün bu olanları kabullenmen... Önce hikâyemi, şimdi de Nigel'ı, sanki bizleri sahipleniyor gibi, tartışmasız, kavgasız hayatına alman, beni ürkütmeye başladı.”

“Sen mi benden ürkmeye başladın?” derken, ister istemez güldüm.

Ama o kadar ciddiydi ki, aynanın önünden ayrılıp yanına gittim ve ellerini sıkı sıkı tuttum. Yüzündeki hüzün gözlerimi yaşarttı.

“Korkuyorum benim cennetkuşum... Senin için korkuyorum. Bu sınırlanamaz hayat şeklimin içine seni çekip mahvetmekten korkuyorum. O kadar güzel, o kadar masumsun ki... ve o kadar da kuvvetli... Beni ürkütüyorsun.”

Bana olan aşkına, tutkusuna rağmen, vazgeçemeyeceği tensel zevklerinin, ruhumda açacağı yaradan korkan erkeğe sevgiyle baktım. Parmakları, dalgın okşayışlarla, saçlarımın dalgaları arasında dolaşıyordu.

"Seni ölesiye seviyorum ve istiyorum." diye mırıldandım, alnından, yanağına doğru okşayarak.

Sonra, papyonunu çözerken sakin, yumuşak bir sesle devam ettim:

"Daha da mühim olanı, senin de beni ne kadar sevdiğini ve arzuladığını biliyorum. Ve bu kuvvete rağmen, sen hâlâ daha bir ikinci lezzet istiyorsan, bundan benim kadar acı çekeceğini de biliyorum."

Gömleğinin son düğmesini açıp, elimi boynunun sıcaklığında dinlendirdim.

"İnan," dedim, "inan, içinde yaşadığın o kavgayı hissedebiliyorum. Seni o acıdan korumak için de hep yanında kalacağım. Acıyı çekmeye karar verdiğin gün de, bunu seninle paylaşacağım ama seni yine de bırakmayacağım."

"Seni seviyorum cennetkuşum benim, tanrıçam, seni seviyorum."

Gözlerinde yaşlar parlıyordu. Boynundaki elimi avucuna alıp dudaklarıyla hapsetti. İçimden sevgi seli aktı. İzahı zor anlayış ve vericiliğimin, onu, anlaşılmaz bir şekilde bana gittikçe bağladığının farkındaydım. Elimi çektim, parmaklarımı saçlarının arasından geçirip başını kendime çektim. Dudaklarımı kulağına dayayıp fısıldadım:

"Sev beni... ben de acı çekiyorum..."

Bir kez daha, ağlayarak seviştik. Belki aynı sebepten, belki değil. İlk defaki gibi, yine sormadım sebebini. Bedenimi tapar gibi seviyor, ruhumu, hep istediğim gibi, mutlulukla karışık, çaresiz bir dramla besliyordu. Onunla, her şeyi yaşamaya hazırdım. Beni şefkatle öpüp örtüyü omuzlarıma çektiğinde, günün ilk ışıkları odaya dolmak üzereydi.

Okyanusta Bir Aşk Üçlemesi

1 Kasım Cumartesi sabahı, Londra soğuk, puslu ve karanlıktı. Sicim gibi devamlı yağan yağmur, gri, sisli şehrin üzerine çökmüş, insanı bu şehirden ayrıldığına memnun ediyordu. Kahvaltı servisini odaya istemiştik. Çay fincanım elimde, henüz gecelikle pencereden bakarken, bu şehrin hayatımızda gerekli yeri aldığını ve artık işinin bittiğini düşündüm; izlerini ve işaretlerini bize bırakarak...

Lobiye indiğimizde, Celeste çoktan gelmiş bizi bekliyordu. Ailelerimize, dostlarımıza yazdığımız mektupları, kartları, postaya verilmesi için, lobideki görevliye teslim ettik. Nesim hesabımızı kapadıktan sonra, Victoria istasyonuna gitmek üzere arabaya bindik. İstasyona kadar süren kısa mesafede, gelecek yıllarda bu caddeleri, parkları görmeye çalıştım, hayâlimde. O, korkuyla beklenen harp geçti gözlerimin önünden, sonra tekrar yeşil parklar, şık çiftlerin yürüdüğü yollar... Ama kendimi göremedim Londra'da. İçimde, bu şehre ilk ve son gelişim olduğuna dair çok kuvvetli bir his vardı.

Victoria istasyonuna varıp eşyalarımızla vagonumuza girdiğimiz zaman, Nigel çoktan kompartımana yerleşmişti bile. Onunla, son derece sıcak bir "günaydın"laşma yaşadık. Benim tavrımdan o da rahatlamış görünüyordu. Ancak, gözleri ve teni her zamankinden daha solgundu ve yorgun bakıyordu.

Cunard Lines'ın, *Lusitania* ve *Mauretania* adlı kardeş gemilerine gidecek yolcularını Liverpool limanına taşımak için özel olarak hazırladığı bir trendi binecek olduğumuz. Hem fiziksel hem de ruhsal olarak, çıkacağım yolculuğun heyecanı, bilinmezliğinin verdiği kalp çarpıntısıyla, içim içime sığmıyordu. Neşem yanımdakilere de sirayet etmiş olmalıydı ki, daha tren kalkmadan, bütün grubumuz mutlu ve keyifliydi. Yol boyunca, Nigel'ın, beni ve Nesim'i, yakınlaştığımız anlarda dikkatle izlediğinin farkındaydım. Onun, açığa vuramadığı kıskançlığından, gizliden gizliye zevk almakla birlikte, ona aynı zamanda acıyordum. Bu nedenle arada bir, özellikle yakınlık gösterip onun gönlünü almak, bir kırgınlığım, kızgınlığım olmadığını ona hissettirmek istiyordum.

Liverpool istasyonunda inip limana geldiğimiz zaman, herkesin neden o kadar hayranlıkla *Lusitania*'yı anlattığını anladım. Devasa gövdesine rağmen, o kadar zarif, o kadar narindi ki, okyanusa açılmaya hazır büyük bir kuğu gibi duruyordu. Daha binmeden sevmiştim gemimizi. İki yüz otuz iki metre (hâtta bir de otuz santimi vardı) uzunluktaki siyah boyalı gövdesinin üzerinde yükselen güverte ve kabinler bembeyaz, göğe doğru yükselen dört dev buhar bacası, tepelerindeki siyah halka dışında kırmızıydı. Aynı kırmızı renk, siyah gövdenin altındaki su çizgisinde de kullanılmıştı.

Yola çıkarken, transatlantiğin bacalarından duyulan ıslığa eşlik eden rıhtımdaki kalabalığın çılgın alkışları, limanı doldurmuş diğer teknelerin ve gemilerin sirenleriyle, bunun aslında alelâde bir geçirme töreni olmadığını gösteriyordu. İngilizler, Atlantik üzerinde, süratiyle Alman yapımı gemileri bir kez daha mağlubiyete uğratacak medar-ı iftiharları *Lusitania*'yı açık denizdeki yolculuğuna yollarken, şimdiden, emin oldukları galibiyeti kutlamaktaydılar. Hadise, Atlantik'i kimin daha mükemmel bir performansla geçeceğinin, farklı bir rekabetin, keyifle, şıklıkla, lüksle kamufle edilmiş hâliydi.

Kısa bir süre sonra harp patladığında ve ben bu detayları, süratle olgunlaşmam gerektiği için, daha farklı gördüğümde, hepsinin, halkları savaşa hazırlamanın bir yolu olarak, özellikle ekilen tohumlar olduğunu anladım. Artık, sadece hükümetlerin, ordularının, askerlerinin, bilim adamlarının, mühendislerinin değil, sade vatandaşların da savaş içinde olacağı bir devir geliyordu ve daha savaşın fiziksel teması başlamadan, insanlar savaş psikolojisinden, endişelenmeye, rekabet etmeye bir diğer millete karşı hırslanmaya şartlandırılıyordu.

İşte bu rekabet içinde, *Lusitania*, Eylül 1907'de, Kaptan William Turner yönetiminde, daha New York'a yaptığı ilk yolculukta, Blue Riband'ı, North German Lloyd'un meşhur *Kaiser Wilhelm*'inden devralmış ve 1909'a kadar her seferinde aynı ödülü, kız kardeşi *Mauretania* ile nöbetleşe ellerinde tutmuşlardı. Ancak, 1909'dan beri *Mauretania*, Blue Riband'ı tek başına sahiplenmiş görünüyordu. Zira o tarihten itibaren, henüz yolcuların bilmediği bir sebepten, *Lusitania*'nın, hiçbir geminin yetişemediği, saatte ortalama 46 deniz mili olan sürati düşürülmüştü. O arada, 1910'dan beri inşası devam eden üçüncü gemi *Aquitania*'nın 1914'te suya inmesi bekleniyordu. Bu üç güzel, zarif Okyanus sirenine, "Cunard Sisters" deniyordu.

Şampanyayla karşılandığımız merhabadan sonra, soğuğa rağmen, güverteye çıkıp gemimizin limandan ayrılmasını beklemiştik. Zira uğurlayan kalabalığın ve limandaki diğer gemilerin coşkusu görülmeye değerdi. Denize açıldıktan sonra, kamaralarımıza gidip, yolculuğun süreceği beş gün içinde kullanacağımız eşyalarımızı yerleştirdik. Hepimiz, Cunard Lines'da, o zaman henüz 'saloon class' diye adlandırılan birinci sınıf kabinlerdeydik. Gezi güvertesinde yer alan kamaralarımızda, karşılıklı iki yatak ve bir tuvalet masasının süslediği yatak odası, banyo ve oturma salonu son derece zevkli ve rahattı.

"Yatakların hangisini kullanacağız?" diye sordum kocama.

"Beş gecemiz var küçük sevgilim. Hangisini istersen." dedi belime sarılıp.

Beyaz, süslemeli kartonpiyerler, ince varak çerçevelerle bölmeler yapılıp hareketlendirilmiş, varakların arasına, bronz işlemeli, fiyonk şeklinde süslemeler yerleştirilmişti. Benzer dizaynda oval büyük ayna, pencere önündeki yatağın baş tarafı ile banyo arasında kalan nişe oturtulmuş, maun üzerine gül ağacı marküteri tuvalet masasını süslüyordu. Baş tarafları duvara verilmiş yatakların örtüleri beyaz ipek satendi. Biri pencere önünde, diğeri onun tam karşısına yerleştirilmişti. Ayakuçlarında, yüksekçe, pirinç topuz başlı ince kolonların arasını bağlayan dantel gibi işlenmiş parçalar vardı. Pencereleri süsleyen ve odalar ile banyo kapılarının aralarına asılmış perdeler, gülkurusu üzerine çağla yeşili yaprak ve saplarla, beyaz ile okr çiçeklerle desenli ipek kumaştandı. Hepsi, aynı renklerden oluşan saç örgüsü ipek kordonlarla kenara toplanıp "fleur de lis" şeklindeki bronz kulplara asılmış, tavan, duvarlar gibi, oymalı bronz parçalarla süslenmişti.

Yolculuk süresince gerekecek kadar eşyamızı yerleştirip, Celeste ve Nigel'la lobide buluştuk ve Atlantik sarayımızı gezmeye başladık.

Birinci sınıfın oturma ve ona bitişik müzik salonları, yüksek kubbe tavanına kadar yükselen maun kaplamasının kızıl-kahve koyuluğuna tezat, sadece, sarı ve koyu yeşil renkler hâkim ipek kumaşla kaplanmış kanepe, koltuk ve iskemlelerle dekore edilmişti. Burada, geç Georgian dönemi üslubu hâkim kılınmıştı. İnanılmaz bir incelikle uygulanmış kubbe tavandaki vitray süslemeler, gökyüzü ışığıyla yıkanıyordu. Salonun derinliğinde göz alan büyük şöminenin üzerindeki mermer işçiliği, diğerleri gibi, büyük ustaların elinden çıktığı belli bir zarafetteydi. Denizdeki şatafatı, karadaki en şık mekânla buluşturmak üzere yaratılmış bu güzelliğin kartonpiyer işçiliği ise, ustalığın şahikasındaydı.

Beylerin, sigara ve puro içecekleri 'Smoking Room'da da, yine harika bir maun işçiliği sergilenirken, XVIII. asır lezzetiyle dekore edilmişti. Tavanı olduğu gibi kaplayan bombeli vitray kubbe, salondaki maun koltuklar, sehpalar, maskülenliği ve zarafeti bir arada sunuyordu. Salonun iki ucundaki kömürle beslenmiş şömineler, insanın içini ısıtan çıtırtılarla yanıyorlardı. Muhtelif salonlardaki diğer altısı ise elektrikle çalışıyordu.

Ben şahsen, veranda güvertesindeki okuma odasına hayran oldum. O kadar şık ve zarifti ki, sanki gemide yapacak başka hiçbir şey yokmuş gibi, insanda, bütün gün oturup yazma arzusu uyandırıyordu. Her yolcuda değilse bile, en azından bende... Geminin geneline hâkim olan XVI. Louis stili döşenmişti. Doğal ahşap cilalı mobilyaları, grinin muhtelif tonları ve gülkurusu renklerle harika bir ahenk yaratmıştı. İnsanı, orada oturmaya davet eden bir güzellik vardı. Duvarlardan birine, boydan boya kristâl kesme cam kapakları olan, oymalı maun bir kütüphane yerleştirilmişti.

Gezintimizin bu noktasında, biraz mola verip bir şeyler içmek üzere, veranda-kafeye gittik. En kaliteli tik ağacı ve bambudan imâl edilmiş şezlong ve iskemlelere yerleşirken, herkesin ağzında, fikir birliği etmişçesine aynı sözcükler vardı:

"Muhteşem, tek kelimeyle harika!"

"Muhteşem. Ancak, daha *Titanic* faciasının üzerinden bir sene geçti. Buna rağmen insanlar, olanlardan hiç ürkmemiş gibi, bütün transatlantik seferleri tıklım tıklım dolu. Beş yüz altmış üç kişi 'saloon', dört yüz altmış dört kişi ikinci sınıf, bin yüz otuz sekiz kişi de üçüncü sınıfta imiş." dedi Nigel, iskemlesini çekerken.

Nesim, küçük, hoş bir kahkaha attı:

"Benim sevgili arkadaşım, inan bana, ölümüm bu gemide olsa bile gam yemem. Şu saltanata, zarafete bakar mısın? Bundan daha şık bir mezar olabilir mi?

"Saçmalama Nesim." dedim, elini sıkı sıkı tutup.

Onun, ölümden bu kadar keyifle bahsetmesi beni hüzünlendirmişti.

Eğilip yanağımdan öptü.

"Merak etme cennetkuşum, her şey bir şaka. Konuşmakla ölüm gelmez ya." dedi.

Ama benim fikrime yerleşmişti bir kez. Nisan 1912'de okyanusa gömülen *Titanic*'in onlarca illüstrasyonla canlandırılmış batış sahneleri gözümün önünden geçti. Her nedense, hiçbirimizi değil de, sadece kocamı gördüm, köpüren derin sulara doğru kayarken. Gözlerim dolmuştu. Perde açılıp kapandı, yeni bir görüntü sahnelendi. Nesim'in tutunmaya çalıştığı can simidinde "RMS Lusitania" yazısını okudum. Vizyonumdaki görüntü o kadar gerçek gibiydi ki, ağlamamak için kendimi zor tutuyordum. Ama çocukluğumdan beri kuvvetini çok iyi bildiğim hayâl gücümün, yine beni esir aldığını düşünerek, gözümün önündeki sahneleri silmeye çalıştım ve Nesim'in elini öpüp gözlerine bakarken hüzünlü bir sesle uyardım:

"Bana söz ver lütfen, bir daha ölümden bahsetmek yok."

"Söz, küçük sevgilim."

Beni korkutan vizyonun, kısa bir süre sonra, *Lusitania* ve Nesim'in kaderlerini nasıl birleştireceğini nereden bilebilirdim ki?

Az sonra keyfim yerine gelmiş, tatlı, eğlenceli bir sohbetin tadını çıkarıyordum.

Sis kaplı İrlanda kanalına doğru yol alırken, henüz güneş batmamasına rağmen, kasım ve okyanus soğuğu kendini hissettiriyordu. Sırtımdaki beyaz kaşmir mantoya sarındım. Nesim, iskemlesini çekip bana yanaştı ve elimi tutarak avuçları arasına aldı. Sesinde sevgi, şefkat, merak vardı:

"Üşüdün mü?"

"Hayır... Hayır... Sadece çok heyecanlıyım."

Hepimiz birer çay ve yanında konyak istedik.

Elimi uzatıp yanağını okşadım.

"Çok teşekkür ederim." dedim.

Göz ucuyla Nigel'ı izledim. Celeste'le hararetli bir sohbetin ortasındaydı ama yine de, aynen benim onu gözlediğim gibi, o da bizi izlemekteydi.

"Neden teşekkür ediyorsun?" diye sordu kocam.

"Bu gemiye biletlerimizi değiştirdiğin için. Bayıldım."

"Çok şekersin. Ama *Coronia*'yı görmedin bile."

"Olsun," dedim, "görmedim. Ama bunu daha çok sevdim."

Başını arkaya doğru savurup bir kahkaha attı.

"Sen aynı zamanda komiksin."

O kadar mutlu, kahkahasında o kadar içten, omuzuma sarılmış kolu o kadar sıcaktı ki, onun o anki mutluluğunu içimde hapsetme, ruh hâlini o mutluluk derecesinde dondurma ihtiyacını hissettim. Elini alıp kimseyi umursamadan, uzun, hasret kalmış gibi bir öpücük kondurdum. Gözlerindeki keyfi terk etmeden bana baktı.

Nigel, Celeste'le sohbetini kesmeden, her hareketimizi yakından izliyordu. Göz göze geldiğimizde, o aldırmaz gibi yaparken, ben ona hakikaten aldırmıyordum. O anda tek arzum, kocamın mutluluğunu kucaklamak, sarmalamak ve içime almaktı. Nesim'in kulağına eğilip fısıldadım:

"Kamaramıza gidelim mi?"

Yüzlerimiz birbirine o kadar yakındı ki, neredeyse gözbebeklerinde kendimi görüyordum. Serin okyanus esintisinin içinde, nefeslerimiz birbirinin dudaklarını ısıtıyordu. Yerinden doğrulup genzini temizledi.

"Sevgili dostlar," dedi, "müsaadenizle, biz biraz istirahata çekileceğiz, sizce mahzuru yoksa... Akşam kaptanın davetinde buluşuruz."

Nesim, bunları söylerken, her ne kadar rahat görünse de,

Celeste'e bakarak konuşmuştu. Sanki eski dostuna aynı şeyleri söylemeye cesaret edemiyor gibiydi. Ancak, cevap Nigel'dan geldi.

"Bizi dert etmeyin. Matmazel Celeste'le sohbet edecek çok şeyimiz var. Rahatınıza bakın."

Nesim'le, el ele ayağa kalktığımızda, Nigel'ın durgun, zarif yüzüne, gün ışığıyla neredeyse görünmez pastelliğe erişen gözlerine baktım. Gülümseyen dudaklarının gölgesine giren gözlerindeki pus, perdelerini kapamıştı. Benden çok mu çekiniyordu, yoksa ruh hâlimi keşfetmişti de, o da kendi oyununu mu yazıyordu?

Kamaramıza girdiğimizde, Nesim merakla sordu:

"Yoruldun mu yoksa?

"Hayır," dedim, ona dönüp kollarımı sararak, "hayır, hiç yorgun değilim. Tam aksine, kendimi hiç olmadığım kadar iyi hissediyorum."

Gerçekten, o kadar keyifli bakıyordum ki, bana inanmaması mümkün değildi.

"Sevindim cennetkuşum. Bir an için, keyfin kaçtı zannettim." dedi.

"Niye? Keyfimin kaçması için bir sebep mi var?"

Onun cevap vermesini beklemedim ve devam ettim:

"Sadece, o kadar mutlu, huzurlu idin ki, o hâlini kimseyle paylaşmak istemedim. Mutluluğunu, bozulmadan, paylaşılmadan önce alıp kendime saklamak ve sadece seninle ben, baş başa ikimiz yaşayalım istedim."

"Çılgınsın sen, küçük sevgilim." dedi beni kucağına alıp.

Hadrianus'un, Antinous'uma çok yaklaştığını hissediyordum. O an gelene kadar, kocama, o seçimi yapmak durumunda kaldığı zaman hatırlayacağı ve kafasını karıştıracak bir iz bırakmak istiyordum. Gerçekten de, bir an sonra kaybedecekmişim duygusuyla ona sarılarak, onu kucaklayarak ve içime alarak seviştim. Yüzü yüzümde, nefeslerimiz birbirinin içinde, ellerimiz kenetlenmiş, bacaklarım birbirimizi sarmış, gelgitlerimizi yaşarken, çok değil henüz bir ay önce sancılarla, fiziksel ve ruhsal bir yıpranışla kendini tanıyan kadınlığımın ne kadar cömert olabildiğine hayret ediyordum.

Ruhumda, aşk adına gösterilen şefkat ile paylaşmamak üzere sahip olmak adına duyulan hırsın getirdiği hoyratlık, bir diğeriyle mücadele ederken, bedenim de bu hislerin ritmiyle kâh sakin, kâh çılgın, içimdeki iki kadına ruh veriyordu. O kadar mutluydum ki... ve onu çok mutlu ettiğimi biliyordum. Birbirimizin kolları arasında uzanıp, aşk rehavetinin tadını çıkarırken, keyifle gülümsüyordum. Antinous'umu bir defa daha kurtarmıştım.

Akşam, tuvalet masamda oturup aynadaki aksime bakarken, bedenimin ve ruhumun mutluluğunu, gözlerimde görebiliyordum. Okul üniformamı henüz birkaç ay önce çıkardığıma kimse inanmazdı. Sanırım, sahiplendiğim rol, kısacık zamanda beni birkaç sene olgunlaştırmıştı.

Kaptanımız Daniel Dow'un ev sahipliği yapacağı tanışma kokteyline hazırlanmakla meşguldük. Saçlarıma, az önce Celeste'in yardımıyla yine, Truvalı Helen topuzu yapılmıştı. Nesim, yan odada, banyodaydı. Topuzun altından sırtıma inen saç dalgalarını parmağımla son kez şekillendirdikten sonra, vücudumu pudralayıp yatağın üzerine hazırlamış olduğum kıyafetimi giydim.

Gelinliğimi o kadar sevmiştim ki, ana hatları ve malzemesi onunkine çok benzeyen, yalnız kuyruğu olmayan ve incileri daha seyrek işlenmiş bir de gece elbisesi dikilmişti. Onu ilk defa giyecektim. Bedenime oturarak ayak bileklerimi örten bal rengi ve ince askılı ipek satenin üzerine, biri beyaz, diğeri kahverengi iki sıra muslin dökülüyordu. İkisinin de etek uçları inci işlemeli olup, biri, önde diz üzerinde başlayıp arkaya doğru verev açıyla uzuyor, koyu renk olanı da ondan iki karış yukarıda aynı salınmayı tekrarlıyordu. Omuz başlarından, yine üst üste iki renk muslin kumaş, dirseklerin üzerine kadar iniyordu. Tam göğüs altında, saç örgüsü yapılmış minik incilerden oluşmuş bant dolanıyordu.

Elbisemi giymiş, etek katlarını düzeltmeye çalışırken aynadan Nesim'i gördüm. Redingotu üzerinde, salonla yatak odasının kapısı arasındaki kapı pervazına bir kolunu dayamış, diğer eli cebinde bana bakıyordu. Gözlerindeki sevgiyi fark etmemek mümkün değildi. Gülümseyerek ona döndüm.

"Tanrı sana nasıl bir ayrıcalık tanımış olmalı ki, bu kadar güzelsin." dedi bana doğru gelerek.

Onun çıkık elmacık kemiklerinde, çenesindeki çukurda gezdirdim parmağımı. O kadar güzel bakıyordu ki, gözlerindeki aşk pırıltılarında kaybolabilirdim.

“Sana da az özenmemiş.” diye mırıldandım.

Kutusundan çıkardığım Aurora'nın incilerini takması için ona sırtımı döndüm. Klipsi kapadıktan sonra, enseme bir öpücük kondurdu. Çantamı ve beyaz dantel üzerine krem rengi kadife aplike edilmiş kısa *cape*'imı elime alıp, Nesim'in koluna girdim ve kamaramızdan çıktık.

Birinci sınıfın yemek salonu, başlı başına bir saray şatafatı taşıyordu. Ama zenginliği, renk cümbüşü ve stil karmaşasından gelmiyordu. Tam aksine, beyaz ve varak tavanlarla duvarların dışında hâkim renk “vieux rose”, gülkurusuydu. Giriş, ana yemek salonunun bir üstünde, asma balkona uzayan fuaye katındaydı. Kaptan Daniel Dow ve ekibi, üniformalarını giymiş, yola çıkardıkları gemiden gurur duydukları çok belli, “saloon class” yolcularını girişte karşılıyorlardı. Açık denizlerin çilesini, karanlık suların tehlikesini hatırasında tuttuğu, bugünlere kolay gelmediği anlaşılıyordu Kaptan Dow'un. İri yapılı gövdesini dimdik taşıyordu. Yüzünü çevreleyen ve ona çok babacan bir hava veren gür beyaz saçları, bıyığı ve kısa sakalı, gülerek bakan mavi gözleri vardı. Göğsündeki madalyalar, Cunard Lines için ne kadar önemli olduğunu göstermeye yetiyordu. Bu madalyalardan birini, 11 Temmuz 1910 tarihinde Kaptan Turner'dan devraldığı *Mauretania*'yı, Liverpool'dan New York'a sadece dört gün, on saat ve kırk bir dakikada götürüp averaj 26 deniz mili, yani 48 kilometrenin üzerinde bir süratle, Alman yapımı *Kaiser Wilhelm*'ın elinde tuttuğu Blue Riband'ı kazanıp Atlantik'te İngilizlerin hâkimiyetini ilân ettiği zaman almıştı. Daha kendisini tanımadan, hikâyeleri yolcular arasında dolanıp duruyordu zaten.

Yardımcılarından James Clarke Anderson, John Piper, John Stevens ve geminin doktorlarından James Farrel Mc Dermott da karşılama komitesindelerdi. Tepsilerde sunulan, kadehlerde hazırlanmış şampanyalarımızı alıp, bizden daha önce gelmiş olanların arasına karıştık. Nesim'in kolunda ilerlerken, bize dönen bakışların, onu ne kadar gururlandırdığını hissedebiliyordum; aynen Kaptan Dow'un *Lusitania*'yla gururlanması gibi. Kaptanımız bu gururunda son derece haklıydı. Sekiz yüz otuz beş kişilik personeli dâhil, üç bin kişiyi taşıyan *Lusitania*, onun Atlantik'te yüzen kraliyeti gibiydi.

Varak iyon başlıkların üzerinde yükselen beyaz sütunları çeviren yarı daire şeklindeki yine beyaz ve varak trabzanın başından aşağı baktığım zaman, nefesimin kesildiğini hissettim. Alt kattaki büyük yemek salonundan başlayan sütunlar, yukarıda yükselen kubbe tavana kadar çıkıyordu. Yuvarlak kubbenin oval göbek rozetindeki resmin çerçevesi, beyaz kartonpiyerle yapılan çiçek bezemeleriyle süslenmiş ve o çerçeveden ayrılan varak oyma motifler, kubbeyi sekiz eşit büyük çerçeveye ayırmıştı. Her birinin ortasında, yine oval, kartonpiyer süslemenin içine yerleşmiş muhteşem resimler vardı. Bulunduğumuz fuayenin yarı daire şeklindeki bitiminde, iki taraftan aşağıya inen merdivenleri süsleyen varaklı beyaz trabzan, alt kata inildiği an, gülkurusunun iki muhteşem tonunun harmanlandığı desenlerle buluşuyor ve rüya gibi bir görüntü yaratıyordu. XVI. Louis devri Versailles Sarayı'nın balo salonunun özellikleri, renklerde olduğu gibi mobilyaların stilinde de hâkim kılınmıştı.

Yere kadar inen kolalı keten örtülerin süslediği yemek masaları, üzerlerindeki tozpembe rengi güller ve etraflarındaki sadece servis ve yürüme yoluna kaplanmış aynı renk desenli halılar üzerinde, yayılmış duvaklar gibi duruyordu. Maun parkeler, *Lusitania*'nın lükslerinden biri olarak, halılar arasında parıldıyordu. Aynı kattaki orkestra, birbiri ardınca en güzel valsleri seslendiriyordu.

Çevreme baktığımda, ne Londra'da hissettiğim gerginliğin ne babamın anlattığı ciddi konuların izini görüyordum. Sanki herkes, dünyanın geri kalanından uzakta, okyanus üzerinde kurulmuş muazzam bir sahnede oynanan bir oyunun parçasıydı. Birbirinden güzel tuvaletler içinde, birbirinden değerli mücevherlerle ışıldayan kadınlar; redingotları, kolalı gömlekleri, briyantinli saçlarıyla beyler yerlerini almış, en doğal hâlleriyle rollerini yaşamaktaydılar.

İlk tanışıp sohbete başladığımız Mr. ve Mrs. D'orsay, Fransız asıllı, Kanadalı çok zarif bir çiftti. Eugenie D'orsay, kendisi gibi Oxford mezunu olan Nesim'le tanışmaktan çok memnundu.

"Gerçi," diyordu, "yaşlarımız oldukça farklı ama o mektebin hiç değişmeyen bir karakteristiği var gibidir. Her mezun, aşağı yukarı birbirine benzer. Eminim, sizinle çok iyi anlaşacağız delikanlı."

Bunları dinlerken, Mr. D'orsay'in, yatakhanede neler yaşamış olabileceğini düşünmeden edemedim.

Claire D'orsay bana, Toronto'dan Palm Beach'e yerleştikten sonra ne kadar daha keyifli bir hayat yaşadıklarını ve İngiltere'de geçirdikleri tatili anlatmakla meşguldü:

"İnanır mısınız? Yıllardır kaçtığımız yağmuru ve soğuğu, Londra bize iki ayda bol bol yaşattı. Geri döndüğümüze o kadar memnunum ki. Keşke kızım da bizimle olsaydı. O da sizin yaşınızda. Eminim, çok severdiniz birbirinizi. Muhakkak Palm Beach'e gelmelisiniz ziyaretimize..."

Londra'da gerçekten çok sıkılmış olmalıydı; Amerika'ya dönmekten duyduğu heyecandan belliydi. Gülümseyerek onu dinlerken, omuzunun arkasından, az ötedeki grubun içinde Celeste ve Nigel'ı gördüm. Beni izliyordu. Sapsarı saçları, ince, narin yüz hatları ve teninin beyazlığıyla neredeyse rekabete girecek soluk mavi gözleri, kimseye söyleyemediği ve onu herkesten uzak tutan bir hastalık taşıyormuş ifadesi yayıyordu. Olduğu yerden, bana doğru kadehini kaldırdı. Ona gülümseyerek karşılık verdim. Bulunduğu gruptan ayrılıp bize doğru yürümeye başladı. Bu meyanda, yanımıza gelen pembe otriş elbiseli, kahkahası bol, anaç bir hanım, kendisini tanıştırıp Mrs. D'orsay'in anlattıklarını kesmişti. New Yorklu bir bankerin karısı olan Mrs. Mc Donald bana bakarken, ellerini göğsünde çapraz yapıp arkaya doğru çekildi.

"Aman Tanrım! Bu ne muhteşem güzellik. Ne kadar genç ve ne kadar hoş!"

Pembe otrişleri sallanarak bir kahkaha attı:

"Bir zamanlar ne kadar genç ve ne kadar ince olunabileceğini hatırlatıyor insana. Değil mi Mrs. D'orsay?"

Sonra yine bana dönerek devam etti:

"İnciler de göz alıyor ve sahibine ne kadar yakışmışlar."

Ona tebessümle teşekkür ederken, göz ucuyla, yakınımıza gelmiş Nigel'a bakıyordum. Mrs. Mc Donald, çoktan New York'taki Ziegfield Follies şovlarını ne kadar özlediğini anlatmaya başlayarak Mrs D'orsay'i esir almıştı bile. Kendiliğinden, Nigel'la baş başa kalmış gibiydik.

"Gözlerimi alamıyorum senden, sevgili *paradisea apoda*." dedi, elimi tutup dudaklarına götürürken. "O kadar güzel ve sade ve bir o kadar da ihtişamlı... Sanki bu mekânın, bu gecenin sahibesi gibisin."

Gülümsedim.

"Ne kadar naziksin Nigel." dedim, "Teşekkür ederim. Beni mahcup ediyorsun."

"Hayır, iltifat değil söylediklerim. Seni bu gece karşıdan ilk gördüğüm andan beri düşünüyorum da, birine seni tarif edecek olsam nasıl yapardım, diye... Kelime bulamıyorum."

Bir an için, açık sözlülüğünden rahatsız olarak durdu.

"Lütfen yanlış anlama. Umarım, bu samimi itiraflarım için beni mazur görürsün."

Onun, puslu bakışlarına rağmen, hislerindeki samimiyeti hissediyordum.

"Beni çok şımartıyorsun. Sadece, on yedi yaşında, genç ve mutlu bir kadınım, o kadar."

Bu arada "mutlu" sözcüğünü, üzerine basarak söylemiştim.

"O mutluluğunu paylaşan ben olmak isterdim." dedi, söylediği kelimelerden kaçıyormuş gibi, çabucak.

Sorarak baktım. Kadehinden bir yudum aldı. O arada Nesim'le göz göze gelmiştik. Ona, her şeyin yolunda olduğunu anlatacak, mutlu bir gülümseme gönderdim. Ve hemen Nigel'a sordum:

"Ne demek istedin?"

Bakışlarını etrafta gezdirirken, sanki kendine soruyormuş gibi, tekrarladı:

"Ne demek istedim?"

Sonra, yine benim gözlerimin içine bakarak devam etti:

"Nesim'in hayatında yaptığın değişikliği gördüm. Hiçbir zaman esiri olmayacağını söylediği bir yaşam tarzını seninle kabullendi. Bu, senin olağanüstülüğünü gösterir. Seni yakından tanıdıkça, düşünmeden edemiyorum. Daha önce ben sana rastlamış olsaydım, belki benim için de hayat değişirdi."

Neden bahsettiğini ikimiz de biliyorduk. Parmağımı kadehimin kenarında dolaştırırken sordum:

"Sence, gerçekten, değişiklik yapabildim mi onun hayatında?"

Doğru cevabını hissedebilmek için, gözlerine baktım. Hiç derinliği olmayan, yalnız ve acılı gözlerine...

Çaresiz bir ses tonuyla mırıldandı:

"Bilemiyorum..."

Cevabın belirsizliği benim için ne kadar sancılı ise, onun için de aynı olmalıydı. Aynı erkeğe âşıktık. Cinsiyetlerimiz farklıydı ama aşkımızın karşılıksız kalması ve kaybetmek mevzubahis olduğunda, ruh hâlimiz aynıydı. Onu benden daha iyi anlayan olamazdı.

İçkimden iki yudum üst üste aldım ve sorum için bütün cesaretimi toplamaya çalıştım.

"Benden sonra... Hiç denediniz mi?"

Aşağı salona yemeğe çağrılmıştık. Yolcular, merdivenlere doğru ilerlemeye başladılar. Nesim, Mr. D'orsay ve Mr. Mc Donald'ın çemberinden ayrılıp yanımıza gelmişti bile. Nigel'ın cevabını almaya fırsatım olmamıştı ama mühim değildi. Alacağım cevaptan ziyade, ona, kocamla paylaştıkları sırdan haberdar olduğumu, benim kabulümle şu an bir arada bulunabildiklerini ve onu izlediğimi anlatmak ve onu cevabını veremeyeceği bir ağırlıkla ezmek mühimdi. Bunu başarmıştım sanırım. Onun için, mutlu gülümseyişimle kocamın koluna girdim. Celeste, az önümüzde, gemi doktorumuzun kavalyeliğinde, merdivenlerden iniyordu. Başımı döndürdüğümde, Nigel'ın bıraktığım yerde durduğunu gördüm. Yüzü, olduğundan daha beyaz, ifadesi daha içe dönüktü. Dokunulsa ağlayacak gibiydi. Kocamın kolunu bırakmadan seslendim:

"Haydi sevgili Nigel, lütfen, katıl bize."

Elimi ona doğru uzattım. Beni çözemediği belli bakışlarla, zoraki bir gülümsemeyle yaklaştı. Nesim ondaki durgunluğu sezmiş olmalıydı.

"İyi misin?" diye sordu.

Diğer taraftan da onun koluna girerken, Nigel'ın adına ben cevapladım:

"Tabii ki iyi. Neden olmasın? Değil mi Nigel?"

Onun, kocama olduğu kadar, bana da ümitsiz bir zaaf duymaya başlamış olmasından, sadistçe bir zevk almaya başlamıştım. Ve bu zevk, her genç kızın kolay kolay karşılaşmayacağı bu girift hayat şeklini taşıyabilmemde bana büyük güven veriyordu.

Nesim ile Nigel'ın arasında merdivenlerden inerken, kollarına girmiş bulunduğum, bir zamanlar büyük aşk yaşamış, şimdi ise hisleri karmakarışık iki erkeğin, birbirine zıt renkleri arasında, âdeta, ikisinin de hiçbir zaman çözemeyeceği bir şifre gibi hissettim kendimi. Yaşadıkları tensel coşkuda, birinden birinin olmak istediği, diğerinin de sahiplenme arzusuyla yanıp tutuştuğu cinsiyetin, bakir, saf, taze, sıhhatli bir örneği olarak onların dünyalarına girivermiştim. Beni daha evvel rastladıkları kadınlardan farklı kılan, cinselliğe Nesim'le gözümü açmam ve onunla birlikte Nigel'ı da kabullenmem, kapris yapmamam, her ikisine de şefkatle ve anlayışla yaklaşmamdı. Neydi beni bu kadar ılımlı yapan, bilemiyordum. Sanırım, bu bütün oyun hoşuma gitmişti. Onları ayıran, mutsuzluk yaratan değil, tam aksine birleştirici, huzur verici olmuştum. Basamaklardan süzülerek inerken o kadar mutluydum ki, o an, her ikisinin de yanaklarından öpebilirdim.

Masamıza vardığımızda, Celeste, Doktor Mc Dermott, Mr. ve Mrs. D'orsay çoktan oturmuşlardı. Tekrar selâmlaşıp yerlerimize geçtik. Nesim, iskemlemi itip yerleşmemi bekledikten sonra, omuzuma sevgiyle dokunarak, yanıma oturdu. Az sonra, Mr. ve Mrs. Daugherty ve Mr. Mc Kenzie aramıza katıldılar. Gelenlerle tanıştıktan sonra, Nesim kulağıma eğilip, "Çok keyifli bir yolculuk olacak." dedi. Gerçekten de masadaki yolcular çok renkli ve keyifli insanlardı. Teksaslı, bir petrol zengini olan Douglas Daugherty'nin karısı Iris, orta yaşlarını çoktan geride bırakmış, ama güzelliğinden bir şey kaybetmemiş bir kadındı. Fiziği, Claire D'orsay'in ince zarafetinden daha farklıydı. Baltimore'lu bir finansörün kızı olarak büyüyüp sonra da Teksas'ta katlanan servetiyle sahip olduğu antika koleksiyonu hakkında bilgi verirken, erken Mısır tarihi, arkeoloji, Barok, Rönesans devri üzerine ne kadar bilgili olduğunun hissedilmesi ona ayrı bir ağırlık kazandırıyordu.

New Yorklu bir şirket avukatı olan Mc Kenzie, İstanbul'a birkaç kez ziyarete gelmiş ve hayran olmuştu. Pera Palas'ta kalmış, Tokatlıyan'da yemek yemişti.

James Farrel Mc Dermott, geminin birkaç doktorundan operatör olanıydı. Yolculuklarda yaşanan, tatsız ama anlatırken gülünebilecek öyküleri aktarıyordu. Celeste ve Nigel, masanın karşı tarafında, doktorun iki yanında kalmışlardı. Mürebbiyem, hayatından memnun görünüyordu. Koyu yeşil saten ve krem rengi dantelle süslü tuvaletinin içinde çok hoştu. Onun, Mösyö Feretti'yi özleyip özlemediğini düşünürken, Nigel'ın gözlerini üzerimde buldum. Kokteyl esnasında sorduğum soruyu cevapsız bırakmanın yükünü hissettiğinin farkındaydım. Bana ne kadar açılacağına karar verememiş olmalıydı.

Doktorun anlattığı hikâyeye konsantre olmak için döndüm.

"Müthiştir Mr. Dow," diyordu Mc Dermott, "Cunard Lines'a, Atlantik üzerinde yeni tarih yazdırdı kaç defa. Nisan 1912'de de, *Titanic* battığında, *SS Carmania*'nın komutasında, aynı buz çölünde ilerliyormuş. Faciadan evvel, defalarca mesaj göndermiş *Titanic*'e, uyarı olarak. Hâlâ daha meçhul, mesajı alıp aldırmadılar mı, yoksa kanalların yükünden uyarı ulaşamadı mı? Her ne ise, o korkunç facia yaşandı... Ama şimdi faciaları bırakalım da güzel şeylerden bahsedelim."

"Doktor Mc Dermott, özür dilerim..."

Mr. D'orsay araya girmişti:

"*Lusitania*'nın da ciddi bir tamirden geçtiği söyleniyor. Ne kadar önemliydi arıza?"

"Hiç problem etmenize gerek yok." dedi doktorumuz, "Dört günde Atlantik'i aşmaya alışınca, kaptan Dow, kendini kaptırmış olmalı. Ama hiç merak etmeyin, sekiz aydır tersanede, en baştan elden geçirildi. Ve o günden beri ilk seferi. Emin olun, Daniel Dow ve ekibi bizleri sağ salim New York'a götürecektir. Sizin tek yapacağınız, o arada tadını çıkarmak."

Peçetesine ağzını silip, kadehini eline aldı.

"Hepinize iyi yolculuklar!"

Herkes kadehini kaldırdı. Birkaç kadeh sonra, yolculuğun sihirli keyfiyle sarılmıştık. Belli ki ciddi, üzüntülü bir konu konuşan yoktu. Gülümseyen, kahkaha atan yüzler, yeni tanışıp plâtonik hayranlıkla birbirlerine bakanlar hâkimdi geceye. Sahnemiz gittikçe neşeleniyordu. Şerefe kaldırdığımız birbirine değen kristâl kadehleri, İngiliz porselenleri üzerinde kayan Sterling gümüş sofra takımları, orkestranın çaldığı notalar arasında belli belirsiz çınlamalar, hışıltılar yapıyordu.

Nesim'le yaptığımız iki valsten sonra, Mr. D'orsay, müsaade isteyerek beni dansa kaldırdı. Boyum, hemcinslerimden uzun olmasına rağmen, ancak parmak uçlarımda ona ayak uydurabiliyordum. Masaya döndüğümüzde, bana teşekkür ederek yerime oturttu. Sonra, kendi iskemlesine yerleşirken diğerlerine ilân eder gibi, yüksek sesle konuştu:

"İnanmayacaksınız ama bu güzel küçük hanımla dans ederken, kollarımda Madelain D'harville var zannettim."

Arada, karısına bakarak gülümsedi.

"Sakın alınma, balım." dedi.

Mrs. D'orsay'in, kocasını, kendisinden otuz yaş küçük bir yabancıdan kıskanmaktan daha ciddi işleri olmalıydı. Küçük bir kahkaha atarak, elini salladı.

"Hâlâ daha Ziegfeld'in gözdesi mi D'harville?" diye sordu doktorumuz.

"Ah! Evet. Evvelki sene Maurice Movet ile bir araya getirdi onları, Florenz Zeigfeld ve sahnede mükemmel bir çift oluşturdular."

"New York'ta kalacak olmakta çok şanslısınız hayatım." dedi, Mrs. D'orsay bana dönüp. "Müzikalleri, şovları, hayat dolu. Muhakkak izleyin Ziegfeld şovu. Weber ve Fields'in prodüksiyonu olan şovu da görmelisiniz. Umarım hâlen sahnelenmektedir."

Kırmızı ojeli, manikürlü tırnakları, ışık çarptıkça yanıp sönüyordu. Sonra, kocasının üzerinden bana doğru eğildi.

"O da bir trajediydi..."

"Şov mu trajik?" diye sordum, merakla.

"Hayır hayatım. Şov değil, şovun son bölümdeki müziğini besteleyen John Stromberg'in hayatı. Son derece yetenekli, müthiş bir müzisyendi. Lirikleri yazan Robert Smith ile birlikte çalışmışlardı. Şovun sahnelenmesine birkaç ay kalmıştı ki, zavallı John intihar etti. Bestesi olan 'Come Down, Ma Evenin' Star', Lillian Russel tarafından seslendirildi. Ve Russel, herhalde notalarda zavallı John'un trajedisini yaşayarak, o kadar mükemmel bir performans sergiledi ki, o günden sonra, parçayla âdeta bütünleşti."

Mr. D'orsay araya girerek, karısının hüzünlü hikâyesine bir nokta koyma ihtiyacını hissetmiş olmalıydı.

"Claire sevgilim, genç dostumuzu daha Amerika'ya ayak basmadan melodramlarla ürkütmesek daha iyi olmaz mı?"

"Ah! Özür dilerim hayatım."

Gülümsedim. Aslında, benim melodram için yaratıldığımı nereden bilebilirdi ki?

"Hem," dedi, Eugenie D'orsay, "göreceksiniz, New York'ta hayat o kadar hızlıdır ki, kimsenin, hiçbir şey için fazla üzülmeye vakti olmaz."

Tatlılarımız servis yapılırken, masa komşum, Amerika'nın en yetenekli kadın şarkı sözü yazarlarından bahsetmeye başlamıştı.

'Just a Wearyin' For You' şarkısıyla ortalığı birbirine katan Carrie Jacobs Bond'u, onun 1910 yılında yazdığı, 'A Perfect Day'in hâlâ dillerde dolaştığını ve orkestraların repertuvarlarında olduğunu anlatıyordu.

Bir kasım ayı soğuğunda, Atlantik üzerinde, bir masal dünyasının içinde, tabağımda, bu mevsimde dünyanın neresinden geldiğini bilemediğim harika çileklerin eşliğinde konyaklı "Mouse au Chocolat"mı yerken düşündüm. Babamın mektubunda anlattığı Summer Palas'taki iftar yemeği, İstanbul'da Pierre Loti, İttihat ve Terakki, Balkan Harbi, Yemen, Trablusgarp, Osmanlı padişahı... *Kadınlar Âlemi* dergisi ve Belkıs Şevket Hanım, İstanbul Üniversitesinde, kızlar için yeni açılan kurslar... Ve diğer yanda yeni bir dünya, yeni isimler, çoktan halkının sevgilisi olmuş, şarkıları dudaklara yerleşmiş bir kadın; Carrie Jacobs, sesi ve yorumuyla 'Come Down, Ma Evenin' Star'ı hafızalara kazıyan Lilian Russel, Ziegfeld'in vazgeçemediği, sahnelerin prima dansçısı Madelein D'harville... Birbirinden ne kadar uzak, ne kadar başka dünyalara aitlerdi.

Birdenbire, Suadiye'deki köşk, Maçka'daki konak, sanki uzak çocukluk anıları gibi gelmişti. Hâtta Londra bile farklı bir zaman diliminde kalmıştı. Kendime sormadan edemedim. O kadar mı zamandır yoldaydım? O kadar mı uzağa gitmiştim?

Nesim'in sorusu üzerine, daldığım düşüncelerden ayrıldım.

"İyi misin, küçük sevgilim?"

"Evet. Evet, çok iyiyim."

"Daldın birden."

"Rüyada gibiyim." diye mırıldandım, gülümseyerek.

"Rüya gibi olan sensin. Bir kristâl damlası gibisin o elbisenin içinde."

Gülmeye başladım.

"Bu gece aldığım iltifatları, yaşlı bir kadın olduğumda kendime hatırlatmak için not düşeceğim."

"Gerek olacağını sanmam. Sen, her zaman bu güzelliği taşıyacaksın, eminim."

Yanağıma sıcak bir öpüş kondurdu, kadehini benimkine doğru uzatırken.

Onun, Nigel'ın yanında olduğumuz zamanlar bile, benimle bu

kadar ilgili ve aşkını göstermekten çekinmeyerek davranması, artık aramızda her şeyin dönülmemek üzere hâllolduğu yolunda bir ümit veriyordu. Ama kadehimi masaya koyup Nigel'ın bakışlarıyla karşılaştığım an, çok kuvvetli bir sezgi bana, hayatımın düşündüğüm kadar kolay gitmeyeceğini söylüyordu. Puslu mavi gözler, neredeyse ağlamaklı bakıyordu. Yeni doldurulan şampanya kadehini bir dikişte bitirdikten sonra, eliyle alnına düşen bir tutam sarı perçemi geriye doğru taradı. Celeste, Doktor Mc Dermott ile sohbetteydi.

Mr. Daugherty'in sesiyle herkes başını ona çevirdi:

"Şayet hanımlar müsaade ederlerse, beylerle 'smoking room'da purolarımızı içip biraz sohbet edelim. Ne dersiniz? Ne de olsa, dünya meseleleriyle leydilerin başını ağrıtmak istemeyiz.

"Keyfinize bakın sevgilim." dedi karısı, "Ben zaten yavaş yavaş istirahata çekilmekten yanayım. Bir gün için fazla heyecan yaşadım."

Mrs. D'orsay yerinden kalkarken bana döndü.

"Tatlım, ne dersiniz, sizi ve Miss d'Lerraine'i bizim süite bir sheri içmeye davet edebilir miyim?"

Celeste'e bakarken, "Memnuniyetle Mrs. D'orsay, mutlu oluruz." dedim.

Ama Celeste kibarca yanımıza gelip, yorgun olduğunu söyledi ve özür diledi. Aramızda gruplaşıp merdivenlere doğru ilerledik. Beyler, çoktan, Balkan Harbi'nin dünya politikasını nasıl etkileyeceğini, Almanların gizliden gizliye savaş hazırlığında olduğunu konuşmaya başlamışlardı bile. 'Smoking room'da niye kadın istemedikleri belli oluyordu. Onların arasına katılıp sohbetleriyle başa çıkabilecek bir kadın tanıyordum, o da anneannemdi. Burada olsaydı, bir ihtimâl, 'saloon class'ın zarif bir hanımefendisi olduğuna aldırmaz, hararetli bir tartışmayla, gümüş ağızlığına taktığı sigarası elinde, beylerin grubuna dâhil olurdu. İşte o zaman, Mr. Daugherty'nin ne kadar şaşıracağını tahmin edebiliyordum. Düşüncesi bile beni o kadar eğlendirmişti ki, aklımdan geçenleri, koluma girmiş yürüyen Claire D'orsay'e söylemeden edemedim. Sıcak bir kahkaha attı:

"Ciddi misiniz? Anneanneniz yapar mıydı bunu?"

"Hiç şüpheniz olmasın." dedim.

“Keşke bizimle bu seyahatte olsaydı. Herhalde çok daha eğlenceli olurdu.”

“Umarım, New York’ta hep beraber oluruz, kısa bir süre sonra.” dedim.

“Ah bunu, Eugenie’ye anlatmam lâzım. Bayılacak.” derken, hâlâ gülüyordu.

Kolumdan ayrılarak, birkaç basamak geriden gelen kocasına döndü.

“Eugenie sevgilim, bunu duymalısın...”

Az sonra, fuayenin çıkışında, kimi kamarasına, kimi ‘smoking room’a gitmek üzere birbirimize “iyi geceler” demekteydik.

“Bana anneannenizi ayrıca anlatmalısınız genç bayan.” dedi, Mr. D’orsay.

“Memnuniyetle.” diye cevapladım gülümseyerek.

Nesim, yanağımı öperken sordu:

“Sence bir mahzuru yok değil mi, gitmemin?”

“Beni merak etme. Mrs. D’orsay’le çok iyi vakit geçireceğimden eminim.”

Bir an için, merak edilmesi gerekenin ben olmadığımı unutmuştum.

D’orsay’lerin kaldığı süit, geminin altı özel süitinden biriydi. Her birinin birbirinden farklı yerleşim düzeninde dekore edildiği üç büyük odadan oluşuyordu. Dekorasyon, yine *Lusitania*’ya ağırlığını koyan XVI. Louis’nin Versaille’ı stilindeydi. Beyaz ve varakla dekore edilmiş duvarlar, tavanlar, ipek döşemeler, yemek salonumuzdaki şatafatın devamıydı. Bana gösterdiği kanepeye yerleşmeden önce, arka duvarında asılı tablo dikkatimi çekti.

“Canaletto mu?” dedim.

Köşedeki konsolun içinde, ince maun bantlı yuvalarında duran kristâl şişelerden birini çıkarıp, uzun tijli narin kadehlere sherilerimizi doldururken konuştu:

“Beğendiniz mi? Londra’dan aldığımız son hatıra. Eugenie, bunun için epey didişmek zorunda kaldı müzayedede, ama değdi.”

Duvarlardaki diğer kıymetli tabloları gösterdi, bakışlarıyla.

“Doğrusu kıyamadım, bunları aşağıda sandıklar içinde bırakmaya. Gözümün önünde olsunlar istedim.”

“Çok güzel. Nefes kesici.”

"Sanata meraklı olmalısınız."

"Ah, evet, New York'a sanat tarihi tahsili yapmak üzere gidiyorum."

"Ne güzel! Harika!"

Yan masada duran gramofona ilerleyip bir plâk koydu. Yabancı olduğum, ama çok duygusal bir melodi ve son derece melânkolik bir bariton sesi odaya yayıldı.

Yanıma otururken sordu, Mrs. D'orsay:

"Hiç dinlemiş miydiniz?"

"Hayır. İlk kez duyuyorum. Çok hoş."

"'In the Shade of The Apple Tree'; 1905'te ilk dinlediğim günden beri bıkmadığım müziklerden birisidir. Sözler Henry Wiliams'ın, beste Egbert Van Alystyne'a ait. Ama sanırım Henry Burr'ün sesi çok şey ekliyor. Ne dersiniz?"

"Çok duygusal. Çok etkileyici." dedim, samimiyetle.

"Sanat eserlerinden bahsetmişken, boynunuzdaki kolye de çok özel bir parça, söylemeliyim."

"Evet," dedim, gülümseyip, "anneannemin gençliğinden kalma. Evlendiğimde hediye etti bana. Uzun da bir hikâyesi var."

"Başını arkaya atarak güldü, Mrs. D'orsay.

"Eminim... Şayet anneanneniz mevzubahisse, eminim çok renkli bir hikâyesi vardır."

Henry Burr'ün sesi eşliğinde, Aurora'nın incilerinin hikâyesini anlattığımda, Mrs. D'orsay, gözyaşları içindeydi.

"Yarım kalmış bir masal... Hüzünle kesilmiş bir aşk..." dedi.

Sonra, birden, aklına bir şey gelmiş gibi devam etti:

"Biliyor musun tatlım? Tuhaf ama sen şimdi bunları anlatınca hatırladım. Mrs. Dugherty, Liverpool'a geldikleri trende, bir Hint mihracesinin oğlu, çok hoş bir genç adamla yolculuk ettiklerini söylemişti. Ama haydi bırakalım şimdi o kadar uzak ülkeleri, bana biraz Konstantinopol'ü anlatın."

Aurora'yı ve Liverpool trenindeki yakışıklı Hintliyi bir yana bırakıp, İstanbul'daki hayatımı, ailemi, yaşantımızı, dilim döndüğünce anlatırken, sanki *Binbir Gece Masalları*'nı dinler gibiydi Mrs. D'orsay. Saatin nasıl geçtiğini fark etmemiştik. Yan odanın kapısı açıldı ve kocası içeriye girdi. Söylediğine göre, dünyayı kurtaramayacaklarını fark edip geceyi bitirmeye karar vermişlerdi. Ev sahibemle, beraber geçirdiğimiz güzel vakit için birbirimize teşekkür ederken, iyi geceler diledi ve sarılıp beni içtenlikle yanaklarımdan öptü. Mr. D'orsay, beni yalnız bırakamayacağını söyleyip kamarama kadar bana eşlik etti.

Teşekkür edip vedalaştım. Kapıyı açtığımda, kamaranın oturma salonu, köşedeki gece lâmbası hariç, karanlıktı. Sessizce ve yavaşça, parmaklarımın ucunda yatak odasına doğru ilerledim. Gezinti güvertesinden içeri giren loş ışıklar, odada, gidip gelen gölgeler çiziyordu. Emin olmak için biraz daha yaklaştım. Hayır, yataklar boştu. Biz akşam yemeğindeyken yeniden yapılmış, banyo temizlenip, havlular değiştirilmişti. Ortada, Nesim'in döndüğüne dair hiçbir iz yoktu. Herhalde, yolda sohbete dalmışlardı diğerleriyle. Kıyafetimi çıkarmadan beklemeye kadar verdim. *Lusitania*'daki ilk gecemizde, onunla, her şeye yeniden başlar gibi bir aşk gecesi yaşamayı arzu ediyordum.

Salona geçip, yazı masasındaki sumenden gemimizin armalı mektup kâğıtlarından çıkardım ve babamlara, son gün yaşadıklarımı yazmaya başladım. Londra'dan Liverpool'a gelişimizi, gemiye binişimizi ve *Lusitania*'nın olağanüstü güzelliğini... Masadaki dostlarımızı anlatırken, her şeyi yeni baştan yaşamaya başlamış ve zaman mefhumu kaybolmuştu benim için. Ne zaman ki nazik Mr. D'orsay'in beni kamarama kadar getirdiği satırlara geldim, yani içinde olduğum ana, o zaman gözüm saate takıldı. Saat, gece yarısını çoktan geçmiş, Nesim hâlâ dönmemişti.

Birden, içimde bir üşüme hissettim. Kalemi kâğıdı bırakıp kalktım. Kamaranın kapısını açıp baktığımda, bomboş uzanan koridorun sessizliğiyle karşılaştım. Kapıyı kapayıp sırtımı dayadım. O çok hızlı akan zaman durmuştu. Karşılaşma riskini göze aldığım ve bir cesaret oyunu hâline getirdiğim sahne hazırlanmış olmalıydı. Ancak, beni boşlukta bırakan, kanımı dondurup düşünme kabiliyetimi uyuşturan, bu realiteyi artık daha yakın hissetmem değil, üç aydır Nesim'le yaşadıklarımıza baktığım zaman, bunu geciktirdiğime inanmış olmamdı. Ateş basmış, kamara etrafımda dönmeye başlamıştı. Babama yazdığım mektubun sayfaları masanın üzerinde, satırları anlamlarını yitirmiş, bana bakıyorlardı. İçimdeki Hümalardan biri, soyunup yatağına girmek ve haykıra haykıra ağlamak, diğeri ise, Nesim ve Nigel'ı beraber kucaklayıp, baş başa geçirdikleri her ana inat, gecelerinin parçası olmak istiyordu. Nesim'e, onu yalnız bırakmayacağıma söz vermiştim ve bu gece sözünü tutmayan bendim.

Şaşkınlığım çok kısa sürmüş, kararımı vermiştim. Aynada kendime bakıp saçlarımı, elbisemin askılarını düzelttim. *Cape*'imi ve çantamı alıp kamaradan ayrılmak üzereyken geri döndüm. Karafların durduğu konsoldan, kadehe koyduğum konyağı, iki büyük yudumda içebildiğim kadar içtikten sonra, uyurgezer gibi ama yaşayacaklarıma hazır, odadan çıktım.

Koridorun diğer ucunda, Nigel'ın kamarasına geldiğim an durdum ve derin bir nefes aldım. Ellerim titriyordu. Çantamı sıkı sıkı avuçlayıp, kendime hâkim olmaya çalıştım. İçeriye kulak kabarttım. Tek duyduğum, kulaklarımda uğuldayan kendi yürek çarpıntımdı. Neyle karşılaşabileceğime dair tahminler yürütüyor ama ne yapacağımı bilemiyordum. Tek istediğim, orada, onlarla olmaktı. Belki de kamarada bile değillerdi. Kapıyı ne zaman vurduğumu hatırlamıyorum. Açıldığı an, çalmış olduğumu fark ettim. Nesim, ceketsiz, papyonsuz, gömleğinin yakası açık, saçları o çok sevdiğim siyah dalgalarıyla alnına dökülmüş, kapıdaydı. Ağlamıştı ya da ağlatılmıştı. Ona bakarken, gözlerimin, yüzümün yandığını, kalbimin sıcak bir mengeneyle ezildiğini hissettim. Hiçbir şey konuşmadan, beni elimden tutup içeri aldı. Kamaranın oturma salonundaydık. Yan taraftaki yatak odasına bakmaya dahi cesaret edemiyordum. Sırtım kapıda, derin bir soluk aldım. Kollarını başımın üzerinden kapıya yaslayıp bedenini bana dayadı. Yüzünü, saçlarımın arasında, alnımda, yanaklarımda gezdirdi.

"Biliyordum, geleceğini biliyordum." diye mırıldandı.

Beni görmekten, burada bulunmamdan rahatsız olmak yerine, sanki ona kurtarıcı gelmişim gibi, huzur bulmuştu.

"Niye bu kadar geciktin?" dedi, saçlarımın arasına dudaklarını yerleştirirken.

"Senin dönmeni bekledim."

"Dönemedim... Beni nasıl kabul edeceğini bilemedim."

Onun, bu ezik, çaresiz ve bana karşı mahcup hâli, duruma hâkim olma arzusu uyandırmıştı bende. Elini tuttum.

"Peki şimdi? Hazır mısın gitmeye?"

Yan odaya doğru bakışlarını çevirdi.

"Pek sanmıyorum. Nigel çok iyi değil."

Elimden tutup beni yatak odasına doğru yürüttü. Nigel, yorganı göğsüne kadar çekilmiş, çıplak omuzları ve kolları, ipek kapitone örtünün dışında, yatıyordu. Yanındaki ikinci, boş yastığın üzerinde, baş izi duruyordu. Onların, ben kapıyı çalana kadar, yan yana, birbirlerinin nefesini dinleyerek, tenlerinin sıcaklığını duyarak yattıklarını canlandırdığımda, ne gariptir, o an duyduğum his, yine ikisinin beraberliğini kıskanmaktan ziyade, paylaşmış oldukları zamanın dışında kalmış olmaktan duyduğum acıydı. Âşık olduğum erkeği, iliklerime kadar bedenimi, ruhumu saran bir kıskançlıkla sarmak, küskünlük ve dinmek bilmeyen gözyaşıyla bezdirmek isterdim ama yapamadım. Az önce, kamaramızda, saate baktığım an duyduğum öfkeli yalnızlık ve aşkım üzerinde kontrolümü kaybetmişlik duygusu çoktan yok olmuştu. Nesim'e sarılmak, öpmek, onun ruhunda bana, sırf bana ait olan parçaya yeniden hayat vermek, bedenini sadece benim bedenimde paylaştığı müzikle canlandırmak, coşturmak, sonra kollarımda, okşayarak dinlendirmek istedim.

Başucundaki lâmbanın sakin ışığındaki Nigel'a bakarken, ne kızgınlık ne kırgınlık ne de kıskançlık duyabiliyordum. Nigel, sanki ağlayarak uyandığı bir kâbustan sonra yorgun, endişeli, tekrar uykuya dalmış gibiydi. Kapalı göz kapakları, puslu mavi gözlerinin tehditkâr, endişeli bakışlarını perdelemişti. Şimdi, sadece sarı saçları, narin yüz hatları, duru beyaz tenini süslüyordu. Bir Rembrandt tablosunda gördüğüm hüzünlü, yalnız çocuk portresini anımsatıyordu.

"Nesi var?" dedim.

"Sanırım aşk." dedi, kulağıma doğru eğilip.

Dönüp, alaylı bir ifadeyle baktım.

"Yeni bir haber değil, Antinous." dedim, biraz da kinayeli bir ses tonuyla.

"Yo, hayır, bu yepyeni bir haber."

"Yeni bir aşkı mı var?"

"Evet."

Nigel'ın uyanmasından endişe ederek, onu diğer odaya doğru çekip kapıyı hafifçe ittim. Kanepeye oturduğumuzda, fısıldayarak, "Anlat bana." dedim. Demek, Nesim'in burada kalışının nedeni, eski aşklarını tazelemek için değildi. Nigel, kendisine yeni bir sevgi bulmuştu. İçimdeki erken bir huzurla rahatlamış, gülümseyerek sordum:

"Hiç tahmin eder miydin?"

İfadesini çözemiyordum. Çok soru dolu, şaşkın bakıyordu. Nesim, Nigel'a rağmen, her ne kadar benimle aşk, cinsellik dolu bir beraberlik kurmuş olsa da, eski sevgilisinin ondan vazgeçebilecek olması, o kendinden emin, alaycı gururunu incitmişti, belli ki. Elini okşayarak sordum:

"Bu seni rahatsız mı etti?"

"Nasıl hissedeceğimi bilemiyorum... Daha çok şaşkınlık, sanırım... Girift bir hayat yaşadığımı zannederdim ama inan, bu kadar karmaşık duygular içinde olduğumu hiç hatırlamıyorum, küçük sevgilim."

İçeriden duyulan uzun iç çekişi dinlemek üzere sustu.

"Bense, en karmaşık duyguları, beraberce, düğün gecemizde yaşadığımızı zannediyordum." dedim kocama, hüznün, mutluluğun ve ağlayarak sevişip coşmanın tadını yaşattığımı hatırlayarak.

Kolunu omuzuma atarak sarıldı.

"Ah, canım benim, yanlış anladın. Zaten şu an altüst oluşumuz da, senin, hayatıma böyle kuvvetli duygularla sahip çıkmanın neticesi. Bana o kadar bilmediğim duyguları ve zevkleri yaşatıyor, o kadar mutlu ediyorsun ki..."

Nasıl devam edeceğini bilemiyordu.

"Söyle," dedim, "aramızda hiçbir sır kalmadığını sanıyordum. Bana her şeyi söyleyebilirsin, biliyorsun."

"Bu, küçük sevgilim, benim için de yeni bir şey."

"Şu seni kahreden haber mi?"

"Kahretmedi, sadece hiç düşünemediğim bir noktaya getirdi..."

Yüzüne baktım. Gözleri, sanki beni kaybedecekmiş korkusuyla bakıyordu. Elimi uzatıp, saçlarını okşayarak, bekledim.

"Nigel... Nigel... O, sana âşık!..."

Nesim'in saçları arasındaki parmaklarım durdu. Bedenimi kanepenin sırtına doğru bıraktım. Şaşırıp, sorularla bakma sırası bendeydi.

Benim reaksiyonumu, beklediği gibi bulmuştu.

"Şimdi beni anladın mı?"

"Ama..." diye mırıldandım, "ama bu mümkün değil. Bir şaka olmalı. O seni o kadar seviyordu ki, senden uzakta olmaktan duyduğu ıstırap açıkça okunuyordu gözlerinden."

"Ah, küçük sevgilim, bütün o melânkolik bakışlar, şiirsel iltifatlar... Hiç mi anlamadın, onların senin için olduğunu..."

"Bütün hepsi, senin dikkatini çekmek için olamaz mı?"

Nesim, sessizce güldü.

"İnan, ben de öyle zannettim... Ta ki, bu gece yarısına kadar."

"Anlat bana." dedim tekrar, "Anlatabilir misin?"

Kaçırdığım her anı dinlemek istiyordum. Yüreğim birden yepyeni bir heyecanla çarpmaya başlamıştı. Onun elini avuçlarımın arasına aldım. Bir takım olduğumuzu, her hâlükârda onun yanında durduğumu hissetmesini, rahat konuşmasını istiyordum.

"Öncelikle şunu bilmeni istiyorum küçük sevgilim. Seninle evlendiğimizden beri, eski alışkanlığımı yaşadığım hiçbir macera olmadı... bu geceye kadar. Beni öylesine tatmin ediyorsun ki, sana daha ilk gecemizde söylediğim gibi, daha önce bedenim ve ruhum, bir arada, böylesine doyum yaşamamıştı. Bu geceye gelince... Kamaranın önünde ayrılırken... Ne olduysa... ayrılamadık. Onun ne düşündüğünü bilmiyordum ama samimiyetle itiraf etmek gerekirse, ben, kendimi, daha yolun başındayken, bir kez deneme ihtiyacı hissediyordum. Karşı cinsten hiç kimseye böylesine bağlılık hissetmemiştim, sana rastlayana kadar ve bu denemeyi yapmam lâzımdı."

Sessiz, ifade değişikliği olmadan dinleyen yüzüme bakıp anlatırken durdu:

"Beni anlıyorsun, değil mi?"

"Evet. Lütfen devam et."

O kadar rahattım ki, konuşan sanki benim kocam değil, sırlarını döken bir arkadaşımdı.

"Onunla beraber içeri girdim. Ne kadar zaman sonra, ilk defa baş başa kalıyorduk. Bana sarılıp ağlamaya başladığında, odanın diğer ucunda, seni görür gibi oldum. Hem son derece huzursuzdum hem de kendimden ve seninle ilişkimden tamamen emin olabilmem için, bu macerayı yaşamam gerektiğini söyleyen sesle mücadele içindeydim. Ve o, kollarımın arasında ağlıyordu. İnan, o an, bana olan sevgisi, senin hayatımdaki yerini anlamasının getirdiği ıstırap onu ağlatıyor zannettim ve gözyaşlarına teselli olsun diye öptüm. Beni karşılıksız bıraktığını söyleyemem... Ama onunla aramızda hiçbir şeyin artık eskisi gibi olmadığını fark etmiştim. Bu sadece, benim devamlı olarak seni, seninle sevişmelerimizi düşünmemle ilgili değildi. O da, bana alıştığım yakınlıkla yaklaşamıyordu. Ağlıyor, ağladıkça sarhoşluğu artıyordu.

Onu soyup yatağa yatırdığımda, yanına uzandım. Bedenine dokunduğum zaman, geçmişten özlediğim hislerin artık aynı olmadığını fark ettim. Seni aramızda, o yatakta hayâl ettiğim için heyecanım artıyordu, onunla yaşadığım zevkleri düşündüğüm için değil. Yine de ona, gözyaşlarına teselli olacak bir sevgi sunmak istiyordum..."

Heyecanına yenilip bu kadar anlattığına pişman olmuştu. Sessiz kaldı, avuçlarımın içindeki elini huzursuzca oynatarak. Konuştuğu insanın karısı olduğunu, sanki aniden hatırlamıştı. Evlenirken, annemin ve anneannemin yaşadıklarına hiç benzemeyecek bir hayatım olacağını biliyordum ama geldiğim noktaya baktığım zaman, ailemden, çocukluk ve genç kızlık yaşantımdan, hâtta tahayyül ettiğim en ekstrem oyunlardan bile daha ötede bir yerde olduğumu görüyordum. Şu ana da, her ne kadar hızlı gibi görünse de, birdenbire gelmemiştim. Kendi tahammül gücümü denemek, karşılaştığım sürprizleri kendi hayâl oyunlarımın kozasına alıp seçimlerimi sonradan içine düşeceğim ağlarından yıpranmayacağım şekilde örmek hırsının neticesinde, şu an, kocamla el ele, onun erkek sevgilisinin kamarasında ve içeride derin uyumakta olan sevgilinin nefesi eşliğinde, aşkımızın çılgınlığını muhakeme ediyordum.

Aslında bütün bunlar, benim yazdığım oyunun, hayâli provalarının bitip, gerçek sahne almasından başka bir şey değildi. O hâlde devam etmeliydim... Devam etmeliydik. Ve sevdiğim adamı, öylesine istiyordum ki... Yüzüne doğru uzandım. Nefesimle dudaklarını yaladım ve geri çekildim. Onun hikâyesini kesmek değil, sadece, bedenimin varlığını hatırlatmak istiyordum. O çok sevdiği, taptığı bedenimin...

"Sonra?" dedim, arkama yaslanıp.

"Sonra... sonra... Bunu nasıl anlatacağımı bilemiyorum küçük sevgilim benim.".

Bedenini geri çekip ellerini kavuşturdu. Bir an için, başı önünde bekledi. Bana, daha ilk günümüzden, hele o en tecrübesiz zamanımda itiraf ettiği onca şeyden sonra, ben bu kadar kabullenerek onu dinlerken, hâlâ daha anlatamayacağı ne olabilirdi ki?

Başını avuçlarının arasında kavuşturmuş, bekliyordu. Benden kaçmıyordu, yanı başımdaydı ve benim onu anlamamı bekliyordu ama gecenin anlatılmayan saatleri aramıza girmek üzereydi. O an fark ettim ki Nesim'i kaybetmek, onun bedenini bir başkasıyla paylaşmak değildi benim için. Konuşamadığımız an, beni sırlarına ortak etmediği zaman, onu gerçekten kaybetmiş olacaktım. Eğilip kolunu kendime çektim, sonra diğer kolunu bedenime doladım ve onu şefkatle kucakladım. Yanaklarını, dudaklarını öpüp, saçlarını, o güzel Antinous başını göğsüme bastırıp, omuzunu okşadım.

"Dinliyorum sevgilim..."

Bana sarılışında, şehvetten, kendini beğenmişlikten en ufak eser yoktu. Anlaşılmaya muhtaç, sahip olmakla sahip olunmak arasında kavgasını tamamlayamamış bir temasla, göğsüme âdeta gömülmüştü. Aurora'nın incileri vücutlarımız arasında kalmıştı. Konuşmaya başladığında, sesi o kadar uzaktan geliyordu ki, duyabilmek için, yüzümü eğip onun başına dayadım. Fısıldar gibi anlatıyordu:

"Onun bedenini sardığımda, bana bakan sendin. Ve seni düşünerek, seni isteyerek onu kucakladım. Düğün gecemizde, senin pırıl pırıl, el değmemiş vücudun, kırılganlığın ve sonra ruhun ve vücudunla beraber beni, geçmişimi, hayatımızı sahiplenişin... Hepsi sırasıyla gözümün önünden geçti. Ve her fotoğraf gözümün önüne geldiğinde, o anda, o yatakta seni hayâl ettim. Nigel'ın yüzü, vücudu, her şey sen oldun."

Yine susmuştu. Başını öptüm.

"Ama... Yatakta senin olduğunu hayâl eden sadece ben değilmişim, onu anladım, o anda. Çünkü Nigel'ın dudakları senin ismini fısıldıyordu."

Nesim'i rahatlatmak üzere sarmış olan kollarım gerilmiş, onun saçlarında dolaşan parmaklarım son dalgalara takılıp kalmıştı. Uykuda gibi bir sesle konuştum:

"Sana şaka yapmış olmalı."

Cinsel seçiminin kararlılığını anlamaya çalışırken, erkek sevgilisinin, karısına âşık olduğunu duymanın, Nesim'i ne kadar çıkmaza sokmuş olabileceğini düşündüm. İçim acıyarak, onu rahatlatmak için bir gayret daha sarf ettim:

"Bir ihtimâl, sarhoşluktan, söyleyeceklerinin gerisini getiremediği için, ismim öylesine telâffuz edilmiştir."

"Hayır... Hiçbir kelime yanlışlıkla telâffuz edilmedi. Tam aksine, sen her şeyi bağladın. Senin, zihinlerimizdeki varlığın, aramızda o kadar kuvvetli, o kadar gerçek bir perde örmüş ki, artık eskisi gibi olmamız, eski cinselliğimizi yaşamamız mümkün değildi. Ben senin, bana olan gerçek aşkını ve sevişmelerini düşlerken, o da, erişemediği senin plâtonik aşkınla sarılmıştı. O da, ben de, seninle sevişerek seviştik..."

Sesi titremeye başlamıştı.

"... Bunu söylerken utanıyorum... Ama inan, sen orada, bizimleydin..."

Nesim'in, bir müddet evvel, "Senin için korkuyorum. Bu sınırlanamaz hayat şeklimin içine seni çekip mahvetmekten korkuyorum. O kadar güzel, o kadar masumsun ki... ve o kadar da kuvvetli... Beni ürkütüyorsun." dediği gün aklıma geldi. Evet, sanırım, çok insanın korkacağı bir çizgiye gelmiştim, farkındaydım. Ama korkmuyordum.

Yaşadıklarımın tüm karmaşasına, bitmek tükenmek bilmeyen bilmecesine rağmen, dudaklarıma bir gülümseme yayıldı. On yedi yaşımın başlangıcında ben... tecrübeli iki erkek ve üstelik sevgili olan iki erkek... biri kocam, diğeri sevgilisi... ben kocama âşığım, kocam bana... kocam sevgilisini hâlâ seviyor; sevgilisi de hem onu hem de onun, âşık olduğu karısını... Bunu yeni öğreniyordum. Nasılını, nedenini daha bilemiyordum...

"Beni affetmeni beklemiyorum." dedi, kucağımdan ayrılırken, "Her defasında, senin o saf, pırıl pırıl dünyana yeni ağırlıklar yükleyemem."

Aslında, ne kadar huzur bulduğumu ona söylemedim bile. Biraz da olsa, vicdan azabı çekmesi hoşuma gidiyordu. Ona diyemezdim ki, "Seni değil, sevgilinle yaşadığın zamanı paylaşamadığım için mutsuzdum ama şimdi öğrendim ki, ben zaten sevgilinle senin arandaydım ve sizinleydim, o zaman çok mutluyum. Ben olmadan artık sevişemeyeceksiniz. Hep sizinle olacağım, düşlerinizde, hayâlinizde... Ve... belki de... gerçeğinizde."

Bunlar süratle aklımdan geçerken bir şeyi daha fark ettim. İlişkimizin başında, her ne kadar Suadiye'deki bahçenin küçük, saf kızı ben idiysem de, şimdi, Nesim'le beraberliğimizde, daha açık ve dürüst olan oydu. Ben, pürüzsüz, naif geçmişimden istifade ederek, onun bana karşı duyduğu vicdan azabından besleniyordum. Kendimi, melek kanatlarımı şeytana teslim ederken gördüm, hayâlimde. Evet, değişiyordum, hem de süratle... Ama her şeyi, sevdiğimi mutlu etmek ve onunla mutlu yaşamak için yapıyordum.

Sessizliğini bozmadan, profilini izledim. Başını arkaya dayamış, yakası açık gömleği yana doğru kaymış, saçları, alnına, yanaklarına düşüp, kıyıdaki dalgalar gibi, çıkık elmacık kemikleri üzerinde durmuştu. Hüzünle, küs gibi kıvrılmış etli dudaklarının üzerine doğru uzanan kemersiz burnu, çenesini öpmüş gamzesi... Gözünden süzülen yaşlar ve onların sesini boğmak için yutkunurken oynayan âdem kemiği... Tanrım! Bu benim âşık olduğum erkekti ve başka hiçbir şey umurumda değildi. O kadar güzel, o kadar bana aitti ki... Ona kıyamıyordum. Uzanıp alnını, kapadığı göz kapaklarını, dudağını öptüm ve yerimden kalktım. Kapının aralığından, içeride derin derin uyumakta olan Nigel'a baktım. Huzursuz, olduğu yerde döndü ve yanındaki boş yastığa sarıldı. Birden, bana sarılmış gibi geldi. Bedenimde, âşık olduğum erkeğin sevgilisinin temasını hissettim ve irkildim. Nigel, uykusunda sayıklıyor, az ötede, hayatımı adadığım erkek, bana son itirafını yapmış, hıçkırarak oturuyordu. Kendimi, o kadar zalim, o kadar acımasız hissettim ki, her ikisine de kendimi nasıl affettireceğimi bilemedim. Gözüme gelen yaşı, bir başka zamana bırakarak, ayağa kalktım.

"Gel canım." dedim, Nesim'in elini tutarken.

Hiç sualsiz, beni takip etti. Aradaki kapıyı açıp Nigel'ın uyuduğu yatağa doğru yönlendim. Nigel, anlaşılmaz kelimelerle sayıklıyordu. Nesim'i bırakıp, yatağın ucuna oturdum ve elimi alnına koydum. O anda gözlerini araladı ve elimi tuttu. Onun, o naif, zarif bedeninden bu kadar güçlü bir temas çıkacağını tahmin edemezdim. Sonra, elimi alıp dudaklarına dayadı... İçimin çekildiğini hissettim... Ama bu, Nesim'le temasımın yarattığı his gibi değildi. Öperken, sanki... bende, benim bilmediğim bir şeyler arıyordu. Sanki benimle, benim bedenimde yaşamak ister gibiydi. Gözleri, her nedense, o bildiğim rengini bile kaybetmişti, bana bakarken.

"Oh! *Paradisea apoda.*" diye mırıldandı.

"Buradayım sevgili Nigel." dedim, onun, alnına dağılmış sarı saçlarını elimle tarayarak. Teni ateş gibiydi ve terliyordu.

"Nesim! Çok ateşi var! Doktor çağırmalıyız." dediğimde, kocam, Doktor Mc. Dermott'un az önce burada olduğunu, ilâç verip, ağrı kesici iğne yapıp ayrıldığını söyledi.

Nigel'ın çaresiz ifadesine bakınca, onu gerçekten sevdiğimi hissettim ve onun da bunu fark etmesini arzulayarak, gözlerinin içine baktım.

"Geleceğini söylemişti Nesim." dedi.

Zor konuşuyordu. Hiç tanıdığım, alıştığım Nigel değildi yataktaki. Daha birkaç saat evvel bana fuayede iltifatlar eden, masada hanımların gönlünü alan Nigel... Yatağın yanında duran kocama baktım, elimi uzatıp onun elini tutarken.

"Haydi, biraz uyumaya bak sevgili Nigel. Biz buradayız."

Yanağını öpmek üzere eğildim ve o anda diğer koluyla beni çekip göğsüne yasladı. Başını saçlarıma gömdü ve hıçkırmaya başladı. Dudaklarım, benimki kadar pürüzsüz göğsünün üzerinde kalmıştı. Kollarının sarışı Nesim'in kucaklayışına hiç benzemiyordu. İddiasız, çekingen, ama kıvılcım alırsa, sevebilecek ve de çok çılgın sevebilecek bir kucaklamaydı...

Kendimi geri çekmeye çalıştığımda, Nigel'ın eli hâlâ daha omuzumdaydı.

Puslu gözleri yalvararak, "Ne olur, bir gece için," dedi, "bir gece, benim yanımda yatar mısın? Sana hiçbir zararım olmayacak. Sadece sana sarılıp yatmak istiyorum, eğer kabul edersen..."

Son kelimeleri, neredeyse duyulmayacak kadar hafif çıkmıştı. Ne diyeceğimi bilemeden Nesim'e baktım. Sanki her şeyi bana bırakmış, son haberi bekler gibi, pencerenin kenarında duruyordu. Derin bir nefes aldım ve kararı içimdeki çılgın Hüma'ya bırakıp Nigel'ın yatağının kenarında durup bekledim. On yedi yaşımda, hayatımı aşk adına mahvedeceksem, sebebi olan erkeğin beni seyredip bütün mahcubiyetini yaşaması lâzımdı.

Derin bir nefes aldım. Sonra, gözlerimi kapayıp elbisemin askılarını indirdim. İpek, muslin, sanki yarı yolda durdurulacaklarından korkarcasına hızla, ayaklarımın dibine kaydı. Kombinezonumu çıkarırken, Nesim'in bakışlarını yakaladım. Şaşkın ve ne yapacağını bilemez hâldeydi. Eminim, bu geceyi ben gelmeden bitirmiş olmayı çok istiyordu. Ama geç kalmıştı. Vücudumu saran son ipek parçası benden ayrıldığında, yatağın yanında sadece ben ve Aurora'nın incileri duruyorduk. Nigel, derin bir nefes çekip mırıldandı:

"Aman Tanrım! Sevgili Nesim'imin sana niye taptığını daha iyi anlıyorum."

Yorgun bir tutkuyla soluk alıp veriyordu. Elini, bana doğru uzattığında, yaklaşıp avucuma aldım ve dudaklarıma götürdüm. Gözlerimi kapayarak, narin, hâlsiz parmaklarını, onlara sevgiyle can vermek isteğiyle, teker teker öptüm. İnlediğini duyuyordum ama iniltisinde şehvet değil, ıstırap vardı. Gözlerimi açmadan, elini yüzüme yerleştirdim, sonra boynuma. Göğüslerimin üzerinde gezdirdim. Tüy gibi hafif, zarar vermekten korkar gibi uçucu dokunuşlardı. Sonra, Aurora'nın damla incileri boyunca, vücudumda yönlendirdim parmaklarını ve bıraktım. Olduğu yerde doğrulup iki koluyla belime sarıldı ve başını karnımın yumuşak çıplaklığına gömdü. Saçlarını okşadım. Nesim'inkine hiç benzemeyen sarı saçları, o kadar düz ve inceydi ki, parmaklarımın arasından, sevildiklerinin tadını alamadan akıp gidiyordu. Onun başını öperken, hâlâ pencerenin önünde duran kocama baktım. Bakışlarındaki anlamı çözmem mümkün değildi. İçinde fırtınalar koptuğundan emindim. Onu, deliler gibi sevmeme rağmen, içimdeki kötü Hüma'nın, keyifle gülümsediğini hissedebiliyordum:

"Beni çaresiz bırakmak mı? Bana acı vermek mi?" diyordu, "Buyur, ben bu oyunu oynarım, istediğin gibi, şimdi sen düşün."

Bilinçaltımdaki olaylara ve hayatıma sahip olma hırsı, beni ele geçirmiş, geceyi benim adıma yaşamaya karar vermişti. Kendimi ona teslim ettim. O ana kadar, mantığım biraz da olsa yanımdaysa bile, o andan itibaren beni tamamen terk etmişti. Hayâl gücümün onca zenginliğine rağmen, hiç kurgulamadığım, hazırlıklı olmadığım bu rolü, içgüdülerimle oynayacaktım.

Nesim'in gözlerinin içine bakarken, Nigel'ın kollarını bedenimden yavaşça çözdüm ve ağır adımlarla yatağın diğer tarafına doğru yürüdüm. Adımlarımı atarken, bu gece, bu andan itibaren, bu odada yaşanacak her şeyin benim kontrolümde olduğunu hissediyordum. Aslında, çoktan izimi bırakmıştım geceye…

Nesim, beni durdurmak ile kamaradan çıkmak arasında, kendisiyle kavgada olmalıydı. Parmakları arasında, bir türlü yakmadığı sigarasını döndürüp durması, bulunduğu noktada, sabırsız ayak değiştirmeleri gözümden kaçmamıştı. Yaşadığı dilemmayla baş edememekten ziyade, benimle ne yapacağını bilememekten gelen bir karmaşa yaşıyordu. Onun hayatına, onun beklediğinden çok daha hızlı ve daha fazla adapte olmaktaydım; hem problem yaratmıyor ama tamamen sessiz de kalmıyor, parçası oluyordum; hem de onu dışında bırakacak kadar büyük parçası... İkimizin de hazır olmadığı bu perdede onun yalnızlığını görebiliyordum. Yanına gidip çıplak vücudumla ona sokuldum. Bana sarılıp kulağıma fısıldadı:

"Bunu yapmak zorunda değilsin sevgilim, hiç değilsin."

İstesem, beni alıp oradan gideceğini biliyordum. Ama hayır, bu kadar kolay olmamalıydı. Ona sokulup gömleğinin açık yakasından tenini kokladım. Boynunu öperken, dudaklarımda şah damarının atışını hissettim.

"Haydi, gel gidelim." diye fısıldadı kulağıma.

"Hayır." dedim, "Bunu yapmak zorunda değilim... Ama yapmak istiyorum."

Onun kollarından sıyrılıp yatağa doğru yürüdüm. Nigel, bedeninin enerjisi, ruhunun feri tükenmiş gibi, tek kolunun üzerine başını yerleştirip yan dönmüş yatıyordu. Yorganı açıp yatağa girdim. Kollarımdan birini başının altından geçirdim. Diğerini bedeninin üzerinden sarıp yanına uzandım. Önce omuz başımda dudaklarının temasını hissettim, sonra boynumda... Ve göğsüme kapanıp kaldı. Ateşle yanan vücudu, değdiği yerde bedenime korlar bırakıyordu sanki. Dizlerini, ana rahmindeki bir bebek gibi kendine doğru çekip kıvırmıştı. Hıçkırıklarını duyduğumda, onu, kollarımın arasında hafif gelgitlerle sallamaya başladım.

"Şışşşşşt... Şışşşşt."

Birden, sağ göğsümde dudaklarını hissettim. Ama Nesim'in sevişmeden önceki öpüşlerine hiç benzemiyordu. Bedenimin verebileceği ödünç bir can varsa, onu emmek ister gibiydi. Başını kaldırıp gözlerinin içine baktım. Artık, mavileri neredeyse hiç görünmüyordu. Nigel, sanki tamamıyla gri-beyaz bir bulutun ardında kaybolmak üzereydi. Yağmurlu bir bulutun... Gözyaşından ıslanmış yanaklarına öpücükler kondurdum. Ruhunun nasıl bir deprem yaşadığını, gözyaşlarının hangi acıyla ruh kazandığını tam olarak bilemiyordum ama kollarımın arasında, teselli değilse bile huzur bulduğundan emindim. Kocamın vücuduna daha yeni alışırken, bana tamamen yabancı, üstelik aşkımın rakibi bir bedeni bu kadar uysal, bu kadar sıcak sarabildiğime şaşmıyordum. Tam aksine, hayatını altüst ettiğim inancıyla, onun teninden ziyade ruhuna yaklaştığım bu yakınlıkta ben de avuntu bulmuştum.

O ana kadar uzağımda olan Nesim, yavaşça, kıyafetleriyle yorganı açmadan, yanıma uzandı. Dudaklarını saçlarıma gömüp bir koluyla yorganın üzerinden bana sarıldı. Başımı döndürüp omuzunu öptüm. Hiç bilmediğim bir sıcaklık, iç huzuruyla sarılmıştım. Yatakta, sımsıkı, tek vücut olmuş gövdelerimizin sessiz uzanışında öylesine kendine has, tamamen bize ait bir aşk tarifi oluşmuştu ki, verdiği duygusal yoğunluk, üzerinde yol aldığımız okyanus kadar uzaklara ve derinlere yetebilirdi.

Bir müddet sonra, Nigel göğsümde, Nesim, başı saçlarımın arasında, nihayet yorgun beden ve ruhlarını uykuya teslim etmişlerdi. Yaşadığım ana, hem çok yabancı hem de hep benimmiş gibi sahiptim. Karşılaştıklarımdan çaresizlik duymamam, gurura ve utanca yenilmeden yaşamam beni artık şaşırtmıyordu. Gecenin sihirli perdesi kalkıp kendime gün ışığında baktığımda ne düşünecektim, bilmiyordum ama sorgulamıyordum da... Çok huzurlu ve mutluydum. Omuzlarımı, kocamın bedenine yasladım. Göğsümde, Nigel'ın derin bir çekişi duyuldu. Aurora'nın incileri tenimi gıdıkladı. Gözlerimi kapadım. Okyanusun henüz gün ağarmamış karanlığından ben de biraz uyku kaçırmalıydım. Kendimi geceye bıraktım.

Kocamın sevgilisine çıplak bedenimle sarılıp yattığımdan dolayı hiçbir zaman pişmanlık ve utanç duymadım. Tam aksine, bu duyguların bazen lüks olabildiğini anladım. Ertesi gün, Nigel'ın son nefesi, o uzun uyku tünellerinden birinde takılıp kaldı. Bir meteor gibi girdiği hayatımı, aynı süratle terk etmişti. Ama yumuşak, alıngan teninin izi bende kalmıştı. Bedeni güverteden okyanusun derin sularına bırakılırken sağ göğüs başımın sızladığını hissettim. Sanki emzirdiğim bebeğimi, ölümün ıslak, soğuk derinliğine bırakıyordum. Ah! Bu benzetmeyle andığım acıyı, bir gün, gerçekten yaşayacağımı nereden bilebilirdim?

Sessiz bir deprem geçiriyorduk. Dr. Mc Dermott, durumla şahsen ilgilenmişti. Nigel'ın dolabında, kanser tedavisi için kullanılan ilâçlar bulundu. Kendisi, son anın çok yaklaştığını biliyor olmalıydı. Belki de, bana olan plâtonik aşkını itiraf etmesi, nihai gecesinde bana sarılıp yatmak istediğini söyleyecek cesareti göstermesi, 'son'un nefesini ensesinde hissetmesindendi. 'Son'uyla buluşmaya giderken, neden Nesim'in değil de, benim kollarımda olmak istediğini çözemiyordum.

"Belki de hiç tatmadığı bir duyguyu anlamaya çalıştı." dedi, Nesim, gözyaşları içinde, "Annesinden başka, ikinci bir kadına sarılmamıştı, hayatı boyunca..."

Vasiyetinde, vücudunun denize bırakılmasını istediğini yazmıştı. Yolculuğunu tamamlayamayacağını hissetmiş olmalıydı.

Okyanus güneşi, buz gibi soğuk, sisli bir akşama doğru kaybolmadan önce, arkadaşımızı uğurlamak için en güzel turuncu ve kızılları paletine dökmüştü. Limanına ulaşmaktan vazgeçip bir ara zamanda, yalnız başına, derinlerin karanlığında kalacak yolcuyu, son defa, yaşama ve yaşamaya ait renklerle donatmak ister gibiydi. Gözümü, Nigel'ın bedeninin suya düştüğü noktadan uzun zaman ayıramadım. Atlantik'in kararan dalgalarında, puslu mavi gözlerini görür gibi oldum. Bir gece evvel, göğsümü, benden hayat almak ister gibi öptüğünü hatırladım. Şimdi anlıyordum. Benim bedenim vasıtasıyla hayata asılmak istiyordu. Kollarımın arasında, kadınlığın hayat verme kabiliyetine, doğurganlığına, annesine, kendi bebekliğine sığınmıştı. Bacaklarını karnına doğru çekip, ana rahmindeki gibi yattığında, göğsümden aldığı güçle, belki de, tükendiğini bildiği ömrüne bir nebze daha can katmak istemişti.

Hüznüm o kadar yoğundu ki, gözyaşlarıma geçit vermedi. Başım, kocamın göğsünde, onun ağlayan kalbinin üzerinde, gemimizin gerisinde kararmakta olan suları izlerken, daha önce de gördüğüm kâbus gibi vizyon tekrar gözlerimin önünde belirdi. Üzerinde *Lusitania* yazan boş bir can simidi, köpüklerin arasında çalkalanmaktaydı. Suların içinden uzanan bir el, simidi yakalamaya çalışıyor ve tekrar batıyordu. İki uzun dalga arasındaki boşlukta, çaresizce çırpınan Nesim'in güzel başını gördüm. İçim ürperdi. Görüntüyü def etmek için, elimle gözlerimi sildim. O anda, bu görüntülerin, aslında Nigel'ın sonuyla ilgili bir önsezi olabileceğine inanmıştım. Ya da inanmak istediğim oydu. Bilemezdim ki, çok değil, kısa bir zaman sonra, göğüslerimde aşk ve şefkat bulan büyük aşkımı da sulara yolcu edeceğimi. Ve sonra da, rahmimde hayat verdiğim bebeğimi uzak diyarlara...

Yatak odası, sessiz bir çığlıkla sarılmış gibiydi. Genç Hüma son satırları okuduğunda, tansiyon doruktaydı. Gözlerinde yaş, ifadelerinde altüst olmuşluk, duygularında karmaşa, duydukları karşısında, ne yapacaklarını bilememenin verdiği bir çaresizlik hâkimdi. Hüma'nın, yaşadıklarını kabullenirken gösterdiği esneklik, sevgisini sahiplenme ve bağışlama yeteneğini gittikçe artan bir hayretle dinlerken, her şeyini bildiklerini zannettikleri kadının, ne derin sırlarla yaşamış olduğunu keşfediyorlardı. Hayâl güçlerini aşan bir hayatın sahibini yeterince tanıdıklarını zannederken, aslında onu hiç mi hiç tanımadıklarını fark etmişlerdi.

"Bir kardeşimiz olduğundan hiç bahsetmemişti." dedi büyük oğlu, düşünceli ve ağır bir ifadeyle.

"Neden bahsetmişti ki?"

Kızının, mırıltı hâlindeki sesi sitemkârdı.

"Dinleyin," dedi, genç Hüma, "bakın, ne diyor babaannem..."

Şimdi soruyor olmalısınız, sevgili çocuklarım, hani, çocuk sahibi olmanın zevkini bizlerle tatmıştın, diye. Evet, anneliğin tadını, zevkini, mutluluğunu sizlerle yaşadığımı, bu hatıratımın en başında yazmıştım. Ama daha önce bir çocuğum olmadığını söylemedim. Ancak, o bebeğimin kaderi hayatıma öylesine büyük bir acı vermiş, kalbime öylesine derin bir yara açmıştı ki, yaşattığı ıstırabı hatırlamamak için, çok kısa süren mutluluğunu da zamanın aşınmış perdesinde bırakmayı tercih ettim. Nasıl bir ıstırap, derseniz... Onu da, ömrüm yeterse bu defterde okuyacaksınız. O sırrımı yazamadan aranızdan ayrılırsam da, küçük Hüma'nın, yolculuğu esnasında bulacağı defterimden öğreneceksiniz. Ama acele etmeyelim. Her şeyin zamanı var.

Hatıratı okumaya başladıkları, beş saati geçmişti. Ne var ki; hepsi zamandaki yerlerini kaybetmiş, Hüma'nın anlattığı tarihlerin yolcusu olmuşlardı. İşin garibi, sayfalar bir yandan onun gizlide kalmış hayatını ifşa ederken, aynı zamanda yeni sırlarını da doğurmaya devam ediyordu. Nesim, Aurora'nın incileri, Nigel... ve şimdi de bir bebek...

Duraklamadan istifade, ailenin genç gelinleri çocuklarını kontrol etmeye, kimi banyoya, kimi, mutfaktan içki getirmeye ayrıldığında, genç Hüma, elindeki defteri bırakmadan, yerinden kalkıp, derin uykuda gibi yatan babaannesinin yanına gitti. Onun yanı başına ilişti. Parmaklarını onun yanaklarında gezdirirken, kocasının elini omuzunda hissetti.

"İyi misin?" diye sordu, genç adam.

Gülümsedi Hüma.

"Evet," dedi, "evet, iyiyim. Biliyor musun? Onu böyle izlerken ölüm korkusu kalmıyor insanda. Tam aksine, bizlerin bilmediği bir mutluluğu yaşıyor gibi sanki."

Kollarını onun boynuna sarıp, alnını öptü kocası.

"Tabii," dedi, küçük bir gülüşle, "bizlerin üzerinde yaratacağı şoku, şaşkınlığı bilerek çıktı o yolculuğa. Herhalde çok eğleniyordur şimdi."

"Haklısın. O devirde, o yaşta, rahatlıkla kabullendiklerini ve şartlarına nasıl uyum sağladığını öğrendikçe, babaannemin bizlerin hiç tahmin edemeyeceği kadar hayâl ve kurgulama gücü olduğunu öğreniyorum. Ölümünden sonra dahi, kendi yazdığı bir oyunu oynatıyor bizlere şu anda... Evet, aynen, gösterdiğimiz şaşkınlıkla, hayret nidalarımız ve ifadelerimizle, farkında olmadan, onun bizler için yazmış olduğu bir oyunun oyuncuları oluyoruz. O, defteri okunurken, bu odada neler yaşanacağını, biz yaşamadan önce biliyordu."

"Oyunumuzun anlatıcısı olarak da seni seçmiş."

Cevap olarak, kocasının, omuzundaki elini okşadı Hüma. Sonra yerinden kalkarken konuştu:

"Biliyor musun, okurken bir yandan da düşünmeden edemiyorum, şayet ben babaannemin yerinde olsaydım, diye..."

Okuma köşesine yerleşmeden, yanı başındaki sehpadan boş kadehini alıp kocasına uzattı.

"Peki, ne düşünüyorsun?" dedi kocası.

"Yapamazdım. Bütün aşkıma rağmen, sevdiğim adamın bu yönünü kabullenemezdim."

"Memnun oldum." dedi kocası gülümseyerek, onun içkisini verirken, "Sen babaannene bu kadar benzetilirken, benim de Nesim'e benzemek zorunda kalacağımdan korkmaya başlamıştım."

"Korkundan kurtulabilirsin." dedi genç kadın, gülerek.

Yerine oturup defteri parmakları arasında döndürürken düşünceliydi.

"Ama... diğer taraftan... babaannemin Nigel'a bağlılığı beni çok duygulandırdı. Sanırım, o tarz bir aşk yaşayabilirdim."

Kapı açılmış, aile fertleri, sessiz adımlarla tekrar yerlerini almaya başlamışlardı. Genç Hüma'nın sözleri, kocasının hayret dolu ifadesiyle havada asılı kalmıştı. İçkisinden bir yudum aldı. Yeniden, babaannesinin sesine hayat vermek üzere defteri açtı.

Hüzün Dolu Bir Aşk Fantezisi

Nigel'ın ölümü, Nesim'le beni daha çok bağlamıştı. Onun hayatının sırrını ve sır ortağını biliyor, sevgisini, ıstırabını paylaşıyor olmam, bizi farklı bir yakınlığa taşımıştı. Kocamın sevgisini kaybetmemek için sırlarını kabullenirken, onu bana bu kadar bağımlı hâle getireceğimi hiç tahmin etmemiştim. Ama Nigel'ın çaresiz aşkına gösterdiğim yakınlıkla ve yokluğunun hüznünü derinden hissetmekle, Nesim için hayatının vazgeçilmez bir teselli limanı hâline geldiğimin farkındaydım.

Okyanusun iç titreten soğuğuna rağmen, güvertede durmuş, kol kola küpeşteye abanmış, arkamızda bıraktığımız denize, karanlığın içinde köpüren dalgalara bakıyorduk. O kadar inanılmaz, o kadar uçucu bir duyguydu ki... Yaşananlar hiç gerçekmiş gibi gelmiyordu. Sanki Nigel karanlıkların içinden çıkıp yanıma gelecek ve o yumuşak, nazik sesiyle *paradisea apoda* diye seslenecekti. Karanlık, uçsuz bucaksız, buz soğuğunda denize bakarken, bunun imkânsızlığını, onun bizden ne kadar uzakta, ne kadar derinde kaldığını düşündüğümde, içimden geçen ürperti bütün vücudumu titretti. Uzun müddettir kendilerini saklayan gözyaşlarım artık rahatlamak istiyordu. Ağlamaya başladım. Nesim, beni kollarının arasına aldı. Matemime sessiz gözyaşlarıyla katılmış olmalıydı. Vücudunun sarsıntısından anlıyordum.

Birden, aramızda Nigel'ın varlığını arzuladım. Onu özlüyordum. Başımı kocamın göğsüne gömüp, hıçkırıklarımı boğmaya çalışırken, aklıma, yaşadığımız ana teselli olabilecek bir çılgınlık geldi. Gözyaşından ıslak yüzümü kaldırıp, onun gözlerine baktım. İçindeki hüzün haykırıyordu, gözlerinin yaşlı pırıltılarında.

"Senden... bir şey... isteyeceğim." dedim, hıçkırıklarla kesilerek.

"Söyle, küçük sevgilim." dedi gözlerimi silerken.

"Benimle sevişmeni istiyorum... Aynen Nigel'la seviştiğin gibi sevişmeni istiyorum."

Beni çözemeyen bakışlarına cevap, devam ettim:

"Evet... aynen... onunla sevişir gibi benimle aşk yapmanı istiyorum."

Hâlâ daha şaşkındı.

"Ona sevgimizi göndermenin daha güzel bir yolu olabilir mi?" dedim.

"Ah! Küçük sevgilim benim," diye mırıldandı, "ben de sana aşkı öğreteceğimi sanıyordum. Hâlbuki sen, zaten sınırsız aşkı bilerek doğmuşsun. Gel bana."

Kamaramıza girdiğimizde, yine düğün gecemizde olduğu gibi, bu yeni yolculuğumda Nesim'in bana yön göstermesi için bekledim. Nigel olmayı anlamak istiyordum. Doldurduğu konyak kadehini bana uzatırken sordu:

"Ne istediğinin farkında mısın cennetkuşum benim?"

"Evet," dedim. "yani, en azından bu hissi tanımak istediğimden eminim."

"Bu, şimdiye kadar bildiğinden fazlasını yaşamak olacak ama."

"Nesim... Nigel'la nasıl seviştiğini bilmek istiyorum. Bir gecelik onun yerine geçmek istiyorum. Benim Hüma olduğumu unut ve seviş benimle. Onu kucaklayıp yattım dün gece. Farz et ki, benim vücudum onunkinin aynası."

"İnanamıyorum," dedi Nesim, kadehini elinde sıkıntıyla çevirirken. "gözlerin şimdiden onunkiler gibi bakmaya başladı."

Yanıma gelip kadehini kadehime vurdu. Göz göze, birer yudum içtik. Boğazımdan inen sıcaklık gözlerimin içini kıvılcımlandırmıştı. Güzel yüzüne baktım. O an, boynuna sarılıp kendimi ona teslim etmemek için zor tutuyordum. Nigel'ın, göğsüme kapandığı anki yumuşak, ürkek, korunmaya muhtaç çocuksu hâlini hatırlayıp kendimi tuttum. Nesim, içkisini bırakmış, elbisemin düğmelerini açmaya başlamıştı. Kadehimden bir büyük yudum daha içtim. Kimliğimi, cinsiyetimi, o ana kadar bilip öğrendiklerimi, her şeyi unutmaya, Nigel olmaya hazırlanıyordum. Dişiliğimi bana hatırlatan hassasiyetlerimi perdeleyerek, elbisemi çıkarmakta olan Nesim'e sadece omuzlarımı oynatarak yardımcı oldum. Jüponumu ve çamaşırlarımı çıkardığında, kadehimi fondip yaparak masaya bıraktım. Konyak, anında, benim hayatımı yaşadığımdan daha süratle damarlarımda dolaşırken, bedenimin içinde yol alan sanki Nigel'ın ta kendisiydi.

Nesim'in, arzulu ama temkinli, biraz şaşkın, âdeta iki dünya arasında kaybolmuş bakışlarıyla, nazik öpüşlerle beni soymasını izlerken, içimde, kadın bedenine sığmaya çalışan bir erkek olduğu hissine kapıldım. Nigel, erkekliğini dışarıda bırakmış, damarlarımda dolaşıyor, omuzlarımdan, göğüslerimin, kalçalarımın arasından, bacaklarımın üzerinden geçerken şeklimi alıyor ve bedenime yerleşiyordu.

"Çok hızlı içtin."

Nesim'in sesi çok uzaktan hayâl gibi duyuluyordu. Kadehimi tekrar doldurdu. Sonra karşımda durdu. Bir şey bekliyor gibiydi. Temkinli bir yavaşlıkla, ellerimi gömleğinin yakasına uzattım. Kımıldamadığını görünce, devam ettim. Aynen onun yaptığı gibi, soydukça tenine dudaklarımın arzusunu kondurup çıkardım üstündekileri. Yere düşen pantalonunu ayağıyla kenara ittikten sonra bana doğru iyice yaklaştı. Gözlerim puslanmış, bedenim bilmediğine heyecanlı, arzum dorukta, gözlerinin içine baktığımda, onun gözbebeklerindeki lacivert kıvılcımda, Hüma'dan Nigel'a transformasyonumu görebiliyordum. Şimdi, artık, hem Nigel olup Nesim tarafından sevilmek, hem de Nesim'in benden önceki dünyasına sahip bir başka erkekle, Nigel'la sevişip kocamın onun bedeninde bıraktığı tensel zevkleri paylaşmak istiyordum. O zaman, kocamın bütün zamanları, bütün aşkları bende birleşecek, bir bütün olacaktı.

Pürüzsüz bedenimde, hayatında annesinden başka bir kadını öpmemiş olan, eşimin sevgilisinin varlığı yerleşmişti. Göğüslerim sanki hiç olmamıştı. Kalçalarım, karın adalemi kucaklayan iki kasın üçgeninden, hiç kadın bedeni fethetmemiş erkekliğime doğru daralıyordu. Yeni vücudumu sevmeye başlamıştım. Çünkü âşık olduğum erkeğe ne sunuyorsam onu seviyordum. Üstelik şu an, Nigel'la beraberdim. Aynı erkeği mutlu etmek için aynı vücutta birleşmiştik.

Nesim, elimi alıp erkekliğinin üzerine koyduğunda, avucumun içinde kalp atışlarını hissettim. Kadehi göğsünün üzerinden dökmeye başladığında, Nigel'ın ne yapması gerektiği biliyordum. Elimdeki kadife teması okşarken, dudaklarımı göğsünün ortasındaki çizgiye dayadım. Az önce, büyük yudumlarla boğazımı yakan konyak, şimdi, sevdiğim erkeğin teni, eau de cologne'uyla birleşip bambaşka bir aroma yaratmıştı. Dilimi, güneş altında tüylerini yalayan bir kedinin rehavetinde, bedeninde yavaş yavaş aşağıya doğru kaydırdım. Birden, tüm avucuyla başımı sarıp karnına doğru bastırdığında, sertliğinden, artık onun için tamamen Nigel olduğumun farkındaydım. İçki damlalarını takip ederek, teni üzerinde aşağıya kadar indim. Dizlerimin üzerine çöktüğümde, kalbinin atışları avucuma sığmaz olmuştu. Bir anda, içimden gelen bir dürtüyle, kollarımı kalçalarına dolayıp yüzümü erkekliğine bastırdım. Elleri saçlarımın arasından başımı bir kement gibi sararken, inliyordu. Temasının kuvvetiyle bir an için nefessiz kalmıştım. Başımı arkaya atarak bir nefes aldım. O esnada, bana, aşağıya doğru bakan yüzünün ifadesini gördüm. Aşk, ıstırap, acı, zevk, ihtiras, şehvet, doygunluk ve yoksunluk... İnsana ait ne duygu varsa hepsi, Nesim'in kısılmış lacivert korlarında, yan yana sıralanmış ama birleşmeden, hepsi ayrı yanıyordu.

Konyağın, kristâl kadehin kesme desenlerini renklendiren kızıl kahve yoğunluğunun, yeni bırakılan damlalarla, teni üzerinde kayıp inişini izledim. Nigel'ın, sevgilimizin ihtiraslı açlığına doğru nasıl uzandığını görebiliyordum. Nesim, saçlarımı kavramış başımı yönlendirirken, dudaklarım onun kadife temasına açıldı. İhtirası tırmandıkça, burun kanatlarımdaki konyak ve parfümle karışan maskülen ten kokusu artıyordu. Solukları sıklaşmış, kısa iniltilerle boğulmaya başlamıştı. Kollarımdan tutup ayağa kaldırdı. Elim avucunda, yatağa doğru ilerledik. Sırtüstü uzandım. Eğilip dudaklarımı ağzının içine aldığında, vücudumun ona duyduğu özlemle kıpırdandım. Dudaklarımı yıkayan tütün, konyak ve arzu lezzeti, tüm vücudumda dolaşırken, şehvetin dili, göğüslerimi, kasıklarımı, rahmimi alevle yalıyordu sanki. Kollarımla onun

Antinous bedenini sarmalayıp onu içime alma arzusuyla yanarken, benden ayrılışını hayretle izledim. Dolabına gidip küçük, kahverengi deri bir çanta çıkardı. Bir gece evvel Nigel'ın odasında, koltuğun yanında gözüme ilişmiş olan aynı çanta olmalıydı. İçinden, kocamın sevgilisine ait bir şeyin çıkacağından emindim. Uzandığım yerde, vücudumun hararetiyle sessizce bekledim.

Nesim'in elinde parıldayan metalin şeklini, bana yaklaştığı zaman seçtiğimde, içimden bir panik ürpertisi geçti ama kısa sürdü. Yerimden kıpırdamadan, onun, kollarımı başımın üzerinde bir araya getirişini ve kelepçeleri bileklerime takışını izledim. Artık dayanma noktasının sonuna gelmiş ihtirasına rağmen, hareketleri son derece nazik, sakin ve sevecendi. Kollarım, yastığın üzerinde, yatağın başlığına doğru gerilip, avuçlarım birbirine kenetlenmişti. Kadehine doldurduğu içkiden, sanki bir ayin yapar gibi ağır ağır, birkaç damla koltuk altıma, sonra karnıma, göbek deliğime ve kasıklarıma bıraktı. Üzerine gelen damlayla arzunun nemlendirdiği kadınlığımda alkolün bıraktığı yanmayı hissettim. Nigel'ın bedenindeki arzu, içimdeki kadına beklemesini söylüyordu. Gözlerimi kapadım ve vücudumun, en gizli sıcaklıklarında dolaşılırken neler hissettiğini dinledim. Venüs tepesinin ardındaki derinlik, Nesim'in parmakları ucunda açıldığı anda, birden, sanki vücudumda hapsolmuş erkek cinselliğimin uyarıldığını duyar gibi oldum. O küçük gizli dokunun, Nigel'ın bedeninin bir parçası olduğunu, arzuyla beslenerek büyüdüğünü, bedenimden uzanıp Nesim'le aşk yaptığını hayâl ettim. O güne dek, arzunun bu kadar sınır tanımaz, bu kadar yoğun olabildiğini tahmin edemezdim. Nigel'ın kadın olmak isteyen erkek kimliği ile onun bedenine girmek isteyen benim ruhum bir bütün olmuştu. Nesim'i hiç olmadığı kadar arzuluyordum. Ona hem karısını, hem erkek sevgilisini bir arada sunmak, benim vücudumda her ikisiyle de sevişebilmek duygusunu yaşatmak istiyordum.

Kollarım yukarıda, beni nazikçe yüzükoyun döndürüp, sırtıma uzandı. İnleyerek kalçalarımı kavradığında, Nigel'ın aşk ve sevgi beklentisi, Hüma'nın korkularının, telâşlarının çok önüne geçmişti. Düğün gecemde, arzumu, ağlatan bir acıya çeviren anı düşündüm ve bu kez de aynı acıyı, aşkı yarım kalmış zavallı sevgili için yaşayabileceğime karar verdim. Hiç itirazsız, bacaklarımı araladım ve kendimi serbest bıraktım. Nesim, uzun zamandır özlediği sevgilisinin bedenine girerken, gözlerime gelen yaşı, her hamlede yüzümü esir alan acı ifadesini, dudaklarımdaki haykırışı, başımı yastığa gömüp perdeledim. Birbirine kenetlenmiş avuçlarımın içinde, sanki bedenimde ikinci bir yara açıp diğerinin acısını unutturmak ister gibi, tırnaklarım derime saplanmıştı.

Nesim, gelgitler içinde, her ikimizin de adını sayıklıyor, arada beni omuzlarımdan, saçlarımdan öpüyor ve hıçkırarak özürler diliyor, sonra yine zevk yolculuğuna devam ediyordu. Benim gövdemde Nigel'ın bedenini sahiplendiği anda, bir kolunu karnımın altına doğru uzatıp eliyle kadınlığımı avuçladı. Diğer eliyle başımı yastıkta yan çevirdi ve sonra yukarı doğru uzanıp kollarıma sarıldı.

"Canım benim..." diye mırıldandı, "Küçük sevgilim benim. Haydi, gel, beni yalnız bırakma, beraber mutlu olalım."

Islak yanaklarımdaki öpüşleri, kelepçeli ellerimi saran sıcaklığı, avucundaki kadınlığımın yanan alevi, içimi esir alan acıyı hafifletmişti. Tüm vücudum, âşık olduğum erkekle, çepeçevre sarılmıştı. Onunla teması olmayan bir tek yer, göğüslerim kalmıştı. Dün gece bu saatlerde, Nigel'ın ateş içindeki dudaklarının, göğsümün ucunu, bir bebek gibi emişi aklıma geldi. Gözlerimden hüzün gözyaşları inerken, yeni zevkleri tanımak üzere, tüm gövdemi Nesim'in erkekliğine ve ellerine teslim ettim. Nefeslerimizde, küçük çığlıklarımızda, boğuk soluklarımızda, üçümüz bir aradaydık. Sonunda Nesim, kendini çekip beni döndürdüğünde, ikimiz de ağlıyorduk. Bu defa da sormadım nedenini ama bir farkla; ilk kez, aynı sebeple ağladığımızdan emindim. Kelepçeleri açtıktan sonra, elimden tutup beni banyoya götürdü. Okşayarak, severek, tüm vücudumu yıkamasını izledim. Yatağa tekrar uzandığımızda, onun güzel başını avuçlarım arasına alarak, dudaklarını öptüm. Canı acıyan yine ben olmama rağmen, müteşekkir bir esir gibi bakan onun gözleriydi.

"Biliyor musun, küçük sevgilim?"

"Bilmiyorum... Öğreniyorum." dedim.

"Hayır," diye mırıldandı, parmakları dudaklarımın üzerinden geçerken. "sen çağlardır bu işi biliyorsun. Sadece zamanını bekliyorsun."

Sonra, başımı göğsüne yatırıp devam etti:

"Ama bilmediğin bir şey olabilir... Sana o kadar bağlandım ki, beni senden ancak ölüm ayırır."

O an gözümün önünde, okyanusta kaybolan Nesim'in görüntüsü belirdi ve ürpererek ona sıkı sıkı sarıldım.

"Ölüm konuşmanı istemiyorum."

"Sadece bil istedim." derken uzanıp lâmbayı kapadı.

"Bir şeyi fark ettim... Bu gece göğüslerime hiç dokunmadın."

Cevap vermedi. Sadece yastığından aşağıya doğru kaydı ve bana sarılırken sol göğsümü dudakları arasına aldı. Saçlarının dağınık dalgaları arasına başımı gömdüm ve kendimizi uykuya bıraktık.

O kelepçeyi o günden sonra bir daha hiç kullanmadık. Ama şimdi, hikâyesini bildiğinize göre, neden saklamış olduğumu anlamışsınızdır.

❖

Kimse yorum yapmıyordu artık. Şaşırmaktan ve Hüma'nın fırtınayla sürüklenen ruh hâllerini anlamaya çalışmaktan yorgun düşmüşlerdi. Tam çözdüklerini zannettikleri anda, yepyeni bir sürpriziyle karşılaşıyorlardı. Bu, tamamı örtülü kalmış esrarengiz hayatı öğrenmekle, Hüma'nın gerçeklerine yakınlaşırken, aynı zamanda o çok iyi bildikleri, tanıdıkları kimliğinden de uzaklaşmaktaydılar. Biri; genç Hüma hariç. Hatıratı okudukça, bir taraftan da kendini sorgulamaktaydı. Başlangıçta, büyük bir aşk adına da olsa, katlanamayacağını düşündüğü seçimlerin sürprizini, giriftliğini, babaannesini tanıdıkça benimsiyor ve gittikçe daha büyük bir heyecan duyuyordu. Kendini soru dolu nazarlarla izleyen kocasına gülümsedi. Odada ondan başka tebessüm eden olmadığına bakılırsa, Hüma'nın yaptıklarını en kolay kabullenen ve içinde muziplik bulan, tek oydu. Genç kadın, aynı fedakârlıkları pekâlâ yapabileceğine, ama kocasına duyduğu aşkın gücünün buna yetmeyeceğine inanmaya başlamıştı.

Herkesin bakışları, yataktaki Hüma'nın, alaycılığı dudaklarında donmuş yüzünde ve yanı başındaki konsolun üzerine bırakılan kelepçelerdeydi. Oğulları, annelerinin yanından uzaklaşmış, kendilerine yasak bir mekânı sanki gizlice gözetlerken yakalanmış duygusuna kapılmışlardı. Huzursuz oldukları açıkça belliydi. Kızı, uzun bir iç çekişle titredi. Diğer torunlar ve eşleri ise, daha rahat ama daha da şaşkınlardı. Öyle uzak bir zamanda, öylesine cesur yaşanan bu hikâyeye de, büyükannenin bunları bu kadar rahat dille anlatmasına da inanamıyorlardı.

Genç Hüma, babaannesinin, aile üzerinde yarattığı şaşkınlığın tadını, sanki kendi hayatıymış gibi çıkarmak üzere, defteri, işaretparmağını arasına koyarak kapatıp, kadehiyle ortadaki masaya doğru ilerledi. Şampanya şişesine uzanırken, kocası yardım etmek üzere yanı başındaydı.

"Kendini çok kaptırdın." dedi, kulağına doğru, fısıldayarak.

Hüma, sorar gibi baktı. Ama dudaklarında yine o müstehzi gülüş vardı.

"Biraz daha normal okuyamaz mısın? Sanki kendin sevişiyormuş gibi okuyorsun."

Hüma, bu kez sesli olarak gülmekten alıkoyamadı kendini. Herkesin baktığını görünce sustu.

İçki kadehini tutarken sordu:

"Bir gün, ben de seninle olan sevişmelerimizi anlatsam, hoşuna gitmez mi?"

"Bizim, bu tarz sevişmelerimiz olmayacak."

Bu sefer genç kadın ciddileşmişti.

"Ben aşktan bahsediyordum."

"Evet, ama kalabalık bir aşktan."

'Belki de, işte bu sebepten, senin için aynı fedakârlıkları asla yapamazdım.' diye içinden geçirdi Hüma. Daha fazla konuşmadan, içkisi ve defteriyle yerine döndü ve okumaya başladı.

New York, New York

6 Kasım Perşembe günü New York limanına girerken, hepimiz güvertedeydik. Yeni dünyanın kapıları karşımızda açılıyordu. Göğe yükselen binalar, o güne dek hiç görmediğim bir siluet yaratıyordu. Asırların kültür mirasçısı, Osmanlı İmparatorluğu'nun Doğu masalı İstanbul'undan, krallıklar, dukalıklar, prenslikler kıtası Avrupa'nın görkemli ama tabiatla yarışmayan şehirlerinden sonra New York, seyredeni göklere çıkmaya, daha yükseklere uzanmaya çağıran, geleceğe ait bir dünyanın görüntüsüyle karşımızdaydı.

Az ileride, Bedloe's Island üzerinde yükselen devasa Hürriyet Abidesi, insana, büyük umutlar vaat eden, her şeyin çok güzel olacağı bir ülkeye geldiği duygusunu veriyordu. Frederic Auguste Bartholdi, bu abideyi, özellikle klâsik Roma'nın bir güzeli olarak tasvir etmek istemişti. Ona, sol omuzda bir tokayla tutturulan palla giydirmiş, onun altındaki stola, plili katmanlarla ayaklarına dökülmüştü. Tacındaki yirmi beş pencere, dünya üzerindeki natürel mineralleri; diademindeki yedi ok, yedi denizi; elindeki meşale, aydınlanmayı temsil ediyordu. Ayaklarının altındaki zincir, hürriyetin ezdiği esaretin simgesiydi.

1885 yılında tamamlandığı Paris'te tekrar üç yüz elli parçaya ayrılmış ve Fransız fırkateyni *Isera*'yla, iki yüz on dört adet sandık içinde New York'a getirilmişti. Bunu ilk duyduğumda, hep, Fransızların Amerika'ya yaptıkları bu hediyeyi, neden en baştan

New York'ta imâl etmediklerini merak etmişimdir. Ancak işte, üç yüz elli parçaya da ayrılsa, Hürriyet güzeli, bütün azametiyle New York'a gelenleri karşılıyor ve sanki şu mesajı veriyordu:

"Kaç parçaya ayrılırsanız ayrılın, burası tekrar bir araya geleceğiniz ülkedir."

Ben öyle hissetmiştim. Belki de, o gün, böyle bir ümide ihtiyaç duyduğum için... Bilmiyorum...

D'orsay, Daugherty aileleri ve Mr. Mc Kenzie'yle birbirimize, adreslerimizi vererek, gözyaşlarıyla vedalaştık. Nigel'ın, inerken aramızda olmayışı, hepimizi büyük bir hüzüne boğmuştu; yokluğunun ilk günü gibi.

Güvertedeki son vedalardan sonra, Nesim'in elini tutup ilerlerken, halatlarla asılı tahlisiye sandallarına bakınca, Eleni Mavromati'nin, İtalyan gemisinde bekâretini kaybetmesini hatırladım. Şimdi Eleni benim yaşadıklarımı dinlese, acaba inanır mıydı? Dudaklarıma kocaman bir gülümseme yayıldı. Yeni bir hayata adım atıyor olmanın keyfiyle, kocamın ve Celeste'in kollarına girip yürümeye devam ettim.

Liman gümrüğünden çıkışta arabamıza binmiş, yola koyulmak üzereydik ki, kocaman bir sandığı taşıyan, milli kıyafetli iki Hintli dikkatimi çekti. New York'un siluetinden sonra bu görüntü çok renkli gelmişti. Birden, zaman ve mekân içinde bağlantı kuramadığım, ama çok aşina bir yüz gözüme çarptı. Hintlilere önümüzde duran arabayı gösteriyordu. Aynı anda, arabadan birkaç Hintli daha fırladı ve yolcunun önünde el pençe divan durdular. Bir anda, yabancıyla göz göze geldik ve yüreğimde duyduğum kuş kanadı çırpıntıları bana onun kim olduğunu hatırlattı. Astragan yakalı, uzun, siyah kaşmir paltosu ve astragan şapkası içinde, hatırladığımdan daha da uzun görünüyordu. Yosun yeşili gözleri bana odaklandığında, yanaklarım al al oldu. Şoförümüz, kalabalığın arasından kurtulmuş ve yola çıkmıştı. Başımı döndürüp, gözlerinin temasını korumaya cesaret edemedim. Victoria-Albert Müzesinin antresindeki fısıltısını kulağımın dibinde duydum yeniden:

"Yarın, öğlen birde sizi bekliyor olacağım."

Tok, yumuşak, buğulu sesi hatırlamak, yüreğimdeki kanatları hızlandırmıştı. Kendimi yeni bir hayâl oyunundan korumak için, Nesim'in koluna girdim. Elimi avucunun arasına alıp gülümsedi.

Lacivert gözlerinin ışıkları içime emniyet vermişti. Tebessüm ederek, başımı omuzuna dayadım.

Beşinci Cadde ile Central Park'ın köşesinde, bir saray gibi kurulmuş Plaza Otel'ine geldiğimizde, hayâl gücümü, romantik duyarlığımı ve aşkımı doya doya yaşayabileceğim bir yerde olduğumun farkındaydım. Şehri başka bir dünyaya ait gösteren gökdelenlerin siluetinden sonra, parkın yeşilliğine ve Beşinci Cadde'nin henüz ultra modernlikten uzak dokusuna dönük duran otel, klâsik mimarisi, zevkli ve nadide eşyalarla düzenlenmiş dekorasyonuyla beni hemen içine çekmişti.

Celeste'le beraber oturabileceğimiz uygun bir ev bulana kadar burada kalacaktık. Sekizinci katta, parka bakan süitimize çıktığımızda, aslında hep burada yaşayabileceğimi hissettim. Odalardaki eşyalar, döşemeler, o kadar bana ait, ben seçmişim gibiydi ki, hiç yabancılık çekmedim.

Komodinin üzerindeki muazzam çiçek aranjmanı ve şampanya şişesinde, Nesim'in mektep arkadaşı Ezra Stein'ın kartı vardı. Ezra, Wall Street'te broker olan babasının yanında çalışmaya başlamış ve Nesim'in, aynı kuruluştaki işini de o ayarlamıştı. Bir an için, onun da bir ikinci Nigel olup olmadığını düşündüm. Tahminim, yüreğimde küçük bir heyecan yaratmıştı.

Radyoyu açtığımda, Carrie Jacobs Bond'un, 1910 yılında sözlerini yazdığı 'A Perfect Day' anons ediliyordu. Mr. ve Mrs. Daugherty'yi, Claire D'orsay'le dinlediğimiz plâkları, o gecenin devamını, hızlı sarılan bir bant gibi hatırladım. Beş gece, altı güne sığan coşku, mutluluk, kayıp, hüzün, içimdeki yeni kimliklerimi keşfetmek... yine o kadar süratle yaşanmıştı ki, hayatımın anları, âdeta gelgitlerle sürükleniyordu. Sessizce gerilere, kendini bulmaya çekiliyor, sonra hiç fark ettirmeden yine ekstrem duyguların kıyısına uzanıyordu. Hislerim ise, bir an, derin lacivert, siyah dalgaların çukurluğunda hüzünden boğulmak üzereyken, aniden dalganın zirvesine ulaşıyor, bembeyaz köpüğün, hafif, muzip, uçucu mutluluğunu yakalıyordu. Yaşadığım hiçbir şeyin, ne keyfini ne de hüznünü çok uzun süre taşıyabiliyordum. Ama bundan bir şikâyetim yoktu. Değişkenliğin bilinmezliğini, macera hissini seviyordum.

Baba evimde, mutluluk, huzur, güven ve sevgiyle kucaklanmış yaşarken dahi, hayâl ettiğim oyunlar, çevremdekilerin ifadelerinden yaratmaya çalıştığım melodramlarla kendimi hüzne sürüklemek için uğraşırdım. Bu kederli dibe vuruşlardan keyif almam için, artık oyun kurmam gerekmiyordu. Kaderim bana, zaten hayâlini kuramayacağım kadar zengin perdede bir oyun sunuyordu.

New York'a daha ilk günden âşık olmuştum. Otelimizi senelerdir geldiğim bir evim gibi sevmiş, rahat etmiştim. Beşinci Cadde, Park ve Madison caddelerindeki sanat galerileri, kütüphaneler, müzeler, müzikaller, tiyatro oyunları, dünyanın en güzel lezzetlerini barındıran restoranlar, yeni başlayan caz kulüpleri, enerjik, sıhhatli, gelecekten umutlu yaşayan insanlar, Osmanlı ve Avrupa imparatorluklarının içinde olduğu endişeler, bedbinlik ve ümitsizlikten uzak, feraha ve göklere tırmanma arzusunda bir hayat, bu şehri sevmemde sanırım en büyük etkenlerdi.

Birinci akşam, üçümüz, otelin Oyster Bar'ında istiridyelerimizi yiyip martinilerimizi içtik. Sonra Oak Room'da mükemmel bir yemek yedik ve nispeten erken bir saatte dinlenmeye çekildik. Yolculuğun üzerine, sohbetin yine Nigel'ın ölümüne gelmesi, yorgunluğumuzu arttırmıştı.

Ertesi gece, nihayet, uzun zamandır adını duyduğum Ezra ile tanıştım. Üç nesil önce Anvers'ten New York'a hicret etmiş, kıymetli taşlar ve broker'lıkla uğraşan bir ailenin çocuğuydu. Anne tarafı da, Rusya'dan, aşağı yukarı aynı tarihlerde gelmişlerdi. Ezra, hayâlimde canlandırdığım, kalın camlı gözlüklerinin ardında zeki gözleri siyah bilyeler gibi dönen, orta boylu, telâşlı bir Musevi'ye hiç mi hiç benzemiyordu. Tam aksine, açık tenli, uzun boylu, zarif bir erkekti. Benimkilere benzeyen bal rengi saçları vardı. Birbirine yakınca duran elâ gözlerinin ortasından sert bir çizgiyle inen burun kemiği, erkek için küçük sayılabilecek ama etli bir çift dudağın üstündeki gamzeyle birleşiyor, ilginç, çözülmeyi bekleyen bir ifade yaratıyordu. Sanki Tanrı yaratmamış da, âdeta, bir heykeltıraşın hayâlinde serpilip çekicinde şekil bulmuş gibiydi. Nesim'in sıcak, çarpıcı yakışıklılığına hiç benzemeyen ama bakanın gözünü üzerinde hapseden bir güzelliği vardı. Onunla hemen kaynaştım. Yüzündeki bilmece çok kişinin hissedeceğinin aksine, bana huzur vermişti; aynen, hayatıma giren tüm karmaşadan huzur duyduğum gibi.

* * *

Nesim İshak Stein'ın firmasındaki işine başlamıştı. Ben, NYU'daki derslerime ikinci yarıda katılacağım için, henüz bol bol vaktim vardı. Kocamı işine yolcu ettikten sonra, Celeste'le beraber New York'u arşınlıyorduk. Mutluluğum, ona da sirayet etmiş olmalıydı. New York'tan en az benim kadar haz almıştı o da. Güzel sanatlar konusuna yatkınlığı, beraber yepyeni bir hayatı paylaşıyor olmamız, bizi eskisinden daha da yakınlaştırmıştı. Her zaman çok iyi bir arkadaş olmuştu bana ama şimdi artık yetişkin iki genç kadının dostluk sınırları içindeydik. Yine de, benim yanımda Amerika'ya gelişinin esas sebebini unutmamıştı. Arada, beni gizliden süzerken bakışlarını yakalıyordum. Bu bakışlarla veya bazen tatlı bir sohbet içindeki sorularla, benim mutluluğumun gerçek olup olmadığını anlamaya çalışıyordu.

Nesim'le aşk hayatımız gittikçe artan bir tutkuyla renkleniyordu. Artık, sadece sevgilisini memnun etmek için her şeyi denemeye hazır, tecrübesiz genç kız değildim. Şimdi, onun da, benim de ne istediğimi biliyordum. Hayâlinin zaman zaman yatağımıza bizimle beraber girdiği Nigel'ın adını hiçbir zaman anmıyorduk ama ikimiz de ne zaman üçümüzün bir arada olacağını çok iyi biliyorduk. Çok zaman önce, kocamı ancak bedenimin diliyle kendime bağlayabileceğimi düşündüğümde yanılmamıştım. Tüm bunları anlamaktan o kadar uzakken, nasıl olmuştu, bilemem... Belki de sadece bir önseziydi ve doğruydu.

Kasımın sonunda, aynı zarfın içinde gelen, tüm aile bireylerimden sevgi, özlem dolu satırlar, onca yaşadığımdan sonra, birden, geride bıraktığım hayatı hatırlatmıştı bana. Hepsini gözlerimde yaşla okudum. Babam, yine, her zaman olduğu gibi, beni ülkemizin gidişatından haberdar etmek üzere, uzun detaylara girmişti. Rumeli'yi vermemizin ne kadar büyük bir kayıp olduğunu, memleketin en uygar, en Batı'ya dönük yüzünün, medeniyet penceremizin Rumeli toprakları ve ahalisi olduğunu yazıyordu... Sait Halim Paşa'nın başkanlığındaki kabine, Mahmud Şevket Paşa'nın suikastıyla yarım kalan programı aynen devam ettiriyordu. Devlet idaresini ıslah etmek üzere, kendilerinden müşavirler ve Doğu vilâyetlerimiz için de genel valiler talep edilen İngilizler, Rusların gözdağından çekinerek, olumsuz yanıt vermişlerdi. Bunun üzerine, General Liman von Sanders'in başkanlığında büyük bir Alman askeri heyeti, Türk ordusunda ıslahatı gerçekleştirmek üzere, 13 Kasım'da Türkiye'ye davet edilmişti. Babam, Türkiye'nin kendi ayakları üzerinde durma çabalarının engellendiğinden şikâyetle, ileriye dönük çok sıkıntılar yaşanacağından, Almanya'nın Avrupa'da sertleşen politikasının doğuracağı problemlerde, böyle bir işbirliğinin hayırlı olmayacağından dem vuruyordu.

Herkesin sıhhati iyiydi ve beni çok özlüyorlardı. "Gözbebeğim," diyordu babam, "biliyor musun, hâlâ evde ayak seslerini, kahkahanı, güzel yüzünü arayarak geziyorum. O zamanlar, bazen beni bezdiren ama hiç söylemediğim, o aynı notalarla günlerce süren piyano etütlerini bile arıyor kulaklarım. Derslerine başlar başlamaz beni haberdar et. Huzur içindeki bir dünyanın avantajlarını yaşa ve kendini en iyi şekilde yetiştir lütfen. Bu kadar hasret çekmemizin bir anlamı olsun, gözbebeğim benim."

Mektuplarım biter bitmez, cevap yazmak üzere, Central Park'a bakan yazı masasına yerleşip Plaza'nın şık mektup kâğıtlarını önüme aldım. Parkın nefti yeşili, gökyüzünün yağmurlu griliği altında son derece romantik bir panorama oluşturmuştu. Henüz öğleden sonra olmasına rağmen, artık kış mevsiminin erken akşam renklerine bürünmüştü New York. Keyifle, derin bir soluk aldım manzaraya bakarken ve yazmaya başladım: Onları ne kadar özlediğimi ama aynı zamanda ne kadar mutlu olduğumu, New York'a hayranlığımı, galerileri, müzeleri, Nesim'le olan aşkımızı (tabii ki sadece romantik sevgi bölümü anlatılmak üzere), Celeste'le geçirdiğimiz güzel saatleri, Oyster Bar'ın müthiş istiridyelerini, Oak Room'daki müzikli nefis yemekleri... Mutlu olduğuma dair en ufak bir şüphe duymayacaklarından emin olmak istiyordum. Çünkü gerçekten çok mutluydum... Hem de çok.

Aralık ayı geldiğinde, hâlen Plaza Otel'inde kalıyorduk. New York'u tam keşfetmeden, aceleyle bir ev tutmak istememiştik. Ancak, sınırlarımız aşağı yukarı belliydi. Nesim Wall Street'de çalışacak, ben Greenwich Village'ın kalbindeki Fort Washington kampusunda okula gidecektim.

Karlar inen New York, Noel için ışıklandırılmaya başladığında, okulumdan bir sömestr çaldığım için, az da olsa hissettiğim suçluluk duygusu tamamen yok oldu. Bütün gün, Celeste'le birlikte, Beşinci Cadde'nin, birbiriyle yarışarak süslenen, kapılarından dışarıya müzik yayılan mağazalarını; sakin ama kendinden emin yağan kar tanelerinin beyazlığı altında, insanların, yeni bir yıla doğru ümitleri artmış, mutlu, mütebessüm bakışlarını izleyerek yürüyorduk. Akşam yemeklerinden sonra da, muhakkak, Nesim'i ve Celeste'i yürüyüşe çıkmaya ikna ediyordum. Kar altındaki bu yürüyüşlerimizden birinde, genç kızlığımda ileriye dönük yaşamak istediklerimi hatırlayınca, yaşadığım masal öylesine mutluluk verdi ki, şapkamı, manşonumu çıkarıp kar tanelerini saçlarımda, yüzümde, ellerimde hissetmek istedim. Bu yaptığımı görse annemin çok kızacağını, ama anneannemin gülümseyerek bakacağını düşünerek, daha da keyiflendim. Nesim ve Celeste, bütün gece içtiğimiz içkinin de keyfiyle, sadece gülüyorlardı. Onların neşesinden şımararak, başlarındaki şapkaları aldım ve hep beraber, kahkahalarla, gittikçe hızlanan karın beyazlığına bürünmüş olarak otelimize döndük. Otele vardığımızda, kapının önünde, kırmızı üniformalı sürücüsüyle bekleyen faytona doğru yürüyen kocam, saçlarımdaki karları üfleyerek kulağıma fısıldadı:

"Central Park bizi bekliyor."

Celeste, benim elimdeki şapkasını kaparak, artık uyumak ihtiyacından dolayı özür diledi ve iyi geceler öpücüğü verip otele girdi. Kocamla, atların çektiği arabaya yerleşip parka doğru yol aldığımızda, kendimi anneannemin anlattığı Rusya masalı içinde hissettim. Nesim'in elini tutup manşonumun içine, avuçlarımın arasına yerleştirdim. Dizlerimizdeki kürklü battaniyeyi göğsümüze kadar çektim. Gece sessiz, gece kara mağluptu. Rüzgâr durmuştu. Central Park, durgun, ağır, gittikçe büyüyerek inen karla örtülmeye devam ediyordu. Anneannemin gençliğinden kalan Rus erminleri, sanki bu geceyi yaşamak üzere benimle burada, karlar altındaydı. Dedemin ve anneannemin Rusya'da iki nesil evvel yaşadıkları aşkı düşündüm, onlardan bana kalıp bu gece üzerimde olanları... Ve ağlamaya başladım... Hayatın ne kadar uçucu olduğunu, tutunulmazlığını düşünerek ağlıyordum. Nesim, benim kendi dramlarımla gözyaşı dökmeme artık alışmıştı. Battaniyeyi yüzüme kadar çekerek altında beni kucakladı ve dudaklarımı dudakları arasında hapsetti. Karın kapamaya başladığı yolda gittikçe yumuşayan nal sesleri, atların sessizliğe karışan homurtuları... anneannemin anlattığı St. Petersburg gecelerinin devamı gibiydi...

İçinde olduğum o anı, elimden kaymadan evvel yakalamak, unutulmaz yapmak istiyordum. Anneannem ile dedemin yaşayıp çok gerilerde bıraktıkları, benim belki de tekrarını hiç yaşayamayacağım o masalsı, sihirli gecenin zamana tutunup kalması ihtiyacındaydım. Atların her adımında, zamanı bir nebze daha geride bırakıyor, yepyeni bir anın içine giriyor ve tam onu hissederken atlar yeni nal sesleriyle onu da geriye atıyorlardı. Başımı döndürdüm, arkada kalan karlı parka baktım. İşte, hayatımızı da böyle parçalar hâlinde bırakarak devam ediyorduk. Aynen, oduncunun çocukları masalındaki gibi; evine dönebilmek için küçük kız yola çakıl taşları bırakır ya, öyle... Ama hayatın geri dönüşü yoktu, yola ne bırakırsanız bırakın. Nesim, yanağımı avuçlayarak, başımı kendisine döndürdü. Gözlerindeki kıvılcımlarda endişe vardı.

"İyi misin küçük sevgilim? Neyin var?"

"Bazı şeyler 'var' olmaya koşarken, diğerleri 'var' olmaktan uzaklaşır. Ve bu ilişkiden 'var' olan şey ise çoktan 'yok' edilmiştir." diye mırıldandım, hıçkırıklar arasında.

Çenemi tutup gözlerimin içine şefkatle baktı, aynı zamanda sorar gibi.

"Marcus Aurelius." dedim.

"Heyy! Nedir bu hüzün, benim güzel cennetkuşum? Bin sekiz yüz sene önce yaşamış yaşlı bir imparatorun sözlerini sana tekrarlatacak kadar neye üzülmüş olabilirsin, şu kısa zaman içinde? Daha beş dakika önce, çocuklar gibi neşeliydin."

"Zaman." dedim.

"Zaman? Zaman mı üzüyor seni?"

Başımı yine geriye çevirdim.

"Evet... Bak... Görüyor musun? İşte, zamanla beraber hayatımız da böyle arkada kalıp bitiyor."

Kendi sözlerimden duyduğum hüzünle yine ağlamaya başlamıştım...

"Ah! Benim küçük sevgilim, canım benim. Mutluluk ile hüznü nasıl bu kadar sevişt irebiliyorsun, bilemiyorum."

Sözleri çok hoşuma gitmişti. Gözyaşlarım arasında gülümsedim:

"Mutluluk ile hüznü sevişt irmek? Ne kadar güzel. Çok şairane."

"Marcus Aurelius'tan daha mı iyi?" derken, bana sarılmış, gülüyordu.

Yeniden keyiflenmiştim.

"Daha iyi mi bilmem, ama daha romantik olduğu kesin." dedim, onun bedenine dönerek. Az önce yaşadığım hüzne inat, benden beklemediği bir şey yapıp onu şaşırtmak geldi içimden. Yavaşça, bir elimi manşonumdan çıkarıp, onun bacağına yerleştirdim.

"Daha iyi misin?" diye yüzüme eğilip sordu.

Başımı arkaya atıp, güzel yüzüne baktım. Ona, hemen o an sahip olma ihtiyacını duydum. Gözlerimi ondan ayırmadan, parmaklarımı bacağında, usul usul yukarıya kaydırdım. Lacivert korların alevlendiğini görebiliyordum.

"İnanılmazsın." dedi, üzerimizdeki battaniyeyi düzelterek.

Dudaklarında o muzip ifade belirmişti yine. Bir kez daha düşündüm de, hayır, zaman hiç de korktuğum kadar yok olmuyordu aslında. İşte, karşımda seyrettiğim yüz, aynen Suadiye'deki evin bahçesinde gece gizli buluştuğum, o kendinden emin, hafif alaycı, gözleri sevişmeyi hatırlatan, bakışlarıyla aşk yapan, âşık olduğum erkekti. Oralardan kalkıp New York'a gelmişti benimle beraber. Belki Suadiye'deki yaz bitmişti ama kendisi buradaydı. Parmaklarımın tenine dokunmasına az kalmıştı. Battaniyenin altında, bedenini hafifçe aşağıya kaydırıp dudaklarımızı birleştirdi. Yan gözle arabacımıza baktım. O kadar yok gibi oturuyordu ki, arkada yaşananlara aşina olmalıydı. Zaten de umurumda değildi. Nesim'in sevilmeyi bekleyen erkekliğini avucuma aldığım an, ağzının içinde kapattığı dudaklarımda iniltisini bastırdı. Battaniyeyi başımızın üstüne kadar çekti ve düşen şapkamın altından dağılan saçlarımı avuçladı. Sonra elini, eteklerimin arasında gizlenmiş sıcaklığıma doğru uzatmaya çalıştı. İpek volanlar, dantel fırfırlar arasında, parmaklarının yolunu bulmaya çalışması komik gelmişti. İçimden küçük bir kahkaha attım.

"Bu iş düğün gecemizden daha zor olacak galiba." dedi, o da farkında, gülümseyerek.

Elimle, onu, etek, jüpon kalabalığı arasında yönlendirdim. Dudaklarımız açlık içinde tekrar birleşti. Atların yumuşak kardaki nal sesleri, çıngırakları sanki Offenbach'ın 'Belle nuit, ô belle nuit d'amour' barkarolünü, aşk dolu ellerimiz ise, sakin okşayışlarla

Beethoven'in 'Au clair de lune' 'adagio sostenuto'sunu çalıyordu. Dorukta yakaladığımız kreşendo tüm bedenimizi sararken, haykı-

rışlarımızı dudaklarımızın ve avuçlarımızın sıcaklığında bastırdık. Evet... Zaman ne kadar geride kalmak isterse istesin, bir geceyi daha yanımıza almış gidiyorduk. Onun dilindeki tütün ve aşk tadını emerken bu kez mutluluktan ağlıyordum.

Genç Hüma, son cümleyi noktaladığında gözlerinden yaşlar iniyordu. Bakışları kocasıyla karşılaştığında, onun yüzündeki mutsuzluk ifadesini fark etti. Genç adam, bir şeyler söylemek ister de, nasıl söyleyeceğini bilemez gibiydi. Ayağa kalkıp elindeki boş kadehi masaya bıraktı. Karısına uzun ve aldatılmışlık hissi veren bir bakış yönlendirdi ve hiçbir şey söylemeden odadan ayrıldı. Hüma, bu defterin hayatında büyük bir değişiklik yapacağını çok önceden sezmişti ama bunun bu kadar çabuk işaret vermesini de beklemiyordu doğrusu. Akşam saat yediden önce böyle bir şey olmuş olsaydı, ayağa fırlar, kocasının ardından giderdi. Ama artık hiçbir şey aynı değildi. Yerinden dahi kıpırdamadı. Elindeki hatıralar, defterin küçük bedeninden çıkmış, duygu yoğunluğuyla ağırlaşan bir bulut gibi zihnini, yüreğini, ruhunu sarmalamış, onu esir almıştı.

Babaannesini okudukça, kendi içindeki gizliyi keşfediyordu. Kocasıyla olan cinselliklerinin, sadece sevişmek olduğunu fark etmişti, aşk yapmak değil. Elindeki defter, ona yalnızca babaannesini tanıtmıyor, aynı zamanda, sevdiğiyle aşk yapmanın mutluluğunu, aşkı zamanda kaybederek yaşamanın hüznüyle daha coşkulu âşık olunacağını öğretiyordu. Yaşlarını eliyle silip okumaya devam etti.

Yosun Gözlü Mihrace

O kadar mutluydum ki, bir masal dünyasında yaşıyordum sanki. Çocukluğumda, masal sayfaları arasına girip kahramanlarıyla yaşamak için nasıl hayâller kurduğumu hatırlayıp gülüyordum. Eğer şu an yaşadıklarım masal değilse neydi ki?

1914'ün yeni yıl kutlaması için, Ezra evinde büyük bir parti hazırlamıştı. O gece, henüz hiç giymemiş olduğum, yılbaşı ruhuna çok uyacağını düşündüğüm bir kıyafet seçtim. Binlerce küçük, altın iplikle dokunmuş, içe kıvrık rumi desenin serpiştirildiği 'crimson' kırmızısı ipek elbisem, omuz başlarından hareket edip kare göğüs dekoltesini tamamladığı çizgiden göğüs altına kadar, amber rengi, sarkan kristâl taşlarla süslenmişti. Ayak bileklerime uzanan etekleri, aynı taşlarla çevrelenmişti. Annem, bu elbiseyi tamamlaması için, bir zamanlar kendisine Hindistan'dan getirilen, bordo, kırmızı, amber ve altın iplikle, büyük rumi çizimlerin içinde stilize çiçekler işlenerek süslenmiş ipek kumaştan, diz altında biten bir manto yaptırmıştı. Mantonun yakası, kol ağızları ve etek ucu, içindeki renklerde anilin boyayla renklendirilmiş ipek ipliklerden oluşan bir kordonla çevrelenmişti. Mücevher olarak da, anneannemin bir başka hediyesi olan iri Rus amberlerinin, minik yakutlarla sıralandığı bir gerdanlık ve bilezik taktım.

Ezra, otelden az ileride, Beşinci Cadde'nin 62. Sokak'la kesiştiği köşedeki büyük, Plaza gibi 1800'lerin başında inşa edilmiş şık bir apartmanda, iki katlı çok büyük bir dairede oturuyordu. Birinci katın neredeyse tamamı, birbirine ahşap sütunlarla geçiş yapan salonları ihtiva ediyordu. Mermer, oymalı korkulukların ardından Central Park'ın yeşilliğine uzanan ve daireyi çepeçevre dönen geniş bir verandaya açılıyordu. Dekorasyonu, Nigel'ın kişiliğiyle son derece uyuşan Art-Deco tarzıydı. Siyah, bordo, beyaz mermerlerle desenlendirilmiş geniş antreye girildiği an, kübik kesimlerle şekillendirilmiş cam dresuvarın üzerinde, insan boyuna yakın Lalique nü heykel, kollarını iki yana açmış, ellerindeki meşalelerde yanan mumlarla, misafirleri karşılıyordu. İlk görüşümde hayran olduğum bu heykeli, her defasında aynı heyecanla seyrediyordum. O kadar zarif, o kadar güzeldi ki... O akşam yine, Ezra'yı öpüp hediyelerini verdikten sonra, salona geçmeden evvel, Lalique Lady'nin karşısında durup onun buzlu saydam gövdesindeki ince işçiliği seyrettim. Parmaklarımı, antik Grek güzelliğindeki yüzünde gezdirirken, Ezra'nın sesini duydum:

"Muhteşem, değil mi?"

"Nefes kesici." dedim gülümseyerek.

"Özel sipariş." dedi, parmaklarını göğüslerin üzerinde dolaştırıp. "Hayâlimdeki kadını anlattım ve ortaya bu çıktı."

"New York böyle kadınla dolu." dedim.

"Hayâl gücümün zayıf olduğunu mu söylüyorsun?"

"Hayır, sadece, hayâl kurmana gerek yok demek istedim."

"Yanılıyorsun... Ben sadece bedenden bahsetmiyorum. Siparişimi verirken, hayâlimdeki kadının ruhunu da tarif ettim. Hissedebiliyor musun, bir ruh taşıdığını?"

Lalique yüze dikkatle bakarken konuştum:

"Evet, hissedebiliyorum. Belki de onun için bu kadar sevdim. Kristâlde dondurulup uykuya saklanmış bir aşk gibi. Sanki dokunulsa, okşansa, canlanıp dışarı çıkacak."

"Tanrım! Ne kadar duygusalsın. Ve sanki benim satırlarımı okuyorsun."

"Teşekkür ederim ama bu benim değil, sanatçının marifeti."

"Biliyor musun ne?" diye sorarken vazgeçti ve "Boş ver, sürpriz olsun." dedi.

Üstelemedim. Salona, diğer misafirleriyle tanışmaya geçtik. Çok şık, genellikle New York Musevi sosyetesinden ailelerin çocuklarıydı hepsi ve ya ailelerinin işinde çalışıyorlardı veya birbiriyle ortaklardı. Finans, mücevherat, kürk işindekilerin yanı sıra, müzisyen, sanat emprezaryosu, antika galerisi sahibi, yayıncı olanlar vardı. İçlerinde benim kadar genç kimse yoktu ama o kadar cana yakınlardı ki, hepsini sanki yıllardır tanıyormuş gibi hissettim. Amerikalıların, Avrupalılarda rastlanmayan bir sıcaklığı ve rahatlığı vardı. Celeste'in Fransızlığı ayrıca hayranlık uyandırmıştı. Aşkın ve sanatın şehri Paris'i konuşmak üzere etrafına hemen bir grup toplandı.

Nesim, Wall Street'ten bir bankacı arkadaşıyla iş sohbetine dalmıştı. Onların yanından ayrılmadan, önünde durduğumuz veranda penceresinden dışarıyı izledim. Kar o kadar güzel, munis yağıyordu ki, Central Park'taki gece aklıma geldi. İçim ısınarak kocama baktım. Konuşmasını bırakmadan bana gülümseyerek göz kırptı. Kolunu omuzuma koyarak, başkasıyla sohbette bile olsa, hâlâ benimle ilgili olduğunu belirtti. Dry martinimden bir yudum alıp bakışlarımı tekrar dışarıya çevirmiştim ki, Ezra'nın sesi duyuldu:

"Hey arkadaşlar, bakın kimler geldi?"

İki yanında, kollarına girdiği çiftten, kadının kim olduğunu tahmin etmek zor değildi. Ezra'nın fiziğini ve renklerini kimden aldığı çok belliydi. Ellili yaşlarında, üzerindeki pastel yeşim taşı renginde, belle-epoque elbise ve mücevherleri ile son derece çekici bir kadındı. Kocası ise, kendisinden on yaş kadar büyük, saçları, bıyığı kırlaşmış, ama dinç ve yakışıklı bir erkekti.

Belli ki bütün dostları, Ezra'nın ailesini biliyordu. Kucaklaşıp öpüşerek selâmlaştılar. Sonra Ezra, elimden tutup beni tanıştırdı. Nesim'le daha önceden, kocasının işyerinde karşılaşmışlardı.

"Aman Tanrım! Ne kadar gençsin ve ne kadar güzel."

Sonra Nesim'e dönüp, "Genç adam, çok şanslısın. New York'ta, işinde yükselmek için böyle bir eşin ne kadar önemli olduğunu biliyor muydun?" dedi, benim yanağımı okşarken.

"Tabii önce hapse atmazlarsa, reşit olmayan küçük kızı kandırdığı için." diye, gülerek araya girdi Ezra.

"Hayır, onu bilmiyordum ama ne kadar şanslı olduğumu biliyorum." diye, gururla gülümseyerek, Janin Stein'ı cevapladı Nesim.

"Benim başarım nereden geliyor zannediyorsun?" diye, şakayla sordu İshak Stein, karısının kolunu sevgiyle okşayarak.

"Ah! Sevgili Ezra, bil bakalım kimi getiriyoruz beraberimizde?"

Ezra, geriye dönüp koridora doğru bakarken, "Kimi?" dedi.

"Plaza'da, Kohenler'in davetine, bir içkiye uğradık. Ve onu gördük. Sana gelmesi için ayarttık ama Süzet'le Moiz'e ayıp olmasın diye bizim biraz arkamızdan çıkacaktı. Sana ne kadar güzel bir sürpriz olacağını düşündük."

"Haydi, söyleyin kim?"

"Birazdan öğrenirsin... Ah! İşte! Geldi bile."

Ezra ile beraber, hepimizin bakışı antreye çevrildi. Redingotlu diğer erkeklerin aksine, siyah ham ipekten uzun bir 'prince' ceket ve pantolon giymiş misafir, salonun kapısında duruyordu. Yüreğim, kanat çırpıntılarıyla çarpmaya başladı. İçkimden büyükçe bir yudum alarak sakinleşmeye çalıştım. Bir-iki cümle teatisinden başka hiçbir konuşmuşluğum olmayan yosun gözlü yabancının bende yarattığı çekingenliğin sebebini anlayamıyordum. Koyu buğday tenini ışıldatan bembeyaz dişlerini ortaya çıkaran sıcak bir gülüşle, Ezra'nın yüzünde yarattığı şaşkınlık ifadesine cevap verdi.

"İnanamıyorum!" diye haykırdı Ezra, ona doğru kollarını açarak. "Eski dostum benim! Ne güzel bir sürpriz!"

Hararetle kucaklaşmalarını takiben, onu bizim yanımıza getirdi. O ana kadar Janin Stein'ın arkasında durmaya uğraşarak, yeni misafirin görüş zaviyesinden uzakta kalmaya çalışmıştım. Ama artık kaçış mümkün değildi.

"Dostlarım, sizi Şah Nazir Han'la, Hindistan'ın en yakışıklı mihracesiyle tanıştırayım."

"Mihrace değilim. Arkadaşım abartıyor." dedi, yumuşak, tok ve derinden gelen sesiyle yosun gözlü yabancı, gözlerini aradığı bir şeyi bulmuş gibi yüzümde dolaştırarak. Allahtan Ezra'nın heyecanı herkesin dikkatini onun üzerinde topluyordu. Zira yüzüme, sebepsiz, ateş bastığını hissediyordum. Gören, yabancıyla daha önce aramızda bir şeyler geçtiğini zannedebilirdi. Bu tahmini yaparlarken, belki de, benim henüz bilmediğim bir şeyi biliyor olacaklardı. Bakışlarımı, "Mihrace değilim de ne demek, mihrace oğlu değil misin?" diye devam eden evsahibimizin üzerinde yoğunlaştırdım.

Ezra beni, Nesim'in beşikten çaldığı güzel karısı olarak tanıştırdığında, Şah Nazir'in elimi hafif bir dokunuşla tutuyor gibi görünmesi tamamen aldatıcıydı. Avucumun iç kısmında kalan parmaklarının teması, tenimi derinlemesine dalayan bir ateş gibiydi.

"Eşiniz müsaade ederse, Tanrı'nın bir sanat eseri olduğunuzu söyleyebilir miyim?" dedi.

Göz ucuyla, Nesim'in iftihar eden yüzünü gördüm ve aceleyle, sadece, "Teşekkür ederim." dedim. Sonra da kendimi Mrs. Stein'ın korumasına almak üzere, onunla sohbete yöneldim. Anneannemin St. Petersburg yıllarını vesile edip onun köklerinin uzandığı Rusya üzerine keyifli bir sohbete girdik.

Ev sahibimizin, yemeğin hazır olduğunu söylemesiyle, hep beraber yan salonda hazırlanmış masalara doğru yürüdük. İçimden, sürpriz konukla aynı masaya düşmemiş olmayı diliyordum. Gecenin şeref misafirleri, New York'a yeni gelen dostlar olarak bizdik. Ezra beni, kendi masasına, sağına almış, Nesim'i diğer bir masada annesinin sağına yerleştirmişti. Ev sahibimiz, iskemlemi çekip beni oturturken, hemen yanı başımdaki karta gözüm ilişti ve sürpriz misafirin adını görünce nefesim sıkıştı: "Şah Nazir Han"

Yanıma otururken, gözlerimiz kısa, hızlı bir temasla karşılaştı. Gülümsüyordu. Kuşların, yüreğimden çıkmak ister gibi çırpındıklarını duyabiliyordum. Hafif bir nezaket gülümsemesiyle karşılık verip dikkatimi Ezra'ya çevirdim. Ev sahibimiz ayağa kalkıp kadehini eline aldı. Onu diğer erkekler takip ettiler. Nesim'e ve bana New York'a hoş geldiniz konuşmasından sonra, aynı güzel dileklerini Şah Nazir için tekrarladı ve yemeği açtı. Mümkün olduğu kadar Ezra'yla konuşmaya gayret ediyordum ama onun diğer yanında oturan hanım misafirine döndüğü her anda, yosun gözlü yabancıya yakalanıyordum. Sanki başka bir şeyden bahsediyormuş gibi, bir taraftan şarap kadehini elinde döndürürken fısıldadı:

"Benden hayat boyu kaçamazsınız, bunu biliyorsunuz, değil mi? Sizi çok bekledim, ertesi gün."

Cevap vermedim. Kuvvet almak için, ilerideki masada, Janin Stein'ın kalbini çoktan fethetmiş Nesim'e baktım. Göz göze geldik. Kahkahası arasında, kadehini kaldırdı. Ben de ona karşılık verdim. Yabancının gereken mesajı aldığını sanıyordum. O ise, gördüğünü hiç fark etmemiş gibi devam etti:

"Nerede oturuyorsunuz?"

"Henüz ev tutmadık." dedim.

"O zaman nerede kalıyorsunuz?"

"Otelde."

"Sizi konuşturmakta çok zorlanıyorum. Ama ısrarla sorabilir miyim, hangi otelde?"

"Plaza'da."

"Ne büyük tesadüf. Aynı oteldeyiz."

İçkisinden bir yudum aldı.

"Sizce de bu kadar tesadüf fazla değil mi? Bir anlamı olmalı."

"Bundan özel bir anlam çıkaramıyorum." derken, kadehimdeki içkinin, beni sarhoş etmeden önce rahatlatmasını diliyordum.

"Kader, sizin anlamını çıkarmanıza gerek duymaz. Sadece yaşanır."

Şarap servisinin araya girmesiyle Ezra'nın bir anlık boşluğunu tekrar yakaladım ve onunla konuşmaya başladım. Yosun gözlünün yanındaki galeri sahibesi genç kadın, Uzakdoğu'nun esrarengiz prensine el koymakta gecikmedi. Kendimi ona şükran borçlu hissediyordum. Yemeğin bitimine kadar da, konuşmam gerekmedi.

Masadan kalkılırken, iskemlemi çekti ve dirseğimden tutarak bana yardımcı oldu. Sonra kulağıma doğru fısıldadı:

"Bana inanın. Kaderimizde ortak bir şey var. Bunu siz de benim kadar biliyorsunuz, kabul etmek istemeseniz de..."

Sadece, nezaketi için teşekkür ederek yürüdüm. O gece bir daha konuşmadık.

Otelde yatağa girdiğimizde, Nesim'in kolları arasına sokuldum ve onun teninin kokusunu içime çekerek mırıldandım:

"Beni hiç bırakma."

Saçlarımı okşayıp, başımı öptü.

"Bana da, sen beni bırakacakmışsın korkusu geldi."

"Neden?"

"Seni, ruhundaki kıvılcımları fark edecek kadar tanıdım sanıyorum. Bu akşam yeni bir kıvılcım hissettim."

"Yanılıyorsun." dedim, başımı göğsüne dayayarak. Yüreğimdeki kanat seslerini duymaması için dua ediyordum.

"Umarım yanılıyorumdur. Belki de, kendin henüz kabul etmek istemediğinden, farkında değilsindir."

Sesi yaralı çıkıyordu. İçim sızladı. Gözüm yaşardı. Yosun gözlünün kuşlarını def ettim yürek kafesimden ve Nesim'e sarılıp dudaklarına uzandım.

"Yanılıyorsun." dedim, "Hem de çok. Kalbimde bir tek kıvılcım var, o da sensin. Aşk yap benimle, bir kez daha anlayacaksın."

Hızlanan kar, camlara tatlı, yumuşak bir fısıltıyla dokunup pervazlardan savruluyordu. Vücudumu, dışarıdan duyduğum seslerin ve âşık olduğum erkeğin nefesinin ritmine uydurup, bir geceyi daha zamandan çalmak üzere seviştim.

Hayatımın en sorumluluktan uzak, keyifli zamanlarını geçiriyordum. Üniversitedeki derslerime büyük heyecanla başladım. Liseden sonra hızla yaşadığım kadın olma ve olgunlaşma serüveninin ardından, yeniden talebeliğe dönmek, bildiğim sulara yeni bir yolculuk gibiydi. Aldığım sıkı Fransız eğitimiyle kıyaslayınca, Amerikan usulü tahsil bana çok eğlenceli ve motive edici gelmişti.

1831'de kurulduğunda, Başkan Thomas Jefferson'ın Dışişleri Bakanlığını yapmış olan Albert Gallatin, New York Üniversitesinin, şehrin kendisi gibi, tüm kültür, din ve sosyal gruplara açık olmasını hedeflemişti ama yine de henüz o yıllarda sıralar, din ve milliyetleri farklı dahi olsa, varlıklı ailelerin ayrıcalıklı çocuklarıyla doluyordu.

NYU'nun düsturu 'Perstare et praestare' yani, 'Azim ve Muvaffakiyet' idi. Başından beri Nesim'le olan ilişkim göz önüne alınırsa, bu düstur bana pek de güzel uyuyordu. Tam mektebine düşmüştüm, anlaşılan. Nesiller boyu, yazarlar, şairler, müzisyenler, ressamlar, heykeltıraşlar ve entelektüellerin bu dünyadaki cennetleri gibi sığındıkları ve şekil verdikleri Greenwich Village, şehrin belki de en yaratıcı, en enerjik kültürünü barındırıyordu ve mektebim bu heyecan verici atmosferin tam kalbindeydi. Babam, beni buraya göndermekle harika bir seçim yapmıştı. Okuldaki ilk haftadan sonra ilk işim, ona bir teşekkür mektubu yazmak oldu.

Aynı hafta sonu, Ezra'nın apartmanında, üst katta boşalan bir daireye taşındık. Ev sahiplerimiz Kennedyler, iki seneliğine Kanada'ya giden orta yaşlı bir çiftti. Stein'ların aile dostlarıydı ve Ezra'nın yeni yıl partisinde tanışmıştık. Daireyi görmeye lüzum görmeden, arkadaşımızın önerisini kabul ettik ve o cumartesi eşyalarımızı toplayıp gittik. Parka bakan, geniş salon-salamanje ve kütüphane odasının dışında, dört büyük yatak odası, her birinin kendine özel banyosu bulunuyordu. En hoşuma giden de kuyruklu piyano ve muhtelif köşelere yerleştirilmiş dört şömineydi.

Kennedyler'in bıraktığı eşyalar, kendi evimde alıştığım ve sevdiğim gibi, klâsik parçalardı. Dekorasyona, çok zevkli bir uyum içinde, beyaz, krem, okr ve pastel kahve tonları hâkimdi.

Evimize yerleşip ilk partimizi verdiğimizde, Ezra herkesten önce geldi. İki adamıyla taşıttığı kocaman hediye paketini antreye bırakırken, "Bunun ruhunu senden daha iyi anlayacak kimse olamaz." dedi.

Heyecanla, kurdelesini çözüp, kapağını kaldırdığımda, kollarını açmış lâlik nü heykel karşıma çıktı. Hayranlık dolu bir çığlıkla Ezra'ya sarıldım.

"Ama bu senin için çok özeldi Ezra. Bunu nasıl kabul edebiliriz?" dedim.

"Çok özel arkadaşlarıma, ancak çok özel bir hediye verebilirdim. Hem, dedim ya, onu sadece heykel olmasının dışında anlayacak bir sen varsın" dedi, yanağımı öperek. Sonra ekledi:

"Bilhassa erken geldim, belki hemen yerleştirmek istersin."

Nesim'le beraber, en güzel yerin, bir alt katta durduğu gibi, misafirleri karşıladığı köşe olduğuna karar verdik. Heykeli, beraber gelen kristâl kesme cam dresuvarın üzerine oturtup mumlarını yaktık. Lalique Lady, artık, bizim evimize gelenleri kucaklamak üzere ışık verecekti.

Ondan sonraki ayları, üniversite, ev ödevlerim, piyano egzersizlerim, müze ve sanat galerilerine yaptığım ziyaretler, konserler, davetler, Central Park'ta yürüyüşler, opera, bale, tiyatro, müzikaller, hâsılı New York'ta yaşanabilecek bütün güzellikleri yaşayarak geçirdik. Nesim, Stein and Stein'daki işinden ve kazancından son derece memnundu. Celeste ise, Sorbonne'daki tahsilinin konusu olan felsefe üzerine mastır yapmak için, kendine üniversitede bir program bulmuştu. Akşamları buluştuğumuz zaman, hepimizin anlatacağı yeni bir şeyler oluyor, çok keyifli sohbetlerle, Celeste'le beraber hazırladığımız yemekleri yiyor, sonra çalışmak üzere biz kitaplarımızı, Nesim de dosyalarını açıyordu. Öğrenci kimliğimle ödevlerimi tamamladıktan sonra, yatak odamıza girdiğim andan itibaren, yine, tutkulu, âşık, çılgın kadın oluyordum.

Yosun gözlüyü bir daha hiç görmemiştim. Ezra'nın davetlerinde de karşılaşmadığıma göre, bir yerlere gitmiş olmalıydı. Hakkında merakımı uyandıran bazı konuları, zaman zaman Ezra'ya sormak istediysem de, vazgeçtim. Onu görmediğim ve düşünmediğim oranda huzurlu olduğumu fark etmiştim. Yüreğime verdiği çırpıntıları, Nesim'le olan beraberliğime bir tehdit olarak hissediyordum.

Babamdan gelen mektuplar, ailemin sıhhatinin yerinde oluşunun dışında hiç de keyifli değildi. Benim, uzakta, emniyette bulunduğumdan, her defasında daha memnun olduklarını okuyordum. Babam, Balkan Harbi'nin, Türkiye'nin parçalanması adına bir son değil, başlangıç olmasından korkuyordu. Zira Rusya, Tuna vilâyetlerinde, Makedonya ve Sırbistan'da yürüttüğü politikayı, şimdi de Doğu vilâyetlerimizde tezgâhlıyordu. Ermenilerin hamiliğine soyunmuş ve Kürt şeyhleri arasında entrikalar başlatmıştı. "Almanya ile Avusturya tavır koymasa, Ruslar Doğu vilâyetlerimize derhal el koymaya hazırlar." diyordu babam. Bu arada, yeni Harbiye Nâzırımız Enver Bey olmuştu. Balkan Harbi'nin yenilgisinden ötürü başarısız addedilen yüzlerce subay emekliye ayrılmış, tamamen genç, yetenekli kadrolar işbaşına getirilmişti. Babam satırlarını, yine bana olan özlemlerini hafifletmem için, eğitimimin hakkını vermem dileğinde bulunarak bitiriyordu.

Bu arada Mösyö Feretti'den, hem bana hem Celeste'e mektuplar geliyordu. Benimkileri ortada okumama rağmen, Celeste'inkiler hep ona ait, gizli kalıyordu. Zavallı piyano hocamın, plâtonik aşkını, bunca uzaktan, iyiden iyiye ıstırapla yaşadığından emindim. Ancak, sevgili mürebbiyemin, üniversitedeki profesörlerden biriyle yakınlaşmaya başladığına dair şüphelerim vardı. Kendisinin bir gün bana açılmasını bekliyor, hiç üstelemiyor, ama onun adına mutlu oluyordum. Senelerdir ilk kez kendisine ait bir hayatı olmaya başlamıştı ve o kadar mutluydu ki, ondan o güne kadar hiç duymadığım kadar içten kahkahalar atmaya başlamıştı.

7 Mayıs sabahı, Nesim'in, yatak odasına getirdiği kahvenin kokusuyla uyandım. Bir tepsinin içinde, taze portakal suyu, mis gibi aroma yayan filtre kahve, tereyağlı tost ve meyve salatası vardı.

"Mutlu yıllar küçük sevgilim." dedi, ben yastıklarımı düzeltip otururken. Duşunu almış, tıraşını olmuş, bornozu sırtında, taze, sıhhatli, enerjik ve sevgi doluydu. Tepsiyi kucağıma yerleştirdikten sonra, yanı başıma oturup dudaklarımı öptü. Yüzünü okşayıp gözlerinin içine baktım. Islak saçlarının dalgaları arasında parmaklarımı gezdirirken, mırıldandım:

"Sanırım, seni kurtardım Antinous."

Tepsimi kucağımdan yana kaydırıp kollarımı onun boynuna doladım. Başımı boynuna gömüp teninden gelen mis gibi kokuyu içime çektim. Kulağına fısıldadım:

"Kahvemi sonra içebilir miyim? Beni önce aşkla doyur."

Gülümseyerek tepsiyi yataktan kaldırdı.

"O zaman kapa gözlerini." dedi.

Mahmurlukla gerindikten sonra, dediğini yaptım. Dudaklarımı öperken bedenimi yatağın içine doğru kaydırdı ve kollarımı başımın üstüne kaldırdı. Kelepçeler aklıma geldi. Bana çok özel olan bugünde, Nigel'ı hatırlamış olmasından biraz gocunur gibi olmuştum ama oyununu bozmadım. Sadece gözlerim kapalı bekledim. Örtüyü kaldırıp, çıplak bedeniyle üzerime uzandığında, ne Nigel, ne kelepçeler umurumdaydı. Onu istiyordum, her hâlükârda, beni arzu ettiği her şekilde hazırdım. Kolumun altına değdirdiği dilini, tenimde ince bir çizgi çizer gibi, yukarıya doğru, bileklerime kadar kaydırdı. Ve bileğimin etrafından geçirilen halkanın klips sesini duydum, sonra diğerinin... Ancak, ne tenimdeki teması, ne ses, kelepçelerinkine benziyordu. Metal soğukluğunun aksine, bileklerimdekiler, yumuşak, kaygan gıdıklayıcı bir dokuyla tenimin hararetine sarılmışlardı ve kollarım birbirinden bağımsızdı. Nesim, ellerimi avuçlayıp, parmaklarını parmaklarımın arasından geçirdi ve kollarıyla kollarımı tamamen örterek vücudunu benimkine bastırdı. Bacaklarımı, teker teker, ağır hareketlerle baldırları etrafından sarıp kendime çektim. Birbirimiz için o kadar hazırdık ki, bedenlerimiz, anında birbiriyle kaynaştı. Gerilmiş, arkaya uzanmış, onunkilerle örtülmüş kollarımın içinin ne kadar hassas olabildiğine hayret ettim. Vücudumuzun başka hiçbir noktası temas etmese dahi, bedenindeki arzu dalgalarını hissetmem için yeterli olmuşlardı. Kenetlenmiş parmaklarımız, sanki birbirinden ayrılacağı ana inat, şimdiden, bütün aşk yoksunluklarının acısını çıkarmak ister gibi, neredeyse acıtacak kadar diğerini içine almıştı. Bileklerimdeki sıcak, yumuşak temas aramızda kaynaşmış kalmıştı. Onların ne olduğunu anlamaya dahi uğraşmıyordum. Gözlerimin maviliğini, Nesim'in lacivert korlarına daldırdım. Gözbebeklerimizde birbirimizi seyrederek, soluklarımız ve ritmimizle bir diğerinin arzularını kırbaçlayarak aşk yaptık. On dokuzuncu yaşımın ilk gününün ilk saatlerini kaçırmadan, aşk dağarcığımda hapsetmiştim bile. Nesim, yüzüyle yüzümü örterek, alnımdan öptü ve kollarımı sırayla kendi omuzlarına sardı. O zaman hayranlıkla, bileklerimdeki o sansasyonel sıcaklığın sebebini gördüm. Üç sıra South Sea incilerinden oluşan elmas klipsli bilezikler, tenimin üzerinde, sanki aşk yorgunu munisliğinde kaydılar. Büyük büyük babamın, karısına, içinde nadide mavi bir orkide ile verdiği portbuket hikâyesi aklıma geldi. Hep duygusallıkla andığım o sahnenin romantizmini aratacak bir hayat değildi Nesim'in bana sunduğu. Üstelik fazladan heyecan ve sürprizleri vardı. Gözüm dolmuştu.

"Bugün ağlamak yok cennetkuşum." dedi, alnımı okşayarak.

"Nesim, çok teşekkür ederim. Ama öncelikle beni sevdiğin için teşekkür ederim."

"Seni sevmek hiç zor değil, küçük sevgilim. Sende öyle bir sabır ve aşk var ki, insan müptelâsı oluyor."

Onun omuzlarında duran kollarımı oynatıp bileziklerimi seyrettim memnuniyetle.

"Aynen, Aurora'nın incileri gibi. Nasıl buldun bu kadar benzeyenini?"

"Kolay olmadı. Ama gördüğüm kadarıyla değdi. Onları ne kadar sevdiğini biliyorum. Beraber takabil istedim. Üstelik artık belki, Aurora'nın öyküsünü öğrenmeye hak kazanmışımdır."

"Sahi... Daha anlatmadım sana değil mi? Hayret! İlk başta, senin böyle romantik bir hikâyeyi gerektiği kadar ciddiye alacağına inanmadığım için anlatmadım. Ama sonra... herhalde hiç konusu gelmedi... Kimbilir. Söz, bu gece anlatacağım."

Elimden tutup yataktan çıkardı. Beraber banyoya girip, duşun altına girdik.

"Akşama Plaza'da yer ayırttım. Baş başa bir yemek yiyeceğiz, küçük karımla. Ne dersin?"

"Harika! Ama Celeste?"

"Merak etme. Ona teklif ettim ama özür diledi. Sanırım, o da kendi aşk hikâyesini yazmakla meşgul."

Gülüştük. Nesim, sevgili mürebbiyemin benim için ne kadar önemli olduğunu biliyordu ve ona karşı her zaman sevecen ve nazikti. Hayatını bana adamış bu harika genç kadını mutlu görmek, benim kadar onun da arzusuydu. İkimiz de, şimdilik sadece tahmin ettiğimiz bu aşk bağlantısının gerçek olduğunu ümit ediyorduk. Ayrıca, onun, sırf bizi, karı-koca baş başa bırakmak için, çoğu kez kibarca bir bahane bulduğunu da biliyordum.

Akşam, önce evde üçümüzün katıldığı bir kutlama yaptık. Turkuvaz rengi ipek bedeni, serbest uçuşlarla bırakılmış beyaz ve krem tonlarındaki muslinle giydirilmiş, göğsü 'V' şeklinde dekolteli, çıplak omuzları sadece muslinlerin tül dokusuyla süslenmiş elbisemi giymiştim. Saçlarım yandan ayrılmış, şakağıma doğru inen vaglarla, ensemde topuz yapılmıştı. Aurora'nın incileri ve tabii ki kocamın hediyesi bileziklerimi taktım.

Salona girdiğimde, Nesim'in bakışlarından, görünüşümün su götürmediği belliydi. Kollarını açıp bana doğru yürürken seslendi:

"Tanrım! Küçük sevgilim benim! Her renkle ayrı güzelsin. Celeste gel lütfen, gel de küçük cennetkuşumuza bir bak."

Celeste, kendisi de romantik gecesine çıkmak üzere hazırlanmış, son derece şık, zarif bir edayla içeri geldi. Gözleri ışıl ışıldı. Elinde fiyonklu bir hediye paketi vardı.

"Oh! Mon dieu! Ama ben neden hâlâ daha şaşıyorum ki? Bebekliğinden beri bildiğim bir güzelliğe artık alışmam lâzım oysaki. Harikasın küçüğüm benim. Mutlu yaşlar! Umarım seversin."

Celeste, kendisine epey tuzluya mâl olduğuna emin olduğum, antika, küçük bir Rus müzik kutusu almıştı. Siyah lâkeden, elde oyularak yapılmış minyatür piyanonun üzerinde, mine, amber ve opalinlerle desenlendirilen stilize çiçekler çepeçevre dönüyor, bacakları varakla kaplanmıştı ve minik kapağı açıldığı an Çaykovski'nin barkarolü çalıyordu. Gözüme gelen yaşları engelleyemedim.

"Yine mi?" dedi Nesim.

Gözyaşları içinde güldüm.

"Ne yapabilirim? Beni duygulandırıyorsunuz."

Celeste'i öperken, onun kolları arasında, çocukluğumu, İstanbul'u, ailemi bir arada kucaklıyordum sanki.

Nesim, benim için, Ezra'dan gelen çiçekler ve şampanyayla bir kutlama köşesi hazırlamıştı. O kendini beğenmiş, şımarık, küstah gülüşlü komşu oğlunu düşündüğüm zaman, demek ki tamam insana âşık olmuşum diye düşündüm. Sonra, kendimin, o yaz bahçedeki genç kıza ne kadar benzerliği kaldığını düşündüm. İkimiz de, bir diğeri için değişiyorduk, seve seve, gönüllü bir yolculukla. İçkimizi bitirdikten sonra, Celeste'le vedalaşıp Plaza'ya geçtik.

"Önce Oyster Bar'da bir içki içelim," dedi Nesim. Vestiyerde, elbisemin kumaşından küçük pelerinimi teslim ederken, geçenlerin iltifatkâr bakışlar sunduğunu hissedebiliyordum. Ama bu bakışlardan, benden ziyade kocam mutlu oluyordu. Kol kola, ışıkları iyice loşlaştırılmış Oyster Bar'a girdiğimiz anda kıyamet koptu.

"Mutlu yıllar!" şarkısıyla yavaş yavaş ortalık aydınlanırken, barı dolduran kalabalığa inanamayarak bakıyordum. En yakınlarımdan başlayarak Celeste, Ezra, anne ve babası, onun evinde tanışıp dost olduğumuz New Yorklular, benim üniversitedeki en iyi arkadaşım Shana Ross ve sevgilisi Bill Burnham, sanat tarihi profesörüm Ronald Kline, nihayet tanışabildiğimiz Celeste'in felsefe profesörü Paul Downey ve kalabalığın içinden sıyrılıp bana doğru gelen, *Lusitania*'dan dostlarımız Claire ve Eugenie D'orsay, Iris ve Douglas Daugherty, Mr. Mc Kenzie... Hepsi oradaydı. Ayrıca tanımadığım, ama Nesim'in ve Ezra'nın arkadaşları olduğunu tahmin ettiğim birçok insan daha vardı. Ama fark etmiyordu. Onlar da aynı içtenlikle kutlamaya katılmışlardı. Hayret, sevinç, mutluluk içinde, hepsiyle tek tek öpüştüm.

Harika bir kutlama ayarladığı için Nesim'e defalarca teşekkür ettiğim o gece, ne babamın mektupları, ne harp huzursuzluğundaki Avrupa, ne de kendimle ilgili gelecek telâşım vardı. Yaşadığım aşk, içine sarıldığım sevgi ve mutluluk halesiyle benim realitem çok farklı bir dünyadaydı. Belki de gerçekten yaşamıyorum, diye düşünüyordum zaman zaman.

1914'ün 7 Mayıs Perşembe gecesi, aynı saatlerde, Washington White House'da, başkan Woodrow Wilson'ın kızının düğünü vardı. Ama emindim ki, o benim kadar mutlu bir gelin olamazdı.

Amerika'da, tecrübesizliğine rağmen, hayatın bizdekinden ve Avrupa'dakinden çok daha farklı yaşandığını fark etmiştim. İç içe geçmiş farklı dünyalar, bir diğerinin yoluna çıkmadan, bir arada sunuluyordu sanki. Ve insan, kendisine sunulan bu dünyalardan hangisine daha yakınsa, onu kabullenip yaşamına devam ediyordu.

Alman Prensi Wilhelm de Wild'in, Arnavutluk Kralı olarak

taç giymesi hiç beni ilgilendirmemiş, Rusya'nın aktif askeri gücünü dört yüz altmış binden bir milyon yedi yüz bine çıkarması, ülkem ve ailem adına içime korku vermişti. Tamamen renkli ilk film *World-Flesh and Devil*'ın Londra'da gösterildiği haberi, harp paranoyası ve sis içindeki İngilizlerin hayatına biraz renk gelmiş olmasına sevindirmişti. Ludlow, Colorado'da grev yapan maden işçilerine açılan ateşle otuz üç madencinin öldürüldüğü, bu arada kampta kalan iki kadın ve on bir çocuğun da alevler arasında yok olduğu 20 Nisan haberleriyle günüm kararmıştı. John D. Rockefeller Jr. grevi durdurması için askeri yardım istemiş ve operasyon katliama dönüşmüştü. Alevler içindeki insanları, küçük çocukları düşünüp, bütün gün gece ağlamış, yas tutmuştum.

Ancak, hemen ertesi gün, Amerikan piyadelerinin Veracruz'u işgâliyle dikkatler başka yöne çevrilmişti. Ben ve Celeste üniversitede, Nesim, Wall Strett bünyesinde olduğu için, dünya haberleri bizim bulunduğumuz çevrelerin ilgi odağıydı. Almanya'nın agresif güçlenmesi, İngilizlerin Doğu ve Uzakdoğu üzerindeki politikasının yarattığı kaos, Beyaz Saray'ın politikasındaki yanlışlar, sık sık konuşulup tartışılıyordu. Ama 7 Mayıs gecesi, bunların hepsi, çok uzakta kalmıştı. Gece benim gecemdi. İçimden bir his, yaşadığımın tadını çıkarmamı, üzülmek için zamanım olacağını söylüyordu.

Lusitania yolculuğumuzda masamızı paylaştığımız dostlar, Nesim'in daveti üzerine, sırf benim yaş günüm için gelmişlerdi. Onlara özellikle teşekkür ettiğim zaman, Claire D'orsay, o zarif, kırmızı manikürlü parmaklarıyla yanağımı okşayıp, "Tatlım, New York'a gelmek için daha güzel bir bahanemiz olabilir miydi?" dedi. Iris Daugherty ise, kocasını Texas'tan koparabilmek için, *Lusitania* seyahatinden sonra en güzel sebep olduğumu söyledi.

Barın kenarına yığılan hediyelerimin eve gönderilmesini organize eden Celeste, belli ki gecenin düzenlenmesinde Nesim'in en büyük yardımcısıydı. Oak Room'daki mükellef yemekten sonra, Ezra herkesi kendi dairesine, geceyi devam ettirmeye çağırdı. Zaten, benden başka herkesin de bu programdan haberi vardı belli ki. Zira Ezra'nın dairesine girdiğimizde, tepsiler içinde şampanya servisi yapan garsonlar, masalarda geç saatte acıkabilecekler için hazırlanmış kanepeler, verandaya açılan kapının yanında oda orkestrası tarafından karşılandık. Girişteki Lalique Lady'nin boş yerini görünce hüzünlendim. İlk fırsatta Ezra'ya, o boşluğu dolduracak bir hediye almaya karar verdim.

Gece, yine benim şerefime kalkan kadehlerle devam etti. Çakır keyiflik içinde, sırasıyla Nesim, Ezra, Celeste, arkadaşım Shana Ross, öğretmenim Mr. Klein benim için konuşmalar yaptılar. Fazlasıyla şımartılmış olduğumu düşünerek, bir teşekkür etmek istedim. Kolu omuzumda, yanımda duran Nesim'in yanağını öperek, piyanoya doğru yürüdüm. O saate kadar içtiğim martini, şarap, şampanya üçlüsünün verdiği cesaretle, İstanbul'dan ayrıldığımdan beri ilk defa, kendimden bu kadar emin, piyanonun taburesine, bana ait bir sahnede, hayâli dinleyiciler arasında kendi başınaymışım hissiyle oturdum.

Elimdeki kadehten bir yudum daha alarak, piyanonun üzerine bıraktım. Grup, etrafıma toplanmıştı. Ellerimi dizlerimin üzerinde yerleştirip parmaklarımı açıp kapadım. Ruhum o kadar doluydu ki, kendimi en iyi anlatmak için ne çalacağımı düşündüm. Ve parmaklarım düşünmemi beklemedi. Baba evimden, Suadiye'nin yaz bahçelerinden, Çaykovski esti geldi, G minör barkarolüyle. Parmaklarım tuşları okşamaya başlarken, sevgili Celeste'e baktım. Başka bir ülkeden, başka bir zamandan, üzerinden az da geçmiş olsa, uzun zaman gibi uzakta olan bir hayattan paylaştıklarımızı hissederek, gözümden yaş gelmişti. Gözlerimi kapadım. Parmaklarım tuşlarda gezinirken, sanki çocukluğumun, Nesim'e âşık çılgın genç kızlığımın hatıralarını da okşuyor, annemi, babamı, anneannemi, dayımı, halalarımı öpüyor, Mösyö Feretti'ye selâm gönderiyordum. Ama o meyanda, bütün yeni yaşadıklarım da, notalarda yerini alıyordu. Kontrolüm dışında, kâh dudaklarımı gülümseme kâh yüzümü hüzün ifadesi teslim alıyordu. Gözlerim kapalı olmasına rağmen, duraklar arasındaki sessizlikten ve çevremi saran enerjiden, herkesin gözünün sadece ve sadece bende olduğunu ve pür dikkat dinlendiğimi hissediyordum. Ama aslında, başka bir mekânda gibilerdi. Oturduğum taburede, müziğimle, hayâllerimle, sahip olduğum, olmak istediğim; kaybettiklerim ve kaybedebileceklerim için çalıyordum. İçinde ailem, kendim, Nesim, ona olan aşkım, Celeste ve bilinmeyen aşkları, bulut gözlü sevgili Nigel vardı... Birden... dudakları arasında uykuya yattığı göğsümde bir sancı... tuştan kalkan sol elim ister istemez, ıstırabını dindirmek ister gibi, göğsümden geçerek tekrar bir sonraki notasına döndü.

Barkarol bitmişti ama ruh hâlim çıktığı yolculuktan dönmeye niyetli değildi. Başka bir kıyıdan gelir gibi alkış seslerini duymaya başlamıştım ki, gözümü açmadan, kendime ait dünyada yolculuğuma devam etmek üzere, Chopin'in E minör prelüdünü çalmaya başladım. Artık etrafımdaki hiçbir sesi duymuyor, varlığı algılamıyor, sadece kendi ruhumu seslendiriyordum. O geceye dek yaşadığım, masal oyunlarımda hayâl ettiğim ve henüz daha bilmediğim ama muhakkak yaşayacağımdan emin olduğum hüzünler için çalıyordum ve çalarken kapalı gözlerimden sessiz gözyaşları süzülüyordu. Hüznüm mutluluğumu gölgelemişti. Birden, parmaklarımın en ağlamaklı tuş dokunuşlarında, yaylı çalgıların yavaş yavaş bana katıldığını duydum ve beraber çalmaya başladık. Piyanoda kendi başıma kaldığım hisleri, yaylılar, mağrurlu ağlayışlarıyla tamamlıyordu. Ne olduğunu henüz bilmiyordum ama bir gün beni çok ağlatacak bir şeyler yaşayacağımı hissederek, içimi keder kaplamıştı. Gözlerimden yaşlar süzülüyor ve çalıyordum. Ben hüznüm ile notalar arasında dalgalanırken, Aurora'nın incileri bedenimde kayıyor, sanki içinden çıktıkları derin sulara geri dönüyorlardı.

Parça bittiğinde, salondaki sessizlik huzur verdi. Bu, herkesin benim ruh hâlimle beraber sürüklendiğini gösteriyordu. Çıktığım yolculuğu kendime saklamak ister gibi, başım önümde, gözlerimi bir müddet açmak istemedim. Parmaklarımı tuşlardan çekip dizlerime koyduğumda, misafirler hâlâ daha sessizdi. Ne zaman ki, başımı kaldırıp, gözlerimi açtım, alkış koptu. Yerimden kalkamayacak kadar yorgundum. Hâlâ sessiz ağlayan gözlerimin pusu arkasından ilk seçebildiğim, piyanonun hemen diğer tarafında bana bakan bir çift yosun yeşili gözdü. Ne zaman gelmişti? Kim çağırmıştı? Çırpınmayın kuşlar, dedim, kendi kendime. Yüreğimin yeni bir çırpıntıyı kaldıracak hâli yoktu. Kendi hüznüyle zaten o kadar yorulmuştu ki... Ama dinleyen kim? Alkışı arasında gözlerini bana... yok, sadece bana değil, kolyeme dikmiş yosun gözlünün bakışları beni altüst ediyordu. Üzerimden alev geçmiş gibi olmuştum. Hissettiğim öylesine derin bir bakıştı ki, Aurora'nın incileri alev almış, tenimi yakıyordu sanki ve o alevlerde yosun gözlünün elleri vardı.

"Bir daha! Bir daha!" nidaları ve alkışlar arasında, yaşadığım ruhsal yolculuğun etkisinde, uyuşmuş gibiydim. Nesim, omuzlarımdan sarılıp yanağımı öptü.

"Muhteşemdin, küçük sevgilim." dedi, "Tek kelimeyle muhteşemdin. İnan, şaşkınlıktan dillerini yuttular. İstanbul'dan gelen on sekiz yaşındaki bir kızdan bunu beklemiyorlardı."

Yaşlarım arasında gülümseyerek, elini tuttum.

"Hayatımız hep şaşırmak üzerine, değil mi?" dedim.

Yosun gözlünün teması üzerimdeydi. Ama bu gece, daha evvelki rastlaşmalarımızdan farklı olarak, sanki elinden kurtulamayacakmışım gibi ısrarlıydı bakışları. Bana doğru geldiğini görünce, havayı değiştirmeye karar verdim ve Mozart'ın Türk Marşı'nı çalmaya başladım. Herkes coşmuştu. Kadehler doldu, misafirler, ayaklarıyla parkede, elleriyle piyanonun üzerinde, yüzükleriyle şampanya kadehlerinde tempo tutmaya başladılar. Az önceki hüzünlü hava birden dağılmıştı.

Alkış ve temponun verdiği keyifle parça bittiğinde, derinden gelen buğulu ses kulağımın dibindeydi:

"Ne çalsanız harika. Ama biz Chopin'in prelüdünü bir kez daha dinlemek isterdik sizden."

Şayet, Victoria-Albert Müzesindeki gibi baş başa olsaydık, piyanodan kalkar, yosun gözlüyü kendi başına bırakır, yüreğimin çırpınan kanatlarını bağlar, uzaklaşırdım. Ama bu gece mümkün değildi. Ben ev sahibesi gibiydim. Gece benimdi. Burada olan herkes benim için gelmişti. En azından Ezra'ya karşı bu sorumluluğu hissediyordum. Gülümseyerek, kendimi yeniden, âşık olduğum Chopin'in ruh hâline yerleştirdim. Ezra, içkilerini içmeye başlamış orkestradaki arkadaşlarına sesleniyordu:

"Çocuklar! Hazır mısınız? Bir kez daha..."

Ben zaten çalmaya başlamıştım. Sadece parmaklarım değil, ruhum, vücudum tuşlarda geziniyordu. Arada, yaylıların devreye girdiği bir an, başım arkada, gözlerimi yukarıya kaldırdım ve bu kez hemen yanı başımdaki yosunların derinliğinden ürpererek, yine kapadım. Onu görmesem de, üzerimdeki yoğunluğunu hissediyordum. Bu, Nesim'den etkilenişime hiç benzemeyen bir histi. Huzursuz ediyordu. Elimdeki mutluluğa mâl olacağından korktuğum bir tarafı vardı. Ama beni başka bir şekilde de meraklandırıyordu. Sanki ikimiz de istemesek bile, bizim dışımızda, bizi müşterek kılan bir şey varmış gibi... Tarifi zor bir histi...

Bu kez alkışlara, kadehimi kaldırarak karşılık verdim. Öyle görünüyordu ki, herkes daha çalmamı bekliyordu. Mrs. D'orsay, yanağımdan öptü.

"Tatlım, bu yeteneğinden nasıl hiç söz etmezsin? Harikasın!" derken, boynundaki otrişi savurup garsona işaret etti, kadehimi doldurması için.

Benim için bunca yoldan gelen misafirlerime bir armağan daha vermek istedim, piyanodan ayrılmadan önce. Parmaklarımı oynatıp rahatladım ve mırıldandım:

"Satie'den Gymnopédie, 1 numara."

Ve çalmaya başladım. Beste, gecenin artık tadında bırakılıp sona ermesini anlatıyordu sanki. Sakin, yumuşak, iddiasız ve meditasyona çağırır gibi... Şu an ihtiyacım olan da oydu. Yaşadığım mutluluğun, hüznün ve ileriye dönük bilemediğim endişe ve korkunun yorgunluğu beni kavurmuş, artık evime, yatağıma, kocamın emniyetli kucağına özlem duyurmuştu. Bütün bu kalabalıktan, beni kutlayanlardan, özellikle de yosun gözlüden kaçmak istiyordum. Kaçtığım gözler devamlı üzerimdeydi ama bakışlarında, benim dikkatimi çekme telâşından ziyade, bir an önce cevap bulma arzusunda olduğu soru işaretleri vardı. Eugenie D'orsay'in doldurttuğu kadehi elime alıp, Nesim'in kanatları altına kaçmaya niyetleniyordum ki, Ezra ve yanındaki bir arkadaş grubu etrafımı çevirdi:

"Bu kadar sansasyonel çalınabilir piyano." dedi Shana, yanaklarımdan öpüp.

Bill, Shana'nın beline sarılmış, yarı sarhoş, "Biliyor musun? Çalışın, eve gidip aşk yapma hissi verdi." diye bir itirafta bulunurken, Shana, parmaklarını onu dudaklarına cilveli bir tavırla vurarak susturdu. Herkes gülerken, o çok iyi bildiğim tok, boğuk ve yumuşak ses konuştu:

"Ben şahsen Aurora'yı görmüş gibi oldum bu gece."

Kulağımın dibindeki konuşana aldırmamak üzere kendimi hazırlamışken, birden nutkum tutuldu. Boynumdaki üç sıra incinin konuşmaya başladığını hisseder gibi oldum. Aurora! Yosun gözlü, bu adı nereden biliyordu? Bana bakışlarının, beni takip edişinin, devamlı karşılaşmak için bir sebebimizin oluşu ve söyledikleri...

"Devamlı kaçamazsınız... Kader... Karşılaşmalarımızın bir anlamı, sebebi olmalı..."

Aurora adı telâffuz edilene kadar, her şey sadece bir tesadüf olabilirdi. Ama anneannemin gençliğinden kalma bir hikâyenin kahramanının isminin söylenmesi, tesadüflerden başka bir gerçeği sunuyordu.

Şaşkınlığımı belli etmemeye çalışırken, Nesim'in sesi duyuldu:

"Aurora?"

O da, benim kadar şaşırmış olmalıydı.

"Ah, evet," dedi yosun gözlü, "Aurora... Güneşteki fırtınalardan sonra, geceleri kutuplarda görülen ve hareket eden renkli ışıkların adıdır ama ben daha ziyade mitolojideki Seher Tanrıçasını kastetmiştim. İçimizde uykuya yatmış gizli ışıkları hareketlendirdiniz çalışınızla."

Tane tane konuşurken, gözleri benim üzerimdeydi. Bakışlarından kaçma ihtiyacındaydım... Sanki beni içine alıp, bilmediğim yerlere götürecekti. Nesim'in, macerasına daldığım, çapkın, umursamaz, yarı alaycı tavrından tamamen farklı, bana çok öncelerden sahip olup kaybetmiş de, şimdi yeniden bulmuş gibi bakıyordu.

"İnanılmaz bir tesadüf." dedi Nesim, sesinde çözemediğim gizli bir şüphecilikle. "Karımın da bir Aurora hikâyesi vardır, bana henüz anlatmadığı."

"Tahmin ederim." diye mırıldandı yosun gözlü, gözleri üzerimde, "Sanırım, buradaki herkes merakla dinleyecektir."

"Ah! Ben biliyorum ama bir kez daha dinlemek isterim." dedi, Mrs. D'orsay.

Kalabalık, içkinin, müziğin verdiği keyifli merakla, Doğulu iki misafirlerinin ortak telâffuz ettikleri bu esrarengiz ismin hikâyesini öğrenmek için susmuş, bekliyorlardı. Nesim, "Haydi." der gibi bir işaret yaptı. Kaçışım yoktu. Piyanonun pufunda dönüp, önce, anneannemin bu üçlüye nasıl sahip olduğunu, sonra da ilk sahibinin öyküsünü anlatmaya başladım. Kısa bir süre içinde, Aurora'nın kendisiydim. Gizli aşkımın verdiği çaresizlik ve yalnızlığı anlatırken, gözlerimde yaşlar titreşiyordu. Mihracesi, Aurora'ya kolyenin her parçasını taktığında, parmaklarımı o dizi incilerin üzerinden geçirip, kadersiz genç kadının teninden kalan sıcaklığa tutunuyordum. Ama bana değen sadece Aurora'dan kalan dokunuşlar değildi. Boynumda, göğsümde ve karnımda, onun gizli aşkının teması-nı da hissediyordum. İçim sıcak bir alev yalayışıyla ürperdi. Yosun gözlü, sorularına cevap bulmuş gibi bakarken, aynı zamanda, "Ben dememiş miydim, benden kaçamazsın, diye. İşte kaderimiz, sen kendin anlatıyorsun." diyordu sanki.

Gözyaşları içinde, anlatımım bittiği an, trajik hikâye geceye damgasını basmıştı. Kendimi yorgun hissediyordum. İyi geceler dileme zamanı gelmişti. Yosun gözlüyle vedalaşırken, avuçladığı elimi bırakmadan sordu:

"Aurora'nın hikâyesinin devamını hiç merak ettiniz mi?"

Sesi iyice derinlere dalmıştı.

"Duyduğum günden beri." dedim, kalbimdeki kuş kanatlarının sesi kulaklarımda.

"O hâlde, sizi yarın akşam Plaza'daki süitime bekliyorum."

İtiraz edeceğimi bakışlarımdan sezmiş olmalı, daha ben bir şey söylemeden ilâve etti:

"Tabii ki eşinizle birlikte ve kolyenizle..."

"Bildiğinizi neden bu gece anlatmadınız?"

"Sadece sizi ilgilendirdiğini düşündüğüm için."

Londra'da, müze çıkışında ondan kaçışımı hatırladım. O günden beri de kendimi ondan koruyabilmiştim. Ama şimdi, Aurora'nın öyküsünde tekrar karşılaşmıştık ve boynumdaki inciler, sanki eksik kalmış bir masalın ardından, yosun gözlüye bağlıyorlardı beni. Vereceğim cevabı bulmakta zorlanırken, Nesim imdadıma yetişti. Diğerleriyle vedalaşmasını tamamlamış, yanıma gelmişti. Onun varlığına müteşekkir, gülümsedim.

"Sevgilim," dedim, ilk kez dudaklarımdan bu kelimenin çıktığına şaşarak, "Şah Nazir Han bizi yarın akşam davet ediyor..."

Dudaklarındaki gülümsemeden, olabildiğince keyifli görünmesine rağmen, yüreğinde bir burukluk olduğunu hemen hissetmiştim.

"Harika!" dedi, "Memnuniyetle. Ama Oak Room'daki davetimize yetişemediğinize üzüldüm. Karım için gerçek bir sürpriz oldu. Değil mi küçük sevgilim?"

"Muhteşemdi." dedim, kocamın koluna girerek, "Teşekkür ederim, her şey için."

Ertesi akşam buluşmak üzere ayrılıp kendi dairemize çıktığımızda, Nesim'in huzursuzluğunu görebiliyordum. Kapıyı kapar kapamaz, onun kollarının arasına sokuldum.

"O kadar mutluyum ki... Sana nasıl teşekkür edeceğimi bilemiyorum."

"Mutlu musun? Gerçekten?"

Onda nasıl bir şüphe yaratmış olabileceğimi anlayamadım. Başımı kaldırıp yüzünü ellerimle sardım. Gözlerinin içine baktım.

"Hem de çok." dedim, "Bana bir masal dünyası yaşatıyorsun."

"Ama bütün masalları bilemem." derken, dalgın, korları sislenmiş gözleri, parmaklarıyla beraber saçlarımda, yüzümde gezindi.

Cevap veremedim. Ağzımdan dökülecek herhangi bir sözün yanlışlığından, inandırıcı olmamasından korkarak, suskun kaldım.

"Farkında mısın cennetkuşum? Bana bu geceye kadar hiç 'sevgilim' dememiştin. Özel bir sebebi var mıydı?"

"Ne olabilir ki? Sadece o anki hissiyatım dudaklarımdan dökülmüş olmalı."

"Ama çok daha hassas, ateşli anlarda bile bu kelimeyi hiç kullanmamıştın."

"Memnun olmadın mı?"

"Hayır, tam aksine. Ama sanki bu gece, özellikle, bir şeyden kaçıp sığındığın bir kelime gibi kullandın."

"Yanılıyorsun. Neden kaçmak isteyebilirim ki? Harika bir gece yaşattın bana."

"Benden değil, ama benim seni koruyamayacağım bir şeyden kaçıyor gibiydin."

"Senin beni koruyamayacağın hiçbir şey yok sevgilim."

İkinci defa tekrarladığım kelimenin, tesadüfi olmadığını ispat etme telâşındaydım.

Onu elinden çekip yatak odamıza doğru yürüdüm. Kapıyı kapadığımız anda sarmaş dolaş olduk. Sevişerek, kendi korkularımı unutmak, onun endişelerini unutturmak istiyordum.

Dudakları boynumda, göğüslerimde, beni soyarken, "Takılarını çıkarma." dedi.

Bileklerimde onun hediyesi bilezikler, saçlarını kavrayıp başını göğüslerime dayadım. Aurora'nın incileri, vücutlarımızın arasında yerleştiğinde, tenimizin sıcaklığını almıştı bile. Arzulu, uzun öpüşlerle, vücudumda aşağıya doğru kaydı. Dizlerinin üzerine çöktüğünde, göbek deliğimin üzerinde duran iri damla inciyi eliyle çekerek, diliyle çukurluğu okşadı. İnleyerek parmaklarımla saçlarını sarmaladığımda, bileklerimdeki South Sea incileri, Aurora'nın son damlasını aralarına almış, Nesim'in o güzel Antinous saçları arasında sevişiyorlardı. Nigel'ı andığımız gece varlığını keşfettiğim, cinselliğimin o kapalı, gizli köşedeki zevk noktasına ulaştığında, bedenimin duyduğu tarifsiz zevkin, ruhumu galeyana getirdiğini hissedebiliyordum. Nesim'i sarmalamak, tamamıyla içime almak, saklamak, mümkün olamayacak bu sahiplenme duygumun getirdiği acz içinde de ağlamak istiyordum. Dudakları arasında hapsolan cinselliğimin ateşi, mutluluğum ve ona olan arzum kadar, bu çaresizlik duygusundan da körükleniyordu. Onun da, benim gibi, henüz ne olduğunu bilmediğim bir tehlike endişesiyle hüzünlenen gözlerini düşündükçe kahroluyordum. Dudaklarının ve ruhumdaki acının verdiği zevkle inlerken, gözlerimden yaşlar inmişti.

Olduğum yerde, onun gibi diz çökerken, ellerimi saçları arasında bıraktım. Sonra, başını kendime çekerek, dudaklarımı boynuna gömdüm. Kucaklaştığımızda, yanaklarımdaki yaşları öpüşleriyle kuruttu.

"Sakın bırakma beni." dedim hıçkırarak, "Sakın bırakma!"

Sessizliğin ardından, elimden tutup ayağa kalkarken, beni de kendine doğru çekti ve avucu yanağımda, başparmağı dudaklarımın üzerinde, gözlerimin içine bakarak, tane tane konuştu:

"Seni yarın akşam için bırakıyorum küçük sevgilim."

Anlayamamıştım. Beni kucaklayıp yatağa götürdü. Arka üzeri uzandığımda, inciler vücudumda muhtelif yönlere dağıldılar. Ayakta, yanı başımda, onları tek tek, olmaları gereken yerlerine yerleştirirken, arzuyla kabarmış erkekliğini, kendine acı çektirmek ister gibi, benden uzakta tutarak devam etti:

"Yarın akşamlık seni kendine bırakacağım."

Yerimden doğrulmaya çalıştım:

"Ama!"

Parmağıyla dudağıma bastırdı.

"Şşşt! Dinlemeni istiyorum beni. Hatırlar mısın, *Lusitania*'daki o gece... Kendimi kendime ispat etme ihtiyacında, Nigel'la beraber olmak istediğimi anlatmıştım sana. Şimdi, aynı şeyi senin yapmanı istiyorum. Bunu denememiz lâzım."

"Neyi deneyeceğiz?"

"Ruhundaki çırpıntıların seni nereye kadar götüreceğini."

Elini tutup avucunu öptüm.

"Bunu bana yapma Nesim."

"Ben bir şey yapmıyorum küçük sevgilim. Daha Ezra'nın evinde, yılbaşı davetinde hissettim, senin ruhundaki fırtınayı. Şah Nazir'le karşılaştığımız an... Onun bakışlarında arzuyu, seninkilerde inatçı direnmeyi gördüm. Bu gece, bana ilk defa 'sevgilim' deyişin boşuna değildi. Beni ne kadar sevdiğini biliyorum ama ilk kez, onunla konuşurken telâffuz ettiğin kelime, ona karşı korunmak için seçtiğin bir kalkan gibiydi. Kaldı ki, Aurora'nın hikâyesiyle onun da senin kadar yakınlığı olduğu belli... belki de daha yakın, bilemiyorum. Sanırım, paylaşacak bir şeyiniz var. Ve bu hikâyede benim hiçbir yerim yok."

"Nesim!" dedim, isyanla, "Sen benim kocamsın. Bütün hikâyelerimde senin yerin var. Ve ben sensiz bu davete gitmeyeceğim. İstesem, onunla Londra'da yalnız kalırdım."

Bu son cümleyi hiç söylemek istemiyordum ama dudaklarımdan dökülüvermişti. Parmaklarını vücudumda tüy dokunuşunda gezdirirken hiç şaşırmış gibi görünmüyordu. Sadece, acı bir gülümseme belirdi dudaklarında.

"Tahmin etmiştim... Daha evvel tanıştığınızı..."

"Hayır, tanışmadık. Sadece karşılaşmıştık."

Ve Victoria-Albert Müzesindeki günü ona anlattım.

"Bütün bu tesadüflerin bir sebebi olmalı." dedi bileğimi öperken, "Yaşanması gereken bir kaderden kaçamazsın küçük sevgilim. Nasıl benden, Nigel'dan kaçamadıysan..."

Kocamın, sanki yosun gözlüyü tekrarlayan sözlerini hayretle dinliyordum.

"... Aurora'yı öğrenmek istiyorsan, gidip kendi başına öğreneceksin ve belki de, hayatı benimki kadar komplike olmayan bir erkekle bir macera yaşamayı denemek isteyeceksin."

Yanıma uzanıp, beni kollarına çekti. Sarılırken içinin titrediğini, kalbinin deli gibi çarptığını duyabiliyordum. Ancak, vücudunun hassasiyetini benden uzakta tutmaya çaba gösteriyordu. Beni bunca sever ve arzularken, nasıl olup da, bile bile, bir serüvene göndermeye gönlü razı olurdu?

"Ben kimseyle macera yaşamak istemiyorum."

"İlle yaşayacaksın demedim. Ama bu kararı kendin, yalnız başına vermelisin. Ben seni bekliyor olacağım. Bunu denemen lâzım, küçük sevgilim. Ama ne yaşarsan yaşa, döndüğünde, ben yine buradayım. Benimle beraber Nigel'ı kabullendiğin gibi, ben de senin diğer erkeğini kabullenebilirim. Kolay olacağını söylemiyorum ama sana büyük bir borcum var."

"Bana hiçbir borcun yok. Bana hiçbir şeyi zorla yaptırmadın. Seni o kadar istiyordum ki; seninle beraber, sana ait her şeyi kabul etmeyi seçtim ve severek yaptım."

"Ben niye aynı şeyi yapamayayım o zaman?"

"Çünkü gerek kalmayacak."

"O zaman sana bir şey daha itiraf edeceğim..."

"Başka biri mi?"

"Hayır, hayır... Seninleyken başka kimseyi istemiyor bedenim. Ama bir gün anne olmak istersen, ki harika bir anne olacağından ve harika bir bebek doğuracağından eminim... Babası olmam mümkün değil. Benim hiçbir zaman çocuğum olmayacak... Yıllar önce geçirdiğim bir rahatsızlıktan sonra bunun imkânı yok. O gün geldiğinde... çocuğuna baba olarak bir başkasını seçmen gerekecek."

Bir süre evvel, niye "torunlarımız" değil de, "torunların" dediğini şimdi anlıyordum. Ama sunduğu çözüme isyan duymuştum.

"Saçmalama." dedim hiddetlenerek.

Kalkıp yatakta oturdum. Ve daha bir sene evvel, tecrübesiz, saf genç kız kimliğimle, nasıl sahip olabileceğimi bilemediğim erkeğin, şimdi beni kaybetmek endişesiyle yapmak istediği fedakârlığı itiraf etmesi, gururumu okşamak yerine, kalbime ağrı vermişti. Eğilip güzel yüzünü öptüm. Sonra, daha o sabah, onun benimle seviştiği gibi, vücudunun üzerine uzanıp, yukarı kaldırdığım kollarının içinde dilimle ince bir yol çizdim, bileklerine kadar. Dokunmak, öpmek istediğim her yeni nokta için, bedenimi onunkinin üzerinde kaydırırken, sadece tenim değil, ruhum da, onu içine almak, endişelerini, hüzünlerini örtmek istiyordu. Sözlerden daha çok, beden diline inandığını bildiğim erkeğe, ondan başkasını arzulamadığımı anlatabilme hırsıyla âdeta ihtilâç içinde, tenini öptüm, emdim. İçinde, benimle ilgili ne kadar korkusu varsa, çıkarmak istiyordum. Hazır olduğunu hissettiğim an, onu kadınlığımın sıcaklığına misafir ettim.

Bedenimin üst kısmını, uzandığım vücudundan yavaşça kaldırıp, ağır ağır oturdum. Hiç olmadığınca bana ait olduğu hissini duyduğumda, elini tutup avucunu ağzıma aldım. Mermerden yontulmuş kadar harika parmaklarını tek tek öptüm. Dudaklarımın ucunda yanan temaslarını dilimle serinlettim. Bacaklarımla onu sıkı sıkıya sararken, olduğum yerde, arzusunu bedenimin içinde hapsetmiş, ihtirasının tuşları üzerinde, ağır, sakin, arzulu, melânkolik okşayışlarla, Chopin'in prelüdünü çalıyordum. Avucumdaki parmaklarını benimkilere sararken dudaklarından kısık bir inilti çıktı. Gözlerimi, gözlerine odakladım. Güzelim Antinous dudakları, söyleyecek sözü gizli kalmış, gözleri bulduğunu çoktan kaybetmiş gibi bakıyordu ama lacivert korları içimi eritecek kadar ateşli yanıyordu. O ateşin derinliğine gözlerimi daldırıp, "Sevgilim." dedim. Belki de benden hiç duymaya alışık olmadığından, sözcük arzusunu şahlandırmıştı. Kalçalarıma sıkı sıkıya sarılıp, kendine iyice çekti ve beni göğsü üzerinde kucakladı. Yüzümüz, saçlarımız, gözyaşlarımız, nefeslerimiz, iniltilerimiz birbirinin içinde, tek bir vücut olmuştuk. Hayâlde veya gerçekte, aramıza kimsenin girmesi mümkün değildi. Fikrimizde, endişemizde diğerleri olsa bile, onları aramıza alıp kendimize ait kılıyor ve bütünleşiyorduk.

O bir günümü bile, başkalarının belki bir senede yaşadığı, belki hiçbir zaman yaşayamayacağı, zengin ve değişken ruh hâlleriyle, sevilerek, kutlanarak, heyecanlanıp ürkerek, hüzünlenip sevişerek geçirmiştim. Sanki bir gün değil, günler yaşamıştım. Ve henüz on dokuz yaşımın ilk günündeydim.

Soluklarımızı dinleyerek kucak kucağa yatarken, saçlarımı avuçlayıp öptü.

"Piyanoda bir harikaydın bu gece küçük sevgilim. Senin böyle çalabildiğini bilmezdim. Bill haklıydı, insanda sevişme arzusu uyandırıyordun."

"Onun için mi seviştin benimle?" dedim, muzipçe.

Gülerek daha sıkı sarıldı. Cevabını ikimiz de biliyorduk. Âşık olduğum erkeğin sıcak, emniyetli kollarında; inciler üzerimde, aramızda, yarınları düşünmeden derin bir uykuya daldım.

Aurora'nın İncileri

Ertesi akşam, Nesim, bir iş yemeği bahanesiyle Şah Nazir'den özür dileyip davete benim yalnız gideceğimi bildirdi. Beni kapıdan uğurlarken, dudaklarıma uzun soluklu bir öpücük kondurdu.

"Küçük sevgilim, bu hayat senin ve sen, hayatını kendi kararlarıyla yaşama gücü olanlardansın. Beni de o sebeple seçmedin mi? Şimdi, ben de seni yeni kararlar için bırakıyorum. Ben burada olacağım. Haydi, şimdi güle güle git ve kaderin karşına çıkardıklarını çözmeye bak. Seni çok seviyorum."

O an, içime öyle bir his gelmişti ki sanki aşkımız, sonbaharda, son bir gayret açan yaz çiçekleri gibiydi. Hani yağmurlardan, rüzgârlardan fırsat bulup, arada açarlar ya, mevsim geçmesine rağmen. Elinizi sürdüğünüz an dalından düşer, sanki eğreti duruyormuş gibi. Pişman olursunuz dokunduğunuza... İşte öyle bir his vardı içimde. Aşkımı sonbahara teslim etmemeye yemin ettim, kocamı öperken dudaklarından.

"Bekle beni, döneceğim." dedim ayrılırken.

Plaza'da, Şah Nazir'in süitine çıkarken, oradan süratle kaçmakla, Aurora'yı bulmak arasında mücadeledeydim. Krem rengi ipek satenden, göğüs üzerine 'V' inen dik yakası ve kolları Brüksel danteli aplike edilmiş elbisem ve Aurora'nın incileriyle süitin kapısında durduğum an, niye orada olduğumu düşündüm. Nesim'in, aramızdaki çok özel bir hadiseden dolayı, beni buraya göndermek istemesi farklı bir olaydı. Ama o özelliği, sadece kocam ve ben biliyorduk. Bir başkası için, bu yaptığım, evli bir kadının, kocası olmadan bir başka erkeğin, hem de özellikle onun peşinde olan bir erkeğin davetine gelmesiydi. Ne akla hizmet gelmiştim ki? Derhal geriye dönmeliydim. Ama mihracenin çocuğunu doğururken ölen Aurora'nın hikâyesini, aynı topraklardan gelen, başka bir mihraceden dinleme arzusu da, içimdeki hayâlperest ve sergüzeşt tabiatı çimdikleyip uyarmaktaydı. Ancak, kapının üzerindeki numaraya bakıp içerideki sessizliği dinledikten sonra, vazgeçip gerisin geriye döndüm ve Plaza'nın, parfüm kokan koridorunda, asansöre doğru yürümeye başladım. Ardımdan açılan bir kapı... ve sonra o çok iyi bildiğim derin, boğuk ses duyuldu:

"Aurora'yı hayâl kırıklığına uğratıyorsunuz."

Olduğum yerde kaldım. Ses, ensemden içeriye soğuk bir titreme göndermişti. Yüreğim yerinden hoplamış, göğüs kafesimden çıkacak gibi çırpınıyordu. Birkaç saniye olduğum yerde kaldım, sonra derin bir nefes alıp ağır ağır döndüm ve koridorda bana doğru yürümekte olduğunu gördüm. Olduğum yerde, kıpırdamadan, onun bana doğru yaklaşmasını izlerken, paralize olmuş gibiydim. Üzerinde kemik rengi, saf ipek kurta ve kamis vardı. Kıyafetinin rengi, koyu buğday teni ve yosun yeşili gözlerini özellikle ortaya çıkarmak için seçilmiş gibiydi. Gözlerini benden hiç ayırmadan, önüme kadar geldi ve durdu. Nefesimin tıkandığını hissediyordum.

"Sizin daha cesur olduğunuza inanmıştım. Beni şaşırttınız." dedi.

Son derece düzgün bir Fransızcayla hitap ediyordu. Hangi lisanda daha rahat olduğumu nereden, nasıl öğrenmişti, bilmiyordum. Ancak, sanki o konuşmuyor, sözleri, başka bir zamanda söylenmiş de, yeni bana ulaşıyormuş gibi, derinden geliyordu. Bana dokunmadı, sadece elini uzattı.

"Sizi bekleyen sadece ben değilim, biliyorsunuz."

Yutkunarak, konuşmaya çalıştım:

"Hayır bilmiyorum. Başka kim?"

"Aurora."

Aurora'nın yaşamadığından emindim. Acaba anneanneme anlatılandan farklı bir öyküsü mü vardı? Belki de hâlâ yaşamaktaydı. İçimi, sorular ile cevaplarının heyecanları kaplamıştı.

Elimi, yosun gözlünün bekleyen avucuna uzattım. Parmakları, daha önce uzaklaştığı bir hayatı tekrar yakalamışçasına, nazik, ama ben hep ona aitmişim gibi sarıldı elime. İçim ürpererek, Nesim'i hatırladım. "Seni bekliyorum." demişti, geriye döneceğime dair şüpheyle. Elimi sarmalayan avucunun sıcaklığı ve kuvvetini hissederken, Nesim'in yaşayacaklarımın üzerimdeki etkisini benden önce fark etmesine bir kez daha şaşarak ev sahibimi takip ettim.

İçeri girdiğimizde, sadece mumlarla aydınlanmış salonda hiç kimse yoktu. Central Park'a bakan camın önünde kurulu masa iki kişilik hazırlanmıştı. Bir anda, onunla yalnız başına kalıyor olmaktan duyduğum endişe ve aldatılmışlık hissiyle konuştum:

"Beni bekleyen bir başkasından söz etmiştiniz."

"Evet, Aurora demiştim. Kendisi burada."

Masanın diğer yanındaki büyük sehpanın üzerinde duran, fildişi ve kıymetli taşlarla bezenmiş kutuyu gösterdi.

Ürpertim artmıştı. Beni bekleyen birinin, o tavla kutusu kadar bir ahşabın içinde olduğunu düşünmek dahi, başımı döndürmeye yetmişti. Belki de Aurora'nın Hindistan'da yakılmış külleriydi... Masal kahramanımın külleriyle beraber, yan yana masada yemek yemek zorunda kalacağımı düşündüm ve oradan kaçmak istedim. Yosun gözlü, aklımdan geçenleri okumuş gibi, kendisini ilk defa Ezra'nın evinde gördüğüm geceki gülüşüyle, bembeyaz dişlerini gösterdi.

"Korkmayın lütfen. Burada, benimle, kesinlikle emniyettesiniz."

Fark ettirmeden, uzun zamandır tuttuğum nefesimi bıraktım.

"Ama önce, size ev sahipliğimi kanıtlamam lâzım. Şampanya?"

Buzlar içindeki şişe ve kadehlerin yanına doğru ilerledi. Ona zorluk çıkarmaya karar verdim.

"Dry martiniyi tercih ederim."

Şampanya şişesini eline almışken bıraktı.

"Hayret," dedi, "size iki davette rastladığımda da sanki şampanya seviyorsunuz gibi gelmişti."

"İki defada beni çözdüğünüzü mü zannetmiştiniz?"

"Yo, hayır, öyle bir iddiam yok. Sadece, sevdiğinizi tahmin ettiğim içkiyi hazırlatmıştım."

"İşte, şimdi öğreniyorsunuz, şampanyanın her zaman en sevdiğim içki olmadığını."

Bembeyaz dişleri, esmer teninde parıldadı yine.

"Beni affedin, hemen hâllederiz." dedi ve telefonla sipariş verip yanıma geldi.

Ayakta, huzursuz, sanki görevle geldiğimi hissederek ve ona da bu hissi vererek bekliyordum. Ancak, elimi tekrar eline aldığında hiçbir şey yapamadım.

"Neden bu kadar gerginsiniz? Oysa sizinle paylaşacak o kadar çok şeyimiz var ki... Ve ben bunu, ilk karşılaştığımız anda hissetmiştim. Ama sizi hâlâ ikna edebilmiş değilim, belli ki."

O anda bir üstünlük yakaladığımı fark ederek söze girdim:

"Yanılıyorsunuz. Bu akşam, kocamın işi çıkmasına rağmen benim yalnız gelmemin sebebi, kocamın, benim için bu hikâyenin ne kadar özel ve önemli olduğunu bilmesinden. Sadece, anneannemin anlattıklarını tamamlayacak bir öykünüz olduğu için buradayım. Ve onu anlatmanızı bekliyorum."

Elimi çekerek, pencerenin kenarına doğru yürüdüm. Ama beni benden çalan dokunuşu hâlâ daha avucumdaydı. Ellerimi bir diğerine kenetleyerek, teninin bıraktığı sıcaklığı hafifletmeye çalıştım. Pencereden dışarıya bakarken, derin nefeslerle, camda bana yaklaşan siluetini izliyordum. Orada kalamıyor, ama kaçamıyor, ne yapacağımı bilemiyordum. Nesim'in, "Kendi başına karar vermen lâzım. Senin Nigel'ı kabullendiğin gibi..." sözleri beynimde uğulduyordu. Kapının vurulmasıyla derin bir soluk aldım. Hintli uşak martini servisini getirmişti.

Kadehlerden birini bana uzatırken, içinde zeytin yerine mandalina kabuğu olduğunu görünce şaşırdım. Bakışımdan anlamış olmalıydı.

"Şimdi de, martiniyi zeytinli sevdiğinizi söylemeyin." dedi.

Sinirlerim gerilmiş olmalıydı ve hakikaten söyleyecek bir sözüm kalmamıştı bu konuda. Belli ki beni çok iyi izlemişti. Bu defa gülümseme sırası bendeydi.

"Gülmek size çok yakışıyor." derken, kadehini kaldırdı.

Biraz olsun rahatlamıştım. Ben de kadehimi kaldırdım. Kristâlin melodik çınlaması mum ışıklarının arasında yayılırken, bize ait olmayan bir zamana haber gönderdiler sanki.

Martinimden iki-üç yudum aldıktan sonra, burada olmamın esas sebebini hatırlatmak üzere sordum:

“Evet, hikâyenizi dinlemek için buradayım. Neden anlatmıyorsunuz?”

Dirseğimden tutup pencereye doğru yürüdü.

“Neden acele ediyorsunuz? Bence, hayat bu kadar hızlı yaşanmayacak kadar kısa.”

“Sözleriniz çelişiyor.”

“Hayır. Hiç değil. Bizim kültürümüzde, hayatı kendi getirdiğince yaşamak üzerine bir felsefemiz vardır. Hiçbir şey için acele edilmez, hiçbir şey zorlanmaz. Aslında bizim racalığımızın inançları, Hindu ve Müslüman kültürlerinin muhteşem bir karmasıdır. Onun için bizler, her iki dinin kültürlerine saygı göstererek, onları Tanrı'nın gözünde birleştirerek yaşar ve idare ederiz. Ve tanrıları farklı da olsa, her iki dinde de kadere teslimiyet, tevekkül hâkimdir.”

“Ezra, mihrace olduğunuzu söylediğinde, sanki rahatsız olmuş gibiydiniz, neden?”

“İngilizlerin sömürgecilik ve körüklediği ayrımcılık, kendi kültürümün isyankârlığa dönüşen Hindutva hareketi içinde, hiçbirine inanmayan biri olarak, daha kendime ait bir hayatı yaşamayı tercih ederdim. Ama sanırım fazla bir şansım olmayacak.”

“Peki, siz neye inanıyorsunuz?”

Martini kadehinin tijini döndüren iki elime uzanan parmakları, sol bileğimi okşayarak kendine çekti. İtiraz edemedim.

“Ebedi aşka...”

Gözlerini kapayıp derin bir nefes çekerek, avucuma dudaklarını gömdü. Bütün bedenimde bir lâvın dolandığı hissine kapıldım. Parmaklarımı kavuşturup dudaklarından kurtulma ihtiyacı hissettim. Ve o anda, ondan hiç beklemeyeceğim bir şey yaptı. Kadehini yere attı ve boşalan eliyle, kıstığım parmaklarımı nazikçe açarak, dudaklarını avucumda tutmaya devam etti. Kadeh, halıda, kendi ıslaklığı üzerine uzanıp kalmıştı. Bileğime doğru çıkan öpüşüyle irkildim... Bedenimin yay gibi gerilmesini kontrol altında tutmaya çalıştığım bir anda, aniden beni bıraktı.

“Pardon! Beni affedin. Hayatı yavaş yaşamak derken, sizi daha fazla acıktırmak istemem.”

İskemlemi tutup oturmama yardımcı olduğunda, parmaklarının omuzumdan geçen esintisi, sandalyemin arkasında hissettiğim bedeninin sıcaklığı, hem kendimi korumak hem de geceye teslim olma duygusu verdi.

Kendi yerine oturmadan önce, fildişi kutunun yanından geçip üzerini okşadı.

"Bunun içindeki..." dedi, "Bunun içindeki yarım kalmış bir aşkın son parçası. O aşkı tamamlamak için yıllardır uğraşıyorum."

"Peki, muvaffak olabildiniz mi?"

"Sanırım. Ama bunu az sonra beraber gerçekleştireceğiz."

Sorum dudaklarımda kaldı. Sandalyesine yerleşirken elini çırpıp yumuşak ama hâkim bir tavırla seslendi:

"Chandra!"

Salonun kapısında beliren Hintli uşak tekrar yok oldu ve bu defa servis masasıyla geri geldi.

Gümüş kapağı açıldığında, tabağımın içinde, buzlar üzerindeki istiridyelere hayretle baktım.

"Şimdi de, karidesi daha çok sevdiğinizi söylemeyin." dedi gülümseyerek.

"Hayır. Söylemeyeceğim. Ama nereden biliyorsunuz?"

"Tutkulu bir âşığa tüm bilgiler açılır."

İçkimden bir yudum aldım.

"Bu bir Hint atasözü mü?"

Beyaz dişleri pırıldayarak güldü.

"Hayır. Sadece şahsi tecrübem."

"Bu kadar emin olduğunuza göre, çok tecrübeli olmalısınız."

Birdenbire, kendimi rahatlamış hissettim. Onunla çekinmeden sohbet edebilecek kadar dilim çözülmüştü.

"Tecrübe, ne kadar çok değil, ne kadar derin yaşandığıyla alâkalıdır." dedi.

Sonra, kadehini kaldırdı.

"Hoş geldiniz! Size içiyorum."

Hafif bir gülümsemeyle, sessiz, kadehimi kaldırdım. Kristâller birbirini öperken, parmaklarını elimin üzerinde dolaştırdı. Kendimi çekemedim. Martinilerimiz dudak dudağa, öyle kaldık. İşaretparmağını, bileğimdeki Nesim'in incilerinde, parmaklarımın üzerinde gezdirerek devam etti:

"Dün gece, parmaklarınızın tuşlarda kayışını, bedeninizin duygusallık içinde hareketini, gözyaşlarınızı izlerken, hayatımda hiç duymadığım kadar kuvvetli bir arzu duydum. Sizi oradan kaçırmak, o müthiş güzelliğinizi, müziğinizle beraber, kendime saklamak istedim."

"Bir masal fantezisi." dedim, söylediklerindeki cinsellik imasını anlamazlıktan gelen bir tavırla.

"Unutmayın," diye mırıldandı, "fanteziler, sadece, henüz gerçekleştirilememiş dileklerdir."

Elimi yavaşça çektim.

"Ama bu hiçbir zaman gerçekleşmeyecek." diye, kesin bir ifadeyle tavrımı koymaya çalıştım.

Gülümsedi.

"Londra'dan beri karşılaşıp durmamız, Aurora'yı tamamlayan hikâyenin parçaları oluşumuz, size hâlâ hiçbir şey demiyor mu?"

"Göründüğünden daha fazlasını demiyor, hayır."

Yalan söylüyordum ve anlaşılmasından korkarak, gereğinden fazla sert durmaya çalışıyordum. Zira siyah uzun kirpiklerin arasından beni derinliklerine çeken yosun rengi gözleri, yüreğimi deli gibi çırpındırmaya yetiyordu.

"Ama siz, Aurora'yla ilgili, henüz hiçbir şey tamamlamış değilsiniz." dedim.

Dikkatini kendimden uzaklaştırıp anlatacağı hikâyeye yönlendirmek istiyordum.

Üzerine bir damla limon sıkıp, karabiberle süslediğim istiridyeyi dudaklarımın arasına yerleştirirken, aldığım lezzetle, gözlerimi kapadım. Yumuşak dokusunu ağzımın sıcaklığına teslim edip boğazımdan kayan istiridye, damağıma denizin lezzetini bıraktı. Dilimi avurtlarımda, damağımda gezdirip lezzetin keyfini arttırdıktan sonra, bir yudum martini içmek için kadehime uzandığımda, arkasına dayanmış, beni seyrediyor olduğunu gördüm.

"İstiridyeyi yiyişiniz de, piyano çalışınız gibi."

"Yani?"

"Sakin, hafif, ürkütmekten korkar kadar yumuşak dokunuşların kamufle ettiği, için için yanan, arzulu, çılgın, temas ettiğini eritip içine alan bir beden; hayâlperest, duygusal, zamanı durdurup o anda kaybolmak için yaşayan bir ruh ve bunların bütünlüğünde, seyredene bir gün kucaklayabilme hayâli yaşatan, uyandırılmayı bekleyen şehvet..."

Boğuk, derinden gelen sesini dinlerken, sanki parmakları bedenimde dolaşıyor gibi ateş basmıştı. Yüreğimdeki kuşlar, teslimiyetçi bir suskunlukla, kanatlarını germiş, kalbimi göğüs kafesimden çıkacak kadar genişletmişlerdi. Aurora'nın incileri ise, sanki canlanmış, bir mıknatıs gibi onu bana çekiyorlardı. Kendimi bir an önce buradan kurtarmam lâzımdı. Peçeteme ağzımı sildim ve kontrolü ele aldım.

"Evli bir kadınla konuştuğunuzu unutuyorsunuz. Müsaadenizle."

Sonra, yavaşça iskemlemi çekip ayağa kalktım. Anında, ayakta, yanımdaydı.

"Affedin beni," dedi. "lütfen affedin. Haddimi aştım. Tanrım, neler söylüyorum ben? Kendimi kaybetmiş olmalıyım."

"Sanırım... Şimdi artık müsaadenizi isteyeceğim."

"Bir sanatçı olarak, duygusallığımın beni taşıdığı noktayı anlayacağınızı ve beni affedeceğinizi umuyorum. Hâtta bunun için size yalvarıyorum."

Elimi tutmuş, parmaklarımı avucunun içine, hiç bırakmayacakmış gibi yerleştirmişti. Konuşmasındaki nezaket ve ricaya rağmen, duruşundaki hâkimiyet, odadan ayrılma kararının bana ait olmadığını söylüyordu.

"Yemeğimize devam edebilir miyiz?" dedi elimi bırakmadan.

"Sizce mahzuru yoksa bu geceyi burada bitirmek istiyorum."

"O hâlde yemeği bırakacağız. Ama henüz, bir yere gidemezsiniz. Yoksa buraya gelmenizin anlamı kalmaz."

Tekrar seslenmesi üzerine, Chandra yanı başımızdaydı. Tam görmez, duymaz, konuşmaz uşak tipi olduğu belli, bir-iki kelime talimat üzerine, servis masasını odadan çıkardı ve anında, tepside buz gibi kadehlerde martini servisi yaptı. Sonra, ara kapıyı kapayarak yok oldu. Ev sahibim, geniş arkalıklı kanepeyi göstererek, "Lütfen." dedi.

Kanepenin ucunda, dimdik, her an fırlamaya hazır bir biçimde oturdum. Karşıdaki koltuktan aldığı yastığı sırtıma yerleştirdi.

"Rahatlayın lütfen."

Az bir mesafeyle yanı başıma oturdu.

"Size, bu akşam, buraya gelme konusunda sıkıntı yaşatmış olduğumu tahmin ediyorum. Kocanızın ve sizin gösterdiğiniz anlayışı suiistimâl etmeyeceğim. İçiniz rahat olsun. Ancak, bir ricam daha olacak. Lütfen, anneannenizin anlattığı kadarıyla, Aurora hakkında bildiklerinizi, bana bir kez de baş başayken anlatır mısınız?"

"Ama dün gece anlattıklarımdan daha farklı bir şey olmayacak."

"Biliyorum. Ama yine de, beni kırmazsınız, umarım.

Köşedeki masada duran kutunun taşıdığı sır, dışarı çıkmak için benim kadar sabırsızlanıyor, boynumdaki kolye, "Anlat hikâyemi, haydi anlat!" diyordu. İçkimden bir yudum aldıktan sonra, bir geçmiş zaman masalını tekrarlar gibi, gözlerim uzaklarda, başladım anlatmaya. Birden rahatlamış, kanepenin ve yastığın şekli, bedenimi sarmıştı. Sonunda, kendimi çok tutmama rağmen, yine gözlerimde yaşlar pırıldıyordu. Yerinden hiç kıpırdamamış, beni seyrediyordu. Gözleri, Nesim'in, insanı delip geçen, gözbebeklerinde aşk yaptırdığı ateşli bakışlarına hiç benzemiyor, aynen arkasındaki kapalı kutusu gibi, yosun rengi gölgelerle sırrını saklayan ve kapıldığım takdirde, beni bir daha yüzeye çıkmamak üzere derinlere çekecek gibi bakıyordu. İçkimden aldığım iki yudumla, yaşlarımı engellemeye çalıştım.

"Yaşamış gibi anlatıyorsunuz. Sanki kendi yaşamınız..." diye mırıldandı, uzaklardan gelen sesiyle. Sonra, oturduğu yerde, bana doğru biraz daha yaklaşarak, kucağımda duran elimi avucunun içine aldı.

"Sizi, Londra'da müzenin koridorunda gördüğüm zaman, hayatımda bir anlamınız olduğunu biliyordum. Ancak, sizi Aurora'nın kolyeleriyle gördüğüm ana kadar, bunun ne olduğunu tam çıkaramamıştım. Sadece, merdivenlerden inip kaçarak gittiğiniz o günden beri, sizinle tekrar karşılaşacağım hissi ve umuduyla her yeni günü heyecanla bekleyerek yaşadım. Ne gariptir ki diğer taraftan, kutunun içindekini tamamlayacak kişiyi ararken, peşinde olduğum tutkulu arayışın da beni size götüreceğini bilemezdim."

Anlattıkları, ilk defa, bana bilmediğim bir şeyleri öğretecek gibiydi. Elimi çekmeden dinlemeye devam ettim.

"Boynunuzdaki inciler, sadece sevilerek takılmıyorlar. Onların da, bütün ruhlarıyla sizi sevdiklerini görebiliyorum. Yalnız, bir eksikleri var."

"Ne gibi?"

Elimi, sanki bir çift âşıkmışız gibi sıkı sıkı avuçlamış, geri çekme ihtimâlime karşı hareketsiz bırakmıştı.

"Aurora, bebeği kucağında öldüğü gün, on yedinci yaş gününe sadece bir hafta kalmıştı."

Tok sesi, çoktan denizin derinliklerine karışmış, iri dalgaların arasından çıkıp gelir gibiydi. Diğer eliyle, çok iyi bildiği, alıştığı bir teni severcesine, elimin üzerini okşuyordu. Dikkatini, bu temastan uzaklaştırıp, gözlerimin içine bakarak sordu:

"Yaş günü ne zamandı, biliyor musun?"

Birdenbire bana sen'li hitap etmeye başladığını fark ettim. Rahatsızlık duymadım. Paylaştığımız antik masal, bizi yavaş yavaş yakınlaştırmaktaydı, bunu hissedebiliyordum. Kaldı ki benden on yaş kadar büyük olmalıydı. Resmiyetten uzaklaşması mâkul sayılabilirdi.

"Ne zaman?" diye merakla sordum.

"7 Mayıs..."

Nefesim kesilmiş, avucunun içinde gergin duran elim, tüm bedenim gibi gevşemişti.

"Senin yaş gününü yakaladığım o son saatlerde, Aurora'nın incilerini boynunda gördüğüm vakit, kendimi, çocukluğumdan beri dinlediğim trajedinin kahramanının kendisiyle karşılaşmış gibi hissettim. Piyano çalışını o etkiyle dinledim ve biten bir zamandan çıkıp, bu kez benim hayatıma armağan olarak gelmiş olduğunu düşündüm. Hâlâ da, aynen öyle düşünüyorum."

Az önce olsa, söylediklerine itirazla, kendimi korumaya alırdım. Ama bu defa, bir başkasının hayatının içinden, aynen benim gibi, böylesine romantik hislerle kendisine pay çıkarmasına gülümsedim.

"Ne kadar büyük bir tesadüf." dedim.

"Hâlâ tesadüf diye inat ediyorsun. Ama tesadüfler, hiçbir zaman, o kadar basit karşılaşmalar değildir. Aurora'nın incilerinin Hindistan'dan yola çıktığını düşünürsek, Londra'da, İstanbul'dan gelen bir hanıma, anneannene satılması, onun kolyeyi sana hediye etmesi ve Londra'dan geçerken, bir müze gezisinde benimle karşılaşman... Tabii, o arada *Lusitania*'daki yolculuğumuzu saymıyorum..."

"Siz de *Lusitania*'da mıydınız?" diye hayretle sordum.

"Ah, evet. Ama çok rahatsızdım ve yolculuk boyunca kamaramdan çıkamadım."

"O zaman, Mrs. Daugherty'nin bahsettiği siz olmalısınız, Liverpool treninde beraber gelen."

"Sonra da, senin yaş gününde karşılaştık tekrar."

Konusundan çok uzaklaştığını hatırlayarak, "Evet, nerede kalmıştık?" dedi.

Son cümlesini unutmuş olduğunu ümit ediyordum. Ama bıraktığı yerden devam etti:

"Evet... Bana bir armağan olarak karşıma çıkarıldığına inanıyorum."

"Aurora'nın kolyesi Londra'ya nasıl gelmiş?"

Sorumla, dikkatini kendimden ayırmaya çalıştım.

"Hırsızlık olmalı. Sanırım, bir İngiliz hazine avcısının çantasında da yurtdışına çıkarılmış. Aurora'nın boynundakiler Hindistan'ı terk etmişti. Ama mihracenin biricik karısı için düşündüğü bu muazzam kolye daha henüz tamamlanmamıştı. 7 Mayıs'ta, yaş gününde hediye etmek üzere, son, dördüncü parçayı hazırlatmıştı kocası. O trajediden sonra mihrace, kolyeyi karısının tenine değmiş gibi, kutsal bir hatıra olarak sakladı. Diğerlerinin bulunması için de, dört bir yana haber saldı. Ama yıllar içinde yorulup vazgeçti."

"Peki, ya bebeği?"

"O bebek büyüdü. Yakışıklı bir prens oldu. Annesinin dramatik hikâyesinden etkilenmiş olmalı, karısını Hindistan'dan seçti. Sanırım, babası kadar büyük bir aşk yaşamadığından, hayatı hep eksik kaldı. Sonra, onun da bir oğlu oldu. Yaşı gelince İngiltere'ye tahsile gitti. Ve o ülkeye ayak bastığı ilk günden beri, Aurora'nın kolyesinin peşine düştü."

Gözlerim açılmış, nefesim durmuş, açıkça söylenmeyen ama cevabı çok belli muammanın şaşkınlığı içinde, farkında olmadan, elim avucuna sıkı sıkı tutunmuştu.

"Siz?" diye mırıldandım.

"Lütfen bana sen de. Sanırım o kadar yakınlaştık."

Sonra hemen, "Evet." dedi, "Evet, Aurora benim babaannem."

Elimi bırakmadan, biraz daha yaklaştı. Diğer eliyle çenemi okşayarak sordu:

"Şimdi hâlâ daha, tesadüflerden bahsedebilir misin?"

Şaşkındım, kelimesiz kalmıştım. Aurora'nın yarım kalan aşkını, on altısında, bebeği kucağında hayata gözlerini kapayan güzelliğini canlandırabiliyordum. Şimdi, yüz yüze durduğum genç adamın gözlerinin yosun derinliğinden korkmuyordum artık. Rengini, ince, kemikli yüz hatlarını Aurora'dan almış olmalıydı. İçimden, uzanıp elmacık kemiklerini okşamak geldi.

"Ona benziyor olmalısın." dedim, yorgun bir sesle.

"Öyle. İkinci nesil olmama rağmen, dedemin söylediğine göre, ona babamdan daha çok benzeyen benmişim. Ama seni tanıyınca, esas benzerliği görecek; aşk için yaratılmış, kırılganlığının ardında inatçı bir mücadele gücünü saklayan kadını..."

"Deden hayatta mı?"

"Ah, evet. Seni tanıyınca, mutluluktan deli olacak."

İlkinde aldırmadığım cümlesini tekrarlamıştı.

"Beni tanıyınca?"

"Evet. Seninle Hindistan'a gittiğimizde."

Hayâlperestliğine güldüm.

"Bu defa kızmadan söyleyeceğim, ama galiba bu hikâyeye kendini o kadar kaptırıyorsun ki, benim evli bir kadın olduğumu unutuyorsun."

"Yok, hayır. Unutmuyorum. Sadece, bir gün, benimle Hindistan'a geleceğini biliyorum, aynen, seni bulacağımı nasıl bildiysem."

Avucumu öpüp elimi bıraktı ve yanımdan kalkarak kutuya doğru ilerledi. Kapağını açıp bana baktı.

"İşte," dedi, "söylemek istediğim aynen bu."

"Ne?"

"Yüzüne yansıyan, sezdiğim ruh dünyan. Şimdi anlıyorum. Aslında tezat duygular bir arada değil. İkiye ayrılmışlar yüz ifadende. Sana ne taraftan bakıldığına bağlı."

Tekrar yanıma gelip çenemin altından tuttu, başımı yan çevirdi. Kendimi, itirazsız, onun ruh hâllerimi keşfine bıraktım. Beni çözme gayretinden mutluydum.

"Yüzünün bir tarafında saf, romantik, huzurlu, hayâlci, kırılgan çocuk var. Diğerinde ise, çılgın düşleri, dizginlenemez gelgitleriyle devamlı macera bekleyen, aşka âşık, teni kor gibi yanan kadın. Aurora australis ve aurora borealis... İki yarıküredeki, iki ayrı ışık oyunları... Ancak, karşıdan bakılınca, iki tezat ifaden öylesine güzel harmanlanıyor ki, seni seyrederken anlamını çözmek için deliriyor insan. Korunmaya muhtaç çocuk ile aşka davetkâr kadın... Bakanları allak bulak edişin bundan..."

Elimden tutup nazikçe, beni oturduğum yerden kaldırdı. İçki kadehimi alıp masaya bıraktı. Beni, bana anlatışındaki tutku, bende, babaannesinin ve dedesinin, daha tadını çıkaramadan kaybettikleri beraberliğin devamını bulması, yarım kalmış bir aşkı tamamlamak için ikimizin seçilmiş olduğuna inanması içimi ısıtmış, bu da, ona hissettiğim yabancılık duygusunu bir kenara itmişti.

"Gözlerini kapatır mısın, lütfen." dedi.

İtaat ettim. Dudaklarımda, yanan dudaklarının hafif temasını hissettiğim an, boynumdaki inciler, kendilerini ilk sahiplerinin tenine yaklaştıracak hikâyenin anlatıcısına dokunma isteğiyle, vücuduma huysuz, huzursuz işaretler verdi. İçim titredi. Gözümü açmadan, belimi kavrayan güçlü kollarının arasında, anneannemin anlattıklarını, bir Doğu masalı gibi dinlediğim günü hatırladım. Şimdi, o uzak devir masalının içine girmiş, kahramanlarının torununun kollarında, Aurora'nın incileri boynumda, bitmiş bir zamanı sanki geri getiriyordum. Boynumdaki incileri, genç kızın, geceleri odasına çekildiğinde takıp gizli âşığına özlemle ağlayıp okşadığını düşledim. Aşkının gizli meyvesini fark ettiği çaresiz yalnızlığında, sevgilisinin dönmesini beklediği gecelerin ıstırabı, bıçak gibi yüreğime çizikler atıyordu. Denizin derinliklerinden, bir kadına mutluluk vermek üzere çıkarılan boynumdaki inciler, Aurora'nın hayatında, sadece gözyaşıyla sevilmişti. Genç kadını hiç tanımamış torununun, onun kayıp hayatını bulup ortaya çıkarmak için çıktığı yolculuktaki tutkusunu, bulduğu anda bana yönlendirmesi; beni, hep ona aitmişim gibi sahiplenmesi, içimde, bugüne kadar bilmediğim farklı duygularımı su yüzüne çıkarmıştı.

Seyrediliyor olmaktan endişe ederek, gözlerimi kapıya yönelttim.

"Merak etme. Emin olabilirsin. Bizi kimse rahatsız edemez." dedi.

Kollarımı, önce ürkekçe, teker teker boynuna sardığımda, onu en azından bu kadar mutlu etmek istiyordum. Nesim'in, "Ben seni bırakmam ama bir gün sen beni bırakacaksın." sözleri, hafızamdan, yeni yağan karın, yerdeki öbekler üzerinden rüzgârla ıslık çıkararak geçmesi gibi esti, gitti. Onu mutlu etmek için, Nigel'ı sevişim aklıma geldi. "Sana borçlandım." cümlesi kulaklarımda tekrarlandı ve vicdanımın rahat, kendimi, kaderimin zorla karşıma çıkardığı erkeğin kollarına bıraktım.

Aurora'nın aşkının hüznüyle, sanki yarım kalmış sevgisini benim bedenimde tamamlama arzusuyla, kocamla seviştiğim çok olmuştu. Hâlbuki şimdi, incilerin esas sahibi olan erkeğin kolları arasındaydım. Ben Aurora, o da gizli aşkımdı ve armağanı kolyeler boynumdaydı. Kollarımı doladığım anda, yıllardır hasret kaldığı bir sevgiliye kavuşmuş gibi, bütün bedenimi sarıp kendisine iyice çekti. Ağzı dudaklarımı örtmüş, omuzlarım, belim, kollarının kelepçesinde sıkışmıştı. İpek kurtasının altından, bedenimi arayan arzusunu hissediyordum. Kalbim duracak gibiydi. Arada, başımı arkaya atıp, derin bir nefes almaya çalıştım. Kollarını belimde birleştirerek, vücudumu kendine biraz daha bastırdı. Elbisem ve jüponumun ince dokusu üzerindeki ağırlığı, onu içimde tamamen hissetmekten daha tahrik ediciydi. Çenemin altından başlayarak, boynumu, dudakları arasında hapsederek öpücüklere boğdu. Başım geride, kollarımla, boynuna daha sıkı sarıldım. Beni kucaklayıp bacaklarımı kendi bedenine iki yandan sardığı anda, üstünde olduğum erkekliğinin, içimdeki macerayı zor beklediğini hissettim. İnleyerek başımı boynuna gömdüm. Kucağından indirmeden, sımsıkı sarılmış olarak, fildişi kutu ile büyük duvar aynasının arasındaki koltuğa oturdu. Suadiye'de, ilk kez, bahçedeki salıncakta, Nesim'in beni kucağına böyle çektiği gece duyduğum utancı hatırladım. Ne kadar uzun zaman geçmişti. Başımı kaldırdığımda, gözlerindeki yeşil ihtirası, kasılıp sert köşeler oluşturmuş elmacık kemiklerini ve öpmeye susuz kalmış da, kaynağını bulmuş gibi tenime aç dudaklarını gördüğümde, oradan kolayca ayrılamayacağımı biliyordum. Onun, bedenim üzerindeki bu sorgusuz, sualsiz sahiplenme arzusundan ürkmüyordum.

Sırf kocası için değil, çocuğu ve torunu, hâtta daha sonra gelecek nesiller için dahi, her zaman on altı yaşındaki genç kız olarak kalacak Aurora'nın, ailesinden, doğup büyüdüğü memleketinden uzakta, onlara küs, yalnızca âşık olduğu erkeğin yanında ve vakitsiz ölümünün yası ruhumu sarmıştı. Ölmeden önce, uzaklardaki ailesine özlem duymuş muydu? Onun ölümünden sonra, annesi, babası neler hissetmişti? Vicdan azabı duymuşlar mıydı? Mihracenin, son hediyesini, daha sevgilisinin bedenine değmemiş olmasına rağmen, ondan bir hatıra olarak saklaması ne kadar romantikti.

Kucağındaki vücudumun yarattığı arzuyu, heyecanı bir müddet için dizginlemek istemişti. Yutkunurken, arzulu yosunlar salınan gözlerinin derinliğinde, Aurora'dan kalan acının saklandığını görebiliyordum. Yüreğim daraldı. Gözlerim gizli yaşlarla pırıldıyordu. Bakışlarımız ayrılmadan, kalçalarımı saran ellerini çekip, elbisemin düğmelerini çözmeye başladı. Göğsümün altına kadar indiğinde, kollarımı kıyafetimin içinden çıkarmasına yardımcı oldum. İçimdeki minik korsaj büstiyerin kopçaları, ardı ardına açıldığında, derin solumalarla inip kalkan göğüslerimi, bir müddet, sadece seyretti. Sonra, beni tekrar kucağına alıp ayağa kalktı. Yavaşça yere bıraktı ve Aurora'nın, boynumdaki damla incisini öptü, sonra göğüslerimin arasındakini ve dudaklarını sol göğüs ucuma kaydırdı. Diliyle bir küçük halka çizdikten sonra, sağ göğsümü aynı temasla okşadı. Beni, kısa bir an için, kendi ateşimle baş başa bırakıp gömleğinin düğmelerini çözerken, kıpırdamadan onu seyrettim. Göğüs kafesim derin soluklarla inip kalkıyordu. Teni, üzerimizde titreşen onlarca mumun ışığında, amber rengi bir balmumu gibiydi. Hareket ettikçe, geniş omuzlarında, göğsünde, kas çizgilerinin arasında gölgeler, pırıltılar oynaşıyordu.

Ona duyduğum arzunun gamlarını, Nesim'e hissettiklerimle kıyaslamam mümkün değildi. Nesim, kendi hayatımdan yarattığım bir masalın aşkının kahramanıydı. O ise, zaten bir masalın içinden çıkıp gelmişti ve yaşadığımız, henüz aşk bile değildi. Hayatlarımızı farklı şekillerde etkileyen aynı trajedi için, bizi bağlayan bir kolyenin etrafında ayin yapar gibiydik. Gömleğini yere bırakıp ağır hareketlerle, elbisemi kalçalarıma kadar indirdi ve parmakları, kolyenin üçüncü dizisindeki incileri boydan boya okşayarak, göbeğimde durdu. Aurora'nın gizli aşkının kaçamak dokunuşları bedenimde geziniyordu sanki. Kalçalarımın etrafında duran ipek yığınını, altındaki çamaşırlarımla beraber kaydırdı ve üzerimden düşmesini seyretti.

"Yanılmamışım. Aynen, bana o gece hissettirdiğin gibisin."

Sesi, arzunun verdiği ihtiras tonlamasıyla daha da derinleşmişti.

"Seher tanrıçası olacak kadar muhteşemsin. Benim Auroram da sensin."

Konuşurken, elinin sırtıyla, parmaklarını dokundurmadan, omuzlarımdan boynuma, göğüslerime, karnıma doğru, tüy gibi hafif bir yolculuk yaptı. Dokunuşlarının her geçtiği noktada duyduğum ürpertileri, gözlerimi kapayarak dinledim.

"Açma gözlerini." diye fısıldadı kulağıma.

"Şimdi, sana geçen gece veremediğim yaş günü hediyeni vereceğim."

Boynumdan göğsüme, oradan da daha aşağıya inerek, vücuduma lezzetler bırakan temas, beni hayrete düşürecek derecede tanıdıktı ama yine de tahmin etmekte zorlanıyordum. Bir eliyle gözümü kapayıp, diğeriyle beni odanın içinde yönlendirdikten sonra durdurdu. Omuz başımı öperken, kulağımın içine, âdeta üfleyerek konuştu:

"Şimdi bakabilirsin tanrıçam."

Gözümü açtığımda, ben salondaki aynanın karşısında duruyordum, o ise arkamdaydı. Çıplak bedenimde, Aurora'nın kolyesi dördüncü sırasını tamamlamış, bana bakıyordu. Diğerlerinin tıpatıp aynısı ve en uzunu olan son dizinin armudi parçası, Venüs tepesinden aşağıya doğru sallanıyordu. Gördüğüme inanamayarak bakıyordum.

"Ama..." dedim, "Bu..."

"Evet, bu da dedemin, babaanneme yaş günü için hazırlattığı son parça."

"Bunu kabul edemem." dedim, boynumdan, diğer üçünün etrafından dolaşıp inen ve çıplak, pürüzsüz kadınlığımı süsleyen kolyeye bakıp.

"Bu senin Aurora'm." diye mırıldandı, kollarımın altından uzattığı elleriyle göğüslerimi sarıp.

"Aslında yıllardır, diğer parçaları bulmak, satın alıp geri götürmek için aramaktaydım. Ama senin vücudunda bulacağımı bilmeden. Seni onlarla gördüğüm an, kararımı vermiştim. O gece, parmakların piyanonun tuşlarında dolaşırken, Aurora'nın incileri de bedeninde geziniyordu. Sanki canlanmışlar, seninle bütünleşip bir kişilik olmuşlardı. O zaman, bendeki son parçanın da senin tenine değdiğini düşünerek, seni öylesine arzuladım ki... Ve onun yerinin de, bu muhteşem kadının, muhteşem vücudu olduğuna karar verdim. Zaten, yıllar önce, 7 Mayıs'ta hediye edilmeyi bekliyordu. Bunu, kendin için değilse bile, alamayan Aurora için kabul etmelisin. Bu kolyeleri başka bir kadının boynunda düşünemiyorum. Dedem, her bir parçayı, babaannemin vücudundaki özel noktaların ölçüsüne göre yaptırmış. Her bir dizi, bir mefhumu sembolize eder: Bağlılık, aşk, doğurganlık ve cinsellik. Vücut ölçülerin, hayret edilecek derecede babaanneminkiyle aynı, belli ki."

Duygusallığım, cinselliğim, arzularım, hüzünlerim, içinde olduğum kaos, bütün hislerim, realitem ve hayâllerim, masallarım, hepsi harmanlanmış, bir bütün olmuştu. Kollarını belime dolayarak, bir eliyle son inci damlasını avuçladı ve bastırdı. Başını eğerek dudaklarımı buldu ve diğer eliyle bedenimi kendisine çekti. Vücudumun ve onun avucunun sıcaklığıyla ısınan inci, Venüs tepesindeki yolculuğunda, doğurganlığıma bir işaret yapar gibiydi. Birden, Nesim'in, "Bir gün çocuk istediğinde, kendine babası olacak bir erkek bulman gerekecek." sözleri, masal dünyamın içine gerçeğin oyun kartı gibi açıldı. Şah Nazir'in, ipek kurtasından kalçalarımı dalayan ateşi, vücudumun hazır kadınlığı, artık eski masalın dinlenip bittiğini, şimdi olacak her şeyin ilk defa yazılacağını söylüyordu. Yosun gözlü, beni kendine doğru döndürüp kucaklamıştı ki, birden, gözlerimin önünde, bir müddettir görmediğim için mutlu olduğum o korkunç vizyon belirdi. Kapkara dalgalar arasında Nesim'in batıp çıkan güzel yüzü... ve derinlere çekilip kayboluşu... Tenimde, okyanusun buz gibi dokunuşunu hissettim. Bütün arzularım, ateşim, masal, yok olmuştu.

"Ne oldu?" diye sordu merakla, yosun gözlü prensim.

"Affet beni." dedim, gözlerimde, gördüğüm korkunç hayâlin verdiği acıyla. "Lütfen affet. Yapamam... Yapamam..."

Çenemi, parmaklarıyla tutup başımı kaldırdı.

"Hiçbir şey yapmak zorunda değilsin Aurora'm, hiçbir şey. Ama bana bir şey söyle, bana olan sevgisizliğinden vazgeçmiyorsun, değil mi?"

Kalbinde yarım kalmış aşkın kırıklığı, gözbebeklerinde bıçak çizikleri gibi okunuyordu.

Elimi uzatıp, onun yanağını okşadım.

"Oh! Hayır! Hayır... Seninle yaşadığımız, bir peri masalı gibiydi. Kendimi belki de fazla kaptırdım. Anlatmam çok zor. Lütfen... Affet... Artık gitmeliyim."

Bütün gece, beni bırakmayacak gibi saran, kaderimizin bizi muhakkak birleştireceğine inanan erkek, birden, küs bir tavırla, kendini geri çekti.

"Peki o zaman... Madem gitmek istiyorsun, seni zorla tutamam. Serbestsin."

Salonun diğer köşesindeki elbiselerimi getirip uzattı. Sonra, karşımdaki koltuğa oturup beni seyretmeye başladı. Dirseklerini koltuğun kenarlarına, başını arkaya dayamıştı. Victorian bordo koltuğun içinde, amber rengi teniyle Nesim'e hiç rastlamamış olsaydım, belki de deli gibi âşık olacağım erkekti. Giyinmeden önce, Aurora'nın son kolyesini çıkarıp kendisine uzattım. İnciden zincir kısmını bende bırakıp, az önce bedenimde, sembolü olduğu kadınlığımla tanıştırdığı armudi damlayı avucuna aldı, gözlerini kapayıp kokladı.

"Alamam. Bu, artık senin. Senin kokun sindi. Bende kalması, beni ancak daha da perişan eder."

Nesim'in suda çırpınan hayâli gözümün önünde, olabildiğince hızlı giyindim. Kolyelerimi elbisemin üzerine yerleştirdiğimde, dördüncü dizi, kaotik düzenimin temsilcisi gibi, kumaşın ardında kalan, az önce öptüğü gizliliğimi ve ruhumda kopan fırtınaları işaret ediyordu.

Çantamı alıp kapıya doğru yürümek üzereyken, oturduğu koltuktan kalkıp yanıma geldi. Gayet nazik, mesafeli ve kırgındı.

"Lütfen, bekle. Chandra seni evine kadar arabayla götürecek." dedi.

"Gerek yok, teşekkür ederim."

"Gerek? Hayatta gerek diye bir şey yok tanrıçam, sadece arzu, kader ve nezaket var. Arzularını ve kaderini yaşayamadığın zaman, şartlarını idare edişinin nezaketi..."

Bana hiç dokunmadan, yanımda yürüdü. Konsoldaki telefonu çevirdi. Chandra'ya yeni bir talimat vermiş olmalıydı. Beni süitinin kapısına kadar getirip, kilidi açtı. Sırtım ona dönük, çıkmak üzere bekliyordum ki, aniden beni omuzlarımdan tutup çevirdi ve kapıya dayadığı bedenime çılgın gibi sarıldı.

"Gerçekten gidiyorsun." dedi dudakları saçlarımın arasında.

"Gitmem lâzım. Affet beni."

"Bana döneceksin, biliyorum." dedi, ıstırap içinde, yine de kendine hâkim o teatral sesiyle.

Yüzümü iki eli arasında öyle kuvvetli sardı ki, elmacık kemiklerimin acıdığını hissettim. Başımı yukarı doğru kaldırıp burnumun ucunu, dudaklarımı ve çenemi öptü.

"Daha yeni buluştuk seher tanrıçam, daha yeni buluştuk. Seni senelerdir arıyordum, yeni buldum. Bulduktan sonra beklemek için daha önemli bir sebebim var şimdi. Bir gün, dedem ile Aurora'nın aşkını unutturacak kadar büyük bir aşk yaşayacağız seninle, biliyorum. Biz, birbirimizin kaderiyiz, göreceksin. Ama şimdi seni bırakıyorum. Unutma, teninde dudaklarımı, dokunuşlarımı, ruhumu da bırakıyorum, beni hep hatırla diye. Aurora, seninle bir bütün oldu ve artık, aslında kiminle olursan ol, sen bana aitsin. Bunu bilerek, seni bırakıyorum."

Son kez, dudaklarımı ağzının içine hapsedip, dilini haşin bir şekilde etrafında gezdirdi ve beni kendi hâlime bıraktı. Bir şey söyleme ihtiyacındaydım ama o arada kapı açılmış, kör, sağır, dilsiz duruşuyla Chandra, karşı duvara bakarak, kapının önünde bekliyordu.

Ağlamak üzereydim. Yutkunarak, sadece elimle bir veda işareti yaptım ve koridorda yürümeye başladım. Beni, aynı koridorda karşıladığı andan beri ne kadar geçmişti, hiç bilemiyordum. Zaman durmuş, zaman geriye gitmiş, tekrar günümüze gelmiş, yine durmuş, beni zaman dışı bırakıp altüst etmişti.

Asansöre doğru yürürken, her adımımda, Aurora'nın son incisi, bedenimi yakıyordu. Biraz önce, onun avucu içinde, bedenimin mahrem yerime gömülmüştü ve şimdi elbisemin üzerinde, o anı hatırlatarak benimle geliyordu. Ani bir kararla, olduğum yerde durdum ve hızlı adımlarla süitin kapısına doğru, gerisin geriye yürümeye başladım. Chandra, hiç ses çıkarmadan, birkaç adım geriden, beni takip ediyordu.

Odanın kapısına gelince, kararlı bir tavırla vurdum. O arada, dördüncü sıra inciyi boynumdan çıkarmıştım. Kapı açıldığı an, yüzündeki ümitli beklentiyi hissetmemek mümkün değildi. Ama duruşumdan, gecenin geri dönüşü olmadığını hemen anladı. İki avucum arasında tuttuğum, eşsiz kıymetteki kolyeyi ona uzattım. Koridora bakarak beni içeri çekti.

"Bu hediyeyi kabul edemeyeceğim." dedim.

"Neden? O senin."

"Hayır benim değil. Bunların her birini takmak için Aurora o kısacık hayatından bir fedakârlık yaptı. Aşkı için yaptığı fedakârlığa karşı aldı her birini, teker teker. Ben, bunu hak edecek hiçbir şey yapmadım. Bunu almam, ona haksızlık olur. Bence bunu saklamalı, bir gün karın, bir gün çocuğunun annesi olacak kadına vermelisin."

İnciyi yavaş yavaş avuçlarının arasına alırken, mırıldandı:

"O kadın zaten sensin... Ama kendin henüz bilmiyorsun."

Kapıyı sırtımla itip yanaklarını avuçladım. Gözlerine sevgiyle, ulaşamayacağım bir aşkın sahibi gibi bakıyordum.

"Anlasana... Seni çok sevebilirim, sana deli gibi âşık olabilirim... Ama şu an zaten çok sevdiğim ve âşık olduğum bir kocam var. Bu kadar duygu yoğunluğu içinde, hayatımı ikiye ayırabileceğimi sanmıyorum."

Dudaklarına uzanıp yumuşacık bir öpücük kondurdum. Başımı kavrayıp kendine bastırdı ve dudaklarımı kendininkiler üzerinde hapsetti. Bu, cinsel arzudan değil, beni, hayatına ait kılmak üzere sarılıştan ibaretti. Beni bırakıp kapıyı açarken, elindeki inci yığınına baktı. "Bunları senin için saklayacağım seher tanrıçam."

Yosun gözlerindeki hayâl kırıklığına bir teselli bırakmak üzere, gülümsedim ve tekrar asansöre doğru, Chandra birkaç adım gerimde, yürümeye başladım. Kapısının önünde beni seyrettiğini hissediyordum. Başımı çevirmeden, elimi kaldırıp, arkaya doğru bir veda işareti yaptım.

Şah Nazir'in arabası kapıda bekliyordu. Chandra, hiç konuşmadan, nezaketle arabaya bindirdi ve az ötedeki apartmanımızın kapısında indiğimde, bordo üniformalı Alesssandro koşup beni karşıladı ve binaya aldı. Lobideki orkideler, antoryumlar arasından asansöre ilerlerken, geriye dönüp baktım. Arkamda bıraktığım, kaçırılmaması gereken bir ilişki miydi? Yoksa yaşasaydım, pişman olacağım mı? Ama ne vardı ki, hiçbir şey gerçekten yaşanmadan bilinmiyordu ve ben, bu gecenin ihtimâllerini yaşamamayı seçmiştim. Kaotik bir düzen yaratma kabiliyetime rağmen, hayatıma girecek yeni bir kaosu engellemiştim. Kendimi, yarım bıraktığım masaldan ötürü hüzünlü, ama evime, kocama dönebildiğim için de huzurlu hissediyordum. Plaza'daki masal prensimle, okyanusta kaybolduğunu görüp durduğum güzel Antinous'um arasında kalmıştım. Biri, çoktan bitmiş bir zamanın hikâyesi, diğeri, daha yaşanmamış, gelecekle ilgili, kötü bir fal sahnesiydi. Beni üst kata çıkaran asansörcü çocuğa bakarken, 'Belki de, tek gerçek bu çocuk.' dedim, içimden. O kadar saf, komplikasyondan uzak, sade bir duruşu vardı ki, emindim, hayatı da öyleydi.

Dairemizin önünde geldiğimde, gece yaşadıklarımdan sonra, nasıl görünüyor olabileceğimi düşündüm. Her hâlükârda, Nesim'e anlatamayacak hiçbir şeyim yoktu. Anahtarımla kapıyı açtığımda, evin içinde, küçük gece lâmbalarının açık bırakıldığını gördüm. Parka bakan salon verandasına doğru ilerledim. Loş salonda, çantamı konsola koyup, camdan dışarıya baktım ve derin bir nefes aldıktan sonra, kendimi, yatak odasına gitmeye hazır hissettim. Artık evimdeydim. Kendi krallığımın, kocamın emniyetindeydim. Çok zor bir imtihan vermiş ve geri dönmüştüm. Piyanonun üzerindeki çerçeveyi elime aldım. Nesim'le, *Lusitania*'nın güvertesinde çekilmiş fotoğrafımıza baktım. O kadar güzeldik ki beraber, bizi hiçbir şeyin bozmasına izin veremezdim. Onun, sepya renklerde, yakışıklı yüzünü okşayarak mırıldandım:

"Nesim..."

"Efendim, küçük sevgilim?"

Sıcak, sevecen, sakin sese döndüğümde, yüz yüzeydik. Şaşırmıştım.

"Sen yatmadın mı?" dedim.

"Sen yatmadın mı?" diye tekrarladı, hafif ironi ve kıskançlık hissedilir bir tonla.

Elimi yanağına koyduğumda, avucum yaşlarından geri kalanları hissetti. İçim, şefkatle titredi. Onun, beni beklerken çektiği ıstırabı, yaptığı muhasebeyi düşündüm. Nigel yaşasaydı, daha farklı mı olurdu diye geçti aklımdan. Ama bitmiş yaşamları ve yaşanmamış ihtimâli gerçekleri düşünüp hayatımıza devam edemezdik. O anda, gerçek olan bir şey varsa, o da, Nesim ve benim beraberliğimiz ve birbirimize olan aşkımızdı. Çok özel şartların şekillendirdiği, çok özel bir aşk. Bu gece, benim, Plaza'dan dönmüş olmam dahi, beraberliğimizin özel yaratılmış deneme nişlerinden birinin, emniyete alınmış olmasından başka bir şey değildi.

"Sana döndüm sevgilim." dedim, yanaklarındaki yaşları öperek, "Sana, evimize döndüm."

Sarılıp dudaklarımı boynuna gömdüm. O çok iyi bildiğim, teninin eau de cologne kokusunu içime çektim. Huzurla dolmuştum. Emniyette, kendi limanımdaydım. Onunla beraberken her serüveni yaşayabilirdim, çünkü biz bir takımdık, birbirimize güç veriyorduk. Ama yalnız sularda, tek başıma macera yaşamaya hazır değildim ve evime, kocamın sıcaklığına döndüğüm için çok mutluydum.

Benim, bunca saattir ne yaşadığımı bilmemesinin getirdiği tedirginlikle, bana karşı çekingen olduğunu fark etmiştim. Dışarıdaki gecemden istifadeyle kendine bir program yapmamış, evde, loş ışıkta oturup beni beklemişti. Hem, kendisiyle bir macera yaşamayı reddettiğim erkeği perişan bırakıp gelmiştim hem de evimde bırakıp gittiğim aşkımı perişan bulmuştum. Ne yapıyordum ben? Ona, bedenimi kimseye teslim etmediğimi, onu özleyip, onu isteyip eve geri döndüğümü nasıl anlatabilirdim ki. Konuşarak olmayacağını biliyordum. Nesim, ancak beden ifadesinden tatmin olurdu ve bedenimin her söyleyeceği doğruydu. Uzakdoğu prensine teslim olmamıştı. Ellerimi, yüzünden ayırdım. Loşluğa alışan gözlerim, köşede, oturmuş olduğu köşede, sehpanın üzerindeki konyak kadehini yakaladı. Gidip elime aldım.

Bir yudum içtikten sonra, kadehi bırakıp, karşısında durdum ve isyanla konuşmaya başladım:

"Merak ediyorsan... Beni soydu... seyretti. Aurora'nın incilerinden son kalan diziyi boynuma taktı. Bana aşk ilân etti. Onunla öpüştüm, bedenim arzu doldu, dokunuşlarından haz aldım. İncilerin süslediği tenimdeki her noktayı öptü. Her defasında içim ürperdi. Kucakladığı zaman nefesim kesildi. Erkekliğini hissettiğim zaman, içime almamak için kendimi zor tuttum..."

Bunları söylerken, beni, bu geceyi yaşamak üzere gönderdiği için isyanla, intikam almak niyetiyle söylüyordum. Aynı zamanda, yaşadığımız dilemmanın içinde, onun kendi çaresizliğini görüp vicdan azabı çekiyordum. Ağlamaya başladım.

"Ama ne oldu, biliyor musun? Son inciyi dayadığı noktada,

Nigel'ı okyanusa bıraktıktan sonra seninle sevişirken tanıdığım cinselliğimin o çok özel tarafını hissettim... Kucakladığı zaman, senin beni Suadiye'deki bahçede, salıncakta kucağına alışını yaşadım... Her yeni gibi görünende, hep sen vardın aslında. Seni isteyip, özleyip geri geldim."

Hıçkırıklar içindeydim. Bana doğru bir hamle yaptığını fark etmiştim. Hemen arkaya çekilerek, elimdeki konyak kadehini piyanonun üzerine koydum ve düğmelerimi çözmeye başladım. Olduğu yerde kalmış, izliyordu. Elbisemi, korsajımı, sırasıyla tenimi örten her şeyi çıkardım. Çırılçıplak kaldığım an, ağır ağır yürüyerek önüne kadar gittim ve durdum.

Ağlıyordum. Onu kırdığıma, kendimi kırdığıma, masal prensini kırdığıma...

"Ah! Küçük sevgilim benim! Geldiğine inanamıyorum, ne olur affet beni. Seni kaybettiğimi sanmıştım." diye fısıldadı.

Kucaklaştığımızda, çıplak göğüslerim, gömleğinin üzerinden, alışık olduğu tene değdiğinde, onun vereceği zevkin bilincinde, ürperdiler. Tenin, bilinmeyen karşısında duyduğu maceraperest heyecandan farklı, alışmış olduğu vücuda, neler yaşayacağını bilerek, güvenli teslimiyetinin ürpertisiydi bu.

Düğmelerini açmaya başladığım gömleğinin yakası arasından, dudaklarımı göğsünde aşağıya kadar kaydırdım. Adaleleri kasılmış karnını ellerimle okşayarak öptüm. İlk defa, bedenime bir yabancının eli değdiği düşüncesiyle, tüm bedeninin ve ruhunun gerildiğini hissediyordum. Onu rahatlatmak için, kendimi hatırlatmak istedim:

"Nigel'ı ve beni düşün." diyecektim, vazgeçtim. Sadece, "Sevgilim." diye fısıldadım, beni kucağına alıp yatak odasına taşırken, "Beni bir daha bırakma."

Harp Patlıyor

Henüz on sekiz yaşını doldurduğum o günlerde, birçok kadının uzun bir sürede yaşayabileceği bir hayatı yaşamıştım bile. Kadınlığımı, erkekleri, hayatı tanımaya devam ederken, NYU'daki ders döneminin sonunda, mektebimin 'perstare et praestare' düsturuna da sadık kaldığımı, aldığım notlarla ispat etmiştim.

Babama yazdığım uzun mektupta, benimle iftihar edeceğini bildiğim için, okul hayatımı, derecelerimi ballandıra ballandıra anlattım. Anneanneme özel zarfladığım mektupta ise, inanılmaz tesadüfü, Şah Nazir Han'la tanışmamızı yazdım. Onun, bu karşılaşmayı neredeyse mistik bulacağını bildiğimden, Londra'da, müzedeki rastlantıdan başlayarak, *Lusitania* yolculuğumuz dâhil, New York'ta tekrar bir araya gelişimizi masal gibi anlattım. Son gecenin, cinselliği çağrıştıracak detaylarından kaçarak, sürpriz gelişmesini de ekledim. Onun, sırrını hep merak ettiği bu hikâyeyi okurken ne kadar heyecanlanacağını tahmin edebiliyordum. O arada, Celeste'in, felsefe profesörüyle olan aşkını da çıtlatmadan edemedim.

Ailelerimiz, temmuz ayında, beraberce, bize ziyarete gelmeyi plânlamışlardı. Zira Nesim, işinden dolayı, ben de kaçırdığım sömestri telâfi etmek için yaz dönemine yazıldığımdan, New York'tan ayrılmamız mümkün olmayacaktı. Şimdiden, buluşacağımız günün heyecanıyla sarılmıştım. Onlara anlatacak o kadar çok şeyim vardı ki... Ve tabii anlatmayacak olduklarım daha çoktu. Ama bilinmeyen, insanın canını acıtmazdı, değil mi?

Ben, kendi masallarımı, oyunlarımı yazarken, zaman da kendi tarihini yazmaktaydı. İçinde, benim için, bizler için neler olduğunu daha henüz bilmiyordum. Kendi hazırladığım sahneler gibi değildi. Peyderpey, oyun bize sunuldukça, rolümüzü kapıyorduk.

28 Haziran Pazar gecesi, Greenwich Village'da, kalabalık bir arkadaş grubuyla bir İtalyan restoranındaki yemekten sonra, keyif içinde geri dönüyorduk. South Washington ve East Washington Street'in kesiştiği köşede, gazeteci çocuğun çığırtkan sesiyle verdiği haber üzerine, hepimiz elinden kaptığımız gazeteye üşüştük.

Avusturya-Macaristan tahtının vârisi, Avusturya Arşidük'ü Francis Ferdinand ve karısı Sofia, evliliklerinin on dördüncü yıldönümü nedeniyle geldikleri Saraybosna'da, bir Sırp militan tarafından suikasta kurban gitmişlerdi. Açık bir arabada, Saraybosna'nın caddelerinde turda olan çift, 'Kara El' namlı, radikal milliyetçi bir grubun üyesi, on dokuz yaşındaki Gavrilo Princip tarafından, iki kurşunla öldürülmüştü.

Aslında, sayıları yedi olan militanların, arabasına attıkları el bombası kucağına düştüğünde, Arşidük büyük bir soğukkanlılıkla alıp uzağa fırlatınca, plânlanan suikast gerçekleşememişti. Ancak, arabanın yanlıs bir dönüş yapıp beklenmeyen bir yola girmesi ve Gavrilo'nun tam önünden geçmesi üzerine, bu genç militan bu şansını değerlendirmekten kaçınmamıştı. Bu, kaderin 'olacaksa olacak' oyunundan başka bir şey değildi de neydi?

Bu haber, sadece, Ferdinand ve karısının biten hayatlarının değil, dünyada daha başka şeylerin biteceğinin, felâketlerin başlayacağının da habercisiydi. Kendimizi Amerika'da henüz emniyette hissetsek de, ailelerimiz için telâşlı ve huzursuzduk.

Bu ani gelişme üzerine, hem benim hem de Nesim'in ailesi, plânladıkları yolculuğu yapmamaya karar vermişlerdi. Telgrafla bildirdikleri bu haberin ardından, temmuz sonuna doğru babamdan gelen mektupta, Türkiye ve Avrupa'nın çok huzursuz günler geçirdiğini, günlerin, hep endişe verici haberler ve işaretlerle geçtiğini yazıyordu.

Balkan Harbi'nden sonra, Yunanistan'da yaşayan Türklerin, hâlihazırda yüz altmış üç bini, gördükleri zulümden kaçarak Türkiye'ye sığınmışlardı. Türkiye'deki Rumlara karşı bir misilleme yapılacağı korkusuyla, çeşitli önlemler alınmıştı. Türkiye'nin

İngiltere'ye sipariş verdiği iki zırhlıya karşılık, Yunanlılar da Amerika'dan *Idaho* ve *Mississipi* adlı iki zırhlı satın almışlardı. Yunanistan ile Türkiye savaşı, her an patlayacak gibiydi. Allahtan, Almanya'nın, İstanbul ve Atina siyasetiyle Venizelos, Türkiye'yle bir ittifaka ve nüfus mübadelesine rıza göstermiş, Anadolu hakkında eski hayâllerinden vazgeçtiğine dair teminat vermişti. 28 Haziran'da nüfus mübadelesini resmen kabul eden Yunanistan ile Türkiye arasında, Brüksel'de bir toplantı yapılması kararlaştırılmıştı. Ancak, Saraybosna suikastından sonra, bu toplantının yapılacağına dair, babamın şüpheleri vardı. "Her şey pamuk ipliğine bağlı. Ülkemiz zaten yıllardır iç isyanlar, Trablus ve Balkanlar felâketleri, bir türlü durulmayan, netlik kazanmayan, kavgası bitmeyen siyasetiyle yorgun ve tükenmiş durumdayken, şimdi dünyayla birlikte bizi bekleyen yeni çalkantıların altından nasıl kalkabilecek, bilemiyorum." diyordu babam.

Berlin'deki iş seyahatinden yeni dönen dayımın, Almanların, nasıl şimdiden, bitmiş bir harbin galibi gibi heyecanlı, milliyetçi duygularla coşmuş olduklarını anlattığını aktarıyordu. Dayım, karşılaştığı bu histerik coşkudan korktuğunu söylemişti.

Babamın mektubunu okuduğum gün, 23 Temmuz'da, Avusturya, kendileri hakkında yapılan düşmanca yayınların, mekteplerdeki düşmanca telkinlerin ve radikal grupların tezgâhladığı kışkırtıcı tutumun derhal durdurulması için, Sırbistan'a bir ültimatom verdi.

İki gün geçmemişti ki Rusya, Sırbistan'ı kesinlikle koruması altına aldığını ilân etti. Bu meyanda, Temmuz 16'da Brüksel'de toplanan sosyalist konferansında, diğer katılımcılar arasından sıyrılan Kantsky, Troçki ve Rosa Luxemburg'la ilgili haberler, gazeteleri meşgul eden konular arasındaydı. Babe Ruth'un, Baltimore Oriole takımından, otuz altına The Boston Red Sox Kulübüne geçmesi, Amerikalılar arasında, neredeyse Avrupa'da kaynayan kazanın haberleri kadar önem arz ediyordu.

Fitil ateşlenmişti. Artık, savaşa giden haberler, günlük değişimlerle yenileniyordu. Olayların birbirini etkilemesi için zaman geçmesi gerekmiyordu. Temmuz'un 27'sinde, Almanya'nın, Belçika ve Luxemburg'a, birliklerini onların topraklarından geçirecek olduğu haberini vermesi, harbin resmen değilse bile, ilânı gibiydi. Alman Başbakanı Theobald von Bethmann-Hollweg, Belçika'nın tarafsızlığını garanti altına alan Londra Antlaşmasını, uğruna kavga edilmeyecek bir kâğıt parçası olarak ilân etmişti. *New York Times*'ın yorumuna göre Hollweg, açıkça İngiltere'ye, Belçika uğruna bir tavır alıp kendisine harp açmaması için uyarıda bulunuyordu.

İngiliz birliklerinin, 27 Temmuz'da İrlanda'nın Dublin şehrini işgâl edip isyancıları silahsızlandırmaya başladığının ertesi günü, Avusturya-Macaristan İmparatorluğu Sırbistan'a harp ilân etti. Birinci Dünya Harbi sayfalarını açmıştı. Aynı gün, New York Stock Exchange, harp dolayısıyla kapandığını duyurdu.

Keiser Wilhelm'in, Rusya'dan, silahsızlanmasını istemesi, aksi takdirde savaş açmakla tehdit etmesi, harbin sınırlarının nereye kadar gideceğinin işaretiydi. Ama yine de her sabah gazetelerimiz geldiğinde, bir mucize bekleyerek, bu korkunç gidişin durdurulduğunun haberini alma ümidiyle, ilk sayfaya bakıyorduk. Fakat bu, nafile bir beklentiydi. Tam aksine, Fransa ve Almanya, askeri güçlerini teyakkuza geçirmişti. Aynı gün Almanya, Rusya'ya harp ilânıyla, ertesi gün 2 Ağustos'ta Luxemburg'u işgâl ediyordu. O gün, daha sonradan tamamen yanlış olduğu anlaşılan bir haber de, Fransa'nın Nürnberg'i bombaladığıydı.

Ruslar Doğu Prusya'ya girmiş, Almanya Belçika'yı işgâliyle birlikte, Fransa'ya harp açmıştı. Hiçbir felâketi, okuduktan sonra düşünmeye, buna alışmaya fırsat kalmıyordu. Ülkeler, sanki kaderlerini domino taşlarına dayamış, şimdi ardı ardına, korkunç bir yolculuğa doğru süratle devrilmekteydiler.

Türkiye ateş çemberiyle sarılmıştı. Ailelerimizden yeni bir haber alamamıştık. Ama en azından, gazetelerden, Türkiye'nin tarafsız kaldığını takip ederken, biraz da olsa huzur duyuyorduk. Ancak bu yalancı huzur, 3 Ağustos Pazartesi günü sona erdi.

Türkiye'nin Almanya'dan aldığı *Goeben* ve *Breslau* adlı harp gemileri, yeni isimleriyle *Yavuz* ve *Midilli,* Rus liman şehirleri Odessa, Sivastopol ve Novorossisk'i bombalamışlardı.

Bu meyanda, Türkiye'nin en imkânsız şartlarda para toparlayıp İngiltere'ye sipariş etmiş olduğu *Sultan Osman* ve *Reşadiye* isimli iki zırhlı, harbin hemen öncesinde tamamlanmış ve borcu kalmamış olmasına rağmen İngilizler, gemileri Türkiye'ye götürmek üzere

İngiltere'ye varan Türk süvarisine, el koydukları gemileri teslim etmemişler, hâtta karşılığında, tüm parasını aldıkları gemiler için tazminat dahi ödememişlerdi. Babamın bu arada gelen mektubunda, Türkiye'de, İngilizlere karşı müthiş bir tepki olduğu yazıyordu.

Tabii, o tarihe kadar tarafsız kalmaya gayret eden Türkiye'nin, nasıl olup bu savaş oyununa çekildiği anlaşıldığında, "keşke"lerin fayda etmediği bir kere daha anlaşılıyordu. *Goeben* ve *Breslau*'ın kaptanı olan Amiral Souchon, Cezayir kıyılarını bombardımana tuttuğu zaman, plânı tekrar Atlantik Okyanusu'na açılmakmış. Ama Cezayir harekâtı sırasında aldığı ani bir emirle, Türkiye'ye doğru rotası değiştirilmişti. Görevi, tarafsız Türk Hükümetini Alman tarafına çekmekti. İngilizlerin harp gemilerimize el koymasının getirdiği ihtiyaç ve onlara duyulan küskünlükle, bu iki Alman zırhlısının satın alınmasında hiç zaman harcanmamıştı. Gemilere Türk bayrağı asılmasına rağmen, yönetimleri yine Amiral Souchon'da kalmıştı. Ve Rus kıyılarının bombalanması da, yine onun komutasında gerçekleştirilmişti.

Haberi, daha gazeteler basılmadan duymuştuk. Üniversiteden yakın arkadaşım Shana Ross'un sevgilisi Bill Burnham, *New York Times*'ın, dış haberler servisinde şefti. Haberi, departmanına ulaştığı an bize iletmiş, duyduğumuz zaman, Nesim'le şok yaşamıştık. Bir müddettir, daha ziyade Celeste'in ailesi için endişelenerek takip ettiğimiz harp çılgınlığı, şimdi kendi ülkemizi, ailelerimizi içine almıştı.

İstanbul'da neler yaşandığını, durumlarının ne olduğunu anlamak için çıldırıyorduk. Üst üste çektiğimiz telgraflara, nihayet, Nesim'in ve benim babalarımızdan gelen cevaplarla, onların da, bu talihsiz gelişmeden duydukları şoku ve Türkiye'nin hazırlıksız yakalanmasının getirdiği telâşlı şaşkınlığı anlamıştık.

Ağustos 4'te, Almanya, kısa bir süre önce haberini verdiği gibi, Belçika'ya girdi ve İngiltere, Belçika'nın yanında, Almanya'ya harp ilân etti. Birinci Dünya Harbi resmen başlamıştı.

Ağustos, ülkelerin birbirine harp ilânı ve işgâllerle dolu, nefes aldırmadan geçti. Almanlar, dur durak bilmeden, Avrupa'nın içinde yayılıyorlardı. Liège zeplin bombardımanına tutulmuş, Fransızlar, Almanlara karşı girdikleri mücadelede, bir karşılaşmada yirmi yedi bin ölüyle, tarihlerinin en büyük savaş kaybını vermişlerdi.

Avusturya-Macaristan Rusya'ya, Sırbistan Almanya'ya, Almanya Rusya'ya, Asya'nın ta diğer ucundaki Japonya Almanya'ya, arka arkaya harp ilân ediyor, sanki çocuklarını savaşa yollamak için birbirleriyle yarışıyorlardı.

Von Ludendorff ve Von Hindenburg, Rusya'ya varmak üzere, Doğu Prusya içlerine yola çıkmışlardı. General Von Haussen, Belçika'da Dinart'a girdiğinde, halktan altı yüz on iki kişiyi katletmişti. Gazetede, kurbanlar arasındaki üç aylık Felix Fivet bebeği okuduğum zaman, hasta oldum. Dünya nereye gidiyordu? İnsanlar nereye? Düzenler bozulup kaoslar yaratılıyordu.

28 Ağustos'ta, harbin ilk deniz savaşı, İngiliz Kraliyet Donanmasının Heligoland'da, Almanların dört gemisi ve bin denizcisini yok ettiği tarihte yaşandı. İki gün sonra Alman savaş uçakları Paris'i bombaladı. Ülkeler çıldırmıştı. İnsanlığı yok etme yarışında gibilerdi.

Bütün bu kıyametin ortasında, Sir Ernst Shackleton, 27 kişilik ekibiyle *HMS Endurance* gemisinde, Antarktika yolunda, İngiltere'den ayrılmıştı. Kızaklarla, buzlu kıtayı baştan başa geçmeyi plânlıyordu. Avrupa'da binlerce genç adam ateşe giderken, bir İngiliz serüvenci de denizaşırı kıtalarda İngiliz üstünlüğünü ispat peşinde, buzlu denizlere doğru yollanmaktaydı.

İstanbul'la yazışmalarımızın arası açılmıştı. 1914'ün sonbaharında babamdan gelen mektupta, sıhhatlerinin iyi olduğu, ancak Türkiye'nin huzursuzluğunun son raddeye geldiğini yazıyordu. İngilizler, Balkanlar'daki plânlarını şimdi de Doğu Anadolu vilâyetlerinde uyguluyorlardı. İngiliz idaresi altında içişlerinde bağımsız olacakları vaadiyle, Doğu'daki Ermeni vatandaşlarımızı körüklemeleri neticesinde, Ermeni çeteciler, köylere, kasabalara saldırmaya başlamışlardı.

Bu arada, Liman von Sanders'in komutasındaki Alman kumanda heyeti, Türk askeri üniformalarıyla muhtelif kadrolara yerleşmişti. "Bu işbirliğinin, hele, Rus kıyılarının *Yavuz* ve *Midilli* tarafından bombalanmasının ardından, Türkiye'yi yelpazenin neresine yerleştireceği çok aşikâr. Umarım, ülkemiz tarafsızlığını korumanın akıllı bir yolu bulur da, bu cehennemin dışında kalabilir." diyordu babam. Benim, uzaklarda, emniyette olmamın onlara ne kadar huzur verdiğini, hele bu son gelişmelerle, benim güvenimden duydukları mutluluğun, bana olan özlemlerini çok geri plânda bıraktığını söylüyordu.

Babamın bu son mektubunun ardından 2 Kasım'da, İngiltere'nin Kıbrıs'a el koyduğu gün, Rusya Türkiye'ye harp ilân etti. Üç gün sonra da, İngiltere ve Fransa aynı cephede yerlerini almışlardı.

Rusya, derhal Sarıkamış üzerinden Erzurum'a doğru ilerlemişti. Enver Paşa'nın komuta ettiği Osmanlı ordusu Ardahan ve Sarıkamış'ta, şiddetli kışın etkisiyle çok büyük kayıplar vermişti.

İngilizler, Basra Körfezi'ndeki petrol yataklarını kendi korumalarında tutmak için, Hint birliklerinden oluşan askeri güçleriyle kasım ayında Basra'yı işgâl etmişlerdi. Daha savaşa girdiğimiz anda, memleketin iki ayrı köşesinde, iki cephe açılmıştı bile. Haber, bana ister istemez, yosun gözlü prensi düşündürmüştü.

Nasıl bu kadar hazırlıksız, korumasız yakalanmıştık? Ailelerimiz, memleketimiz, bir başka kıtada harbin içinde, bizden ateş çemberiyle ayrılmışlardı. Ağzımızı bıçak açmıyordu. Bu arada, Celeste'le ülkelerimizin düşman saflarda yer almış olması da bize ironik geliyordu.

Amerikan basını, dünyayı günbegün takip etmekle beraber, harbin dışında bir dünyada olduğunu gösteren renkli, hafif olayları da haber yapıyordu. Harry Fox'un, Ziegfield Follies'de tanıttığı fokstrot dansı kadar, Helena Rubinstein'ın, Paris'teki güzellik salonunu, harple beraber kapatıp New York'un Beşinci Cadde'sinde bir salon açması günlük haberler arasında dikkate sunuluyordu.

Henry Ford'un, 'Tin Lizzies' adını verdiği, söylenene göre, günde beş dolarlık bir ödemeyle, orta kazançlılara hitap edecek yeni model arabası, iki yüz otuz bir bin adet üretilerek satışa sunulmuştu. Dodge marka arabalar da aynı devirlerde, piyasaya görücüye çıkıyordu.

Aralık 15'te, dört buçuk aydır kapalı olan New York Stock Exchange yeniden açıldığında, halkın, savaşla ilgili az da endişesi varsa bile, moraller düzelmişti.

1915 geldiğinde, hiçbirimizin "kutlama" telâffuz edecek hâli yoktu. Evimizde, baş başa bir yemek yemeye karar verdik. Yalnız Ezra, İshak ve Janin Stein ve Celeste'in Mr. Downey'sini çağırmıştık. Mürebbiyemle beraber, şık, zarif bir masa ve lezzetli yemekler hazırladık. Annemin tarifi iç pilavlı hindi dolması gecenin ana yemeğiydi ve çok beğenildi. Sohbet, özellikle yabancı dostlarımızın, bizi teselliieri ve İngilizlere, Almanlara hiddetlenmekle sürdü gitti. Sakin, dostane bir akşam geçirdik.

Ezra'nın anne ve babası, beni kız evlâtları gibi sahiplenmişler, New York'taki ebeveynlerim olmuşlardı. Ailem, Amerika'ya gelmek istediği takdirde, elinden gelen yardımı yapacağını, bir sıkıntımız olursa muhakkak kendisine söylememizi defalarla tekrar ederek ayrıldılar.

Aklımız, dualarımız uzaklardaydı. New York'ta yaşamımız devam ederken, 5 Ocak'ta, Orta Asya içlerine ilerleyen Dokuzuncu Orduya bağlı Türk askerleri, elli bin kayıp vererek Ruslara teslim olmuştu. Rusya steplerinin amansız kışında, çoğu donup kalan askerlerimizin öyküsünü, daha sonra babamdan gelen mektupta okumuştum ve içim parçalanmıştı.

Ocak'ın 15'inde, Alexander Graham Bell'in, New York'tan, St. Francisco'daki arkadaşı Thomas Watson'la telefon bağlantısı kurması üzerine, halk günlerce başka bir şey konuşmadı.

Amerika, dünya harbine tarafsız duruyordu ama yabancı sularda kendi politikalarını yürütmeye devam ediyordu. Ocak ayının sonunda deniz kuvvetleri Haiti'yi işgâl ettiler.

Almanlar ise, yayılmalarını hızlandıracak ne kadar imkânları varsa kullanıyorlardı. İlk zehirli gazla saldırıyı Ruslar üzerinde, Bolinov'da gerçekleştirdiler.

Ülkemiz için hazırlanan savaş oyunlarına, Şubat ayının 19'unda, bir de Çanakkale Boğazı cephesi eklenmişti. Kafkas cephesindeki Rusların işini kolaylaştırmak için İtilâf Devletleri, Boğazları geçmeye niyetlendiler. İngiliz Kraliyet Donanmasının başına getirilen Winston Churchill'in mimarı olduğu bu cephede, 2 Mart'ta, İngiliz Amiral Carden'in komutasında, Çanakkale Boğazı'nı bombalamaya başladılar.

Bu haberin gazetelerde yer aldığı gün, eleştirmenlerin, gelmiş geçmiş en mükemmel sessiz film diye kritiğini yaptıkları *The Birth of a Nation* (Bir Milletin Doğuşu) New York'ta vizyona girdi. Lilian Gish, Mae Marsh ve Wallace Raid, filmin kahramanları olarak kupürleri doldurdular.

Rusya steplerinde, Çanakkale'de, Mısır'da, Sarıkamış'ta telef olan askerlerimizi, Avrupa'nın dört bir köşesindeki cephelerde, siperler içinde kalan binlerce genci düşündükçe, sanatın, ne kadar mükemmel olursa olsun, kanı engelleyemeyeceğini üzülerek fark ediyordum. Harp, sanatın beşiği ve koruyucusu olan ülkelerle başlamıştı.

Hüznü çok çabuk yakalayan ruh hâlim, şimdi ağlamak için daha sık sebep buluyordu. Acıklı hikâyeler kurmak, düşünmek zorunda değildim. Hayatın kendisi acı veriyordu artık.

Yüreğimizi, ruhumuzu daraltan bu olaylar zincirinde, Nesim'le olan aşk hayatımız, sakin, şefkat dolu bir cinsellikle, o güne kadar olduğundan farklı bir döneme girmişti. Birbirimizin kollarında, özlediğimiz, merak ettiğimiz ailelerimizin eksikliğini, duyduğumuz endişeleri giderme arzusuyla yatıyor, telâffuz etmemekle beraber, birimiz diğerini bir gün kaybederse korkusu içimizde, tenlerimizi koklayarak, incitmekten sakınarak sevişiyorduk.

16 Mart tarihinde, Çanakkale Boğazı'ndaki iki İngiliz harp gemisi *Inflexible* ve *Irresistible*'ın, mayınlara çarptığı haberini önce sevinerek okurken, hemen ardından, o gemilerin içinde de, başka annelerin çocukları olduğunu düşünüp içim acıdı. Ama harp böyle bir şeydi. Bazı anneler çocuklarını tekrar görecek, bazıları da gömecekti. Kimi çocukların da mezarı dahi olmayacaktı. Harbi çıkaran açgözlülere lânet ederek ağladım.

Hiç uyumadan geçirdiğim gecenin ardından, ertesi gün dersten dönüşümde, babamdan gelen ve Nesim'le adımıza müşterek yollanmış telgraftaki haberle bir şok daha yaşadım. Akif Bey kalp krizi geçirmişti. Babam, şartların çok zor olduğunu bilmekle beraber, Nesim'in İstanbul'a gelmesinin, ona çok ihtiyacı olan annesini teselli edeceğini yazıyordu.

Akşam, kocamın elini tutmuş, haberi bir kez daha beraber okurken, bunun aslında bir hastalık değil, ölüm haberi olduğunu ikimiz de sezmiştik. Ama hiçbirimiz bu konuda bir şey söylemedik. Belli ki babam, harbin ortasında, çaresizlik hissini körüklememek için, İstanbul'a varana kadar Nesim'i oyalayacak bir hikâye uydurmuştu. Gözlerimizde yaş, birbirimize sarıldık.

"Eminim düzelecektir. Yaşananların heyecanına dayanamamış olmalı." dedim, onu teselli ederken. Ama kendim, gerçeğin bilincinde, ağlıyordum.

"Babam sadece hasta olsaydı, annem çekerdi telgrafı." dedi.

"Bence, babanla meşgul olmak zorunda kaldığından babamdan istemiş olmalı bu işi." diye, onu oyalamaya çalıştım, gözyaşları içinde.

Elimi avuçları arasına alıp öptü.

"Hayâl gücün çok kuvvetli ama yalan söylemeyi beceremiyorsun, küçük sevgilim."

Ardından, kararlı bir sesle ilâve etti:

"Gitmem lâzım."

"Nasıl gideceksin? Kara, deniz, her yer savaş içinde."

"Bir yolunu bulacağım. Annemin yanında olmalıyım. Babamın cenazesine yetişmem mümkün değil ama en azından yasını tutmaya orada olmalıyım."

Böylesine şahsi bir durum olmasaydı, Nesim'i caydırmak için tüm gücümü kullanırdım. Ama onu çağıran bir anneydi ve kocasının acısını paylaşmak için, evlâdını yanında istiyordu. Buna ancak saygı duyabilirdim.

"Tamam sevgilim, yarın hemen dönüş için en emniyetli yolu ayarlamaya bakalım."

"Amerika tarafsız. Dolayısıyla buradan rahat gidebilmem lâzım. Sonra da İtalya'ya geçersem, oradan bir gemi ayarlarım sanırım."

"Çanakkale Boğazı'nda kan gövdeyi götürüyor Nesim. Hangi yolcu gemisi oradan geçer?"

"Yunanistan'a, oradan Yunan adalarına ve Ege kıyılarına geçiş yapabilirim. Ama her hâlükârda bir an önce yola çıkmam şart."

Harbin şartlarının ve sınırlarının, her gün yeni baştan çizildiği bir devirde, New York'tan Ege kıyılarına varılana kadar neler olacağı, hangi sularda ne karmaşalar ne kavgalar çıkacağı bilinemezdi ama Nesim'i New York'ta bir gün daha tutmak, ona ve annesine haksızlıktı. Babası, belki de gerçekten, sadece kriz geçirmiş ve oğlunu görmeyi bekliyordu. Yetişirse bile, belki de bu onu son görüşü olacaktı. Onu tutmaya hakkım yoktu.

O gece birbirimize sımsıkı sarılıp hiç konuşmadan ve uyumadan sabahın ilk ışıklarını bekledik. Hayatımız altüst oluyordu. Savaşın uzağında ama savaşın içindeydik. Çünkü köklerimiz, ailelerimiz, ülkemiz, savaşın kurbanıydı.

Sonraki günler, Nesim'in, dönüşü için plân yapmakla geçti.

İngilizlerin, Türkiye'nin Doğu vilâyetleri için attıkları şer tohumları meyvelerini vermeye başlamış olmalıydı ki, Bill Burnham 12 Nisan gecesi bize uğradığında, Van'daki Ermenilerin bir gün evvel ayaklandığı ve çevrede katliama giriştiği haberini verdi. İngilizlerin körüklediği düşmanlık ateşi, şimdi de, Doğu Anadolu'ya girme hevesindeki Rusların yolunu açmak üzere yanıyordu. Bill'in ağabeyi, Washington D.C.'de, istihbaratta çalışıyordu. Onun için, gazetelerde olmayan haberleri dahi ondan, detaylarıyla alabiliyorduk.

İshak Stein ve Bill Burnham, ayrı kollardan, Nesim'in, Amerika'dan gidişini ayarlamaya çalışıyorlardı. *Lusitania,* 17 Nisan'da Liverpool'dan ayrılmış, New York yolunda Atlantik'e açılmıştı. 24 Nisan'da burada olması bekleniyordu. Sonra, tekrar 1 Mayıs'ta geriye dönecekti. O yolculuk için Nesim'e, savaş korkusuyla iptâl ettirmiş birinci sınıf kamaralı bir yolcunun yeri ayarlandı. İshak Stein, tartışma söz konusu olmadan, Nesim'e geri dönebileceği tarihe kadar izin verdi. Bana göz kulak olacaklarına dair de, onun içini rahatlatmaya çalışıyorlardı.

Bu meyanda, Türkiye için iyimser olabileceğimiz hiçbir gelişme yaşanmıyordu. İtilâf kuvvetleri Çanakkale Boğazı'nı aşma projesinde muvaffak olamayınca, önce geri çekilip sonra 25 Nisan'da Gelibolu'ya, Avustralya ve Yeni Zelanda birliklerinden oluşan Anzaklarla çıkarma yaptılar. Bu arada, St. Petersburg'un adını Petrograd olarak değiştiren Rus Çarlığı, başkentlerinden, Boğazlar üzerinde İngiliz ve Fransızlarla birlikte hak iddia ettiklerini dünyaya duyuruyordu. Çanakkale'de Türk ordularının komutası, General Liman von Sanders ve Yarbay Mustafa Kemal'deydi. Düşman daha ilk çıkarmasında, 25 Nisan günü, Kocatepe'de, Mustafa Kemal tarafından durdurulmuştu. Ülkemizin kazanan kahramanlara şiddetle ihtiyacı olduğu gün, Mustafa Kemal, Tanrı'nın bir lütfu, mucizesi olarak Çanakkale'nin kan gölü içinde sıyrılıyordu. Ama bunca hırs, açgözlülük karşısında ne yapılabilecekti, henüz meçhuldü.

Her gün, tüm gazeteleri alıyor, fazla teselli beklemeden, haberleri baştan sona okuyorduk. Artık, sadece ülkemiz değil, şehrimiz, ailelerimiz savaş hattının içine girmek üzereydi. Haberleri dehşet içinde izliyor ve birbirimizi teselli edecek söz bulamıyorduk.

Nesim'in yapacağı yolculuktan, sadece Londra'dan sonraki bölümü için endişeli değildim. Korkum, New York limanından ayrıldığı andan itibaren, bütün yolculuk içindi. Zira denizaltı denilen güç, her ne kadar bu savaşa kadar ciddiye alınmadıysa da, Almanların 'U-boat'ları, harbin başından beri, kendilerini savaş unsuru olarak ispat etmekteydiler. U-15, U-21, U-9, U-17'ler, ardı ardına, denizlerde, harp gemilerini torpilleyip şimdiye kadar binlerce insanın hayatını sona erdirmişlerdi. İlk başlarda, kitabına uygun savaşma örnekleri gösterseler de, son zamanlarda, sivil, yolcu gemileri, feribotlar, hâtta artık uyarılmadan batırılmaktaydı. Almanlar, centilmen savaşçılığı çoktan bırakmış ve onların bu tarzı, tüm savaşanlara, "öldür ya da öl"ü öğretmişti.

Daha 1915 Ocak'ında, 'English Channel'da, hiç uyarısız üç gemi batırılmış ve iki gün sonra da hastane gemisi *Asturias,* kızılhaç işareti olmasına rağmen, Üsteğmen Walter Schwieger'in komutasındaki U-20 tarafından suya gömülmüştü.

4 Şubat'ta Kaiser Wilhelm'in, İngiliz adalar çevresini harp bölgesi olarak ilânından sonra, 18 Şubat'tan itibaren, o civarda görülen İtilâf Devletleri'ne ait gemilerin uyarılmadan batırılacağı duyurulmuştu.

Belçika'yı işgâl eden Almanya için, 'U-boat'larını Ostend'de yuvalandırma şansı doğmuştu ve İngiliz sularına hiç zahmetsiz ulaşabilecekleri bir limanda barınmak, 'sınırsız denizaltı harekâtı'na başlama kararı verdikleri zaman, onları açık denizlerin en tehlikeli, ölümcül varlığı yapıyordu.

En son, nisanda, İngiliz kargo gemisi *Harpalyce,* bir 'U-boat' tarafından uyarısız batırılmıştı. *Harpalyce,* her iki yanındaki büyük beyaz puntolarla "Belçika'ya Yardım Komisyonu" yazan yazısıyla Amerika'ya, Belçika için gıda yardımı almaya gidiyordu ve beyaz bayrak taşıyordu. Alman 'U-boat'ları için, bu detayların hiçbir önemi yoktu. Gemi batırılmıştı.

Bütün bunları düşünmek, Nesim'den ayrılmayı o kadar zor hâle getiriyordu ki, ne yapacağımı bilemiyordum. Defalarca, uyanıkken gördüğüm o korkunç vizyon, geceleri rüyalarıma giriyor, ter içinde uyanacağım ana kadar beni nefessiz bırakıyordu.

Uğursuz Uğurlama

27 Nisan Cumartesi, Nesim'in yolculuktan önceki son hafta tatilinde, evde onun için bir veda yemeği düzenlemiştim. Çok yakın dostlarımızla, onu mümkün olduğunca yüksek moralle yolculamak istiyordum. Ama kendi yüreğim, beynim cenderede gibiydi. O gece, kokteyl servisi sırasında, Bill beni bir an yalnız yakalayarak içini döktü:

"Hüma, keşke Nesim'i yollamamak için bir yol bulabilseydik."

Onun endişelerinin benimkinden farklı, ağabeyinden veya gazetesinin istihbaratından öğrendiği daha kati bir bilgiden dolayı olduğunu bildiğim için, huzursuzluğum bir kat daha arttı.

"İngilizler, bütün yolcu gemilerini, savaş hazırlığında elden geçirdiler. *Lusitania* da, tersaneden yeni çıktı. Buhar odalarından birini iptâl edip, kargo kapasitesini arttırmışlar. Buradan teçhizat yüklenecek gemiye. Gerektiği takdirde silahlandırılmak üzere, güvertenin tikleri altına bile özel bölmeler yapılmış. 'U-boat'lar için ideal bir av olacak, diye korkarım."

"Bill, bunu Nesim'e kendin anlatmalısın. Benim, onu yolculuktan vazgeçirmek için öne süreceğim hiçbir gerekçe, tabii görünmeyecektir.

"Kaptan Daniel Dow, 'U'larla köşe kapmaca oynayarak Atlantik'i aşmaktan sinir zafiyetine uğramış ve ayrılmış. Gemi, Kaptan William Turner'ın idaresinde geldi New York'a. Bir grup Alman kökenli Amerikan vatandaşı, iki ülke arasında oluşacak düşmanlığı engelleyebilmek için, Alman sefareti nezdinde girişimlerdeler. Sefaretin, hiç değilse *Lusitania* yolcularını vazgeçirmeye yönelik bir ilân vermesi için ısrar ediyorlar. İş ciddi Hüma."

"Bill, lütfen bunları Nesim'e söyle. Vazgeçirir mi bilemem, ama senden duyması lâzım."

O sırada kocam yanımıza yaklaşmıştı. Ordövr servisini bahane ederek yanlarından ayrıldım. Misafirlerin arasında dolaşıp bir yandan yemeği hazırlarken, gözüm Nesim'deydi. Onun, kararını değiştirebileceği bir anın müjdesini bekliyordum ama bu boş bir hayâl olarak kaldı. Yemekte, İshak Stein da, *Lusitania*'ya binecek olan kendi dostlarından aldığı haberleri iletti:

"Saloon class yolcularından bazı önemli isimlere, gizlilik içinde, geminin bir 'U-boat' tehlikesiyle karşılaşacağına dair ikaz yapılmış."

"Ah, evet." dedi karısı, "Alexandra Munro onun için iptâl etti yolculuğunu."

"Ona mukabil, sevgili dostum Doktor Frederic Pearson, umursamamış bile, karısı ve sekreteriyle beraber gidiyorlar." derken Mr. Stein, Nesim'in seçimini hafifletmek ister gibiydi. Ezra da kendi olumlu haberiyle sohbeti yumuşatmak istemişti:

"Alfred Vanderbilt de aldırmamış ki, o da yolculuğa çıkıyor."

"Kaptan Turner, savaşa rağmen, Atlantik'te yolculuğun, New York sokaklarında arabayla gezmekten daha emniyetli olduğunu söylemiş." diye ilâve etti babası.

Bunları büyük bir nezaketle dinleyen Nesim'in kayıtsız tavrı karşısında, onu nasılsa vazgeçiremeyeceğimizi herkes anlamıştı. Dolayısıyla, korkularımızı hafifletmekten başka çare kalmamıştı.

Çarşamba günü, limanda buluşmak üzere dostlarımız iyi geceler dileyip ayrıldıklarında, kocamı yanımda tutabilmek için artık deneyeceğim hiçbir formülün kalmadığının farkında, Celeste'le beraber, gözlerimizdeki yaşları tutmaya çalışarak, ortalığı toparladık. Nesim, yanda, çalışma odasında, yanına alacağı özel evraklarını ayırıyordu. Bir ara, mutfak tezgâhına dayanma ihtiyacını hissettim. Akan yaşlarımı, dudaklarımı ısırarak sessiz kılmaya çalıştım. Celeste, elindekileri bırakıp yanıma gelmişti. Saçlarımı okşarken fısıldadı:

"Yapma küçüğüm, ne olur yapma. Onun gidişini kolaylaştırmıyoruz böyle. Sanıyor musun ki, seni bırakıp giderken içi rahat. Ayrıca, İstanbul'da neyle karşılaşacağını da bilmiyoruz. Şu an zaten altüst olmuş durumda. Ona ek bir acı vermeyelim. Haydi, gel, toparla kendini, git onun yanına. Geri kalanları ben hâllederim. İtiraz yok, haydi."

Celeste'e teşekkür edip, gözlerimi silerek, zoraki bir tebessümle, Nesim'in yanına gittim. Masasının üzerine yaydığı dosyalar, kâğıtlar arasındaydı. Ayak seslerimi duyunca, başını kaldırıp gülümsedi ve kollarını açarak bana doğru geldi.

"Harika bir geceydi küçük sevgilim. Yemeklerin enfesti. Çağırdığın misafirler de en sevdiğim dostlarımızdı. Daha güzel bir veda yemeği olamazdı."

"Veda deme sakın." dedim, parmaklarımı dudaklarına bastırarak, "Güle güle yemeğiydi sadece. Döndüğünde çok daha mükemmelini hazırlayacağım. Bu defa çok sevmediğin dostlarımızı bile çağıracağım, sırf kutlama olsun diye."

"Aklına koyarsan yaparsın, mani olamam." derken güldü.

Kollarına sokulup güzel yüzüne baktım.

"Gerçekten... Bana bu kadar mı teslim oldun?"

Beni, kollarında bebek sallar gibi, sarmalayıp iki yana sallandı. Başını saçlarımın arasına yerleştirip bir öpücük verdi.

"Sen bana öyle büyük bir aşk teslim ettin ki, ben sana nasıl teslim olmam küçük sevgilim benim."

"Sana, beni ne olur bırakma dediğimde, böyle bir anı yaşayacağımı bilmeden söylemiştim. Ama şimdi yaşarken, o kelimeler artık acz içinde ve önemsiz kaldı."

Birden, sanki hiç düşünmediğim bir şeyi yeni hatırlamış gibi, başımı kaldırıp gözlerinin içine baktım.

"Beni de götür." dedim, kararlığımı belli eden bir ses tonuyla.

"Olmaz küçük sevgilim. Ne kadar riskli olduğunu bütün gece anlatıp durdu dostlarımız. Seni, bu kadar bile bile, bu maceraya sürükleyemem."

"Senin yaşadığın her macerayı paylaşmadım mı? Neden bunda da yanında olmayayım?"

"Olmaz."

Sesi kesin, tavrı ciddiydi.

"Şayet bütün bunlar söylentiyse, döndüğümde yaşamak için sana ihtiyacım olacak. Şayet kaderimde dönmemek varsa, o zaman da hikâyemi anlatacak, ardımdan gözyaşı dökecek sevgilime ihtiyacım olacak."

Sonra, birden neşelendi.

"Şu Aurora ile mihracesini anlattığın gibi, benimle olan aşkını da anlatırsan, büyük sükse yaparım, sanırım."

"Seni, ölümden bahsetmekten men ediyorum!" dedim, gözlerimde yaşla.

Elimden tutup çalışma masasının yanındaki kasaya götürdü.

"Bak küçük sevgilim, benim yokluğumda kullanacağın çek ve banka hesap defterleri burada. City Bank'teki hesabımızda, seni uzun müddet götürecek nakit para var. Mr. Stein'da da, oldukça yüklü bir portfolyo var, işletilen. Kayıtları burada. En ufak probleminde Ezra'ya danışırsın. Benim eksikliğimi hissettirmez sana."

Sonra, göz kırparak gülümsedi.

"Yani, finansının idaresi konusunda demek istedim."

Celeste, mutfağı toparlamış, yatmaya gidiyordu. Çalışma odasının kapısından seslendi:

"Sevgililer! Size iyi geceler!"

"Her şey için teşekkürler Celeste."

"Güzel rüyalar!"

"Yatmadan evvel bir içki ister misin?" diye sordu Nesim.

"Çok iyi olur."

Konyak doldurduğu kadehler elinde karşıma geldiğinde, onunla *Lusitania*'da, Nigel'ın ruhunu aramıza alarak yaptığımız aşkı hatırladım. Şimdi aynı gemiyle, geri dönüp dönemeyeceğini bilmediğim kocamı göndermek üzereydim. Ona bakarken, elimde olmadan, karanlık sular içinde çırpınan bedenini görüyordum. Güzel Antinous başını, elimden kayıp gittiğinin korkusuyla, avucumla sardım.

"Seni mazinin yarasından kurtardığımda, artık yanımda, hep emniyettesin diye hissetmiştim. Ne kadar yanılmışım... Kader seni, yeniden, benim kontrol edemeyeceğim, uzanamayacağım kadar uzaklara, bu defa ölümcül bir ateşin içine sürüklüyor."

Beni elimden tutup koltuğa doğru götürdü. Yanına değil, kucağına oturup sarıldım. Başımı boynuna gömüp kokusunu içine çektim. Çok değil, sadece üç gün sonra, bedenine dokunamayacağımı, tenini koklayamayacağımı, ona sarılamayacağımı düşününce, yüreğim öyle dağlandı ki, acısıyla ağlamaya başladı. Ardından gözyaşlarım indi.

"Ağlama küçük sevgilim, lütfen. Beni daha fazla üzme. Üstelik tehlikenin ne kadar yakın, ne kadar uzak olduğunu bilemeyiz, hiçbir zaman. Meselâ, geçen sene seni Plaza'ya yalnız gönderdiğim akşam, benim için tehlike, burada, New York'ta, hemen yanı başımdaydı."

"Ama ben döndüm." dedim, gözyaşları içinde.

"Ben de döneceğim... Söz veriyorum..."

Parmaklarıyla yanaklarımı silip çenemi kavradı, gözlerimin içine baktı.

"Seni şimdiden özledim. Nasıl dayanacağım, bilmiyorum." diye mırıldandı, "Seni, bedeninle, ruhunla, müziğinle saklayıp yanımda götürebilmek isterdim..."

"Ben de sevgilim." derken, hıçkırıyordum. "Ben de... Şimdiden o kadar özledim ki, seni içime almak ve kendime saklamak istiyorum. Hem de sonsuza kadar."

"Bana bir şeyler çalmak ister misin?" dedi, parmaklarımı okşayıp.

Dudağından öpüp kalktım. Ben piyanonun kapağını açarken Nesim, salon kapısını kilitliyordu. Henüz ben oturmadan, gelip arkamda, piyanonun taburesiyle aramda durdu. Kollarını belime sarıp ensemden öptü. Başımı, arkaya, onun omuzuna doğru bırakıp gözlerimi kapadım. Sesi, önce yüreğimden geçiyor, sonra kulaklarıma ulaşıyordu:

"Seni yaş gününde yalnız bırakacağım için çok üzgünüm, küçük sevgilim."

"O zaman bu gece kutlayalım." dedim, nefesim kesilerek.

Piyanoya yerleştirdiğim parmaklarımı, okşar gibi tuşların üzerinde dolaştırmaya başladım. Tuşlar, küçük, yumuşak soluklar alarak, onun çok sevdiği Chopin'in E minör prelüdüyle hayata geçti. Ama ölümü anlatır gibiydiler. Nesim'in elleri, ipek üzerine tül aplike edilmiş elbisemin şeritlerini çözmeye başladığında, vücudunun ateşini, daha tenime değmeden hissedebiliyordum. O beni, ağır ağır soyarken, Chopin'in, insan ruhunu, hiç bilinmeyen derinliklerine, kendini keşfe çıkaran notaları, yüreğimin katmanlarını tek tek açıp üzerini örttüğüm bütün hüzünlerimi çıkarıyor, duygularımın tüm renklerini, gölgelerini, yüreğimden alıp parmaklarımın ucuna bırakıyordu. Sevgilim bedenimi, 1839'dan kalan notalar da ruhumu çırılçıplak bırakmışlardı. Vücudumu alevlendiren aşk, yüreğimi dağlayan erken hüzün, mutluluğumu uzaklara yolculuğa çıkaran kadere isyan, hepsi, örtüsüz, korumasız kalmışlar, yok olmamak için asıldıkları ruhum, benzerini yakalayamayacağı, aşkını tekrar kucaklayamayacağı zamanlardan duyduğu endişeyle ağırlaşmış, tuşlar, parmaklarımın altında, bu ağırlıkla inlemeye başlamışlardı.

Çıplak bedenime sarılan Nesim'in vücudunun sıcaklığına kendimi gömerken, çalmaya devam ettim. Kollarımın altından sardığı elleriyle göğüslerimi avuçlarken, beni yavaşça, oturduğu pufun üzerinde, kucağına doğru çekti. Ayağımı pedala bastırırken, onun arzulu bedeninin üzerinde kımıldandım. İnleyerek, dudaklarıyla boynuma kapandı. Artık, E minör prelüd, bedenlerimizin ritmiyle yeniden yorumlanıyordu. Gözlerimi kapamış, boynumu emen dudaklarının, göğüslerimi sıkan avuçlarının, kalçalarımın altında atan erkekliğinin, benden alabileceği ne varsa almasını diliyordum. Üç gün sonra artık ona verebileceğim hiçbir şey kalmayacaktı. Benden o kadar uzakta olacaktı ki... Ve belki de bir daha dönmemek üzere... Kendimi tutamadım. Hem çalıyor, hem hıçkırıklarla sarsılıyordum. Göğsümden çektiği sağ eliyle, kendisini bana sunmaya hazırlamıştı. Parmaklarımın tuşlarda nefes aldığı bir anda, yavaşça, onun ihtiras içindeki bedenini sahiplenerek oturdum. İkimizin de dudaklarından dökülen inilti, hayâlimdeki yaylılarla birleşip ritmimizde kayboldu. Her pedala uzandığımda ve ayağımı geri çektiğimde, tuşları okşarken, ona, beni hafızasında götürebileceği en güzel müzikle, en mükemmel doyumu verme arzusunda, piyanoyu onun bedeni yerine koyuyor ve onunla sevişerek çalıyor, çalarken onunla sevişiyordum. Gözyaşlarım, daralan nefeslerimiz, kısa, küçük ihtiras mırıltılarımız birbirine karışıp duyacakları tarifsiz özlemle ruhlarımız hırçınlaştığı an, parmaklarım C minör 12 numaralı etüdle coştu piyanonun tuşlarında. Bedenim, içine aldığı aşkını, sıcaklığında, defalarca zirveye taşıyıp tekrar sakin sulara indiriyordu çalarken. Saçlarım, boynum, ensem arasında çıldırmış dudakları; göğüslerimde, karnımda, kalçalarımda, vücudumu bırakmamak üzere tutunmak ister gibi dolaşan elleri; her ritmimizde, daha da derinlere ulaşabilme hırsıyla gizliliğimde uzanan erkekliği, titreyerek, nefes nefese doyuma erdiğinde, kendi tatmin olmuşluğumdan ziyade, ona verdiğim hazdan duyduğum mutlulukla, hiç yerimden kalkmadan, kollarını belime sardım ve başımı çevirip verdiğim bir öpücükten sonra fısıldadım:

"İstediğin kadar müzik aldın mı yanına?"

"Çılgın sevgilim." benim dedi, gırtlaktan gelen, henüz cinsellik kokan sesiyle.

"Şimdi, biraz nefesini dinlendirelim o zaman." diye fısıldadım kulağına doğru. Dudaklarım, yanaklarındaki tuz tadını almıştı. Elimle okşayıp kuruttum yaşlarını. Piyanonun üzerine bırakmış olduğum içkimden büyük bir yudum alıp kadehi onun eline verdim ve yine başladığımız yere dönüp E minör prelüdü çalarak, birbirine hiçbir zaman doymayacak bedenlerimizin, ruhlarımızın açlığının, yaklaşan tedavisiz özleminin çaresini, piyanonun şairi Chopin'in kendi ıstıraplarından geriye bıraktığı notalarında bulmaya çalıştım.

Nesim, omuzlarıma döktüğü konyak damlalarıyla beraber tenimi içerek dinledi bu defa. Her yudumunda içim titredi ve kendimden bir parçanın onun bedenine girdiğini hissettim. Beni tamamen kendisine katması için, böyle, günlerce çalabilirdim.

Parça bittiğinde, ona doğru döndüm. Yaştan sırılsıklam gözlerimize, renkleri birbirine karışarak, baktık. Ellerimle, yanaklarını tutarak fısıldadım:

"Sevgilim... Sevgilim..."

Daha fazla konuşamadım. Haykırarak ağlamamak için kendimi zor tutuyordum. Lacivert korları, üzerlerini örten yaşlara rağmen sönmemişti. Gözbebekleri aşk, teni cinsellik, vücudumu saran kolları aitlik dokuyordu bedenimde, ruhumda.

"Nasıl bırakacağım seni?"

Sessiz sessiz ağlıyordum, sorarken.

"Beni bırakmıyorsun küçük sevgilim. Sadece mecburiyetten yolcu ediyorsun, sana geri dönmek üzere."

"Sen gidene kadar hiç uyumadan yatmak istiyorum." dedim, dalgalı saçlarına parmaklarımı daldırarak. "Hiç uyumadan, doya doya seni yaşamak istiyorum... Ama kollarında kaç gün yatarsam yatayım, biliyorum ki, daha ayrıldığımız an, hiç beraber olmamış kadar özleyeceğim, isteyeceğim seni..."

"Gel o zaman."

Sesi, bütün benliğimi seviyor, okşuyor, yüreğimde aşkla beraber acı izi bırakıyordu. Daha henüz yaşamadığım acıların izini...

Beni kucağına aldı, kapıyı açtı, salondan çıktık. Çıplak olduğumuz, Celeste'in bizi görebileceği hiç umurumuzda değildi. O kadar sadece birbirimizle ilgiliydik ki, kendimizden başka herkes, her şey, bizden uzaktaydı.

Yatağa yattığımızda, Nesim'e dönüp kollarının arasına gömüldüm. Onun yine sert, arzulu erkekliğini hissettiğim an, elimle yavaşça tuttum. Sağ bacağımı kaldırıp, onun kalçasına yerleştirirken, onu Venüs tepesinden derinliğime doğru yönlendirdim. Sonra, kollarımla bedenini sarıp kendimi ona doğru çektim ve başımı göğsüne dayadım.

"Uyurken içimde kal." diye fısıldadım. "Benden ayrılmanı istemiyorum."

Omuzumun üzerinden ve kalçamdan sardığı kollarını birleştirdi. Tek vücut olmuş yatıyorduk. O gerilmiş, ben ıslak cinselliklerimizle, tekrar aşk yapmaya hazır olduğumuz hâlde, hiç kıpırdamadan, sadece birbirimizin, bir diğeri için olan arzu ve sevgisinin kuvvetini hissederek, bedenlerimizin, ruhlarımızın, yüreklerimizin seslerini dinleyerek, sakin yattık. Onun, içimde, rahim duvarıma vuran kıpırtılarını hissediyordum. Ama saçlarıma gömülmüş dudaklarının, vücudumu sarmış ellerinin, bacaklarımı kıskaca almış bacaklarının hiç kıpırdamadığını izleyerek, ben de olduğum yerde, ona sıkı sıkı sarılmış, dudaklarım göğsünde, sarmal olmuş bedenlerimizin tadını çıkarıyordum. Beni kolları arasında biraz daha sıktığını hissettim ve ben de kollarımla aynı şeyi yaptım. Neredeyse belirsiz, iki sakin hareket... Ve içime aldığım o muhteşem sıcaklık, bedenimin en hassas etten duvarına vurmaya başladı. Uyandırdığı kaslarım, vücudum hiç kıpırdamadan, içine aldıkları aşkın tenini kendilerine doğru çektiler ve bıraktılar, tekrar... tekrar... tekrar... Dudaklarımız, ellerimiz, gövdelerimiz kıpırdamadan, birbirimizin içinde yok olmuştuk. İkimiz de bu özel anın, tadına yeni vardığımız farklı zevk doruğunun keyfini çıkarmak için kıpırdamıyor, konuşmuyor, sadece, birbirinin içine geçmiş vücutlarımızın sesini dinliyorduk. Daralan nefeslerimizi tutmuş, aşkımızı, ihtirasımızı tüm hücrelerimizde, benzeri yaşanmayacak bir haz derinliğinde seviştiriyorduk. İçimdeki, nefessiz kalmış yürek çırpıntısı gibi titreyişlerini hissettiğim an, kadınlığım ona biraz nefes aldırdı, sonra tekrar etrafını örüp sıkıştırdı ve yine bıraktı... ve o ana kadar hiç kıpırdamayan bedenlerimiz, ateşli bir nöbet geçirircesine birbirinin içine titredi.

Derin nefeslerle, öylece yattık. Konuşmak fuzuliydi. O benim saçlarımı, alnımı, ben onun dudaklarımın altındaki göğsünü öptük. Bedenlerimize biraz daha sıkı sarıldık. Hiç ayrılmadan, birbirimizin kolları arasında, uykunun bize gelmesini bekledik.

Lusitania, okyanusta ilerliyordu. Sisin içinden açılan ince bir pencereden, puslu bir güneş ışığı altında kıyı göründü. Kuğu gibi süzülerek gidiyordu *Lusitania.* Birden, gövdesinde bir patlama! Gök yarılmış gibi... Gemi yan yattı... ve ilkinden daha korkunç ikinci bir patlama sesi... Güvertede inanılmaz bir panik... koşuşan, bağrışan yolcular... Geminin yan yattığı tarafta, havada asılı kalan tahlisiye sandalları... kimse ulaşamıyor binmek için... diğer taraftakiler de suya bırakılırken ters dönüyor... insanlar çığlık çığlığa, suya dökülüyor... erkekler, kadınlar, çocuklar... Sandallardan birinin halatlarını kesiyor yolculardan biri. Tüm ağırlığıyla, güvertede bekleyenlerin üzerine iniyor sandal, insanları altına alarak.

Her şey göz açıp kapayıncaya kadar oluyor. *Lusitania*'nın kıçı havaya kalkarken, pruva, derin bir çukur açarak, suyun içine dalıyor. Bacalar suya gömülürken, buhar kazanları patlıyor... Okyanusun açılan, kabaran suları; suya düşen boş sandallar, insanlar, çığlıklar, patlamalar... ve aniden kapanan sularla beraber, sessizlik... suda çırpınan yolcuların sesleri dışında... ve Nesim... benim güzel Antinous'um... üzerinde RMS *Lusitania* yazan can yeleğine tutunmaya çalışıyor... Büyük bir dalga başını kaplıyor, bir sonraki dalga boşluğunda yine çıkıyor su yüzüne, nefes almaya çalışıyor... ve bir dalga daha... can yeleği suyun üzerinde çalkalanıyor ama... Nesim yok... sevgilim... sevgilim...

Boğulur gibi nefessiz, ter içinde gözlerimi açtığımda, Nesim, beni kucaklamış, uyandırmaya çalışıyordu.

"Şışşşt! Geçti... Geçti canım. Sadece bir kâbus olmalı... Geçti canım..."

Ağlıyordum. Saçlarım, yüzüm, tüm vücudum ter içindeydi ve nöbet geçiriyordum.

"Beni bırakıp gitme ne olur!" diye ağlamaya devam ettim.

Ona, ne zamandır uyanıkken gördüğüm kâbusun, rüyamı esir alan, gerçek gibi görüntüsünü anlatmaya cesaret edemiyordum. Anlattığım takdirde, gördüklerimin, hayâlden, rüyadan gerçeğe çevrileceğinden korkuyordum.

Nesim, banyodan bir havlu getirip vücudumu kuruladı sonra yorganı üzerimize çekip beni kucakladı. Okşayıp öperek sakinleştirmeye çalıştı. Onun, beni rüyamdan korumak için nasıl çabaladığını düşününce, gerçek tehlikede olan oyken, benim hiçbir şey yapamadığım ve yapamayacağım fikriyle katıla katıla ağlamaya başladım. Nesim gerçekten böyle bir felâket yaşadığı takdirde, ona elimi uzatıp kurtaramayacağımı bilmek o kadar dehşet vericiydi ki... Ona sarılırken tırnaklarımı âdeta vücuduna geçirmiştim.

"Sakinleş sevgilim." dedi, yanaklarımdaki yaşları öperek. "Her şey bir rüyaydı. Sadece rüya."

"Ama çok gerçek gibiydi."

Rüyamın ne olduğunu hiç sormadı, ben de anlatmadım. Belki de sormak istememişti, ben de anlatmak istemiyordum... Ama etkisinden kurtulmam mümkün değildi. Sabaha kadar, içimde kalmış kesik hıçkırıklarla, titreyerek ve bilinçaltımdaki bir uyarıyla, derin uykuya dalmaktan korkarak, Nesim'in kollarının arasında huzur bulmaya çalıştım. O ise, bana öyle sarılmıştı ki, sanki aynı rüyayı beraber görmüş ve beni bırakmamak üzere kucaklamıştı.

Ondan sonraki üç günü, evden çıkmadan geçirdik. Sevgili Celeste, her zamanki anlayışlılığıyla, binbir bahaneyle bizi yalnız bırakıyor, nasıl beceriyorsa, mutfakta hep yiyecek hazır bir şeyler bulunuyordu. Özellikle son iki gün, Paul Downey'nin evinde kalmak üzere, apartmandan tamamen uzaklaştı.

Nesim'le, o iki günü yeni balayına çıkmış bir çift gibi geçirdik. Artık özlemden, ayrılıktan bahsetmiyorduk. Zaman, konuşmaya harcanamayacak kadar kısalmıştı. Ona piyano çalıyordum. Sevişiyor, içkilerimizi yudumlayıp tekrar sevişiyorduk. Birbirimize her dokunuşumuz, gözbebeklerimizin her karşılaşması, cinselliğimizi körüklüyor, bir diğerimiz elimizin altından kayıp gidiyor hissiyle, sarmaş dolaş olup yaşamadığımızca ateşli aşk yapıyorduk.

Aramızda artık, ne Nigel ne Hint prensi ne de bir başkası kalmıştı. Sadece birbirimiz için vardık. Bedenlerimiz başka kimseyi istemeden, ruhlarımız bir başkasının hayâli varlığını özlemeden, yalnız ikimize, kendimize ait bir aşk yaşıyorduk. Çıplak tenlerimizi öpüşlerle, içkiyle, birbirimizin nefesi, teri, aşkıyla besleyerek, aşka bir türlü doyamadan seviştik. Zaman azaldıkça, sevişmelerimiz daha hoyrat başlıyor, daha munis bitiyordu.

O üç günde, birbirimizin bir ömürlük aşk suyunu içtik. İkimiz de, bir diğerinde, bundan sonra bir başkasına verecek hiçbir sevgi kırıntısı bırakmak istemiyorduk. Sevgilimizin ruhunun, bedeninin yaşam korunu emip, kendi bedenlerimizde hapsetmek ve içimizde canlı tutmak istiyorduk.

Çarşamba gününe ağaran gecenin sonunda, onu kollarımda uyutmuş, günün ilk ışıklarını beklemiştim. Onu sarabildiğim kadar sarmış, nefesini duyabildiğim kadar duyabilmek için, kulağımı dudaklarının dibine yerleştirmiştim. Sadece birkaç saat sonra, bu bedenin ve nefesin benden uzaklara gideceğini düşünmek yüreğimi öylesine ağrıtıyordu ki, kalbim şişiyor, büyüyor, nefesimi keserek hıçkırıklarımı boğazımda düğümlüyordu. O an, sırf sevgilimin yanında gidebilmek için, ruhumu ona sarıp vücudumu ölü, geride bırakabilirdim.

1 Mayıs Çarşamba sabahı, çılgın gibi aşk yapıp, baş başa şampanyalı kahvaltımızı ettikten sonra, duşlarımızı alıp giyindik. Celeste, diğer dostlarımızla beraber, bizimle limanda buluşacaktı. Dün gece, en son, barkarol çalarak seviştiğimiz piyanonun tuşlarında parmaklarımı gezdirdim. Tuşların hepsi, kendi gördüklerini anlatıyor gibi, kulağıma notalar geldi. Ağlamak üzereyken, derin bir nefes alarak gözyaşlarımı yuttum.

İçeriden, Nesim'in kapadığı valizlerin sesi geldi... yolculuğun kaçınılmaz olduğunu anlatan sesler. Gözümün önünde beliren rüyamdaki sahneleri, elimle def ettim. Kötü şeyler düşünmek istemiyordum. *Lusitania,* aynı yolu daha yeni gelmişti, pekâlâ geri dönecekti. Hem Alfred Vanderbilt bindiğine göre, gerçekten korkulacak bir şey olamazdı. Bin iki yüz elli yedi yolcu, yedi yüz iki personel... Bunların hepsi de ölüme gidiyor olamazdı ya... Hele Atlantik fatihi kaptan Turner... Nasılsa, 'U-boat'ları sıyırır geçerdi, *Lusitania*'nın süratiyle. İshak Stein öyle demişti: *Lusitania,* hızı düşürülmesine rağmen, hâlâ daha 21 deniz mili yapıyordu ve 'U-boat'lar ancak 13 deniz miline kadar çıkabiliyordu. Kaptan Turner, karşılaştığı takdirde dahi, çok kolaylıkla, Alman denizaltılarının menzili dışında kalırdı. Gördüğüm vizyonların ve kâbusların, her şeyin tamamen gerçekdışı olduğuna inanma arzusunda, gözyaşlarımı sildim.

Nesim, valizlerini koridora, kapının yanına dizmiş, pardösüsünü antredeki pufun üzerine yerleştiriyordu. O kadar içimde ve bana o kadar uzak geldi ki birden... Ona doğru yürürken, uzun süre, bir daha onu göremeyeceğimi düşündüm. Henüz, orada, nefesi, enerjisi, kokusu, güzelliğiyle duran aşkım, yarım saat sonra buradan çıkıp gidecek ve ne zaman geri döneceği belli olmayan bir yolculuğa süzülecekti. Bu koridor, bu loş ışıklar, bu kapı, onu nasıl özleyecekti. Ayna... o antik zamandan gelme güzelliği yansıtamayacaktı uzun zaman...

"Hazır mısın?" dedim, kendim bile zor duyarak.

"Sanırım." dedi, yine zor duyduğum bir sesle.

Bakıştık. Kendimi bildiğim yaşlardan beri, komşu bahçedeki komşu oğlu Nesim Ağabey, Nesim, kaçamağım, sevgilim, kocam, âşığım, sırlarını paylaştığım, aşklarına âşık olduğum, âşıklarını sevdiğim erkek, her şeyim, kendim... Lacivert korlarındaki titreyişlere mavilerimi daldırdım. Parmak uçlarımızla, birbirimizin yüzünü tekrar çizdik. Onun, güzel Antinous başını seyretmeye doyamıyordum. Henüz taradığı saçlarını karıştırdım. Ses çıkarmadı, gülümsedi. Gömleğinin yakasını açmaya başladım. Gülümsemeye devam ediyordu. İkinci düğmesi... üçüncü... ve kollarını belime doladı.

"Seninle, hemen, burada aşk yapmak istiyorum." dedi.

"Ben hazırım." diye fısıldadım.

Dantel bluzumun kopçalarını açtığım an, göğsümü dudakları arasına aldı. Eli, eteğimin plileri ve jüponum arasından yolunu bulup ona arzuyla dolmuş kadınlığımı avuçladı. İnleyerek boynuna sarıldım. Diğer elini, ihtirasını bana yönlendirmek üzere kendine götürdü. Bacaklarımı, bedenine sararak kucağına aldı ve kalçalarımın etrafından kollarını dolarken, iki yana açılan eteğimin altından, ona ait olan sıcaklığa kendini gömdü. Dudaklarımı dudaklarında hapsedip ağır ağır yürüdü. Her adım atışında, yaylanan bedenim, onu daha derinde hissediyor, ona kendimi biraz daha verirken ondan da biraz daha alıyordum. İçimden çıkmadan, beni piyanonun tuşları üzerine yönlendirdi. Kalçalarımın ağırlığıyla çıkan ses, isyankâr ve gürültücüydü. Sonra, bana doğru yaptığı yolculuğun her uzanışında, her çekilişinde, tuşların üzerinde hareketlenen bedenlerimizin yarattığı müzikle sevişmeye başladık. Hayatımız, tamamen, çıkılan şu belirsiz yolculuk ve ayrılığımız gibiydi: kaotik, fırtınalı, romantik, çılgın, şüpheli, tutkulu, sakin, isyankâr... aynı bizdik... Zirveyi hissettiğim an, ellerimi onun başından çekip, iki yanıma, piyanonun en tiz ve en pes tuşlarına bastırdım ve bedenimi ona doğru ittim. Son, birkaç derin nefesle, son abanılan birkaç nota, bedenlerimizden açığa çıkan enerji, dudaklarımızdan yayılan doyumundan mutlu, bu sevişmenin belki de son olduğunun korkusuyla hüzünlü, karmakarışık hisler... ve gitme zamanı...

Piyanoyu kapamadan bıraktım. Eve döndüğümde, Nesim'i bulacağım ilk nokta burası olacaktı.

Kapıdan çıkarken, Alessandro'nun, sabahın erken saatlerinde bıraktığı gazeteleri gördük. Hepsini toplayıp yolda okumak üzere yanımıza aldık.

Limana giderken, arabada, ellerimiz sımsıkı, dudaklarımız kenetli, birbirimizi içer gibi yol aldık. Bir ara *New York Times*'ı açtığımız zaman, nefesim kesildi. Zira birkaç gece evvel Bill Burnham'ın bahsettiği şey olmuştu. Gazetede, *Lusitania*'nın Liverpool yolculuğunun ilânının altında, Washington'daki Alman Sefaretinin yayınladığı bir bildiri yer alıyordu.

Bildiri, Atlantik üzerinde yolculuk yapacak olanlara, Almanya ve müttefikleri ile İngiltere ve onun müttefikleri arasında bir savaşın olduğunu, İngiliz adalarını çeviren suların savaş alanı içinde bulunduğunu, yeni bir emre kadar, İngiliz ve müttefiki bayrak taşıyan ülke gemilerinin yok edilebileceğini hatırlatıyordu.

Bill'in bize kaç gün önce söylediğini, Alman sefareti, *Lusitania*'nın yola çıkacağı aynı gün duyuruyordu. Ülkelerin kendilerini sıyırmak istedikleri çok özel bir durumun ortada olduğu belliydi. Ama *Lusitania*'yla Avrupa'ya gitmek üzere bin iki yüz elli yedi yolcu gemiye biniyordu ve yedi yüz iki mürettebat.

Gazetedeki uyarı, ancak birinci sınıf yolcularına, seyahatten vazgeçme şansı tanıyabilirdi. Zira, saloon class yolcularının, saat ona kadar gemiye binme mecburiyetleri yoktu. Dolayısıyla, bütün New York gazetelerinde yer alan bu uyarıyı değerlendirip *Lusitania*'ya binmekten vazgeçme imkânları vardı. Ancak, daha erken gelmek zorunda olan diğer sınıf yolcuları için, bu zaten çok geç bir haberdi.

Ne var ki geri dönme şansı olanlar da, huzursuzluk duymalarına rağmen, bu olayı, bir harp oyunu olarak kabul etmekten yana tavır koyuyorlardı. Bazıları, *Lusitania*'da başlarına bir şey gelme ihtimâline karşı, Avrupa'daki ailelerine, sevgililerine yazdıkları mektupları, başka bir gemiyle, yerine varabilmesi için New York'ta postaya vermişlerdi.

Nesim'le son kez vedalaşırken, ona, anneannemin bana hediye ettiği portbuketi verdim.

"Bir gün bunu başucumda görürsem, bileceğim ki bana geri dönmüşsün. Kendin gelemediğin gün, belki de hâlâ beni isteyip de ulaşamıyorsan, sadece bunu gönderirsin ve bilirim ki, benden uzakta ama hâlâ bana aitsin."

Bu nadide parçayı elimden alırken gülümsedi.

"İnanamıyorum." dedi, "Ruhumuz, bu kadar mı birbirini hissedebilir."

"Ne oldu. Neden böyle dedin?"

"Söyleyemem. Yaş gününde göreceksin."

Gözyaşları içinde, bir türlü ayrılamıyorduk. O meyanda, öğle üzeri kalkması gereken *Lusitania*, iki buçuk saat kadar rötar yapmıştı. İngiliz *Cameronia* gemisinin yolcuları da *Lusitania*'ya transfer edilmişlerdi. Yolcu manifestolarının yeniden düzenlendiği ve bundan dolayı gecikme olduğu söyleniyordu.

Nihayet *Lusitania*, bacalarından çıkan buhar ve ıslık sesleri arasında hareket etti ve New York limanından kuğu gibi süzülerek uzaklaşmaya başladı. Yanımda Celeste, Paul, Ezra, Shana, Bill ve çevremde yolcularını geçiren yüzlerce insan olmasına rağmen, kendimi birdenbire o kadar yalnız hissettim ki... Rıhtımdaki çılgın kalabalığın sesleri, vapurun ve limanda onu geçiren diğer gemilerin düdükleri, sirenleri, hepsi yoğun bir dalganın altında boğulmuşlar da, köpüklerin kıyıya taşıdığı kadarını duyuyor gibiydim. Benim duymak istediğim ses, dokunmak istediğim ten, yüreğimi, bedenimi besleyen ruh gidiyor, gittikçe de uzaklaşıyordu.

Lusitania'yı, sadece pervanelerinin köpüğü kalana kadar, elimi sallayarak izledim. Rıhtım boşalmış, arkadaşlarımız beni öpüp ayrılmışlar; farkında değildim. Celeste ve Ezra yanımda sessiz durmuş, benim, sevgilimle beraber gittiğim yolculuktan geri dönmemi bekliyorlardı. Orada durup arkasından baktığım sürece, sanki o gemide Nesim'le beraberdim. Ne zaman ki *Lusitania* gözden kayboldu, haykıra haykıra ağlamaya başladım. İçim boşalmış, bedenim koflaşmış, ruhum havada, bana ait olmayan boşlukta asılı kalmıştı. O an ölebilirdim, canım acımazdı.

Sevgili Celeste ve Ezra koluma girerek beni arabaya bindirdiler. Yol boyu ağlamama engel olmadılar. Sadece, temasları, okşayışlarıyla benim üzüntümü gönülden paylaştıklarını hissediyordum. Onlara müteşekkirdim. Ama içimdeki yarayı tedavi etmeleri mümkün değildi. Ağlama sebebim, sadece o an için duyduğum ayrılık acısı, özlem ve sevginin uzağa yolculuğu değildi. Bu yolculuğun beni daha da çaresiz bırakacağını hissediyor ve hislerimin duyurduğu korkuyu, tehlikeyi engelleme gücüm olmadığı için, kendime isyan ederek ağlıyordum.

Eve geldiğimizde, Ezra ve Celeste, bir müddet, bana dokunmadılar. Bıraktılar, ağladım, ağladım, ağladım... Sonra, teselli etmek için, her türlü pozitif öyküler içeren, harp esnasında yapılan yolculukları anlattılar. Hâtta, hikâyeleri öyle bir hâl aldı ki, insan neredeyse sadece savaş zamanı yolculuk etmek isteyebilirdi. Bunu kendilerine söylediğim zaman gülmeye başlamışlardı. Ben de gülüyordum. Ama bu mutlu, huzurlu bir hayatın yakaladığı espri gülüşü değildi. Gerilmiş sinirlerimizin felç ettiği düşünce kabiliyetimize, insanın başka duyuları da olduğunu hatırlatmak isteyen suni bir kahkahaydı. Nitekim ben, tekrar ağlamaya başlamıştım.

"Sana bir yatıştırıcı vermemi ister misin?" diye sordu Celeste.

"Hayır." dedim, "Hayır, teşekkür ederim... Ama bir kadeh konyak olabilir."

Bir gece evvel Nesim'in dokunduğu karaftan, beraber içtiğimiz konyak kadehe boşalırken, sevgilimin eksikliği o kadar kuvvetle yüreğime vurdu ki, oturduğum yerde, kalbimi tutarak inledim.

"İyi misin?" diye fırladı, Ezra.

"Hayır." dedim, gözyaşları içinde, "Yaralıyım... Kalbim kanıyor Ezra, kalbim kanıyor... Biliyorum dönmeyecek... dönemeyecek bana... biliyorum... uzun zamandır görüyorum..."

"Şşşşttt!" dedi Ezra, koltukta yanıma oturup omuzumdan sarılarak, "Şışşt. Bütün hepsi geçecek. Hiçbir şey olmayacak, göreceksin. Şu son günlerde yaşananlar, gazete kupürleri, istihbarat haberleri, hepimizin kafasını altüst etti. Onların etkisindesin şimdi. Hepimiz öyleyiz. Sade Amerikan vatandaşı niye bu kadar umursamaz ve mutlu, şimdi anlıyor musun? Çünkü onlar bu detaylarla uğraşmıyorlar."

"Ama... ben... uzun zamandır biliyorum zaten..." diye hıçkırıklar arasında konuşmaya çalıştım.

"Neyi biliyorsun prenses?"

"Görüyorum... Nesim'in öldüğünü görüyorum..."

"Sevgili küçüğüm, *Lusitania*'yla buraya gelirken bir trajedi yaşadık. Onunla ilgili olabilir mi, bütün bu kötü düşlerin?"

Celeste bunları söylerken, hepimiz için doldurduğu konyak kadehleri tepside, gelmişti.

"Hayır Celeste'ciğim. Ben, Nigel ölmeden çok önce, Nesim'in gemi yolculuğunda, denizde kaybolduğunu gördüm. Ve bunu defalarca görmeye devam ettim. O kadar gerçek gibi ki... Gözüm açıkken gördüğüm sahneler bunlar."

Ezra ve Celeste'in birbirlerine baktıklarını hissettim.

"Sanırım, yarın derse gidemeyeceğim." dedim, başımı kanepenin arkasına dayayarak.

"Bunu, bütün öğretmenlerin anlayışla karşılayacaklardır." derken, saçımı okşadı Ezra.

"Her şey için teşekkür ederim Ezra." dedim.

"Teşekkür edecek bir şey yok prenses. Umarım en kısa zamanda, yakışıklı prensinle buluşmanı kutlarız."

"O kutlama olamayacak, inan bana." dedim, ağlayarak.

Celeste, avucuma bir ilâç koyup, bir bardak su uzattı:

"Haydi küçüğüm, konyağı bırak, şu hapı iç ve seni uykuya yatırayım."

Çocukluğumdan bu yana çok iyi tanıdığım, anaç, vazifeşinas, şefkatli mürebbiyemin tartışma götürmeyen sesiydi duyduğum. Ne zamandır, kocam yanımdayken, kenara çekilip sadece bir dost kimliğiyle durmuştu ama şimdi beni, kendimi koruyamadığım anda korumak için tekrar devreye giriyordu.

İtiraz etmeden ilâcı aldım, suyumu içtim ve koluma girip götürdüğü yatağıma uzandım. Ağlamaktan, son kaç gecenin uykusuzluğundan öylesine yorgundum ki, hap kısa zamanda tesir etti ve derin bir uykuya daldım. Ama rüyam beni rahat bırakmadı.

Yine *Lusitania*'nın batışını, Nesim'in sularda yok oluşunu seyrettim. Yüzü bana çok yakındı. Gözlerinin lacivert korlarını, içinde yanan çaresizliği görebiliyordum. Çığlıklarla uyandığımda, Celeste yanı başımdaydı. Hâlimden korktuğu için, beni yalnız bırakmamış, yatak odamdaki kanepede uzanmıştı. Ağlayarak ona sarıldım. Rüyamın gerçeklik hissinden, korkunç sona gittikçe yaklaştığımıza inanıyordum.

Ertesi sabah uyandığımda, hasta gibiydim. Celeste'in, tepside yatağıma getirdiği kahvaltıya dokunmadım. Nesim'in yüzü, elleri, kokusu, baktığım, dokunduğum her yerdeydi. Zaman zaman, yanı başımda, sanki yaklaşmış gibi sıcaklığını hissediyor, son anda gemiden inip bana sürpriz yapmış olabileceği umuduyla beslenip sonra tekrar hayâl kırıklığıyla gerçekliğime dönüyordum. Gözümü her kapayışımda nefesi yüzümü yalıyor, parmakları dudaklarımda geziniyor, uykuya daldığımda, yavaşça yanıma uzanıyordu. Gece, tenimi hafif bir rüzgâr gibi yalayan temasla yerimden fırlıyor, odanın içinde, bana şaka yapmak üzere saklanabileceği yerlere bakıyordum.

İlk iki günden sonra, artık gittiğini kabullenmiştim. Şimdi, yolculuğunu kazasız geçirdiği her yeni güne dua ederek, İstanbul'a sağ salim vardığının haberini alacağım güne dek yaşayacağım endişe, bunun verdiği kalp ağrısı, sevgilimin fiziksel uzaklığının verdiği acıyı bastırmıştı.

Günler, saatler geçmek bilmiyordu. Antik Yunan tanrılarının gücüne sahip olup *Lusitania*'yı okyanusun sularından çekip, Liverpool limanına kondurmayı düşlüyordum. Her gece yarısı Alessandro, parkın kapısına gelen gazeteci çocuktan ilk baskı gazeteleri getiriyor, ayrıca her sabah, gazetelerin baş sayfasına kalbim durarak bakıyor, kısa süreli bir soluklanmadan sonra, başlamış olan yeni saatlerin endişesi ile sarılarak, yeniden gece yarısının haberlerini bekliyordum.

Istıraba Prelüd -Ağıt-

7 Mayıs, 1915

7 Mayıs Salı sabahı, yaş günüme uyandığımda, *Lusitania*'nın Liverpool'a varmasına sadece bir gün kalmış ve o ana kadar her şey yolunda gitmişti. Celeste, "Mutlu yıllar." dileyip kucaklarken, "Gördün mü küçüğüm? Nesim yarın bu saatlerde artık İngiltere'ye varmış olacak bile. Kendini boşuna bu kadar yıprattın." dedi.

"Ben de yanıldığımı umuyorum, sevgili Celeste. Ama bu sadece bir umut. Uyurken de, uyanıkken de görüntüler beni hâlâ rahat bırakmıyor."

"Eminim, yarın akşamdan itibaren, bu kâbus kendiliğinden yok olacak. Haydi, şimdi biraz neşelen küçüğüm. Paul, bizi Greenwich Village'de öğle yemeğine davet etti. Limandan geldiğimizden beri evden çıkmadın. Dışarıda harika bir bahar günü var, kaçırıyorsun. Yemekten sonra, istersen parkta biraz yürürüz. Açık hava ve güneş seni daha optimist yapacaktır, eminim."

Aynadaki aksime bakıp alaylı, gülümsedim.

"Bu yüzde optimist olabilecek bir taraf görüyor musun, sevgili Celeste."

Saçlarımı ensemde toplayıp, yanağımı okşadı.

"Kendini kasvetli düşüncelerle mahvedip duruyorsun küçüğüm. Buradan çıktığın an, hayatın ne kadar güzel olduğunu tekrar hatırlayacaksın. *Lusitania* yoluna devam ediyor, Nesim yarın karaya ayak basmış olacak ve sen bunca gün acı çektiğin için hayıflanacaksın. Haydi, toparlan, çıkalım."

Celeste'in, bütün şefkatli, munis sesine rağmen, uzun yıllardır tanıdığım, nazik otoriter tonunu iyi bilirdim ve yine onu duyuyordum.

"Pekiyi." deyip banyoya girdim. Ama işte yine aynı şey oluyordu. Küvette, duşta, aynada, Nesim'in vücudu hep yanı başımdaydı. Islak, dalgalı simsiyah saçları alnında, ensesinde... lacivert gözleri, ıslak kirpiklerinin arasından aşk korları yakarak bakıyordu. Aynada, yanımda duran hayâlinin saçlarını okşayıp, dudaklarına dudaklarımı dayadım. Ağlarken, "Tanrım, ne olur, sağ salim kıyıya varsın; yemin ediyorum, bir daha o dönene kadar ağlamayacağım." diye mırıldandım.

Tanrı'yla pazarlık olmayacağını bile bile, şansımı deniyordum.

Zoraki hazırlanıp, salona çıktığımda, Celeste'in sevgili profesörü Paul Downey gelmişti bile. Şefkatle yanaklarımdan öptü.

"Seni nihayet evden kaçırabildiğimize memnunum prenses." dedi.

Bana bütün sevenlerimin verdiği isimlerin konuşulduğu bir sohbetten beri, dostlarımızın dilinde anneannemin bana taktığı lâkabım yerleşip kalmıştı.

"Teşekkür ederim Paul." dedim, "Gerçi, size ne kadar keyif vereceğim bu hâlimle, bilemiyorum."

"Bugün, bizlerin seni nasıl keyiflendireceğimizi düşüneceğimiz gün, küçüğüm benim." dedi Celeste.

Ristorante Del Mare'ye vardığımızda, Ezra bizleri bekliyordu. Gün pırıl pırıl, insanlar bahar sevinciyle coşkuluydu. Sanki savaş da kışla beraber yok olmuş hissi vardı herkeste. Bahar, öylesine aşk, huzur ve yaşamdan keyif alma ruhu taşıyordu ki, bu mevsimde, bazılarının hâlâ daha savaşma arzusunda olduklarına inanamıyordu insan. Masamızın tek eksiği Nesim'di. Sanki hayat değişmemiş, endişeler, korkular kapıda beklemiyordu. Sanki eve dönüp akşam olduğunda, Nesim işinden gelecek, onu kapıda kucaklayıp karşılayacaktım. Bunlar aklımdan geçtikçe gözlerim yaşlanıyor, arkadaşlarım, hiç üzerime varmadan, elime, yanağıma, candan teselli dokunuşlarıyla üzüntüme katılıyorlar, bir taraftan da bambaşka konularla dikkatimi dağıtmaya çalışıyorlardı.

Saat bir buçuğa gelirken, Porto şarabıyla antrelerimizi bitirmiştik ki, kendimde olağanüstü bir tuhaflık hissettim. Sanki bedenimin içinden çekip çıkarılmış, uzaklara, çok uzaklara fırlatılmıştım. Mayıs güneşinin tatlı sıcaklığına rağmen buz gibi oldum. Alnımdan, ensemden, göğsümden, sanki buzlu sular akıyordu. İçimi ürperten soğuk terle, şifon elbisemin yakası, kolları bedenime yapışmış, hissettiği soğuktan, ellerimin kanı çekilmişti. Yüreğim sıkışıyor, nefes alamıyordum. Karşımda, o ana kadar Celeste'in oturduğu yerde, şimdi bambaşka bir görüntü vardı:

Nesim, *Lusitania*'nın güvertesinde, kollarını küpeşteye dayamış, sigarasını içiyordu. Okyanusun derinliğinden satha doğru beliren köpük, son süratle *Lusitania*'ya doğru geliyordu. Nesim'in, sudaki hareketi gördüğünü biliyordum. Zira yanındakilere, parmakları arasında sigarasını tutan eliyle denizi gösteriyordu. Ve köpüklerin *Lusitania*'ya değdiği an kopan patlamayla gemi yan yattı. Nesim, küpeşteye tutunmaya çalışıyordu. Zamanda kaybolmuştum. Arkadaşlarım, merak içinde etrafıma toplanmışlar, "İyi misin?", "Uzanmak ister misin?", "Neyin var?" gibi sorular soruyorlardı ama benim realitemde o an, onlarla değildim.

"Nesim," dedim, dudaklarım titreyerek, "Nesim ölüyor!..."

Onu, canlı, karşımda görüyordum. Okyanusa sarkmış bedeni, avuçlarının sardığı küpeşteye tutunmaya çalışıyordu. Yolculardan biri ona elini uzatıyordu, çekmek için... Bir patlama daha... Nesim, okyanusun sularına düştü.

Bir çığlık atıp hıçkırıklar içinde sayıklamaya başladım:

"Ne olur yardım edin!... Ne olur!... Nesim ölüyor!"

"Haydi, gel küçüğüm, evimize gidelim, seni biraz dinlendirelim." diyordu Celeste.

Sesi çok uzaktan geliyordu. Ben yardım istemeye devam ettim:

"Ne olur... Ne olur... Bir şeyler yapın... Ölüyor sevgilim..."

Biri beni kucağına almış, taşıyordu. Kim, bilmiyordum... Gördüğüm faciayı nasıl olup da bir başkasının görmediğine, nasıl bu kadar lâkayt kaldıklarına isyan etmek istiyordum ama mecâlim yoktu. Sadece, sayıklayarak ağlıyordum. Yanımda birileri, bir yerlere gidiyor olmalıydım ama ben Nesim'leydim. Okyanusun içinde, bir can yeleğine tutunmaya çalışıyordu. Gözleri gözlerimde, lacivert korları ıslak, çaresiz, benden yardım istiyordu.

"Nesim!" diye haykırdım ellerimi önümdeki görüntüye uzatarak. Suların içinde sevgilim yok olmaya gidiyordu ve hiçbir şey yapamıyordum. Birileri ellerimi, kollarımı tutup, beni yatıştırmaya çalışıyordu.

Lusitania'nın pruvası dibe vurduğu an, devasa gövdesinin açtığı derin su çukurluğunda aşkımın o güzel yüzü görünmez oldu. Ellerimi, görüntümdeki suyun derinliğine uzatmış, haykırarak ağlıyordum. Ben de, o sulara yürümek, Antinous'umun arkasından gitmek istiyordum. Onu, derinlerden hâlâ daha çekip çıkarabilirdim. Kucaklayıp ısıtabilirdim. Bedenimi suya doğru bıraktım.

Gözümü açtığımda, yatağımda uzanıyordum. Yorgun vücudum kof, ruhum benden çok uzaklarda bir yerlerdeydi. Celeste, Ezra, Paul, Janin Stein, hepsi başucumdaydı. Celeste saçlarımı okşuyordu.

"Bizi çok korkuttun küçüğüm. Bir sinir krizi geçirmişsin. Dinlenmen gerek."

"Saat kaç?" diye sordum, yerimde doğrulmaya çalışarak.

Mrs. Stein, yastıklarımı düzelterek yardımcı oldu.

"Doktor kesin istirahat etmeni tavsiye etti tatlım. Lütfen, sakin ol."

"Saat kaç?" diye tekrarladım.

Ezra saatine baktı.

"İki buçuk oldu. Yapmamızı istediğin bir şey mi vardı?"

"Artık çok geç." dedim, gözümün perdesinde asılı kalmış, boş okyanus görüntüsüne bakarak.

"Ne için geç oldu prenses?"

"Nesim'i kurtaramadık." dedim, hıçkırarak.

O arada kapının zili çalmış, Celeste bakmaya gitmişti. Yatak odasının kapısında tekrar belirdiğinde, yüzünde kocaman bir gülümseme vardı.

"Küçüğüm, bu sürprizi görünce, sanırım, karamsarlığından kurtulacaksın."

Aniden bedenimin canlandığını hissettim. Yerimde heyecanla kıpırdandım.

"Nesim mi?"

Denize açılalı bir hafta olduğu hâlde, Nesim'i, hâlâ karşımda görme ümidindeydim. Bu inatçı ümidim, odadakileri hüzünlendirmişti.

"Kendisi değil tabii ki ama ondan gelen bir şey."

Kapının ağzında birkaç saniyelik yok olup tekrar, elinde, alışılmışın dışında, buket gibi fiyonglanmış, krem rengi dantele sarılmış bir hediyeyle belirdi. Ve getirip kucağıma bıraktı.

Tiffany'nin paketi, aynen, kucak dolusu, büyük bir çiçek demeti görüntüsünde hazırlanmıştı. Altın rengi saten kurdeleyi çözerken, odadaki herkesin bakışında aynı merak vardı. Kutunun sarılı olduğu dantel, kendi başına kıymetli bir hediyeydi. Kapağını kaldırdığım zaman, nefesim tutuldu. Bu, yola çıkarken Nesim'e hediye ettiğim, anneannemin bana armağanı portbuketin eşiydi. Onun üzerindeki malzeme aynen kullanılarak, yalnız bu kez büyük boy bir vazoya dönüştürelerek imâl edilmişti.

"Nesim..." diye mırıldandım, kutunun içindeki muhteşem parçayı ellerime alırken. Kaldırıp tuttuğumda, yanımda olan herkesten hayranlık sesleri yükseldi. Nesim, ne zaman, anneannemin portbuketini Tiffany'e götürüp bu siparişi vermişti, bilemiyorum. Ama onun ayrılırken söylediklerini düşününce, gülümsemeden edemedim. Gerçekten, ben ona, onca şey içinden, sembolik olarak bir armağan yapmıştım. O ise, haftalar öncesinden, aynı parçayı seçerek bana yaş günü hediyesi hazırlatmıştı. Nadide mücevheri eline verirken, neden gülümsediğini şimdi anlıyordum. Ruhumuzun birbirini hissetmesi dediği buydu.

Yataktan kalkıp, vazoyla beraber salona doğru yürüdüm. Sağlığımdan endişe eden etrafımda toplanmış olan herkes, ardımdan geldi. Neşem değilse bile, ruhum bedenime dönmüştü. Benim için, bu kadar meraklanmış, derdimi sahiplenmiş dostlarıma teşekkür borçlu olduğumu hatırladım.

"Sevgili Celeste, bir içki ikram edebilir miyiz misafirlerimize, lütfen." dedim.

Paul, "Ben yardım ederim." dedi ve sevgilisinin ardından fırladı.

Vazoyu piyanonun üzerine koyup, pufa oturdum ve seyretmeye başladım. Beyaz opalin ayağın üzerinde, helezoni bir dalla yukarıya uzayan altın kaplama minik yapraklar, vazo kısmında, gravürlü ve baskılı altın fkaplama gümüş ve turkuvaz taşların süslediği gövdeyle buluşuyor, vazonun ağzına doğru dört adet, altın yaprakları içinde, henüz açılmamış beyaz opalin lâle tomurcuklanıyordu. Anneannemin minik portbuketindeki malzemelerin aynısı, Louis

Tiffany'nin meşhur gökkuşağı renkli 'Favrile' camı üzerinde kullanılmıştı. Vazonun ayağının genişlemeye başladığı yerde sarılı ince altın zincir, yine altından bir yaprağa bağlıydı. Kalkıp elime aldığımda, üzerinde, el yazısıyla kazınmış ithafı gördüm.

"Bedeninin, ruhunun esiri olduğum küçük sevgilim, karım, büyük aşkıma, 7 Mayıs, 1915."

Altın yapraktaki yazı elimi yakıyordu. Bir hafta evvel, yolculuk sabahı, piyanonun tuşları üzerinde aşk yapışımız, henüz bu sabahın tazeliğindeydi. Tuşlarda parmağımı gezdirip yapraktaki yazıya tekrar baktım. Sanki Nesim okuyordu, sesini duydum. İçim ısındı. Elimin altında tenini aradım. Başımı boynuna gömüp koklamak isteğiyle, boş yatağımızı düşünerek ıstırapla yutkundum.

Celeste, buz gibi dry-martini hazırlamış, Paul herkese dağıtıyordu. Ezra, yanıma gelerek kadehini kaldırdı.

"Evet! Sevgili prensesimizin yeni yaşına ve bir an önce sevgili prensine kavuşmasına içelim."

Gözüm, Nesim'in hediyesinde, ben de kadehimi kaldırdım. Bir yudum aldıktan sonra, Paul'ün yanına gittim.

"Özür dilerim sevgili Paul." dedim, "O güzel ikramını mahvettim."

Elimi tutup okşadı.

"Sen bizleri affet ki, hiçbir faydamız olmuyor sıkıntılarını hafifletmek için."

"Yanımdasınız ya. Daha ne isteyebilirim?"

"Nesim sağ salim Liverpool'a varacak, göreceksin. Bir günden az kaldı. Moralini bozma." dedi, kadehini benimkine vururken.

Ne garipti; hepimizin dikkati ve endişesi *Lusitania*'nın Atlantik yolculuğuna yoğunlaşmıştı. Hâlbuki Nesim'in serüveni orada bitecek değildi. Ve tüm Avrupa, Çanakkale Boğazı, alev alev, harbin bilfiil içindeydi. Üstelik İstanbul'a vardıktan sonra, bir de dönüşü vardı bunun.

İçkilerimiz bittiğinde, arkadaşlarım ayrılırlarken, akşam hep beraber yemek yeyip, yaş günümü kutlamayı plânladıklarını söylediler.

"Lütfen beni mazur görün. İçimde bir his var. Belki gemi erken varır. Nesim'den bir telgraf gelebilir. Evden ayrılmak istemiyorum." dedim.

"O zaman dışarı çıkmayız, benim dairemde buluşuruz prenses." dedi Ezra, "Yemekleri Plaza'dan getirtirim. Hem evden uzaklaşmamış olursun, hem de bize yaş gününü kutlama şerefini verirsin. Shana ve Bill'e de haber vereceğim."

O kadar tatlı bir inadı vardı ki, onu kıramayacağımı biliyordum. Gülümsedim.

"Peki, anlaştık. Yalnız bir şartla. Yine senin davetin olsun. Ama burada toplanalım. Kendimi daha iyi hissedeceğim."

"Anlaştık. Ama hiçbir şeye el sürmeyeceksin. Sen davetlisin prenses, oldu mu?"

Herkes çıktıktan sonra, Celeste'in hâlâ evde dolandığını görüp sordum:

"Sen kütüphaneye gitmeyecek miydin sevgili Celeste? Lütfen benim için programını aksatma. Ben iyiyim."

"Evet, bu iyi hâlinse, ben seni hiç iyi görmedim demektir küçüğüm. Seni bugün yalnız bırakacağımı sanıyorsan yanılıyorsun."

Yanıma gelip şefkatle sarıldı.

"Konuşmak ister misin?" dedi.

"Teşekkür ederim canım. Sanırım, gücenmezsen, biraz yalnız kalma ihtiyacı hissediyorum."

"Gayet tabii küçüğüm. Ben de, kütüphane odasında, biraz çalışıyor olacağım. Bir ihtiyacın olursa seslen. Oldu mu canım?"

Gülümseyip başımı salladım. Onun, yanımda olmasına o kadar müteşekkirdim ki...

Celeste salondan çıktıktan sonra, piyanonun yanında, Nesim'in hediyesini doya doya seyrettim. Sanki daha yeni onun eli değerek paketlenmişti. Vazodan, piyanonun tuşlarından, taburesinden, sevgilimin sıcaklığını alıyordum. Parmaklarımla, elimi yanaklarımda, dudaklarımda gezdirdim, onun yanımda olduğunu hayâl ederek. Vazonun ucundaki yazıyı tekrar tekrar okudum, tatlı, aşk dolu sesini kulaklarımda duyarak. Sevişmeyi hatırlatan lacivert alevli gözleri, teninin kokusu, orada benimleydi. İçim sızlıyor, gördüğüm vizyonların ve bilinmezliğin ezdiği ruhum kanıyordu.

Bir kutlama için hiç keyfim, arzum olmamasına rağmen, akşam, beni biraz olsun oyalayacak dostlarımın varlığını bilmek içimi rahatlatıyordu. Şu son geceyi mümkün olduğunca hızlı atlatmak ve güneşli, ılık yarına, mutlu haberlere ulaşmak istiyordum. Bir yandan da, halüsinasyonlarını gördüğüm dehşet sahneleri şayet bundan sonraki zaman aralığında yaşanıp gerçeğe dönecekse, zamanın hemen o anda durmasını diliyordum. Düşüncelerimle, dualarımla, sanki kaderin akışını, zamanın aldığı şekli değiştirebilirmiş gibi, kendi kendimle mücadeledeydim. Öğlen yemeğinde hissettiğim ağır, soğuk his, sık sık, hâlen daha bedenimden geçiyor ve içimi ürpertiyordu. Yüreğim mengene içinde gibiydi.

Uzun zamandır piyanonun önünde oturuyor olmalıydım. Celeste'in, arada bir, kapıdan bakıp beni kontrol ettiğini hissetmiştim ama geçen zamanı hiç fark etmemiştim. Kapı çalınıp akşam yemeğinde servisi yapacak Plaza ekibi geldiğinde, geceye biraz daha yaklaştığımızı düşünüp sevindim. Bu gece de bitince, *Lusitania* Liverpool'a yanaşacaktı. Gelenlere mutfağı gösterdikten sonra, yatak odasına çekilip hazırlanmaya başladım. Banyomu yapıp beyaz krepten sade bir elbise giydim. Sadece, anneannemin damla inci küpelerini ve Nesim'in South Sea bileziklerini taktım. Onları hediye ettiği geceyi hatırlarken, parmaklarımı birbirine kenetleyip başımın üzerine kaldırdım. Nesim'in, tüm bedenimi örten kolları ve vücudunun temasını hisseder gibi oldum. Gözüme gelen yaşla, bileklerimdeki incileri öptüm, onun parmaklarını öper gibi. Tanrım, ne kadar kısa zamanda, ne kadar uzun, ne kadar çok şey yaşamıştık ve o ne kadar bana ait olmuştu, ben de ona. Bu ayrılığımız, bunca dolu yaşamamızın bir intikamı mıydı, kıskanç kaderin plânladığı?

Saçımı, inci başlı firketelerle ensemde toplayıp yılbaşında Nesim'in hediye ettiği lâlik şişedeki parfümümü açtım. 1900'lerin 'Belle Epoque' parfümü Coty, 'Lalique'in müthiş yeteneğiyle birleşip Poiret'nin, feminen silueti konuşturduğu şişesiyle, 'Art -Nouveau' çizgilerin en lüks ifadelerinden birini sunuyordu ve defalarca sevişmelerimizin aşk iksiri olmuştu. Parmak uçlarımla, kulaklarımın arkasına, boynuma, göğsüme, dirseklerime değdirdiğim parfümün aroması, hatıramda Nesim'in teninin, losyonunun ve arzusunun kokusuyla birleşmişti. O kadar keskindi ki, sanki sevgilim orada, yatakta beni bekliyordu. Ayağa kalkıp gözlerimi boş köşelerde gezdirirken, yaşları içime akıttım ve derin bir nefes alarak odadan çıktım.

Plaza'nın ekibi, çoktan salonun bir köşesinde büfeyi kurmuş,

Oak Room'un mutfağından gelen yemekler mutfakta servise hazırlanmıştı. Sessiz, çabuk, titiz çalışıyorlardı.

Çok geçmeden Ezra geldi ve doğru mutfağa, şefle konuşmaya girdi. Ardından, sırasıyla Paul, Janin, İshak Stein ve Shana geldi. Shana'nın, hiç alışık olmadığım bir durgunluğu, keyifsizliği vardı. Makyajının altında, kızarmış gözlerini fark edebiliyordum.

"Bill biraz gecikecek." dediğinde, üstelemedim. Belli ki, aralarında bir tatsızlık olmuştu ve ayrı ayrı gelmeyi tercih etmişlerdi. Hayatta tek kahrı olan ben değildim ya...

Ezra, şerefime şampanya açıp ikram ettikten sonra koluma girdi.

"Sevgili prensesimize, içmeden önce..."

Bana dönüp bakarak devam etti:

"... Eğer müsaade ederse... onu bizlere getiren eski ve en iyi arkadaşım Nesim'in, güvenli bir yolculukla bize dönmesini diliyor ve kadeh kaldırmak istiyorum. New York'umuza bir masal prensesi gibi düştü onun "küçük sevgili"si ve onu bizlere emanet ettiği bu süre zarfında, o bu yolculuğundan dönene kadar, Hüma'nın hiçbir gününü yalnız kutlamasına müsaade etmeyeceğiz. Mutlu yaşlara prenses!"

Herkes bir ağızdan kutlama dilekleriyle kadehlerini kaldırdı. Hepsi çok cana yakın, sanki gerçek ailemin birer ferdi gibi, benimle samimi olarak alâkalıydı. Janin Stein, anaç bir tavırla, küçük gruplar arasında dolanırken, sohbeti, mümkün olduğu kadar benim düşüncelerimi, endişelerimi def etmek üzere yönlendirmeye çalışıyordu. Hepsinin harcadığı özel gayretin farkındaydım. Benim hassaslaşabileceğim herhangi bir kelimeyi telâffuz etmekten, endişelerimi körükleyecek bir olay anlatmaktan imtina ederek, olabildiğince de normal davranmaya çalışarak, akşamı sürüklüyorlardı.

Gece on ikiye doğru, Ezra yine kontrolü eline aldı ve herkesi bir araya topladı.

"Arkadaşlar, prensesimizin gerçek kutlamasını yapacağımız saat geliyor. Gece tam on ikide doğduğunu biliyor muydunuz?"

Hayretle gülümsedim.

"Sen nereden biliyorsun Ezra? Hiç söylediğimi hatırlamıyorum."

"Ah! Sevgili Nesim söylemişti. Bu tesadüfü, Sinderella masalının parçası gibi anlatmıştı bana. Seninle ilgili her şey, Nesim için bir masal, prenses. Ama sen bunu zaten biliyorsun. Niye anlatıyorum ki."

"O da benim masalım." dedim, gözümde yaşla.

Benim gıyabımda, en yakın arkadaşıyla, aslında gereksiz bu detayları konuşmak isteyecek kadar benimle ilgili ve romantik olduğunu, bir kez daha fark ediyordum. Sevgisi, bu kadar uzakta olmasına rağmen, içimi ısıtıyordu.

Saat mevzuu olunca, Ezra'ya rica ettim, servisteki çocuklardan birini aşağıya gönderip Alessandro'ya gazeteleri sorması için. Garson geri döndüğünde eli boştu. Henüz gazeteci gelmemişti.

Tam on ikide, Ezra bir şampanya daha açarken kapı çalındı. Yüreğim ağzımda, yerimde kaldım.

"Gazeteler!" dedim.

Garsonlardan biri kapıyı açtığında, Alessandro, apoletli ceketi, şapkası ve en mutlu gülüşüyle duruyordu. Sol elinde, kocaman bir çiçek buketi vardı. Henüz açmamış, gonca beyaz lâleler. Sanki çağrılmışım gibi kapıya doğru yürüdüm.

"İyi geceler Madam," dedi buketi uzatırken, "Size."

"Teşekkür ederim Alessandro."

Buketi kucakladım. Ağır adımlarla, hipnotize olmuş gibi piyanoya doğru yürüdüm. Kimden olduğunu o kadar iyi biliyordum ki... Beyaz ve henüz açılmamış lâleler... Portbuketin kopyası vazonun bedeninden uzanan aynı lâleler. Bir de dedelerimin romantik olduklarını düşünürdüm... Gülümsedim.

Herkes, sessizlik içinde beni izliyordu. Buketi piyanonun üzerine koydum. Fiyonga iliştirilmiş küçük zarfın üzerinde, çok iyi tanıdığım el yazısıyla "Küçük sevgilime" yazıyordu. Fiyongu çözüp zarfı açtım. Notu okumayı sonraya bırakmak istedim. Aynen, en büyük lezzeti en sona saklamak ister gibi. Önce, uzun sapları ve körpe, dalgalı yaprakları arasında uykuya yatmış, açılmayı bekleyen henüz tomurcuk lâleleri, hiç acele etmeden, âdeta birer birer okşarcasına, demetin içinden alıp, vazoya yerleştirdim. Tam kırk iki lâle saydım yerleştirirken. Sayı bana bir şey ifade etmedi ama üstünde durmadım. Daha romantik, daha anlamlı bir hediye düşünemiyordum, Tiffany vazoyu ve içindeki gonca lâleleri okşarken.

Yazdığı kartı elime alıp piyanonun taburesine oturdum. O anda, artık ben ve Nesim, orada yalnızdık. Başka hiç kimseyi görmüyor, duymuyordum. Karaya varmasına az kalmıştı ve ben ona müziğimi göndermek istiyordum.

"Senin bedenini, ruhunu, müziğini beraberimde götürmek istiyorum." dememiş miydi?

Kartı, piyanonun mumluğunun kenarına koydum ve ona en son çaldığım, çok sevdiği Chopin'in prelüdünü tuşlarla seviştirmeye başladım. Gözlerim yazdığı nottaydı. Kelimelerini, hiç telâşlanmadan, sanki prelüdün notalarıymış gibi, bir yandan çalarken, ağır ağır okuyup içime sindirdim.

"Benim büyük aşkım... küçük sevgilim... doğduğun saatte... bu henüz açmamış lâlelere de hayat vereceğini biliyorum... aynen bana verdiğin gibi... On dokuz lâle yeni yaşın için... yirmi üç lâle de bana hayat verdiğin için... ve biz... beraber kırk iki yaş ediyoruz aşkım, hepsi senin... Çünkü bizi sen yarattın... Hiç bitmeyecek aşkımla... Seni kucaklıyorum küçük sevgilim benim."

Çaldığım kadar okuyor, okudukça çalıyordum. Ağlıyor olmalıydım, yaşlar yanaklarımdan, boynuma, dudaklarıma akıyordu. Tanrım! Hem bu kadar mesafede, hem bu kadar temasta olmak. Sözleri, sesi, yazısı, hediyesi, oturduğum taburede bedeninin bıraktığı aşk dolu sıcaklık, armağanı parfüme karışmış kokusu, her şeyiyle ne kadar yakınımdaydı. Onu içime alıp yattığım son geceyi düşündüm. Kasıklarımda tatlı bir sancı oldu. Özlediği sıcaklığı hayâl etmekten canı acımış gibi, içimde kramplar hissettim. Geri döneceği günü hayâl ettim. Bugünler de geçecekti. Diğerlerinin geçip bittiği gibi. Sadece biraz sabır istiyordu. Bunu da atlatacaktık.

"Evet sevgilim," dedim, sessizce, dudaklarım kıpırdanarak, "evet, başaracağız."

Dudaklarımda, Nesim'in döndüğü günün düşüncesiyle beliren gülümseme, Chopin çalmaya devam ediyordum. Kapı çaldığında, bu defa, Alessandro'nun getirdiği gazeteler olabileceğini düşünerek, parmaklarımı tuşlarda dondurdum ve yine Shana'nın açtığı kapıya baktım. Gelen Bill'di. Gülümseyerek elimi salladım ve çalmaya devam ettim.

Bill, Shana'yı geride bırakarak bana doğru yürümeye başladı. Sanki birden, her şey ağır çekime tâbi olmuştu. Ben, gözlerim, kolunun altında bir gazeteyle gelen arkadaşımda; diğerleri, çaresiz, kontrolleri dışında olanlara karşı zaaf içinde bakışlarla; Bill, ruhunda görünmeyen bir yük taşır gibi... Salonun her köşesine, havaya sinen, o ağır geçen ama yine de zamanı bizden çalan anlardan birinin altında ezilmiştik sanki. Gözümü ondan ayırmadan, çalıyordum. Piyanomdan ayrılmak istemiyordum. Bütün gücümü, ruhumu ondan alıyordum şu an. O beni Nesim'le, aşkımla, onunla paylaştıklarımla bağlıyordu. Durduğum an, sanki piyanonun üzerindeki vazom, içindeki kırk iki gonca lâlem ve Nesim'le olan tüm hatıralarım uçup yok olacaktı. Prelüd bitmişti ama baştan başladım. Sessiz ve hareketsiz kalmaya tahammülüm yoktu şu an. Bill, yanı başıma kadar geldi. Gözleri kıpkırmızı, ifadesi perişandı. Bana bakarken, gözlerinde tireyen yaşları zor tutuyordu. Neden geciktiğini, ne haber getirdiğini biliyordum. Birden, yüreğime bir lâv düştü. Acıyla inledim. Ama bu bana yeni olan bir acı değildi. Uzun zamandır yaşıyordum. Ancak şimdi, onlar da, gerçek olduğunun benim kadar farkına varmıştı. Shana'nın kızarmış gözlerinin sebebi de artık belliydi. Herkes piyanonun etrafına toplanmış, uykuya yatırılmaya hazırlanmış masal kahramanları gibi duruyordu.

Dudaklarımı ısırdım ve yaşlarla örtülü gözlerimi Bill'den ayırıp, piyanoma çevirdim. Önümde duran, Nesim'in el yazısını okuyarak çalmaya devam ettim.

"Benim büyük aşkım, küçük sevgilim... doğduğun saatte bu henüz açmamış lâlelere de hayat vereceğini biliyorum, aynen bana verdiğin gibi... On dokuz lâle yeni yaşın için... yirmi üç lâle de bana hayat verdiğin için... ve biz... beraber... kırk iki yaş ediyoruz aşkım... hepsi senin... Çünkü bizi sen yarattın... Hiç bitmeyecek aşkımla... Seni kucaklıyorum küçük sevgilim benim."

Sadece yirmi üç yaşının lâlesini bırakmamıştı bana. Tüm hayatını teslim edip gitmişti, hayatının bana bıraktığı kadarıyla kalacağını bilemeden. Her şeyini benim tenime, içime, ruhuma kazımış ve gitmişti.

Gözlerimi kapadım, yaşlarımı kendi hâline bırakıp. Daralan yüreğim nefessiz bırakıyor, notalarla beraber tıkandığım anda, derin bir solukla, hıçkırıklar arasında nefes alıp devam ediyordum. Gördüklerim hayâl değildi, halüsinasyon değildi, rüya değildi, gerçekti ama hiçbir şey yapamamıştım. Bir hafta önce kolları arasına sokulduğum, içime aldığım, sardığım, kokladığım sıcacık ten, yoktu. Beni inandırmak istedikleri gibi, sadece bir müddet için değildi yokluğu, o, artık hiç olmayacaktı...

Notaların bittiği yerden çılgın gibi bir yeni tekrara geçiyor, kendime, durup düşünecek, soracak, daha fazlasını öğrenecek bir an yaratmak istemiyordum.

Bill'in yanı başımda omuzumu saran elinin temasını hissettim. "Üzgünüm prenses, çok üzgünüm." diyordu, uzaklardan bir yerden gelen sesi. Herkesin ağladığını, gazetenin elden ele dolaştığını, gözyaşlarım arasından görüyordum ama ben Nesim'le bana ait olan dünyada kalmak için çalıyor, çalıyor, tekrar çalıyordum. Onunla en son seviştiğimiz yerde, ondan hiç ayrılmamış gibi oturup kalmak ve ölene dek piyanomu çalmak istiyordum. Çaldığım müddetçe, o burada, hâlâ benimle, emniyetteydi. Durduğum an, soğuk sulara, okyanusun derinliğine, yalnızlığa gidecekti. Ve ben onu koruyamayacaktım.

"Oh! Aşkım' Sevgili Antinous'um benim... Seni denizlerden birinde boğulmaktan kurtardım ama bir diğerine kendi ellerimle gönderdim... Beni affet... Affet beni..."

Ve... çaldım, çaldım, çaldım, tekrar, tekrar, tekrar...

Sabahın ilk ışıkları, kalın brokar perdedeler ardından odaya sızmaya başlamıştı. Genç Hüma, gözyaşları arasından kelimeleri seçmeye çalışarak, hıçkırıklarla sayfayı bitirdiğinde, odadaki herkes ağlıyordu.

Defterin sonu gelmemiş ama hatırat yarım kalmış görünüyordu. Belli ki, Hüma, daha vakti olsaydı devam edecekti. Kader, onun büyük aşkını, kıskançlıkla yarım bıraktırdığı gibi, yıllar sonra anımsayıp yazarken de tamamını getirtmemişti.

"En arka sayfada bir not var, bugünün tarihiyle" dedi, titreyen sesiyle genç Hüma.

Evet, sevgililerim benim, belki de âşık olduğum erkeği sahiplenmek ve korumak adına kendisine karşı açtığım savaşı küstahça bulmuştu kader ve bu cüretimi cezalandırmak için almıştı elimden delicesine sevdiğimi. Belki, fazla kendini beğenmiş bulmuştu, onun şekil verdiği düzeni değiştirme cüretimi ve bana bunu sevgilimi elimden alarak ödetmişti. Hem de, antik çağdaki gerçek kahramanın, hayatıma tesir eden trajedisinin benzeriyle. Onu, ilk olarak Antinous diye adlandırdığımda, acaba ileriye dönük bir halüsinasyon mu görmüştüm, yoksa benim yakıştırdığım adı ciddiye mi almıştı kader? Onu çok düşündüm bugüne kadar, çözemedim...

O günden beri kaderin canlı olduğuna inanırım. Şekilciliği, inatçılığı, öç alma duygusuyla yaşayan, ismini geride bırakıp görünmezliğe sığınmış bir canlı...

Hatıratımın burada bitmediğini herhalde tahmin etmişsinizdir. Bugünün uykusundan da uyanırsam, yazmaya devam edeceğim. Ancak, şayet gözlerimi bir daha açmamak üzere uykuya dalmışsam, sizi cevaplanmamış sorularla baş başa bırakıyor olacağım. Ne var ki, hayatımın bundan sonraki bölümleri, küçük Hüma'nın yolculuğunda bulacağı defterlerde zaten var.

Yalnız, ilk aşkım ve ilk bebeğim, daha son zamanlara kadar, yazma cesaretim olmamış bölümüydü hayatımın. Her ikisini de hatırlamak bana hâlâ ıstırap verdiği için. Ama artık yazılması lâzımdı.

Sanırım, sizleri epey oyaladım ve şaşırttım şu ana kadar. İnanın, hayatımın bundan sonrası da daha sıkıcı değil. Ancak, onları artık hepinizin okumasını, paylaşmasını bekleyemem.

Şimdi, bundan sonrasını küçük Hüma'ya bırakıyorum. Bu defterdeki son notum onun şahsına. Hepinizi çok seviyorum sevgili çocuklarım. Umarım, yaşadıklarımla, hayatı kendime çevirmekteki cesaretim ve ölüm olmadıkça her şeyden en mutlu olmayı çıkarmanın iyi bir örneğini verebilmişimdir. Bu sizin genlerinizde de var. Şimdi artık, sadece biraz kendinizi dinleyin ve gizli kalmış taraflarınızı keşfetmeye bakın. Hayat, başkalarını tanımak değildir aslında. Hayatın anlamı, önce kendinizi tanımaktan geçer. Ben, kaderin karşıma çıkardığı her sürprizde, önce, arzularımın, hayâllerimin sesine kulak verdim. Aşklarıma ve serüvenlerime doğru yolculuğa çıkarken, yüreğimin, ruhumun ve bedenimin rehberliğini, içimdeki o seslere bıraktım.

Benim ne kadar âşık, ne kadar gözü kara, cesur ve ne kadar genç olabileceğimi anladığınızı umduğum ama neresinde duraklamak zorunda kalacağımı bilmediğim bu hatıratla, şimdilik, sizlere veda ediyorum sevgililerim.

Birkaç satır boşluğundan sonra, kendisine özel olarak yazılmış satırları, sessizce okumaya başladı genç Hüma:

En sevgili torunum Hüma'm,

Bu hatıratı okurken, senin beni ne kadar iyi tanıyıp, ne kadar benimseyeceğini tahmin ediyorum. Onun için, hayatımın geri kalanını sana teslim edeceğim. Yalnız, diğer parçaları senin toparlaman gerekecek. Bunun için de uzun bir yolculuğa çıkman şart. Bunu aile düzenin içinde nasıl ayarlarsın bilemem, ama eminim, bir yolunu bulacaksın. Ailemde bana en benzeyen sensin ve bu yolculuğu ne pahasına olursa olsun yapacağından eminim.

Bu defterimin bittiği yerden itibaren yazılmış, daha doğrusu çok önce yazılmış diğerleri, New York'ta, Citibank'teki kasamda. Boynumdaki üçüncü anahtar, o kasanındır. Aurora'nın incilerini de orada bulacaksın, yanındaki iki hatıra defterimle beraber. Bu defterimi bugün noktalayarak ayrılmak zorunda kalırsam, kasayı açtığında hatıralarımı henüz bitirmemiş olduğumdan, incilerin dört sıra olduğunu görüp şaşırma. O takdirde, onların nasıl tekrar birleştiğini, dediğim gibi, ancak yanındaki defterlerden öğreneceksin.

Ezra'nın oğlu Rabin Stein, bugün Stein & Stein'ın yönetim kurulu başkanı ve aynı aile şirketini yaşatıyor. New York'a gittiğinde, onu muhakkak aramalısın. Shana ve Bill'in çocukları ve torunları da New York'talar. Yatağımın başucundaki konsolun içinde bulacağın fihristte, yılların isimleri, ulaşılabilecek son adres ve telefonları kayıtlı. Yeni nesiller, ebeveynlerinin sayfalarında, onların isminin altında yazılıdır.

Yolculuğunu, yapabildiğince, Nesim'le benim yaptığımız gibi yap ve anlattığım tüm adreslere uğra. O günden yaşayan ne kaldıysa hayatıma girmiş, hepsiyle tanış. Dostların hiçbirini tanıman mümkün değil, maalesef. Hepsi, benden çok önce diyar değiştirdiler. Düşün ki ben en gençleriydim, ne hâle, ne yaşa geldim... Tanrım, bu anlattığım küçük kız, küçük kadın, gerçekten bu bedende miydi? Ne inanılmaz geliyor.

Her neyse, sevgili arkadaşlarımın yeni nesil aile fertleriyle muhakkak tanışmalısın. Onların dedelerinin, ninelerinin neler anlattığını öğrenmeli, zamanın üzerini örttüğü hayatları yeniden bir bütün hâline getirmelisin. Bu işi seveceğinden eminim.

Yalnız şunu bil: Her gittiğin adreste, yeni bir sürpriz, başka bir yolculuğun anahtarını bulabilirsin. Bütün bunlara hazırsan, avukatımdaki vasiyetimde, senin bu yolculuğun için özel olarak bıraktığım bir fon var. Hiçbir sıkıntın olmadan, babaannenin hayatını keşfedip aynı yerleri tekrar yaşabilirsin, sevgili küçüğüm. Tabii, bu arada kendini keşfederek.

Şimdi, kendine gerekli malûmatı aldıktan sonra, bu defteri kilitlemeni ve ben gömülürken mezarıma bırakmanı istiyorum.

Hayatını, kendi seçtiğin gibi yaşarsan senin olur, unutma!

Seni, doğduğun günden beri, çok özel olarak sevdim küçük Hüma'm. Bunu hep hatırla ve hep şahsına münhasır kal. Hoşçakal!

Hüma, defterden birkaç notu, boş bir kâğıda geçirip hatıratın anahtarını kapadı ve çantasına koydu.

Aile bireyleri henüz daha anıların son sayfasında yarım kalmış öyküyle başbaşa, sessizlik ve gözyaşları içinde, yatakta, balmumu yüzünde gülümsemeyle yatan Hüma'yı izliyorlardı.

Genç Hüma, ayağa kalkıp pencereden baktı. Kocasını, çakıl taşları üzerinde, arabasına doğru yürürken gördü. Seslenmek üzere pencereyi açtı. Ama birden vazgeçti.

"Hayatını, kendi seçtiğin gibi yaşa." sözleri yankılandı beyninde. Babaannesinin anneannesi de aynı şeyi söylememiş miydi, kaç nesil evvel? Evet, ailede bu düsturu hiç değilse iki nesilde bir devam ettirecek bir kadın lâzımdı. Kendisini, şüpheler ve küslüklerle yaşanacak bir evliliği yürütmektense, genlerinde mirasçısı olduğu maceraperest, aşka tutkulu, hür kadını hayata geçirmekle sorumlu hissediyordu. Henüz yirmi beş yaşındaydı ve içinde o güne dek hiç tanımadığı bir heyecan, yüreğinde çırpıntı vardı. Babaannesinin sırlarını çözerken yaşayacaklarının, hayatının o güne dek eksik kalmış anlamını tamamlayacağını hissediyordu. Tülü kapadı.

Bahçede, genç adam, MG'ye binmeden önce, yukarıya, cama doğru baktı. Hüma, tülün arkasında, kıpırdamadan onu izliyordu.

Çok yakışıklıydı. Sevmişti. Ama artık, sevmek kâfi gelmiyordu düşüncelerine; sevişmek yetmeyecekti bundan sonra bedenine. Âşık olmak, aşk yapmak vardı hayatta. Babaannesi gibi, uğruna, hiç çekinmeden tabuları yıkarak aşk yaşamak vardı...

Araba, çakılların üzerinde bir-iki manevradan sonra, bahçe yolundan büyük kapıya doğru ilerledi ve anayola çıkıp gözden kayboldu. Genç kadın, hiçbir üzüntü, terk edilmişlik hissetmediğini fark etti. Önünde, sırlarla dolu bir hayat uzanıyordu; babaannesine ait olan ama kendi benliğini de içinde saklayan. Sırları çözerken, kendisini tanıyıp şekil vereceği bir hayat.

Tülün üzerindeki parmakları, çoktan gözden kaybolmuş kocasına veda işaretiyle kıpırdandı.

"Güle güle." diye mırıldandı, "Güle güle."

Yüreği, babaannesinin ıstırabı, onun, aşkını kaybetmesine yaktığı ağıt yaşlarıyla dolup ağırlaşmıştı. Hayret ile hüznün eziciliğinin, görünmeyen ama varlığı bilinen bir âşığın ağlayan dokunuşları gibi, tenini ıstıraplı bir zevkle titrettiğini hissetti. Hüma olmak, demek, aslında böyle bir şeydi. Bedeninde, yüreğinde, ruhunda daha ne sır altında kalmış Hümalar olduğunu düşündü. Defteri kavrayan ellerini göğsünde kavuştururken, yatakta yatan ve aşkı baş tacı, kaderi en büyük rakibi olmuş muhteşem kadına baktı. Dudaklarına bir tebessüm yayıldı.

Biri, kadere esir olmadan yaşamı yudumlayıp bitirmiş, diğeri kimliğini hür kılacak ve belki de ruhunu acıtacak serüvenin henüz başında iki Hüma, birbirine gülümsüyordu; ikisi de kendi yolculuğuna hazırdı.